KB195294

감응과 교응

'또-다른 세계'를 향한 시적 응전

트리콘 세계문학 총서 9

감응과 교응

'또-다른 세계'를 향한 시적 응전

고명철 지음

보고사
BOGOSA

책머리에

　문학비평가로서 첫 발자욱을 딛을 때 스스로에게 다짐했고, 지금도 습관처럼 내 자신을 다잡는 게 있다. 문학비평가로서 응당 해야 할 일——읽고 쓰는 일을 게을리하지 말자. 그리고 문학 장르를 구분하여 특정 장르를 고집하는 비평에서 벗어나자.——을 숨쉬는 내 살아 있음의 존재 증명으로 수행하는 것이다. 비평가에게 이것은 너무나 당연한 일이다. 비평가의 존재는 비평의 대상이 되는 것들과 만나고 그 만남 속에서 찰나의 경이로운 순간을 포착하고, 그것이 품고 있는 아름다움의 세목들과 그 숱한 사연들을 비평의 언어로 나타내야 한다. 비평의 운명은 바로 여기에 있다. 대상에 편중됨 없이 마주해야 한다.

　물론, 운문과 산문 중 상대적으로 자신에게 훨씬 부합하는 문학 대상이 있으므로 그것에 비중을 두는 비평을 하는 것을 나무랄 수는 없다. 흔히들 주변에서 목도하듯, 비평가의 대부분이 대학원에서 연구를 병행하며 비평 활동에 매진한다. 따라서 대학원의 특성상 자신의 연구 전문 역량을 바탕으로 한 비평에 치중하는 가운데 특정 문학 대상을 중심으로 한 비평을 하는 경우가 종종 있다. 그러다 보니, 근대 학문이 전문성 위주의 경계로 구획되는 구조가 고착화되듯, 비평 활동도 장르별로 구획되곤 한다. 말하자면, '시 비평'과 '소설 비평'의 경계가 나뉘면서 연구의 전문성처럼 비평가마다 시쳇말로 주력하는 비평 분야를 선택한다.

　그런데 이러한 비평 활동이 특정 분야에 대한 문학의 전문성을 높여줄 수 있을지 모르지만, 비평 본연의 매혹이자 활력인 비평 대상과의 치열한 만남의 도정에서 문학을 이루는 유무형의 어떤 것들과의 대화적 상상력은 움츠리기 십상이다. 때로는 격렬하게, 때로는 훈훈하게, 때로는 싸늘하

게, 때로는 비정하게, 서로 주고받는 대화적 상상력의 정동이 밋밋해지는
것은 비평으로서 자기존재의 치명적 결함이라고 나는 생각한다. 비평은
그러므로 대화적 상상력의 모험을 두려워해서는 곤란하다. 비평은 장르
와 분야와 대상을 구획 짓지 말고 대화적 상상력을 펼쳐야 한다.

이렇게 얘기하고 보니, 내 자신에 대한 반성을 하게 된다. 정작 나는
시와 소설을 가리지 않고 비평 활동을 해왔는가. 『리얼리즘이 희망이다』
(2015)란 시 비평서를 출간한 지 햇수로 10년만에 『감응과 교응』(2024)
을 내보인 데서 드러나듯, 소설 비평에 주력해온 셈이다. 그렇다고 시 비
평을 소홀히 한 것은 아니다. 『감응과 교응』에 수록될 원고를 검토하면서
그동안 마주했던 시인과 시, 그리고 그것의 안팎 사연들이 주마등처럼
스쳐갔다. 개별 시인들의 시편마다 알알이 박혀 있고 스며들어 번져 있는
뭇 존재와의 감응과 교응의 경이로움은 무엇 때문에 비평이 존재해야 하
는지를 쉼 없이 내게 묻곤 한다. 인간과 비인간의 모든 것을 아우르는
대화적 상상력을 시는 감행한다. 그것은 시의 정치적 감응력으로 세계악
에 대한 시적 응전을 수행하고 여기에는 뭇 존재와 교응하는 시의 매혹이
있다. 역설적이지만, 지구별의 위기에서 시의 존재의 힘은 한층 배가한다.
비평가로서 나는 시의 존재의 힘을 믿는다.

머리말을 쓰면서, 강조하고 싶은 게 있다. 이 저서에서 주목하는 시와
시세계는 한국 시문학의 범주로만 국한시키고 싶지 않다. 왜냐하면 '좋은
시인'은 더 이상 개별 국민국가의 시인으로서 자족하지 않는, 그래서 근대
의 각종 구획과 경계로 나뉘고 그것에 안주하는 것을 넘어 말 그대로 '지
구별'의 뭇 존재와 감응하고 교응하는 경이로움의 삶을 살아내기 때문이
다. 아무쪼록 나와 대화적 상상력을 나눈 시인의 시세계가 시를 사랑하는
모든 이에게 '또-다른' 대화적 상상력의 풍요로움을 만끽했으면 하는 마
음 간절하다.

이번 저서를 준비하는 과정에서 내 원고를 정리하는 데 힘을 보태준 이은란 비평가에게 고마움을 전한다. 그리고 이번 저서를 출간하는 데 늘 두터운 지지를 해주는 보고사의 김흥국 대표와 책의 물질성을 갖도록 꼼꼼히 애써 준 출판사의 편집부에 감사의 마음을 전한다.

끝으로, 이 책은 내가 재직하고 있는 광운대의 2023년 1학기 연구년 성과물로, 이 기간 나는 내 고향 제주에서 머물며 제주의 문인과 제주대학교 여러 선생님과 제주학 관련한 문학예술적 공부의 값진 시간을 가졌다. 특히 제주대 국문과 대학원생과 치열히 스터디를 하면서 여기에 수록한 원고를 정리하여 한 권의 저술 형식으로 출간한다. 제주야말로 내게는 '감응과 교응'의 대화적 상상력의 경이로움으로 충만해 있는, 악무한의 근대 너머의 '또-다른 세계'를 수행하는 창조적 영점(零點)이다.

2024년 12월
정릉의 북한산 품에 안겨
고명철 씀

후기

지금도 그 순간을 떠올리면 21세기의 한국에서는 도저히 일어날 수 없는 일임에도 불구하고 TV에서 대통령은 '비상계엄'을 선포하고, 곧이어 포고령을 내렸다. 12·3 비상계엄 선포 이유를 대통령은 누가 봐도 납득이 안 가는 낡고 퇴행적이고 강압적이고 협박적인 정치 언어로 열거하였다. 정부의 행정기능을 마비시키는 야당의 입법독재를 비롯하여 한국 사회에 만연해 있는 종북좌파 반국가세력을 일거에 척결하기 위해, 그리고 정부의 의료정책에 대해 문제 제기를 하고 의료 현장을 떠난 의료인들이 의료 현장에 복귀하지 않을 경우 그들을 계엄법에 따라 처단하기 위해 비상계엄과 포고령을 선포한다고.

우리는 똑똑히 목격하였다. 12월 3일 비상계엄 선포 이후 경찰이 국회를 봉쇄하고 계엄군 헬기가 국회의사당에 착륙하여 무장한 계엄군이 국회의 유리창을 깨고 국회 내부로 진입하는 충격적 장면을……. 그리고 무엇보다 일촉즉발의 위기를 온몸으로 막은 시민들의 민주주의를 향한 절규와 용기 있는 행동을……. 뿐만 아니라 비상계엄을 무력화하기 위해 촌각을 다투는 시기에 국회로 모여든 의원들이 법적 절차를 준수하며 비상계엄을 해제하는 순간을…….

헌법과 법률을 위반한 대통령의 비상계엄 선포는 친위 쿠데타 성격을 띤 내란죄를 저질렀다는 것이 법 전문가들 대부분의 지적이듯, 비정상적 비현실적 통치 행위를 하는 대통령의 직무 정지를 위한 국회의 탄핵안이 12월 14일 통과되었다. 12월 3일 이후 12월 14일까지 우리는 어떤 일들이 일어났는지를 잘 알고 있다. 대통령의 자기 확증 편향적 정치적 망상은 국군 통수권이 지극히 개인적인 정치적 목적을 위해 활용되었다. 그런데 더 큰 문제는 국방부 장관과 방첩사 사령관, 특전사 사령관 등 군 수뇌부가 사전에 비밀 모의해왔다는 것이다. 어디 이뿐인가. 계엄 선포를 한 당일 야당과 여당의 일부 의원을 제외한 다수 여당의 의원들은 계엄 해제를 위해 국회로 모이지 않음으로써 계엄 해제 의결에 일부러 참여하지 않았다는 합리적 의심을 피하기 어렵다. 게다가 여당은 탄핵 반대를 당론으로 채택하면서 대통령의 말도 안 되는 계엄 선포에 대한 정치적 두둔은 물론, 여당의 당리당략에 따른 정치공학적 접근을 보이면서 민주주의의 가치를 그들 스스로 자기 부인하는 모순의 수렁 속에서 좀처럼 빠져나오고 있지 못하다. 오히려 우리는 12월 7일 첫 번째 대통령 탄핵안이 의결 정족수 부족으로 무산되었을 때 의결 투표에 불참한 여당 105명의 민낯을 똑똑히 기억하게 되었다. 그들은 이 시국이 지나가면 언제 그랬냐는 듯 지역민들이 그들에게 표를 줄 것이라고 얘기하지만, 이런 천박하고 얄삽한 생각이야말로 얼마나 그들이 국회의원으로서 자질이 함량미달인지를 입증한다. 그들을 향한 민주시민의 실망과 분노의 위력이 결코 한시적이지 않다는 것을 그들은 엄중히 자기비판해야 할 것이다.

12월 14일 대통령 탄핵안은 가결되었다. 그날 여의도 거리는 만신창이가 된 한국 민주주의를 지켜낼 뿐만 아니라 그동안 낡고 타락한 한국 민주주의를 이번 기회에 쇄신해야 한다는 정념이 탄핵봉의 불빛에서 타올랐다. 10대와 20대 젊은이들 손에 손에 든 K-팝 아이돌을 응원하는 형형색색의 응원봉 물결은 개개인이 민주주의 일상을 지켜내야 한다는 것과 이것을 지켜내는 일은 혼자의 힘이 아니라 이와 뜻을 함께하는 사람들의 정념과 의지가 만나 자율적으로 형성하는 정치사회적 감응력이 배가될 때 실현될 수 있다는 것을 보여준다. 우리는 이렇게 정치사회적 감응과 교응을 함께 체현(體現)한다. 21세기의 한국 민주주의는 또 이렇게 진전한다. 민주주의를 향한 정치적 구호는 동시대 세계 대중의 정감에 호소하는 K-팝 노랫말과 리듬, 그리고 이것에 흥겹게 율동하는 응원봉과 민주시민의 정념이 한데 버무려진 민주주의를 향한 감응과 교응의 신명이 더해지면서 실감으로 구체화된다.

2024년 12월, 민주시민은 이렇게 거리에서 민주주의를 향한 감응과 교응의 시를 쓴 것이다. '장강의 뒷물결은 앞물결을 밀어낸다(長江後浪推前浪)'는 말이 있듯, 역사의 진전은 새 세대가 낡은 세대를 대신하여 새 역사의 대지를 일궈내는 데 있다. 조국분단 과정에서 제주 4·3과 여순 10·19 때 내린 비상계엄 선포 이후 총 13번의 비상계엄 선포 속에서 한국 민주주의는 굴하지 않고 다시 솟구쳤음을 우리는 알고 있다. 역사의 준엄한 심판을 망각하지 않았기에, 우리는 12·3 비상계엄을 막아냈고 무력화시켜 또 다시 민주주의 여명과 그 빛의 힘을 만끽하고 있지 않은가. 전 세계의 민주시민은 한국 민주주의 회복력을 경이로운 눈으로 지켜보고 있다. 절차적 민주주의와 그 내용의 실질적 민주주의를 응시하는 한국

민주주의의 응전에 대해 세계는 새로운 민주주의를 향한 감응과 교응의 정동에 전율한다. 바라건대, 새 세대 민주주의 언어의 감응과 교응이 시대 퇴행적·반역사적·반민주주의적 언어를 바숴버리고 녹여 없애는 창조의 도가니 몫을 수행했으면 한다. 이것이 '또-다른 세계'를 향한 시적 응전이리라.

2025년 새해 벽두를 맞이하며

차례

제3부
시적 수행의 힘

제4부
시와 존재의 교응

시의
정치적
감응력

제1부

'혁명전사-시인' 김남주가
수행하는 세계문학

'밤길'을 함께 걷는 '혁명전사-시인'과 세계문학

김남주(1946~1994) 시인의 살아생전 마지막 시집 『이 좋은 세상에』
(한길사, 1992)에 실린 한 편의 시가 자꾸만 눈에 밟힌다.

밤이 깊어갈수록
별 하나 동편 하늘에서 더욱 빛나고
그 별 드높게 바라보며
가던 길 멈추지 않고 걷는 사람이 있다
거센 바람 나뭇가지 뒤흔들어도
험한 파도 뱃전에서 부서져도
자지 않고 깨어나 일어나
앞으로 앞으로 나아간다
어둠에 묻혀 사라진 길을 열고

앞으로 앞으로 나아간다
가야 할 길 먼 길
가지 않으면 병신 되는 길

역사와 함께 언젠가는

민중과 함께 누군가는

꼭 이르고야 말 그 길을

쓰러지고 쓰러지고 다시 일어나

전진하는 사람이 있다

밤이 깊어갈수록 더욱 빛나는

별 하나 드높게 우러러보며

혁명하는 사람이 그 사람이다

—「밤길」 전문[1]

　「밤길」이 수록된 시집의 출간 시기를 염두에 둘 때, '혁명전사–시인'의 삶정치를 벼려온 김남주는 '또 다른 혁명'을 준비한다. 그런데 매우 안타깝게도 그는 '또 다른 혁명'을 '혁명전사–시인'으로서 기획·수행하지 못한 채 암 투병 끝에 죽음을 맞이한다. '남민전'(남조선민족해방전선 준비위원회) 조직원으로 체포·구속·수감된 지 햇수로 10년(1979~1988) 만에 출옥한 김남주에게 목도된 현실은 군부 독재의 시대가 마감하고 형식적 민주주의가 제도권화의 모습으로 가시화되기 시작하지만, 한국 사회의 민족모순과 계급모순은 좀처럼 해결될 기미를 보이지 않을 뿐만 아니라 현실사회주의의 몰락이 미친 전 지구적 여파 속에서 미국 중심의 자본주의 세계체제가 더욱 공고해지는, 그래서 김남주가 출옥 후 마주한 현실에 대한 김남주만의 '또 다른 혁명'을 함께할 수 없(었)기에 그의 죽음이 갖는 역사적 맥락을 곱씹지 않을 수 없다.

　그래서일까. 「밤길」은 김남주의 죽음 무렵의 시대를 넘어 지금-여기에

1　김남주, 『김남주 시전집』, 염무웅·임홍배 엮음, 창비, 2014, 841쪽. 이하 본문에서 인용한 김남주의 시는 별도의 각주 없이 창비에서 간행한 『김남주 시전집』에 수록된 것임을 밝혀둔다.

도 그 시적 전언과 이것의 안팎을 휘감는 시적 정동이 '혁명적 서정'으로
밀고 들어온다. 물론, 우리가 살고 있는 지금-여기에서 '혁명적 서정'의
감응이 대중적일 수 있는지 이에 대한 부정과 비판이 제기될 수 있다.
'혁명'이 함의하듯, 낡고 구태의연한 모든 것에 대한 래디컬한 전복을 통
해 정치경제적 새로운 체제를 실현하는 역사의 동력이 '혁명'의 고갱이인
터에, 작금의 한국 사회에서 이러한 '혁명'이 대중적 차원에서 일어날 가
능성이 있는가에 대해서는 지극히 회의적인 게 엄연한 현실임을 애써 부
인할 수 없다.[2] 그럼에도 불구하고 「밤길」의 '혁명적 서정'의 감응을 전면
부정할 수 없는 것은 무슨 이유일까. 기실, 이 글은 이에 대한 어떤 해답의
실마리를 찾아가는 것보다 이와 연관된 공부거리를 톺아보는 도정에 있
는바, 김남주의 사후 30주기를 맞아 그동안 축적한 '혁명전사—시인' 김남
주와 그의 문학이 보인 혁명적 분투의 세목과 그 유산에 대한 고고학적
접근[3]에 초점을 맞추지 않는다. 그보다 김남주의 혁명이 그렇듯이 그가
지닌 "견인불발(堅忍不拔)의 도덕적 열정과 현실적 역경에도 불구하고 자
신의 논리를 견지해가는 정신의 힘과 그 진정성"[4]을 바탕으로, 민족해방
과 계급해방을 동시에 사유하고 실천해온 탈식민의 혁명으로서 자본주의

---

2   이와 관련하여, 김남주의 후배이자 '남민전' 조직원으로서 김남주와 함께 옥고를 치른
박석삼은 '촛불혁명'(2008) 이후 한국 사회의 사회운동에 대해 최근 래디컬한 반성적
성찰을 보인다. "저는 2008년 촛불 시민항쟁, 2016년 촛불 국민행동이 역사의 흐름에
전진하지 못했다고 평가해요. 한 사람은 상황에 따라 민중, 노동자, 시민, 국민이 될
수 있는 다면적 존재이지요. 다시 말해 다양한 가능성을 가진 존재이지요. 그런데
역사의 진전은 민중이 이루는 것입니다. 촛불항쟁에서 민중이 시민으로, 시민이 국민
으로 변하게 되었어요. 즉 민중의 정체성이 약화되면서 역사가 전진을 못하고 좌절하
게 된 것이지요."(박석삼·맹문재, 「대담: 김남주는 해방전사다」, 계간 『푸른사상』
2024년 여름호, 195쪽)
3   김남주와 그의 시에 대한 비평과 연구가 축적되고 있는데, 사후 20주기를 맞아 출간한
염무웅·임홍배 엮음, 2014, 『김남주 문학의 세계』, 창비와 김남주의 문학적 생애를
평전으로 집필한 김형수, 『김남주 평전』, 다산책방, 2022 참조.
4   김사인, 「김남주 시에 대한 몇 가지 생각」, 『김남주 문학의 세계』, 111쪽.

근대의 극복을 추구해온,[5] 구미중심의 세계문학과 다르면서도 그것을 창
조적으로 넘어서는 '또 다른' 세계문학의 대지를 객토하는 '혁명의 문학'
혹은 '문학의 혁명'을 향한 공부거리를 탐색하고자 한다.

　이와 관련하여, 김남주의 혁명이 현실정치의 심급을 고려하여 신식민
주의와 분단자본주의가 착종된 한국 사회의 변혁을 목적으로 하듯, 기회
가 있을 때마다 뚜렷이 밝혔던, 그의 시가 '혁명의 무기(칼)'의 소명을 수
행하고자 전심전력한 것은 새삼 주목할 사안이 아니다. 그렇다면, 급변한
한국 사회 안팎의 현실에서 김남주의 혁명과 이를 바탕으로 한 그의 시의
소명은 동시대의 문제성을 상실한 역사의 유산 및 화석의 가치로서만 유
의미한 것일까. 그래서 김남주의 문학을 1970·80년대 한국문학사의 진
보적 문학운동(사), 즉 민족문학이 일궈낸 독보적 최량의 문학적 성취로
우뚝 자리매김한 것으로 자족해야 할까. 그러면서 그 맥락 아래 김남주의
문학을 자연스레 세계문학으로 논의하는 것은 합당할까.[6] 이에 대해 분명
히 해두고 싶은 사안이 있다. 이후 내가 논의할 세계문학으로서 김남주의
혁명은 예의 민족문학을 포괄하여 한국문학 안팎으로 이식·모방·침투해
온 구미중심의 근대문학을 내면화한 세계문학, 이를 바탕으로 한 논의와
다르다. 따라서 내 논의는 쟁점을 제기할 수밖에 없을 터이다. 비록 '혁명

5　하정일, 「탈식민의 시인」, 『탈근대주의를 넘어서』, 역락, 2012.
6　김경연은 그의 「한국 여성문학과 세계문학(론)에 대한 단상」, 한국작가회의 창립 50주
　년 연속 심포지엄 자료집 『실천하는 한국문학에서 부상하는 세계문학으로』(2024. 6.
　21)에서, 계간 『창비』(전신 『창작과 비평』)에서 담론화한 세계문학론이 종래 '창비'
　에콜 및 민족문학 진영과의 계보학적 논의에 있음을 비판적으로 성찰한다. 나는 김경
　연의 비판적 논의가 매우 적실하다는 데 동의한다. '창비' 에콜의 세계문학론이 구미의
　세계문학에 대한 비판적 논의를 제출하고 있지만, 그것은 어디까지나 구미중심의 (탈)
　근대문학의 프레임 안쪽에서 그것과의 긴장 국면을 탐색하는 것 이상도 이하도 아니기
　때문이다. 이러한 세계문학 논의는 세계체제를 넘어 '또 다른' 세계를 과단성 있게
　기획·욕망하는 상상력의 싱그러움이나 감응에 소홀하든지 둔감하든지 아예 외면하기
　십상이다.

전사-시인'으로서 김남주의 삶정치가 한국 사회의 변혁을 대상으로 하고 있지만, 그의 혁명은 구미중심의 근대 국민국가-간(間) 세계체제를 대상으로 설정한 세계변혁 곧 세계혁명을 향한 '밤길'을 세계의 민중과 함께 걷는 상상력의 연대를 기꺼이 감내하고 있기 때문이다. 이것이 바로 우리가 함께 새롭게 궁리해야 할 탈구미중심의 세계문학으로서 김남주 혁명의 진면목이다.

'대지의 염력'[7]과 혁명적 정동으로서 세계문학

우선, 자본주의적 세계체제에 대한 '혁명전사-시인' 김남주가 객토하고 일궈내는 세계문학의 바탕을 살펴보자. 이것은 또한 김남주의 삶정치의 정동을 쉼 없이 생성하는 그 무엇을 온전히 이해하기 위해서다.

보아다오, 그들은
강자의 발밑에 무릎을 꿇고
자유를 위해 구걸 따위는 하지 않았다
보아다오, 그들은
부호의 담벼락을 서성거리며
밥을 위해 땅을 위해
걸식 따위는 하지 않았다
보아다오, 그들은
판관의 턱을 쳐다보며 정의를 위해
기도 따위는 하지 않았다
보아다오, 그들은

———
7   김형수, 앞의 책, 102쪽.

성단의 탁자 앞에 무릎을 꿇고
선을 구걸하지도 않았고
돈뭉치로 선을 사지도 않았다
보아다오, 그들은
이빨 빠진 사자가 되어
허공에 허공에 허공에 대고
허망하게 으르렁거리지 않았다
보아다오, 그들은
만인을 위해
땅과 밥과 자유의 정복자로서
승리를 위해 노래하고 싸웠다
대나무로 창을 깎아
창이라고 불렀고 무기라 불렀고
괭이와 죽창과 돌멩이로 단결하여
탐학한 관리의 머리를 베고
양반과 부호의 다리를 꺾어
밥과 땅과 자유를 쟁취했다

—「황토현에 부치는 노래」부분

자유를 내리소서 자유를 내리소서
십자가 밑에 무릎 꿇고 주문 외우며
기도 따위는 드리지 않을 것이다
적어도 대지의 자식인 나는
자유 좀 주세요 자유 좀 주세요
강자 앞에 허리 굽히고 애걸복걸하면서
동냥 따위는 하지 않을 것이다

적어도 직립의 인간인 나는

왜냐하면 자유는
하늘에서 내리는 자선냄비가 아니기 때문이다
왜냐하면 자유는
위엣놈들이 아랫것들에게 내리는 하사품이 아니기 때문이다
자유는 인간의 노동과 투쟁이 깎아 세운 입상이기 때문이다
그것은 타는 입술을 적시는 술과도 같은 것
그것은 허기진 배에서 차오르는 밥과도 같은 것
그것은 검은 눈에서 빛나는 별과도 같은 것
선남선녀가 달무리의 원을 그리며
노래하고 춤추는 대지의 축제이기 때문이다

—「자유에 대하여」 부분

　김남주가 이들 시편을 쓴 구체적 시쓰기의 정황은 다르다. '남민전' 사건 이전 김남주의 고향 해남에서 농민운동의 일환으로 쓴 시가 「황토현에 부치는 노래」이고, '남민전' 사건으로 옥중 수감의 고초를 겪으며 쓴 시가 「자유에 대하여」다. 그런데 이들 시가 통약하고 있는 소중한 문제의식이 있다. 그것은 자유를 되찾는 일인데, "인간의 노동과 투쟁이 깎아 세운 입상"으로서의 형상이 확연히 입증하듯, 자유가 자유의 참가치로서 내용 형식을 보증하는 것은 바로 "직립의 인간인 나"가 대지에서 삶정치를 실행하기 때문이다. 그래서 이 자유는 만인이 애초 만끽하는 것이며, 그 어떤 것도 이 만인의 자유를 이러저러한 삿된 목적으로 빼앗을 수 없으며, 이 자유의 성격을 훼손해서 안 된다. 대지에 직립하는 만인이 인간으로서 당당히 누려야 할 가치가 자유일진대, 19세기 말 전 지구적으로 확산되는 제국주의의 침탈은 동아시아의 조선에 대한 정치경제적 첨예한 이해관계

의 대립·갈등 속에서 조선 민중의 자유를 위협하였다. 김남주의 고향 해남은 이러한 정세 국면 속에서 봉기한 동학농민혁명군이 정부의 토벌대에 의해 최종적으로 스러져간 역사의 현장이다. 하지만 김남주는 동학농민혁명군이 종적을 감춘 해남 땅에서 그들이 앙가슴에 품고 목숨을 걸었던 동학농민혁명의 역사적 진실과 그 숭고성을 주목한다. 그들은 제국의 "강자의 발밑에 무릎을 꿇고/자유를 위해 구걸 따위는 하지 않았다"고, 왜냐하면 그들은 대지에 무릎을 꿇는 노예의 비굴함으로 "땅과 밥과 자유"를 구걸하거나 제국의 근대문명과 다른 타자의 삶과 문화를 미개로 치부하는 것도 모자라, 이 근대문명을 추동하는 종교와 학지(學知)를 절대선과 과학으로 강제하는 정치문화적 이데올로기에 맞서 조선 민중의 투쟁 방식("괭이와 죽창과 돌멩이로 단결하여")으로 혁명의 기치를 치켜들었기 때문이다.

기실, 김남주의 삶정치를 관통하고 있는 문제의식이 참다운 자유의 획득과 그 가치의 심화·확산에 있듯, 이것은 구체적 삶의 물질성과 거리를 둔 추상적 사유의 단련 과정으로는 이뤄지지 않는다. 대신, 농민의 아들로 태어난 김남주는 고향 해남 땅의 동학농민혁명과 폐쇄적 구속의 옥중 경험으로부터 '혁명전사-시인'의 삶정치를 벼린다. 그것은 '대지'가 함의한 만인을 위한 자유가 자연스레 거느리는 삶정치의 수행이며 실감으로서 혁명적 정동이다. 이것은 김남주를 총체적으로 파악하는 데 매우 중요한 대목이다. 뿐만 아니라 이것은 김남주의 혁명 도정에서 마주한 번역 작업에서 적극 섭취한 세계혁명의 문예적 성취에 대한 온전한 이해를 돕는 데도 매우 요긴한바, 구미중심의 세계문학과 다른 차원에서 궁리하는 세계문학에 그의 문학도 연접하는 것을 주시해야 한다.

이렇듯이 '대지'와 김남주는 혼연일체다. 이 관계는 김남주가 이른바 '광주 르네상스'를 접하면서 한층 더욱 그 밀도가 높아진다. "광주에서는 세상을 움직이는 거대한 매혹을 거느린 미덕의 대명사들이 시대와 국면

이 바뀔 때마다 반복해서 출현"[8]하는데, "토착적 정체성을 잃지 않고, 공동체에 헌신하면서도 이웃을 업신여기지 않고 국중 최고의 반열에 드높이 솟아버린 사람들"[9]의 학술문예적 및 사회운동적 정동을 김남주는 만난다. 말하자면, 김남주는 광주·호남 지역의 문예-학지와 사회운동의 대지의 한복판에서 '혁명전사-시인'으로 거듭나는 피와 살과 뼈대를 만들기 시작한다. 두루 알듯이, 그는 광주제일고와 전남대 시절을 보내면서 박정희의 유신독재에 대한 투쟁의 일환으로 지하신문 『함성』지 제작·유포 활동이 반공법과 국가보안법 위반 혐의로 광주교도소에서 수감되는가 하면(1973), 출옥 후 해남——지역문화운동의 차원에서 제1회 해남농민잔치를 개최했는데(1977) 그곳에서 김남주는 「황토현에 부치는 노래」를 낭송한다.——과 광주를 오고가면서 '대지'와 함께하는 크고 작은 운동을 혁명의 정동으로 실천한다. 그중 광주에서 김남주는 사회과학 전문서점 '카프카'를 운영(1975~1976)한바, 이것은 김남주를 비롯한 광주·호남의 지역운동사에서 간과해서 안 될 보루이며 진지 역할을 담당한다. 그리하여 '카프카' 서점은 가히 '광주학파'[10]의 토양으로, '카프카' 서점을 들고나는 광주·호남의 숱한 진보적 운동 주체들의 운동 역량의 지반을 형성해주고, 그 운동의 대지에 활명수를 공급해주는 저수지 몫을 수행함으로써 김남주에게는 유신체제에 대한 '남민전'의 혁명 전사를 채비하고, 그의 선후배 동지들로 하여금 광주를 중심으로 한 1980년대 신군부 독재에 대한 가열찬 투쟁에 나서도록 한다. '카프카' 서점은 그러므로 말 그대로 암흑의 사위를 일소해내기 위한 혁명의 주체를 숙성시키고 그 혁명적 정동의 불꽃을

----

8   김형수, 앞의 책, 102쪽.
9   김형수, 위의 책, 108쪽.
10 김남주의 평전을 집필한 김형수는 김남주의 생애에서 도시 광주야말로 광주·호남 지역의 학술문예와 사회운동의 총체적 역량이 경이롭게 개진된 '토착적 모더니티'의 온상으로서 이를 '광주학파'로 명기하여 이것의 대지적 실재를 웅숭깊게 드러낸다. 김형수, 위의 책, 248~255쪽 참조.

틔운 성속이 버무려진 '대지' 자체다.

해남 땅과 '카프카' 서점 중심의 광주와 고립된 유폐의 감옥은 그 표면적 물성이 다를 뿐 '혁명전사-시인'을 키우고 거듭나도록 한 싱그럽고 약동적인 정동을 발산시키는 '대지'인 셈이다. 이들 장소와 물성이 공유하는 '대지'는 그의 빼어난 번역으로 조우한 네루다와 하이네에 대한 언급에서도 확인된다. 가령, 네루다에 대해서는 여타의 번역 대상들보다 상대적으로 자주 언급하는데, '신동엽창작기금'(1991)을 수혜하면서 김남주는 네루다가 항만 노조로부터 강연초청을 받고 자신의 시를 낭송한 데 감동한 노동자들에 에워싸인 경이로운 장면을 경험한 것을 계기로 그의 시가 노동자와 함께하는 노동의 대지에 뿌리내려려 하듯, 김남주의 "시도 생활에 뿌리를 박고 그 뿌리가 세상의 무관심 속에 방치된 채 외롭고 힘겹게 노동하며 살아가는 사람들의 가슴을 적시는 이슬이 되어야 할 것 같습니다."[11]는 소감을 대미로 맺는다.

기실, 김남주의 네루다에 대한 전폭적 관심은 그의 「파블로 네루다의 시집을 읽고」[12]란 산문에서, 네루다의 문학에 대한 단독 비평이라 해도 손색이 없을 만큼 그의 조국 칠레에 국한된 게 아니라 라틴아메리카의 대지의 삶을 유린한 유럽과 미국의 제국주의 지배의 리얼한 실상과 그에 대한 네루다의 혁명적 저항의 삶과 문학을 예리하게 짚어내는 데서 여실히 드러난다. 김남주에게 네루다로 접속하는 라틴아메리카는 분명 (동)아시아와 다른 역사문화를 지닌 곳이지만, 구미중심의 근대성-식민성이 포개지는 탈식민주의 혁명의 주체들이 연대하고 그 지혜와 혁명의 실재가 그들 역사의 대지에 창조적으로 뿌리내려려 하듯, 네루다의 문학이 구미중심의 세계문학과 '또 다른' 세계문학의 차원에서 궁리하는 것과 마찬가

---

11   김남주, 「보리밥과 에그 후라이」, 맹문재 엮음, 『김남주 산문전집』, 푸른사상사, 2015, 50쪽.
12   김남주, 맹문재 엮음, 위의 책, 127~149쪽.

지로 '혁명전사-시인' 김남주의 문학 또한 네루다와 연접하는 세계문학
의 속성을 지닌다.

　이것은 하이네의 「장편 풍자시 「아타 트롤」을 읽고」[13]란 비평에서도
공통적으로 발견된다. 이 비평은 하이네의 정치 풍자시집 『아타 트롤』(김
남주 역, 창작과비평사, 1991)의 해설로 씌어진 것인데, 김남주는 여기서
하이네가 시인의 존재를 그리스 신화에 나오는 거인 안테우스에 비유하
는 말을 직접 인용한 데 주목한다. 그 핵심은, 시인은 현실의 대지와 유리
된 순간 무력해진다는 것, 그리고 아무리 부정한 현실에 대한 날선 비판으
로서 경향문학에 매진한다 하더라도 "상황과 구체적인 생활에 뿌리를 내
리지 않고 특정의 이념과 사상을 공허하게 외치는 그런 문학의 경향성을
반대"[14]한다는 것을 힘주어 강조한다. 따라서 『아타 트롤』이 겨냥하고 있
는 정치 풍자는 19세기에 들어선 독일의 전제군주의 폭정과 그 정치적
후진성이다. 여기에는 독일 역시 나폴레옹 시대를 거치면서 프랑스 혁명
의 확산을 막고자 한 유럽의 보수 반동정치와 다를 바 없었던 것을 유념할
필요가 있다. 물론, 독일도 19세기 중반 후 유럽 전역에 미치는 혁명의
도저한 파장으로부터 자유로울 수 없었으나 혁명의 실패[15]와 이른바 보불
전쟁의 승리에 따른 독일제국의 탄생(1871), 그리고 비스마르크 체제 아
래 아프리카 식민지 쟁탈전 개입으로 이어지는 유럽발(發) 근대의 막차에
편승한 역사의 추이를 염두에 둘 때, 『아타 트롤』은 독일 전제군주와 이후
예의 독일과 유럽의 현실의 대지에 착근하지 못한 채 부유하는 경향문학
에 대한 매서운 풍자적 비판문학으로서 예지적 권능을 수행하는 셈이다.
이것은 달리 말해 하이네가 『아타 트롤』을 통해 독일 현실정치에서 좌절

13　김남주, 맹문재 엮음, 앞의 책, 150~161쪽.
14　김남주, 「장편 풍자시 「아타 트롤」을 읽고」, 맹문재 엮음, 위의 책, 161쪽.
15　이에 대해서는 에릭 홉스봄 저, 정도영·차명수 역, 「제6장 혁명」, 『혁명의 시대』, 한길
　　사, 1998 참조.

되고 있는, 민중 봉기가 함의한 혁명적 정동이 좀처럼 솟구치지 못하는
데 대한 하이네식 혁명을 실천한다는 점에서 구미중심의 세계문학에 대
한 비판으로 충분히 이해됨직하다. 이 또한 김남주의 혁명으로서 하이네
의 『아타 트롤』 번역이 함의한 '대지'와 연계되는 세계문학의 속성이다.

옥중문학, '옥중시-옥중번역-옥중서신(옥중비평)'이 수행하는 세계문학

김남주의 문학을 세계문학의 시계(視界)로 살펴볼 때 '남민전' 사건으
로 인한 옥중살이(1979~1988)는 주목하지 않을 수 없다. 10년 가까이
엄혹한 수감의 고통을 김남주는 불굴의 초인적 정신을 견지하면서 시와
번역과 서신 등의 글쓰기를 통해 '혁명전사-시인'의 자기세계를 더욱 매
섭게 담금질했음을 우리는 익히 알고 있다. 이제 우리는 김남주의 옥중살
이에서, 특히 글쓰기의 최소 환경이 결여된 극도의 한계 상황에도 굴하지
않고 김남주만의 방식——필기도구가 주어지기 전 그는 담뱃갑 속 은박지
를 분리하여 시를 쓰는가 하면, 화장지에 몰래 글쓰기를 하여 면회객들을
통해 감옥 밖으로 전달——으로 말 그대로 혁명적으로 실천한 글쓰기(시,
번역, 서신)를 '옥중문학'으로 호명하고, 이것이 갖는 탈구미중심의 세계
문학에 대한 논의를 비평의 방략(方略) 차원에서 열심해야 할 것이다.

우선, 주목할 옥중시를 살펴보자.

당신은 묻겠습니까 내가 누구냐고
누구이고 무엇을 했길래 그렇게 살고 있냐고
들은 적이 있을 것입니다 당신은
미국산 쇠고기 수입 때문에 한국산 소값이 폭삭 내려앉아
그 밑에 깔려 신음하는 농부의 숨소리를

그 숨소리의 임자가 나의 아버지입니다

들은 적이 있을 것입니다 당신은

노동자와 고통의 삶을 같이했다고 위장취업으로 몰려

성고문당한 여대생의 호소를

그 호소의 당사자가 나의 누이입니다

본 적이 있을 것입니다 당신은

착취의 극한에서 더 이상 노예이기를 거부하고

인간선언을 한 노동자의 분신을

그 분신의 주인이 나의 동생입니다

당신은 본 적이 있을 것입니다 분명히

팀스피릿 작전의 미국 군인들에게 겁간당한 산골 여인의 비명을

그 비명의 임자가 내 고모뻘 되는 사람입니다

당신은 지금 매일처럼 매시간

보고 듣고 할 것입니다 당신의 집에서 당신의 거리에서

당신이 밟고 가는 삶의 모든 길 위에서

당신의 딸과 같은 당신의 아들과 같은 동포들이

외치는 소리를 듣고 본 적이 있을 것입니다

미제의 꼭두각시 ×××을 찢어 죽이자!

반파쇼민주투쟁 만세!

반파쇼민족해방투쟁 만세!

그 만세 소리의 임자가 나입니다

나이고 나의 친구이고 나의 이웃입니다

—「나의 이름은」 부분

그것은 씹으면 이빨이 쑥쑥 들어가는 짐승의 물컹물컹한 속살이 아니다

그것은 물어뜯으면 창호지처럼 북북 찢어지는 가죽도 아니다

바늘 끝으로 쿡쿡 찔러대도 피 한방울 나오지 않는 그것은
철가면의 이마빡이고 아무리 울려대도 그것은
눈물 한방울 흘리지 않는 마귀할멈의 눈구멍이다
아니다 아니다 그것도 아니다 관료주의는
가슴에 철판을 대고 발가락 끝에서 머리끝까지
무쇠로 조립된 몰인격의 로봇이다
우향우 하면 우로 돌고
좌향좌 하면 좌로 돌고 거기 서 하면 장승처럼 서버리는
군대식 복종에 길들여진 노예다
아니다 아니다 그것도 아니다 관료주의는
기계다 기계의 톱니바퀴다 기름만 칠하면
봉급이란 이름의 기름만 칠해주면 기계의 주인이 누구이건
쪽발이건 코쟁이건 그들의 하수인 독재정권이건
밤이고 낮이고 쉴 새 없이 불평 없이 돌고 도는 기계이다

　　　　　　　　　　　　　　　　　　　　—「관료주의」 부분

다시 강조하건대, 나는 김남주의 옥중시를 비평의 방략 차원에서 탈구
미중심의 세계문학과 연접한 문제의식으로 읽는다. 자문자답 형식을 취
하는 「나의 이름은」에서 뚜렷이 밝히듯, 시의 화자 '나'는 근대 서정시의
개인적 주체, 즉 부르조아 계급 또는 문화주의적 민족 공동체의 개별 구성
원으로서 자기세계를 정립하는 그런 세계-내적-존재가 아니다. 계급모
순과 민족모순을 겪으며 그것과 맞서 쟁투하는 민중과 함께 삶정치를 하
는 그래서 '반파쇼민주투쟁'과 '반파쇼민족해방'에 기투하는 "나의 친구
이고 나의 이웃"이 곧 '나'이다. 말할 필요 없이 이 '나'는 혁명적 서정이
넘실대는 '혁명전사-시인'을 정립하는 데 혼신의 힘을 쏟고 있는 옥중의
김남주다. 우리에게 제도적으로 정전화된 세계문학이 자본주의 세계체제

를 더욱 공고히 다지고, (다소 성근 비판이 용인된다면) 이 체제의 바깥이
존재하지 않는 세계-내적-존재로서 개개인의 현존을 탐구하는 미학에
열중하고 있음을 응시할 때, 김남주 옥중시의 시적 주체가 우뚝 서는 '나'
의 현존은 '혁명적 민주주의자'[16]의 삶정치의 아름다움을 문학과 삶의 결
속체로 현현(顯現)하는 데 있다.

따라서 「관료주의」에서 거침 없이 단정적 어조로 말하듯, 혁명적 민주
투사인 '나'에게 관료주의가 날 선 타도와 비판의 대상, 즉 자본주의의
태생적 지반을 구축시키고 있는 '공업화-기계'와 관료제에 대한 풍자적
비판은 예의 세계체제를 이루는 물질성 자체를 래디컬하게 겨냥한다는
점에서 탈구미중심의 세계문학이 함의한 전투성을 나타낸다.

물론, 김남주의 이러한 옥중시가 벼락처럼 그를 때린 것은 아니다. 옥중
번역 작업을 통해 김남주는 전 지구적 혁명과의 연대를 모색한다. 출옥
3개월 전 발간된 번역시집 『아침 저녁으로 읽기 위하여』(남풍, 1988; 사
후 1주기(1995)를 기념하여 푸른숲에서 개정판 발간)가 바로 그것이다.
김남주는 평론가 염무웅에게 보낸 옥중서신에서 언급한다.[17] 그는 브레히
트, 아라공, 마야콥스키, 하이네 등의 시를 번역하면서 혁명적 서정을 체화
해 나간다고. 이 번역 작업에 대해 "세계 번역사에 남을 참혹하게 위대한,
최악의 고통에서만 솟아오를 수 있는 영광의 한 페이지일 것이다."[18]는

---

16 "내가 이렇게 말한다고 나를 공산주의자라고 오해하지는 마십시오. 나는 그냥 시인이
고 전사이고 무난히 이 시대에 어울리게 말해서 혁명적 민주주의자입니다."(김남주,
「시인은 싸우는 사람(1988. 7. 30.)」, 맹문재 엮음, 앞의 책, 461쪽)

17 "방금 저는 외국어를 통해서 세계를 바르게 인식했다고 말씀드렸습니다만 그 바른
인식의 내용은 궤적으로 말씀드려서 인간 관계와 사물과 사물과의 관계를 유물변증법
적으로, 계급적인 관점으로 보게 되었다는 것입니다. 문학의 방면에서는 특히 저는
그러했습니다. 하이네, 아라공, 브레히트, 마야콥스키, 네루다(주로 이들의 작품을 일
어와 영어로 읽었지만)의 시작품을 통해서는 저는 소위 시법이라는 것을 배웠습니다.
그것은 현실을 물질적인 관점에서 그것도 계급적인 관점에서 묘사하는 것이었습니
다."(김남주, 「시집의 발문을 부탁드리며(1988. 5. 23.)」, 맹문재 엮음, 위의 책, 538쪽)

발언이야말로 김남주의 옥중번역이 지닌 세계문학의 '또 다른' 몫에 전율
하도록 한다. 이 짧은 글에서 그의 번역시집의 낱낱을 논의할 수는 없다.[19]
대신 래디컬하게 다시 숙고해보고 싶은 사안은 김남주가 선택한 시인들과
그들의 작품이 멀리는 하이네가 중점적으로 다룬 19세기 중반 이후부터
가깝게는 20세기 전반기에 이르는 동안 혁명으로서 민중 봉기가 표방한
삶정치를, 김남주는 옥중의 한계 상황[20]에서 살아냈다는 경이로움이다.
그러니까 김남주의 육신은 바깥과 단절된 채 인간이 겨우 버틸 수 있는
극한의 폐쇄 공간에 가둬졌지만, 그의 옥중번역은 '혁명전사-시인'으로
거듭나도록 하는 세계혁명의 주체로서 변혁을 향한 교양을 배가시킬 뿐만
아니라 번역이 내장한 문화역사의 횡단과 상호소통의 정동은 탈식민의
해방을 향한 민중 주체의 혁명의 상상력에 신명을 지폈을 터이다.

　　여기서, 우리는 김남주의 옥중투쟁 중 흥미로운 한 대목을 주목하지
않을 수 없다. 그의 옥바라지를 자처한 여인 박광숙에게 보낸 서신 중
수감자에게 필기도구를 빼앗은 국가의 교도행정에 맞서 그의 목숨을 건
투쟁 소식을 알린다.[21] 이 소식을 수감자가 최소한 보증받아야 할 인권
투쟁으로 해석하기 십상이다. 그런데 좀 더 살펴야 할 대목은 김남주의
서신에서, 고대 노예제-중세 농노제-전근대 전제군주-근대 제국주의 등
동서고금 세계사의 정치범들의 옥중 저작물(『철학의 위안』, 『돈키호테』,

18　염무웅, 「해설: 순결한 삶, 불꽃같은 언어」, 『아침 저녁으로 읽기 위하여』, 브레히트
　　·아라공·마야콥스키·하이네 저, 김남주 역, 푸른숲, 1995, 357쪽.
19　번역 관련 주요 논의들로는 다음을 참조. 정지창, 「김남주의 옥중시와 브레히트의 망
　　명시」, 염무웅·임홍배 엮음, 앞의 책; 조재룡, 「번역가 김남주: 여전히 가야 하는 길,
　　아직 가지 않는 길」, 계간 『실천문학』 2014년 봄호; 황호덕, 「중역과 혁명, 비상시의
　　세계문학과 그 사명」, 『반교어문연구』 56, 반교어문학회, 2020.
20　김남주는 옥중서신에서 그와 같은 정치범이 수감하고 있는 사동을 '시베리아'라고 하
　　여, 그 열악한 수감 환경과 공포의 억압적 분위기에 대한 실태를 얘기한다. 김남주,
　　「교도소 실태(1982. 5. 1.)」, 맹문재 엮음, 앞의 책, 340~344쪽.
21　김남주, 「시인에게 펜을(1986. 4. 5.)」, 맹문재 엮음, 위의 책, 388~393쪽.

『동방견문록』, 『무엇을 할 것인가』, 『세계사 편력』, 『조선상고사』, 『독립의 서』 등)을 언급하는데, 기실 이 목록들은 김남주가 명시하지 않았을 뿐 탈구미중심의 세계문학을 쟁점적으로 구성하는 실재로 이해해도 전혀 문제가 없다. 이것을 두고 '역사의 예지'라고 할까. 정치범 김남주에게 필기도구를 제공해야 할 옥중투쟁은 그의 옥중시와 옥중번역이 보란 듯이 증명해보이듯, 옥중서신 속 저작물 못지않은, 오히려 혁명성과 전투성과 순결성을 병진한 세계문학을 낳는 것과 연동돼 있다.

그래서 김남주 문학과 세계문학을 논의할 때 옥중서신을 그의 문학 요체의 곁-텍스트로 치부해서는 곤란하다. 비록 옥중서신의 대부분은 김남주가 출옥 후 백년가약을 맺는 박광숙에게 보내는 편지이지만, 이것은 박광숙을 매개한, 말하자면 '박광숙=프리즘'으로부터 분광된 '혁명전사-시인'으로서 김남주의 스펙트럼을 머금는다고 말할 수 있다. 실제로, 박광숙에게 보내는 옥중서신 중 신변잡기적인 것을 제외하면 앞서 살펴본 김남주의 옥중시와 옥중번역과 관련한 내용이 주를 이룬다. 심지어 박광숙에게 일본어를 공부하여 자신처럼 제3세계 문학사상이나 러시아 작가들을 비롯한 리얼리즘 계열의 작품들을 독서할 것을 독려하고 권장하기까지 한다. 어디 이 뿐인가. 어지간한 일반인들은 도통 범접하기 힘든 계급문제, 민족문제 등을 포괄한 해방 투쟁, 즉 그가 옥중시와 옥중번역을 통해 궁리하고 있는 혁명의 이론과 실천, 그 통일적 실재 등에 대한 의견을 피력한다. 옥중서신은 그러므로 일반 편지의 내용형식을 넘어서는 글쓰기 곧 김남주식 옥중비평의 속성을 육화한 셈이다.

그 한 사례로, 지금-여기에서도 여전히 유효한 노동자 해방 투쟁과 시에 대한 그의 생각을 귀기울여보자.

되풀이 말해서 노동자는 해방 투쟁의 모든 전선에서 선두에 서야 합니다. 자기 계급의 배타적이고 이기적인 울타리에 갇혀서는 안 됩니다.

시인은 노동자들의 이런 모든 투쟁을 지원하기 위해서 전면적인 정치 폭로를 해야 합니다. 시인은(노동자 시인일 경우 특히) 공장 생활과 그것의 개선 등에 한정해서 시를 써서는 안 됩니다.

그런데 불행하게도 우리나라의 노동자 출신의 시인들은 거의 하나같이 공장 안의 작업 조건과 자본가들의 비인간적인 처우와 생활상의 어려움과 노동력 판매 조건의 개선 등에만 자기 시의 내용을 국한시키고 있습니다. 그 밖으로는 거의 한 발자국도 나아가지 못하고 있습니다.

심지어는 외부에서 경제 투쟁을 넘는 어떤 투쟁을 가지고 들어가려고 하면 그것을 배격하기까지 하는 실정입니다.

소위 편협하고 옹졸하고 한심한 노동자주의입니다. 노동자는 자기 자신만을 자본가로부터 인간적인 대우를 받음으로써 자기 자신을 해방시키는 것이 아니라 피억압 민중 전체를 해방시킴으로써 비로소 자기를 해방하는 것입니다.[22]

김남주의 비판은 "혁명적 정치 투쟁을 노동조합주의적 정치 투쟁으로 타락시키는 것"[23]을 겨냥하고 있다. 그러면서 시의 역할을 동시에 밝힌다. 옥중에 있는 김남주의 노동자해방과 노동문학에 대한 비평으로 손색이 없다. 이를 두고 철지난 1980년대 민족문학론의 유산으로만 가둬놓지 말자. 이 글의 맨 앞머리에서 김남주의 시 「밤길」이 상기하듯, 지금-여기 갈수록 정교히 제도화되면서 불가사리처럼 집어삼키는 신자유주의 세계 체제 속 노동자의 정치 투쟁은 임금 인상, 노동환경 개선을 중심으로 한 제도적 개선 투쟁에 비중을 둘 뿐 노동의 유연성을 미끼 삼은 노동자 계급 내부의 갈등과 분열을 조장하는 가운데 자본주의의 악무한에 대한 혁명적 공세의 상상력은 어디에서 숨죽이고 있을까. 그래서 김남주의 옥중비

22 김남주, 「나의 시의 한계를 단정하는 당신에게(1988. 11. 13.)」, 맹문재 엮음, 앞의 책, 471~472쪽.
23 김남주, 같은 글, 472쪽.

평의 공명은 아이로니컬하게도 지금-여기 구미중심의 세계문학이 속수
무책일 수밖에 없는 예의 사안을 말 그대로 래디컬하게 비평적으로 개입
하는 해방의 틈을 내는 세계문학의 역할을 맡는다.

이처럼 옥중문학으로서 김남주의 옥중시와 옥중번역과 옥중서신(옥중
비평)은 서로 포개져 있고, 서로 스며들어 있고, 그리하여 흡사 생성형
AI챗봇이 그렇듯이 '혁명전사-시인' 김남주의 혁명을 쉼 없이 생성해낸
다. 김남주의 옥중문학은 세계문학을 쟁점적으로 새롭게 구성한다.

'구연적 상상력'과 '구연적 표현'의 세계문학

세계문학으로서 김남주의 문학을 쟁점적으로 논의할 때 집중해야 할
부문이 있다. 그것은 김남주가 생득적으로 체현하고 있어 그의 존재의
물성 자체인 구연적(口演的) 표현으로 세계의 본질을 단숨에 잡아채는 능력
이다. 이것은 앞서 살핀바, 김남주 문학의 '대지'가 함의한 탈구미중심의
세계문학과 긴밀히 연동된다. 해남 땅에서 농민의 아들로 태어나 광주
·호남 지역 '대지'의 혁명적 정동의 삶정치를 체현하고 있는 김남주가
호남의 구연적 표현을 자기화하는 것을 대수롭게 간주해서는 곤란하다.
이것은 김남주의 문학에 "눈으로 읽는 시의 잣대를 들이대서 비판하는
것은 범주의 오류라 할 수 있다."[24]는 비판과, 그의 옥중시가 지닌 낭송시의
미학적 정치를 극대화하고 있는 것을 주목해야 한다는[25] 김남주의 시에
대한 적중(的中)의 논의를 보다 적극적으로, 그래서 김남주의 혁명적 정동
의 삶정치에 대한 구연적 표현을 세계문학의 차원에서 궁리해볼 필요가

---

24 하정일, 앞의 글, 285쪽.
25 이에 대한 주요 논의는 다음을 들 수 있다. 염무웅, 「투쟁과 나날의 삶: 김남주의 시에
    관한 세 개의 글」, 『혼돈의 시대에 구상하는 문학의 논리』, 창작과비평사, 1995; 정지
    창, 「김남주의 옥중시와 브레히트의 망명시」, 염무웅·임홍배 엮음, 앞의 책.

있다. 이 구연적 표현의 바탕에는 토착적 요소가 자리하듯, 호남 지역 민중의 생활 감각을 언어적으로 재현하는 구어-입말이 토대를 이루는데, 구연적 표현의 자연스런 속성이 그렇듯이 현장 속 말하기와 듣기는 화자와 청자의 문화역사 생태 감각과 학습화된 교양이 화용론적 상황에 기민히 대응하는 도정에서 의미를 확연히 갖는 분절음뿐만 아니라 각종 비분절음적 요인들 ──인간이 발음기관을 통해 낼 수 있는 각종 소리를 망라한 것들──은 물론, 심지어 침묵과 표정과 몸짓 등의 요인들이 한데 뒤섞이는 흡사 음악의 리듬과 같은 역동성을 지닌다. 김남주의 구연적 표현도 예외가 아니다.

김남주의 생활의 현장에서 이 구연적 표현이 돋을새김된 것 중 하나로, "좆돼부렀습니다."[26]가 지닌 그의 혁명적 정동은 두루 회자되고 있다. 『함성』지 사건 재판 최후진술을 앞두고 김남주는 재판장에서 서슴없이 이렇게 내뱉었다. 유신체제의 재판장에서 재판을 받는 자신을 향한 자기모멸과 헌정질서를 유린하는 독재정권의 하수인으로 전락한 법정을 비꼬고 야유하는 이 욕설은 호남의 '혁명전사-시인'으로 거듭날 청년 김남주의 생득적 투쟁의 유전자가 격발된 입말로, 기실 유신체제를 향한 혁명적 정동으로서 구연적 표현이었던 것이다.

이러한 김남주의 구연적 표현은 '광주학파'와의 부단한 교류와 공부의 도정에서 한층 더욱 튼실해진다. "어느 순간 그의 시에서 제3세계적 세계관과 전라도 문법에 담긴 민족형식의 결합이 탁월한 성과로 드러나기 시작"[27]한 것이다. 이것은 김남주의 시를 우리에게 내면화된 서구의 근대 서정시의 미적 기율로 온전히 이해해서 안된다는 것을 말한다. 그동안 김남주의

26　""좆돼부렀습니다"로 시작하여 "유신의 잘잘못에 대한 심판은 역사가 할 것이다. 설령 법원이 내게 유죄를 선고한다고 해도 역사는 내게 무죄를 선고할 것이다"로 끝나는 김남주 최후진술은 당대 학생운동가들의 가슴을 흔든 명구로 남아 널리 회자되었다."(김형수, 앞의 책, 191쪽)

27　김형수, 위의 책, 290~291쪽.

시의 미적 결함에 대한 비판의 대부분이 이런 구연적 표현이 갖는 '토착적 모더니티'가 수행하는 '또 다른' 근대의 미학적 정치, 즉 탈식민적 사유와 실천에 바탕을 둔 혁명적 서정에 대한 온당한 비평을 제출하지 못했다는 것이 그 반증이다. 이것은 김남주의 옥중시를 비롯한 여타의 시에서 곧잘 목도되는 노래적 요소와 구연적 요소 등 낭송시의 미적 정치를 소홀히 여긴 채 시 본령이 아닌 주변적인 것으로 논의해왔기 때문이다. 이제 김남주를 포함하여 구연적 표현의 미적 정치에 적공을 쏟고 있는 문학을 대상으로 한 구미중심의 근대미학의 기율을 표준화의 척도로 들이대는 비평과 결별하자. 그래서 '또 다른' 근대를 기획·모색·실현하는 탈구미중심의 세계문학을 쟁점적으로 새롭게 구성하자. 이 원대하고 담대한 노력이야말로 '혁명전사-시인' 김남주가 체현하고 있는 구연적 표현의 시가 수행하는 혁명적 서정에 감응하고, 혁명적 정동에 공명하며, 구미중심의 근대와 '또 다른' 근대를 향한 꿈꾸기를 중단하지 않는 혁명에 기꺼이 동참하는 일이다.

물론, 여기에는 김남주가 갈고 다듬어 새로 습득해야 할 '토착적 모더니티'에 대한 공부에 열심했던 것을 기억해야 한다. "앞으로 우리의 전통적인 것에 대해서 특히 민중의 애환이 듬뿍 담긴 것, 즉 설화나 민담이나 속담 등에 대해서 노력을 기울여야겠소."[28]라든지, "금년에 우리 민요, 판소리, 민속극에 관해 알아보아야겠소. 시조, 사설시조도요."[29]라는 옥중서신에서도 스스로에게 호남 지역에 한정된 '토착적 모더니티'에 붙잡히는 것을 넘어 서구중심의 근대로부터 밀려나 전통이란 미명 아래 근대와 단절된 채 근대와 교통할 수 없는 과거의 옛것으로만 박물지(博物誌)화하는 고전문학에 대한 공부를 통해 그것이 지닌 구연적 상상력을 자기화하고자 한다.

이처럼 구연적 상상력과 구연적 표현을 향한 김남주의 열심은 옥중번역

---

28 김남주, 「화로 속의 불씨처럼(1981. 1. 23.)」, 맹문재 엮음, 앞의 책, 305쪽.
29 김남주, 「잠자고 있는 자와 눈을 뜨고 있는 자(1983. 1. 24.)」, 맹문재 엮음, 위의 책, 355쪽.

시 하이네의 「노예선」과 출옥 후 발간한 하이네의 정치 풍자시집 『아타
트롤』 및 번역시집 『은박지에 새긴 사랑』(호치민·네루다·푸슈킨·르이레에
프·오도옙키·로르카 저, 김남주 역, 1995)에 수록된 네루다의 시들에서 만날
수 있다. 이들 번역시에서 적극 수행되고 있는 시적 화자의 구연적 표현은
종래 묵독으로 음미하는 가운데 세계-내적-존재로서 근대인의 내면적 풍
정과 그 정동이 미치는 미의식과 미적 정치를 감응하는 것과 다른 차원의
독서 체험이 요구된다. 지구적 자본주의 세계체제에서 제국주의 지배권력
이 주류를 이루는 북반구가 남반구를 식민 대상으로 착취하는 구연적 상상
력의 시적 재현을 「노예선」에서 만난다면, 19세기 중반 혁명의 반동정치를
구가하는 독일의 정치와 속류적 경향문학에 대한 신랄한 풍자적 비판의
구연적 표현을 『아타 트롤』에서 만나고, 라틴아메리카를 오랫동안 식민
침탈한 구미 제국에 대한 라틴아메리카 민중의 혁명적 열정과 라틴아메리
카 대지를 향한 무한한 사랑에 대한 구연적 상상력의 노래를 네루다의
시편들에서 조우한다. 거듭 강조하건대, 김남주의 혁명은 바로 이러한 구연
적 표현의 탈식민의 세계문학과 아주 자연스레 접속하고 있다. 따라서
"김남주의 이름은 이미 그의 시의 선배들인 하이네, 브레히트, 마야콥스키,
네루다의 반열에 올라있다."[30]는 극찬이 괜한 것이 아님을 수긍하자.

그럴 때, 김남주의 시편 중 아마도 현재까지 대중에게 광범위하게 퍼져
애창되고 있는 몇 안되는 민중가요가 있는데 「함께 가자 우리 이 길을」이
맨 앞자리에 놓인다.

함께 가자 우리 이 길을
투쟁 속에 동지 모아
셋이라면 더욱 좋고

---

30 염무웅, 앞의 글, 357쪽.

둘이라도 떨어져 가지 말자

함께 가자 우리 이 길을

앞에 가며 너 뒤에 오란 말일랑 하지 말자

뒤에 남아 너 먼저 가란 말일랑 하지 말자

열이면 열사람 천이면 천사람 어깨동무하고 가자

가로질러 들판 산이라면 어기여차 넘어주고

사나운 파도 바다라면 어기여차 건너주고

산 넘고 물 건너 언젠가는 가야 할 길

함께 가자 우리 이 길을

서산낙일 해 떨어진다 어서 가자 이 길을

해 떨어져 어두운 길

네가 넘어지면 내가 가서 일으켜주고

내가 넘어지면 네가 와서 일으켜주고

가시밭길 험한 길 누군가는 가야 할 길

에헤라 가다 못 가면 쉬었다 가자

아픈 다리 서로 기대며

—「함께 가자 우리 이 길을」 전문

민중가요 노래패 '노래를 찾는 사람들'과 '꽃다지'와 가수 안치환 등이 널리 부르게 되면서 김남주의 이 시는 입으로 입으로 전해지고, 1990년대부터 한국 사회의 각종 시위 현장에서 필수곡으로 불려지고 낭송되고 있다. 시의 생명력은 이처럼 노래의 본래적 속성을 태생적으로 끌어안고 있어야 하는 것이다.[31] 김남주가 그토록 부러워했던 네루다의 시가 칠레의

---

[31] 김남주는 생전 마지막 강연이었던 1993년 7월 시와사회사 주최 '여름문학학교'의 강연에서 『함성』지 사건 이전 그의 친구 이강과 함께 동학농민혁명지를 답사하고, 여수 순천 지역을 답사하던 중 1948년 그 지역에서 유행한 '부용산' 노래의 내력을 들려주

항만 노동자 앞에서 모두에게 감응되고 노동자의 품으로 파고들어 전신을
떨리게 함으로써 시와 노동자가 한데 어우러져 비로소 노동자–시의 삶정
치가 체현되듯, 그리하여 김남주가 번역한 프란츠 파농의 『자기 땅에서
유배당한 자들』(청사, 1978)[32]에서 주목한 '생명적인 요소의 원형'으로서
'리듬'을, 김남주는 바로 이 시에서 구연적 표현으로 절묘히 실현한다. 노
래의 위력, 아니 보다 구체적으로 적시하자. '혁명전사–시인' 김남주이기
에 이 시가 절로 생성하는 자연스러운 혁명적 서정과 혁명적 정동이 미치
는 폭발적 감응력에 대중은 '함께' 걷고, 위로하며, 일으켜 세우고, 이 모든
'함께'하는 민중의 혁명적 실천에 산천초목도 감응하는 우주적 생명의 율
동을 노래한다. 김남주가 꿈꾸는 혁명의 길은 이처럼 치명적으로 아름다
운 전율을 동반한다. 그래서 김남주의 시는 거듭 상기하건대, 탈식민의
해방과 탈구미중심의 '또 다른' 근대를 꿈꾸는 세계문학을 새롭게 구성하
며, 이것은 구연적 상상력과 구연적 표현의 중력의 꽃이며 열매다.

김남주의 세계문학, 혁명의 상상력을 '수행하는'

출옥 후 김남주는 그를 필요로 하는 곳이면 마다하지 않고 그곳에서

며 직접 이 노래를 부르고 노랫말을 되새기면서 다음과 같은 시와 노래의 관계를 말한
다. "제가 왜 이야기 도중에 노래를 부르냐 하면 저는 그렇게 배웠어요. 원래 시라는
것은 노래로써 존재했다 그런 말이 있어요. 그렇죠. 문자 이전에 노래로써 존재했던
것입니다. 이것이 지금 우리 시대에도 적용된다는 거죠. 노래로서 불러질 수 있어야
한다 이거죠. 그냥 그 시가 훌륭하다 이거죠 나는. 노래로서 불려지지 않고 읽어도
읽어도 알 수 없는 시 그것은 뭐냐 하면 생활의 내용이 없다는 것을 증명하는 거 아닙
니까? 그렇죠. 다시 말해서 평이해야 될 어떤 인간의 상상력을 아름다운 언어로 치장
하다보니까 공허할 뿐이고 이해가 안 된다는 것이다 이거죠."(김남주, 「시적인 내용은
생활의 내용(1993. 7. 24.)」, 맹문재 엮음, 앞의 책, 627쪽)

32 애초 김남주가 번역한 파농의 책은 『검은 피부 하얀 가면』이었으나, 제목을 '자기 땅에서
유배당한 자들'로 바꿨다고 한다. 파농 번역에 대해서는 김형수, 앞의 책, 307~311쪽.

'혁명전사-시인'의 삶정치를 '함께' 궁리하며 여전히 혁명의 길을 걷는다.

> 나는 알았다
> 그날밤 눈보라 속에서
> 수천수만의 팔과 다리 입술과 눈동자가
> 살아 숨 쉬고 살아 꿈틀거리며 빛나는
> 존재의 거대한 율동 속에서 나는 알았다
> 사상의 거처는
> 한두 놈이 얼굴 빛내며 밝히는 상아탑의 서재가 아니라는 것을
> 한두 놈이 머리 자랑하며 먹물로 그리는 현학의 미로가 아니라는 것을
> 그곳은 노동의 대지이고 거리와 광장의 인파 속이고
> 지상의 별처럼 빛나는 반딧불의 풀밭이라는 것을
> 사상의 닻은 그 뿌리를 인민의 바다에 내려야
> 파도에 아니 흔들리고 사상의 나무는 그 가지를
> 노동의 팔에 감아야 힘차게 뻗어간다는 것을
> 그리고 잡화상들이 판을 치는 자본의 시장에서
> 사상은 그 저울이 계급의 눈금을 가져야 적과
> 동지를 바르게 식별한다는 것을
>
> ─「사상의 거처」 부분

　지금-여기 주변을 돌아본다. 온갖 첨단의 미디어가 일상 속으로 파고 들면서 지식정보의 초과 시대를 살고 있다. 이제 우리 삶의 모든 것은 그것의 참/거짓의 경계 구분과 가치 유무와 아랑곳없이 심지어 그것의 효용성 여부도 따질 필요 없이 미디어를 이용하는 사람들의 접속 과정, 즉 그들의 접속 시간을 분단위 초단위로 쪼개면서 그것에 자본의 상품 논리가 개입하고 이러한 과정을 아무렇지나 않은 듯이 살고 있는 일상이

팽배해 있다. 인터넷 공간의 가상현실과 실제현실 사이의 경계가 무화된 지 오래이며, '노동의 대지'가 거느리는 삶의 구체성을 바탕으로 한 삶정 치는 역설적이게도 비현실적으로 다가오는 듯하다. 이런 삶에서 김남주 가 노래하고 있는 '사상의 거처'는 어디에 있을까. 물론, 이런 방식의 삶은 지금-여기의 인정물태(人情物態)의 전부는 결코 아니다. 하지만 날이갈 수록 미디어의 일상이 자본주의적 세계체제를 진화시키듯, 김남주의 혁 명을 다시 톺아보는 것은 '혁명전사-시인'이 불퇴전의 의지로 싸워가며 꿈꿨던, 비록 그것이 당장 눈앞에 실현되지 않더라도 혁명이 그렇듯이, '역사의 예지'가 품은 사회변혁의 전망을 쉽사리 포기할 수 없기에 그렇 다. 그런데 오해하지 말자. 김남주가 온몸으로 밀어붙인 전망에의 의지와 수행은 구미중심의 근대가 내장한 일의적(一義的) 근대와 목적론적 역사 에 충실한 그런 성격을 갖는 게 아니라 지금까지 살펴봤듯이 '대지'의 도 저한 생명력에 바탕을 둔 '토착적 모더니티'의 활력과 율동, 그것의 탈식 민의 가치와 삶정치를 공유(共有) 및 분유(分有)하는, 그래서 자본주의적 세계체제와 '또 다른' 세계를 지구별 사람들이 행복하게 사는 데 있다. 이러한 세계문학과 '함께' 가는 길이 바로 '혁명전사-시인' 김남주가 '수 행하는' 세계문학이다.

　여기서 '수행하는'에 주목하고 싶다. 지금까지 내가 논의한 김남주와 세계문학은 김남주의 삶과 시에서 목도했듯이 무엇을 추구해야 할 저 먼 곳에 있는 어떤 닿아야 할 대상이 아니다. 김남주의 삶 속에서 삶과 '함께' 부둥켜안아 씨름해야 할 '수행할 수밖에' 없는 그 무엇이다. 그러므로 김 남주에게 세계문학은 호사가들이 갑론을박하는 것처럼 구미중심의 (탈) 근대 이론에서 보다 정교해지는 담론도 아니고, 문학제도 중 특히 유수 문학상과 출판 및 독서 시장에서 인정받고 품평되는 세계적(?) 문화상품 도 아닌, 근대 자본주의적 세계체제에 대한 래디컬한 비판과 부정의 과정 속에서 '또 다른' 세계를 향한 혁명의 상상력을 수행하는 물성 자체다.

김남주의 세계문학은 그래서 미완의 혁명처럼 미완이고 여전히 우리가
함께 궁글러야 할 그 무엇인바, '녹두꽃'이자 '파랑새'며 '들불'이고 '죽창'
의 메타포가 지닌 노래로 입술이 달싹거린다.

　　이 두메는 날라와 더불어
　　꽃이 되자 하네 꽃이
　　피어 눈물로 고여 발등에서 갈라지는
　　녹두꽃이 되자 하네

　　이 산골은 날라와 더불어
　　새가 되자 하네 새가
　　아랫녘 윗녘에서 울어예는
　　파랑새가 되자 하네

　　이 들판은 날라와 더불어
　　불이 되자 하네 불이
　　타는 들녘 어둠을 사르는
　　들불이 되자 하네

　　되자 하네 되고자 하네
　　다시 한번 이 고을은

　　반란이 되자 하네
　　청송녹죽(青松綠竹) 가슴으로 꽃히는
　　죽창이 되자 하네 죽창이

　　　　　　　　　　　　　　　　　　　　　―「노래」 전문

시, 민주주의와 '해방의 정치학'에 공명하는

4·3항쟁과 5·18광주민주화운동의 접속

1.

정도의 차이가 있을 뿐 정치사회적 상상력과 무관한 시는 존재하지 않는다. 물론, 중요한 것은 정치사회적 상상력을 어떻게 이해하느냐인데, 나는 이 제한된 지면 안에서 이 사안에 대해 이론적 논의를 펼치는 대신, 시와 정치사회적 상상력이 교섭하는 것과 관련한 문학의 역사적 대화의 실제 사례를 살펴봄으로써 이 문제를 궁리해본다.

2.

우선, 소개하고 싶은 시는 해방공간에서 발표된 이수형의 시 「산(山)사람들」이다. 조금 길지만 전문을 음미해보자.

xx浦 海風 속에서 "어머-ㅇ" "어머-ㅇ" 부르다가 차돌같이 자라나 허벅구덕 지고 물 긷기 바쁘던 비바리도, 海水를 자물러 머흘머흘 살아오든 그 어멍도 끝끝내 '산사람' 되었단다.

원으로 오르나리며 나무꾼으로 걸늙다가 "倭놈이나 毛色다른 놈이나

인젠 어림없다."고 두눈 부릅뜨고 xxxxx에 들어갔든 오라방도 어처구니
없어 xx입은채 xx 든채로 xxx 속을 도망질 쳤단다.

千길 萬길 어굴히 恨많은 祖國의 '산사람'들의 눈물인듯 피인듯 터저버린
  火山 구멍에 白鹿潭을 받처든 xxx 중허리 봉우리 모롱이 벌집같은 窟
속에선……

무얼 먹구 싸우느냐 구요
  조밥과 소금 만으로 눈이 어두어지는 일도 생긴다 마는 탕 탕 총소리
들으면서두 나팔 불며 꽹과리 치며 메-데-를 行事하고 돌비알 아득히 진
달래 꽃사태 속에선 연기가 어엿이 나불거려 오른단다.

  情든 部落에선 보리는 익은채 선채로 썩어가고 밭에서 붙잡혀간 외삼
춘은 재판도 없이 간데 온데 없어졌단다.

  "네 아들 내놔라"는 모진 xx에 늙은 아방은 草屋 자빠진 돌벽 앞에서
두눈이 빠진채 숨넘어 갔단다.

  요지음은 어떠냐 구요
  물폐기 굼틀 거리는 아람도리 통나무 충충한 山中에서 돌바위 나무닢
을 베고 덮고 깔고 어한을 하면서두 기관지를 성명서 삐라를 인쇄하고 감
물드린 흙자주빛 갈중이랑 xx복장이랑 입은 '山사람'들이 시뻘건 머리수
건 동이곤 xx엘달려들땐 아이구 정말…… "주구키여"란 말 한마디도 없었
단다.

  아- 正月 대보름때 바닷가 달아래서 꼬깔쓰고 북 치고 꽹과리 치곤 놀

던 사람들, 지금쯤 어느 바위틈바귀서 대나무 창 칼을 깎고 있는 것일까.

— 이수형, 「山사람들」 전문

(『문학』 8호, 1948)

이 시는 해방공간에서 진보적 문인단체로 결성된 조선문학가동맹의 기관지 『문학』 제8호(1948년 7월)에 발표된 것으로, 1948년 4월 3일 제주 민중이 일으킨 4·3항쟁을 정면으로 다루고 있다. 그런데 이 시가 주목되는 것은 제주 출신이 아닌 함경도 출신인 이수형 시인이 4·3항쟁의 주체인 제주 민중의 정치사회적 입장을 매우 예리하게 포착하고 있는 점이다. 무엇보다 놀라운 것은 4·3항쟁을 직접 경험한 것처럼 제주의 자연 생태 속에서 항쟁 주체가 저항에 참여하는 모습을 아주 구체적으로 그려내고 있는 시인의 정치적 상상력이다.

'산(山)사람들'이란 시의 제목에서 드러나듯, 시인은 특히 1연에서 제주 여성(비바리, 어멍)이 "끝끝내 '산사람' 되었단다."는 것으로부터 점차 제주의 뭇 남성(오라방, 외삼춘, 늙은 아방)에 이르기까지 '산사람-무장대'로서 존재론적 전환을 선택한, 그래서 4·3항쟁의 역사적 존재로서 자기의 운명을 살고 있는 제주 민중의 현재성에 주목한다. 이것은 "왜(倭)놈이나 모색(毛色)다른 놈이나 인젠 어림없다"는 시구절에 압축돼 있듯, 일제의 식민주의 지배(왜놈)로부터 벗어났음에도 불구하고 또 다른 제국(모색 다른 놈)의 식민주의 통치를 도저히 용납해서 안된다는, 그래서 항쟁 주체인 '산사람'이 비록 "봉우리 모롱이 벌집 같은 굴 속"의 열악한 주거환경에서, "조밥과 소금만으로" 연명하는 투쟁 생활을 한다고 하지만, 조국의 진정한 해방을 성취하기 위한 항쟁의 기치를 내려본 적은 없다. 오히려 "정월 대보름 때 바닷가 달 아래서 고깔 쓰고 북 치고 꽹가리 치곤"하던 제주 공동체의 신명을 회복 및 갱신하기 위해 "어느 바위 틈바구니에서

대나무 창 칼을 깎고 있는" 제주 민중의 역사적 존재로서의 저항의 위엄
을 시인은 다시 발견한다.

　이와 관련하여, 냉철히 짚고 넘어갈 점이 있다. 4·3이 일어난 지 70여
년이 흘렀고, 한국 사회의 법적 제도권 안에서 4·3은 역사적 복권을 이룩
하면서 4·3에 대한 범정부적 차원의 애도가 제도화의 성과를 일궈내고
있는 것은 그 자체로 값진 역사적 성취가 아닐 수 없다. 그렇다고 4·3에
대한 정치적 접근이 일단락된 채 새로운 접근이 봉쇄된 것은 결코 아니다.
그래서 이수형의 「산사람들」을 주목하는 이유가 있다. 제주 민중이 4·3항
쟁에 주도적으로 참여하는 과정에서 자신의 삶 공동체가 전면적으로 파
괴되고 존재의 절멸을 겪으면서도 저항의 기치와 의지를 드높였던 진실
은 무엇 때문일까. 제주의 민중이 언어절(言語絶)의 정치적 폭압에 굴하
지 않고 온갖 희생을 감내하면서 목숨을 건 저항에도 "아이구 정말……
"주구키여"(어떤 힘든 상황에 직면하거나 힘든 일을 한 후 자연스레 내뱉는
푸념과 넋두리의 제주어-인용)란 말 한마디도" 쉽게 하지 않고 버팅겼던
삶의 힘은 어디에서 나온 것일까. 한라산으로 올라간 제주 민중은 그러므
로 해방공간의 절해고도(絶海孤島)에서 어떤 정치적 해방을 꿈꿨을까. 이
일련의 물음은, 4·3을 제주 민중에 대한 수난사중심의 정치적 상상력에
자칫 구속함으로써 4·3항쟁에 참여한 제주 민중의 정치적 해방의 래디컬
한 상상력을 근대 국민국가의 제도권 내부로 관리하는 정치에 대한 비판
적 성찰이나 다름이 없다. 그래서일까. 4·3항쟁 초기 국면에서, 제주 출
신이 아닌 타지인이 제주의 바깥에서 드러낸 4·3항쟁에 대한 예의 정치
사회적 상상력은 4·3을 '애도의 정치학'으로 제도화하는 데 자족할 게
아니라 제주 민중이 꿈꿨던 (비록 현실적 패배로 끝나고 말았으나) '해방의
정치학'을 시와 함께 어떻게 한층 새롭고 웅숭깊게 탐색할 것인가에 대한
물음을 던지고 있다.

3.

이러한 물음은 재일조선인 시인 김시종의 시집 중 『광주시편』(1983)
에 수록된 광주민주화운동 관련 시편을 상기시킨다. 김시종은 4·3항쟁
당시 제주 남로당의 연락원으로서 이수형의 「산사람들」에 나오는 바로
그 '산사람들-무장대'의 저항에 동참했다가 일본으로 밀항한 후 '재일(在
日)'의 삶을 살고 있는 시인이다. 일본에서 김시종의 삶은 조국의 분단을
극복하는 데 혼신의 힘을 쏟는다. 재일조선인으로서 그의 시 안팎에는
앞서 살펴본 이수형의 「산사람들」에서 읽을 수 있는 4·3항쟁에 대한 정
치사회적 상상력이 김시종만의 밀도 있는 언어로 이뤄져 있다. 『광주시
편』도 예외가 아니다. 그중 「바래지는 시간 속」에서 시인은 4·3항쟁과
5·18광주민주화운동을 접속하는데, 이 두 역사의 포개짐을 위해 망각되
어서는 안 될 곤혹스러운 '역사적 시간'을 호명한다. 그것은 일제의 '36년'
식민 지배의 질곡의 시간이다. 그러니까 김시종의 「바래지는 시간 속」에
서 우리는 일제의 식민주의 폭압과 4·3항쟁 그리고 5·18민주화운동이
란 비동시적 역사를 한 편의 시가 펼치는 동시성의 예술의 매혹으로 만
난다.

> 기억도 못 할 만큼 계절을 먹어치우고
> 터져 나왔던 여름의 내가 없다.
> 반드시 그곳에 언제나 없다.
> 광주는 진달래로 타오르는 우렁찬 피의 절규이다.
> 눈꺼풀 안쪽도 멍해질 때는 하얗다.
> 36년을 거듭하고서도
> 아직도 나의 시간은 나를 두고 간다.
> 저 멀리 내가 스쳐 지나갔던 거리에서만

　시간은 활활 불꽃을 돋우며 흘러내리고 있다.

　　　　　　　　　　　　　— 김시종, 「바래지는 시간 속」 부분
　　　　　　　　　　　（『광주시편』, 김정례 옮김, 푸른역사, 2014）

　김시종은 위 시를 1980년 8월 9일 일본에서 열린, 광주에서 희생된
학생과 시민을 추모하고 전두환 신군부 세력에 의해 정치적 탄압을 받는
민주 인사의 석방을 요구하는 집회에서 한국어로 낭독하였다고 한다. 그
런데 이 시를 음미하면서 줄곧 눈에 밟히는 시구절이 있다. "터져 나왔던
여름의 내가 없다./반드시 그곳에 언제나 없다."는 구절이다. 1980년 조
국의 광주에서 일어난 "진달래 타오르는 우렁찬 피의 절규"의 현장에 없
었던, 일본에서 조국의 이 소식을 접한 시적 화자로서 '나'의 부재는 자명
하다. 그럼에도 불구하고 "반드시"라는 부사가 거느리는 '나'의 부재에
깊이 연루된 '나'의 운명에 대한 자책을 시인이 감당하는 것은 몹시 힘들
다. 그것은 김시종의 고백을 빌리자면, 일제 식민주의 지배 아래 '황국신
민'으로서 성장한 세대가 조국 해방을 주체적으로 맞이할 이렇다 할 준비
없이 해방의 한복판에 갑자기 떠밀린 채 해방공간의 주체로서 '나'의 부
재를 인식한 것과 연관된다. 그런데 '나'의 부재를 인식했던 1945년 8월
의 여름으로부터 "36년을 거듭하고서", (이를 두고 역사의 간교라고 해야
할지……, 1945년부터 36년째 되는 시기인) 1980년 조국의 민주화운동이
일어난 광주에서도 '나'의 부재는 되풀이된다. 1980년의 '나'의 부재는
물리적 여건상 해방된 조국을 떠나 있으므로 어쩔 수 없는 일임에도 불구
하고 시인은 '나'의 부재를 몹시 부끄러워한다. "광주는, 와자지껄한/빛
의/암흑"(「뼈」)이듯, 시인은 민주화운동을 위한 숱한 생명이 비참한 죽
음의 휘장으로 뒤덮고 있는 역사의 파행을 외신의 형식으로 접하며, 타국
의 방관자로서 조국의 민주화운동을 위한 이렇다할 적극적 저항에 동참

하지 못한 채 애도의 시혼을 벼릴 뿐이다. 그리하여 시인은 "압살당한 '자유 광주'를 조금씩이라도 토해내는 것이 일본에 있는 내가 할 수 있는 최소한의 주문이었다."(『광주시편』, 90쪽)면서 『광주시편』을 갈무리했던 것이다.

4.

그런데 김시종 시인의 '나'의 부재와 관련한 자기비판과 자기성찰에서 간과해서 안 되는 것은, 해방공간에서 정치적 해방을 꿈꿨던 4·3항쟁으로부터 도피한 자신에 대한 존재론적 부끄러움과 결코 무관하지 않다는 점이다. 말하자면, 그는 4·3항쟁이 진행 중인 제주를 떠난 '나'의 부재를 존재론적 및 인식론적인 이중의 층위에서 괴로워한다. 때문에 김시종에게 '나'의 부재는 역사의 주요 국면과 긴밀히 연동된 것으로, 『광주시편』의 주요 문제의식을 형성하는 정치사회적 상상력의 바탕이라 해도 과언이 아니다.

김시종의 이러한 정치사회적 상상력은 광주의 죽음에 대한 애도를 그 암흑의 사위에 가둬놓지 않고 도리어 어둠의 극한을 넘어 어둠의 장막에 틈새를 냄으로써 역사의 신생을 향한 빛을 생성한다.

죽음에도 죽음을 거부하는 죽음이 분명히 있다.
이 밤의 깊이는
부끄럼 없이 죽은 젊은이의
원통한 마지막 숨을 거둔 검은 휘장.
조용히 창을 열어젖히고
밤을 향해 가만히 입술을 맞춘다.
나라가 통째로 어둠 속에 깔려 있을 때

감옥은 스며 나오는 빛의 상자다.

— 김시종, 「입 다문 말」 부분

(『광주시편』, 김정례 옮김, 푸른역사, 2014)

역사의 신생을 위해 시인은 광주의 죽음을 전도시킨다. 민주주의를 퇴행시키는 어둠의 깊이는 "부끄럼 없이 죽은 젊은이의" "죽음을 거부하는 죽음"으로 이내 소멸할 것이다. 이것이 바로 시인의 예지적 권능이며, 역사의 어둠 속 사위의 틈새로 빛이 스며들고 퍼지도록 하는 정치적 상상력의 실재다. 비록 김시종 시인이 일본에서 『광주시편』을 출간한 때가 광주의 민주화운동을 압살한 전두환 독재가 기승을 부리는 시기이지만, 이 시집에서 혼신의 힘을 쏟아 노래한 광주의 민주화운동은 민주주의 본래의 가치가 얼마나 소중한 것인지, 그리고 민주주의를 어떻게 민주시민의 힘으로 지키고 창조적 힘을 지속적으로 생성시켜야 할 것인지에 대한 문학의 정치윤리적 감각과 미적 실천의 수행에 대한 모종의 깨우침을 시사한다.

그렇다. 시의 정치사회적 상상력은 시의 경계를 넘어 민주주의와 '해방의 정치학'에 공명(共鳴)한다.

비관주의적
환멸의 정치를
단죄하는

1.

어둠은 빛을 결코 이길 수 없다. 거짓은 진실을 영원히 덮을 수 없다. 타락하고 부패한 권력은 반드시 응징되고 청산되어야 한다. 양심적 시민의 민주주의를 향한 염원과 순수를, 사회적 혼란과 분규를 조장하는 이념 대결로 몰아가서는 안 된다. 세계의 시민들은 한국 사회를 지켜보고 있다. 걸핏하면 북한의 핵미사일 실험으로 안보 위기가 조장되고, 한반도에 대한 국제사회의 정치경제적 이해관계가 뒤엉킨 채 미국의 일방적 패권주의로부터 자유롭지 못한 것으로 간주되곤 하는 한국 사회를 그들은 경이로운 눈으로 지켜보고 있다. 서구의 근대가 창안하고 다듬어온 국민국가의 정치제도와 그것을 뒷받침하는 윤리가 21세기의 한국 사회에서 도전에 직면하고 있으며, 환골탈태할 기로에 서 있는 것이다. 무엇보다 근대의 한국 사회에서 오랫동안 정상적으로 작동되지 못한 민주주의가 이제야말로 비정상성을 래디컬하게 성찰할 뿐만 아니라 그것의 안팎을 이루는 반민주주의적 적폐들을 말끔히 청산할 수 있는 절호의 기회를 맞고 있다. 물론, 사태를 이렇게 안이하게 파악하는 것은 늘 경계해야 한다.

2.

장맛비가 남북을 오르내리는 지루한 우기도 힘들었지만
불볕더위도 견디기 쉬운 건 아니다
땡볕에 끌려나온 능소화는
순교자처럼 모가지를 늘어뜨리고 있었는데
곳곳에서 대선에 불복하는 거냐고 으름장을 놓았다
살벌한 눈빛 기세등등한 이들을 향해 노신부님이
정의가 없는 국가는 강도떼와 같다고 꾸짖으셨다
그러지 신부님 말씀은 확언이 아니라 질문으로
이해해야 한다고 신문은 주석을 달았다
장성 출신과 공안 검사들을 줄줄이 요직에 앉히고
불안한 권력은 악령을 불러내어 전면에 내세우고
오만한 얼굴로 미소 짓게 하였다
많은 이들이 두렵고 무서운 날이 돌아왔다고 하자
청와대는 석학들을 불러와 오찬장에 앉히고는
인문학은 인간에 대한 사랑과 관심이라고
천막 안에 앉아 땀을 흘리며 종이컵에 촛불을 끼우는 동안
검은 띠를 머리에 두른 노인들이 핏발 선 목청으로
촛불좀비들 아웃이라고 고함을 쳤다
거대한 광기가 도처에 흘러넘쳤다
뻔뻔하고 오만하고 몰상식한 방언을 내뱉고도 당당한 건
역사의 오랜 주류라는 자신감 때문이리라
곳곳에서 무너지지 않는 세력들이 뒷배를 봐주고
방송도 침묵으로 동조한다는 걸 믿기 때문이리라

얼마나 많은 칸나꽃이 멱살을 잡힌 채 끌려갈 것인가

얼마나 많은 매미들이 울다 지친 채 여름을 포기할 것인가

사악함이 승리하고 정의가 불의를 이기지 못할 때마다

기도가 되지 않았다

많은 이들이 불행한 시대가 오리란 생각에

시가 써지지 않았다

너는 왜 절필하지 않느냐는 야유가 날아오곤 하였다

그래도 오늘 저녁 한개의 촛불로 나를 수렴한다

이렇게 꺼질 듯 꺼질 듯 다시 불붙여나가는 것이다

우리는 아스팔트에 핀 한송이 채송화에 지나지 않겠지만

군홧발 앞에서도 꽃으로 피어나던 시절을 지나왔으니

다시 악마의 성채 앞에서도 한송이 꽃으로 있는 것이다

촛불의 별밭을 만드는 꿈

꽃의 바다가 되어 흘러가는 꿈을 꾸는 것이다

— 도종환, 「팔월」 전문

(『사월바다』, 창비, 2016)

"사악함이 승리하고 정의가 불의를 이기지 못"해 역사의 진실을 침묵으로 강요당해야 하는, 아니 이러한 불의를 스스로가 잘 알고 있으므로 어떻게 해서든지 이 불의를 감추고 탈바꿈해야 하는 "불안한 권력은 악령을 불러내어 전면에 내세우고/오만한 얼굴로 미소"를 지으면서 "악마의 성채"를 견고히 구축시킨다. 하여, 우리의 삶과 현실은 "거대한 광기가 도처에 흘러넘"치지 않았던가. 그렇다. 우리는 또렷이 기억한다. 대선 과정에서 국가 정보기관의 부당한 개입과 대선 결과에 대한 전산 조작 의혹 등이 불거진 채 대통령으로 당선된 박근혜는 집권할 때부터 정의와 공정성, 그리고 진실을 헌신짝처럼 내팽개친 채 권력욕에 도취되었으며,

온갖 비리와 부패로 점철된 측근을 곁에 두더니 비선 실세를 통해 음험한 권력을 만끽해오지 않았는가. 정녕, 그동안 대통령은 자신의 권력 남용을 인지하지 못했을까. 자신의 권력 행사가 국가와 국민을 위한 것으로 판단했을까. 국민의 권력을 대리한 국가 공무원을 대신하여 공권력 바깥에 있는 비선 실세를 전폭 신뢰함으로써 그 비선 실세의 정치경제적 이해관계에 대통령의 권력이 이용당한 것을 인지하지 못했을까. 아니면, 기꺼이 이용당하더라도 '대통령'으로서 최고 권력 자리가 위태롭지만 않다면, 온갖 추악한 권력들의 비호 아래 자신의 권력 아성을 구축시키는 권력 놀이에 탐닉하는 데 자족했을까.

여기서, 우리는 묻는다. 아무리 현실정치의 문외한이라 하더라도 이번에 속속 전모가 밝혀지고 있는 대통령의 권력 남용과 헌정질서의 유린으로부터 심한 모욕과 상처를 받은 국민을 어떻게 치유할 수 있을까. 순간의 잘못을 피상적으로 넘겨보려는 대통령의 가짜 눈물과 거짓 사죄를 보며 더욱 치받는 국민의 모멸감을 무엇으로 달랠 수 있을까. 누가 봐도 거짓이 명명백백한데도 불구하고 아직도 대통령 자리에서 내려올 수 없다는 저 뻔뻔한 후안무치를 언제까지 마주해야 할까. 더욱 안타까운 것은 비선 실세의 국정농단의 실체가 낱낱이 밝혀지면서 대통령의 공모의 실체가 뚜렷이 밝혀지고 있는데도 불구하고 아직도 대통령을 두둔하고 비호하는 몰상식적 정치행위가 백주대낮에 일어나고 있는 것을 상식적으로 어떻게 이해해야 할까. 대통령은 한술 더 떠 이러한 정치행위를 자신을 지지하는 것으로 받아들이면서 권력의 미망에 사로잡혀 있다. 이번 사태로 양심과 상식 있는 남녀노소 시민들은 민주주의의 소중함과 그 역사적 성격에 대해 성찰하고 몸소 행동을 통해 민주주의의 참뜻을 실천하려고 일상 속에서 민주주의를 뿌리내리는 정치행동을 심화 확산시키는 데 반해 대통령과 이를 비호하는 세력은 도리어 민주주의를 퇴행시키고 있는 것이다.

3.

사실, 이러한 퇴행적 모습은 그리 이상한 게 아니다. 2014년 가을, 이
제 해체 및 소멸했다고 간주된, 해방공간에서 미군정의 적극적 지원과
이승만 정부의 비호 아래 악명을 떨친 서북청년단이 재건된다는 소식이
들려온다. 국가의 안전 시스템 붕괴로 인해 세월호가 침몰돼 바닷속에서
무고한 생명들이 목숨을 잃은 채 세월호 침몰에 대한 진실을 밝혀야 한다
는 여론이 고조되고 있을 무렵 서북청년단 재건위가 나타난다.

올 가을
국민소득 2만3천 달러
선진국 문턱의 이 땅에
서북청년단 재건위가 나타났다고 한다
호열자처럼
폐결핵처럼
에이즈처럼
에볼라처럼
그 죽음의 그림자가
21세기 대명천지에 나타났다고 한다
4·3 때, 10·1 때, 여순 때, 1950년 그때
임산부의 배를 가르고
태아를 총검으로 찍어 들어올려 휘저었다는
살육의 레전드가
가을의 전설처럼
연탄가스처럼 다시 나타났다고 한다
그러나 곰곰이 생각해보니

서북청년단이

이 땅에서 사라진 적이

한 번도 없었다는 사실을 나는 알았다

자본의 얼굴을 한 서북청년단이

가난의 얼굴로 가장한 서북청년단이

불평등이라는 무심한 이름을 이마에 붙인 서북청년단이

인간의 윤리와

도덕을 한 방에 갈아엎는 냉혈한의 얼굴로

형제간에 패륜적 재산 싸움을 통해

늙은 노모를 산 속에 버리고 도망치는 뒷모습을 통해

빚에 몰린 임대주택 모녀의 동반 자살의 모습으로

늘 우리 곁에 있었다는 사실을

나는 미처 깨닫지 못한 것뿐이었다

변장과 위장에 능란한

그 서북청년단의 참 모습을 놓치고 산 것 뿐이었다

— 김용락, 「서북청년단 재건위」 전문

(『산수유나무』, 문예미학사, 2016)

단도직입적으로 묻자. 왜, 서북청년단 재건위가 나타났을까. 아직도 한국 사회는 냉전시대의 공포정치와 억압의 사슬을 끊어내지 못하는 추문에 휩싸여 있다. 시인이 호명하고 있듯, 해방공간에서 미군정과 이승만 초대정부는 반공주의의 절대 기치 아래 조직된 극우어용단체 서북청년단을 전위 삼아 민중항쟁(1946년 대구에서 일어난 10·1사건, 1948년 제주에서 일어난 4·3사건, 1948년 여수와 순천에서 일어난 여순사건)을 무참히 진압하고 한국전쟁 전후 국민보도연맹원을 집단학살한다. 말하자면 서북청년단은 한국 현대사회에서 남과 북의 정치적 이념 대립을 극단화하여 맹목적 반공주의의 기틀에 선 한국 정부를 수립하는 데 물리적 폭력을 행사한 의사(擬似) 정치단체였다. 이러한 극우반공 성향의 서북청년단이 2014년 가을, 세월호의 진실을 밝혀야 한다는 여론이 고조될 때 재건될 조짐을 보인다는 것은 한국 사회의 민주주의를 향한 움직임을 아직도 반공주의로 호도하려는, 그래서 시대 퇴행적 반공병영의 국가주의를 상기시키려고 하는 정치적 노림수를 연출하는 것이다. 여기서, 시인의 인식은 한층 예각적인 모습을 보이는데, 그것은 때 아닌 서북청년단 재건위의 출현을 지금, 이곳 한국 사회에서 켜켜이 누적되고 있는 온갖 사회의 구조악(構造惡)과 행태악(行態惡)의 표상으로 치환하고 있다. 다시 말해 시인은 서북청년단의 존재를 해방공간과 한국전쟁 전후의 해묵은 극우어용 반공 청년단체로만 인식한 것에서 벗어나 서북청년단 존재 자체와 그 생래가 함의하고 있는, 즉 분단사회의 정치경제적 기득권을 유지하고 강화하는 데 혼신의 힘을 기울임으로써 결국 21세기에도 여전히 한국 사회의 맹목적 반공주의의 정치가 지배질서의 근간을 이루는 민주주의의 비정상성으로 작동하고 있는 현실을 또렷이 인식한다.

이러한 서북청년단의 모습은 놀랍게도 작금 박근혜 대통령의 탄핵을 반대하는 태극기 시위에 겹쳐진다. 여전히 한국 사회는 민주주의의 가치와 맹목적 반공주의가 착종된 기이하고 묘한 정치적 근대를 경험하고 있는 형국이다. 21세기의 대통령 탄핵 정국에서 민주시민들은 21세기의 정치현실 감각을 육화시키는 다양한 창조적 문화형식에 의해 탄핵 시위를 벌이고 있는 데 반해 그 반대편 시위는 오직 태극기로 수렴되는 맹목적 국가주의를 불러일으킴으로써 그들 자신도 알 리 없는, 그들이 그토록 부정하는 북한의 파시즘과 닮아있다. 그들에게는 한국 사회가 어떠한 국가의 성격을 띠어야 하는지, 그래서 국가의 존립 자체가 아니라 국가가 민주주의의 어떠한 가치를 위해 전심전력해야 하는지 등 국가를 상대화하고 국가가 국민에 대해 긴장함으로써 국민의 가치를 존중하는 바른 정치적 이성이 결여돼 있다. 하지만, 이럴수록 포기할 수 없다. 혼돈의 시대에서 뿌리 없는 말들이 부유하고, 불의와 꼼수의 언어들이 횡행할수록 시대정신에 착근한 언어를 내뱉어야 한다. 세련된 미사여구의 수사가 발달한 언어가 아니라 시대정신에 직핍한 진실의 언어에 귀를 기울여야 한다.

4.

부디
외롭고 고독하고
막막하고 무서운
마녀의 성에서
이제는 그만 나오시길!

다른 일은 하지 말고
다른 일은 다 맡기고
바닷물 속에서 죽은 이들 원 풀어주는 일!
엄동설한에 굴뚝에 올라간 쌍용 사람들에게
가보는 일!
광고전광판 위에서 목 놓아 외치는 케이블 일꾼들
말을 들어주는 일!
밀양에, 제주도에, 상심한 사람들에게 가서
엄마처럼
누이처럼
할머니처럼 마음 써주는 일만 하시길!

전번 심부름꾼은 100조 가까운 나랏돈도

엉터리로 썼다 하던데

옳고, 상식적이고, 인간적인 법을 만들고 집행하는데

그 몇몇 분의 일이 비용으로 사용되더라도

사람들의 마음에 맺힌 것을 풀리게 하고

따뜻하게 하는 데 쓰인다면 누가 무어라 하겠소!

이제 그만 나오시길!

마녀에서

마고할미나 삼신할미로 환골탈태하여주시길!

— 나해철, 「호소」 부분

(『영원한 죄 영원한 슬픔』, 문학과행동, 2016)

위 시는 나해철 시인이 세월호 희생자 해원과 진상 규명을 위한 304편의 연작시 중 196번째로 씌어진 시다. 세월호 침몰 희생자 중 단원고 학생 304명은 바닷속에 잠겼다. 그중 9명의 시신은 아직도 차디찬 심연에 남아 있다. 최근 대통령 탄핵 정국 속에서 여전히 밝혀지지 않은 세월호 침몰 7시간의 진실은 세월호 관련 문제가 여객선 한 척이 해상 사고로 침몰된 것 이상을 말한다. 그 7시간 동안 국가의 안전 시스템이 붕괴되었다는 것은 결국 국정의 최고 책임자, 국민의 안전을 최우선시하도록 국민의 권력을 위임받은 대통령의 권력이 제대로 행사되지 않았다는 것을 말하는 것이고, 그렇다면 무엇 때문에 권력이 제대로 작동되지 않은 것일까("다른 나라에서 이런 이야기를 들으면/코미디라고 할 겁니다//사고도 코미디/수습도 코미디/조사도 코미디", 나해철, 「지성이 아빠3」). 대통령과 그 측근들은 무엇을 숨기는 것일까. 시인은 단호히 지적한다. 시인은 대통령을 '마녀'라고 힐난하면서 "마녀의 성에서/이제는 그만 나"올 것을 엄중히 경고한다. 돌이켜보건대, 대선 과정의 불공정 선거와 관련한 의혹에도 불구하고 헌정질서의 안정 차원에서 대통령 당선을 인정한 이후 시인뿐만 아니라 대다수 국민들이 여성 대통령에게 그동안 절실히 요구한 것은 한국 사회의 기득권에서 소외된 자들, 자신의 생활터전을 국가발전의 미명 아래 빼앗긴 자들, 열심히 살아보려고 안간 힘을 쏟았으나 냉엄한 현실의 장벽에 막힌 자들, 어처구니 없는 국가 안전 시스템의 붕괴로 생목숨을 잃은 세월호 유가족들, 그래서 삶의 벼랑 끝에 내몰린 자들의 육신과 영혼을 따뜻하게 위로해주는 '엄마, 누이, 할머니'의 몫을 충실히 수행해주는 대통령의 존재감이었다. 하지만 어찌 된 일인지 대통령은 거짓 위로와 생색내기에 그칠 뿐 자신의 권력을 유지하는 차원만 급급한 채 세월호 희생자의 억울한 죽음을 해원하는 것은 물론 유가족의 슬픔을 치유해주는 것은 고사하고 자신의 잘못마저 모르쇠로 능치면서 얼렁뚱땅 넘어가는 것을 비롯해 사회의 약소자들을 향한 통치권력을 행사하는 데 대단히 인색하다.

때문에 이 같은 비정상성과 타락과 부정이 판치는 세상을 향해 시인은 분노하지 않을 수 없다. 시인의 분노는 이런 세상 위에 군림하는 정치경제 권력에 대한 것이며 이것은 달리 말해 시인의 시적 응징이라 해도 과언이 아니다. 작금 한국 사회에서 시의 언어들이 시대 현실에 응전하는 양상이 다양한 것을 숙고해볼 때, 한국 사회의 전면적 변혁과 개조에 직면한 탄핵 정국에서 시의 분노와 시적 응징은 그 형상화의 미적 성취를 가늠하기에 앞서 시의 윤리 차원에서 적극 생각해봐야 할 것이다.

　　최장시간 노동에 갇힌 돼지

　　그런데도 징계해고 정리해고 희망퇴직 저성과해고
　　네 개의 날이 시퍼렇게 선 비수를 항상 턱 밑에 바투 대고 있는,
　　깡마른 노동자들에게만 희생을 강요하고

대책 없이 새끼들만 낳아 길러 애국하라는,
국민보다 더 살진 빅브라더를 거세하고 싶다

— 김정원, 「돼지우리에 갇힌 우리」 부분
(『국수는 내가 살게』, 삶창, 2016)

쑤군거리는 자들 가운데 머리통을 던졌다는
기사 대목에서 내 가슴에 불이 활활 일었다

우리는 지난 시절 더러운 체제의 목을 베어
광화문 네거리에 내던지고 싶었다 하지만
우리들 비루한 모가지들도 그 더러운 체제에 기생해 있었다

어두운 곳으로 가서 나는
안이비설신의(眼耳鼻舌身意) 내 모가지를 참수하여 거리에 내던지고 싶어
거울을 만들려고 벽돌을 갈고 또 간 일이 있었다

내 생의 최대의 불안은 내 모가지가 든든히 붙어 있는 거였다

— 백무산, 「참수」 부분
(『폐허를 인양하다』, 창비, 2015)

"국민보다 더 살진 빅브라더를 거세하고 싶"고, 비루하고 타락하고 더러운 체제에 기생하여 살아온 "내 모가지를 참수하여 거리에 내던지고 싶"은 주체와 타자를 향한 살욕(殺慾)은 시인의 죽음 충동을 솔직히 보여준다. 이 죽음 충동은 죽음과 죽임이 공존하는 것으로 문제적이다. 물론

서로 다른 시의 화자에 의해 촉발된 죽음의 양상과 시적 의미는 구별되지만, 두 시가 한국 사회-박근혜 정권의 부정한 현실을 공유하는 것으로부터 배태된 죽음 충동이라는 점에서, 노동자의 희생을 강요만하는 한국 사회의 거대한 권력-빅브라더를 죽이고 싶어하는 것과 한국 사회의 총체적 난경 속에서 비루한 삶을 연명해가는 자신을 죽이고 싶어하는 것은 한국 사회의 저간에 흐르고 있는 비관주의적 환멸의 정치를 단죄하고 싶은 시의 정치 윤리와 무관하지 않다. 그렇다면, 이러한 기존 낯익은 주체와 타자를 대상으로 한 시의 살육은 낡고 쇠락한 현실에 대한 전복이고 모반이며 이것이야말로 현실과 정치의 혁명을 염원하는 시적 실천인 셈이다. 과연, 2017년 봄에 한국 사회는 현실과 정치의 혁명을 민주시민의 힘에 의해 이룩할 수 있을까. 제국의 위안부로서 고초를 겪은 소녀상은 말 없이 이를 지켜보리라.

단발머리
몽당치마 저고리 바람으로
몸은 추워도 영혼은 따뜻한 것.
너희 썩은 영혼에 새 생명을 넣어주러
이 추운 날씨에 몸이 얼어도
다소곳이 눈을 내리뜨고
입 다물고
입 다물고 바라보고 있다.

— 정대호, 「평화의 비(碑) 소녀상」 부분
(『마네킹도 옷을 갈아입는다』, 푸른사상, 2016)

'노동(시)의 종언'을
넘어서는 시적 분투

화탕지옥(火湯地獄)의 노동현실에서

정녕, 누구와 무엇을 위한 경제활성화법안인가. 정부와 여당은 경제활성화법안이란 미명 아래 노동개혁5법(근로기준법, 고용보험법, 파견근로자보호법, 기간제·단시간 근로자보호법, 산업재해보상보험법)을 국회에서 정상적으로 처리하지 못하자, 급기야 대통령이 2016년 신년 대국민담화에서 기간제법을 유보한 나머지 노동4법을 국회에서 통과시켜야 한다는, 그래서 이를 위해 경제기득권 단체들이 벌이는 서명운동에 동참하는 정치 행보를 보임으로써 국민을 볼모로 의회민주주의를 압박한다. 이미 노동법 전문가들이 날카롭게 지적하고 있듯, 이 법안들이 경제활성화에 도움이 되기는 커녕 고용주에 의한 해고가 남발될 가능성이 높고, 노동자의 임금 축소로 작용할 공산이 크며, 대다수 노동자를 기간제 노동자로 고착화시킬 우려가 매우 높아 결국 저임금 청년 일자리가 양산됨으로써 청년 실업률이 높아질 수밖에 없음에도 불구하고 대통령과 여당은 이 비판적 목소리에 마이동풍(馬耳東風)이다. 정부와 여당은 무턱대고 일자리를 많이 늘릴 게 아니라 어떤 양질의 일자리를 늘릴 것인지에 대한 정책을 고민해야 하는데, 양적 수치상으로 개선되는 지표에만 눈이 멀어 노동자의 실질적 경제 활동을 면면히 고려한 정책을 내놓고 있지 못하다. 이것은 구태의연한 주먹구구식 전시행정으로 이어지고 있는바, 청년 실업문제를 해소하기 위한 일환으로 경제 현장 곳곳에서 비정규직 기간제가 양성화되고 있는 것에 대해 뾰족한 대책을 내놓고 있지 못하다.

　게다가 더욱 심각한 것은 청년 실업률을 해소하기 위해서는 대학 구조조정이 병행돼야 한다고 하면서 결제 활동에 초점을 맞춘 교육과정으로 개편해야 한다는 압박을 가하고 있다. 그리하여 창조경제에 부합하는 인재를 양성하기 위해 학문간의 융복합을 활성화한다는 명분으로 인문학을 향한 강도 높은 구조조정을 가하고 있다. 그 기저에는 경제지상주의가 똬리를 틀고 있다. 정부와 여당은 경제위기를 부추기는 여론을 통해 시쳇말로 잘 먹고 잘 살기 위해서는 국가의 경제정책에 대한 시시비비를 따질 게 아니라 무조건적 수용을 통해 무한경쟁 사회에서 살아남아야 한다는 것을 강조하고 있다. 따라서 경제 활동의 주체가 어떠한가 하는 문제는 대수롭지 않은 사안이다. 노동자가 노동현실에 대해 비판적 사유를 갖고 더 나은 노동의 지평을 모색하고 궁극적으로 노동해방의 원대한 꿈을 키워나가는 것을, 정부와 여당 그리고 경제 기득권층은 사치스러운 것으로 간주한다. 그들에게 노동자가 꿈꾸는 경제민주주의는 온데간데 없고, 오직 정치경제적 지배권력을 유지하는 데 보탬이 되는 타락한 경제민주주의만이 그들의 눈과 귀를 멀게 할 따름이다.

　이러한 현실을 마주하면서 시와 노동의 문제는 여전히 궁리해야 할 뜨거운 문학적 현안이 아닐 수 없다. 물론 이 사안이 갑자기 불거진 새로운 문학적 쟁점은 결코 아니다. 아직 섣부른 감이 없지 않으나, '노동시의 종언'으로 불리울 정도로, 21세기 한국 시문학에서 시와 노동의 문제는 종래 공장노동자 중심으로 형상화되는 노동시로는 좀처럼 포괄하기 힘든 문제의식에 맞닥뜨려 있다. 경제 활동의 복잡성과 다양성에 맞춰 노동의 형태와 속성이 급변하고 있기 때문이다. 그렇다고 간과할 수 없는 것은 종래 낯익은 노동현실 또한 엄연히 존재한다. 한국 사회가 그렇듯이 노동

현실 역시 공장노동에 기반한 '근대-노동'과 첨단으로 분화된 노동에 기반한 '탈근대-노동'이 서로 뒤엉켜 있는 형국이다. 따라서 정작 우리가 래디컬하게 성찰해야 할 것은 이렇게 난마와 같은 노동현실의 곳곳에서 발신되는 노동자의 육성과 몸부림치는 삶의 모습에서 비쳐지는 우리 시대 노동의 현주소다. 이렇게 혼돈의 시대를 살아갈수록 우리에게 간절히 요구되는 것은 섣부른 진단과 궁색한 처방이 아니라 노동현실을 에워싼 화탕지옥(火湯地獄)의 실상을 정직하게 들여다보는 일이다. 노동(시)의 종언을 넘어서는 일은 여기서부터 다시 시작해야 하지 않을까.

노동 본연의 가치를 복원하는

지금, 이곳의 노동현실이 아무리 급변했다 해도 차분히 그리고 냉철히 성찰해야 할 게 있다. 후기자본주의 사회에서 노동의 형태와 속성이 천태만상이라 하더라도 그것이 육체노동이든 감정노동이든 노동자의 몸을 배제하고서는 노동을 할 수 없다는 것, 그리하여 노동과 몸은 노동 본연의 그 무엇을 이룬다. 이와 관련하여,

> 오래 된 브라더 미싱 앞에서 떨어진 헝겊조각들을 깁네
> 형형색색 밥상보 잇고 발걸레 붙이다 보면
> 내 몸 어디에선가 구멍이 뚫려 실이 풀려 나오는 것 같네
> 딸을 잉태했던 뱃구레 어디선가 진액이 흘러나와
> 내 배꼽 낳은 그물코에 닿기도 하고 깊이를 알 수 없는
> 미궁 속으로 실타래채 곤두박질치기도 하네
> 이승에 몸을 부리는 일,
> 제 꽁무니에서 실을 뽑는 짓인지도 몰라
> 움추렸다 솟구치며 허공에 한 땀 한 땀 집을 짓는 일인지도

생이 너덜거릴 때면 나는 덜덜거리는 미싱 앞에 앉네

따로 노는 몸과 마음 기우다 보면 삐거덕거리는

내 운명 또한 결국 내 마음이 택한 길이라 자수하게 되지

마음 따라 움직인 길이, 나를 옭아매는 덫이었음을

몸이 지은 집이 어찌할 수 없는 업이 되었음을 자백하게 되지

업을 기워가며 놀게도 되지

— 김해자, 「거미 여자」 전문

(『축제』, 애지, 2007)

라는 시를 곰곰 음미해보자. 여기서, 단도직입적으로 묻자. "생이 너덜거릴 때면" "오래된 브라더 미싱 앞에서 떨어진 헝겊조각들을 깁"는 이유가 무엇일까. 한 시절 미싱사로서 고달팠던 그때, 거기를 기억하는 데 만족하지 않고 그토록 벗어나고 싶은 미싱사로서의 바느질로부터 벗어나지 못하는 이유가 무엇일까. 그래서,

이상하기도 하죠 스무 해 전에 도망쳐 왔는데

아직도 내가 거기에 있다니

내가 떠나온 그곳에 다른 내가 살고 있다니요

푸른 작업복에 떨어지는 핏방울

아직도 머리채 잡혀 끌려가고 있다니

앞으로 달려온 줄만 알았는데

제자리에 선 뜀박질이었다니요

— 김해자, 「어진내에 두고 온 나」 부분

(『집에 가자』, 삶창, 2015)

라고, 다소 당황스러운 듯 이러한 입장을 취하는 자신을 이해할 수 없음에

대해 나지막이 읊조리는 이유가 무엇일까. 분명, 이십여 년이 흘렀다. '나'
의 현존은 "푸른 작업복"으로 표상되는, 노동해방의 기치를 내세운 노동
운동의 뜨거운 대열로부터 멀찌감치 거리를 두고 있음에도 불구하고, '또
다른 나'는 "푸른 작업복"을 입은 채 아직도 "거기에 있다". '나'에게 노동
해방은 미완의 과제이며, 그것은 아직도 앙가슴에 오롯이 남아 있는 노동
자로서 자기인식을 상기시켜 주는 숭고한 가치다. 그런데 여기서 중요한
것은 '나'에게 상기되는 노동해방은 노동에 대한 착취와 억압에서 벗어나
노동 본연의 가치를 복원하고 노동의 신성한 그 무엇을 일상화하는 것이
지 노동을 물신화하는 게 아니다. 뿐만 아니라 노동해방의 정념을 맹목화
한 노동계급의 혁명을 통해 자본주의 생산양식과 또 다른 생산양식이 팽
배한 정치경제적 구성체를 만드는 모험주의를 실현하는 것도 아니다. 적
어도 시인이 궁리하는 시적 실천으로서 노동해방은 소박한 차원에서 피
로한 삶에 신생의 기운을 북돋우는 노동이지, 삶을 탕진하고 소멸시키는
노동과 거리를 둔다. 그런데 언제부터인지, 우리는 노동에 대한 이 본연의
가치를 망실하고 있다. 노동이 생성하는 삶을 향한 이 무한한 기쁨을 공감
하지 못하는 한 "생이 너덜거릴 때", 바꿔 말해 생이 보잘것없이 비루할
때 "미싱 앞에 앉"아 "따로 노는 몸과 마음"을 기우는 자기갱신을 위한
바느질의 수행에 깃든 감응을 이해할 수 없으리라. 그것은 거미가 온몸을
이용하여 자신의 집을 힘겹게 짓는 과정과 다를 바 없는, 즉 노동자로서
투철한 자기인식을 바탕으로 한 세계-내적-존재로서 삶의 인정투쟁을
벌이는 '업'(달리 말해 카르마 *Karma*)인 셈이다. 중요한 것은 "업을 기워가
며 놀게도 되지"에 담겨 있는, 노동 본연의 가치에 대한 무한한 기쁨에
충일된 시인의 유희.

　이처럼 노동에 대한 지극히 상식적이면서도 높은 차원의 내공에 이르
는 과정에서 노동자는 절로 '쇠밥'이 지닌 부정적 상투성을 보란듯이 전복
한다.

흙먼지에 섞어 먹는 밥

싱거우면 녹가루에 비벼 먹고

석면가루도 흩뿌려 먹는 밥

체인블록으로 땡겨야 제 맛인 밥

찰진 맛 좋으면 오함마로 떡쳐 먹고

일 없으면 고층 빔 위에 혼자라도 서서 먹는 밥

— 송경동, 「쇠밥」 부분

(『꿀잠』, 삶창, 2006)

노동자에게 '쇠밥'은 혐오와 부정의 대상이 결코 아니다. 고층 빌딩을
짓는 노동자에게 흙먼지, 석면가루, 쇳가루 등속이 뒤섞인 밥 자체는 어떤
이물스러운 존재가 아니라 노동과 분리될 수 없는, 노동자를 에워싸고
있는 세계의 또 다른 중요한 구성물이다. 그래서 21세기 시인에게 노동현
장은 노동해방의 장애물로 작용하는 부정한 것들로 구성된 일종의 선악
이분법의 도식으로만 구획될 수 있는 관념의 공간이 아니다. 노동현장은
노동자가 노동해야 하는, 그것도 유희로서 노동해야 하는, 그럼으로써 노
동 자체가 높은 차원의 삶의 내공으로 자연스레 발현되는 삶의 현장이다.
이것은 달리 말해 노동 착취와 노동에 대한 억압을 전복시키는 일터에서
노동 본연의 가치를 복원하겠다는 노동자의 자연스러운 욕망이다.

노동의 배반과 전지구적 노동의 폭력과 마주하는

그런데 노동자의 이러한 욕망은 순진하기 짝이 없는 것으로 간주되기
십상이다. 우리는 또렷이 기억한다. 1970년 전태일의 분신 이후 1987년
노동자 대투쟁의 과정 속에서 노동현실에 대한 문제의식은 예각화되었으

며, 깨어있는 노동자로서 노동의 연대는 한국 사회의 민주주의를 회복하는 데 매우 긴요한 마중물 역할을 하였다. 노동자들은 비로소 노동계급에 대한 의식을 확고히 갖기 시작했고, 노동자의 연대가 노동계급만의 계급 이기주의가 아닌 한국 사회의 반민주주의에 대한 변혁을 끌어내는 역사의 동력으로 작동되는 것임을 몸소 체험하였다. 하지만 지금, 이곳의 노동 현실에서 이렇게 소중히 발견된 노동의 연대는 무참히 깨지면서 노동자들끼리 적대 전선을 형성하여 노동 자체를 말소한다.

> 서울역 지하도에서 뒹굴던 사내 남쪽 어느 공단에 갔다
> 남자라서 덩치가 있는 사내라서 데려간다 했다
> 말끔한 옷 한벌과 밥을 샀다 술을 나발로 불어도 된다고,
> 힘 한번 쓸 정신만 남겨두라 했다 깨어보니 큰 공장 앞이었다.
> 사내는 한때 출근카드를 찍는 공장에 다닌 적이 있었다
> 오래전 대열 속으로 무리는 열과 조르르 맞춰 진격하고
> 대자보는 찢겨 밟혔다 찰나, 웅성거리는 한 무리의 빨간 조끼들
> 저 새끼들! 저 새끼들만 몰아내면 돼! 조져! 죽지 않을 만큼만!
> 인솔자가 외쳤다 사제 방패와 쇠파이프가 건네졌다
> 식칼과 손도끼를 든 자들도 있었다
> 사내는 움켜쥐었다 따라서 달려들었다 뭉개버렸다
> 사람이 사람을 어떤 밑바닥이 밑바닥을 공장바닥에서
> 어제의 사내를 오늘의 사내가 진압해버렸다
> 일방적으로 몰아 바숴버렸다 열정을 다해 핏방울을 만들었다
> 성심을 다해 담배 다섯 보루 값의 임무를 완수하였다
> 석 달 만에 처음으로 맡은 일감을 마치고 아직 덜 취한 술을,
> 덜 깬 세상을 토해내고 드러누웠다 담배연기는
> 도로 제 얼굴 쪽으로 되돌아왔고 그는 심한 재채기를

그칠 수 없었다 　　　　　　　　 ― 문동만, 「어제의 사내」 전문

　　　　　　　　　　　　　　　　　　　　　(『그네』, 창비, 2009)

　한국 사회의 노동현실의 적나라한 모습이 보여진다. 여기에는 1990년
대 후반 IMF 사태 이후 하루아침에 노숙인 신세로 전락한 노동자의 처절
한 고통이 음화로 남아 있다. 한국 사회는 IMF가 강제한 전방위적 구조조
정에 의해 신자유주의 세계체제가 엄습하면서 노동시장의 불안정을 배가
시켰고, 점차 팽배해지는 무한경쟁의 정글의 논리 속에 경제적 양극화
현상은 가속화되면서 노동의 연대라는 숭고한 가치는 휘발되고 말았다.
사회 전 분야로 그 파장이 급속하게 미치기 시작한 '노동의 유연성'은 정
규직/비정규직의 구조적 차별을 통해 노동자들 사이의 대립과 갈등을 조
장시키는 가운데 노동의 연대는 한국 사회가 언제 그랬냐는 듯 말 그대로
'아~ 옛날이여'의 낭만적 자기위안의 역사적 유물로 간주될 따름이다. 사
정이 이러다보니, "한때 출근카드를 찍는 공장에 다닌 적 있"는 "서울역
지하도에서 뒹굴던 사내"는 노동 착취와 노동 억압에 맞서 투쟁하는 동료
노동자들의 대오를 바숴버리는 임무를, "담배 다섯 보루 값"에 맞바꿨다.
그나마 이 일은 "석 달 만에 처음으로 맡은 일감"으로, '사내'는 자신의
존재를 폭력적으로 증명한바, 이것은 지난날 노동의 연대를 깨부수는 악
덕 고용주와 그 구사대, 그리고 이를 눈감아주던 정치경제 기득권세력이
협력한 구조적 폭력과 다를 바 없다. 신자유주의에 구속된 한국 사회의
노동현실의 적나라한 모습이다. '사내'가 이 악무한의 현실을 벗어날 수
있는 길은 암담하기만 하다. 여기에는 주체의 생존이 유일한 윤리 감각일
뿐, 타자를 향한 배려와 연민, 더 나아가 주체와 타자 사이의 연대에 기반
한 윤리 감각은 사치스러운 것이다는 인식이 널리 퍼져있기 때문이다.
　이러한 참담한 노동현실의 모습은 비단 한국 사회에만 국한되지 않는
다. 지구화시대를 살아가면서 지구촌 곳곳에서는 밑바닥 노동자를 향한

구조적 폭력이 더욱 노골적이며 끔찍하게 마치 전쟁터의 적을 살상하듯
버젓이 자행되고 있다.

> 시급 260원짜리 캄보디아 소년들
> 가슴과 배에 AK-47소총이 관통했다
> 단지 기본급 160달러를 요구했기 때문이다
> 아직 살아남은 소년소녀들이 자취방에 둘러앉아
> 생선구이 한 마리 가운데 두고 밥을 먹는다
> 잔업 150시간 월세 밥값 전기세 물세 물고 나면
> 버스표 몇십 장 뒹굴던 시급 400원짜리
> 내가 저기서 다시 사는구나
>
> ― 김해자, 「이사」 부분
> (『집에 가자』, 삶창, 2015)

대체 무슨 일이 일어났던 것일까. 캄보디아의 다국적 기업 공장에서
"기본급 160달러"의 인상을 요구하던 소년들에게 AK-47소총의 탄환이
발사되었다고 한다. 얼마나 많은 푸른 생목숨들이 지상을 떠났을까. 더욱
비참하고 공포스러운 것은, 이 억울한 살육의 현실을 두고 가까스로 살아
남은 공장의 소년소녀들이 절대빈곤의 수령 속에서 그렇게 그들의 생목
숨을 유지하고 있는 기막힌 삶의 현장을, 시적 화자가 우두망찰 지켜볼
수밖에 없다는 사실이다. 여기서, 식민지를 지배하는 제국의 지배권력과
이것에 적극 협력하는 식민지의 토착세력의 저 낯익은 관계가 상기된다.
21세기 새로운 노동현실은 우리에게 일국적 노동의 문제뿐만 아니라 국
제주의적 시각에서 노동의 문제를 다면적으로 인식할 것을 요구한다. 이
런 맥락에서 값싼 노동력을 찾아 지구의 남반구에 공장을 세운 다국적
기업이――여기에는 한국 기업들도 예외가 아니듯, 말이 좋아 해외로 한국
의 경제영토를 확장한다는 것이지, 기실 그 내막을 들여다보면 보다 값싼

노동력을 마음껏 활용할 수 있는 노동시장의 새로운 식민지를 개척하는 것과 다를 바 없다.──저지르는 폭력에 시인은 눈감을 수 없는 것이다.

공생공락(共生共樂)하는 신인류의 노동을 꿈꾸며

지구촌 곳곳에서 벌어지고 있는 노동현실의 적나라한 문제점에 기반한 그 행태악(行態惡)과 구조악(構造惡)은 노동 본연의 가치를 훼손하고, 정치경제적 기득권 세력의 삶을 유지시켜 주는 악무한의 현실을 재생산하고 있다. 그래서 작금의 한국 시문학이 전지구적으로 급변하는 노동현실에 적실하게 대응하는 시적 실천에는 한계가 있다. 하지만, 작지만 결코 작지 않은 시적 실천을 모색하고 있다는 것 자체를 폄하할 이유는 없다. 가령,

십수년이 지난 요즈음
다시 또한 부류의 사람들이 자꾸
어느 조직에 가입되어 있느냐고 묻는다
나는 다시 숨김없이 대답한다
나는 저 들에 가입되어 있다고
저 바닷물결에 밀리고 있고
저 꽃잎 앞에서 날마다 흔들리고
이 푸르른 나무에 물들어 있으며
저 바람에 선동당하고 있다고
가진 것 없는 이들의 무너진 담벼락
걷어차인 좌판과 목 잘린 구두,
아직 태어나지 못해 아메바처럼 기고 있는
비천한 모든 이들의 말 속에 소속되어 있다고
대답한다 수많은 파문을 자신 안에 새기고도

말없는 저 강물에게 지도받고 있다고

— 송경동, 「사소한 물음들에 답함」 부분

(『사소한 물음들에 답함』, 창비, 2009)

에서, 번뜩이는 시적 통찰을 만난다. 타락한 노동현실에 대한 변혁을 위한 노동운동에서 한때 중요한 것 중 하나가 '조직' 차원에서 실천하는 노동운동이다. 각자의 노동현장에서 묵묵히 일하는 노동자들과 노동해방의 원대한 목표를 실현하기 위한 숱한 노동 조직들을 연대하는 것은 보다 큰 차원의 체계를 갖춘 정치경제적 기득권에 대항할 수 있는 '조직' 운동이 요구되었다 해도 과언이 아니다. 그런데, 시인은 담대히 말한다. 이제, 그러한 '조직'을 중심으로 한 노동운동보다 다른 보다 높은 차원의 '조직'의 자발적 구성원으로서 실천하는 게 중요하다고……. 이것을 위 시의 맥락에 비춰 잘못 이해하면, 자연과 생명에 귀의함으로써 치열한 삶의 현장을 도외시한 현실 패배자의 자기변명과 자기위안이 아닌가, 하고 비판을 가하기 쉽다. 어쩌면 (송경동 시인이 이러한 비판을 대하면서 다소 억울하더라도) 한국 시문학과 노동의 관계는 지금부터 래디컬하게 사유하고 치열한 궁리와 토론을 해야 하지 않을까. 우리가 새롭게 사유하고 실천해야 할 노동운동은 그동안 낯익은 자본주의 생산양식에 기반한 것들과 다른 프레임에서 좀더 전위적으로 생각해봐야 한다.

만국의 백수여 당당하라, 그대 손은 백 개,
탄식하며 부끄러워하는 흰 손이 아니라
손 벌리는 곳마다 달려가 그의 손이 되어주었다
하늘 우러러 땅에 엎드려 생명을 키웠다
새벽이슬 덮고 지는 달을 노래하고 톱니바퀴 바깥에서
톱니바퀴를 관찰했다 그대는 밤새 홀로 깨어

인류의 새로운 지도를 그리고 아픈 자를 위해

환전한 수 없는 눈물을 흘렸다

(중략)

프롤레타리아조차 되어본 적 없는 만국의 백수여,

단결하라 각자,

삽과 곡괭이와 노래와 막걸리와 춤으로

끌과 망치 붓과 물감으로 그대의 행복실험실을 경영하라

머잖아 그곳에서 진실로 함께 사는

신인류가 뚜벅뚜벅 걸어 나오리라

— 김해자,「일하지 않는 자여, 맛있게 먹어라」부분

(『집에 가자』, 삶창, 2015)

자칫, 노동에 대한 부정과 백수 예찬으로 들리기 십상이지만, 절반은 맞고 절반은 틀리다. 그동안 산업혁명 이후 낯익은 근대 노동과 관련한 것들에 대한 전면적 부정과 모반이란 맥락에서 볼 때 이 시는 혁명적이다. 그런데 주목해야 할 것은 시인이 예찬하는 21세기의 백수는 노동자계급에도 근접하지 못한, 아예 그 의무와 권리도 박탈당한 채 사회가 요구하는 어떠한 노동력도 제공하지 못하는 신세이지만, 사회의 약소자들을 향한 연대의 손길을 내밀고 그들을 위한 눈물을 하염없이 흘리며, 대대로 내려오는 민중 특유의 낙천성을 유지한 채 노동과 삶예술을 뒤섞으면서 공생공락(共生共樂)하는 '신인류'의 탄생을 욕망하는 시적 주체이다. 때문에 시인은 이러한 백수에게 '맛있게 먹을 수 있는' 권리를 부여한다. 말하자면, 우리에게 절실한 것은 시인이 욕망하는 '신인류'로서 '백수의 노동'이다.

만국의 신인류여, 각자 단결하자!

한국-베트남의 시적 교응과 감응, 근대의 폭력을 응시하는

베트남에 대한 온전한 이해를 위해

한국 사회는 베트남을 어떻게 인식하고 있을까. 베트남과 관련하여 단박에 떠올려지는 이미지와 단어를 무심결 나열해보면 한국 사회에 통념화된 베트남에 대한 인식을 짐작할 수 있다. 가령, 베트남전쟁, 인도차이나반도, 외국인 이주노동, 국제결혼, K-팝, 박항서 감독, 한류, 경제투자 등속의 단어들이 그 대표적인 것이다. 그런데 이러한 단어들은 서로 개별적인 것처럼 보이지만, 서로 밀접히 연관되면서 베트남에 대한 한국 사회의 주류적 인식을 만들어내고 있다. 그것의 바탕에는 한국의 정치경제적 현실과 결코 무관할 수 없는 베트남전쟁이 중핵으로 자리하고 있는바, 한국 사회의 근대화와 긴밀히 맞물린 냉전시대의 국제질서 아래 한국은 반공주의 병영국가로서 개발독재가 펼쳐졌다.[1] 특히, 한국의 개발독재는

---

[1] 그동안 베트남전쟁과 관련한 연구는 상당히 진행되고 있다. 베트남전쟁 자체에 초점·을 맞춘 연구뿐만 아니라 베트남전쟁과 한국 및 미국과의 국제질서를 다층적으로 조명하는 연구도 꾸준히 진행되고 있다. 이와 관련하여, 한국전쟁 이후 한국이 반공주의 병영국가로서 아시아의 냉전질서 속에서 미국과의 군사적·정치경제적·외교적 관계를 염두에 둔 베트남전쟁에 대한 논의를 주목할 필요가 있다. 이에 대해서는 박태균, 『베트남 전쟁: 잊혀진 전쟁, 반쪽의 기억』, 한겨레출판사, 2015 및 윤충로, 『베트남전쟁의 한국 사회사: 잊힌 전쟁, 오래된 현재』, 푸른역사, 2015 참조.

베트남전쟁의 특수(特需)를 활용하면서 베트남전쟁이 함의한 동아시아의 냉전을 한반도의 그것으로 적극 확장시킴으로써 반공주의와 근대화가 습합(褶合)된 한국 사회 특유의 국가발전주의를 착근시킨다.

이러한 한국의 국가발전주의는 베트남전쟁 종전 후 베트남에 대한 인식면에서, 베트남통일국가를 반공주의 시각 일변도로 조명하는 가운데 베트남통일국가를 세우는 도정에서 베트남 인민들이 겪은 삶과 역사에 대한 편견과 무지함을 낳았다. 여기에는 한국 근대화의 유산인 경제성장중심주의가 베트남보다 경제강국으로서 한국이 성취한 근대를 흡사 서구의 제국주의가 성취한 근대와 비등한 것으로 간주하는, 그래서 베트남에 대한 한국식 오리엔탈리즘이 작동하는 것과 결코 무관하지 않다. 이것은 베트남전쟁 참전 국가로서 승리하지 못한 한국이 반공주의 병영국가에 남긴 치명적 상처와 오욕을 경제적 차원으로 이겨내기 위한 국가발전주의에 바탕을 둔 베트남에 대한 정치사회적 및 문화적 인식으로 이어진다. 앞서 사례를 든 단어들의 관련성과 그것들의 쓰임새와 맥락을 숙고해볼 때, 이와 같은 면은 한층 뚜렷해진다. 따라서 베트남에 대해 한국이 아제국주의(亞帝國主義)로서 오리엔탈리즘적 정동을 보이는 것은 경계해야 한다.

> 오토바이들이 대학생 연인들이 질주한다 차선도
> 유턴 금지도 없이. 대부분 운송 아르바이트 학생들입니다……
> 미세스 호아는 그렇게 부연 설명했지만
> 그 옛날 낡은 전투기를 몰던 월맹 조종사보다 기민한
> 그들의 운전솜씨에서
> 전쟁의 세대가 평화의 후대에게 물려줄 것이
> 살기가 아니고 활기라는 점을 알았다
> 내게는 그걸 표현할 한국어가 없다
> 식민지 언어만 있다.

energetic commotion of liberation.

power more free than freedom.

— 김정환, 「다운타운」 부분

(『하노이 서울시편』, 문학동네, 2003)

김정환의 「다운타운」은 베트남에 대한 한국 사회의 기존 인식과 정동
(아제국주의로서 오리엔탈리즘)이 래디컬하게 바뀌어야 한다는 것을 시적
전언으로 타전한다. 베트남의 수도 하노이에서 목도한 장면으로, 시적 화
자의 눈에는 오토바이를 탄 "대학생 연인들이" 차선 구분과 도로 교통
규칙에 얽매이지 않고 자유자재로 도심을 질주하고 있다. 흥미로운 것은
이 장면을 설명하는 베트남 가이드는 오토바이를 탄 베트남 젊은이들을
"운송 아르바이트", 즉 경제적 측면에 초점을 맞추고 있는 반면, 시적 화
자는 숱한 희생을 겪고 승리한 베트남전쟁 종전 후 "전쟁의 세대가 평화
의 후대에게 물려줄 것이/살기가 아니고 활기라는 점을 알았다"는 깨우침
을 얻는다. 그런데 시인의 이 깨우침이 예사롭지 않은 것은 오토바이를
탄 베트남 젊은이들의 활기찬 정동의 실체를 "표현할 한국어가 없"는바,
"식민지 언어", 즉 베트남도 한국도 예외가 될 수 없는 자본주의 세계체제
의 공용어인 제국의 언어—영어로 표현할 수밖에 없는 안타까운 현실이다.
시인에게 분명 베트남 젊은이들의 오토바이 질주로부터 생성되는 소리는
자유의 정동으로 충만된 소음이며("energetic commotion of liberation.")
그것은 관념의 실재로서 자유보다 훨씬 약동적인 삶으로서 자유로움의
속성을 띤 것이다("power more free than freedom."). 문제는, 이 삶으로
서의 자유로움을, 한국의 시인이 한국어로 표현할 수 없다. 여기에는 한국
사회가 베트남전쟁의 주박(呪縛)으로부터 풀려나지 못한 채 아제국주의
로서 오리엔탈리즘 정동에 붙들려 있는 한 베트남 젊은이의 오토바이의
질주와 그 소음을 온전히 이해할 수 없다는 비판적 성찰이 자리하고 있다.

그리하여 시인이 제국의 언어-영어로 이 정동을 표현한다는 것 자체가
이러한 한국 사회를 냉소적 시선으로 자기풍자화한 것이다.

 이 글은 베트남에 대한 온전한 이해를 문학적으로 수행하는데, 근대의
폭력을 응시하는 한국-베트남의 시적 교응과 감응을 주목하기로 한다.
이와 관련하여, 우리가 살펴볼 베트남 현대시편들은 한국어 번역 작품으로
국한한다. 이것은 이 글의 치명적 한계다. 베트남을 온전히 이해하기 위해
서는 베트남의 시사(詩史)에서 중요한 작품을 검토하는 것이 마땅함에도
불구하고 언어의 두껍고 높은 장벽 앞에서 불가피하게 번역의 도움을 받지
않을 수 없다. 하지만 이 글이 겨냥하고 있는 것이 베트남에 대한 한국
사회의 온전한 이해를 바탕으로 하고 있는 만큼 해당 문제의식을 논의하기
위해 한국어 번역 시편들을 대상으로 삼는 것은 그 자체로도 요긴하다.

인도차이나에서 베트남의 풍요로운 문명적 정동

 베트남전쟁의 주박으로부터 벗어나기 위해 주목해야 할 것은 인도차
이나에서 유구한 문명과 역사를 살아온 베트남 인민의 삶이다. 베트남을
근대 국민국가의 시계(視界)로만 인식하는 것은 인도차이나의 베트남에
대한 풍요로운 문명적 및 역사적 실재에 편견과 오류를 갖기 십상이다.[2]

---

2 "베트남은 역사적으로 보자면 그 자체적으로 독자적인 이론이 없다고 할 수가 없는
   하나의 문명국이다. 나라의 강성함은 물질과 정신문화를 매우 높은 수준에 이르게
   했으며, 일반적인 사유를 가능하게 하였다. 자연과 사회 인간에 대한 여러 일반적인
   것들을 관찰하고 인식하였다. 미래를 위해 어떠한 것을 달성하기 위해 현재 실행해야
   만 하는 토대와, 현재를 깊게 관찰하기 위해서는 과거로부터 가져와야 하는 것을 알고
   있었으며, 운동과 발전의 흐름 안에서 물질을 고찰하는 것을 알고 있었다."(응웬 따이
   트 편저, 김성범 역, 『베트남 사상사』, 소명출판, 2019, 16쪽) 인도차이나에서 베트남
   의 유구한 문명과 역사 속 사상의 흐름에 대해서는 응웬 따이 트 편저의 『베트남 사상
   사』(2019) 및 김성범의 『베트남 사상으로의 초대』(푸른사상사, 2019)를 참조. 이와
   관련하여, 서구의 근대적 시계(視界)와 다른 베트남식 근대를 동아시아 정치의 시계

어찌나 넓은지 처음엔 바다인 줄 알았다
그렇게 길고 큰 강은 태어나 처음 본다고,
최근 몇 년 사이 고기가 많이 줄었다는 강에서는
어망을 던졌다가 걷어 올리자, 물풀과 함께
물고기며 새우 고동 조개들이 따라 나왔다

총길이 4,350킬로미터
멀리 북쪽 중국 칭하이성
해발 4,900미터가 넘는 티베트고원에서 발원하여,
중국 남부 차(茶) 산지로 유명한 윈난성 부근에서는
란찬강으로 불리다가
미얀마 라오스 태국 캄보디아 베트남을 거쳐
남중국해로 흘러드는 강,

강이 바다와 만나는 어귀,
벼농사로 이름 높은 비옥한 곡창 지대 메콩델타를 이뤄놓고
탁 트인 너른 평야를 적셔
황토빛 강물은 베트남에서 아홉 개의 지류로 흩어진다고
구룡강(九龍江)이라 부른다는데

아홉 개의 지류 중에서도 한 지류,
그 지류에서 갈라진 수없이 많은 물길들
꽁무니에 달아놓은 스쿠터도 돌리지 않고
오직 손으로만 노를 저어 쪽배 가득 실은 과일 야채 장수,

(視界)에서 구체적으로 논의한 알렉산더 우드사이드 저, 민병희 역, 『잃어버린 근대성
들』, 너머북스, 2012를 참조할 수 있다.

허술하게나마 널판자로 만들어놓은 나무 선착장에 가만히 배를 대면
그날 먹을 만큼만 조금씩
외할머니와 고모들은 찬거리를 사놓고는 했다

— 김명국, 「외갓집 망고나무」 부분
(『베트남 처갓집 방문』, 실천문학사, 2014)

인도차이나의 북쪽에서 남쪽으로 흐르는 강이 얼마나 길고 큰지 중국
의 티베트고원에서 발원하여 인도차이나의 대부분 국가를 거쳐("미얀마
라오스 태국 캄보디아 베트남을 거쳐") "남중국해로 흘러드는 강"의 위용과
그것의 풍요로운 생명력을 시인은 만난다. 이 강이 베트남에서는 '구룡강
(九龍江)'으로 불리는데, "벼농사로 이름 높은 비옥한 곡창 지대 메콩델
타"에서 다모작(多毛作)을 하는 베트남 사람들에게는 아주 중요한 생명의
근원이다. 뿐만 아니라 구룡강의 지류를 이루는 작은 물길들에서는 베트
남 특유의 무동력선을 이용한, "오직 손으로만 노를 저어 쪽배 가득 실은
과일 야채 장수"를 하면서 생활하는 베트남의 일상이 펼쳐진다. 이 일상
은 소박하고 검약하다. 착취와 잉여의 삶을 살지 않는다. "그날 먹을 만큼
만 조금씩" "찬거리를 사놓"는 베트남의 일상이야말로 구룡강의 생명력
을 소진시키지 않는 베트남의 삶의 지혜를 실천하고 있다.

기실, 이처럼 인도차이나를 살리는 구룡강의 존재가치는 베트남 시에
서 한층 근원적 생명력으로 노래된다.

짜 지앙이여! 어디 나만의 그리움이던가
수많은 세대를 위한 따뜻한 어머니의 젖줄이었다
시간의 흔적 아무리 닳고 닳아도 내 마음 속의 강은 여전히 젊다
뻗어가는 푸른 용이며 인간답게 살게하는 힘이다

여러 달밤을

누가 쯔엉 쑤언 곡을 연주하나

나무로 말하는 화가를 위하여

제 마음에게 물어 종이에 쓰는 시인의 붓처럼

빛나는 태양을 사랑하며 내일을 부르러 가는구나.

— 응우옌 티 프엉, 「강물결의 후렴」 부분

(『낮에도 꿈꾸는 자가 있다』, 제주문학의집 편, 심지, 2014)[3]

구룡강의 한 지류인 '짜 지앙'은 "수많은 세대를 위한 따뜻한 어머니의 젖줄"로서 베트남의 신화적 상상력이 포개지며 "인간답게 살게하는 힘"을 북돋운다. 따라서 베트남을 온전히 이해하기 위해 베트남 사람들의 삶 깊숙이 스며들어 흐르고 있는 강에 대한 웅숭깊은 접근은 아무리 강조해도 지나치지 않다. 여기에는 구룡강이 베트남에만 흐르는 게 아니라 인도차이나의 국경을 통과하여 북과 남으로 횡단하며 베트남뿐만 아니라 인도차이나에서 살고 있는 뭇 생명들에게 생의 정동을 부여하고 있는 생명력 자체이기 때문이다.

---

3   시집 『낮에도 꿈꾸는 자가 있다』는 제주와 베트남의 문학 교류의 소중한 성과물이다. 2007년 제주를 찾은 베트남 예술가들과 교류를 하기 시작한 제주 작가들은 중부 베트남의 꽝아이와 집중 교류를 하였고, 2015년 새해 꽝아이의 시인들과 함께 한국어 및 베트남어 두 개의 언어로 공동시집을 창간하였다. 이번 기회를 빌어, 제주와 베트남의 시인들이 함께한 이 우정의 작업이 갖는 문학연대의 소중함을 강조해두고 싶다. 이 공동시집을 통해 한국과 베트남의 문학은 물론, 양쪽의 대중들이 좁게는 제주와 꽝아이를, 넓게는 이 두 지역의 문학이 지닌 프렉탈의 힘을 통해 한국과 베트남뿐만 아니라 동아시아와 세계를 보다 깊고 넓게 이해할 수 있을 것이다. 그래서 서로 다른 언어의 장벽을 넘고 서로 다른 문화의 경계를 횡단하기 위해서는 새삼 번역의 소중한 가치를 상기하게 된다. 이 공동시집의 번역은 베트남문학 한국어 번역 전령사인 하재홍과 응우옌 응옥 뚜옌이 담당했음을 밝혀둔다.

　　이렇듯 베트남 사람들은 오랫동안 메콩델타의 풍요로운 다모작 벼농사
와 강가에서 지족하는 삶 속에서 평화로운 일상의 행복을 만끽해온 것이다.

　　내가 선떠이로 돌아오니,

　　한 사내가 돗자리를 깔아 사람들을 동그랗게 앉히고,

　　대나무 술을 권했다,

　　술은 벌꿀 맛이 나고,

　　대나무 죽순의 쌉쌀한 맛이 나고,

　　부부나 애인 사이의 질투와 사랑의 맛이 났다,

　　술은 잔이나 그릇에 따르지 않는다,

　　술은 대나무 빨대를 통해서 흘러간다,

　　입술 자국을 빨기 위해 입술을 대니

　　부드러운 사내의 혀, 아낙내의 혀에 취한다,

　　손 자국을 잡기 위해 손을 대니,

　　수많은 날, 수많은 달이 지나도 잊히지 않는다.

　　까종 사람들은 대나무 술을 만든다,

　　빨아먹는 대나무 술은 푸른 세계를 알려준다,

　　사내의 손, 아낙내의 손은 하얀 세상을 알려준다,

　　영혼이 길을 잃지 않도록 빌고,

　　할아버지 할머니들이 먼 길을 떠나지 않도록 빌고,

　　아팜 오두막에 쌀이 가득하길, 마당에 돼지와 닭이 가득하길 빈다…

　　　　　　　　　　　　— 웅아 리 베, 「대나무 술을 권하며」 부분

　　　　　　　　(『낮에도 꿈꾸는 자가 있다』, 제주문학의집 편, 심지, 2014)

　　베트남에서는

일 년에 벼를 몇 번이나 수확하는가
삿갓모자 쓴 농민들은 오존일 논에 나와
왜가리처럼 서 있다
한쪽에선 지금 막 수확중인데
옆에서는 모내기 하느라 한창 바쁘다
마을 앞 공터에서
아이들이 꼬리연 날린다
장식이 울긋불긋한 영구차가
종이돈을 뿌리며 쏜살같이 달려간다
망자의 친지들은
더러 흰 모자 쓰거나 노란 색
혹은 붉은 색 초록색의 천을 머리에 둘렀다
논 한 가운데는
어김없이 무덤들이 보인다
농민들 죽어서도 논 가운데 묻히기를 원한다니
저 망자도 잠시 후
자신의 논 가운데로 돌아오겠지

— 이동순, 「삶과 죽음」 전문

(『미스 사이공』, 랜덤하우스, 2005)

할머니 제사라고 고모들이 다 모였다
코코넛 열매 속을 쓱쓱쓱 긁어 한가득 준비해두고
묶을 끈도 사고 바나나 잎도 마련해서
찹쌀 넣고 녹두 바나나가 들어간 반멧을 만든단다

누가 뭐라 해도 음식 맛은 손맛이라, 정성이 들어가야 더욱 맛이 나는

베트남의 전통 떡 반쪗,

(중략)

장인어른 불티 안 날리게 신경 써서 불 보느라 왔다 갔다,
구색을 갖춘 제사라고
돼지 잡는 기술이 좋은 동네 사람 하나 불러
새벽에는 고사도 지내고, 제법 큰 돼지도 한 마리 잡는단다

모처럼 오고간 술이 과했던지 드르렁드르렁 코까지 골며
끼니도 한 끼 거르고서 달게 자는 손자의 잠,
웃음꽃 피어나는
돌아가신 할머니 제사가 남은 식구들을 먹인다

— 김명국, 「할머니 제사」 부분
(『베트남 처갓집 방문』, 실천문학사, 2014)

「대나무 술을 권하며」에는 베트남의 토착적 술문화의 일상이 생동감 있는 정동으로 그려지고 있다. 상상해 보건대, 오랜만에 귀향한 시적 화자에게 마을의 한 사내가 '대나무 술'을 권한다. 이 술자리의 분위기는 "대나무 죽순의 쌉쌀한 맛"과 "질투와 사랑의 맛"이 어우러진 독특한 맛의 아우라를 자아낸다. 이 아우라를 자아내는 데에는, 흔히들 술을 마실 때 술잔을 사용하는 것과 다르게 자연 그대로의 '대나무 빨대'를 이용해 술을 빠는 다소 관능적 행위와 결코 무관하지 않다. 이렇게 그들은 그 지역의 토착적 술문화에 흠뻑 절로 취하게 된다. 이런 그들의 음주 행위는 시의 행갈이를 할 때, 행과 행의 연결과 흐름이 흡사 베트남 메콩델타의 곳곳을 스며들면

서 흐르며 생명의 유려한 힘을 보여주듯이 쉼표로 연결돼 있음을 주목할 필요가 있다. 이것은 베트남이 인도차이나와 함께 생명을 누리고 있는 것을 육화한 시의 리듬이며, 메콩델타의 풍요로운 일상의 풍경에 대한 시의 정동을 형상화한 셈이다.

이러한 일상은 이동순의 「삶과 죽음」과 김명국의 「할머니 제사」에서는 베트남의 죽음문화를 통해서도 살펴볼 수 있다. 한국의 시인들에게 포착된 베트남의 죽음문화와 관련한 일상은 낯설다. 아무리 베트남이 농경문화가 주류라고 하더라도 한국의 농경문화에 그리 낯설지 않은 시인에게 "논 가운데" 보이는 무덤들의 모습은 베트남이 메콩델타의 벼농사로부터 얼마나 단단히 결속되어 있는가를 여실히 보여준다. "농민들 죽어서도 논 가운데 묻히기를 원한다"는, 그래서 베트남의 농민에게 삶과 죽음은 그 생활의 터전인 땅과 한 순간도 유리될 수 없는 것이다. 죽은 자와 산 자를 구분하여 죽은 자의 안식처를 위한 묘지가 발달하고 그에 따른 묘지문화에 익숙한 한국 시인에게 베트남 농민의 이러한 간절한 사후 염원은 그만큼 메콩델타의 벼농사와 함께한 그 삶의 정동을 죽음의 권능도 영원히 떼어낼 수 없다는 것을 실감하도록 한다(이동순의 「삶과 죽음」). 때문에 이러한 죽음문화를 일상화하고 있는 베트남의 가정집 제사는 한국 시인에게 언뜻 흥겨운 잔치 한바탕을 준비하는 풍경에 포개지는 듯하다. 물론, 제사 음식을 친인척이 함께 모여 정성스레 준비하는 베트남의 모습은 한국의 제사 음식을 마련하는 그것과 크게 다르지 않다. 하지만 베트남의 가정집 제사를 준비하는 모습은 한국의 제사가 거느리는 그 집안 조상 숭배의 엄숙한 분위기와 다르다. 「할머니 제사」의 행간에서 읽을 수 있듯, 할머니 제사는 죽은 자를 기리되 죽은 자는 산 자의 삶과 영원히 분리된 저승에서 숭배와 숭앙의 존재로서 자리하는 게 아니라 산 자들의 삶의 생명력을 더욱 고양시키고 "웃음꽃 피어나는" 역할을 맡는, 그리하여 또 다른 삶의 문화를 만들어내는 존재를 상기시키는 제의적 성격을 지닌다.[4]

이렇듯이 베트남은 인도차이나 메콩델타의 벼농사와 강과 함께 지족의 삶을 누리며 유구한 문명적 삶을 지속해온 것이다.

동아시아의 '탈식민-냉전'에 대한 한국-베트남의 길항

제2차 세계대전 후 조성된 냉전체제의 국제질서는 베트남을 중심으로 한 인도차이나에서 아시아 태평양의 새로운 제국으로 급부상한 미국이 정치적·군사적 개입을 본격화하더니,[5] 급기야 1965년에 지상군을 파견하면서 베트남전쟁(1965~1975)을 일으킨다. 베트남전쟁에 대해 한국과 베트남의 시는 어떤 문학적 접근을 시도하고 있을까. 우선, 베트남의 시편을 살펴보자.

창공엔 구름 송이 둥실둥실

---

4 이와 같은 베트남의 독특한 죽음문화는 베트남의 유령에 대한 문화인류학의 연구를 통해 개별 사례들이 보고 및 연구되고 있다. 권헌익·박충환 외 역, 『베트남전쟁의 유령들』, 산지니, 2016은 가장 주목할 만한 연구 성과다. 물론, 권헌익의 연구는 베트남전쟁과 직결된 유령에 대한 문화인류학적 접근이다. 하지만 그의 연구 도정에서 우리는 베트남의 죽음문화가 지닌, "베트남의 유령들은 구체적인 역사적 정체성을 가진 실체로서, 비록 과거에 속하지만 비유적인 방식이 아니라 경험적인 방식으로 현재에도 지속된다고 믿어지는 존재"(권헌익·박충환 외 역, 위의 책, 16쪽)로서, 산 자의 삶 속으로 친밀히 틈입하고 있는 점을 예의주시할 필요가 있다.

5 '디엔 비엔 푸'에서 프랑스군이 호치민의 베트남독립동맹에 대패하자 국제사회는 베트남의 프랑스로부터 탈식민과 관련한 문제를 위해 제네바회의(1954)를 갖는데, 베트남독립동맹의 팜 반 동은 그 회의에서 미국이 프랑스를 대신하여 인도차이나의 새로운 제국의 지배권력을 행사하려고 하는 것을 예리하게 지적한다. "인도지나로부터 점차적으로 불란서를 축출하고 인도지나를 미국의 식민지로 전변시키며, 인도지나의 경제와 자원을 략탈하여 인도지나 인민들의 민족해방운동과 민주주의운동을 억압하여 인도지나를 동남아세아 정복을 위한 발판으로 전환 (중략) 미국의 군사기지로 만들려는 목적을 추구"(「1954년 5월 10일 회의에서 범문동의 연설」, 『조선중앙연감-1954~1955』, 조선중앙통신사, 1954, 357~358쪽; 윤영천, 「베트남전쟁과 동아시아 문학의 연대」, 『민족문학사연구』 34호, 2007, 479쪽 재인용)하고 있음을 주시하고 있다.

해변'가 사장엔 오얏꽃 피여난 듯

아이들 발'자국 찍혔네.

벼'모는 우줄우줄 자라나고

전야는 온통 푸른 옷을 입었네

미국 대통령은 흉계를 꾸미누나

─북부 월남을 진공하라!

전쟁 미치광이 죤슨─

─ 루중루, 「경고한다」 부분

(『월남시집─월남은 싸운다』, 연변인민출판사, 1965)[6]

나로 하여금 늘 뾰족하게 날 선

대나무 되게 하라

저 침입자 절뚝이게

대나무가 되게 하라

한 치라도 더 가까이 어머니께 다가가듯 내가

대지에 깊이 뿌리박는

─ 레 아이 쑤안, 「대나무」(1966) 부분[7]

베트남전쟁 와중에 발표된 만큼 두 편의 시는 전쟁을 일으킨 타자를
향한 적의(敵意)가 선명하다. 무엇보다 루중루의 시에서 이 전쟁은 미국
대통령의 "흉계"로 기획되었다는 사실이 적시되고 있으며,[8] "북부 월남을

---

6   윤영천, 앞의 글, 496쪽.

7   윤영천, 「동남아시아와 한국 현대시」, 『동남아시아연구』 18(1), 2008, 25쪽.

8   세계사는 이를 '통킹만 조작 사건'으로 그 진실을 규명하였다. "1964년 8월 2~4일에
     베트남 근해의 통킹만에서 미국 제7함대 소속 구축함 매덕스호와 C. 터너조이호가

진공하라!"는 시구에서 확연히 읽을 수 있듯, 인도차이나와 베트남에 대한 미국의 정치군사적 헤게모니를 장악하기 위해 장차 그 심각한 위협으로 간주되는 북위 17도선 이북 호치민의 북베트남을 점령하기 위해 인도차이나를 전쟁의 광기로 몰아갔다는 현실인식이 명확하다. 그래서 "반미투쟁의 선봉이었던 레 아이 쑤안"[9]의 「대나무」에서 시적 화자는 "뾰족하게 날 선/대나무"와 동일시된 채 "저 침입자 절뚝이게"하는 반(反)제국 항쟁의 의지를 고양시킨다.

그런데 베트남전쟁과 관련하여 베트남의 시편들이 반제국 항쟁 일변도의 모습만 보이는 것은 아니다. 비록 베트남은 세계 초강대국인 미국을 상대로 한 전쟁에서 승리를 했지만, 참혹한 전쟁을 거치면서 언어절(言語絶)의 고통과 상처를 현재까지 앓고 있는바, 이 고통과 상처를 응시하는 시적 치유를 수행하고 있다.

깊은 밤 빛나는 별들이

바다 쪽으로 흔적을 자르고,

군인들은 그해 겨울 그 별빛으로 언덕을 더듬고,

북베트남군의 어뢰정으로부터 공격을 당했다는 보고를 들은 미국의 존슨 대통령은 미해군 비행기들에게 북베트남을 보복 폭격하라는 명령을 내렸다. 이 사건을 계기로 미국 의회는 거의 만장일치로 통킹만 결의안을 채택했다. (중략) 그러나, 1995년 베트남전쟁 당시 북베트남 사령관이었던 보 구엔 지아프는 8월 2일 매덕스호를 공격한 것은 인정했지만 8월 4일 공격은 없었다고 주장하면서, 통킹만 사건에 대해 조작 의혹을 제기했다. 2005년 미국안전보장이사회의 옛 비밀문건이 해제되어 공개되었을 때 역시 8월 2일에 교전한 것은 맞지만 8월 4일에는 북베트남 함정이 없었다고 보고되어 있었다. 8월 2일에도 오후 3시 함장이 포수들에게 1만 야드까지 접근하면 발포하라고 명령했고, 오후 3시 5분에 함포 3발을 발사해서 접근하지 말라고 경고했다고 되어 있었다. 당시 린드 존슨 대통령이 언급했던 북베트남 어뢰정의 선제 공격은 없었다. 즉, 린드 존슨 대통령이 베트남에 군사적 간섭을 하기 위해 통킹만 사건을 조작한 것으로 드러났다."('통킹만 사건(Gulf of Tonking Incident)', 인터넷 『다음백과』, https://100.daum.net/encyclopedia/view/b22t3480n152)

9   윤영천, 앞의 글, 26쪽.

그들 사이 내 형도,

대양은 앞으로 철썩여나가고, 모두를 포용하고,

그리고 바다를 사랑했기에 그들은 마음을 놓았나—

그는 죽었다 빗발치는 포탄 속에서

바다 바로 곁에서.

(중략)

판티에트의 밤은 깊어가는데 자동차 경적 소리 요란하다.

도시의 빛들이 고깃꾼의 길을 비춘다.

형은 잠들지 않는다. 그리고 고깃꾼은 잠들지 않는다—

둘 다 바다와 밤마다 대화를 나눈다.

그렇게, 판티에트는 내 형을 가진다.

— 휴틴, 「판티에트에서」 부분

(『겨울 편지』, 김정환 옮김, 문학동네, 2003)

지난 날

아무런 희망도, 아무런 꿈도, 아무런 계획도 없었다

푸른 하늘 흰구름

군인들의 눈동자를 말리는 강렬한 땡볕

군복만이 푸를 뿐 어디에도 희망을 가질 땅 한 뼘 없었다

사방에 돋아난 억새풀은

방금 칼을 간 듯 날카로웠다

계속해서 싹이 돋는

진물 흐르는

— 팜 드엉, 「때늦게 핀 해바라기꽃들」 부분

(『낮에도 꿈꾸는 자가 있다』, 제주문학의집 편, 심지, 2014)

고엽제 다이옥신을

적군인 미군은 남부지역 모든 마을에 뿌렸다

산속 밀림 숲의 나무들이

노랗게 시들었다

오염된 샘물과 강물이 사람의 몸속으로 전해졌다…

전쟁은 끝난지 오래되었다

그런데 여전히 순진무구한 어린이들에게 재난이 뿌려진다?

아이들이 정신박약으로 태어났다

부모가 고엽제에 감염되었기에

자녀를 바라보는 것 자체가 속이 문드러질만큼 고통스럽다

기형아로 세월을 사는 아이, 불구로 사는 아이

미친 듯, 바보인 듯 멍텅구리인 아이

머리는 멀쩡하나 손발이 도퇴된 아이

날이가고 달이가도 언제나 웅크리고 누워있는 아이

전쟁은 끝난 지 오래되었다

그런데 여전히 고통받는 사람들에게 재난이 뿌려진다?

그들을 사랑하고 서로서로 힘을 모아주자

고엽제 피해자–가정의 고통…

— 부 하이 도안, 「고통은 여전하다」 전문

(『낮에도 꿈꾸는 자가 있다』, 제주문학의집 편, 심지, 2014)

휴틴은 베트남전쟁에 탱크병으로 참전한 북베트남 군인으로서 베트남 전쟁의 격전지 중 하나인 판티에트——호치민 시 동쪽 198km 남중국 해변에 위치한 곳으로 수산업이 유명하며, 해변 남북교통을 감당하는 1번 국도가 이곳을 관통함——에서 시적 화자로 하여금 죽어간 형을 회상하도록 한다. 지금은 베트남의 수산업 도시로 각광을 받고 있는 판티에트지만,

베트남전쟁 당시에는 북베트남 병사였던 형이 남중국해를 바라보며 전쟁
의 공포와 대면하던 곳이다. 그런데 형이 대면한 전쟁의 공포는 지극히
현실적이면서도 비현실적이다. "빛나는 별들"의 "겨울 그 별빛"의 사위에
에워싸인 바다는 전선의 고지가 지닌 일촉즉발의 전쟁의 긴장과 공포의
분위기와는 사뭇 다르다. 전쟁과 무관한 아름다운 대양의 밤 풍경 속에
형을 비롯한 군인들이 판티에트의 고지 벙커 안에 숨죽여 있다. 물론, 이
비현실적 풍경은 "빗발치는 포탄 속에서" 여지 없이 전장의 현실로 바뀐
다. 이렇게 현실/비현실로 전도되는 판티에트에서 형의 죽음은 전쟁의 비
극성과 불모성을 환기해낸다.

　　베트남전쟁의 비극성과 불모성은 팜 드엉과 부 하이 도안의 시에서 한
층 구체적 실감으로 다가온다. 전쟁을 치르면서 비옥한 메콩델타와 강가
의 평화로운 일상은 파괴와 죽음으로 뒤덮인 폐허와 다를 바 없다. 베트남
정글을 송두리째 제거해버리기 위해 사용된 고엽제는 전쟁이 끝났음에도
불구하고 정글의 숲과 나무와 토양에 스며든 채 정글과 함께 삶을 살아온
베트남의 모든 생명체에게 유전적 변이를 일으켜 인간이 감당할 수 없는
극한의 고통과 상처를 안겨주고 있다.[10] "전쟁은 끝난 지 오래되었"으나,
아직도 베트남에서는 "여전히 고통받는 사람들에게 재난이 뿌려"지고 있
다. 승리한 전쟁에서 치러야 할 전쟁의 대가는 참담하고 혹독하다.[11] 그래

10　본문의 시 「고통은 여전하다」에서 뚜렷이 고발되고 있듯이, 베트남전쟁 당시 미군은
　　'베트남을 구석기시대로 돌려놓겠다'고 하여, 엄청난 화력과 고엽제를 살포하여 베트
　　남민족해방혁명 세력을 모조리 절멸시키는 반인간적 야만의 행태를 자행하였다. 이
　　고엽제는 오키나와 미군기지에 저장했었고, 군사작전의 일환으로 오키나와에서 베트
　　남으로 수송 및 살포되었다. 개번 매코맥·노리마쯔 사또꼬 저, 정영신 역, 『저항하는
　　섬, 오끼나와』, 창비, 2014, 155~156쪽.
11　고엽제의 재난은 한국 시편들에서도 쓰여지고 있다. 그중 다음 시는 위 베트남의 시와
　　아픔을 공유하는 문학적 연대의 차원에서 각별히 눈에 밟힌다. "물방울도 아닌 것이
　　숲 하나를 삼켰어//저주받은 초록들이 땅에서 사라져 아내가 아이 낳자 제일 먼저
　　물었어 손가락 발가락 모두 다 온전해? 첫 아이 태어나 한 달 만에 죽었고 둘째는

서 "어디에도 희망을 가질 땅 한 뼘 없"다는 시인의 절망은 전쟁의 승자적 시선이 갖는 입장에 대한 깊은 성찰을 수행한다. 주목할 것은 베트남 곳곳에서 흔히 마주하는 억새풀임에도 불구하고 시인은 억새풀이 "방금 칼을 간 듯 날카로웠다"고 노래한다. 그만큼 베트남전쟁 당시 베트남 전역은 생명을 위협하고 앗아가는 칼, 즉 아군과 적군을 구별하지 않는 모든 생명에 위해를 가하는 근대의 폭력에 포위되었다고 해도 과언이 아니다. 베트남전쟁의 승리가 말해주듯, 베트남의 강렬한 민족주의와 반제국·반서구의 정동 속에서 승리를 거둔 자신들의 전쟁의 광폭성과 절멸성을 진솔히 노래하는 것이 쉬운 일이 아님을 고려할 때, 팜 드엉과 부 하이 도안의 시는 반전(反戰) 평화의 염원을 희구하는 시적 실천을 하고 있는 것이다.

이와 관련하여, 한국의 시에서 보이는 베트남전쟁에 대한 시적 응전은 어떠한가.[12] 우선 주목되는 것은 베트남전쟁에 대한 신동엽의 현실인식과 역사인식이다.

그날이 오기까지는 끝이 없을 것이다.
崇禮門 대신에 金浦의 空港
화창한 반도의 가을 하늘
越南으로 떠나는 북소리
아랫도리서 목구멍까지 열어놓고

정신지체 셋째는 차마 무서워 …… 머리 둘인 …… 눈 코 없는 …… 팔다리 오그라든 …… 머리통이 몸 두 배인 …… 손가락이 발가락 같은 …… 팔다리 짐승처럼 짧은 …… 그마저 얼마 못살고 비명에 간 아이 …… //죽어도 살아야 했어/희미한 딸랑이 소리" (김영란,「고엽제」,『누군가 나를 열고 들여다볼 것 같은』, 시인동네, 2020)
12 이에 대한 선행 주요 연구 성과로는 윤영천, 앞의 글 및 박태일,「한국 현대시와 베트남전쟁의 경험」,『현대문학이론연구』14, 현대문학이론학회, 2000을 들 수 있다. 기존 두 연구에서는 베트남전쟁을 다룬 한국 현대시의 양상을 상세히 소개 및 분석하고 있다. 그래서 이 글에서는 두 선행 연구에서 미처 짚어보지 못한 면에 초점을 맞춰 논의하였다.

섬나라에 굽실거리는 銀行소리

조국아 그것은 우리가 아니었다.
우리는 여기 천연히 밭갈고 있지 아니한가.

—「서울」 부분

(『상황』 창간호, 1969; 『신동엽전집』(증보판), 창작과비평, 1980)

신록 피는 五月
서붓사람들의 銀行소리에 홀려
조국의 이름 들고 眞珠코거리 얻으러 다닌 건
우리가 아니다
조국아, 우리는 여기 이렇게
꿋꿋한 雪嶽처럼 하늘을 보며 누워 있지 않은가.

무더운 여름
불쌍한 原住民에게 銃쏘러 간 건
우리가 아니다
조국아, 우리는 여기 이렇게
쓸쓸한 簡易驛 신문을 들추며
悲痛 삼키고 있지 않은가.

—「祖國」 부분

(『월간문학』 6월호, 1969; 『신동엽전집』(증보판), 창작과비평, 1980)

신동엽은 한국의 주체적 시선으로 매우 예각적이면서 웅숭깊게 베트남전쟁의 성격을 묘파하고 있었다. 위 두 편의 시를 온전히 이해하기 위해서는 한국이 베트남전에 참전하기로 결정할 무렵 한반도를 에워싼 국제정세를 조감할 필요가 있다. 1964년부터 거세게 일어난 한일회담반대운동은 해방 이후 일제 식민주의를 완전히 청산하지 못한 현실 아래 박정희 정권의 개발독재를 공고히 하기 위한 국내의 현실정치에 대한 저항적 민족주의와 민주주의를 향한 운동이었다. 뿐만 아니라 여기에는 2차 대전후 미국·일본 안보체제 속에서 미국의 동아시아 전략 구도에 편승할 수밖에 없는 한국의 국제정치의 현실을 간과할 수 없다. 그러니까 국내의 국가발전주의 미명 아래 개발독재는 미국·일본 안보체제를 주도하고 있는 미국의 동아시아 전략과 정치경제적 이해관계가 맞물리는바, 한국은 마침내 베트남전쟁에 전투지원부대를 참전시키게 된다. 신동엽의 위 두 편의 시에는 이러한 국내외의 현실과 그 역사적 맥락이 용해돼 있다. 그리하여 4·19혁명 이후 노도처럼 일어난 한일회담반대운동은 결국 굴욕적인 비밀 대일외교(1965년 '한일협정' 체결)로 스러지고, 일제 식민주의에 대한 온전한 극복 없이 조국은 또 다시 "섬나라에 굽실거리는 은행소리"의 배음(背音) 아래(「서울」), 반공주의를 목놓아 부르면서 "서붓사람들의 은행소리에 홀려" 베트남의 "불쌍한 원주민에게 총 쏘러 간"다(「祖國」).

이렇게 베트남전선에 용병으로 파견된 한국 병사들에 대해 아래의 시는 1960년대 그 당시 묵직한 세계 인식을 보여준다.

고향소식을 몰고 온 異國의 山河.
兵士들은 푸르게 일렁이는 바람의
크고 슬픈 憂愁에 젖어
타오르는 高熱속에 파묻혀 있다.
暗號文字모양 일어서는
肉身의 아픈 상처를
바람의 피부는 알고 있는 것일까.
(중략)

검붉은 自由와 貢獻의 손을 흔들며

피젖은 密林의 바닷속으로 뻗어나간

거대한 軍靴의 물결.

流彈에 쓰러진 어떤 道程위

말없는 生命의 終焉처럼 찢어진 깃발은 나부끼고 있었다.

외로이 피가 식는 兵士들의 가슴은

世界의 역사에 어떤 異議를 던지며

한마디 對答도 없이

疑問의 處刑을 당하는 걸까.

— 박정만,「병사들」부분

(『신춘시』 13집, 신춘시동인회, 대유출판사, 1968)

베트남 "이국의 산하"에서 목숨을 걸고 전선에 뛰어든 한국 병사들은 "세계의 역사에 어떤 이의를 던지며/한마디 대답도 없이/의문의 처형을 당하는 걸까." 흥미롭게도, 신동엽의 시적 인식과 교응하는 박정만의 시적 물음은 베트남전쟁을 둘러싼 한국 및 동아시아의 정치경제적 맥락을 성찰하도록 한다.

여기서 주목할 것은 동아시아의 시계(視界)에서 한국과 베트남의 시가 갖는 문제의식이 심화되고 있는 점이다. 가령, 베트남 시인 찜짱의 시「임진강 앞에서」는 한국의 분단 현실을 한국 시인 못지않게 웅숭깊으면서도 빼어난 형상화를 보인다.

모든 물줄기들 다 같이 큰 바다로 쏟아져 흐른다…

양쪽 강가를 이으며!

나 임진강 앞에 섰다

동강난 물줄기—차갑고 날카로운 칼날—

그리고 여전히 박자를 놓치는 임진강 다리!

어느 물줄기도 칼날은 아니다
가을 하늘이 강가를 품으러 내려와 양쪽을 잇는다
연들의 날개짓도 양쪽 강가를 이으려 한다
나 눈 크게 치켜뜬 채 이어진 강가와 하나의 슬픔을 본다!

연들의 날개짓은 하늘에 대고 뭐라 하나?
하늘은 왜 그리 푸르기만 한지!
하늘은 사람에 대고 뭐라 하나?
어느 물줄기도 칼날은 아니다!

서울에서 무심코 만난 영롱한 가을
아시아의 검은 눈동자들 많은 상념에 젖는다
38도선에서 무심코 만난 짙푸른 가을날
무심코 만난 다리
부디 용서하시기를!
나 모두 다 가져가련다
기억하기 위하여…잊기 위하여!

— 찜짱, 「임진강 앞에서」 전문
(『바리마』 창간호, 2013)

　　베트남도 프랑스에 대승을 거둔 '디엔 비엔 푸' 전투 후 제네바 협상
(1954)을 거치면서 북위 17도선을 경계로 남과 북으로 분단의 고통을 겪
었고, 통일독립국가를 이룩하기 위한 전쟁을 치렀으므로, 찜짱은 한국의
분단 현장인 임진강 다리에서 누구보다도 이 다리가 표상하고 있는 역사

적 함의를 잘 알고 있다. 그래서 그는 2차 대전 후 '탈식민-냉전'의 과제
를 해결하려는 동아시아의 냉엄한 현실을 베트남이 아닌 한반도의 38도
선이 지나는 임진강에서 다시 갈무리한다.

　이 같은 한국의 역사적 현실에 대한 베트남 시인의 정치적 상상력은
예외적인 것이 아니다. 베트남 시인 탄 타오는 2007년 한국을 방문한 후
한국 현대사에서 민족해방과 민주주의 과제를 실현하고자 한 4·3항쟁과
5·18광주민주화항쟁에서 희생한 넋을 애도하고 그 죽음의 역사적 의미
를 성찰하는 시를 발표한다.

　　황홀하게
　　아찔하게

　　산 채로 지는 꽃잎들
　　땅 위에 쌓이고

　　그대는 광주에서 죽어간
　　젊은 학생들이라 했다

　　벚꽃처럼 젊은 죽음

　　그대는 제주에서 죽어야 했던
　　이들의 영혼이라 했다

　　벚꽃 공간에 매달린

　　　　　　　　　　　　　　　　　　　　　— 탄 타오, 「제주벚꽃」 부분
　　　　　　　　　　　　　　　　　　　　　(계간 『아시아』 가을호, 2009)

제주를 방문한 적 있는 탄 타오는 제주의 봄철 만개했다가 흩뿌려지는 벚꽃을 본다. 그런데 그의 제주 벚꽃에 대한 정치적 상상력은 제주에만 한정되지 않는다. "제주에서 죽어야 했던" 4·3의 영혼들로만 국한되지 않고 "광주에서 죽어간/젊은 학생들"의 영혼까지 애도의 시선이 확장되고 있다. 베트남의 시인에게 이러한 시적 인식을 살펴볼 수 있다는 것은 무엇을 말하는 것일까. 앞서 찜짱의「임진강 앞에서」와 마찬가지로 탄 타오 역시 제주와 광주에서 일어난 민족해방과 민주주의를 실현하고자 한 민중항쟁의 역사적 정동을 별다른 저항 없이 받아들이고 있기에 이러한 시적 인식을 펼칠 수 있다. 그것은 베트남의 민족해방사의 문제의식과 크게 다르지 않기에 가능하다.[13] 19세기 중엽 이후 유럽 열강의 인도차이나와 베트남의 식민지화를 비롯하여 일본의 식민지 그리고 이어지는 프랑스와 미국의 군사적 침략에 맞서 투쟁해온 베트남 민족해방사에 투철한 베트남 시인에게 한국의 제주와 광주로 표상되는 역사적 함의는 반식민주의 및 민주주의를 추구하는, 즉 동아시아의 '탈식민-냉전'의 과제를 해결하는 문제의식을 공유하고 있는 것이다.

베트남식 사회주의 근대 추구에 대한 비판적 성찰

베트남전쟁이 미처 끝나기 전 베트남민주공화국의 초대 주석이었던 호치민은 1969년 생을 마감하는 유언에서 "우리의 강,/우리의 산,/우리 인민들은/그대로일 것이다./양키가 패전하면/우리는 이 나라를/열 배 이상/아름답게 재건할 것이다."[14]는 시를 남긴다. 호치민의 유언은 베트남

---

13 서구 식민 지배로부터 해방하기 위한 베트남의 민족해방투쟁은 19세기 말부터 인민이 주체가 되는 오래된 민족공동체의 사상운동의 흐름과 연계돼 있다. 김성범,「제4장 프랑스의 식민 지배와 독립투쟁」, 앞의 책, 233~265쪽 참조.

14 마이클 매클리어 저, 유경찬 역,『10,000일의 전쟁』, 을유문화사, 2002, 445쪽. 베트남

전쟁 승리에 대한 확신은 물론, 전승 후 전쟁의 참화로 된 국토를 재건하고 경제적 번영을 누림으로써 베트남의 평화로운 일상을 살아야 한다는 염원을 담고 있다. 하지만 호치민의 유언에 따라 통일베트남이 힘써 재건에 총력을 기울임에도 불구하고 베트남전 패배의 충격을 경제적 보복과 응징에 혈안이 된 미국이 베트남을 국제적으로 고립시키는 데다가 인도차이나의 캄보디아 및 중국과의 국경 분쟁으로 인한 군사적 충돌로 인해 베트남의 재건은 어려움에 봉착하게 된다. 그러나 베트남은 1976년 사회주의공화국으로 출범하면서 전후의 폐허의 현실을 딛고 '위대한 사회주의 건설'을 향한 국가 재건에 온힘을 쏟는다. 사회주의적 근대를 추구하기 위한 각종 제도를 정비하고 산업시설을 확충하는 등 경제개혁에 박차를 가하기 시작한다.[15] 종래 메콩델타의 벼농사와 강가에서 소박·검약한 지족의 일상을 살아온 베트남은 정치적으로 사회주의 체제를 고수하고 있으나 경제적 측면에서는 자본주의 세계체제로부터 언제까지 고립된 삶을 유지할 수 없는 것이다. 그리하여 강도 높은 경제개혁을 추진하게 되는데, 베트남정부는 1986년 베트남의 개혁개방을 대외적으로 천명한 '도이 머이'(Doi Moi)가 그것이다.[16] '도이 머이' 후 베트남의 경제는 비약적으로 성장하게 되면서, 도시중심의 근대화가 빠른 속도로 진행된다.[17] 그런데

노동당 제1서기 레 두안은 1969년 5월 호치민이 직접 작성한 유언(「호치민의 의지」라는 제목의 영문 인쇄본)을 공개한바, 이 유언의 마지막 부분에 본문에서 인용한 호치민의 자작시가 있다고 한다.

15 권숙도, 「베트남의 체제전환 과정 연구: 1976~1990년대」, 『대한정치학회보』 17(1), 대한정치학회, 2009.

16 '도이 머이'는 경제개혁에만 국한된 게 아니라 정치 및 사회 전 분야의 개혁과도 연계된 것으로, 베트남의 사회주의적 근대를 창발적으로 추구하기 위한 쇄신정책이다. 그리하여 '도이 머이'는 베트남사를 재해석하는 데까지 그 파장이 미친바, 쇄신정책은 가히 전방위적인 것이라 해도 과언이 아니다. 유인선, 「베트남의 도이머이(刷新) 정책과 베트남사의 재해석」, 『동남아시아연구』 3호, 한국동남아학회, 1994.

17 '도이 머이' 10주년에 개최된 제8차 당대회에서 명료히 제시된바, "근대적인 물질적, 기술적 기반에 토대하여, 합리적인 경제구조를 갖추고, 생산력의 발전수준에 부합하

도시중심의 근대의 가속화에 따른 베트남 인민의 내면풍경은 한국의 근
대화 과정을 반추해볼 때 그리 낯설지 않다.

> 맑은 물줄기 하나 아주 급히 흐르네
> 내가 돌아와 옛 고향 나루터에서 미역감는 날
> 그대가 차마 마중나오지 않은 날
> 고향길이 수줍게 반기네
>
> 그대는 도시를 떠돌아다녔고 나는 머나먼 거리를 어슬렁거렸네
> 화려한 겉 멋일랑 내던지고 명예와 잇속도 털어버렸네
> 밤이면 꿈결에 들리는 밀림 속 오랑우탕 소리
> 송아지 울음소리 꿈속으로 걸어들어온 날
>
> 포근한 잎새 향그러운 볏짚
> 정많고 따뜻한 아버지의 거친 손
> 모든 것을 품는 드넓은 고향 어머니 마음
> 힘겹게 자식 손주 돌보셨던
>
> — 마이 바 언, 「번화한 도시 뒤에, 서글픈 세상 뒤에」 부분
> (『낮에도 꿈꾸는 자가 있다』, 제주문학의집 편, 심지, 2014)

는 진보적인 생산관계를 가지고, 높은 수준의 물질적 정신적 생활을 누리며, 국방과
치안이 견고하고 국민이 부자이고 국가가 강력하며, 사회가 공명하고 문명적이고,
사회주의를 성공적으로 건설해가는 공업국가"(권숙도, 앞의 글, 21쪽)를 목표로 설정
함에 따라 도시중심의 근대는 가속화되기 시작한다.

껍탄에 그 옛날의 이끼가 끼었네
고향 멀리 떠나온 사람도 품어주네
젊은 거리를 취한 눈으로 바라보네
슬픔에 가볍게 맞서네
어느 누가 짜 강의 물을 마르도록 퍼내랴
구름 따라 흘러가는 바람 맞으며
흔들리는 새싹 신록의 계절

가느다란 봄비 방울들
옛 사람의 발걸음처럼 돌아오네
시간더러 돌아오라 부르네
부드러운 이슬방울들 아련하게 맺히네
바람이 옛 도시의 밤으로 불어오네
황혼이 푸른 어둠 속에 가라앉네
지금은 유적이 되어버린 그날의 텅빈 거리.

— 응우옌 응옥 짝, 「푸른 꿈」 부분
(『낮에도 꿈꾸는 자가 있다』, 제주문학의집 편, 심지, 2014)

마이 바 언의 시는 고향에 돌아온 시적 화자가 함께 도시를 배회하던
그를 떠올린다. '나'와 그는 베트남의 근대화가 빠르게 진행되고 있는 어
느 낯선 도시의 "거리를 어슬렁거"리면서, 밤마다 꿈결에 고향 밀림의 동
물 소리를 듣고 "포근한 잎새 향그러운 볏짚"의 정겨운 시골 정동을 품고
있는 아버지와 어머니를 그리워한다. 고향을 향한 이 그리움의 정동은
응우옌 응옥 짝의 시에서는 "고향 멀리 떠나온 사람"을 따뜻이 품어주면
서, 도시로 떠나 타향살이를 하는 사람의 스산한 내면풍경을 내비친다.

분명, 베트남은 세계 초강국 미국을 패퇴시키고 중국과의 국경 분쟁에서도 밀리지 않은 채 사회주의 국가의 재건을 목표로 하지만, 자본주의 세계체제에서 근대화의 도정을 외면할 수 없는 것이다. '도이 머이' 실시 후 근대화의 빠른 속도 앞에서 베트남의 현실은 도시를 배회하는 예의 그리움과 스산함의 내면풍경이 짙게 베트남의 인민을 드리우고 있다.

그런데 이런 도시중심의 근대화가 문제적인 것은 베트남 고유의 문명적 정동인 지족의 일상에 균열이 생기고 사회주의적 근대와 동떨어진 자칫 자본주의적 근대에 팽배해진 이른바 새것 콤플렉스로 인한 물질중심주의에 사로잡히기 십상이다.

한때 원더걸스 〈노바디〉와
싸이의 〈강남스타일〉 말춤이 유행했다는 곳,
한국에서 선물로 가져온
스마트폰의 기능과 동영상에 매료된
젊은 식구들이 무리를 지어 앉은 곳 한편에
도훈이가 서랍을 열고 꺼내 온, 이젠 구형이 되어버린 휴대폰 두 개가
주인을 잃고, 애들 장난감처럼 방바닥을 뒹굴고 다녔다
아이스박스 대신 일제 Toshiba 냉장고가 한 대
새로 생기고 나서부터
얼음의 생산과 음식물 저장 보관이 훨씬 편해졌으며
대신, 전기세가 좀 올랐다
잡음이 심한 편인 전화기는 날짜와 통화 시간까지
디지털로 찍히는 신형으로 교체되었다
보기엔 아직 쓸 만하고 옛것이라고 고풍스럽고 좋기만 한데,
탁자와 의자를 손이 아닌 발로 차듯 건드려 가리키며,
바꿔야만 될 것이라고

두루마리 휴지를 조금 떼어 바나나 잎을 젖히며, 일 보고 나온 아내가 말했다

— 김명국, 「새집 증후군」 부분

(『베트남 처갓집 방문』, 실천문학사, 2014)

　'도이 머이' 후 베트남의 경제적 풍요에 따라 급변화된 일상의 세태를 단적으로 보여준다. 스마트폰, 일제 냉장고, 디지털 전화기 등 베트남의 가정에서 일상용품은 아주 빠른 속도로 최신형으로 교체되고 있는 추세다. 개혁개방의 속도는 이렇게 무서운 것이다. 베트남에서 이제 "옛것이라고 고풍스럽고 좋기만 한" 것은 낡고 구태의연한 불편한 것, 곧 전근대적 유산일 뿐 이 모든 것들은 물질적 풍요가 보증된다면 언제든지 "바꿔야만 될 것"이라는 인식이 베트남 사회에 통념화되고 있음을 알 수 있다.

　기실, 베트남 사회에 가속도로 팽배해진 물질중심주의는 베트남 사회에서 가난을 벗어나 물질적 풍요의 욕망을 실현하기 위한 한국에서의 이주노동과 연관된다.

한국에서 돌아온 쩐주이호안 씨는
베트남에서 오토바이 수리점 차렸다

합법체류 이 년 불법체류 팔 년
청년 때 가서 일해 돈을 모아
중년이 되어 돌아온 쩐주이호안 씨는
수리공들 일찍 출근시키고 늦게 퇴근시키고
봉급 적게 주며 미루었다가
제풀에 지쳐 떠나가게 만들었어도
오토바이는 제때 고치도록 했다

한국인들이 하던 그대로
베트남인들에게 똑같이 하니
저절로 손님들이 꼬여서
장사 잘 된다는 쩐주이호안 씨는
신형 오토바이 타고 다니며 거드름 피웠다

그러나 한국으로 취업하러 가려는
젊은이들이 찾아와 도움말 한마디 구하면
쩐주이호안 씨는 입 꽉 다물어버린다

— 하종오, 「소자본가」 전문
(『입국자들』, 산지니, 2009)

한국에 이주노동을 다녀와 오토바이 수리점을 차린 베트남 사장의 삶
의 모습은 씁쓸하게 비춰진다. 한국에서 간난신고 끝에 돈을 모아 베트남
에 돌아와 사장이 된 쩐주이호안 씨가 한국에서 체득한 것은 노동 착취를
통한 자본축적이다. 청년 시절 배운 이 자본축적의 방식을 그는 베트남에
돌아와 고스란히 자신의 업체에 적용하고 있다. 안타까운 것은 이 방식이
베트남에서도 잘 들어맞아 업체를 찾은 손님들의 각광을 받으면서 베트
남에서도 돈을 벌게 되는 현실이다. 여기서, 서구의 근대 따라잡기를 위한
개발독재와 국가발전주의 그리고 신자유주의에 따른 무한경쟁 사회 속에
서 한국의 노동현장은 날이 갈수록 열악해지는바, 해묵은 구조적 노동
억압뿐만 아니라 새롭게 불거진 비정규직 하청 고용 노동행위 등이 심화
되는 한국의 현실을 상기해볼 때, 쩐주이호안 씨가 배운 이런 한국식 노동
현실이 다시 베트남에서 재현되고 있는 것을 어떻게 보아야 할까. '도이
머이'의 어두운 현실은 이처럼 한국의 시에서 객관적으로 상대화되고 있
다.[18] 기실, 위 시에서 노동의 건강성에 대한 비정상성에 대해 쩐주이호안

씨가 모르는 게 아님을 알 수 있다. 한국으로 이주노동하러 가는 베트남 젊은이들에게 그는 아무런 조언도 하지 않는데서 유추해볼 수 있듯, '도이 머이'에 따른 개혁개방과 그 산물인 물욕(物慾)이 베트남의 사회주의 국가 재건과 번영에 바탕을 둔 평화로운 일상을 추구하는 데 걸림돌로 작용하고 있는 것이다.

이렇듯이 베트남은 베트남전쟁 승리 후 사회주의 국가의 재건 과정에서 베트남식 사회주의적 근대를 추구하기 위한 경제개혁과 '도이 머이(쇄신)'가 물질중심주의에 따른 물욕이 야기하고 있는 베트남 사회 내부의 심각한 문제에 봉착해 있다.

한국과 베트남 문학 교류의 활성화를 기대하며

이 글은 서두에서도 밝혔듯이, 베트남에 대한 한국 사회의 온전한 이해를 위한 데 초점이 맞춰져 있다. 특히 서구의 근대적 폭력에 길항해온 베트남의 현실과 역사에 대한 한국과 베트남의 시를 살펴보면서, 베트남전쟁에 대한 협소한 이해의 폭과 깊이가 확장 및 심화되는 계기가 되었으면 한다.

글을 맺으면서, 한국과 베트남의 향후 관계에 대한 시적 통찰을 음미해본다.

그 둘이 정상회담을 한다 휴틴의 관심사는

---

18 베트남정부가 의욕적으로 추진했던 '도이 머이' 이후 베트남의 근대화가 외형적으로 괄목할 정도의 성취를 일군 것은 사실이다. 특히 경제성장률은 비약적 모습을 보인다. 하지만 베트남 사회 내부의 공산당 관료의 부정부패가 심각해지는 등 통일베트남 이후 사회주의적 근대를 추구하려는 국가적 노력이 자본주의의 구조악과 행태악에 노출되고 있다는 것은 베트남이 비판적으로 성찰해야 할 과제다. 이강우, 「도이머이 시대 베트남의 부패와 반부패」, 『동남아연구』 17(2), 한국외국어대 동남아연구소, 2008.

한국의 과거보다는 베트남의 미래다 당연하다
이문구의 관심사는 북한과 다른 베트남의 관용정신이다 그렇다. 베트남 전쟁
은 한국군이 포함된
미군측 잔혹행위가 유례 없지만
종전 후 승자가 패자에게, 전사가 배신자에게 보인
관용은 더 유례 없다
전쟁이 습관이 되면서 어느새 관용도 습관화한 것일까
이쯤에서 서로 통하는 것 아닐까?
이문구는 끌어안으려고 했고 휴틴은 그보다는 앞을
내다보는 일이 급했지만
이쯤에서 서로가 서로를 알아본 것 아닐까?

— 김정환, 「회담과 서명, 그리고」 부분
(『하노이 서울시편』, 문학동네, 2003)

2003년에 한국 측 한국작가회의의 전신인 민족문학작가회의의 이문
구 이사장과 베트남 측 작가동맹의 휴틴 서기장은 베트남의 하노이에서
회담을 가졌다. 한국 측 문인 대표는 베트남전쟁 동안 베트남에 전쟁 폭력
을 가한 한국의 과거에 대해 용서를 구하는 데 비중을 둔 반면, 베트남
측 문인 대표는 관용의 태도를 보이며 양측의 과거보다 미래를 도모하고
자 한다. 그런데 간과하지 말아야 할 것은 '한국의 과거'와 '베트남의 미
래'를 이어주는 교량 역할은 양측이 흉금을 털고 서로 만남의 자리를 가졌
기 때문이다. 그래서 교류를 하는 것은 소중하다. 베트남전쟁 동안 아시아
냉전의 구도 속에서 양측은 서로 적대적 관계에 놓였지만, 함께 만남의
자리를 가짐으로써 "서로 통하는" "서로가 서로를 알아본 것"이다. 물론,
이 만남만으로 양측 사이의 문제가 해결된 것은 결코 아니다.

하지만 아무리 강조해도 지나치지 않는 것은 한국과 베트남 모두 식민주의 역사를 공유하면서 민족해방의 가열찬 투쟁과 전쟁의 참화를 겪어온바, 동아시아의 평화로운 일상을 누리기 위한 양측의 지속적 교류 속에서 진정한 이해의 길이 활짝 열린다는 것이다. 그래서 한국과 베트남의 문학 교류는 다방면에서 적극 이뤄져야 할 뿐만 아니라 이를 위해서는 지금보다 더욱 활발히 양측 문학에 대한 번역 소개의 장이 마련되어야 할 것이다.

전쟁의 무력(武力)을
무력화(無力化)하는

『신생』지 수록 시의 반전평화, 그 시적 감응력

초점 없는 눈, 흔들리는 동공 속으로

폭탄이 떨어진다

(중략)

노서아는 더더욱 강렬하게 흔들며 회반죽보다 무거운 어둠을 들었다 던진다

환호성을 지르며 격렬한 헤드뱅잉 하는 노서아

너나없이 흔든다

(중략)

머리가 깨지고 눈알이 터지고 조각 난 이빨을 뱉으며 흔든다

땀과 핏물에 젖어 온통 젖어 미끄러지고

걸려 엎어지고 뒤로 자빠진다

죽은 사람은 죽은 채, 산 사람은 산 채로 헤드뱅잉을!

— 정온, 「울어라 우크라이나」 부분

(『신생』 겨울호, 2022)

전쟁의 '사악한 향연'에 대한 시문학적 응전

전쟁(또는 분쟁)의 무력 충돌이 가감없이 보여주듯, 적대적이고 배타

적 관계(절대적 타자)로 규정된 쌍방은 전쟁을 거치면서 압도적인 온갖 무력을 상대에게 치명적으로 가함으로써 전쟁 후 국내외적으로 자신에게 유리한 정치경제적 국제질서를 획득하고자 한다. 그 과정에서 일상이 처참히 파괴되는 모습을 우리는 속절없이 목도한다. 한편으로 따분하고 지겹고 권태로웠던 일상이, 그리고 다른 한편으로 발버둥치며 억척스레 안간힘을 쓰며 살던 일상이 언제 그랬냐는 듯 공포와 죽음의 사위에서 잿더미 속 지옥으로 변한다. 최근 우크라이나와 러시아, 이스라엘과 팔레스타인 무장 정파 하마스 사이의 전쟁이 거의 매일 타전하고 있는 관련 뉴스에서, 예의 지옥은 아이로니컬하게도 전쟁의 대참상을 겪고 있는 주민의 일상의 풍경으로 다가온다. 전쟁은 이렇게 '일상'이 지닌 상식을 배반하는, 그리하여 '일상'의 통념으로 도저히 수용할 수 없는 괴물이다. 무엇보다 전쟁의 공포와 죽음과 대참상의 일상을 살아내야 한다는 것처럼 기막힌 일은 없다.

　　이와 관련하여, 세계문학사에서 전쟁에 대한 문학적 응전은 결코 과소 평가할 수 없다. 20세기 전반기 제1,2차 세계대전을 거치면서 지구촌 곳곳에서 자행된 반인류적·반문명적 폭력이 뚜렷이 증명해 보이듯이 양차 세계대전을 통해 그동안 인류가 축적한 근대 문명의 붕괴와 몰락은 큰 충격이었다. 그래서 가령, 세계 시문학사를 살펴볼 때, 1차 세계대전에 대한 문학적 응전을 보인 예이츠와 엘리엇과 타고르의 존재는 각별하다. 그들은 유럽이 오랫동안 거둔 근대 문명의 성취가 근대 국민국가의 정치경제적 이해관계가 첨예히 부딪치는 제국주의의 팽창 속에서 전쟁으로 비화되었을 뿐만 아니라 전쟁을 치르면서 반문명적 폭력이 인간을 향해 저질러졌던 현실을 초과하여 흡사 비현실처럼 보이는 현실에 대해 래디컬한 자기-응시와 자기-비판을 그들의 시문학으로 수행하였다. 그 중 타고르는 그의 『내셔널리즘』(1917)에서 유럽과 일본이 축적하고 벼리고 있는 근대의 학지(學知)를 바탕으로 한 근대의 유무형의 문명적 성취를 주목하고 그것의 긍정적 면모를 적극 지지하되, 그들의 자민족중심주의와 배타적 민족주의가 국제사회의 약육강식의 정글의 법칙 아래 승자독식(勝者獨食)의 탐욕이 세계를 지배하는 반생명적·반평화적·반우주적 통치로 작동하고 있는 것을 매섭게 비판한다.[1] 비록 그의 『내셔널리즘』이 1차 대전 도중 발간되었지만, 이 저서에서 보이는 시적 전언은 1차 대전에서 입증됐듯이, 서구의 내셔널리즘에 기반하여 탄생한 국민국가들이 공업적 자본주의의 이해득실이 충돌하며 빚어진 대립과 갈등의 '사악한 향연'[2]임을 타고르는 비판적으로 성찰한 것이다.

불행하게도, 이 '사악한 향연'은 2차 대전에서도 지속된다. 아도르노가 '아우슈비츠 이후 서정시를 쓰는 것은 야만이다'고 하여, 나치가 자행한 홀로코스트의 반문명적 충격을 경험한 인간의 언어예술이 갖는 무기력함에 환멸을 토로하였음에 불구하고, 파울 첼란은 아도르노의 전언이 무색할 만큼 홀로코스트를 정면으로 응시하면서, 시의 언어가 감당할 수 있는 시쓰기의 임계점까지, 그리고 그것 너머 이를 수 있는 시적 실천을 수행한다.[3] 마침내 아도르노는 파울 첼란의 시작(詩作)을 접하면서 스스로 자신의 발언을 철회한다.

이처럼 양차 세계대전에 대한 시문학적 응전은 문제적이었고, 비단 이러한 모습은 그들 외에도 존재한다. 하물며 2차 대전 후 글로벌 냉전 체제 및 지구적 자본주의 세계체제로부터 잉태된 세계의 각종 전쟁과 분쟁에 대한 시문학적 응전은 가열차게 펼쳐지고 있다.

사실, 이 글의 목적은 예의 문제의식과 맞닿아 있는바, 1999년 부산

---

1   이에 대해서는 고명철, 「구미중심의 근대를 넘어서는 아시아문학의 성찰」, 『세계문학, 그 너머』, 소명출판, 2021, 317~322쪽.

2   R. 타고르 저, 손석주 역, 『내셔널리즘』, 글누림, 2013, 113쪽.

3   고명철, 「파울 첼란의 디아스포라: '유리병 편지'와 '시적 자오선'」, 디아스포라 웹진 『너머』 6호, 2024(https://www.diasporabook.or.kr/).

에서 창간된 계간 『신생』의 100호 발간을 맞이하여 그동안 『신생』의 지면에서 소개된 시들이 전쟁을 어떻게 조우하고 있는지, 전쟁에 대한 시문학적 비판의 실재를 톺아보고자 한다. 이것은 『신생』의 창간 선언에서 뚜렷이 표방했듯이, 시 전문 매체로서 "기술적이고 기계적인 관계의 세계"[4]에 대한 비판적 성찰을 통해 '생태주의적 패러다임'의 언어를 궁리·모색·실천하여 서구중심의 근대의 파행성을 전복적으로 넘는 '대안의 근대'를 향한 원대한 꿈의 실현에 동참하고 싶기 때문이다.

'구연성(口演性)'의 시적 재현으로서 전쟁의 비극성 드러내기

전쟁의 일환으로서 전쟁을 독려하고 그러한 언어 행위가 전쟁을 수행하는 그 자체가 아닌 한 문학은 전쟁의 비극성을 드러내는 기억 행위를 통해 반전평화를 적극 수행한다. 『신생』에 수록된 모든 시들을 통독하면서 국내외 전쟁들——가령, 아시아태평양전쟁, 6·25전쟁, 베트남전쟁, 이라크전쟁 등을 비롯한 아시아의 곳곳에서 일어난 크고 작은 전쟁 및 분쟁에 대한 시적 재현을 만날 수 있었다. 그중에서도 상당수를 차지하고 있는 것은 6·25전쟁 안팎을 이루는 분단체제의 현실을 다루는 시들임을 알 수 있다. 그만큼 한국 시문학(사)에 6·25전쟁이 미친 전쟁의 비극성은 좀처럼 망각할 수 없는 한반도 주민의 일상을 파괴한 대참상이다.

1948년 6월 11일 경남 거창군 신원면 태생인 문일주 아기 1951년 2월11일 719명 집단학살 때 어미와 총 맞아 죽다 2005년 6월25일 감악산 넘어간 1948년 7월10일생 김준태 지금도 세 살배기 문일주 아기墓에 무릎꿇어 술

---

4   「창간호를 내면서」, 『신생』 창간호, 1999, 11쪽. 이후 본문에서 『신생』에 소개된 시를 인용할 때 별도의 각주 없이 『신생』의 (발행 호수)만 표기한다.

따르더니 스물아홉 스물여덟 두 아들 아범이지만 옛 친구 만난 듯 무덤 빙빙
돌며 박산골 학살터에 흰밥 뿌리며 노래부른다 "일주, 내 친구야! 동갑내기
나의 친구야! 내가 대신하여 아들 됐으니 너의 자손도 퍼뜨려 너의 혼백 달래
주리라."

— 김준태, 「문일주 아기 묘비명」 전문
(『신생』 가을호, 2005)

 평안북도 운산면이 내 고향이다…전쟁 나던 해 이월에 아내가 그만 죽었
다…일곱 살짜리 딸내미하고…다섯 살짜리 아들내미 남기고서리…유월에 전
쟁이 나고…엎치락뒤치락 하더니만…잠깐 피란 가는 게 좋겠다 싶어서리…
열 여덟 누이동생하고…어리 오누이를 데리고 정든 집을 나섰다…그때가 오
십 년 동짓달 초사흘이라…(중략)

 전쟁이 끝나믄…바로 가야주 올라가야주 허멍…여기 제주까지 흘러들어왔
주…살다보난 반백 년이 지나부렀주…고향 생각에…가게 이름도 평안상회라
고 했주만…가게 이름만 그러면 뭐허여…갈 수 없는 고향인디…자식 두고
혼자 내려왔다는 생각에…하루도 마음 편할 날이 없었주…정말…

— 김수열, 「세숫비누 반 조각」 부분
(『신생』 가을호, 2001)

 6·25전쟁은 이렇게 현재 진행형으로 한반도 주민의 삶에 그 상흔을
짙게 드리우고 있다. 위 두 시편은 역사의 가혹한 운명을 담담히 들려준
다. 우선 「문일주 아기 묘비명」에서 알 수 있듯, 시적 화자이며 1948년
생 시인 김준태는 한국전쟁 와중 집단학살 당한 그와 동갑내기 "세살배
기 문일주 아기墓에 무릎꿇어 술 따르더니" "무덤 빙빙 돌며 박산골 학

살터에 흰밥 뿌리며 노래" 부르는, 흡사 제의(祭儀)라 해도 무방한 애도 의식을 행한다. '문일주'는 너무 어린 나이에 전쟁의 죽음에 먹혀버렸으나, 그의 동갑내기 시적 화자는 생존하여 그의 묘 앞에서 애도 의식을 벌인다. 그러면서 시적 화자는 망자에게 저승에서나마 "너의 자손도 퍼뜨려 너의 혼백 달래주리라"는, 곧 망자의 원혼을 위무하고 달래는 시적 주술의 비손과 비념(悲念)의 "노래"를 읊조린다. 기실 「세숫비누 반 조각」의 시적 재현도 그 초점은 한국전쟁으로 38도선 이북의 고향을 떠나 남쪽으로 피난 온 전재민(戰災民)이 이산가족으로서 상처가 얼마나 심한지, 분단이 고착화된 채 귀향할 날이 요원하기만 한 체념의 정념을 진솔히 들려준다. 그런데 이 시에서 드러나고 있는 전쟁의 비극성이 한층 더 실감으로 다가오는 데에는, '평북(고향)'/'제주(타향)'로 구분되는 지역어에 동반되고 있는 정치사회적 이념의 갈등과 충돌이 시사하듯, 특히 한국전쟁을 거치면서 분단의 현실로 가시화된 이산가족의 상처와 그 비극적 정념이 시의 감응력을 배가하고 있다는 점이다.

여기서, 우리가 주시할 시적 재현이 있다. 위 두 시편의 시가 공유하고 있는 것은 근대 시문학이 상대적으로 비중을 두는 문자성(文字性) 중심의 시적 재현 일변도가 아닌, 연행성(演行性)과 구술성(口述性)이 자연스레 결속한 구연성(口演性)이 절묘히 개입한 시적 재현으로 이뤄지고 있다는 점이다. '문일주'의 아기묘 앞에서 그 원혼을 위무하는 시적 화자의 애도 의식과(「문일주 아기 묘비명」), 월남한 평북 이산가족의 전쟁의 상처와 맺힌 한이 평북어(고향)와 제주어(타향)로 들려주기야말로(「세숫비누 반 조각」) 6·25전쟁의 비극성에 대한 문학적 응전으로서 시적 재현의 감응력을 주목하도록 한다.

이것은 베트남전쟁의 참상 중 고엽제 환자가 겪는 전쟁의 고통과 상처가 의학적·정치경제학적 차원에서 어떻게 살펴봐야 하는지, 그리하여 베트남전쟁에 대한 시문학적 응전이 얼마나 웅숭깊은 반전평화를 향한 시적 재현으로 수행하고 있는지를 잘 나타낸다.

 그 당시 육군 이등병으로 입대한 나 ○○은 육십구년 삼월부터 일년 동안
월남전에 참전한 명예로운 용사였었지 전사한 전우와 부상당한 전우와 무
사히 귀국한 전우의 용병(?)의 대가로 받은 (불란서의 외인 부대와는 성격이
다른) 달러로 군사 정부는 경부고속도를 놓아 경제부흥의 부가 가치를 더
한층 배가시켜 놓았고 박통은 밀가루 막걸리를 마시며 (그래서 도미노 현상
인지 호남고속도로 남해고속도로가 준공되어 그 도로로 오만가지 물품이 오고
가지만) 치하하였고 나 또한 제법 돈을 좀 모았지 그런데 귀국한 지 얼마
안 있어 손잔등에 저승꽃이 아닌 푸른 반점이 나타나다가는 온몸으로 번지
더니 심하게 가려우면 단골의원에 드나들며 약도 타 먹고 주사도 맞았지
(중략) 불쌍한 건 자식이라구 삼십이 다 되도록 시집 장가도 못간 자식이
애비보다 더 심하게 피부병에 시달리고 있는 거야 그런데 말이지 정말 미치
고 환장할 일은 아버지가 월남전에 가지 않았던들 하는 원망의 소리지 그땐
언제 어디서 기습해 올지 모르는 총알이 빗발치던 정글에서 취침시간이 되
면 라디오에서 흘러나오는 음악소리에 귀 기울이며 (마침 그 달은 구월달이
었고 이브몽땅인가 하는 배우를 명배우로 키워 놓고는 언제나 무대에 서면 검은
드레스를 입고 나와 노래 부른다는 비련의 여인인가 하는 에디뜨 삐아프의 가을
노래 고엽을 들으며) 잠이 들곤 했지 그리곤 새벽이 되면 두 대의 미군기가
저공 비행을 하며 우리들의 고공을 맴돌면서 농약인가 고엽제인가 계절도
소용없는 시도 때도 없이 단번에 낙엽이 되는 약을 뿌려대곤 했지 나를 포
함한 우리들은 허옇게 내리는 안개비 같은 연무 그걸 한없이 맞아가면서 고
국과 고향과 소년 시절을 보냈던 마을을 회상하고 생각에 젖어들곤 했었지
그것 뿐이야 더 이상 이야기가 없는 거지

— 이선관, 「고엽제 환자 나 선생의 신상명세서」 부분
(『신생』 가을호, 1999)

지금-여기에서 베트남전쟁의 실상은 다각도로 밝혀지고 있듯, 한국군의 베트남 참전은 '베트남 특수(特需)'로 한국 경제는 비약적 성장을 이룬다. 한국전쟁 이후 반공주의의 맹목이 국가의 모든 부문의 통치에 미친 바, 베트남전쟁의 참전은 분단시대를 살고 있는 젊은이들에게 반공주의의 또 다른 아시아의 최전선을 수호하기 위한 용맹한 전사로 거듭날 수 있는 사회적 기회였다. 하지만 시적 화자를 엄습한 예기치 않은 전쟁의 질환은 그의 모든 것을 앗아버리지 않았는가. 그래서 이 시를 음미하면서 모골이 송연하고, 처연한 슬픔과 분노의 정동이 좀처럼 가시지 않는 대목이 있다. 전쟁 도중 병사에게 그나마 짧은 안식의 시간이 있다면 취침일 터인데, 그 취침 시간에 베트남 정글 속 라디오에서 들려오는 감미로운 샹송의 노래가 표상하는 살아있는 삶의 정감(사랑과 이별)과 도저히 어울릴 수 없는, 미군기가 뿌려대는 고엽제가 새벽에 그들을 덮친다. 고엽제는 비유컨대 '느린 탄환'으로 불리울 정도로 총구에서 나간 탄환이 슬로모션으로 속도를 늦춰 대상을 향해 접근하여 언젠가는 상대방에게 치명상을 입히든지 급기야 살상시키듯, 고엽제 질환은 서서히 환자를 죽음으로 몰아가고 심지어 유전돼 환자의 자식에게까지 치명적 질환을 안긴다.[5] 이처럼 '프랑스의 샹송=삶의 환희(사랑과 이별)'/'미군기의 고엽제=삶의 고통(죽음)'은 서로 대립적 심상을 보인다. 그런데 주목해야 할 것은, 평화를 가장한 구(舊)제국의 '문화자본(프랑스의 샹송)'과 전쟁을 수행하는 신(新)제국의 '전쟁자본(미국의 고엽제)'이 공모하고 있다는 점이다. 베트남전쟁의 비극성은 바로 여기에서 불거진다. 이선관의 시에서는 예의 대립/공모의 시적 진실을 함의하는 두 표상이 베트남전쟁의 자연스러운 일상으로 실제 구현되었고, 이 전쟁의 정글 속 일상을 시적 화자와 같은

---

5   고엽제의 이러한 점에 초점을 맞춘 대표적 서사 작업으로는 이대환의 장편소설 『슬로우 블릿』(실천문학사, 2001) 참조.

베트남전쟁 참전 젊은이들은 아무것도 모른 채 "고국과 고향과 소년 시절을 보냈던 마을을 회상하고 생각에 젖어들곤 했었"다는 이야기를 심드렁히 들려줄 뿐이다. 이선관의 시에서도 이 같은 베트남전쟁의 비극성이 시적 화자의 들려주기, 즉 구연성을 바탕으로 한 시적 재현으로 한층 더 실감을 확보한다. 여기에는 참전 당시의 그 비극성이 타전하는 베트남전쟁의 반문명적 실상에 대한 시인의 비판적 정동이 공명(共鳴)돼 오기 때문이다.

'전쟁의 불모성'에 대한 극복과 비판, 그 시적 재현

『신생』에 수록된 전쟁 관련 시편 중 전쟁의 극단적 폭력성이 지닌 불모성에 대한 시적 재현에 자꾸만 눈이 간다. 세계시민들이 두루 알고 있듯, 각종 대립과 갈등과 분규로 비화되고 있는 전쟁의 목적과 그 전개 양상은 고전적이고 재래적인 의미——가령, 식민지 팽창 및 영토 확장을 바탕으로 한 정치경제적 지배권력의 통치——만으로는 이해할 수 없는 면들이 많다. 시인은 그러므로 전쟁을 우두망찰 접할 때마다 밀려드는 허무와 무기력에 침잠한다.

폭탄이 떨어지자 골목도 하늘도 금이 갔죠
타들어간 복부는 검은 봉지처럼 팔랑거렸죠
다시 맞잡지 못할 오른팔, 잘려나간 왼손가락
상실은 견딘 손이 먼저 기억해요, 부활해
내가 그린 그림은 못난 지두화, 뭉툭한 손목 끝
칭칭 감은 테이프가 크레파스를 꼭 쥐어요
길고 날렵한 날개, 붉은 꼬리로 내뿜는 불꽃이
요르단 국경 위로, 별똥별은 그렇게 졌어요

한 낮에, 너무나 뜨거웠죠, 잠들 수 없었죠
별은, 소리 없이 아무도 닿지 않는 곳에
정말이지 그렇게 지는 게 아니었나요
(중략)
살래, 하고 말문을 연 아홉 살 이라크 소년 살레(Saleh)는
살라(Salah), 오체투지로 올리는 예배를 들어요
인샤알라, 신의 뜻이 있으시다면, 그뿐이예요
깊은 바닥까지 엎드려 땅을 쓰다듬고 싶은
들리나요, 정말 서럽도록 착한 살레의 꿈이

　　　　　　　　　　　　　— 이민아, 「찬란한 토르소」 부분

　　　　　　　　　　　　　　　　　(『신생』 여름호, 2007)

골목 어구
만개한 벚꽃나무 앞에서
나는 무력하다

한낮의 카페 바그다드
굳게 닫힌 문 앞에서
나는 무력하다

라이브 화면 바그다드에는
탱크와 사막의 누런 흙먼지와
밤이면 충격과 공포의 크루즈 미사일
지옥의 불기둥이 치솟지만

꿈속인 듯 거리를 걸으며

주머니 속 동전 만지작거리며
나는 무력하다

그럼에
꽃과 싸우자
꽃을 위하여 꽃과
싸우자 꽃이여 총을
총을 들어라
꽃이여 총과
싸우자

이명처럼 시내 곳곳에서 총성이 울리고
봄의 한낮 가위눌린 꿈처럼
나는 무력하다

— 윤재철, 「봄날」 전문
(『신생』 여름호, 2003)

한국의 시인에게도 중동 지역에서 일어나고 있는 전쟁은 무관심할 수 없는 사안이다. 특히 전쟁의 불모성이 단적으로 말해주듯, 폭탄에 일상의 모든 것이 파괴되었는데 겨우 살아난 생존자의 육체는 그 파괴력에 치명적 손상을 입어 흡사 몸통만 남은 조각상, 즉 토르소의 처지로 전락하고 말았다(「찬란한 토르소」). 그런데 이 끔찍한 모습들과 포개지는 것은 전쟁의 참상이 첨단의 대중미디어를 통해 전장에서 송출되고 있으며, 전장과 멀리 떨어져 있는 세계시민들은 "탱크와 사막의 누런 흙먼지와/밤이면 충격과 공포의 크루즈 미사일/지옥의 불기둥이 치솟"는 그 장면을 스펙터클한 전쟁 영화의 흔하디흔한 장면으로 감상할 뿐이다(「봄날」). 그래서 위 두 편의 시는 표면상 중동 지역의 전쟁을 접하는 한국 시인의 비관주의 정감을 표현하고 있는 것으로 보인다.

하지만 정작 우리가 주시해야 할 시적 재현은 시적 주체가 길항하는 모습이다. 「찬란한 토르소」에서 몸통만 남은 전쟁의 생존자 이라크 소년 '살레(Saleh)'는 "인샤알라, 신의 뜻이 있으시다면, 그뿐이에요"라는 "오체투지로 올리는 예배"를 한다. 흥미로운 것은 시적 주체 '살레(Saleh)'와 '인샤알라/살라(Salah)'가 이슬람 종교의 제의적 관계로써 전쟁의 대참상을 견뎌내는 어떤 초극의 삶을 나타낸다면, 시적 주체 '살레(Saleh)'의 이름이 '[살래]'로 말해지고 들림으로써 이 소리와 한국어의 단어 '살래[活]'와 묘하게 공명하는, 그리하여 '살레(Saleh)'-'인샤알라/살라(Salah)'-'살래'가 서로 연접·간섭·소통함으로써 중동 지역 전쟁의 비극의 당사자인 이라크 소년의 종교적 초극의 삶은 한국 시인의 시적 재현을 통해 반전평화의 가치를 공유하는 시적 감응력으로 확산한다.

이러한 시적 주체의 길항은 「봄날」에서 "나는 무력하다"의 반복적 시행이 함의하는 미적 정치성으로 나타난다. 이라크전쟁의 송출 화면을 시청하며 시인이 할 수 있는 일은 아무것도 없다. 하지만 시인은 저 무도한 전쟁광에 맞서 꽃과 함께 싸울 것을 종용한다. 시인은 그래서 "나는 무력하다"고 하는 무기력감을 강조한다. 하지만, 바로 여기에 우리가 놓쳐서는 안 될 시인의 미적 정치성이 강렬히 개입해 있는데, "만개한 벚꽃나무 앞에서" 시인은 봄의 싱그러운 생명력의 충일감에 전율할 터이다. 순간, 꽃의 힘은 그 어떤 존재보다 압도적이고 강한 실재이면서, 역설적이지만, 꽃이 지닌 한없이 부드럽고 연약한 그 절대적 아름다움은 뭇 존재의 위력을 평화롭게 무장해제시키는 경이로운 힘을 행사한다. 그 어떤 것도 넘볼 수 없는 생명력의 무한한 힘을 봄의 한낮 시인은 감응한다. 따라서 "꽃이여 총과/싸우자"는 시인의 시구는 전쟁에 대해 속수무책이어서 맥아리가 없는 푸념의 그런 시적 표현이 결코 아니다. 오히려 지구 반대편 전쟁을

일으킨 전쟁광에 대한 전의(戰意)를 불사르는 시적 재현이다. 그럴 때 "나
는 무력하다"의 반복적 시행은 '무력(無力)'만이 아니라 '무력(武力)'의
시적 길항으로 그 전도된 함의를 갖는다. 말하자면, 시적 주체 "나는 무력
(武力)하다"의 시적 전의(戰意)가 솟구치고 있는 것이다.

　여기서, 중동 지역 전쟁에 대한 한국 시인의 또 다른 시적 재현은 의미
심장한 시적 전언을 타전한다.

　　평화운동가로 이라크에 건너가
　　인간방패를 자청한 한국인 청년을
　　또래의 현지 방송기자가
　　취재하는 자리였다
　　먼저 아랍인 기자가 묻고 청년이 답했다
　　"왜 이곳에 왔니?"
　　"네 조국의 평화를 위해!"
　　뒤이어 청년이 묻고 기자가 답했다
　　"이번 전쟁에 대한 네 생각은?"
　　"나쁘지 않아
　　일자리를 얻었거든
　　부모님께는 텔레비전을 사드리고
　　내 방엔 침대를 들여놨어
　　……
　　이십 팔 년만에 처음"

— 손세실리아,「대화」전문
(『신생』봄호, 2005)

　이라크전쟁을 두고 한국인 청년 또래 현지 아랍인 방송기자는 종군기

자인데 그에게 최우선 관심사는 전쟁을 취재하는 직업인으로서 취재의
대가로 돈을 벌고 그 돈으로 가족과 자신의 경제적 일상의 사소한 행복
을 충족하면 그만이다. 그런데 이 기자의 전쟁에 대한 생각이 그리 특별
한 것은 아니다. 앞서 이선관의 베트남전쟁 관련 시에서도 살펴봤듯이,
전쟁의 본래 목적과 달리 전쟁 특수(特需)가 형성되고 적대적 공방의 아
비규환의 참담한 지옥도(地獄圖)에서도, 전쟁을 일으킨 자들은 정치경제
적 이해 관계를 관철시키기 위해 전시경제를 유지하려고 안간힘을 쓴다.
그리고 전쟁에 직간접 연루된 모든 이들은 전쟁 특수를 그들의 현존을
위한 몫으로 적극 활용한다. 전쟁은 이렇게 자연스레 전쟁의 불모성으로
잉태된 악화(惡貨)를 전쟁의 일상성인 양화(陽貨)로 전도시킨다. 이런 전
쟁에서 "네 조국의 평화를 위해!"라는 평화운동가 한국 청년의 말이 그
본의와는 별개로 이라크전쟁에 대한 한갓 추상적 관념과 비현실적 정념
으로 다가온다. 이것은 '죽음의 상호성'을 바탕으로 한 전쟁의 불모성에
대한 시적 재현을 주목하는 이유다.

100호를 맞는 『신생』의 가열찬 시적 응전을 기대하며

이 글은 사람의 연령으로 말하면, 올해 100세를 맞이한 계간 『신생』
(1999년 창간)의 잔치를 맞이하여 반전평화를 주제로 한 『신생』의 성취를
주목하고 이후 관련한 주제에 대한 새로운 지평을 깜냥 모색하기 위해서
다. 글을 마무리하면서, 『신생』에서 소개된 시(인) 중 미처 두루 언급하지
못한 것은 어디까지나 필자의 부족한 능력 때문임을 고백한다.
지금까지도 그렇듯이 『신생』은 21세기 세계 곳곳에서 일어나는 각종
전쟁에 대한 시적 응전에 분투하는 시(인)에 주목해야 할 것은 아무리
강조해도 지나치지 않을 것이다. 이와 관련하여, 향후 한층 더 진력했으면
하는 문제를 제기하면서 내 소임을 마무리할까 한다.

우리에게 잘 알려져 있는 고전적 양상의 전쟁은 세계의 첨예한 분쟁 지역에서 언제든지 일어날 수 있다. 주권 국가들 사이의 국제적 교전 규칙을 지킨다는 명분 아래 전시 적대적 무력 충돌을 합리화하는 가운데 생사여탈권을 쥐락펴락한다. 아무리 동서고금 인류가 전쟁 없는 영구 평화를 누린 적은 없다 하더라도 우리는 세계사에서 전쟁이 언어절(言語絶)의 대참극과 인간이 감당할 수 없을 정도의 고통과 비극의 현실을 안겨주는 것을 너무나 잘 알고 있다. 그런데 이런 고전적 양상의 전쟁이 점차 전 지구를 대상으로 한 이른바 글로벌 전쟁의 양상을 띠면서 전쟁과 평화의 구분이 모호해지고 있다. 대신 각종 전쟁의 양상은 '죽음의 상호성(절대적 죽음)'과 맞물린 '폭력의 극단성'과 '적(타자)의 멸살'을 정치윤리적으로 보증한다. 그러므로『신생』처럼 시 전문지로서 미적 대응의 매체 전략과 실천이 한층 더 주도면밀한 방략(方略)이 요구된다.

이를 위해 부산이 함의한 지역성이 세계성과 상호침투적 관계를 치밀히 궁리해야 한다. 역사문화 및 정치지리적 관점에서 부산이 동아시아의 근대를 어떠한 문학적 실천으로 궁리할 것인가 하는 사안은 결코 간단한 문제가 아니다. 가령, 20세기만 하더라도 제국 일본이 저지른 식민지 침략전쟁과 6·25전쟁과 베트남전쟁에서, 부산이 함의한 지역성과 세계성의 관계에 천착한,『신생』이 진력해야 할 과제는 매우 소중하다. 이것은 달리 말해『신생』이 그동안 국민국가의 한국문학으로서 문학적 가치를 발견하고 지역 매체로서 창조적 몫을 충실히 수행해 왔다면, 100호를 맞이한『신생』의 새 지평은 구미중심의 세계문학을 창조적으로 전복하고 이를 넘어서는 세계문학의 원대한 가치를 새롭게 창출하는 시 전문지로서 갱생의 힘을 부단히 벼릴 과제가 놓여 있다. 이를 전쟁에 대한 시적 응전으로 생각할 때, 글로벌 전쟁의 양상에 대한『신생』의 시적 응전은 부산이 함의한 지역성과 세계성의 상호침투를 통해 득의(得意)한 세계문학으로서 창작과 담론의 시적 응전을 기대하기 때문이다.

끝으로, "모든 평화가 언제나 무력 평화에 의해 해당한다고도 말할 수도 있다."[6]는 전쟁의 항존에 대한 절대 부정으로서 시적 응전은 기한이 없음을 거듭 강조하고 싶다. 시(인)의 존재는 무력(武力)을 무력화(無力化)하지 않는가.

---

6   프레데리크 그로 저, 허보미 역, 『왜 전쟁인가?』, 책세상, 2024, 176쪽.

신동엽의 제주 여행,
'탈식민-냉전'과 '65년 체제'에 대한
시적 대응[*]

신동엽과 '탈식민-냉전'과 '65년 체제'

　제2차 세계대전을 겪은 아시아는 일본 제국의 패전으로 각 지역과 민족의 현실 속에서 신생독립국의 정치적 지위를 향한 역사적 분투를 보인다. 그리하여 일제의 식민주의를 청산하고 온전한 해방과 새 나라를 만들기 위한 정치역사적 과업에 정진한다. 하지만 전후의 세계질서가 재편되는 과정 속에서 미국을 중심으로 한 자본주의 진영과 옛 소련 및 중화인민공화국을 중심으로 한 사회주의 진영 사이의 대립과 갈등에 바탕을 둔 냉전체제의 형성은 아시아가 직면하여 대응해야 할 정치역사적 과업이 중층적 성격을 띨 수밖에 없음을 말한다. 이것은 2차 대전을 거치면서 탈식민과 냉전에 대한 사안이 별개의 차원에서 궁리될 성질의 문제가 아니라 '탈식민-냉전'이란 프레임으로, 즉 '탈식민'과 '냉전'을 상호침투적으로 살펴봄으로써 아시아가 새롭게 조우한 전후의 질서에 대한 역사적 분투를 온전히 이해하는 일이다.

　이 글은 필자의 「신동엽과 아시아, 그리고 제주 여행길」(고명철 외, 『이 세상에 나온 것들의 고향을 생각했다』, 소명출판, 2020)을 '2023 DMZ평화문학축전'(2023년 10월 26일 경기도 파주 평화생태공원 애기봉에서 열림) 제4세션 심포지움의 성격에 부합하도록 보완 및 고쳐쓰기를 한 것이다.

이와 관련하여, 시인 신동엽(1930~1969)의 삶과 문학은 래디컬하게
사유되어야 한다. 그만큼 신동엽의 문학은 문제성(problematic)을 지닌
다. 이것은 신동엽의 문학을 4·19혁명의 문학적 성취에 따른 진보적 민족
문학의 성취로 다양하게 해석해야 한다는 것을 의미하는 게 아니다. 그리
고 서구의 (탈)근대 문학 자장 안에서 신동엽의 문학이 갖는 복합성과 그
에 따른 해석의 다양성을 증폭시키자는 것도 결코 아니다. 그보다 신동엽
이 발딛고 있는 구체적 현실 속에서 넓고 깊게 이해되어야 할 국제주의적
시계(視界)로서 신동엽의 문학을 '세계-내적-사건', 즉 어떤 체제의 접힘
과 펼침으로 현상되는 역사적 실재로 이해할 필요가 있다. 이것은 1960년
대에 그가 마주한 4·19혁명(1960)-5·16군사쿠데타(1961)-6·3한일회
담반대운동(1964)-한일협정(1965)/베트남전쟁(1965) 등속의 굵직한 역
사적 사건의 흐름과 무관하지 않다. 이들 사건의 흐름에서 '한일협정/베
트남전쟁'과 신동엽의 문학 사이의 상호침투적 관계를 주목해야 한다.[1]
그런데, 신동엽의 삶과 문학에서 간과할 수 없는 것은 그의 유소년 시절
일본 제국의 모범 소년기를 보낸 식민주의에 대한 강렬한 기억과, 6·25전
쟁 기간 인민군 치하에서 민청 선전부장을 맡은 것과, 국민방위군에 소집
돼 기적적으로 전쟁터를 벗어나 목숨을 연명한 전쟁의 참담함에 대한 실
존적 경험 등, 정리하면, 일본 제국의 식민주의에 대한 반제국주의·반식
민주의에 대한 주체적 인식과 냉전 이데올로기 대립에 따른 한반도의 분
단시대에 대한 응시와 그 고통에 대한 극복의 노력을 시와 산문으로 돌파
하고자 한 '탈식민-냉전'과 '65년 체제'[2]에 대한 그의 '정동정치(情動政治,

1   이에 대한 주요 논의로는 신동엽기념사업회 편, 『다시 새로워지는 신동엽』, 삶창,
    2020에 수록된 고봉준, 「1960년대 사회 변화와 현대시의 응전」; 하상일, 「신동엽과
    1960년대」; 박대현, 「'민주사회주의'의 유령과 중립통일론의 정치학」; 최현식, 「(신)
    식민주의의 귀환, 시적 응전의 감각」 등을 들 수 있다.
2   제2차 세계대전 후 형성된 냉전 질서 아래 한국과 일본은 미국의 막후 중개로 한일국교
    정상화를 위해 4개의 협정(청구권 및 경제협력 협정, 어업협정, 문화재협정, 재일한국인

politics of affect)'³를 주시해야 한다. 여기서, 신동엽에게 1965년에 불거진 두 역사적 사건-한일협정과 베트남전쟁은 그의 전반적 생의 강렬한 기억 및 경험과 결코 무관하지 않다. 이 두 사건은 신동엽의 문학이 함의한 '세계-내적-사건'으로서 신동엽 개인뿐만 아니라 신동엽처럼 일본 식민주의와 6·25전쟁을 함께 겪은 1960년대 한국문학의 주체가 근대 내셔널리즘으로만 이해되는 것을 넘어 아시아에까지 심상지리를 확대하는 국제주의적 시계의 이해지평에 대한 설득력이 보증된다. 그럴 때 1965년을 전후해서 접혀지고 펼쳐지는 역사의 시공간이 지닌 역사적 함의인 '65년 체제'는 신동엽의 문학을 심층적으로 이해하는 새 지평을 제공한다. 왜냐하면, 신동엽의 문학을 '65년 체제'의 프레임으로 살펴볼 때, 그의 문학은 근대 내셔널리즘의 주박(呪縛)으로부터 벗어난, 그리하여 그가 그토록 절실히 문학적으로 간구했던 '중립'의 어떤 새로운 세상에 대한 시적 실천이 한층 실감으로 다가오기 때문이다.

우리는 '탈식민-냉전'과 '65년 체제'에 대한 신동엽의 시적 대응을 이해하기 위해 그동안 거의 관심을 갖지 않았던 그의 제주 여행길을 주목할 필요가 있다. 그의 유고집 중 실천문학사에서 1988년에 출간된 산문집 『젊은 시인의 사랑』은 그래서 각별하다. 이 산문집의 구성은 신동엽이 직접 작성한 유고집의 구성에 조금도 변형을 가하지 않는 것으로, 모두 5부로 구성돼 있다. 그 구성의 골격을 살펴보면, 제5부를 제외하고, 제1부터 제4부까지 순차적 시간에 따라 작성된 일기가 대부분이다. 그 시간대는 1951년부터 1964년까지 이르고 있다. 1959년 장시 「이야기하는 쟁기꾼의 대지」가 『조선일보』 신춘문예에 입선하면서 본격적 시작(詩作) 활

의 법적 지위협정)에 기초하고 기본 조약을 1965년에 체결한바, 이러한 한일관계를 한일기본조약체제 또는 1965년 체제(65년 체제)로 불리웠다. 니시노 준야 저, 아시아연구기금 편, 「한일기본조약의 의의와 한계」, 『한일관계 50년의 성찰』, 오래, 2017, 24쪽.

3   브라이언 마수미 저, 조성훈 역, 『정동정치』, 갈무리, 2018.

동을 했고, 그의 첫 시집 『아사녀』가 1963년에 출간되었다는 사실을 고
려해볼 때, 『젊은 시인의 사랑』에 수록된 일기 형식의 에세이들은 신동엽
이 일궜던 그의 문학 대지를 이해하는 데 또 다른 지도 역할을 수행하고
있다. 그것은 일기가 명시하고 있는 시간대가 말해주듯, 그의 야심찬 데뷔
작을 얻기까지 그는 자신이 경험한 질곡의 역사(일제 식민과 해방공간 그
리고 한국전쟁)를 온몸으로 감당하면서 그만의 문명사관——가령, 대표적
으로 그의 산문 「시인정신론」(1961)에서 주창되는 이른바 '귀수성(歸數
性) 세계관'——을 바탕으로 한 시적 주체를 정립할 뿐만 아니라 그에 따른
시적 인식을 벼리고 있었기 때문이다. 그러니까, 이 산문집은 '65년 체제'
이전, 신동엽의 첫 시집 『아사녀』에 이르는 그의 문학적 삶과 그의 독특한
시론('귀수성 시' 세계)에 이르는 문학적 도정에 대한 내밀한 고백이 주조
음을 이루고 있다. 그런데 매우 흥미로운 것은 그가 1964년 한여름 제주
여행길에 나서서 기록한 열흘 분량의 일기다. 이것의 전모는 『젊은 시인
의 사랑』의 '제4부 젊은 시인의 여행일기'에 상세히 나타나 있다. 이 열흘
분량의 일기가 씌어진 시기가 단적으로 말해주듯, '탈식민-냉전'과 '65년
체제'에 대한 시적 대응의 도정에서 제주 여행길은 신동엽의 삶과 문학에
서 중요한 분기(分岐)를 이룬다.

신동엽의 제주 여행을 주목해야 할 이유

이를 좀 더 설득력 있게 뒷받침해 주는 것으로, 신동엽의 제주 기행은
매우 흥미롭다. 그의 일기에 따르자면, 그는 1964년 7월 30일 목포에 도
착하여 1박을 하고, 이튿날 7월 31일 오전 11시 목포항을 떠나는 황영호
를 타고 추자도를 거쳐 밤 9시 제주항에 도착한다. 이어서 본격적인 그의
제주 여행길은 8월 1일부터 시작하여 8월 7일 오전 10시 제주항을 떠날
때까지 일주일이다. 이 기간 신동엽은 한라산 등반을 포함하여 제주시와

서귀포를 비롯한 몇 주요 관광지를 돌아본다.

세화 가는 길에서 마주한 봉건적 유습

신동엽이 제주 여행길에서 처음 방문한 곳은 제주시에 위치한 삼성혈(三姓穴)이고, 이어서 조선시대에 제주로 유배온 다섯 유가(儒家)의 위패가 있는 오현단(五賢壇)이다. 이 두 곳에 대해 그는 이렇다 할 생각과 느낌없이 두 곳에 대한 기존 설명을 간결히 기술하고 있을 따름이다. 그런데 주목되는 기술은 제주시로부터 동쪽 교외에 있는 세화(細花)로 가는 길에서 마주한 풍경에 대한 그의 생각이다. 신동엽은 제주의 동쪽에 위치한 세화 마을을 지나면서 "시커멓게 탄 석탄똥 같은, 일푼의 여유도 주지 않는, 강하디강한 쇠끝 같은 돌덩어리들"[4]인 현무암을 본다. 신동엽에게 특별히 눈에 띈 것은 이 현무암에 새겨진 "열녀사비국지지문(烈女私婢國只之門) 등등. 집의 수효보다도 많은 비석들"(215쪽)인데, 이 비석들을 보자 메스꺼움을 느끼면서 급기야 식중독 증상을 보이며 "대륙의 황토흙이 그립다."(215쪽)고 한다. 그렇다면, 신동엽은 왜 느닷없이 대륙의 황토흙이 그립다고 할까. 그것은 바로 현무암에 새겨진 비문 때문인데, 이 비문은 조선조 유가(儒家)의 완고한 세계관이 반영된 것으로, "李朝 5백년의/王族,/그건 中央에 도사리고 있는/큰 마리 낙지."(「금강」)의 폐습을 단적으로 응축하고 있는, 신동엽이 제거해야 할 봉건적 유산이다. 이 봉건적 폐습 아래 억압 당한 제주 민중의 삶을 신동엽은 묵과할 수 없었다. 그래서 신동엽이 그리워하는 '대륙의 황토흙'은 이 같은 낡고 부패한 세계관이 반영된 대지의 기운이 아닌, 이런 부정한 것들을 모조리 일소해버리는

---

4   신동엽, 『젊은 시인의 사랑』, 실천문학사, 1988, 215쪽. 이하 이 글의 부분을 인용할 때는 별도의 각주 없이 본문에서 페이지 수만 표기한다.

대지의 역동성을 간직하고 있다. 그것은 아시아의 대지에서 시원(始原)하는 지맥/산맥이 치달리며 제주에 이르는 심상지리로서 강렬히 상기되는, '대륙의 황토흙=산맥'의 기운, 즉 역사의 활력이다.

따라서 신동엽이 이 비문을 본 후 제주에 대해 가진 다음과 같은 현실인식은 매섭고 예각적이다.

> 누구냐. 제주를 관광지라 말한 사람은. 배부른 사람들의 눈엔 관광지일지 몰라도 내 눈엔 구제받아야 할 땅이다. 그 모진 돌밭의 틈서리에서 보이는 건 굶주림과 과도한 노동과 헐벗음과 발악 아니면 기진맥진뿐이다.
>
> 제주는 구제받아야 할 땅이다.
>
> 제주는 가슴 메어지는 곳이다. (215~216쪽)

물론, 이 같은 현실인식에 이르는 신동엽의 제주 여정은 대단히 짧다. 하지만 이것은 신동엽이 평소 제주의 자연과 역사 그리고 문화에 대해 문외한이란 것과 별개의 사안이다. 신동엽은 역사학도로서 고대사에 관심을 가질 뿐만 아니라 문명사적 감각을 벼리고 있는바, 제주의 '삼성혈'이 제주 고대사와 관련 있는 탐라(耽羅)의 신화적 진실[5]을 지닌 성소(聖所)이며, '오현단'은 조선조 봉건통치의 모순을 단적으로 보여주고 있는 유적지로서 제주를 구속하고 있다는 것에 대한 역사적 성찰을 하고 있다는 사실을 염두에 둘 때, 그의 문명사관에서 비판적으로 문제삼는 '차수성(次數性) 세계'로 억압받는 제주 민중에 대한 인식이 생뚱맞거나 갑작스

---

5 '삼성혈'은 제주의 고대 왕국 탐라의 삼신인(三神人), 즉 고을나(高乙那), 양을나(梁乙那), 부을나(夫乙那)가 땅속에서 솟아났다는 용출신화(湧出神話)의 진실을 갖고 있는 성소(聖所)다. 그런데 이 성소는 일제 식민주의의 민족문화 말살에 따라 일본 관료에 의해 짓밟히는 굴욕을 당하기도 한다. 제주의 고대 왕국 탐라에 대해서는 역사와 문학 분야에서 괄목할 만한 연구 성과가 축적되고 있다. 전경수 외, 『탐라사의 재해석』, 제주발전연구원, 2013 참조.

러운 게 결코 아님을 알 수 있다.

4H 푯말, '차수성 세계'에 대한 문명적 비판

신동엽의 문명사관에서 주목할 것은 인류의 삶과 현실에 대한 총체적 이해를, '원수성(原數性) 세계-차수성(次數性) 세계-귀수성(歸數性) 세계'로 파악하고 있듯이, 무엇보다 서구문명중심주의가 일궈놓은 근대에 대한 맹목이 인류의 기술적 편리를 도모하고 그에 준거한 물질적 행복을 달성하고 있는 것은 사실이되, 그것이 배태하고 있는 반인류적 폭력과 죽음이 세계 도처에 횡행하고 있는 것 또한 엄연한 현실로서, 이것을 신동엽은 '차수성 세계'로 이해한다. 이러한 세계는 '원수성 세계'의 진실을 '미개와 마술(비과학)'로 매도·부정·파괴함으로써 '원수성 세계'의 진실을 발효하고 '차수성 세계'를 창조적으로 극복하려는 '귀수성 세계'의 진경(眞境)에 이를 수 없다. 바꿔 말해, 기술적 진보를 맹목으로 하는 삶과 현실, '차수성 세계'는 '귀수성 세계'가 함의한, '원수성 세계'의 안팎에서 거느리고 있는 토착성의 경이로움, 즉 '토착적 열림과 이음'으로부터 절로 새롭게 창조되는 세계를 이해할 수 없다. 여기서, 신동엽에게 이 '귀수성 세계'가 아시아의 대지적 상상력에 튼실히 뿌리를 두면서 역사의 터밭을 객토하며 살고 있는 전경인(全耕人)의 세계임을 상기해두자.

이러한 신동엽의 문명사관은 제주 여행 이틀째 새벽부터 맞이한 태풍이 치는 날씨와 포개진다. 그는 서귀포에서 서쪽 해안을 따라 제주시에 도착하는데, 이 도정에서 어느 부락 입구에 써 있는 '4H' 푯말을 본다. 이것에 대한 신동엽의 생각은 예의 문명사관을 떠올리기에 충분하다.

먼 데서 바다를 넘어 들어온 저런 촉수(觸手)가 과연 얼마나 깊이, 오래, 저 토착인들의 생활 속에 스며들 수 있을 것인가.

왜 우리 말의 저런 푯말이 세워지지 못하고 있는 것일까. 우리에겐 없단 말인가, 저런 정신이. (217쪽)

4H에 대해 정곡을 찌르는 비판적 성찰이다. 19세기 말 공업 중심 일변 도의 미국 사회가 농촌 경제의 급격한 위축에 따른 농촌 젊은이들의 각성 으로 확산된 4H운동은 녹색 클로버 4개 잎사귀에 지(Head), 덕(Heart), 노(Hand), 체(Health)를 새긴 표상을 앞세워 농촌 사회의 혁신과 계몽운 동에 초점을 둔 것으로, 한국 사회에는 1952년 정부 시책 사업으로 채택 되었으며, 4·19혁명 이후 대학생 중심의 농촌계몽운동이 활성화되면서 농촌 청년지도자를 육성하는 데 힘을 쏟는다. 그러니까 이 4H운동은 우리 사회의 자생적 움직임에 의한 게 아니라 미국에서 촉발되었고, 한국전쟁 기간 중 정부 시책 사업으로 수용된 서구의 농촌계몽운동에 연원을 둔 근대화운동의 하나였다. 신동엽이 비판적으로 문제 삼은 것은 그의 '차수 성 세계'에 대한 비판에서 알 수 있듯, 4H운동이 좁게는 제주 민중의 삶과 유리될 수 있다는 것이고, 넓게는 한국 사회 및 비서구 사회의 농촌에 부적합할 수 있다는 것이다. 그리고, 설령 4H운동의 유효성이 현실성과 세계성을 띤다고 할지라도 제주와 한국 사회의 농촌계몽운동을 하는 데 우리의 삶과 현실 속에서 4H운동에 버금가는 게 없어 서구의 그것을 수용 할 수밖에 없었는가 하는, 자기능력의 창조성 부재에 대한 통렬한 비판이 다. 이 간결한 비판의 배면에는, 서구의 4H운동보다 우리의 삶과 현실에 서 한층 활력을 불어넣을 수 있는 토착적 근대화운동의 기획을 힘써 찾고 실천해야 한다는 신동엽의 문제의식이 자리하고 있다. 강조하건대, 이 노 력이야말로 서구중심주의 근대가 일궈놓는 '차수성 세계'에 매몰되지 않 고 '토착적 열림과 이음'으로 객토할 전경인의 '귀수성 세계'를 실현할 수 있기 때문이다. 사실, 한국의 근대화의 도정을 돌아볼 때, 신동엽이 이렇 게 비판한 4H운동에서 길러낸 농촌청년지도자들이 1970년대 박정희 군

사독재정권의 국가적 기획인 '새마을운동'이란 근대화운동의 개발주체로서 한국 사회의 정치적 억압과 유착한 농촌근대화운동에 자의 반 타의반 참여하여 '차수성 세계'의 부정과 모순을 드러낸 것은 역사의 엄중한교훈이 아닐 수 없다.

그래서 1964년 한여름 제주에 몰아친 태풍 속에서 서구중심주의가 낳은 4H운동에 대한 시인의 인식은 21세기에도 한층 생생한 울림으로 다가온다. 특히 태평양에서 발원한 태풍과 서구(혹은 미국)發 4H운동이 겹쳐지는 역사의 유비(類比), 그 간명한 비판적 성찰이 각별히 와 닿는다.

역사의 유비(類比), 태풍과 4·3에 대한 응시

1964년 8월 2일자 일기를 보면, 태풍의 위력이 엄청났던 모양이다. "무서운 태풍이다. 한라 등반이 또 늦어진다."(218쪽)고 쓴다. 대신, 신동엽은 천제연 폭포와 안덕 계곡, 그리고 산방산을 구경하는 등 지금 행정구역상 서귀포시 안덕면 일대 주요 명승지를 둘러보았다. 그런 후 그는 제주시로 이동하여 조선시대 제주목사들이 행정을 집행했던, 지금으로 얘기하면 제주도 행정을 관장하는 도청(道廳)격인 관덕정을 방문한다. 이곳에서 신동엽은 그 당시까지만 하더라도 한국 사회에서 입에 들먹거려서는 안될 정도로 금기시되었던 제주 4·3사건에 대한 자신의 생각을 드러낸다. 물론, 이 생각은 신동엽 개인의 일기 형식으로 씌어진 것이므로, 이 일기가 1988년에 간행된 『젊은 시인의 사랑』을 통해 공론화되기 전까지 신동엽 문학에서 어떻게 이해해야 할지에 대해서는 그 사실 자체를 알 수 없었다. 그렇기 때문에 이에 대한 그의 일기는 사뭇 주시할 필요가 있다.

관덕정(觀德亭) 앞에서, 산(山)사람 우두머리 정(鄭)이라는 사나이의 처형이 대낮 시민이 보는 앞에서 집행되었다고. 그리고 그 머리는 사흘인가를 그 앞에 매달아 두었었다 한다. 그의 큰딸은 출가했고 작은딸과 처가 기름[輕油] 장사로 생계를 잇는다.

　4·3사건 후, 주둔군이 들어와 처녀, 유부녀 겁탈사건.

　일렬로 세워놓고 총 쏘면, 그 총소리에 수업하던 초등학교 어린이들 귀를 막고 엎드렸다.

　하오 2시, 제주시에 내리다.

　태풍 헬렌 11호 광란 절정에 이르다. 초속 40미터.

　대낮인데도 거리엔 사람의 그림자가 없다. 광란하는 바람과 비뿐. 이따금, 흠씬 젖어 바람에 인도되며 끌려가는 여인네들. 그들의 몸뚱이. 자연의 위력 앞에 얼마나 초라한 짐승들인가. (218쪽)

　놀랍게도, 신동엽이 관덕정에서 환기해내고 있는 장면은 제주인도 함부로 말할 수 없는, 국가로부터 침묵을 강요당해 온 4·3사건이었다. 비록 신동엽은 제주인이 아닌 타지인이지만, 4·3사건의 역사적 진실을 매우 간명하게 포착하고 있다. 주둔군이 들어왔고, 제주인들은 억울하게 주둔군에 의해 온갖 비참한 굴욕과 죽임을 당했고, 제주인은 아직도 그 끔찍한 언어절(言語絶)의 참상으로부터 벗어나지 못하고 있음을, 때마침 공교롭게 제주를 엄습한 초속 40미터 태풍의 광풍과 연결시켜 기록하고 있다. 우리는 이 기록의 행간에 숨어 있는 신동엽의 전언을 짐작해본다. 기록에는 분명히 '주둔군'과 '겁탈사건'이란 표현이 있다. 신동엽은 제주를 대륙에서 떨어진, 다시 말해 한반도에서 격절된 변방에서 일어난 역사적 비극으로 보지 않는다. 간명한 사실적 진술과 태풍의 위력을 서술하고 있는 문장들의 묘한 어울림을 통해 4·3사건은 신동엽이 경험했듯, 한반도의 해방공간에서 평화적 통일독립 국가를 염원하여 봉기한 제주 민중을 학살한 국가폭력이라는 것을 은연중 암시한다.

　여기서, 우리는 그가 경험한 태풍을, 바깥에서 제주를 엄습한 근대폭력

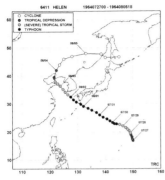

〈그림 1〉 1964년 11호 태풍 헬렌 이동 경로[6]   〈그림 2〉 1902년의 관덕정 모습[7]

의 은유로 치환해 볼 수 있다. 해방공간의 제주는 육지의 그 어느 곳보다 빠른 속도로 '해방'에 걸맞는 평화적 통일독립 국가를 세우기 위한 민중의 열의로 가득 차 있었다. 제주의 민중은 38도선 이남에서 유일하게 값비싼 희생을 감내하면서 분단국가가 들어서는 것에 대한 저항으로서 혁명을 수행하였다. 현실적 패배를 알면서도 끝까지 수행한 4·3혁명과 항쟁, 이 것을 철저히 압살한 국가폭력과 그 배후로 작동한 새로운 제국 미국의 정치군사적 위력은, 1964년 8월에 강타한 슈퍼등급의 11호 태풍 헬렌의 공포스런 엄습과 흡사했으리라.

한라산 등반과 아시아의 대지적 상상력

이후 신동엽은 태풍이 멎자 한라산을 등반한다. 그는 한라산 등반 루트 중 관음사 코스를 선택한다. 그는 비교적 상세히 시간대별로 한라산 등반 전 과정을 기술하고 있다. 새벽 5시에 일어나 6시에 출발했고, 오전 8시

---

6   사진 출처: https://www.typhoon.kr/past
7   사진 출처: https://www.jemin.com/news/articleView.html?idxno=156042

반에 탐라계곡을 경유하여 낮 12시 개미목에 도착하고, 오후 2시 용진굴
에 도착하여 점심을 먹고, 오후 4시 그토록 오르고 싶던 한라산 정상 백록
담에 마침내 오른다.

> 휘몰아치는 바람. 안개. 구름만 걷히면 먼 하계를 내려다보는 전망이 얼마나
> 시원할까. 날씨가 원망스러울 뿐이다. 그러나 쾌청한 날은 일년에 불과 몇
> 날밖에 없다 한다.
> 서귀포까지 강행군하기로 결정. 오백라한을 단념하고 화산구 능선을 돌아
> 하산. 안개 때문에 병풍석을 똑똑이 볼 수가 없다. 바람. 안개. 안개 속에
> 가물대는 발밑의 천인단애. 발바닥이 간질간질하다. (222쪽)

한라산 정상에서 신동엽은 아주 잠시 안개가 맑게 걷힌 백록담 풍경을
만끽했으나 언제 그랬냐는 듯 한라산은 안개와 구름으로 백록담을 감추
고, 한라산 아래의 세계마저 짙은 연무와 휘몰아치는 강풍 때문에 제주와
한라산의 기생화산인 그 숱한 오름들은 물론, 그 오름들과 야초지대에서
노닐고 있는 마소 떼가 어우러져 자아내는 제주의 아름다운 풍경인 고수
목마(古藪牧馬)가 눈에 들어오지 않는다. 아무리 태풍이 제주를 벗어났다
고 하지만, 초속 40미터로 휘몰아치는 슈퍼태풍 헬렌의 꼬리가 남아 있음
을 고려해볼 때, 이 정도의 한라산 장관과 백록담의 풍경을 신동엽에게
허락한 것만 하더라도 아쉽지만 만족해야 했을 터이다.

그런데, 문제는 하산이다. 한라산의 변덕스런 날씨는 가뜩이나 오후
6시 경 하산을 시작한 신동엽에게 무척 힘든 일이다. 칠흑같이 어두운
산 속에서 하산 길을 순조롭게 찾기는커녕 산의 밀림지대 속에서 길을
잃는가 하면, 하물며 일행 중 사고를 당한 사람도 생기는 등 신동엽 일행은
가까스로 한라산의 밀림지대를 새벽 2시에 빠져나와 말 그대로 기진맥진한
채 "서귀포의 불빛이 멀리 바라다보이는 곳 길가 잔디밭에서 우비를 깔고

쓰러져"(224쪽) 잤다고 한다. 그리고 겨우 힘을 내 아침 6시 반에 서귀포에 도착한 후 오전 9시 제주시에 도착하여 힘겨운 한라산 등반을 마친다.

그런데, 아무리 신동엽이 산을 사랑하고 등산의 맛과 멋을 예찬하고, 태풍의 직접적 영향권에서 벗어났다고 하지만, 태풍을 경험한 이후 날씨가 변덕스러운 한라산 등반을 감행한 이유는 무엇일까. 이와 관련하여, 신동엽이 제주 여행길, 정확히 말하자면, 한라산 등반 여정에 나선 이유를 다시 묻자. 한라산 등반이 제주 여행길의 목적이 아니라면, 태풍 속에서도 그는 제주의 명승지를 '구경'했으므로 아쉽지만 이번 제주 여행에 만족해야 했다. 하지만 신동엽은 기어코 한라산 등반을 시도했다. 여기에는 아시아의 대지에서 발원한 지맥/산맥이 한반도로 내달렸고, 바다 밑을 통해 해저의 화산 활동으로 한라산으로 솟구쳤듯, 아시아의 대지를 거쳐 백두에서 한라까지 한반도 전역을 그의 시적 영토로 다루고자 하는 것과 분리시켜 생각할 수 없다.

잔잔한 바다와 준험한 산맥과 들으라
나의 벗들이요
마즈막 하는 내 생명의 율동을

—「만약 내가 죽게 된다면」 부분
(『꽃 같이 그대 쓰러진』(유고시집), 실천문학사, 1988)

구름이 가고 새 봄이 와도 허기진 平野, 낙지뿌리 와 닿은 선친들의 움집뜰에 王朝ㅅ적 투가리 떼는 쏟아져 江을 이루고, 바다 밑 용트림 휘 올라 어제 우리들의 역사밭을 얼음 꽃 피운 億千萬 돌창 떼 뿌리 세워 하늘로 反亂한다.

—「阿斯女의 울리는 祝鼓」 부분
(『자유문학』 11월호, 1961; 『신동엽전집』(증보판), 창작과비평, 1980)

四月十九日, 그것은 우리들의 祖上이 우랄高原에서 풀을 뜯으며 陽달진 東南亞 하늘 고흔 半島에 移住오던 그날부터 三韓으로 百濟로 高麗로 흐르던 江물, 아름다운 치마자락 매듭 고흔 흰 허리들의 줄기가 三·一의 하늘로 솟았다가 또 다시 오늘 우리들의 눈앞에 솟구쳐 오른 阿斯達 阿斯女의 몸부림, 빛나는 앙가슴과 물구비의 燦爛한 反抗이었다.

—「阿斯女」 부분

(『세계』 6월호, 1960; 『신동엽전집』(증보판), 창작과비평, 1980)

위 3편의 시를 음미해보면, 아시아의 고원에서 뻗쳐나오는 산맥은 신동엽에게 "생명의 율동을" 실감하도록 한다. 산맥은 평야와 계곡을 만들고, 강을 흐르게 하며, "역사밭을" 일궈낸다. 신동엽은 "바다 밑 용트림 휘 올라" 솟구치는 동적인 심상을 통해 바다로 그리고 한반도로 내달리는 산맥으로부터 역사의 활력을 발견하고 있다. 시인은 솟구치고 내달리는 험준한 산맥의 역동성에 '3·1운동-4·19혁명'에 깃든 역사의 활력을 포개놓는다. 무엇보다 인상적인 것은 그러한 산맥이 "하늘로 반란"하는 "찬란한 반항"의 시적 의미로 포착되고 있다는 것이다. 다시 말해 신동엽에게 산맥은 새로운 대지를 생성하는 생명의 힘이며, 낡고 구태의연한 것을 제거하는 역사적 의지로 충만된 '반항'의 시적 메타포로서 기능하고 있다. 여기서 이러한 산맥이 신동엽에게 아시아의 대지에 그 시원(始原)을 두고 있다는 점을 가볍게 지나쳐서 안 된다.

신동엽에게 산은 그의 대지적 상상력을 이루는 역사적 실재로서 심상의 주요 바탕으로 자리하는 만큼 한라산 등반에 대한 욕망은 그의 대지적 상상력과 연관된 것들로부터 결코 무관하지 않다. 그리고 이 대지적 상상력은 신동엽에게 추상적 관념의 언어 유희로서 내용형식을 이루는 게 아니라 구체적인 역사적 실재로서 그의 시적 심상으로 형상화되고 있음을 주목해야 한다. 그것은 바로 아시아의 대지와 밀접히 연관되며, 신동엽이 애정을 갖는 산, 그리고 그것의 지맥의 형상을 이루는 산맥의 부분으로서 대지의 상상력에 시적 생명을 부여한다. 따라서 신동엽이 한라산을 등반하고 싶은 욕망은 한반도로부터 바다를 사이에 두고 격리된 섬-제주도에 위치한, 남한에서 가장 높은 산의 정상에 오르고 싶은 게 아니라 아시아의 대지로부터 힘차게 뻗어나와 한반도를 가로질러 바다 건너 제주에까지 이르는 지맥(혹은 산맥)으로서 심상지리를 구축하는 바로 그 산, 즉 한라산의 진면목을 만나고 싶은 것이다. 그것은 아시아의 대지적 상상력을 지닌 시인으로서 숨길 수 없는 자연스러운 욕망의 발현이다.

제주 여행 이후 '탈식민-냉전'과 '65년 체제'에 대한 시적 대응

신동엽은 1964년 8월 7일 아침 10시 황영호를 타고 제주항을 떠나 목포항에 도착하여 일주일 간의 제주 여행을 마무리한다. 그러면서 그의 여행 일기는 8월 8일 그의 고향 부여에 도착한 후 "점심 먹고 군수리 논에 다녀오다. 좌섭, 정섭 데리고."(226쪽)란 마지막 문장으로 맺고 있다. 제주 여행에서 도착하자마자 신동엽은 두 아들을 데리고 고향의 논을 돌아보면서 제주 여행을 어떻게 갈무리하고 있었을까. 이와 관련하여, 신동엽이 제주 여행에서 돌아온 후 일본에서 한글로 발행하는 종합 문예 월간지 『한양』(1965년 10월호)에 시 「서귀포」를 발표한바, 그의 여행 일기에서 살펴봤듯이, 제주 여행의 또 다른 심회가 배어들어 있다.

누군가, 이곳서 배 띄웠다 하더라.
그날, 不老草는 몇 포대나 얼매고 갔을까…….

天帝淵 가는 길엔 비만 흩뿌려 오고
껌 파는 동생애들 아침밥 내 가던 少女가,

발밑 기어가는 바닷게를 잡아 준다.

늪속 열 두길, 天然記念物이어선가 뱀장어 보이질 않고 양쪽 벼랑 이끼
묻은 花崗巖은
陸地돌 같아 정다운데,

깍두기집 없는 浦口에서, 또
나는 뉘와 더불어 西歸하란 말인가…….

원주민의 남루는 바람에 날려 치솟고
먼 파도가 太平洋다히 부숴지는데
허기진 나그네의 허리 아래로, 八月달의 빗물만 나리더라.

—「서귀포」 전문
(『한양』 10월호, 1965)

이 시는 1964년 8월 2일자 일기에서 알 수 있듯이, 태풍 헬렌의 기세
때문에 한라산 등반을 뒤로 미룬 채 서귀포시 주요 명승지를 둘러본 후
씌어진 것이다. 그런데 주목할 것은 이 시의 대상이 '서귀포'인데, 표면상
서귀포와 관련하여 널리 알려진 고대 진시황의 불노초 이야기를 다룬 듯
하다. 하지만 정작 음미해야 할 것은 한라산 등반에 걸림돌이 되는 태풍
헬렌 때문에 다시 제주시가 있는 서쪽으로 돌아갈 수밖에 없는 시적 화자
의 안타까움이 슈퍼 등급 태풍을 맞아 이 위력을 견뎌야 하는, (이것은
앞서 논의한바) 제주의 역사와 유비 관계가 상기됨으로써 한층 그 안타까
움이 미치는 시의 감응력이 배가하고 있다는 점이다. 비록 한라산 등반이
태풍으로 뒤로 미뤄지고 태풍이 완전히 가시지 않은 채 강행하는 가운데
자칫 등반사고 내지 목숨을 잃을 수 있을 정도 힘들었지만, 「서귀포」에서

헤아릴 수 있듯, 신동엽에게 한라산 등반은 그의 삶과 시에서 소중한 과업
이 아닐 수 없다.

그러므로 제주 여행길과 아시아의 대지적 상상력에 연동된 신동엽의
문명사관을 상기해볼 때, 신동엽의 문학세계를 생성하고 있는 아시아의
창조적 상상력을 주목해야 한다. 왜냐하면 "양자강변에 살고 있는 한 소
녀와 나와는 한 살[肉]이다."(195쪽)에 배어 있는 아시아의 대지를 삶의
터전으로 공유하고 있는 아시아적 연대의 상상력은 신동엽의 문학을 이
해하는 데 과소평가할 수 없는 대목이기 때문이다. 게다가 이것은 자신에
게만 국한되는 게 아니라 '두 아들'과의 동행에서 논밭, 즉 대지를 함께
살펴보는 시인의 삶의 태도와 이어지면서 아시아의 대지가 일궈낼 '귀수
성 세계'를 향한 그의 순정한 삶에 전율하도록 한다. 그래서 그는, "내
일생을 詩로 장식해 봤으면./내 일생을 사랑으로 채워 봤으면./내 일생을
革命으로 불질러 봤으면./세월은 흐른다. 그렇다고 서둘고 싶진 않다."[8]
고 자기인식을 정갈히 갈무리하면서 '좋은 언어'로 세상을 채워놓을 준비
를 하지 않았던가.

그렇다. 신동엽의 제주 여행길에서 한층 새롭게 발견된 아시아와 대지
의 상상력은 이듬해 1965년 두 역사적 사건―한일협정과 베트남전쟁을
마주하면서, 비로소 '65년 체제'에 대한 신동엽의 문학적 응전이 펼쳐진다.

> 바다를 넘어
> 오만은 점점 거칠어만 오는데
> 그 밑구멍에서 쏟아지는
> 찌꺼기로 코리아는 더러워만 가는데.

---

8   신동엽, 「서둘고 싶지 않다」(『동아일보』, 1962. 6. 5.), 『신동엽전집』(증보판), 창작과
    비평사, 1980, 343쪽.

나만이 아닌데

쭉지 잽히고

餓死의 깊은 大使館 앞

걸어가는 行列은

나만이 아닌데.

—「三月」 부분

(『현대문학』 5월호, 1965; 『신동엽전집』(증보판), 창작과비평, 1980)

그날이 오기까지는 끝이 없을 것이다.

崇禮門 대신에 金浦의 空港

화창한 반도의 가을 하늘

越南으로 떠나는 북소리

아랫도리서 목구멍까지 열어놓고

섬나라에 굽실거리는 銀行소리

조국아 그것은 우리가 아니었다.

우리는 여기 천연히 밭갈고 있지 아니한가.

—「서울」 부분

(『상황』 창간호, 1969; 『신동엽전집』(증보판), 창작과비평, 1980)

신록 피는 五月

서붓사람들의 銀行소리에 홀려

조국의 이름 들고 眞珠코거리 얻으러 다닌 건

우리가 아니다

조국아, 우리는 여기 이렇게

꼿꼿한 雪嶽처럼 하늘을 보며 누워 있지 않은가.

무더운 여름
불쌍한 原住民에게 銃쏘러 간 건
우리가 아니다
조국아, 우리는 여기 이렇게
쓸쓸한 簡易驛 신문을 들추며
悲痛 삼키고 있지 않은가.

—「祖國」 부분

(『월간문학』 6월호, 1969;『신동엽전집』(증보판), 창작과비평, 1980)

4·19혁명 이후 노도처럼 일어난 한일협정반대운동은 결국 굴욕적인 비밀 대일외교로 스러지고(「三月」), 식민주의에 대한 온전한 극복 없이 조국은 또 다시 "섬나라에 굽실거리는" 비굴한 자조 아래(「서울」), 반공주의를 목놓아 부르면서 "서붓사람들의 은행소리에 홀려" 베트남의 "불쌍한 원주민에게 총 쏘러 간"다(「祖國」). 물론, 우리는 신동엽의 이러한 시적 태도를 극도의 체념과 우울, 그리고 비탄으로만 보아서는 안 된다. 제주 여행 이후 그의 시와 산문은 '65년 체제'가 펼쳐진 것에 대한 문학적 응전의 적극적 개시로서 주목되어야 한다. 가령, 김수영이 극찬한 일련의 작품들——「三月」(1965), 「발」(1966), 「4월은 갈아엎는 달」(1966), 「아니오」(1967), 「원추리」(1967), 「껍데기는 가라」(1967) 등을 비롯하여, 그의 노작인 장편서사시 「금강」(1967)과 오페레타 「석가탑」(1968)은 그 대표작으로서 손꼽을 만하기 때문이다.

요컨대, 신동엽의 문학은 1964년 제주 여행길을 통과제의로 서구중심의 근대의 파경을 시적 상상력으로 돌파하는 '탈식민-냉전'과 '65년 체제'에 대한 시적 대응으로서 '정동정치'를 수행한 것이다.

(뉴)레트로의
시적 정동이란?

'레트로 현상'에 가리워진 '레트로'를 주목하며

최근 대중문화 안팎에서 일어나고 있는 레트로(retrospect의 준말 retro) 현상은 특정 세대의 문화 감각에만 한정되지 않는다. 대중음악계에서 전 국민의 사랑을 듬뿍 받고 있는 트롯은 그 단적인 사례다. 어디 그뿐인가. 전통 국악을 대중음악과 접속시킴으로써 국악뿐만 아니라 대중음악 서로 에게 예술적 참신성을 바탕으로 한 대중성을 동시에 보증하는 사례들도 있다. 그런가 하면, 예전에 애창되었지만 세월 속에서 잊혔던, 그리고 존재 만 했던 노래들이 다시 소환돼 동시대의 새로운 문화 감각 속으로 절로 스며들어 대중의 폭넓은 사랑을 받고 있다. 이러한 레트로 현상은 영화, 드라마, 패션, 음식, 주택 등 한국 사회 전방위에서 일상 깊숙이 팽배해 있다 해도 과언이 아니다.

사실, 한국 사회가 레트로 현상과 다소 거리가 있을 정도로 구미중심 주의 모더니티의 영향력으로부터 자유롭지 않은 것을 상기해볼 때, 전통 과 복고주의에 친연성을 띠는 지금, 이곳의 레트로 현상은 어쩌면 한국 사회가 더 이상 구미중심의 모더니티에 압도된 문화 감각에 대한 모종의 반성적 성찰이 작동되고 있는지 모른다. 물론, 혹자는 이 레트로 현상이 예의 반성적 성찰과 무관한, 그래서 한층 자연스레 노골화된 자본주의

세계체제의 새로운 문화상품에 추가되도록 애써 기획됨으로써 정통적인
문화적 품격을 갖춘 것으로 비치는 상품미학 그 이상도 이하도 아닌 것이
라는 비판적 태도를 보인다. 이 비판은 충분히 경청할 만하다. 앞서 살펴
본 한국 사회의 레트로 현상을 이끌고 있는 문화적 범주를 문화상품의
논리와 분리해서 생각하는 것은 이 현상에 대한 비평적 동력을 상실한
것이나 다름이 없기 때문이다. 그런데, 비평적 촉수가 '레트로 현상'보다
'레트로'를 비중 있게 감지할 경우 문화상품과 연관된 비평을 꼭 수행할
필요는 없다. 이것은 한국 사회의 레트로 현상을 감싸고 있는 '레트로',
즉 전통과 복고주의의 정치문화적 정동에 대한 비평에 무게중심을 두는
것이다.

　따라서 내가 서두에서 분명히 해두고 싶은 것은 이 글은 최근 한국의
시문학에 나타난 '레트로'에 대한 비평을 수행하면서, 한국 사회의 최근
레트로 현상 안팎에서 작동하고 있는 전통과 복고주의에 대한 정치문화
적 정동을 살펴보고자 한다. 이것은 가령, 그동안 숨죽였던 책──세계의
활력이 곳곳으로 삽시간에 퍼지면서 생동하더니 책──세계가 금세 꿈틀
거릴 심상을 지닌 아래 시의 정치문화적 정동과 결코 무관하지 않다.

　　손안의 이 책은
　　(중략)
　　후우우하고
　　내가 숨을 불어주자
　　뱀장어가 한 마리 책 골짝을 빠져나가
　　파닥파닥 온몸을 흔들어대네,
　　246쪽의 세상을 넘나들며 헤엄치려 하네,
　　　　　　　　　　　── 최동일, 「1994년생」 부분
　　　　　　　　　　　（『제주작가』 봄호, 2020）

존재론적/역사의 내상(內傷)에 대한 레트로적 시의 정동

　최동일의 「1994년생」에서의 '뱀장어'의 파닥거림은 잠들어 있던 세계를 깨운다. 이것은 먼지를 둘러쓴 채 고요히 제자리를 지키고 있는 그때, 거기로 순간 미끌어 들어가더니, 기억과 망각의 틈새에 오롯이 그러면서 희부윰한 실재로 궁싯거리고 있는 우리(불특정 비인칭적 성격의 대명사인 숱한 '너'들의 집합)가 지금, 이곳에서 부재 또는 허무밖에 얻는 게 없음을 상기시킨다.

　　벌써 2020년대가 왔어요
　　1900년대는 언제 왔고 2010년대는 언제 갔나요
　　1960년대 작품이나 주물럭거리고 있나요
　　그런데 빛보다 빠른 시간의 정체는 무엇일까요
　　그 속을 지나가는 그림자는 무엇이고
　　고통받는 그는 누구인가요
　　그의 얼굴을 볼 수가 없고 이름도 알 수가 없어요
　　그대는 너무 빠르고 덧없어요
　　찰칵, 도착할 수 없는 한국의 난해한 시간이에요
　　(중략)
　　반성할 틈도 없이 시간은 오는군요
　　이 과속의 시간 속에 우리는 떠밀려갈 뿐인가요
　　이룬 것도 없이 2020년대를 맞는다고요(?)
　　1960년대가 오고 1980년대가 가고요(?)
　　2010년대가 가고(!) 그들의 청춘이 몽땅 가버린 것처럼
　　너는 열살, 너는 스무살, 너는 서른살
　　너는 마흔살, 나는 쉰살, 또 예순살, 일흔살인들……

저 달려오는 2020년대도

다 지나고 나면 나의 것이라 할 수 있는 것은

아마도 아무것도 남아 있지 않을 거예요

한 시대가 오면서 그것만이 우리가 얻는 것인가요

— 고형렬, 「벌써 2020년대가 왔어요」 부분

(『오래된 것들을 생각할 때에는』, 창비, 2020)

　"반성할 틈도 없"는 "과속의 시간 속에" 1900년대와 1960년대, 1980년대 그리고 2010년대가 "청춘이 몽땅 가버린 것처럼" 지나갔다고, 그래서 시인은 "그대는 너무 빠르고 너무 덧없어요"라고 읊조린다. 글의 서두에서 살펴보았듯, 한국 사회가 레트로 현상의 사위에 에워쌓여 있지만, 시인에게 오히려 지금, 이곳과 도래할 시공간의 권역은 지나간 것들을 부재하도록 하든지 텅 비워버리도록 하는, 그래서 '나'의 존재론적 바탕을 아예 무화시켜버리는 허무의 정동이 감돌 뿐이다. 시인에게 레트로의 정동은 반성의 시간이 확보되지 않는 한, 다시 말해 '나'의 존재론과 결부되는 성찰의 계기가 주어지지 않는 한 그것은 말 그대로 "아무것도 남아 있지 않을 거"인 것이고, 역설적으로 말해 바로 이 부재가 "우리가 얻는 것", 즉 허무의 실재인 셈이다. 때문에 시인은 "그들이 젊었을 때도 폐렴의 시대였다/우리가 늙은 젊은 그들의 이 시대도 폐렴의 시대다"(「폐렴의 시대」)고 하듯, 과거와 현재를 격절된 시대의 단층으로 이해하지 않고, 현재의 지층 사이로 과거의 지층이 비집고 들어와 심지어 서로가 포개지기도 하는 성격의 그 내상(內傷)이 완전히 소멸하지 않은 채 흔적으로 남아 있는 '폐렴'의 레트로에 대한 시적 정동을 주시한다.

　이렇듯이 시인에게 레트로적 시의 정동은 내상의 흔적과 흡사한데, 시인은 이 내상을 자기화하는 데 머물지 않고 역사의 강요된 망각과 침묵 속에 자리하고 있는 역사적 진실을 응시하는 것으로 심화시킨다.

무자년 사내가 가고 72년 만에 내가 한 일은 다만 그의 흔적을 찾은 것일 뿐, 고작 대문간에 막걸리 한 잔 올리고, 그의 죽음을 전하는 일이었을 뿐, 그사이 하늘나라 법정에서 받아놓았을 그 사내의 판결문을 이 집 우체통에 전해주는 일은 그날 이후 남겨진 모든 사람들의 몫이라고 생각하며 음복주를 마셨다. 경자년 경칩 무렵, 복수초가 까치구멍집 화단에 피어 있는 날이었다.

— 안상학, 「기와 까치구멍집」 부분
(『남아 있는 날들은 모두가 내일』, 걷는사람, 2020)

2
1979년 10월 26일
김재규 중앙정보부장의 총에
박정희 대통령이 시해되었다

언론들은 청와대로 몰려들었고
마흔네 명의 광부들은 세상에 알려지지 않은 채
갱 속으로 사라졌다

— 맹문재, 「1979년 광산사」 부분
(『사북 골목에서』, 푸른사상, 2020)

위 두 시는 30여 년의 시간 차이를 두고 있으나, 1948년의 4·3항쟁과 1980년의 사북항쟁의 도정에서 흔적으로 남은 역사적 진실을 비껴가지 않는다. 「기와 까치구멍집」은 4·3항쟁에서 제주 민중을 상대로 한 초토화작전 아래 언어절(言語絶)의 죽음을 자행한 박진경 중령을 암살한 문상길 중위의 흔적을 시인은 추적한다. 그가 경북 안동 사람이라는 파편적 단서를 통해 현재 댐 수몰 지역에 그의 생가는 종적을 감췄지만, 수몰을 피해 옮겨간 그의 종가를 찾은 시인은 72년이 지난 2020년에 이르러서야 비로소 문상길의 의로운 역사적 죽음의 진실을 "복수초가 까치구멍집 화단에 피어 있는" 종가의 "대문간에 막걸리 한 잔 올리"며 '음복주'를 마시는 조촐한 추도식을 지낸다(「기와 까치구멍집」). 그리고 「1979년 광산사」는 박정희 대통령의 시해 사건 속에서 아무도 주목하지 않았던, 하지만 사북항쟁의 시발점이자 도화선이 되었던 "마흔네 명의 광부들"의 죽음이 지닌 역사의 예지적 '사건'을 기억해낸다. 여기서 내가 이들 시편에서 주목하고 싶은 것은 현재로 틈입해 와 흔적밖에 남아있지 않는 과거의 존재와 사건을 상기하는 기억의 투쟁은 물론, 댐 수몰 지역과 퇴락하는 사북탄광에서 알 수 있는 현재적 장소의 상실성을 역사적 진실이 생동하는 장소로 변전시키는 레트로적 시의 정동이다. 이것은 1980년대식 리얼리즘계 진보적 서정시의 정동——민족해방, 계급해방, 인간해방 등 거시서사의 문제틀을 중심에 둔 목적론적 근대추구로 환원되지 않는 21세기의 서정시가 거둔 진보적 성취가 아닐 수 없다.

시와 삶의 물리학, 그 (뉴)레트로의 시적 정동

전위적이든 복고풍이든 아니면 또 다른 성향의 시를 쓰든 간과할 수 없는 것은 시쓰기 본래의 천형(天刑)에 대한 시인으로서 차갑고도 뜨거운 성찰이다. 분명, 이 성찰은 모순을 내포하고 있듯 시인이 짊어지고 견뎌야 할 시인의 업보이리라.

썼다가 혹은 급히 읽고 지워야 하는 문자 한 통 없는
내용 하나 없는, 삶을 살 줄도 알아야 하는 이 나이에

시가 없어도 시를 살 줄 알아야 하고

시를 살기 위해 시를 또 써야만 하고

시를 쓰기 위해 또 시를 살아야 하고

시를 던져 놓고 시를 바라볼 줄도 알아야…

—시를 놓치지 않기를! 오버?

=시를 놓치 않기를! 오버!

—시를 떼어 놓고 시를 살 수 있을지? 오버?

=시를 들었다 놓았다 할 것! 오버!

—오키

— 강세환, 「육십 다섯 지나」 부분

(『시가 되는 순간』, 예서, 2020)

　「육십 다섯 지나」란 제목에서 유추할 수 있듯, 시적 화자는 육십 갑자를 넘긴 시인이다. 환갑을 넘은 시인은 시로부터 놓여날 욕망을 지니면서도 완전히 놓여길 원하지 않는다. 그렇다고 시의 굴레에 영원히 구속되는 것을 원하는 것은 아니다. 그렇다면? 시인이 기실 욕망하는 것은 "시를 들었다 놓았다" 하고 싶은, 시쳇말로 시를 마음 먹은 대로 부리고 싶다. 이것이야말로 시와 함께 사는 게 아니고 무엇인가. 그래서 환갑을 넘은 시인에게 시쓰기란, 시와 삶을 사는 일인바, 복고풍의 시의 정동에서 우리가 예의 주시해야 할 것은 삶의 대상으로서 시가, 그리고 시의 대상으로서 삶이 장력을 형성하고 있는 '시의 물리학'이다.

　이 '시의 물리학'에서 핵심은 다시 말해 시와 삶이 장력을 형성하고 있는 것으로, 우리에게 낯익은 세계에 대한 사유의 바탕을 흔들어버리기도 한다. 조기조 시인의 시집 『기술자가 등장하는 시간』(도서출판b, 2021)에서 낯익은 노동(자)에 관한 삶의 실재와 시적 사유는 통렬하게 전복된다. 분명, 그의 시집은 노동(자)에 대한 시적 사유가 근간을 이루면서 그동안 축적된 예의 시적 성취를 진전시키고 있는 노동(자)의 레트로적 시의 정동을 보인다. 그런데 이 레트로적 시의 정동은 그동안 우리가 애써 외면하려 했던 노동(자)의 세계를 작동시키는 물리학의 실상을 드러낸다.

> 세계는 거대한 복합기계다
> 작아서 보이지 않는 미생물부터
> 커서 보이지 않는 우주까지
> 하나로 엮인 거대한 복합기계다
> (중략)
> 복합기계는 두 가지 언어로 이루어졌다
> 분배의 언어와 공유의 언어
> 진짜 기술은
> 언어와 싸우는 기술이다.
>
> ― 조기조, 「싸움의 기술」 부분
> (『기술자가 등장하는 시간』, 도서출판b, 2021)

　"세계는 거대한 복합기계다"는 이 도저한 세계인식은 세계에 대한 유물론적 입장을 간명히 드러낸 일종의 시적 선언이다. 이 선언은 종래 노동(자)에 대한 낯익은 사유와 그에 기반한 삶과 다른 차원의 삶-인식을 요구한다. 그래서 "그는 기술자다/세상에 없는 기계를 만들고자 하는/그의 노동은 상상이고/상상은 그의 기술이다/그는 상상을 팔고 임금을 받는다"(「기술자」)에서 살펴볼 수 있듯, 종래 지배계급의 고용 아래 임금 노동자로서 노동의 가치에 대한 자기존중 아래 노동을 하는 존재가 아니라 세상을 이루는 크고 작은 기계의 작동에 개입할 뿐만 아니라 새로운 기계를 만들어내는 기술자로서 유물론적 질서와 조화에 참여한다. 그리하여

기술자는 자본주의 세계체제에서 "잉여의 분배가 아닌 기술의 공유를"
(「기술은 공유를 요구한다」) 추구하는 기계와 더불어 삶을 산다. 돌이켜보
면, 그동안 낯익은 노동(자)의 시적 정동은 노동해방의 기치 아래 자본주
의 세계체제의 안팎으로 형성된 부조리와 모순에 대한 저항적 실천에 진
력했다. 하지만, 조기조의 예의 시에서 보이는 문제의식은 이러한 기존
세계인식의 바탕과 다른, 그래서 세계-내적-존재로서 노동자 대신 '기계
-내적-존재'로서 기술자라는 유물론적 주체의 인식을 바탕으로 한 저항
적 실천을 '기술'의 차원으로 변환시키고 있는 것을 주목할 필요가 있다.
여기서 '기술'은, '기계'를 협애하게 이해하지 않듯, 세계를 살아가는 삶에
대한 유물론적 입장을 견지한 것으로 시인은 사유한다("어머니께서 배우
라시던 그 기술이라는 것이 기계 만드는 기술이 아니라 노동을 견디는 기술을
말씀하셨다는 걸 몰랐습니다", 「기술」).

이렇듯, 조기조의 일련의 '기계-내적-존재'로서 '기술(자)'에 관한 유
물론적 시쓰기는 종래 노동(자)의 시쓰기를 언뜻 상기하되, 그 낯익은 진
보적 서정으로 귀환 또는 환원되지 않는 (뉴)레트로(new retro)로서 시의
정동을 발산한다.

구술연행(口述演行)의 시적 퍼포먼스, 그 레트로의 시적 정동

시와 복고에 대한 생각을 하면서 쉽게 떨쳐낼 수 없는 것은, 대중문화
에 팽배한 레트로 문화 감각을 극대화하기 위해 낯익은 문화양식을 새롭
게 배치하고 있는 기획 및 연출의 힘이다. 낯익은 것을 어떻게 배치하는가
의 문제는 레트로의 문화가 낡고 구태의연한 것으로 전락하느냐, 아니면
'오래된 미래'로서 참신한 가치를 띤 것으로 돋을새김되느냐 하는, 미적
판단의 준거를 제공한다. 이것을 앞서 조기조의 문제의식과 연동시킨다
면, (뉴)레트로의 시적 정동을 만드는 '시인-기술자'의 '시쓰기-기술'과

다르지 않다. 가령, 다음의 시를 눈여겨보자.

　바다의 몸부림 위로 배 하나 떠간다. 사월에 죽은 여자는 구름을 본다. 이제 일본으로 가는가요? 사월에 죽은 남자가 검붉게 타오르는 수평선을 더듬는다.

　배 하나 떠간다. 해저의 교실에서 소년은 흰 달을 본다. 몇 밤 자면 제주인가요? 혹등고래가 거대한 울음으로 선미(船尾)를 쫓는다.

　오월에 죽어 오월의 하늘에 묻힌 사람들이 삼삼오오 갑판으로 올라온다. 안산에서 온 아이가 꾸벅 절을 한다. 별의 옷을 입고 노랗게 반짝이면서.

　토벌대에게 죽은 산인(山人)이 봉기는 언제 끝나느냐고 묻자, 사월은 끝나지 않는다고 누군가 소용돌이의 투명한 악보를 가리킨다―

배를 고치는 타르시스 성인(星人)이
젤리로 된 바다 위를 분주히 오가네.
흘수선(吃水線) 아래는 다 사월이에요.
다 오월이고, 여수이고, 순천이에요.
아파해요. 아파해요.

　　　　　　　　　　　― 장이지, 「방주」 부분
　　　　　　(『해저의 교실에서 소년은 흰 달을 본다』, 아시아, 2021)

　시인은 제주 바다 위를 떠가는 방주(方舟) 한 척을 본다. 그 방주는 한국 현대사의 비극적 희생의 죽음을 싣고 떠간다. 20세기 조국 분단에 대한 저항 속에서 참담한 고초를 겪어 살아남은 4·3항쟁자들은 일본으로 밀항하는 방주에 목숨을 걸었다. 그리고 21세기의 분단된 대한민국에서 제주로 수학여행을 가던 안산의 학생들은 세월호 방주 안에서 애타게 구조를 기다리다가 제주 먼바다 해저에 그 방주가 가라앉고 말았다. 그리고 시인은 1980년 5월 광주민주화운동의 영령과 세월호의 희생자들을 함께 방주의 갑판에서 만나도록 한다. 이들 죽음은 시인의 주도 면밀한 시쓰기에 따라 시의 각 연에 병렬적으로 배치되면서 바다 위를 떠가는 방주의 운항과 교응한다. 그러면서 시인은 방주 위에서 이 죽음들이 구술연행(口述演行)으로서 노래를 한데 어울려 부르는 시적 퍼포먼스 한바탕을 마련함으로써 근대시가 소홀히 여긴 제의적(祭儀的) 시의 향연을 연출한다. 이 한바탕에는 4·3항쟁과 분리할 수 없는 여수와 순천의 역사적 상처를 위무하는 시적 제의도 수행하는, 그리하여 20세기와 21세기의 역사적 아픔을 치유하는 시쓰기가 한바탕 신명난 시적 퍼포먼스를 재현하는 방주는 해저로부터 솟구쳐 올라 자유자재로 "하늘 깊숙이 떠간다."

이처럼 장이지의 「방주」가 '시쓰기-기술'로서 역사적 성찰에 대한 (뉴)레트로의 시적 정동을 보여준다고 하면, 윤석정의 '시쓰기-기술'은 연극적 요소와 힙합의 랩이 혼종된 일상에 대한 (뉴)레트로의 시적 정동을 감지하도록 한다.

형과 함께 아빠 무덤에 **갔다**∨소주잔에 술을 붓고 **절했다**∨일 년 동안 막 자란 잔디에 앉아 아빠가 건네준 잔을 **그러쥐었다**∨아빠는 거즘 매일 됫병 소주를 **마셨다**∨평소 말수가 적었던 아빠는 취해야 가두어 놓은 말들을 **풀어 줬다**∨늦은 저녁, 품앗이 간 아빠를 찾아 동네 한 바퀴 돌면 아빠 목청이도 하도 커서 어느 집 술판에 있는지 금세 알 수 **있었다**∨삭힌 홍어 같은 날들을 안주 삼아 형에게 꺼냈더니 형은 아무 말 없이 아빠 무덤만 **매만졌다**∨그날들의 형은 아빠보다 훨씬 더 **무서웠다**∨휴일 대낮이되면 어김없이 형은 마당에 나를 불러 놓고 논으로 밭으로 나간 아빠 대신 내가 잘못을 저지른 부피만큼 **벌줬다**∨나는 술김에 형에게 따져 물으려 했다가 시방 따져 봤자 뭐하겠냐는

생각 너머로 형이 아빠와 **겹쳐졌다**∨남은 술을 전부 아빠 무덤에 뿌리고 벌떡
일어서자 오래 심장에 감금해 왔던 말들이 도로 입 속으로 **돌아갔다**∨ (**강조**와
'∨'는 인용자)

　　　　　　　　　　　　　　　　　　　　　— 윤석정, 「아빠 생각」 전문
　　　　　　　　　　　　　(『누가 우리의 안부를 묻지 않아도』, 걷는사람, 2021)

　얼핏 보면, 여느 산문시와 흡사하지만, 이 시는 아빠 무덤을 찾은 형과
아우가 침묵 속에서 무덤을 매만지며 봉분에 술을 붓고 음복하는 가운데
과거에 아빠의 일상과, 이것에 연루된 형제의 일상, 그리고 형제의 갈등이
세밀한 일상의 모습으로 보여지고 있다. 아빠 무덤이 잘 세팅된 연극 무대
에서 묵언의 연기가 재연되고 있듯, 산문시로서 이것을 충실히 재현하고
있다. 뿐만 아니라 힙합의 랩을 떠올리듯, '았/었'+'-다'의 라임의 반복적
배치에 따라 도입과 전반부는 다소 느리게, 그러면서 점차 빠른 비트에
흥을 돋우면서 형제의 갈등이 부각되는 절정 부분에서는 서로 불편한 정
동을 드러내는 속사포의 랩이 터져나오고, 후반부로 갈수록 아빠와 겹쳐
지는 형의 모습을 보며 형에 대한 불평과 갈등의 정동을 추스르는 느린
속도의 랩으로 시가 마무리된다. 좋은 노랫말과 이것을 절묘히 잘 소화한
랩을 마친 후 감동의 여운이 쉽게 가시지 않듯 「아빠 생각」이 건드리는
레트로의 시적 정동은 '좋은 시'의 존재를 보증한다. 이것은 다시 강조하
건대, 「아빠 생각」이 구미중심의 근대시의 시학만으로는 온전히 포착할
수 없는, 구술연행이 한바탕 신명으로 어우러진 시적 퍼포먼스가 동반하
는 (뉴)레트로의 시적 정동이 수행되고 있음을 보여준다.

세계악에
대한 응전

제2부

세계시민으로서 정치윤리적 성찰,
민주주의적 일상의 낙토를 향해

— 하종오, 『"전쟁 중이니 강간은 나중에 얘기하자?"』

1.

팬데믹의 엄습은 일상의 리듬에 큰 충격을 가해왔다. 무엇보다 팬데믹이 인간의 생명에 치명적 위협을 가해왔다는 점에서 생존과 직결된 사안들을 다루는 의학을 중심으로 한 국가권력은 자국민의 안전과 건강을 지키는 통치를 수행한다. 그 중심에는 존재들 사이의 '거리두기'에 대한 인식이 자리하고 있다. 말하자면, 타자와의 물리적/심리적 관계에 대한 적극적 소외를 일상화함으로써 팬데믹의 지옥도에서 개인의 방역을 철저히 실행해야 한다. 이것이 팬데믹 시대에 팽배해진 '거리두기 민주주의'의 일상의 리듬이다.

그런데 이처럼 우리가 '거리두기 민주주의'에 착실히(?) 적응해 가는 동안 "아직도 변혁이나 혁명이 절박한 국가들이 있다는 사실 앞에" "세계시민이 아니라 자국민 중에서도 부도덕하고 부정의한 무리를 위해 전쟁하는 권력"(시인의 말)에 대해 탄식하고 비통하는 분노의 시적 정동을 벼리는 시인이 있다. 하종오 시인의 시집 『"전쟁 중이니 강간은 나중에 얘기하자?"』(도서출판b, 2023)는 '거리두기 민주주의'에 나포된 채 자국민의 생명과 건강과 안전에만 도통 관심을 쏟는 데 대한 세계시민으로서 정치윤리적 성찰을 비판적으로 수행하고 있다는 점에서 주목할 만하다.

2.

가령, 시집의 표제작이기도 한 「"전쟁 중이니 강간은 나중에 얘기하자?"」를 살펴보자.

"전쟁을 벌이고
전쟁 피해를 당하는
우리 모두는 인간이다.
인간에 대한 이야기는
하나도 빠짐없이 중요하다.
전시 강간을 운 없는 개인이 겪은
안타까운 작은 일 정도로 치부해선 안 된다.
분명히 직시해야 할 건
러시아가 훼손하고 있는 것이
인간이라는 점이다.
전쟁은 추상적인 그 무언가가 아니다.
인간과 세계를 바꾸는 구체적인 사건이다.
개개인이 겪는 전쟁 피해를 규명하는 작업도 구체적인 사건이다.
정치외교적 담론으로 전쟁을 중계해선 안 된다.
무슨 일이 벌어지고 있는지를 정확히 알고 알려야 한다.
전쟁 중이니 강간은 나중에 얘기하자?
있을 수 없는 일이다."

　　　　　　　　　　—「"전쟁 중이니 강간은 나중에 얘기하자?"」 부분

위 대목은 여느 시적 표현과 다른데, 한 연 전체가 큰 따옴표로 인용돼 있음을 알 수 있다. 시인은 이 부분에 대해 별도로 주를 달아 언급했듯이,

우크라이나 전쟁을 취재하는 국내 일간지 특파원의 르포 중 우크라이나 여성 의원의 말을 적절히 행갈이를 하여 자신의 시적 표현으로 구체화한다. 러시아가 2022년 2월 우크라이나를 무력 침공한 이후 국내외 미디어들의 보도뿐만 아니라 해당 전문가들의 우크라이나 전쟁에 대한 분석과 전망이 거의 매일 타전되고 있지만, 위에서 직접 인용한 시적 표현만큼 우크라이나 전쟁에서 결코 소홀히 간주해서 안 되는, 이 전쟁이 지닌 심각성과 구체성에 대한 래디컬한 비판적 응시를 대면한 적이 없다. 여기에는 "전쟁은 추상적인 그 무언가가 아니다./인간과 세계를 바꾸는 구체적인 사건이다."는 문제의식이 놓여 있다. 따라서 우크라이나 여성 의원이 적시한 '전시 강간'은 전쟁터에서 일어나는 숱한 참상 중 하나로서, 바꿔 말해 인간의 생명을 전쟁의 형식으로 앗아가버리는 아수라의 현실 속 절대악으로 자행되는 그런 추상적 차원의 폭력의 성격을 띠는 게 아니다. 그보다 "러시아가 훼손하고 있는"적(敵)-타자가 "인간이라는 점"이 부정당하고 있다는 것이야말로 우크라이나 여성 의원과 시인이 '전시 강간'을 주목하는 이유다. 러시아군은 점령군(혹은 침략군)으로서 전쟁터에서 약소자인 우크라이나 여성을 대상으로 성폭력을 가했는데, 이것은 전쟁의 폭력의 형식 중 가장 반인간적이고 야만적인 것으로 인간의 생명(잉태와 양육)과 이어진 우주적 관계 자체를 유린·훼손·멸살함으로써 성폭력의 대상인 개별 여성은 물론, 그 여성과 이어진 뭇 존재의 삶에까지 미친다. 더욱이 '전시 강간'의 상처와 고통은 전쟁 후 지속된다는 점에서, 그러므로 "인간과 세계를 바꾸는 구체적인 사건이다."

　이처럼 하종오 시인이 르포에서 절합한 콜라주의 시적 표현으로서 우크라이나 전쟁에 대한 정치윤리적 성찰은 반전평화를 염원하는 세계시민의 감응력을 보인다. 시인의 감응은 집 안 청소기를 매개로 한 한국과 우크라이나와 러시아가 우크라이나 전쟁과 모두 연루돼 있는 일상으로(「청소기」), 동일한 시간 한국에서의 저녁과 우크라이나에서의 점심을 하

는 처지로(「현재 시간」), 그리고 우크라이나 전쟁 여파로 전 세계 곡물
시장이 들썩거려 밀가루 음식을 제대로 먹지 못하는 현실과(「우크라이나
씨, 당신」), 해바라기씨유가 사라질 위기에 처해 해바라기씨유로 찬을 조
리해 먹을 수 없는 현실로(「해바라기씨유」) 거듭 환기된다. 이렇듯이 우크
라이나 전쟁은 우리의 일상과 격절된 타방에서만 국한된 게 아니다.

3.

그렇기 때문에 시인은 통탄한다.

전쟁이 사람들을 더욱 빈자와 부자로
더욱더 약자와 강자로 벌려놓는다고 믿는
나는 통탄한다
육이오 전쟁으로 초토화된 국가에서 살아남은 한국인들
러시아에 침략당한 우크라이나에
폴란드가 오래된 무기를 지원하고,
폴란드에 새로운 무기를 판매하여
한국이 부강해지는 문제에 대하여
의문하고 고민하지 않는 사실을 나는 통탄한다

—「무기 수출국」 부분

자국이 부강하기 위해 다른 지역에서 자행되는 전쟁에 "오래된 무기를
지원하고", "새로운 무기를 판매"하는 무기 수출의 악무한의 구조에 한국
이 편승하고 있는 문제에 대하여 "나는 통탄한다." 시인의 눈에는 폴란드
를 향한 한국의 무기 수출이 표면상 우크라이나 전쟁과 결코 무관하지
않은 것으로 보인다. 기실 그 무기는 우크라이나에 지원한 폴란드의 구식

무기를 대체한 것이듯, 제2차 세계대전 후 유럽에서 미국 주도의 냉전 질서가 나토(NATO)체제로 구축된 것을 상기해 볼 때, 한국이 폴란드에 신형 무기를 수출한 것은 나토체제의 군사적 역학 관계와 결코 분리할 수 없는 미국 주도의 냉전 질서에 협력한 한국식 군사경제의 한 모습일 따름이다. 따라서 동아시아 냉전 속 열전(熱戰)의 위협에 직면해 있는 한국이 무기 수출로 국가의 부강을 추구함으로써 유럽의 냉전 속 우크라이나 전쟁에 연루되고 있는 데 대한 시인의 '통탄'은 냉철하면서도 뜨거운 비판이다.

　여기서, 우리는 시적 화자의 '통탄'의 감응이 지구화 시대의 일상을 살아가는 시인들이 '함께' 아파하고 분노하는 연대의 움직임을 나타낸다는 점을 예의주시해야 한다.

　　한국 강화군청 앞에서
　　공정하지 않은 군수를 향해 1인 시위하며
　　내가 꽃나무에 활짝 핀 꽃을 바라보는 날들에
　　미얀마 사가잉 지역에서
　　군부와 싸우던 저항 시인 셋이 죽었다
　　그자원 시인과 찌린아이 시인은
　　군부가 쏜 총에 맞아 죽었다고 하고,
　　세인윈 시인은 군부의 사주를 받았을 누군가
　　갑자기 머리에 휘발유를 들이붓고
　　불을 질러 타 죽었다고 한다
　　나는 한 번도 본 적 없는 저항 시인들,
　　미얀마 사가잉 지역에서 순교한 저항 시인들을 떠올리다가
　　몹시 괴로워 오늘 이런 시를 쓴다
　　종일토록 장대비가 내리고

꽃나무에서 꽃이 떨어지고
한국 강화에 여름이 왔다
미얀마 사가잉 지역은 우기이겠지
살아남은 저항 시인들은 빗줄기를 바라보며
죽은 저항 시인들을 그리워하며 또다시 저항시를 쓸 테고,
우기가 지나가겠지
한국 강화에서도 여름이 지나가겠지
공정하지 않은 군수를 향해 1인 시위하다가
문득 잎사귀가 무성한 꽃나무를 쳐다보면서
미얀마 사가잉 지역에서 총을 난사하는 군부와 싸우는 저항 시인들이
우기가 지나간 뒤에는 최후의 승자가 되기를 빈다
나는 한국 강화에서 법조문의 빈틈에 들어가 사익을 도모하는 군수에게
여름이 지나간 후일지라도 내가 승리하기를 원한다

―「저항 시인들」 전문

"한국 강화군청 앞에서/공정하지 않은 군수를 향해 1인 시위"를 하는
한국의 시인은 미얀마 군부 독재정권의 폭압에 맞서 민주화 투쟁을 벌인
미얀마 시인들의 죽음 소식을 대한다. 한국 시인이 미얀마의 저항 시인들
을 위해 할 수 있는 일은 시를 쓰는 것밖에 없다. "종일토록 장대비가 내리
고/꽃나무에서 꽃이 떨어지"는 한국의 강화에서 민주주의에 역행하는 불
공정한 군수를 향해 1인 시위하는 시인은 미얀마의 "살아남은 저항 시인
들"과 "죽은 저항 시인들을 그리워하며" 민주주의의 승리를 위한 저항시
를 쓴다. 그리하여 한국의 시인은 미얀마의 저항 시인들이 "최후의 승자가
되기를", 그리고 불공정한 한국의 강화 군수를 향한 시위에서 "내가 승리
하기를 원한다". 이처럼 민주주의의 가치를 공유한다는 차원에서, 한국의
강화에서 행해지는 1인 시위와 미얀마의 사가잉 지역에서 쟁투하는 저항

시인들의 저항과 희생은 서로 조우한다. 이것은 '미완성 혁명'으로 불리웠던 한국의 1960년 4월의 혁명을 상기하면서 한국 강화군과 미얀마 카렌주의 과실수와 꽃나무의 존재를 공유하고 있는 데서도(「4월」), 그리고 한국 민주주의의 뜨거운 상징인 광주와 미얀마의 반민주주의 폭압 속 학살이 자행된 만달레이에서의 삶과 죽음을 숙고하는 것에도(「광주와 만달레이」), 심지어 "얼굴도 모르고 이름도 모르는 당신,/목소리도 듣지 못했고 눈빛도 보지 못한 당신,/쿠데타군이 쏜 총알에 맞지 않았는지 걱정"(「마스크와 세 손가락」)하다가 한밤 잠을 설치곤 하는 모습으로도 드러난다.

4.

사실, 하종오 시인에게 민주주의 가치와 그것의 일상을 행복하게 누리는 일은 매우 값진 것이다. 그의 시력(詩歷)이 보증하듯, '하종오식 리얼리즘'이 추구하는 것은 개별 국민국가의 민주주의에 자족하는 시적 상상력의 지평을 넘어 지구화 시대의 세계시민으로서 민주주의의 일상을 꿈꾸는 보다 높은 차원의 정치적 상상력이다. 그의 이러한 정치적 상상력은 아프가니스탄의 현실과 관련한 시편들에서 음미할 수 있다.

> 시인들이 부르는 슬픈 노래를
> 한 마리의 새가 듣고는 다른 새에게 전하러
> 평원과 고원과 산악을 날아다니며 부르고,
> 시인들이 들려주는 괴로운 이야기를
> 한 줄기의 바람이 듣고는 다른 바람에 섞여서
> 파슈토어와 다리어와 투르크멘어로 통역하여 들려주고,
> 시인들이 외치는 아픈 증언을
> 한 개의 돌멩이가 듣고는 다른 돌멩이에게 다가가

소련군과 미국군과 탈레반군을 맹비난한다

아프가니스탄에서 시인들은
새와 바람과 돌멩이를 진짜 시인이라 호칭한다
                                        ―「아프가니스탄 시인」 부분

아프가니스탄 아이들이 꿈을 꾸기 시작하면
남녀 아이가 한 교실에서 내내 공부하는 꿈
거리에서 음악가들의 연주와 노래를 실컷 듣는 꿈
부르카를 쓰지 않은 엄마의 얼굴을 마음껏 보는 꿈
그 꿈들을 없앨 수 없다는 걸
탈레반은 알고 있었나 보다
아프가니스탄 아이들이
바람 부는 날이면 언덕에 올라
먼 하늘 아래 먼 산 너머 먼 세상으로 연을 날리다 보면
탈레반을 축출하는 꿈도 꿀 수 있다는 걸
탈레반은 알고 있었나 보다
                                        ―「연날리기 금지」 부분

"소련군이 침공하고 미국군이 공격하고 탈레반군이 점령한 나라"(「아프가니스탄 시인」) 아프가니스탄은 평원과 고원과 산악으로 이뤄져 있다. 흥미로운 것은, 미국과 옛 소련의 가공할 만한 군사적 공격에도 불구하고 아프가니스탄은 급진 이슬람주의를 표방한 탈레반 세력의 통치에 놓이게 되면서 세계의 언론들은 약속한 듯 아프가니스탄을 지배한 탈레반의 종교 근본주의와 폐색주의가 뒤섞인 반문명적 폭력에 초점을 맞춰나갔다. 물론, 탈레반에 대한 언론의 통매를 전적으로 부정할 수는 없다. 탈레반이

보였듯, 자본주의 폐단에 대한 비판의 과잉을 넘어 서구의 문화에 대한 무조건적 배척과 이슬람문화의 교조주의적 자기동일성은 타자와의 관계를 부정함으로써 인간 보편의 민주주의적 가치를 훼손시켜왔다. 하지만 우리가 간과해서 안 될 것은, 하종오 시인이 비판적으로 꿰뚫고 있듯이, 탈레반 못지않게 미국과 옛 소련이 이 지역의 지배력을 강화하기 위해 행한 반문명적 폭력의 실상을 눈감아서 곤란하다. 그래서 평원과 고원과 산악을 이루는 "새와 바람과 돌멩이를 진짜 시인이라 호칭"하는 이유에 귀를 기울여야 한다. 새와 바람과 돌멩이는 아프가니스탄에 어떤 공포와 죽음이 팽배했던지, 인간의 보편적 가치가 어떻게 무참히 유린되고 압살되었는지 그 생생한 증언을 들려준다. 그리고 탈레반 점령 아래 아이들의 연날리기가 금지당한 이유에 대해 숙고하도록 한다. 미국과 옛 소련과 탈레반에 의해 점령 당한 아프가니스탄의 현실 넘어 인간으로서 자유와 평등을 향한 세계를 꿈꾸지 못하도록 하는 억압의 정치를 성찰하도록 한다. 여기서, 미국과 옛 소련이 물러간 마당에 탈레반에게 가장 위협적인 것은 무엇일까. 그것은 아프가니스탄의 역사의 모든 것을 묵묵히 지켜봤던 '새와 바람과 돌멩이', 그리고 아프가니스탄의 새로운 역사를 향한 꿈을 꾸도록 하는 '연날리기'가 아닐까. 그래서 전쟁과 혐오가 없는 일상을 만끽하는 것, 즉 "아프가니스탄에서 내전이 끝났을 때/밭에서 나와서 허리를 펴고 둘러볼 수 있어/너무 좋았던 농부들"(「종전」)이 염원하는 민주주의적 삶을 시인은 함께 노래하고 싶다.

5.

하지만, 지구촌 곳곳에서는 전쟁과 분쟁의 소용돌이가 휘몰아치고 있으며, 민주주의의 가치가 무색할 정도의 정치사회적 폭압과 고립, 감금과 분리의 통치가 버젓이 자행되고 있다. 개별 국민국가의 자국민 보호주의와 폐쇄적 민족주의의 정치적 결속은 급증하는 난민의 문제를 배제와 격리의 차원으로 접근한다. 이에 대해 하종오 시인은 래디컬한 시적 상상력의 응전을 펼친다. 가령, "아프가니스탄에서 엄마 아빠 따라 한국에 온아이가/조국의 언어와 망명국의 언어를 시어로 구사하는/아프가니스탄계 한국인으로 자라서/시인이 된다면,"(「아프가니스탄계 한국인 2」) "우스갯소리 할 때, 말다툼할 때, 노래 부를 때,/때마다 서로 다른 언어를 쓰며 살아가게 될는지/때마다 서로 같은 언어를 쓰며 살아가게 될는지/아무도 모른다"(「아무도 모른다」)는 매우 흥미롭고 진지한 물음을 던진다. 만일 이러한 상상의 세계가 현실로 도래한다면, 더 이상 국민국가에 바탕을 두고 있는 폭력적 부조리한 일상의 삶은 존재하지 않고, 말 그대로 세계시민으로서 일상의 낙토(樂土)가 구체화될 수 있을 터이다. 물론, 이것은 하종오 시인이 기획하는 정치윤리적 실재라는 점에서 주목할 필요가 있다. 그래서일까. 「난민 국가」가 시집의 맨 마지막에 자리하고 있는 이유를 헤아릴 수 있으리라.

> 난민국에선 누구를 만나도
> 좀체 눈치 보지 않고
> 일절 말다툼하지 않고
> 절대 등 돌리지 않아
> 사람 때문에 기분이 좋아지니
> 모두 모두 이웃이 된다고
> 모두 모두 친구가 된다고
> 장담하는 난민만 살 수 있다
>
> .
>
> 어느 정도 이상 부유해지지 말고
> 어느 정도 이하 가난해지지 말자는 약속을

건국이념으로 삼는 국가가 될 것이다

—「난민 국가」 부분

　시인은 근대 자본주의 세계체제로부터 축출되거나 벗어난 난민이 모여 '난민국'을 세운바, 이곳은 독재자와 전쟁이 없고, 식량 걱정을 할 필요가 없는 지상 천국이다. 무엇보다 국민국가가 낳은 각종 차별과 배제 없이 모든 사람들이 서로 동등하게 인간으로서 위엄을 존중하는 이웃이자 친구의 관계를 유지하며 산다. 이 모든 바탕에는 적정한 정도의 경제적 부에 만족하는 안분지족(安分知足)의 삶 속에서 공생공락(共生共樂)과 공빈낙도(共貧樂道)하는 '건국이념'이 튼실히 뒷받쳐주고 있다. 여기서, 시인에게 이런 '난민국'의 존재 유무의 신빙성을 캐묻는 것은 반시적(反詩的) 물음에 불과하다. 대신, 세계의 곳곳에서 삶의 터전을 잃은 채 민주주의적 일상이 심각히 위협받고 있는 지옥도의 현실에 대한 시인의 래디컬한 정치적 상상력의 정동이 수행하는 시적 성찰의 힘을 중시해야 한다. 왜냐하면 세계시민으로서 행복한 일상을 꿈꾸는, 그리하여 민주주의적 일상의 낙토를 향한 시인의 경이로운 꿈을 저버릴 수 없기 때문이다.

외롭고 높고
쓸쓸한 섬의 사랑

— 송수권, 『흑룡만리』

송수권 시인의 세 번째 대서사시집 『흑룡만리』(지혜, 2015)는 제주를 이루는 모든 것들이 제주 들녘의 억새 사이로 들고나는 청량한 바람결과 제주 해안가를 두르고 있는 현무암에 부딪쳐 울어대는 바다와 한데 뒤엉키는 미적 체험의 길로 우리를 안내한다. 『흑룡만리』를 음미하고 있노라면, 태곳적 제주로부터 현재의 제주에 이르는, 말 그대로 제주의 안팎을 형성하는 성(聖)과 속(俗)의 그 어떤 비의(秘儀)와 오의(奧義)를 시적 진실로 만나게 된다.

잠녀들이 바닷속으로 들어간 까닭은
설문대가 바닷속에서 솟았듯이
수직의 깊이로만 그들은 바닥을 긁는다
한라산이 그녀의 치마 속에서 솟았고
4백여 오름오름이 그 헤진 치마폭 구멍 속에서
쏟아져 쌓인 흙이었듯이
수직으로만 오름을 오르고
수직으로만 한라산을 오른다
용천수가 땅 속에서 솟아나듯이
제주 사람들은 태생적으로 모두 삶의 길이

그 바닥을 처음부터 보고 있었던 것이다

걸대를 정낭에 걸어 안을 비워 놓고
애기 구덕 하나는 밭가에 부려 놓고
허리에 멱서리를 차고서
바닥을 긁어 씨감자를 묻듯이
외롭고 높고 쓸쓸한 섬을
바다가 늘 수평선으로 빨랫줄을 치듯이
안보다는 밖을 더 튼튼히 얽어
올레길을 만들고 돌담을 쌓는다
유채꽃이 아름다운 빌레밭
오늘은 저녁 노을의 양파밭을 깔고 앉은
그 밭담 안의 수눌음 풍경이 물까마귀들 같이 정겹다
                                    ─「수눌음」 전문

　반농반어(半農半漁)를 하며 삶을 살고 있는 제주 여성의 삶의 모습이
제주 특유의 자연생태와 절로 어울려 함께 노동을 하는 '수눌음' 풍경으로
그려지고 있다. 그런데, 여기서 제주를 올곧게 이해해야 할 중요한 대목을
시인은 절묘한 시심으로 포착한다. 제주는 "외롭고 높고 쓸쓸한 섬"이며,
그것은 제주의 탄생이 지닌 생래적 진실과 분리될 수 없는바, 제주가 태곳
적 대지로부터 하늘을 향해 솟구치고 융기하고자 하는 욕망, 달리 말해
낮고 비루한 것으로부터 어떤 숭고하고 고매한 것을 향한 수직의 욕망을
품고 있음을 시인은 발견한다. 왜냐하면 "제주 사람들은 태생적으로 모두
삶의 길이/그 바닥을 처음부터 보고 있었"고, 인간의 존재는 한없이 낮고
비루한 우주의 바다를 정직하게 응시하면서 그 낮은 바다와 밀착하여 살
수밖에 없는 숙명을 지니는데, 바로 그 숙명 때문에 역설적으로 바다을
치고 일어나 숭고한 가치를 추구하고자 하는 비상(飛翔)의 욕망을 갈고

다듬는다. 그래서인가, 시인에 의해 제주는 "외롭고 높고 쓸쓸한 섬"으로
다가오며, 제주의 탄생과 함께 제주를 수호해온 할망당 여신들은 제주가
지닌 이 신화적 진실을 묵묵히 간직하고 있다.

> 할망당 여신들은 이처럼 값비싼 것, 화려한 것, 기름진 것은 먹지도 받지도
> 않고 가난하고 외로운 사람들의 편에 살아 천년 죽어 천년 서서 기다립니다.
> 앉아서 기다리고 누워서도 기다립니다. 동구 밖 인적이 없는 올레길 울타리
> 밖에서 기다립니다. 믿음과 정성으로 새벽 달 그림자를 밟고 오는 가난한
> 사람들을 기다립니다. 이렛날 여드렛날은 팽나무 아래 마중나와 꼬박 날을
> 새며 기다립니다.
>
> ─「당구덕」 부분

이와 같은 시에 대해 혹자들은 신화시대에나 통용되는 할망당 여신의
존재를 불러냄으로써 제주를 비과학적 미신이 난무하는 무속의 세계와
향토주의의 토속성이 지배하는 섬으로 매섭게 비판할지 모른다. 하지만
이 같은 인식은 신화적 혹은 무속적 진실에 대한 잘못된 인식의 소산일
뿐만 아니라 송수권 시인이 노래하고 싶은 "가난하고 외로운 사람들의
편에 살아 천년 죽어 천년 서서 기다"리는 제주의 할망당 여신들이 지닌
성속일여(聖俗一如)의 가치를 전혀 이해하지 못한 것이다. 제주를 탄생시
킨 설문대와 제주를 수호하며 제주인들의 일상 속에서 살아 숨쉬는 할망
당 여신들의 존재는 신화와 전설의 시대에만 국한되는 게 아니라 제주를
이루는 모든 것들과 함께 시공을 초월하여 존재하면서, 척박한 제주의
자연환경 속에서 소외와 핍박으로부터 좀처럼 벗어나지 못한 제주인에게
삶의 고귀한 가치를 지속적으로 북돋아주었다 해도 과언이 아니다.

죽음의 트라우마로 우리는 가면을 쓰고 산다

폐쇄적이고 배타적이란 말
수용의 원리가 아니라 배제의 원리
우리는 그렇게 살아 남았다

항몽 삼별초 100여 년
우리는 조랑말 소리에도 기가 죽었다
일제 강점기 해안 곳곳 절벽 파놓은 동굴 속
흙바람 부는 날 모슬포비행장에 나와 보아라
움막같은 저 격납고 허허벌판
그 언저리 감자꽃 피어 눈부시구나

태평양 전쟁 막바지
20만 도민을 끌어내어 병참기지화로
우리는 총알받이 우리 소년병들은 토코타이
신풍돌격대로
오키나와를 점령하고 제주를 상륙하려는
미 함대에 나무 비행기에 프로펠라를 달고
폭탄을 싣고 함상에 내리는 그 육탄전의 음모
그 침략자의 말발굽 아래서도 살아남았다

반탁이 찬탁으로 돌아서고 건준위(건국준비위원회)가 들어서고
우리는 무엇이 무엇인 줄도 모르면서 민보단 활동을 하고
5·10 단선 투쟁을 벌였다
빨갱이가 무엇인 줄도 모르면서 계엄령이 선포되고
소개령이 내려져 마을들은 불타고
우리는 산으로 들어와 살아남았다

200년간 출륙이 금지된 섬

유배지의 섬

우리만의 독특한 말씨로 소통이 막힌다면

바다 건너 침탈해 온 너희들의 죄.

천만 관광 시대에도 우리는 연기 나는

굴뚝 하나 세우지 않았고

외래 자본으로 물들어 잘려나가는 땅

남해안 시대의 J프로젝트에도 우리는

손들지 않았다

지금도 그렇지만 제주 자치도민보다는

독자성이 강한 탐라 시민이라는 말이

우리에게는 훨씬 더 잘 어울린다

—「죽음의 트라우마」 전문

역사시대 이래 제주가 겪은 험난한 삶을 파노라마로 선명히 보여준다. "죽음의 트라우마"로부터 벗어난 적이 없는 제주의 역사는 섬 바깥의 세력의 무참한 침입과 그에 대한 불가항력의 응전의 나날이었다. 근대 이전 한반도에 팽배한 대륙 중심의 역사문명적 시계(視界), 즉 강고한 중화주의적(中華主義的) 시선에 붙들린 고대 및 중세의 국가들은 오랫동안 해양 문명의 주체인 탐라국을 복속한 이후 그들의 국가 이해관계를 관철시키는 일환으로 탐라를 육지의 중앙정부에 예속시키는 식민화의 지배를 강제하였음은 새삼스러운 게 아니다. 그 한 사례로, 삼별초가 끝까지 제주에서 항몽 투쟁을 벌인 것을 고려의 민족주의적 입장에서 긍정적인 것으로 볼 수 있으나, 제주의 입장에서는 제주인의 정치적 입장은 전혀 고려되지 않은 채 육지의 국가들(고려와 원나라) 사이의 대결 양상이 제주에서 전면화됨으로써 무고한 제주인들이 전쟁의 참화로 생목숨을 잃고 전쟁의 극심한 상처로 고통을 앓아야 하는 전쟁의 희생양으로 전락할 뿐이었다.

그리하여 고려는 제주에서 일어난 이른바 목호의 난을 평정함으로써 원나라의 간섭을 제거할 수 있었지만, 원을 대신한 명나라의 횡포가 한층 심해지면서 제주 역시 이들 나라의 정치경제적 억압에 놓인다. 이에 시인은 "한반도와 탐라의 개국, 제주인의 주체성과 자주성은 어디에서 온 것일까?"(「목호의 난」)란, 의미심장한 물음을 던진다. 이것은 제주의 주체적 역사를 한반도 중심의 대륙발(大陸發) 국가의 역사의 주체성과 자주성으로 흡수·수렴시키는 데 대한 시인의 도저한 문제 제기다. 그것은 근대 이후 일본 제국주의 식민주의 지배 아래 일본 열도를 방어하기 위한 일환으로 제주를 병참기지화함으로써 태평양전쟁 말기에 "히로시마 원폭투하가 없었더라면/제주도는 태평양으로 끌려나가는 제2의 오키나와 같은/개목걸이가 되었을 것이다"(「결7호작전과 토코타이 1번 송악산」)라는, 시구에서도 분명히 드러난다. 일본 식민주의 통치에서도 여실히 드러나듯 제주는 미국으로부터 일본 열도를 지켜내기 위한 전략적 거점의 일환, 즉 일본 제국의 최후의 항전을 위해 기꺼이 희생시켜도 무방한 숱한 섬들 중 하나에 불과했다. 그런가 하면, 해방 이후 근대국가를 건립하는 과정에서 미국과 소련의 냉전 이데올로기로 인한 분단을 거부하고 민족의 주체적 통일국가를 건립하기 위한 제주의 5·10선투쟁을 일으킨 4·3사건을, 북한의 정치적 이념을 추종한 적화세력(赤化勢力)의 폭동으로 너무 안일하게 단선적으로 간주한 나머지 제주의 무고한 양민이 학살당한 것을 기억해야만 한다. 그 전대미문의 학살의 정치적 명분은 '대한민국' 정부를 수립하기 위한 것이었다. 조국 분단의 과정에서 제주와 제주인들은 글로벌 냉전 희생양으로서 엄청난 희생을 기꺼이 감내해야 할, 그리하여 분단체제로서 국가의 국경선을 획정짓는 데 지도상에서 존재하는 것으로 자족해야 한다. 역사시대 이래 제주의 사정이 이럴진대 최근 천만관광 시대를 맞이한 제주는 급변하는 시대환경에 적극적으로 부합해야 할 또 다른 식민화의 길로 들어서고 있다.

송수권 시인은 그동안 제주가 짊어진 이러한 질곡의 제주의 역사를 아주 냉철한 시선으로 드러낸다. 그래서일까. "지금도 그렇지만 제주 자치도민보다는/독자성이 강한 탐라 시민이라는 말이/우리에게는 훨씬 더 잘 어울린다"와 같은 시적 전언이 예사롭지 않은 이명(耳鳴)으로 울린다.

송수권 시인의 이러한 제주의 역사성에 기반을 둔 시편에서 눈여겨 보아야 할 것은 제주의 할망당 여신들이 그렇듯이 그는 제주의 저 숱한 역사적 상처를 지닌 제주인의 아픔을 치유한다.

> 그때 서애청(서북청년단) 사람들 2천명이
> '쥐잡이작전'이란 소탕 명령을 받고 빨갱이 잡는다고
> 한라산으로 쏟아져 들어왔어요 굴 속에서 우리도 어쩔 수
> 없이 손을 든 것이지요. 모두가 총살을 당했습니다
> 그때 저는 굴 속을 4km 파고 들었다가 미아가 되어
> 겨우 이틀만에 살아 나온 것입니다. 이는 2001년 6월 22일에
> 있었던 양태병(74.어음리) 씨의 증언이다
> ―「빌레못 사람들」 부분

> 불탄다 불탄다 불탄다
> 외양간이 불타고 마방이 불타고
> 봄에 뿌릴 씨감자 오쟁이까지
> 불탄다
> 불탄다
>
> 물 건너온 저 잡귀신들을 그냥
> 어쩐다냐
> 아가야, 네가 입어야 할 봇뒤창옷까지 다 불탄다
> 우리는 어쩐다냐
> ―「불타는 섬」 부분

살아감서 다 잊었다만 또 꿈에서조차
그런 날이 올까 가위눌릴 때가 있구나
너는 구덕 안에 있어 모르겠지만
그때(1948.11.13)
조천면 교래실 우리 마을 100여 호가
모두 불타 없어졌구나
마을 사람들이 무장대에게 식량과 은신처
먹을 것을 제공한다는 탓으로
한밤중 토벌대들이 들어와 모두 불태웠지
나는 설마하니 어린애들까지 어쩌랴 하고
그냥 집에 남아 있었지
토벌대는 끝내 우리집까지 불을 지르며 덮쳤고
나는 잠든 너를 구덕안에 처넣은 채 짊어지고 나와
뒤꼍 묵시물동굴까지 뛰었지
토벌대는 마구 총질을 해댔지
총알이 내 옆구리를 뚫고 갔어
구덕 안에서 너는 자지러지게 울었어
그때서야 구덕을 내려 놓고 보니
내 옆구리를 뚫은 총알이 포대기 속을 파고들어
너의 왼쪽 무릎을 부숴놓고 있었지
너와 내가 받은 총알자국 흔적이 평생
우리 모녀 집안 내력이구나

—「찜질방에서」부분

4·3사건의 역사적 상처는 아직도 치유되지 않은 채 우여곡절 끝에 살아 남은 자들의 삶의 전부를 지배하고 있다 해도 과언이 아니다. 위 시편에서 단적으로 읽을 수 있듯이, 극단적 반공주의로 무장된 서북청년단에

의한 한라산 소탕작전, 그 과정에서 이루 다 말할 수 없는 무고한 양민들의 처참한 죽음은 한라산 중산간 지대를 핏빛으로 물들였으며, 화마(火魔)가 살아 있는 모든 것을 집어삼켜 검은 잿더미로 만들었다. 삶을 위한 처절한 몸부림은 말 그대로 고귀한 생명만을 간신히 유지한 채 피신 도중 제 살 속을 파고든 총알의 고통을 환기하곤 한다. 문제는 그것도 모자라 어린 생명의 무릎을 침범하여 시간의 흐름 속에서 잊혀진 것 같은데 망각의 각질에 균열을 내고 오늘까지 틈틈이 의식의 수면 위로 불쑥 고개를 치켜든다는 사실이다. 4·3사건의 상처와 고통은 현재진행 중이다. 4·3의 상처를 치유하는 시인의 시작(詩作)은 겸허하다. 우선, 다시는 기억하고 싶지 않고 마주하고 싶지 않은 그때, 그곳으로 시인은 돌아간다. 그래서 그때, 그곳에서 무엇이 어떻게 일어났는지를 가감 없이 생생한 실감으로 체험한다. 4·3의 화마가 엄습한 곳에서 갓난애의 배냇저고리인 제주의 봇뒤창옷이 불타는 장면을 차분하게 지켜본다. 그리고 희생자의 증언을 가만히 듣는다. 마치 할망당의 여신이 억울한 사람들의 사연을 있는 그대로 경청하듯이 그는 마치 여신에 빙의가 된 것인 양 온갖 사연들에 귀를 내준다. 이 시적 태도는 4·3의 상처를 치유하고 그 역사적 진실을 해명하는 데 아무리 강조해도 지나치지 않을 중요한 방편이다. 4·3에 대한 정치적 억압으로부터 아직도 벗어나지 못하는 엄연한 현실 아래 4·3이 추구해야 할 가치가 냉전 이념의 대립과 갈등을 극복하고 인류를 위한 평화의 원대한 가치를 심화·확산시키기 위해서는 4·3 당사자의 목소리를 편벽되지 않게 경청하는 노력을 게을리해서 안 된다. 바로 여기서 시인이 강조하는 '작은 상징'의 힘을 새롭게 주목해야 한다("큰 상징은 한 시대의 정신을 찌르고, 작은 상징 하나는 삶을 바꾸어 놓는 시침時針과 같다. 그러므로 큰 상징은 종교와 철학에 있고 작은 상징은 시詩의 언어 속에 있다.",「작은 상징」). 말하자면, 송수권 시인의 4·3에 대한 시작(詩作)은 4·3과 제주를 왜곡하는 삶을 바꿔놓는 시침(時針)의 몫을 수행하는 것이다.

마름으로 들어온 천주교 왈패들은
가축, 밀감나무, 계란에까지 세금을 매겼다
주민들은 견디다 못해 병균 나무 뿌리에 독약을 부었고
민회民會를 조직하여 성내城內로 들어가 항거했다
그러나 프랑스 신부와 교도들은 이를 박해와 민란으로 규정했고
발포로 사상자가 속출한다
평화적 시위는 무력 충돌로 번졌다

4·3 항쟁과 이재수의 난은
어쩌면 이리도 중앙정부와 외세의 항거로까지
닮은 꼴인가
　　　　　　　　　　　　　　　　—「이재수의 난과 드레물」부분

4·3을 진압하면서 남로당 일색이라고
'붉은섬'이란 말을 스스럼없이 내뱉던
경무부장의 뺨을 후려치고 싶고
이 '푸른 섬'에 지금까지 굴뚝 공장이
발을 붙일 수 없는 까닭도
해녀박물관에 와서야 알았다
　　　　　　　　　　　　　　　　—「빗창시위」부분

　　우리는 시인의 명징하고 웅숭깊은 역사 안목으로부터 4·3사건이 갑자기 평지돌출한 냉전 갈등의 양상이 아니라 근대 전환기 제주인의 삶을 위협한 봉건적 모순과 억압 및 이들 봉건세력과 야합한 서구제국주의에 맞서 민중 봉기로 일어난 신축제주항쟁(1901, 이른바 이재수의 난)과 겹쳐지고 있음을 주목할 필요가 있다. 뿐만 아니라 일제시대 최초의 여성 항일 투쟁이면서 조직적으로 거세게 일어난 제주해녀항일투쟁(1932)이 지닌

저항의 맥락 속에서 4·3사건을 인식해야 한다. 그럴 때 4·3사건을 따라다닌 낡고 시대 퇴행적 성격의 정치억압, 곧 "4·3을 진압하면서 남로당 일색이라고/'붉은섬'이란 말을 스스럼없이 내뱉던/경무부장의 뺨을 후려치고 싶"은 시인의 심정을 진정으로 이해할 수 있다.

사실, 이번 시집 『흑룡만리』를 읽으면서 송수권 시인의 제주의 역사를 향한 명민한 인식에 대해 쉽게 간과해서 안 되는 것은 마치 제주 사람의 뜨거운 피가 그의 혈관 구석구석에서 감도는 것처럼 제주의 생활 감각에 자연스레 젖어있다는 점이다. 소박하고 단촐하게 말한다면, 그는 제주 사람 못지 않게 더도 말고 덜도 말고 딱 그가 할 수 있는 만큼 제주의 모든 것을 자연스레 사랑한다.

　
꿩새기 도새기 소낭 낭밭 어멍이란 말
제주말은 귀에 설어도 아름답기만 하다.
그 중에서도 코시롱한 맛이란 말과 맨드롱이라는 말을
나는 더욱 좋아한다.

모자반을 숭숭 썰어 넣어 도새기 살을 으깬
늘냇내 나는 느름 몸국을 좋아하고
절이 잘 삭은 자리젓에서 올라오는
쿠릿한 냄새를 사랑하고
돌하르방이란 그늘진 말도 사랑한다.

　　　　　　　　　　　　　　　　　　—「설두」 부분

　
서귀포에 한
천 년쯤 오는 눈이
키 큰 삼나무 숲 하나를 적시고 적시어
뿌리째 흔들어 놓는 것을 보았다

부드러움은 결코 차거움이 아니라
따뜻함이며 그것은 스며들고 스며들어
끝없이 포옹하는 일이라는 것을 알았다

한라산 가까운 데서는
비자림의 숲이 무너지는 소리를 자주 들었는데
처음 정방폭포에 섰을 때
바다로 가벼운 물방울들이 풀어지는
아름다운 그 소리와 같았다
그것은 또한 산굼부리의 분화구 침묵을
산갈대들의 몸놀림이 조금씩 풀어내는
原始의 생음악과도 같았다
                                    —「따뜻한 손」부분

　제주 사람이 아닌 한 제주어의 미감을 만끽하는 일은 결코 녹록치 않다. 다른 지역의 말보다 유달리 유음과 비음이 발달하고 아래아[ㆍ]의 음가(音價)가 아직도 생활에서 사용되고 있다보니 혹자는 중세국어의 흔적이 제주어에 많이 남아 있어 민족어의 보고(寶庫)라고 그 중요성을 강조한다. 하지만 표준어 해석이 뒤따라야 할 정도로 상당히 많은 어휘들이 육지의 언어와 다른 섬의 언어 특질을 보여준다. 이러한 육지의 언어와 생경히 다른 제주어의 미감을 시인은 세밀히 포착하고 있으며, 제주 특유의 미각과 후각을 자연스레 즐기고 있다. 여기서, 송수권 시인이 제주의 운명과 함께 해온 언어의 미감과 미각, 그리고 후각과 친연성을 맺고 있기 때문에 한라산 남쪽 서귀포에 내리는 눈이 지닌 냉온(冷溫)의 감각을 갖고 있다. 뿐만 아니라 한라산 중산간 지대를 휘감는 숲의 소리와 바다로 곧장 떨어지는 정방폭포의 물소리, 그리고 한라산의 기생화산인 산굼부리의 분화구 주변에 흐드러지게 널려 있는 억새의 흔들림이 한데 어우러

져 자아내는 "원시의 생음악" 소리를 귀신같이 듣는다. 그리고 그는 제주
의 들꽃에 들리는 신명을 보인다.

앞오름 체오름 다랑쉬 용눈이꽃오름
오름오름마다 쇠똥내 말오줌 퍼질러져
설문대 할망 거름 보시로 질펀하다
이 가을은 지린내에 젖어 들꽃처럼 피고 지고
들꽃이 어우러진 들꽃 세상
나도 그 들꽃세상에서 들병이처럼 들린다.

—「들꽃세상」부분

송수권 시인이 제주를 절로 사랑하는 시심이 어디 이것뿐인가. "제주
바다는 소리쳐 울 때가 아름답다는/것을 안다"(「슬픈 유산」)고 한 시인은
"바람이 현무암에 새기고 간 말/살암시면 살아진다라고 말한다"(「바람이
현무암에 새기고 간 말」)에 응축된 제주의 모든 것들에 그의 온 감각을
개방한다. 이것은 제주의 생의 감각과 교감하고 있음을 말하는 것으로,
척박한 제주의 자연환경에서 체념 어린 삶을 살 수밖에 없다는 것을 수용
하는 게 결코 아니다. 그보다 앞서 그의 시편에서 읽어본 것처럼 제주와
제주인의 삶을 억압하는 모든 것들에 대한 제주 특유의 억척스러운 삶의
근성으로 살아내는, 즉 삶의 바닥을 응시하면서 그것을 치고 일어나는
삶의 의지를 그는 온몸으로 이해하는 것이다. 그렇기 때문에 다시 음미하
건대 송수권의 시편에서 제주는 "외롭고 높고 쓸쓸한 섬"(「수눌음」)이다.

그런데, 이 섬이 몹시 아프다. 분노한다. 허탈해한다. 제주의 '환해장성
(環海長城)－흑룡만리(黑龍萬里)'가 절단나고 있다. 수억년 우주의 탄생과
함께 생명을 유지해온 강정마을의 바다 암반 구럼비가 해군기지 건설로
인해 파괴되고 있으며, "구럼비 마을은 바야흐로 지금 때늦게/물 속으로

가라앉는 중”(「구럼비 마을」)이다. 구럼비 마을에 또 다시 4·3의 암연(黯然)이 감돈다. 제주 사람들과 제주를 사랑하는 사람들은 자칫 “평화의 섬 자연의 섬 신화를 삼킨 섬”이 “바람타는 섬, 불타는 섬”(「도둑맞은 인장」)으로 휩싸일 것을 경계한다. 그렇다. 아직도 제주는 그동안 제주를 위협한 온갖 외부의 식민세력들로부터 완전한 자유와 독립을 쟁취하지 못했고 해방의 기쁨을 만끽하지 못하고 있는 셈이다.

정작, 제주는 “한라산 중산간 마을들의 밭 다물을 따라 돌고 있”(「흑룡만리」)는 ‘제주의 돌담-흑룡만리’가 제주의 외세에 의해 절단난 고통을 치유할 수 없는 것일까. 어쩌면, 제주는 송수권 시인의 『흑룡만리』의 곳곳에서 드러나듯이 이 불가항력의 웅전을 쉼 없이 해내는, 제주가 지닌 도저하고 치열한 생의 감각의 그 영원성을 벼리고 있으리라.

도환생꽃으로 문지르면 숨이 돌아오고
피살이꽃으로 문지르면 죽은 넋들 돌아오려나
도령아 문 열어라 문도령아 문 열어라
꽃 감관 세경 할망 들어가신다
한라산 바람꽃도 제주 왕나비도 모두 한 꽃잎에 앉았구나

—「서천꽃밭」 부분

4·3의 '역사적 서정'과
씻김의 해원상생굿

— 임채성, 『메께라』

언 가슴을 후려치던 혹한의 바람 소리
점점이 붉은 피꽃이 눈꽃 속에 피어났다

산으로 간 사람들은
돌아올 줄 모르는데

먼 봄을 되새김하듯 겨울은 다시 와서
곱다시 뼛가루 같은 하얀 눈이 내린다

— 「그 해 겨울의 눈」 중에서

제주의 봄을 순례하는

겨울이 가고 어김없이 봄은 찾아온다. 맵짜한 겨울의 바닷바람이 몰아
치던 섬은 이내 남녘으로부터 불어오는 훈풍의 사위에 섬의 곳곳을 간지
럽히는 새 생명의 몸짓으로 활력을 얻기 시작한다. 섬의 봄은 마땅히 이러
한 모습이 자연스럽다. 이것은 계절의 순환에만 해당되는 게 아니라 섬사
람들이 살고 있는 일상과 역사도 예외가 될 수 없다. 그런데 제주의 봄은
어떤가. 임채성의 이번 시집 『메께라』(고요아침, 2024)에서 단호히 말하

듯, "봄 되면 일어서라/일어나서 증언하라"(「다섯 그루 팽나무」)의 시구는 제주의 봄을 압살하고 구속한, 부정한 것에 대한 저항과 해방의 정념을 나타낸다. 비록 역사의 정명(正名)을 얻지는 못했으나, 임채성의 시집의 바탕에는 해방공간의 제주 공동체에서 분연히 떨쳐 일어난 4·3항쟁의 주체뿐만 아니라 이와 분리할 수 없는 제주의 자연과 일상에 대한 순례(또는 답사)의 시적 수행으로 이뤄져 있다. 그리하여 그의 이번 시집에서 눈여겨볼 것은 "무너진 산담 앞의 풀꽃들과 눈 맞추며/4·3조, 때론 3·4조로 톺아가는 제주올레"를 함께 걸으면서 "온몸에 흉터를 새긴 현무암 검은 돌담/섬 휩쓴 거센 불길에 숯검정이" 된 채 "팽나무 굽은 가지가 살풀이춤 추"(「올레를 걷다」)는 가운데 섬의 상처를 응시·위무·치유하는 시의 감응력이다. 이것은 '시인의 말'에서, "씻김의 해원상생굿 그 축문을 외고 싶다"는 데 응축된 이번 시집을 관통하고 있는 시적 재현으로 실감된다. 여기에는, "죽어서 할 참회라면 살아서 진혼하라//산과 들 다 태우던 불놀이를 멈춘 섬이//지노귀 축문을 외며/꽃상여를 메고 간다"(「제주동백」)가 함의하듯, 4·3항쟁의 영령들에 대한 축문으로서 시쓰기의 진혼을 통해 그들이 미처 누리지 못한 이승에서의 봄의 새 생명의 불길을 타오르게 한다.

4·3의 '역사적 서정'을 벼리는

우선, 톺아보아야 할 것은 4·3의 시적 감응력이 생성하는 역사적 서정의 면모다. 그동안 축적한 4·3시문학사에서 4·3의 역사적 진실은 각 시인의 시적 개성과 조우하면서 4·3문학의 존재가치를 입증하고 있다. 임채성의 이번 시집도 그 몫을 충실히 수행한다. 그러면 4·3의 '역사적 서정'을 벼리는 그의 시적 재현을 주목해보자.

산새도 바닷새도 사월엔 노래를 접네
피멍 든 동백 꽃잎 검게 지는 섬의 봄날
삽시에 터지는 울음
이른 장마 예보하네

사라지는 이름들과 살아지는 빗돌 사이
술 한 잔 받지 못한 봉인된 산담 앞에
그 누가 하얀 삘기꽃
몰래 피우고 갔을까

한라산 고사리는 제사상에 올리지 마라
핏물과 추깃물에 살진 그 몸 씻으란 듯
하늘도 정수리 위로
동이물을 쏟고 있네

—「고사리장마·3」 전문

「고사리장마·3」에는 임채성 시인이 벼려낸 4·3의 역사적 서정을 향
한 시의 적공(積功)이 고스란히 재현돼 있다. 그것은 제주의 기후적 특성
을 가리키는 '고사리 장마' 철, 즉 제주의 오름과 한라산 중산간 지천에서
올라오는 고사리의 계절 4월이 지난 역사의 상처를 응시하는 데 있다.
아직 본격적 여름 장마로 접어들지 않았음에도 불구하고 제주의 봄에 내
리는 비를 맞으며 자라난 고사리를 볼 때마다 4·3의 역사가 포개진다.
"삽시에 터지는 울음"이 표상하는 것처럼 4·3 무렵 제주는 창졸지간 엄
습한 죽음 앞에 예(禮)를 갖춘 곡(哭)소리를 하긴커녕 제주 섬 전체가 주
체할 수 없는 충격에 휩싸인 채 한꺼번에 목놓아 울음을 터트린다. 이렇게
죽은 자와 산 자를 갈라치는 역사의 광폭함은 "사라지는 이름들과 살아지

는 빗돌"이란 시구를 통해 4·3의 역사적 실재를 단적으로 드러낸다. 얼마나 많은 존재들이 가뭇없이 소멸하고 사라졌는가. 그러면서 그 사라짐의 자리를 대신하여 어떤 존재는 '살아지는' 삶의 조건을 누렸던가. 그렇게 시인은 제주가 '사라지고[滅]'와 '살아지는[生]'의 오묘한 존재론적 대위를 4·3의 역사 속에서 현존하고 있음을 살핀다. 더욱이 이러한 '살아짐[生]'과 '사라짐[滅]'의 자연스런 이치 속 "핏물과 추깃물에 살진" 고사리를 제사상에 함부로 올리지 말 것을 당부하는 가운데 하늘의 동이물, 즉 '고사리 장마'로 이 모든 부정한 것을 정화시키고자 한다. 「고사리장마·3」은 그러므로 4·3에 대한 역사적 상처를 응시하되 그 전대미문의 역사적 상처가 제주의 생과 멸이란 대위적 관계에서 어떻게 현존하고 있는지, 그리고 이 모든 부정한 것들이 제주의 온전한 생명으로서 치유될 수 있고, 그래야 한다는, 역사적 전망에 미치는 역사적 서정의 감응력을 보인다.

그런데 임채성의 이러한 4·3의 역사적 서정에 한층 주시하고 싶은 것은 4·3과 직결된 역사의 시공간에 자족하지 않고 제주의 역사 이전 선사시대를 포용하고 있다는 점이다. 시인은 제주의 선사시대 유적지 중 빌레못굴을 주목한다. 「빌레못굴 연대기」에서 시인은 "역사의 앞마당에 들지 못한 기억들"에 촉수를 세우고, 신화와 전설 시대의 구연적(口演的) 진실을 경청하며, 제주의 원시문명과 그것에 연원하는 기록되지 않은 또 다른 역사에 대한 재현의 상상력을 감행한다. 그리고 4·3 무렵 제주 민중을 향한 국가적 폭력으로 "빌레못에 갇혀 우는 시간"의 폐색(閉塞)에 함께 아파하고 분노한다. 그러면서 빌레못굴로 표상되는 제주의 연대기에 대한 온갖 삶의 실재와 진실을 곡진하고 정성스레 천지신명께 시쓰기의 축문으로 고(告)하고 싶다. 이렇게 4·3의 역사적 서정은 절로 웅숭깊어진다.

식민지 흉터 위에 막소금을 뿌리던 땅
야만의 어둠 걷는 볕은 아직 희미해도

다시금 새봄을 여는 저 야성의 숨비소리

빗돌 하나 겨우 세운 굴은 차츰 무너져도
수평선 휘적시는 까치놀의 문신 같은
동굴 속 연대기 한 장 축문 짓듯 쓰고 싶다

　　　　　　　　　　　　　—「빌레못굴 연대기」부분

　시인에게 빌레못굴은 제주의 선사시대 유적지 중 하나에 불과한 것이
결코 아니다. 빌레못굴에서도 제주 민중이 4·3 당시 학살을 당한데서 알
수 있듯, 선사시대부터 고대와 중세를 거쳐 현대에 이르기까지 빌레못굴
이 겪은 연대기적 상처와 고통은 제주의 그것이나 다름이 없다. 따라서
제주의 역사적 서정은 「빌레못굴 연대기」를 통해 시적 재현의 감응력 면
에서 보다 그 깊이를 확보한 셈이다. 여기서, 빌레못굴이 제주 민중의 수
난 못지않게 새로운 삶의 정동으로 충만해 있다는 시적 상상력을 간단히
치부해서 안 된다("다시금 새봄을 여는 저 야성의 숨비소리"). 말하자면, 역
사적 서정의 두 측면(수난과 항쟁)에 대한 시적 재현으로서 감응력을 주목
해야 한다.

4·3의 '수난과 저항'을 다시 응시하는

　'수난과 항쟁'으로서 4·3의 역사적 서정을 다시 살펴보는 것은 매우
요긴하다. 우선, 수난의 시적 재현 중 다음을 주시하지 않을 수 없다.

　　-혼저옵서, 예꺼정 오젠 춤말로 폭삭 속았수다
　　-무시기? 속긴 뭘 속아, 그딴 말에 내래 쉬 속간? 재별스런 말뛰 쓰는 니는
　　뉘기야? 어드래 뽕오라지서 실실 내려옴둥? 날래 답해 보라우, 뉘기랑 있다

왔슴둥? 순순히 알쾌주면 안 삼하게 놔 주갔어
－메께라! 무사 말이우꽈? 경 또리지 맙서

—「바벨의 섬」 부분

굳이 위 대목을 시라고 인식하지 않는 한 소설 또는 극 대본의 대사라 해도 무방할 정도로 종래 낯익은 시의 관습적 표현과 구분된다. 하지만 이 또한 엄연한 시적 표현으로 손색이 없다. 위 대목은 극적 형식을 띠고 있는바, 언어에 민감하지 않은 독자인 경우 위 대사들의 차이를 발견하기 힘들 수 있다. 사실 위 대사는 제주어와 평안도어로 구성돼 있다. 시의 맥락상 4·3 토벌대인 서북청년회(평안도어)의 제주 민중에 대한 억압·통제·감시·처벌로 작동하고 있다는 것을 짐작할 수 있다. 따라서 우리는 해방공간에서 국가권력을 참칭한 서북청년회가 제주 공동체에 수난을 안겨준 의사(疑似)권력의 공포와 위협의 실재라는 점을 적시할 수 있다. 그런데 이 공포와 위협은 사람에게만 해당되지 않는다. "개들도 눈만 굴리며/입을 굳게 닫았다"(「영하의 여름」)는 시구에서 읽을 수 있듯, 예의 공포와 위협은 제주에서 살고 있는 모든 존재마저 집어삼켰다. 이것은 제주 공동체와 자연과 뭇 존재들을 대상으로 휘몰아친 역사의 광풍 때문으로, 무엇보다 순진무구한 아이들의 죽음은 인간의 비극적 체험과 상상력을 넘어선다.

바닷물도 멍이 드는 그 사월 다시 오면
살 에는 눈보라도 끄느름한 빙점도 뚫고
아이야, 꽃으로 피어라
천년토록 붉을 꽃

—「너븐숭이 애기무덤」 부분

작가 현기영의 소설 「순이 삼촌」의 작중인물 '순이 삼촌'이 기적적으로 살아난 북촌리 옴팡밭 일대 너븐숭이에 널린 주검 중 아이의 작은 돌무덤들이 흩어져 있다. 역사의 광풍은 북촌리 아이들을 죽음의 영계로 내몰았지만, 시인에게 아기무덤은 그때 그곳에서 일어난 역사의 참극을 "천년토록 붉을 꽃"의 증언으로 존재하는 역사적 장소다. 그리고 "감장 못한 주검들이 감저 지슬 키운다는/검은 밭담 둘러쳐진 너븐숭이 옴팡밭엔/빗돌만 외롭게 누워 숨비소리 캐고 있"듯(「북촌 오돌또기」), 국가폭력에 의한 수난의 역사적 진실은 「순이 삼촌」의 문학비에 영원히 새겨져 남아 있으리라.

그런데, 우리는 이러한 수난과 함께 4·3항쟁의 역사적 진실을 향한 시적 재현을 주목하지 않을 수 없다. 가령, 다음의 시를 음미해보자.

아버지는 집에 남은 돼지만 생각하셨다

삼촌들은 캐지 못한 고구마가 걱정이었다

동네가 다 모였다며 하르방은 웃으셨다

거적을 깐 바닥에선 겨울이 스멀거렸다

서로 맞댄 등마루가 온돌처럼 따스했다

어둠 속 초롱한 눈빛, 별을 닮아 있었다

　　　　　　　　　　　　　　—「목시물굴의 별」 부분

촌각을 다투며 공포와 두려움을 피해 목시물굴에서 피난살이를 하는 마을 사람들이지만 그들의 관심사는 온통 피난살이 전 일상을 어떻게 하면 다시 살 수 있을 것인가 하는 고민뿐이다. "집에 남은 돼지만 생각하"는 아버지와 "캐지 못한 고구마가 걱정"인 삼촌들과 이런 일상의 근심거리를 심드렁히 내뱉는 마을 사람들에게 모처럼 "동네가 다 모였다며" 웃는 동네 "하르방" 등 이들의 저 낙관적 삶의 태도는 현실과 비현실이 중첩해 있다. 그만큼 마을 사람들의 일상이야말로 역사와 분리되지 않는 삶의 실재로서 매우 중요한 가치 그 자체. 딱히 중산간 지역에 국한시킬 필요 없듯이 돼지와 고구마는 제주 공동체의 삶 속에서 먹거리 이상의, 바꿔 말해 식량으로서 역할뿐만 아니라 제주의 생태문화적 및 사회존재론적 바탕을 이룬다 해도 과언이 아닐 만큼 제주 삶문화의 고갱이다. 따라서 아무리 피난살이를 하면서도 제주의 이런 일상에서 놓여날 수 없다. 이것은 역설적으로, 피난살이는 일상으로 돌아가기 위해 마을로부터 잠깐 떨어져 산다는 것일 뿐 제주 민중에게 산 속과 굴 속 피난살이는 4·3의 수난을 피해 이것을 이겨낼 극복과 저항의 삶으로 간주된 것은 너무나 자연스러운 일이다. 그리하여 "어둠 속 초롱한 눈빛, 별을 닮아 있었다"란 시구에서 우리는 마침내 4·3항쟁 주체의 역사적 분투를 징후적으로 대면한다.

> 집을 잃은 삼촌들은 다시금 길을 잃고
> 설문대 할망을 찾아 산으로 올라갔다
>
> 몇 차례 해를 바꿔 산신당에 봄이 와도
> 산에 든 사람들은 그대로 산이 됐는지
> 그 봄날 꽃불만 같은 진달래만 붉었다
>
> ─「그리하여 그들은 산으로 갔다」 부분

> 된바람 기척만 나도 머리를 풀던 구름

한라산 고사리밭에 용울음을 쏟을 때면

속까지 타버린 섬이
불을 물고 일어선다

　　　　　　　　　　　　　　　　　　　—「그래도, 봄」 부분

　4·3항쟁에 동참하기 위해 제주 민중들은 산에 올라 산부대가 된다. 비록 토벌대의 무자비한 진압에 맞서 최후까지 싸우며 "쓰러진 움막 속에서 연기가 된 사람들"(「이덕구산전을 찾아서」)일지언정 그들은 "화산 밑 마그마처럼 마르지 않는 눈물샘"(「건천」)을 지닌 제주 특유의 건천(乾川)의 생명력을 지닌다. 왜냐하면 현상적으로 패배했지만, 4·3항쟁의 주체들이 모색했던 조국의 평화적 통일독립의 새 세상을 향한 영구 혁명의 꿈은 여전히 궁리되고 있기 때문이다. 이것은 임채성 시인의 「불카분낭」에서 재현의 대상이 된 '불카분낭(불에 타버린 나무)'의 심상을 몇 번이나 반복하여 읊조려야 할 이유다.

기나긴 겨울 지나 새살 돋는 나목의 시간
숯등걸 덴 가슴에 봄을 새로 들이려는
뼈저린 나무의 생이 핏빛 놀을 털어낸다

　　　　　　　　　　　　　　　　　　　—「불카분낭」 부분

4·3 해원상생굿의 시적 연행성

　시집 한 권 전체가 4·3의 역사적 서정에 초점이 맞추어져 있는지, 그래서 시인은 4·3 무렵 수난과 항쟁의 도정에서 제주 민중들의 희생을 향한 곡진한 애도의 심상을 중심으로 4·3 영령들을 위한 지노귀 굿판에서 소용될 축문을 시쓰기로 수행한다. 그렇다. 시집의 수록된 모든 시편은 어느 예외일 것도 모자랄 것도 없이 4·3 해원상생굿으로서 시적 연행성을 훌륭히 소화하고 있다. 이것은 시집의 맨 마지막 시에 이르러 시인의 전략적 시편 배치가 매우 인상적인 것으로 다가온다.

뼛속까지 새긴 앙금
털고 씻는 해원 굿판

비창 쥐고 솔발 흔들며 시왕맞이 들어간다 절벽 위 소낭머리에서 총 맞아 죽은 영가님들, 표선 한모살에서 혀 빼물고 죽은 영가님들, 성산포 터진목에서 피 터져 죽은 영가님들, 대정 섯알오름에 고무신만 두고 죽은 영가님들, 중문 신사터에서 영문도 모른 채 죽은 영가님들, 큰넓궤 무등이왓 어둠속에 갇혀 죽은 영가님들 모두모두 나오셔서 술이나 한잔 받으시오. 거동 불편한 하르방과 할망들, 꽃다운 삼촌들, 이름조차 호적부에 올리지 못한 물애기까지 저 악독한 총칼 앞에 그 뜨거운 들불 앞에 원통하게 스러져 갔나이다. 허공중에 흩어진 영혼 짓이겨져 뒤엉킨 육신 제대로 감장하지 못해 불효 천년을 간다는데 무시로 도지는 이 오랜 설움 앞에 행여 누가 들을까 울음조차 속으로만 삼키던 무정한 세월이여, '살암시난 살아져라' 위안 삼아 버틴 시간이여, 앙상한 어욱밭 방애불 질러 죽이고 태웠어도 뿌리까지 다 태우진 못하는 법. 봄이면 산과 들에 삐죽이 새순 돋지 않던가요, 풀 건 풀고 태울 건 태우고 조질 건 다 조져드릴 테니 혼魂은 땅으로 가고 백魄은 하늘로 가서 이제 그만 원寃도 한恨도 남김없이 푸시옵기를…

징 소리 꽹과리 소리
탑을 따라 돌고 있다

—「해원방사탑 앞에서」 전문

해원방사탑 앞에서 '해원 굿판'이 펼쳐진다. 2연에서 구술연행되고 있는 심방의 사설은 이 시집 곳곳에서 노래되고 있는 임채성 시인의 시적 재현들의 흡사 알집 파일과 같은 것을 보여준다. 원통하게 스러져간 삼만의 영혼들을 위무하고 애도하며, 그들에게 맺혀 있는 것을 풀어주는 한바탕 신명난 굿판이 겨냥하고 있는 것은 "살암시난 살아져라(살고 있으면 살게 된다)"가 지닌 삶의 무한한 힘이다. 그리하여 우리는 시인과 함께 해원방사탑을 돌며 4·3영령들의 원한을 씻겨낼 뿐만 아니라 죽은 자와 산 자가 함께 염원하는 평화로운 세상에서 복락을 누리기를 간절히 비손하며 축원한다. 따라서 이 해원의 굿판은 "시르죽은 잿불마저 자지러진 액막이굿판"(「쥐불놀이」)은 물론, 제주의 곳곳에서 야만의 악무한을 저지른 반생명적 폭력에 대한 "참회의 굿판"(「서우봉 휘파람새」)으로서 "광기와/분노를 사르는/장엄한 진혼 축제"(「새별오름 방애불」)와 결코 무관하지 않다. 그리하여 "시나브로 귀에 이는 그날의 아우성들/가슴속 서로의 멍울 다독이고 쓸어주며/지노귀 지노귀새남"(「정방폭포 지노귀」)의 굿판은 제주 민중의 토착적 모더니티를 수행하는 구술연행으로서 대중성과 민중성을 보증한다.

아직도 귓전에 이명으로 남아 떨림을 동반한다. 4·3의 역사적 서정과 조우하는 임채성의 씻김굿의 해원상생굿 축문, 그것의 시적 재현이 묘한 시의 감응력을 배가하고 있음을……

'좋은 시'가
존재하는 이유

— 안상학, 『남아 있는 날들은 모두가 내일』

1.

세상은 숱한 말들로 채워져 있다. 타인에게 건네는 말과 혼자 내뱉는 말이 제 각기 목적을 이루기 위해 쉼 없이 세상을 맴돈다. 각종 미디어가 발달해서인지, 말들은 잠시라도 쉴 틈이 없다. 자신의 말의 경쟁력을 극대화하기 위한 온갖 시청각적 분식(扮飾)이 우리의 감각을 서서히 마비시킨다. 말의 알맹이는 온데간데 없고 그 말을 그럴듯하게 꾸미는 미사여구와 껍데기만 남을 뿐이다. 여기에는 여러 이유가 있되, '좋은 시'를 만날 수 있는 기회가 줄어들고 있는 것과 결코 무관하지 않다고 나는 생각한다. 사실, 이 자리는 이에 대해 갑론을박 논의하는 게 아닌 만큼 최근 내가 만난 '좋은 시'를 소개하는 것으로 예의 논의를 대신하기로 한다.

2.

안상학 시인의 시집 『남아 있는 날들은 모두가 내일』(걷는사람, 2020)을 음미하는 내내 나도 모르는 새 허공에 시선을 수차례 던지곤 하였다. 그리고 고개를 주억거리곤 하였다. 간만에 '좋은 시'를 접한 감흥에 흠뻑 취했다. 가령,

내가 살아가는 지구地球는 우주에 떠 있는 푸른 물방울

나는 아주 작은 한 방울의 물에서 생겨나
지금 나같이 아주 우스꽝스럽고 조금 작은 한 방울의 물로 살다가
다시 아주 작은 한 방울의 물로 돌아가야 할 나는
나무 물방울 풀 물방울 물고기 물방울 새 물방울
혹은 나를 닮은 물방울 방울
세상 모든 물방울들과 함께 거대한 물방울을 이루며 살아가는

나는, 지나간 어느 날 망망대해 인도양을 건너다가 창졸간에 문득 지구는
지구가 아니라 수구水球라는 생각이 들었던 것

끝없는 우주를 떠도는 푸른 물방울 하나

—「푸른 물방울」 전문

위 시는, 우리가 무심결 살고 있는 세상에 대한 발본적 성찰을 보여준
다. 인간이 살고 있는 '지구', 곧 둥근 땅을 "우주에 떠 있는 푸른 물방울"
로 인식하는 이 도저한 시적 인식은 경이로움 그 자체다. 흔히들 인간은
지상에 살고 있는 최상의 존재로서 대지를 중심으로 한 세계인식에 자연
스럽다. 그리하여 대지적 상상력은 인간이 땅 위에서 비루한 존재일지라
도 비루함을 넘어서는 존재의 위의(威儀)와 숭고성을 스스로 발견하도록
한다. 땅은 생명의 터전이며 인간은 대지모신(大地母神)을 숭배하면서 땅
의 우주적 생의 리듬에 충실히 적응해 왔다 해도 과언이 아니다. 그런데,
위 시에서는 이러한 땅이 "우주를 떠도는 푸른 물방울 하나"에 불과하며,
이 푸른 물방울은 보다 작은 숱한 물방울들을 품고 있다고 한다. 여기서,
생명과학 및 우주과학의 전문 지식을 갖고 시인의 이러한 시적 성찰에

대한 과학적 진리 여부를 따지는 것처럼 어리석은 일도 없을 터이다. '좋은 시'의 시적 성찰은 과학적 진리로 포괄할 수 없는, 또 그것에 구속되지 않는 우주에 대한 경이로운 발견의 길에 우리를 동참시킴으로써 '나'와 뭇 존재에 대한 성찰의 문을 열도록 하기 때문이다. 그래서일까. "문득 지구는 지구가 아니라 수구라는 생각이 들었"다는 시적 인식이야말로, 물방울로 이뤄진 개별 존재들이 저마다의 독립성과 자족성을 갖고 있으면서 물방울과 물방울이 서로 자연스레 합쳐지는 생명의 속성을 갖는다는 깨우침에 이른다. 이 깨우침은 "나는 아주 작은 한 방울의 물에서 생겨나"란 시행과 어우러지면서, 인간 개별 존재들은 물방울이 그러하듯이, 다른 개별 존재들과 자연스레 함께 합쳐져 뭇 생명을 키워내는 일을 잘 수행할 수 있을 것이라는 기대를 갖도록 한다.

　이러한 시적 성찰은 이번 시집 곳곳에 흩뿌려져 있다. 몽골 고비사막의 체험을 녹여낸 시편 중 몽골 유목민의 전통 악기인 마두금 연주에 대한 심상을 노래한 시편을 귀 기울여보자.

　　고비를 노래하는 마두금 곡조에 고비가 운다
　　저마다의 슬픔과 아픔을 들으며 못내 운다
　　거짓말같이 바람이 울고
　　갓 태어난 새끼를 밀쳐내던 낙타가 젖을 물리며 운다
　　아닌 듯이 구름이 눈물짓고 꽃이 젖는다
　　별의 눈물이 떨어지고 바람이 글썽인다
　　고향을 모르는 사내들이 울고 엄마 품을 잊은 아낙들이 운다
　　마두금이 울고 고비가 운다
　　　　　　　　　　　　　　　　　　　　　　—「마두금에는 고비가 산다」 부분

마두금 소리를 들어본 자는 단박에 위 시의 매혹에 빠지지 않을 수

없다. 마두금 연주자는 몽골 전통 현악기를 켜면서 수천년 동안 고비사막
에서의 유목 생활과 자연 생태를 마두금 소리로 재현한다. 마두금 소리를
듣고 있노라면, 고비 사막에 불어대는 바람 소리와 흡사한 소리를 듣게
되며, 마두금 소리의 고저장단과 흐느낌에 교응하는 고비의 뭇 존재들의
삶과 죽음의 정동(情動)을 감지하게 된다. 여기서, 시인은 마두금 소리의
떨림과 울림에 주목하고 있는데, 그것은 고비에서 살고 있는 존재들의
울음과 다를 바 없다.

3.

'좋은 시'는 이처럼 우리의 낯익은 일상에 새롭고 발본적인 시적 성찰
의 틈을 내는 데 조금도 주저하지 않는다. 이와 관련하여, 이번 시집에서
각별히 눈에 띄는 시편들은 3부에 수록된 것으로, 4·3항쟁과 관련하여
씌어진 시편이다. 그중 안동 사람 문상길 중위를 다룬 시편은 그동안 발표
된 4·3시문학의 성취를 진전시키고 있다. 「기와 까치구멍집」에서 주요하
게 다뤄지는 시적 대상인 문상길 중위는 "제주 도민을 토벌하라는 명령을
내린 지휘관을 암살한,/국군이 국민에게 결코 총부리를 겨눌 수 없다던/
대한민국 제1호 사형수"로서, "역사의 뒤안길에 묻힌 향년 스물셋 사내"
다. 이 사내의 고향이 안동임을 알게 된 안상학 시인은 동향(同鄕)의 이
사내의 내력을 각고의 노력 끝에 찾아낸다. 실제 인물 문상길이 해방공간
에서 비운의 죽음을 맞이하여 역사의 시공간에서 감쪽같이 사라졌듯이,
그가 살던 곳은 "임하댐 수몰된 안동 마령리 이식골"로, "사내처럼 사라진
마을, 흉흉한 소문 떠도는/쉬쉬대며 살아온 일가붙이들 산기슭에 남은
곳"이다. 여기서, 우리는 묻자. 이토록 시인이 문상길의 내력을 추적하여
그가 태어나 살던 곳을 힘겹게 찾은 이유는 무엇일까. 이것은 해방공간의
제주에서 일어난 민중봉기를 뭍사람 문상길이 함께한 역사적 결단에 대한

시적 경외감의 표출일 뿐만 아니라 당시 통일독립과 진정한 해방을 쟁취하기 위한 4·3항쟁의 역사적 진실을 향한 '시적 정의(poetic justice)'의 정동을 시인이 표방하기 때문이 아닐까.

안상학의 이러한 시적 정동은 한라산 중산간 지역에서 자행된 분단의 폭력에 대한 비판적 성찰 속에서 4·3항쟁이 못다 이룬 분단의 경계를 없애고 참다운 해방의 가치를 향한 시적 전언을 타전한다.

> 남과 북이 맞닿은 그곳을 무엇이라 불러야 하나요
> 산간지역과 해안지역이 맞닿은 그곳을
> 대체 무엇이라 불러야 하나요
> 언제쯤이면 경계를 지우고 어우러질까요
> 거기든 여기든 해와 달이 오고 가고
> 여기든 거기든 착한 계절들이 가고 오는데
> 잃어버린 마을에는 언제쯤 사람들이 살아갈까요
> 갈라섬도 맞닿음도 없이 살아갈까요
>
> ―「중산간 지역」 부분

3부에 수록된 시편들을 음미하면서, 4·3시문학이 제주의 시인들에게만 국한되지 않고, 4·3항쟁의 역사적 진실을 제주 바깥의 또 다른 웅숭깊은 시선으로 탐구되고 있음을 새삼 확인한다.

4.

시집의 마지막 장을 덮으면서, 시인이 누군가에게 보내는 한 점의 꽃 그림에 훈기가 피어난다. 비록 시인의 시가 거칠고 황량하기 이를 데 없는 현실의 말들의 사위에 있더라도 그는 욕망한다. 어렵고 힘든 현실에 살고 있는 누군가가 꽃 그림에서 향기를 맡고 봄의 훈기와 정취를 만끽하기를.
이렇게 안상학의 '좋은 시'는 우리에게 살포시 다가온다.

> 꽃 그림 한 점 보냅니다
> 나비는 그리지 않았습니다
> 이 그림을 보고 계실 당신이 있으니까요
> 벌써 향기를 맡고 계시는군요
> 한 폭의 그림입니다
>
> ─「봄소식」 부분

'들이마시는 울음-재미', 열림과 공명의 시학

— 이정록, 『그럴 때가 있다』

1.

30여 년의 시력(詩歷)을 지닌 시인의 시집을 읽는다. 시집『그럴 때가 있다』(창비, 2022)에 수록된 60편의 시들 중 어느 것 하나 차고 모자람 없는 '좋은 시'로 이뤄져 있다. 무엇보다 이정록의 시가 갖는 매혹에서 눈에 띄는 것은 시인을 에워싸고 있는 세계에 대한 겸허한 모습이다. 이 겸허함은 이번 시집을 관통하고 있는 시적 윤리이자, 이순을 목전에 둔 시인이 뭇 존재의 비의성(秘儀性)을 자연스레 육화하는 시적 정동(情動)의 바탕으로서 손색이 없다. 가령, 다음의 시를 음미해보자.

드높은 깃발이 아닙니다
앞서가는 머리가 아닙니다
우리는 상처를 동여맨 앞치마입니다
더는 꼴찌를 만들지 않겠다는
마지막 장딴지입니다

우리는 몰이꾼이 아닙니다
늘 맨 뒤에서 차이는 놈입니다

촛불잔치, 그 타작마당을 농토로 일구고
뒤늦게 다시 어깨동무하는 뒤풀이 자리,
어질러진 술판을 치다꺼리하는 늙은 소리꾼입니다
뱃구레가 늘어난 목이 쉰 북입니다
우리는 부릅뜬 깃발이 아닙니다
으라차차, 깃발도 들기 어려운
아픈 날개뼈입니다

우리는 뜬구름이 아닙니다
가문 논 물꼬 속 젖은 구름입니다
숨 가쁜 송사리떼의 노래입니다
송사리 작은 등 비늘에 빛나는
새벽잠 달아난 아침 햇살입니다

—「늙은 교사의 노래」 전문

　이 한편의 시는 이정록 시인의 시세계를 이해하는 안내서 역할을 맡는다. 그가 이 시에서 부정하는 것과 긍정하는 것이 무엇인지, 그리고 그 이유는 무엇인지 곰곰 음미하는 일이 안내서를 온전히 독해하는 것임을 강조해두고 싶다. 그에게 시는 "드높은 깃발" "앞서가는 머리" "몰이꾼" "부릅뜬 깃발" "뜬구름" 등으로 표상되듯, 세상의 관심을 유별나게 집중시킬 정도로 돋을새김되는 그런 존재(가치)가 아니다. 그보다 "상처를 동여맨 앞치마" "마지막 장딴지" "늘 맨 뒤에서 차이는 놈" "늙은 소리꾼" "목이 쉰 북" "아픈 날개뼈" "젖은 구름" "송사리떼의 노래" "아침 햇살" 등의 시적 맥락이 동반하듯, 시인은 작고 연약하여 뒤처지고 스쳐 지나갈 것들을 위해 작은 힘이나마 보태주고 싶을 만큼 정겹고 친밀한 그러면서 그것들이 지닌 생의 비의성을 놓치지 않는다. 그래서 이번 시집을 음미하

는 것은 이정록 시인의 시작(詩作)뿐만 아니라 그의 시력(詩歷) 속에서
생성된 시학(詩學)을 오롯이 만나는 경이로움의 길에 동참하는 셈이다.

2.

이정록 시인의 시학과 관련하여, 눈에 밟히는 시들이 있다.

수업을 마치고 화장실에 들렀는데
문 뒤로 아이가 숨는 게 보였습니다.
고둥처럼 눈물이 그렁그렁했습니다.
조개 캐러 나간 할머니가 곧 오실 거라고 했습니다.
아이가 꼭 쥐고 있던 토막 연필을 내게 주었습니다.
무지갯빛 지우개가 가까스로 매달려 있었습니다.
외로움과 막막함과 슬픔이 물어뜯겨 있었습니다.
―제가 가진 것 중에 가장 새것이에요.
―고맙다. 나에게 주는 거니?
―이걸로 재미난 글을 써주세요.
눈보라 속에서 아이의 하나뿐인 가족이
함박눈을 지고 들어오고 있었습니다.
외톨이 늙은 개가 운동장을 질러 달려갔습니다.
선생님, 잘 쓰겠습니다.
나는 갓 등단한 어린 작가가 되어
화장실에 쪼그리고 앉아 고드름처럼 울었습니다.
                                    ―「꼬마 선생님」 부분

얼굴을 숨기고 있는

작고 모난 돌이, 노래는
들이마시는 울음이라고 말한다.

내뿜는 독창이 아니라
망망대해를 삼키는 합창이라고.

숨을 섬겨
숨차 오르는, 벅찬
숨 가쁨이라고.

                            ―「몽돌해수욕장에서」 부분

　「꼬마 선생님」에서 시인이 만난 '아이'와「몽돌해수욕장에서」에 나오
는 "얼굴을 숨기고 있는/작고 모난 돌"은 분명 서로 다른 시적 대상이다.
하지만 이들이 서로 공유하면서 나눠 갖는 게 있다. 그것은 '울음'이며,
'울음'의 심상을 지닌 '노래-시'이다. 어느 바닷가 초등학교에서 동시 수
업을 마친 후 화장실에서 만난 '아이'는 "고둥처럼 눈물이 그렁그렁"한
채 "이걸로 재미난 글을 써주세요." 하면서, 자신이 "가진 것 중에 가장
새것"이며 "외로움과 막막함과 슬픔이 물어뜯겨 있"는 "토막 연필"을 선
물한다. 이 선물을 받은 '나'는 "화장실에 쪼그리고 앉아 고드름처럼 울
었"다고 고백한다(「꼬마 선생님」). 그러니까 '아이'와 '나'는 모두 운다.
그런데 그들의 울음은 슬픔이 흘러넘쳐 주체의 바깥 세계로 터져나오는
절규와 거리를 둔, 주체의 안쪽으로 슬픔이 휘감아돌면서 존재의 심연을
한층 먹먹하게 하는 울음이다. 해변의 숱한 몽돌들이 파도와 부딪치면서
만들어내는 흡사 "들이마시는 울음", 그리하여 "숨을 섬겨/숨차 오르는,
벅찬/숨 가쁨"의 속성을 띤 울음이다(「몽돌해수욕장에서」). 이 울음의 정
념은 이정록의 시학을 이해하는 데 '핵심 정서로' '아이'의 선물에 배어든

'재미난 글'을 어떻게 잘 쓸 것인지 하는 시인의 시작(詩作)과 연결된다.

물론, 이 과제는 만만한 일이 아니다. 그렇다면 주체의 심연을 휩싸고 도는 울음의 정념과 '재미'가 잘 버무려진 '좋은 시'는 어떤 것일까.

> 달밤에 지방을 태우고
> 엄니와 마루에 걸터앉아 뽕짝을 부른다.
> 아버지도 없는 집에서 노래 불러도 된다니?
> 엄니는 스무살 색시로 돌아가 틀니를 고쳐 물고
> 하늘에서 무릎장단 소리 들려올 때, 찰칵!
> 엄니의 웃음은 언제나 천의무봉이다.
> 내일보다는 오늘이 예쁘겠지?
> 골무처럼 작고 곶감처럼 속이 붉은 입술은
> 하늘의 반짇고리에서 나온 듯 아름다워서
> 구름 속 삼촌들도 '동백아가씨'를 따라 부른다.
> 오랜만에 모인 아버지의 어린 목젖들,
> 동백꽃 봉오리에 술을 따른다.
>
> —「첨작」 전문

시를 에워싸고 있는 정황은 아버지 제삿날이다. 전통적 통념상 제삿날 집안 분위기는 고인의 죽음을 애도하는 데 초점이 맞춰져 있으므로 다른 때보다 차분하고 고즈넉하기 마련이다. 그런데 이 시에서 보여지는 분위기는 사뭇 다르다. "엄니와 마루에 걸터앉아 뽕짝을 부"르는 분위기는 차츰 무르익어가더니, "엄니의 웃음"과 그 노래가 얼마나 달밤의 뭇 존재들을 감흥에 절로 취하도록 했는지 엄니의 "'동백아가씨'를 따라 부"르는 듯한 축제의 환상적 사위로 분위기가 이내 바뀐다. 그리고 달밤에 피어 있는 "동백꽃 봉오리에 술을 따"르는 첨작 행위에서 축제는 절정에 이른

다. 이렇듯이 이 시의 전반을 감싸고 도는 것은 죽은 아버지를 애도하는
슬픔이 자리하고 있되, 그 애도의 형식은 민중이 즐겨 부르는 뽕짝의 노랫
말과 가락 속에서 처연한 애달픔과 애간장 태우는 곡진함, 그리고 이 모든
것을 생의 낙천성으로 툭 털어내면서 삶의 지속성을 보증하는 민중적 제
의로서의 '시-노래'이다.

　이러한 '시-노래'는 오랫동안 민중의 일상 속에서 삶의 형식으로 구현
되어왔기에, 민중의 삶의 감각이 배어든 구술적 표현을 능수능란하게 구
현하는 시인의 시작(詩作)은 그래서 매우 소중한 시적 성취가 아닐 수 없
다. 가령, 우리의 복잡다단한 삶을, 육묘판에 심은 씨앗에서 떡잎이 나오
고 꽃이 피어 열매를 맺어 농작물을 수확하는 도정에 빗대듯, 삶과 죽음에
대한 통찰의 힘을 보증해내는 구술적 표현이 대표적인 것으로서 "슬픔도
괴로움도 다 무더기로 피는 꽃이여./어우렁더우렁 꼴값하며 사는 거지./
굴러다니는 깡통도 다 개성적으로 빛나잖여."를 포괄하는 "그렇고 그려"
라는 표현이 함의하는 민중의 삶의 내공을 주목해야 한다(「그렇고 그려」).
여기서, 잠깐, 민중의 삶의 내공을 막무가내로 적당히 사는 것과 혼동해서
는 곤란하다. 이정록의 시에서 눈여겨봐야 할 민중의 삶의 내공은 앞서
살펴본 울음(슬픔)의 시적 정념과 유리되지 않는, 그래서 민중 특유의 생
의 낙천성으로서 지옥도(地獄圖)의 삶을 살아내는 힘이다. 이 힘은 그동
안 우리가 망실해온 민중의 생의 감각이 얼마나 튼실한지를 다시 발견토
록 하는데, 「팔순」은 이것과 관련하여 자꾸만 눈이 가고, 입으로 소리 내
고 싶은 시이다.

　「팔순」은 무릎 수술을 받은 팔순의 노인이 오랜만에 버스를 타면서
한참 젊은 버스 기사와 농담을 주고받는 내용으로 구성되어 있다. 그들의
농담에는 시종일관 민중의 해학성이 끊이지 않는다. 무릎을 수술했으니
예전보다 심신이 움츠러졌다고 여기는 노인은 "버스가 많이 컸네."라고
선공을 날린다. 그러자 젊은 기사는 팔순의 노인을 두고 "서른은 넘었쥬?"

"성장판 수술했다맨서유."라고, 능청스레 시치미를 딱 뗀 농담으로 화답
한다. 그들의 농담 수위는 점점 높아져 팔순 노인의 결정타로 매듭지는데
("근디 내 나이 서른에/그짝이 지나치게 연상 아녀?/사타구니에 숨긴 민증
좀 까봐./거시기 골다공증인가 보게."), 그들의 물리적 나이를 초월한 농담
이 선정적이기는커녕 팔순 노인의 삶의 낙천성과 저력이 민중의 구술적
표현이 지닌 해학미로 한층 싱그럽다. 또한 여기에는 젊은 기사의 삶의
내공("인생 뭐 있슈?/다 짝 찾는 일이쥬./한참 달리다보면/금방 종점이유.")
도 만만치 않기 때문에 노인과 주고받는 농담 속에 담긴 시적 진실의 힘은
배가된다. 여기서, 인생의 "짝 찾는 일"을 배우자를 찾는 것으로만 좁게
한정 짓지 않는다면, 저마다의 깜냥으로 유무형의 삶의 진정한 짝을 찾는
일만큼 소중하면서도 힘든 일은 없을 터이다. 왜냐하면 이 '짝'은 주체와
자기동일시되는 '또다른 나'가 아니라 주체와 차이의 존재론적 가치를 지
니는 상호주관적 관계로서 '나'와 함께 지옥도의 현실을 살아낼 경이로운
타자이기 때문이다. 문제는 이 경이로운 타자로서의 '짝'을 인생의 종점에
이르기 전에 찾는 게 말처럼 결코 쉽지 않은, 하지만 인생의 이토록 '재미
난' 일을 포기하는 것도 결코 쉽지 않은, 시쳇말로 '웃픈' 삶의 난제이듯,
「팔순」에서의 농담은 바로 이러한 민중의 삶의 내공을 해학적으로 성찰
하게 한다.

3.

  그렇다면, 이 '짝'을 찾기 위해 시인에게 요구되는 것은 어떤 일상의
정감일까. 나는 이 글의 서두에서 세계에 대한 이정록 시인의 겸허함의
미덕을 언급한 바 있다. 이것은 진정한 '짝'을 찾기 위해 세계의 뭇 존재를
향한 열림과 공명의 감각을 벼리는 일에 분투하고 있음을 말한다. 그래서
일까. 이순의 경계에 근접한 시인의 감각을 온전히 감각하는 순간, 스며들

어오는 시적 진실의 힘은 결코 연약하거나 작지 않다.

매끄러운 길인데
핸들이 덜컹할 때가 있다.
지구 반대편에서 누군가
눈물로 제 발등을 찍을 때다.

탁자에 놓인 소주잔이
저 혼자 떨릴 때가 있다.
총소리 잦아든 어딘가에서
오래도록 노을을 바라보던 젖은 눈망울이
어린 입술을 깨물며 가슴을 칠 때다.

그럴 때가 있다.

한숨 주머니를 터트리려고
가슴을 치다가, 가만 돌주먹을 내려놓는다.
어딘가에서 사나흘 만에 젖을 빨다가
막 잠이 든 아기가 깨어날지도 모르기 때문이다.

촛불이 깜박,
까만 심지를 보여주었다가
다시 살아날 때가 있다.
순간, 아득히 먼 곳에
불씨를 건네주고 온 거다.

—「그럴 때가 있다」 전문

시인의 열림과 공명의 감각은 "지구 반대편"에 있는 "누군가"의 슬픔의 정동에 개방돼 있다. "총소리 잦아든" 곳에서 저녁노을을 바라보며 살아 있는 것 자체에 대한 경이로움에 감사하며 시인은 언제 또다시 죽음에 직면할지 알 수 없는 공포 속에서 "어린 입술을 깨"무는 어린아이의 "젖은 눈망울의" 미세한 떨림에 공명한다. 어디 이뿐인가. "어딘가에서 사나흘 만에 젖을 빨다가/막 잠이 든 아기"가 혹시 "한숨 주머니를 터트리려고/가슴을 치"는 자신의 행위로 인해 평화로운 잠에서 깨어나지 않을까 노심초사한다. 이렇듯이 주체의 모든 감각은 열려 있어야 할 뿐만 아니라 민감한 센서처럼 작고 연약하고 가녀린 타자의 모든 영역을 감각해야 한다. 지금-여기의 촛불이 깜박하는 순간이 곧 "아득히 먼 곳에/불씨를 건네주고 온" 것이듯, 타자에 대한 열림과 공명의 감각은 차원과 경계를 넘어 평화와 우애의 시적 정동의 지평을 모색한다. '짝'을 찾는 일은 바로 이처럼 시인이 존재하는 시간과 공간의 경계를 무화하는 열림과 공명의 감각으로써 뭇 존재와 함께 존재의 가치를 만끽하는 평화의 일상을 살아가는 일이다. 그럴 때, 우리는 시인이 "아무도 없는" 놀이터에서 "기울어져 있"는 시소에 대한 노래에서, "마지막까지 앉았다 떠난 침묵을 기억한다/놀이터엔 노는 아이만 오는 게 아니라는 듯/이승의 목숨만 왔다 가는 곳이 아니라는 듯"(「시소」)이 함의하고 있는, 생의 어떤 난경에 내몰린 존재들이 시소를 찾은 연유에 대한 사회적 냉소를 거둘 수 있으리라.

그렇다. 이 사회적 냉소를 상기할 때마다 이번 시집을 통독하면서 평화의 일상 속에서 따뜻한 훈김이 어린 사랑이 충만됐으면 하는 마음 간절하다. 이것은 제주의 4·3항쟁에서 생목숨을 잃은 제주 민중의 역사적 상처와 슬픔을 치유하고 해원(解冤)하는 「따뜻해질 때까지」와 「수선화」에 고스란히 녹아있다. 이정록 시인에게 "검은 돌 숨비 소리가 봄을 깨"우는 행위는 "차가움과/들끓음이 따뜻해질 때까지" "복수초꽃 얼음 숟가락에 햇살을 얹"는 자연의 경이로움과 다를 바 없다(「따뜻해질 때까지」). 이는 겨우내 얼어붙어 숨죽여 있던 생의 열림과 공명의 감각을 틔우는 것이다. 항쟁의 기간 제주 민중의 역사적 진실을 왜곡하고 그들을 무참한 죽음으로 몰아넣어 모든 생의 감각을 차갑게 앗아가버린 것에 대한 부정과 저항으로서 생의 열림과 공명의 감각을 회복하는 것이다.

"완?" 목숨 하나만으로도 금의환향입니다. 사라오름입니다. 늙은 어머니의 찬물 한 바가지가 금잔옥대입니다. 수선화 부화관은 총알이 아닙니다. 포탄이 떨어진 구덩이가 아닙니다. 진군나팔이 아닙니다. 총알마저 감싸 안는 설문대 할망의 앞치마입니다. 곧 깨어나리라. 수선화는 끝내 어머니의 마른 젖꼭지입니다. 불덩이를 식히는 둥근 손입니다.

태초의 달입니다. 무명 옷고름으로 감싼 달무리 꽃입니다. 자장자장 어둠을 잠재우는 달꽃입니다.

—「수선화」 부분

시인은 제주의 사라오름에 올라 수선화를 노래한다. "묘혈 곳곳마다 수선화가 촛불을 켭니다."(「수선화」)라는 시구처럼 사라오름에 있는 제주 민중의 묘혈에는 수선화가 피어난다. 시인에게 수선화는 화마(火魔)가 휩쓸고 지나간 제주의 오름에서 죽음투성이의 폐허를 증언하는 민중 수난사만을 표상하지 않는다. 여기서 표준어로 '왔습니까'의 의미에 가까운 "완?"이라는 제주어가 의미심장하게 다가온다. 항쟁 당시 무참하게 희생된 민중들의 존재를 기억의 투쟁 과정에서 다시 소생시킴으로써 지금-여기의 역사적 존재로 현재화(顯在化)하는 "완?"의 주술적 표현은 묘혈 곳곳에 피어난 수선화의 심상과 절묘히 어우러져 4·3항쟁의 또다른 시적 정념으로 주목된다. 이정록 시인은 그러므로 오름에 피어난 수선화를 항쟁에서 목숨을 잃은 자들에 대한 애도의 표상으로서, 그리고 역사의 진실을 추구하는 기억투쟁을 통해 죽은 자들과의 역사적 열림과 공명의 새 감각을 틔우는 해방의 매개로서 형상화함으로써 4·3에 대한 또다른 시적 성취를 이루어낸다.

눈물과 상처가 있는
세계의 중심

— 송경동,『내일 다시 쓰겠습니다』

1.

송경동 시인은 주저없이 말한다. "가령 뜨거운 화덕 앞에서 일하는 사람들/가령 뙤약볕과 추위 속에서 일하는 사람들/가령 착취와 차별과 폭력과 모멸 속에 일하는 사람들//한 시절 인연이 그들 곁이었음으로/그들의 비천하고 비좁은 이야기로 내 시가 가득찼음을/후회하지 않는다"(「한 시절 잘 살았다」), 그리고 "거룩한 것들은 모두/가난하다"(「눈물겨운 봄」)고. 이렇게 그는 낮고 비루하고 보잘것없는 삶의 현실을 살아내고 있는 사람들 곁에서 시를 쓴다. 그래서 그가 시를 궁리하는 서재는 어엿한 집필 공간이 아니라 우리시대의 도처에서 생겨나고 있는 폭압과 착취와 죽음이 엄습하는 삶의 현장 속이다.

2.

그렇게 세상을 읽던 내 서재는
어떤 상아탑의 권위나 고담준론이 아니었고
객관적 서술은 더더욱 아니었고
뒤늦은 평론이나 형이상학이 아니었다

밑줄 그은 문장보다
부둥켜안아야 할 일이 많았고
미문과 은유는 쓸 틈 없이
직설의 분노만 새기며 살아왔던
내 삶의 서재는

　　　　　　　　　　　　　　　—「내 삶의 서재는」 부분

　송경동 시의 바탕, 달리 말해 송경동의 시학(詩學)의 실재를 단박에
알아챌 수 있다. 그의 시가 삶의 현장에 넓게 깊은 뿌리가 뻗쳐있듯, 악무
한의 세계에 대한 그의 삶과 시의 투쟁은 에돌아가지 않는다. "직설의 분
노"는 그의 시의 정치윤리적 감각이 생성하는 시의 감응력이되, 그것은
시 텍스트의 경계를 넘어 삶의 현장에 곧바로 개입하는 시적 실천의 힘을
보증한다. 가령, 인도의 간디가 죄악으로 삼았던 일곱 가지 악덕이 새겨
진 돌의 비문, "철학 없는 정치/도덕 없는 경제/노동 없는 부/인격 없는
교육/인간성 없는 과학/윤리 없는 쾌락/헌신 없는 종교"(「8대 죄악」)를
상기하는 데서 끝나지 않고, "간디의 소망대로 위 일곱 가지에 기생하는
악인들이/파문되는 세상이 온다면 올마나 좋을까/당연하는 생각에/그가
빼놓았을 나머지 한 가지는/'싸우지 않는 인민'일 것이다"(「8대 죄악」)는
데서 확연히 알 수 있듯, 송경동은 우리가 간디의 7대 죄악을 뚜렷이 인
식한다면 그에 자족할 게 아니라 그것을 일소하는 노력을 다해야 한다는,
그래서 그 부정한 것들에 대한 치열한 쟁투를 마다하지 않아야 한다는
정치윤리적 감각과 실천을 주목한다. 즉 모순과 불의와 부정한 것들에
대한 앎과 이것들에 대한 저항과 투쟁은 병행되어야 하지, 그러지 않을
때 송경동은 간디의 계율을 '8대 죄악'으로 수정한다. 그렇다면, 예의 '8
대 죄악'에 대한 시적 저항과 투쟁은 송경동의 시학을 이해하는 데 매우
적실하다.

3.

이와 관련하여, 이번 시집 『내일 다시 쓰겠습니다』(아시아, 2023)에서 각별히 눈에 띄는 것은 전 지구적 자본주의 세계체제에서 목도되고 있는 세계악(世界惡)이며, 이에 대한 시인의 비판적 저항과 투쟁 그리고 국제적 민중연대의 시적 실천이다.

정작 오래도록 잊혀지지 않는 건
에메랄드빛 해변이 펼쳐진 세계 제일의 휴양지
도심 신축빌딩 공사장에서
검은 황태처럼 뙤약볕에 바짝 말라가며
커다란 망치와 정으로 콘크리트를 까고 있던
맨발의 소년 노동자였다

(중략)

해질녘 시카고 도심
빌딩 사이 작은 틈바구니에
때 전 모포 한 장을 둘러쓰고 있던
내 또래 흑인 사내 하나와
그가 껴안고 있던 작은 아이들 둘
검은 밤의 여린 초승달처럼 애처로운 눈빛으로
멈춰 선 나를 가만히 올려다보던 그들의 슬픈 눈빛

잊을 수 없는 건 영광이 아닌 비참
뜻 세웠던 곳보다

마음 저물어 무너졌던 곳이
세상의 중심 아닐지
누군가의 눈물과 상처가 있는 곳
그곳이 이 세상에서 가장 선한 곳이 아닐지

———「세계의 중심」 부분

"WTO 세계각료회담 저지를 위해" 방문한 멕시코의 도시 칸쿤과 "미국 뉴욕에서 열린 도서전에/초청 시인"이었던 송경동에게 불도장을 찍은 기억의 장면은 열악한 노동 환경 아래 건설 노동을 하고 있는 "맨발의 소년 노동자"와 도심의 슬럼가에서 한밤의 간난을 견뎌야 할 "흑인 사내 하나와/그가 껴안고 있던 작은 아이들 둘"이 "가만히 올려다보던 그들의 슬픈 눈빛"이다. 시인에게 이들의 모습은 결코 낯설지 않다. 피부색이 다르고 삶의 구체적 환경이 다를 뿐 자본주의 세계체제를 지탱해주는 정치경제적 기득권을 더욱 굳건히 하기 위한 각종 제도권의 유무형의 권력 아래 정치경제적 약자의 삶은 좀처럼 나아질 기미가 보이지 않는다. 그들은 세계의 중심부 권력의 지배에 속수무책 갈수록 세계의 후미진 구석으로 내몰린 삶의 형국이다. 하지만, 바로 여기서 시인의 시적 저항과 투쟁이 발산하는 전복의 상상력을 주시해야 한다. 예의 약자가 내몰린 바로 그곳, "누군가의 눈물과 상처가 있는 곳"은 타락한 중심의 권력으로부터 배제·추방·버림의 장소가 아니라 중심부의 부정과 타락을 뚜렷이 응시하고 명철하게 인식하며, 그래서 저항과 투쟁으로서 갱신의 삶의 기운을 북돋우는, 바꿔 말해 그동안 우리가 망실하고 있던 '불온한 혁명'을 실천할 수 있는 희망의 장소다. 그러므로 송경동에게 멕시코-미국-한국의 민중연대는 지구적 자본주의 세계체제에서 응당 자연스러운 국제적 민중운동의 실천이다. 이것은 미얀마의 민주화운동 과정에서 쿠데타군에게 목숨을 잃은 미얀마의 시인(켓티)의 숭고한 뜻에 연대하는, "이젠 내가 켓티

다라고 얘기해주는 것이다"(「A는 B다」)에서도 단호히 나타난다.

4.

이번 시집에서도 송경동은 시의 정치윤리적 감각과 그 시적 감응력이 생성하는 시의 실천이 어떤 것인지를 수행한다. "행동이라는 의무를 자임하지 않는/모든 희망은 가식이지"(「희망의 의무」)에서 숙고할 수 있듯, 세계악을 응시하고 그것에 대한 저항과 투쟁 그리고 전복은 우리의 삶과 현실을 가감 없이 대면하는 리얼리스트의 진면목이다. 그래서 감히 말하건대, 리얼리스트 송경동의 다음과 같은 묵시록적 경고를 간과해서 곤란할 것이다.

> 진실과 오랫동안 비대면해 온
> 인간 스스로이다
> 우리가 끝내 우리의 유한한 삶과
> 무한한 세계에 대한 영원한 무지에 대해 인정하고
> 한없이 소박해지지 않는 한
>
> 도미노처럼 쓰러져가는
> 세계의 재난은
> 끊이지 않을 것이며
> 파국은
> 멈추지 않을 것이다
>
> ―「비대면의 세계」 부분

악무한의 세계를
살아낸다는 것

— 최지인, 『당신의 죄는 내가 아닙니까』

1.

여기, "몇 가지 사건들: 제주 오키나와 타이베이 마닐라 싱가포르 스리 랑카 마다가스카르 아이티 홋카이도"에서 일어난 제국의 식민주의 지배와 관련한 언어절(言語絶)의 참상과 그것의 정치사회적 맥락과 문명적 폭력이 뒤엉킨 근대 악무한의 세계에서 "쓰는 것 말고 할 수 있는 게 없으니까/나는/쓸쓸해서/바리케이드 앞에 선 시민"이 있다(「커브」). 최지인 시인의 이 진솔하고 간명한 자기인식은 아시아·아프리카 등지에서 자행되(었)고 침묵할 수 없는, 절대선(絶對善) 또는 문명의 미명 아래 저질러진 악무한의 세계 속 시인이 치열히 궁리해야 할 정치윤리적 문제와 그 미적 실천의 내용형식을 고백한다. 그런데 한층 각별하게 다가오는 그의 정념이 있다면 '쓸쓸함'이다. 그는 분명 바리케이드를 경계로 맞서 싸워야 할 적의(敵意)를 품어야 할 대상과 대면해 있듯, '쓸쓸함'보다 투쟁의 결기를 솟구치게 할 '분노'의 정념을 배가시켜야 할 게 아닌가. 기실, 서로 밀어내는 강도 만큼 서로 옥죄며 휘감아드는 이 양가적 이율배반의 정념은 이번 시집 『당신의 죄는 내가 아닙니까』(아시아, 2023)의 심연에 자리하고 있는 것으로, 악무한의 세계를 정면으로 응시하면서 그에 대한 투쟁의 전선 앞에 담대하게 서 있는 시인의 독특한 시적 감응력을 생성하고 있다.

2.

전 세계로 송출되는 전쟁 이미지

외롭고 높고 쓸쓸한

죽은 이와 죽을 이가 모여 웃고 있는 사진 한 장

영혼의 상처는 몇 세기가 지나야 아물까

—「침엽수」 부분

언제부터였을까. 미국 주도의 다국적군이 이라크를 상대로 한 걸프전쟁이 1990년에 일어난바, 전 세계는 다양한 대중미디어를 통해 당시 최첨단의 미사일 공격과 전투기 폭격 장면을 흡사 전쟁 영화의 스펙터클한 장면으로 목도하지 않았는가. 이후 세계의 곳곳에서 일어나고 있는 분쟁과 전쟁을 생중계로 실시간 공유하는 일이 낯설지 않다. 그만큼 "전 세계로 송출되는 전쟁 이미지"는 지구의 복잡한 일상을 구성하는 세목 중 하나에 불과할 따름이다. 그럼에도 불구하고 시인은 "죽은 이와 죽을 이가 모여 웃고 있는 사진 한 장"이 품고 있는 그들의 생사고락의 서사, 그 "영혼의 상처"에 아파한다. 전쟁이 왜 일어나야 하는지, 전쟁을 치르면서 얼마나 많은 생목숨들이 극한의 두려움 속에서 죽음에 속수무책일 수밖에 없는지를 알고 있는가 하는 물음에 대해 지극히 식상하고 지리멸렬한 어리석은 답이 허방 속으로 흩어진다고 하더라도, 시인은 그러므로 전쟁에 대한 분노와 버무려진 "외롭고 높고 쓸쓸한" 정념을 근대의 악무한에 대한 시적 저항의 감응력으로 벼린다.

3.

여기서, 최지인의 시적 저항의 감응력을 주목할 필요가 있는데, 가령 「몇 가지 사건」에서 시적 화자 '나'의 아픈 과거사가 나오는 대목이 있다. 이 대목이 자꾸만 눈에 밟힌다. 최지인에게 전쟁으로 표상되는 악무한의 세계는 비루한 일상과 동떨어진 어떤 거창하고 특별한 지구사적 정치사회적 갈등 때문에 재현되는, 그래서 지루한 일상에 또 다른 볼거리를 제공하는 스펙터클한 전쟁의 시뮬라시옹이 결코 아니다. 지구 반대편의 전쟁은 '나'의 일상과 고스란히 겹쳐진다. "걸프전이 일어난 해"에 태어난 '나'는 몹시 궁핍하여 끝내 가족 해체의 지경으로 내몰린다. 짐작해보건대, 걸프전이 일어난 1990년에 태어난 '나'는 부모가 어떻게 해서든지 억척스레 살려는 노력을 다했으나, 걸프전에서 생생히 지켜봤듯이 미국 주도의 군사적 무력에 민간인이 엄청난 희생을 치른 것처럼 IMF체제 아래 경제를 포함한 사회 모든 분야를 망라한 희생 속에서 '나'의 가족이 파국에 이르렀을 터이다. 그런데 바로 이 파국에서, 최지인 특유의 시적 저항으로서 감응력을 조우할 수 있다.

> 쇠로 된 팽이가 장판에 구멍을 내고
> 빙글빙글 돌아갑니다. 지나간 나는
> 왜 슬퍼하는 걸까요, 지나간 날은
> 왜 꾸며낸 이야기 같을까요.
>
> ─「몇 가지 사건」 부분

시적 화자 '나'에게 "장판에 구멍을 내고/빙글빙글" 돌아가는 팽이는 궁핍한 세계를 좀처럼 벗어날 수 없었던 부모의 계급적 현실과, 그 현실의 높고 두꺼운 장벽이 좀처럼 허물어질 수 없다는 불가항력의 사회구조와,

이러한 삶 속에서 한 개인의 치열한 열정과 쉼 없는 노력만으로 좀처럼 이 현실과 구조를 극복할 수 없다는 자괴감 등을 관성적으로 내면화한다. 따라서 '나'의 도저한 슬픔은 이 모든 것의 과거사가 사실이 아니라 허구처럼 인식되었으면 하는 욕망, 즉 비현실적 인식에 자족하고 싶은, 그래서 현실을 회피한다는 비난을 받더라도 역설적으로 바로 그렇기 때문에 이 모든 것을 겨냥한 분노와도 결코 무관하지 않다. 바꿔 말해, 이 감응력은 걸프전과 우크라이나 전쟁을 비롯한 다른 전쟁——중일전쟁, 아시아태평양전쟁, 한국전쟁, 베트남전쟁 등이 거느리는 "아직 발견되지 않은, 우리에게/더 많은 죽음이 남아 있"(「거리에서」)는 "인간이 인간들을/산산이 부서질 이미지"(「새」)의 무덤과 연관된 자기파괴의 허무주의적 쓸쓸함과 슬픔, 그리고 이 악무한의 세계에 대한 정치윤리적 분노가 함께 버무려진 것임을 강조하고 싶다.

4.

그렇다면, 이쯤에서 우리는 래디컬한 문제에 봉착해 있음을 응시하고 그것에 대해 비관주의적 모습을 걷어내야 한다. 악무한의 세계를 먹여살리는 성장주의 신화를 언제까지 숭배할 것인가(「성장의 끝」). "지구를 떠도는 에너지들 과잉들"(「두더지」)의 잉여 생산주의에 홀린 채 "성장의 끝/노동 착취가 합법적으로 이뤄지고 있"(「파고」)는 것을 우두망찰 방관할 수밖에 없는 가운데 "이전으로 돌아갈 수 없"(「전망」)다는, 그리하여 "조금만 삐끗하면 절망에서 벗어날 수 없습니다."(「백일몽」)란 악무한의 현실순응주의를 곱씹으며 "살아 있음의 부끄러움"(「종점」)을 언제까지 감내해야만 하는가. 이러다가 정녕, "아무것도 모른 채 죽음에 이르는 거"(「신세계」)를 악무한의 세계의 자연스러운 논리로 받아들여야 하는가.

이에 대해 바리케이드 앞에 선 최지인 시인은 "추하고 어리석고/서투

르며/희망이 없다고/믿게 하는 것들//연대하라/단결하라/아니면 당신을
먹이로는 보는 이들에게/약탈당하고/지배당할 것이다//Health/Food/
Basic/Income/Shelter/Education//군함에 고한다/꺼져라"(「낮과 밤」)
는 시적 결기의 전언을 단호하게 일갈한다. 여기에는 악무한의 세계에
침묵하는 게 아니라 그것에 맞서며 쟁투하는 뭇 존재의 '사랑의 연대'와
'연대의 사랑'이야말로 삶을 견결히 웅숭깊게 살아내는 일이기 때문이다.

사랑한다는 것은
살아낸다는 것이다

—「낮과 밤」 부분

어둠을 비켜,
어둠을 가르는 삶의 정동

— 홍미자, 『혼잣말이 저 혼자』

자연스러운 듯 기괴한 듯—무연고(無緣故), 어둠을 비켜 가기

홍미자 시인의 「옆으로 가는 사람들」은 그의 첫 시집 『혼잣말이 저 혼자』(파란, 2021)를 이해하는 데 의미심장한 메타포를 품고 있다.

마주 보고 앉기
지하철 좌석의 이 어색한 배치는
어쩌면 방관의 자세

어둠을 가르는 일은 바퀴의 몫으로 두고
그 고통이 남긴 궤적을 따라
사람들, 비켜 앉은 채 옆으로 간다

그들의 최선은
어둠과 정면으로 서지 않는 것
삶의 긴 터널을 지날 때처럼
그저 시간을 견디는 것
해서 함부로 고개 돌리지 않는다

— 「옆으로 가는 사람들」 부분

아주 흔한 지하철 안 풍경이다. 주목할 모습은 세 가지인데, ① 지하철 좌석이 서로 마주하고 있다는 것, 그리하여 ② 사람들은 서로 마주 앉을 뿐만 아니라 누군가의 옆자리에도 앉아야 한다는 것, 그러면서 ③ 그들을 태운 지하철이 어두운 지하 공간을 통과하고 있듯, 그들은 "어둠과 정면으로 서지 않"은, 곧 그 어둠을 "비켜 앉은 채" 지하 공간을 통과하고 있다는 것이다. 문득, 지하철 안의 일상으로 목도되는 이 세 가지 모습을 떠올려 보면 매우 자연스러운 듯하면서도 기괴하다. 아무런 인연이 없는 사람들이 칠흑 속 어둠의 지하 세계를 교통할 목적으로 바로 옆과 마주하는 친밀성이 높은 자리에 앉아 있다. 그런데 그들의 이 "방관의 자세"는 어둠을 외면하고 도피하는 것은 아니되, 어둠과 정면으로 맞닥뜨리지 않은, 그래서 그 어둠의 사위에 나포되지 않은 채 "삶의 긴 터널을 지날 때처럼/ 그저 시간을 견디는" 삶의 형식을 보인다.

그렇다면, 이렇듯이 홍미자 시인이 메타포로 포착하는 삶의 형식은 다른 시편에서 어떻게 현상되고 있을까.

삶의 난경과 파국으로 내몰린 사람들

우선, 지하 세계의 "불안을 통과하고 있"는 사람들을 살펴보자(「옆으로 가는 사람들」). 비록 「옆으로 가는 사람들」의 모습이 미적 거리 두기 때문에 시적 대상으로 부각되지만, 놓쳐서는 안 될 것은 그 모습이 바로 우리의 일상과 다를 바 없다는 사실이다. 이런 면에서, 지하 세계의 교통을 일상으로 살고 있는 우리의 삶에 대한 시인의 시적 성찰을 눈여겨봐야 한다. 가령, 다음의 시를 음미해보자.

별다방에서 콜드브루를 마셨지
별들이 슬어 놓은 푸른 눈동자들이

권태로운 눈꺼풀에 매달려 가물거리는 오후

차갑고 어두운 바닷속을 헤엄쳐 가는

흰고래 모비딕을 만날 수 있을까

물류창고 안 사각지대에 기대어

멈춰선 지하철 스크린도어 밖에서

컵라면으로 한 끼를 때운 스무 살 그에게

바다는 너무 멀리 있었지

태평양을 건너 시애틀에 간 그녀가

버킷리스트에서 꺼낸 별다방 1호점

붉은 입술을 오물거리며 허기의 목록들을 고백할 때

세이렌의 노랫소리를 들은 것도 같아

자판기 밀크커피 한 잔이 채워지기도 전에

기차는 말없이 들어서고 있었지

하청받은 시간은 빽빽했으므로

겹겹이 어깨 너머로 출입문이 닫히듯

그는 어디로도 떠날 수 없었지

시차를 거슬러 그녀가 날아오는 동안

골목마다 굶주린 저녁이 몰려왔지

　　　　　　　　　　　　　　—「별다방 1호점」 전문

　"물류창고 안 사각지대에 기대어/멈춰선 지하철 스크린도어 밖에서/
컵라면으로 한 끼를 때운 스무 살" 비정규직 노동자는 "별다방에서 콜드
브루를 마"시곤 한다. 그런데 놀라지 말 것! "별다방"이란, 음료를 자동으
로 뽑아서 마실 수 있는 자판기가 설치된 곳으로, 노동환경이 열악한 처지
에서 일하는 비정규직 하청 노동자들이 그나마 그곳에서 잠시 호흡을 가
다듬는 쉼터다. 분명, 이 쉼터는 힘든 노동을 편안히 쉴 수 있는 그런 곳과

거리가 먼데도 불구하고 하청 노동자들은 이곳에서 상상의 나래를 펼치며 현재의 고된 노동 너머 도래할 미래의 삶, 즉 "허기의 목록들을 고백"한다. 그중 "태평양을 건너 시애틀에 간" 어떤 노동자는 아메리칸 드림 속에서 한국의 고된 노동 현장 아래 "버킷리스트에서 꺼낸 별다방"에 얽힌 추억을 떠올리지만, 또 다른 노동자는 한국의 하청 노동의 냉엄한 현실 속에서 "별다방"의 "자판기 밀크커피 한 잔이 채워지기도 전에" "말없이 들어서고 있"는 지하철의 여닫히는 출입문을 물끄러미 쳐다볼 수밖에 없다. "별다방"의 짧은 쉼 사이 심연에 존재하는 "흰고래 모비딕을 만날 수 있을까"라는 상상의 기대보다 "골목마다 굶주린 저녁이 몰려"오는 게 비껴갈 수 없는 그의 지극히 리얼한 삶이다.

   이렇게 그들의 삶은 이어지고, 도돌이표가 난무한 악보처럼 변화와 약진 및 비약이 허락되지 않는, 심지어 일상의 숱한 소문과 추문들 사위에 갇힌 채, 그들은 의도하지 않은 삶의 은둔자로 자칫 길을 잃어버릴 수 있다.

   부유하던 먹구름이 빗줄기를 쏟아 내요 터져 나오는 고해성사들 수많은 이름들이 잘근잘근 씹히다 버려지고 때로 피 흘리며 쓰러져요 꼬리에 꼬리를 물며 자욱이 퍼져 나가는 소문과 추문들 사이, 참회의 주문을 외면 죄는 탕감 될까요

   줄 서서 엔젤 인 어스를 주문하던 은둔자들, 그들은 그만 나가는 길을 잃어버려요

                                                    —「카페 카타콤」 부분

   점차 노동의 가치가 소멸해 가고 위선과 위악으로 버무려진 삶에 대한 탈신성화된 "고해성사들" 속에서 예의 삶에 공모자로서 참여하는 일상의 또 다른 쉼터-카페는 한층 우리의 일상을 강퍅하게 만든다. 그래서,

해를 가리지 말아 줘
튼튼병원은 점점 더 튼튼해지고
행복분식은 바닥에 묻혀 버렸네

(중략)

저 빛들은 누구의 소유인 걸까

튼튼해지고 싶은 행복분식이
망설이다 캐피탈타워를 향해 길을 건너네
햇살을 빌리러 가네

— 「햇살론」 부분

에서 마주하는 삶의 난경 속에서 출구와 길을 잃은 사람에게 보다 실제
적이고 구체적인 삶의 현장은 위 시에 단적으로 드러나듯 "행복분식"의
암담한 처지 그 자체다. 자본의 위용이 막강한 "튼튼병원"에 비해 "행복분
식"은 영세 규모의 분식집이다. "행복분식"은 "튼튼병원"에 비교할 바 못
되지만, 그래도 보다 안정되고 나은 경영을 위해 "저 빛"-"햇살", 즉 자본
을 대출받고 싶다. 그런데 그 대출처는 자본주의 사회에서 제도금융권
바깥인 대출을 전문으로 하는 대부업체 및 사채업체 중 하나인 "캐피탈타
워"인바, 영세 규모의 경영자들이 제도금융권을 이용할 수 없을 때 부득이
기대는 곳으로, 지불해야 할 막대한 이자 때문에 그것을 감당할 수 없으면,
역설적이게도 '빛'이 '빚'으로 돌변하여 자칫 경제적 파산을 안겨 줄 수
있다. 삶의 난경은 삶의 파국을 낳는다.

AI 매트릭스 안 새로운 사회경제적 정동

이렇듯이 그들의 삶은 녹록지 않다. 하물며 그들은 익숙한 자본주의

생태계에 적응해 온 삶의 양식과 동일하면서도 뭔가 크게 달라 보이는
또 다른 자본주의 삶의 작동 양식을 습득해야 한다.

　　이 도시에서는 빵을 구독한다고 말합니다 빵을 얻기 위해 읽어야 할 게
　　많아질수록 줄은 길고 팽팽해집니다 트렌드에 빠진 리뷰 탐독부터 언제 끊길
　　지 몰라 한 발 앞선 뒤통수의 표정을 읽는 일까지

　　이제 구독의 조건, 우리가 읽힐 차례입니다 QR 코드는 면죄부 같아서 어디든
　　통과되지만 속속들이 내막이 읽히는 걸 감수해야 합니다 치열하게 읽고 읽히
　　는 이 고리는 우리를 보호하는 촘촘한 사슬입니다

　　　　　　　　　　　　　　　　　　　　　　　　　　—「빵을 구독하다」 부분

　　나는 무기한 장기 계약 직원입니다 나도 모르는 거액의 스카우트 비용에 채용
　　되었으므로 과분하게 존중받고 또 그렇게 부려질 예정입니다 미전향 장기수처
　　럼 오래도록 이 안에서 낡아 갈 겁니다

　　나의 두드러진 미덕은 묵직한 입입니다 고객들은 대체로 말이 없습니다 속내를
　　들키지 않고 손가락 하나로 해결되는 간편한 소통을 꽤 만족해합니다 침묵은
　　때로 정중함의 동의어 우린 서로 지극히 정중합니다

　　　　　　　　　　　　　　　　　　　　　　　　　　　　—「키오스크」 부분

　　"도시에 불어닥친 새로운 풍습"은 어떤 대상을 구입하기 위해 거쳐야
하는 일련의 "리뷰 탐독"이다. 자본주의에서 유무형의 대상을 구입하는
것은 화폐의 매개를 통해 '팔고 사는' 경제 활동의 핵심인데, 최근 경제
활동에서는 이 고유의 역능이 소멸한 것은 아니되, '구독' 절차 즉 그 대상
과 연관된 다양한 정보를 '읽고 해독하여' '취사선택 및 구매'로 이어지는
경제 활동을 필요충분조건으로써 수행해야 한다. 그럴 때 경제 주체는

합리적 경제 활동을 하고 있다는 믿음을 바탕으로 자신의 소비 행위에 따른 만족의 정동을 소비한다고 한다. 그러니까 최근 '구독'의 경제 활동은 대상을 소비하는 것뿐만 아니라 소비하는 과정 속 주체와 대상 사이 형성되는, 좁은 차원의 소비를 포괄하여 넓은 차원의 사회경제적 정동을 아우르는 셈이다. 이와 관련하여, 시인의 비판적 통찰은 매섭다. 경제 주체인 우리마저 "구독의 조건"으로부터 자유로울 수 없고, 우리는 점차 견고해지는 AI 매트릭스 안에서 자기를 컴퓨팅한 QR 코드의 재현 과정에서 "속속들이 내막이 읽히는 걸 감수해야" 한다. 왜냐하면 '구독'의 경제 활동 속 "치열하게 읽고 읽히는 이 고리는 우리를 보호하는 촘촘한 사슬"이자 '구독 경제'에 우리를 친친 옭아맴으로써 '구독'은 경제 활동을 시나브로 넘어 AI 매트릭스 사회경제적 정동을 주도할 것이기 때문이다.

기실, 이것은 징후의 삶이 결코 아니다. 비록 당장 판매직 노동에만 국한될지 모르지만, 광범위한 분야에서 판매직 노동자를 대체하는 "무기한 장기 계약 직원"으로서 "거액의 스카우트 비용에 채용"된 채 "미전향 장기수처럼 오래도록" 그 존재를 보증해 줄 무인 정보 단말기 '키오스크'는 새로 급부상한 사회경제 활동의 수단이자 매개로서 삶의 정동을 표현하는 형식으로 자리하고 있다. 이렇듯이, 우리의 일상은 AI 매트릭스의 사회경제적 정동으로 채워지고 있는바, 이것은 다시 강조하건대, 미래의 징후적 삶이 아니라 지금, 이곳에서 쉽게 목도할 수 있는 우리의 일상이다. 심지어 이 일상은 예전에는 포착이 힘들었던 경계와 이면, 그리고 이 모든 곳을 거쳐 간 시공간의 "햇빛에 과다 노출된 그의 알리바이까지" 도처에 있는 'CCTV'의 매트릭스로 나포한다(「알리바이」).

그런데, 흥미로운 것은 도시의 이러한 매트릭스 밖으로 추방된(하지만 엄밀히 말해 여전히 매트릭스의 제어를 받고 있는) 사람들은 섬처럼 격리될 뿐만 아니라 외부인의 유별난 볼거리(관광지 및 문화 체험지)로 전락함으로써 또 다른 '구독' 사회경제의 매트릭스에 갇힌다는 점이다.

재개발의 습격에서 살아남은 집들
지구 몰락의 한 귀퉁이에 대해
그들이 감탄할 때마다
골목은 비틀거리며 달아난다
힐끗 벗겨진 벽화 틈새로

섬이 아니었으나 섬이었다
그들과 멀어지는 건 지각의 흐름 때문일 거야
떠나온 육지를 향한 바다사자의 울음이
건너간 사이렌 소리에 끊겨 나갔다

마을 입구에 엎드린 구멍가게 평상에서
구부정 일어선 할머니 하나
서둘러 어두워지는 벽화 안으로 들어간다

—「갈라파고스」 부분

이른바 '벽화마을'이라는 명성을 얻었으나, 바로 이 예기치 않은 명성 때문에 마을은 여행객들의 방문 행위가 함의한, '벽화마을'이란 관광 정보를 '구독'하는 사회경제 활동에 편입되면서, 말 그대로 다른 곳과 구별되는 문화상징자본이 사고 팔리는 장소의 사물성을 띤 채 예의 사회경제적 정동에 강하게 결속돼 있다.

'생의 정동'을 골몰하는 어둠

홍미자 시인의 첫 시집의 세계를 이해하는 주요한 메타포 중 하나가 어두움과 관련한 것은 「옆으로 가는 사람들」에서 이미 언급한 바 있다. 다시 상기하면, "어둠과 정면으로 서지 않는 것"의 시적 진실과 시인의

'어둠'의 메타포는 내밀한 관계를 갖는다. 이와 관련하여, 흔히들 근대 계몽이성의 맥락에서 '어둠'은 무지몽매한 것으로, 광명한 앎의 세계로부터 추방되어야 한다. 심지어 빛이 최대한 도달할 수 있는 곳까지 어두운 세계를 비춤으로써 어둠이 관장하는 무지함과 어리석음을 몽땅 계몽시켜야 할 부정의 대상으로 간주한다. 그런데 홍미자 시인에게 어둠은 근대 계몽이성의 차원으로 재해석되는 그런 메타포가 아니다.

　도시는 어둠을 들이지 않은 지 오래다 추방된 어둠은 변두리 공터를 몰려다니거나 외진 골목에 웅크려 있곤 했다 그렇게 어두워져 갔다

　어둠을 베어 먹으며 이파리들은 푸르러졌다 그의 손길에 햇빛에 찔린 상처가 아물었다 가슴에 불덩이를 매단 건물들이 들어서고 가로등이 성큼 다가서기 전까지

　도시는 끊임없이 팽창한다 밖으로 밖으로 떠밀려 가는 어둠, 따라나설 수 없는 나무는 밤이 오면 찬 보도블록 위에 눕는다 어둠은 더 어두워지기로 한다
　　　　　　　　　　　　　　　　　　　　　　　　　—「나무의 잠」 부분

　표면상 어둠은 도시의 "변두리 공터"나 "외진 골목"으로 추방된 채 도시의 "밖으로 밖으로 떠밀려 가"는 천덕꾸러기 신세로 비쳐지고 있는 부정의 대상이다. 그런데 자세히 눈여겨볼 것은, 도시가 어둠을 절멸시킬 뿐만 아니라 행여 어슴푸레 존재하는 그 어둠마저 이 세계와 영원히 격리된 절대 부정의 지대에 가둬 놓지 않는다. "어둠을 베어 먹으며" 생명을 버텨 나갈 나무를 위해 도시는 어둠이 웅크릴 자리를 남겨 준다. 그리하여 도시는 어둠이 "더 어두워지기로" 하는 우주의 흐름에 순응한다. 이것이야말로 시인이 어둠에 정면으로 대면하지 않은 채 어둠을 추방하지 않고,

어둠에 비켜, 어둠과 절로 공존하면서 어둠에 대한 시적 진실을 탐구하는 길로 우리를 인도하는 방식이다. 짙은 어둠 속 "나무의 잠"이 생명의 비의성을 품고 있듯, 어둠의 심연이 계몽이성으로는 도저히 잡아낼 수 없는 뜨겁고 강렬한 생의 정동을 고이 간직한 채 밝음과 어둠의 경계 틈새로 힘차게 솟구칠 순간을, 시인은 학수고대하고 있다.

따라서, 다음의 시편에서 한밤의 공원 속 "빈 의자"의 의인화가 함의한 것 역시 사물화의 정태를 초월하여 생의 정동을 골몰하고 있는 어둠의 비의성을 보증해 준다.

밤이 되면 의자들의 행방이 묘연해져요
암전된 공원을 배회하든 어느 현관 밖에 기대어서든 세상의 모든 그림자들이 활보하는 시간
의자도 어딘가에서 어둠에 골몰할 거예요
─「빈 의자」 부분

이처럼 "빈 의자"의 묘연한 행방이 "어둠에 골몰할 거"라는 시적 진실에서 주목할 것은, "배회하든" "기대어서든" "활보하는" 등속의 연접한 동사에서 상상할 수 있듯, 어둠의 지대에 머물러 있는 게 아니라 쉼 없이 어딘가로 이동하고 있다는 것이고, 이것은 달리 말해 '살아 있음'을 몸소 나타내는바 어둠에 먹히지 않은 채 어둠에 비켜서 어둠과 함께 어둠을 가르며 가는 생의 정동에 대한 시적 탐구를 보여준다.

홍미자의 시편에서 이 생의 정동은 예사롭지 않다. 가령, 돌을 의인화한, 그래서 귓속에 결석이 존재하는 이석증(耳石症)을 지닌 돌의 서사를 노래하는데, 이 돌들이 밝은 곳이 아닌 어두운 그늘로 치우쳐 길을 거닐면서 정착할 때조차 그늘이 드리운 곳으로 치우치는 한이 있더라도("길을 걸을 때도 어딘가 뿌리박을 때도 그늘로 치우치는 습관은 지병입니다", 「돌들

의 서사」), 나무의 뿌리가 깊고 어두운 땅속을 헤집고 들어가 비록 그 몸은 기울어진 대지에 있지만 온전한 존재로서 생의 정동을 담대히 드러낸다. 이렇듯이, 어둠에 대한 시적 진실 탐구는 홍미자 시세계의 매혹적 상상력을 이룬다.

　　봄날 같은 현기증을 앓습니다 담장을 끼고 걸으라는 처방을 따라가면 점점 중심에서 멀어집니다

　　햇살 가득한 영토 안에서 출렁이는 나무들 뿌리 깊은 종족이므로 그들은 기울어진 벌판 한가운데서도 정정합니다

　　　　　　　　　　　　　　　　　　　　　　　　　—「돌들의 서사」 부분

창조적 행위를 재연하는 시적 교응의 힘

　　홍미자의 첫 시집을 통독한 이후 눈에 밟히는 두 편의 시가 있다. 「어느 별의 유서」와 「십일월」이 그것이다. 시인에게 첫 시집은 이후 그의 시세계의 바탕을 이루는 질료로서 시의 원향(原鄉)임을 부인할 수 없을 터이다. 그래서일까. 「어느 별의 유서」에서 시적 화자 '나'는 곡절 많은 엄마의 인생유전을 "엄마의 심장"이 되어 "한숨과 넋두리 사이 흩어지는 혼잣말"을 받아 적곤 하는데, 이 '나'의 "대필의 습성"이, 타자의 생애사를 미주알고주알 대신 적는 한갓 비루한 글쓰기로 간주되는 게 아니라, 이 모든 삶의 사연들 사이에 궁싯거리며 생명의 온기를 불어넣는 창조적 행위로 다가온다. 그렇다. 이 창조적 행위는 홍미자 시인의 첫 시집의 시편들 가장 밑자리에 똬리를 틀고 있는 시인으로서의 생의 정동이다. 그리하여 우리는 "어느 별의 유서까지 나는 받아 적었지 밤마다 떠돌다 엉킨 무수한 말들을 해독"하는 시인의 시어와 시구절에 절로 교응한다.

그러면서 우리는 이 시적 교응의 힘, 이것이 모종의 경계를 넘어 걷는 일 속에서 이뤄지는 것을 시인과 함께 득의(得意)한다. 길가에 버려진 황폐화된 집의 문을 두들기며, 그곳과 연루된 숱한 유무형의 존재들의 슬픈 내력을 톺아보면서, 끝내 집에 이르지 못한 행인(行人)은 "너울너울" 바람을 타면서 춤추듯이 '국경'을 "넘어가고 있다". 그렇다면 시적 화자의 상상 속에서 "너울너울 국경을 넘어가고 있"는 행인의 행위는 시인이 시작(詩作)하는 창조적 행위로서 시적 연행(詩的演行, poetic performance)이라 할 것이다.

　　걷는다는 건 분명치 않은 집을 찾아가는 일
　　헝클어진 무연고의 길을 풀어헤치며
　　길가에 버려진 폐가의 문을 일일이 두드리며
　　일몰을 예감하듯 가벼워지는 일

　　걸음 멈추고 뒤돌아보면
　　온통 무성하게 쓰러져 누운 불모지
　　집에 닿지 못한 발자국들이
　　너울너울 국경을 넘어가고 있다
　　　　　　　　　　　　　　　　　　　　—「십일월」 부분

홍미자 시인의 다음 시집이 어떠한 시적 재연의 매혹으로 다가올지 벌써 궁금하다.

민중적 시쓰기의 바탕:

낮고 외롭고 서글픈 슬픔의 정념

— 김이하, 『목을 꺾어 슬픔을 죽이다』

1.

낮고 외롭고 서글픈 슬픔의 정념이 짙게 배여든 시를 가만 읊조려본다. 어떤 말 못할 곡절이 이러한 정념을 시집 곳곳에 흩뿌려놓은 것일까. 김이하 시인의 시집 『목을 꺾어 슬픔을 죽이다』(푸른사상, 2023)를 음미하는 내내 이 예사롭지 않은 질문이 따라다닌다. 그러면서 불쑥불쑥 고개를 치켜드는 죽음에 관한 정념은 예의 슬픔의 정념이 마련한 틈새로 자리한다. 그리고 바로 이러한 시적 배합과 어울림의 과정에서 김이하 시인의 시적 아우라가 생성된다.

> 저, 저, 저 파도 같은 울음에
> 밀물 같은 검푸른 눈물에
> 가던 길 비틀거리는
> 그 밤 뜬금없는 부고는
> 내 문간에서 다른 이에게 서둘러 가다 말고
> 처마에 축 늘어진 전선 줄을 따라
> 눈물 한 방울 동그랗게 매달아 두고는
> 이내 정신을 추슬러 골목을 돌아나간다

나는 어쩌라고, 그가 떠난 골목을
물끄러미 바라보다 전선 줄에 매달린 동그란 방울이
툭 떨어진 순간, 이미 이 세상이 아니구나
정수리에 차갑게 박히는 그 순간
발밑으로 깊게, 아주 깊게 엎어지려는 목을
끝내 하늘로 꺾고, 하늘을 향하여 눈 치뜨고
눈물을 묻는다, 슬픔을 죽인다
　　　　　　　　　—「목을 꺾어 슬픔을 죽이다」 전문

시의 화자 '나'는 누군가의 갑작스런 죽음에 "파도 같은 울음"과 "밀물 같은 검푸른 눈물"의 슬픔에 비틀거린다. '나'의 슬픔은 "전선 줄에 매달린 동그란 방울이/툭 떨어"지는 것으로 대상화되듯, 지상으로 곤두박질쳐 한없이 낮고 음습한 곳으로 스며들어가는 '눈물'로 표상한다. 하지만 예의 주시해야 할 것은 '나'의 슬픔의 정념의 정향(正向)이 지상(또는 지하)로 하강하는 것의 정반대로 전환되고 있다는 점이다. '나'의 "발밑으로 깊게, 아주 깊게 엎어지려는 목을/끝내 하늘로 꺾고, 하늘을 향하여 눈 치뜨"는 행위에서 단적으로 나타나듯이, 하강하는 슬픔의 정념에 대한 정반대의 시적 대위(對位)를 통해 '나'는 '눈물'과 '슬픔'을 위한 또 다른 별리(別離)의 시적 행위를 수행한다. 그래서인지, "눈물을 묻는다, 슬픔을 죽인다"는 마지막 시행은 '나'가 그토록 침통해하는, '그'의 죽음과 연관된 어떤 곡절이 '그'의 생전의 삶과 영원한 이별을 다짐하는 결별이 아니라 '그'를 향한 내밀한 그리움과 삶의 비의(秘儀)를 함의한 숭고의 감응력을 미친다. 왜냐하면 '나'와 '그'는 "온몸에 새겨진 슬픔의 지도"(「슬픔의 지도」)를 공유하고 있는바, 이들 모두는 저 숱한 삶의 난경 속에서 처연한 슬픔을 머금은 채 대중가요의 낯익은 노랫말의 이명처럼 슬픔에 굴하지 않은 삶의 낙천성의 힘마저 벼려냈기 때문이다. 이러한 삶의 굴곡진 도정을 헤아릴 때 우리는 비로소 다음의 시가 절로 동반하고 있는 슬픔과 아픔의 틈새로 솟구쳐나오는, 죽음을 넘어 죽음을 살아내는 민중의 낙천성의 힘을 온전히 감응할 수 있다.

> 몸속의 뼈에는 얼마나 무시무시한 가시들이 엉겨 있을까
> 어느 날 그 가시 살을 찢고 나올 텐데
> 커다란 죽창이 되어 솟구칠 텐데
> 그날이 나, 죽는 날이지 싶다
>
> ─「그날은 머지않다」 부분

우리들 몸속의 뼈는 날카로운 가시들이 엉겨 있고, "어느 날 그 가시 살을 찢고 나"와 "커다란 죽창이 되어 솟구칠" "그날이 나, 죽는 날이지 싶다"는 도저한 삶의 낙천성의 힘은 김이하의 시세계를 관통하는 중핵 중 하나다. 그만큼 우리들의 삶, 정확히 말하자면, 우리시대의 민중의 삶은 시시때때 자신의 삶의 생살을 찢고 나오는 몸속 가시들을 품고 사는데, 그 가시들은 민중 자신의 삶을 파국으로 치닫게 함으로써 생을 위협하는 치명적 흉기가 아니라 역사의 변혁을 향한 죽창으로서 소명을 완수할 날을 쉽게 저버릴 수 없다.

2.

우리 시문학사를 살펴볼 때, 김이하의 이런 시적 전언이 새로운 것은 아니다. '불의 시대'로 호명되는 1980년대의 반민족·반민중·반인간에 대한 역사 변혁의 주체로서 민중의 활력은 생동감이 넘쳤으며, 각성한 민중의 자기발견과 그 역사적 전망을 향한 움직임은 오랜 군부독재 시대에 종언을 고한 '87년 체제'를 창출하지 않았던가. 그리고 문민시대를 통과하

면서 형식적 민주주의에 안주하는 사이 21세기를 맞이하였고, 민중의 활력과 역사 변혁의 의지는 전 지구적으로 삽시간 팽배해진 신자유주의에 흡수·용해·동화된 채 지난 시대의 역사의 유산 정도로 여기고 있는 것은 아닌가. 그리하여 21세기 지금-여기에서 민중에 대한 인식과 그 역사적 과제를 상기하는 것 자체가 시대 퇴행적인 것, 자칫 박물지(博物誌)를 펼쳐놓은 것으로 간주되기 십상이다. 하지만, 김이하의 시에서 이와 관련하여, 비판적으로 성찰해야 할 것은 민중이 직면하고 있는 우리 시대의 삶과 현실을, 우리가 조급히 너무나 안이하게 인식하고 있었던 것은 아닌가 하는, 즉 민중주의에 갇히는 것은 경계하되 민중적 인식과 민중적 시각을 더욱 벼리지 않은 것에 대한 시인의 냉철한 판단을 간과해서 곤란하다.

> 어이없는 사대강 사업에 세금을 퍼 쓰던 정부,
> 용산 참사를 저지르고도 쌍용차 노동자까지 죽인 정부,
> 세월호는 결국 미치광이들의 본색을 그대로 드러낸 채 뒤집히고,
> 더는 참아 낼 수 없었던 분노 촛불을 밝히고,
> 길거리 싸움으로 대통령을 탄핵하고, 촛불 혁명을 이뤘으나
> 아직, 분노에 뛰쳐나간 뼈들은 제자리 찾지 못하고
> 덜그럭거리며 살아 있구나
>
> 나는 이 역사를 언제 쓸 것인가
> 성실하게 엑스레이를 찍고 부러진 뼈를 확인하듯
> 술도 마시지 않은 밤은 머릿속이 하얀데
> 이 역사의 안부를 언제 들여다볼 것인가
>
> ―「퇴고(推敲)」 부분

물론, 위 시에서 '~것인가'란 의문형에서 알 수 있듯, 21세기에도 여전

히 일어나고 있는 반민중적 부정에 대한 시민사회의 민중적 투쟁과 그 일환으로 행해질 시쓰기는 쉽지 않다. 한국은 전 세계사에서 유래 없는 민중의 무혈 혁명으로서 '촛불 혁명'이 타락한 정권을 축출했으나, 민중의 행복을 보증하는 민주주의 낙토를 일궈내는 일은 참으로 더디기만 하다. 대신, 자고 일어나면, 한층 고용주에 유리해지도록 정교하고 교활해진 노동구조는 20세기 산업화시대와 크게 다르지 않은 오랜 형식의 산업재해를 노동자에게 배가시킬 뿐만 아니라 21세기 노사환경에서 새롭게 조장된 중간착취의 지옥도 아래 노동자 민중의 고귀한 희생은 좀처럼 가시질 않는다.

슬픔을 걷고 돌아서면 또 다시 밀려오는 고통
쇳물이 펄펄 끓는 용광로에서, 끝 모를 고공에서, 괴물 같은 기계 속에서
벌건 대낮에 음침한 일터에서 발버둥치던 먹
바싹 틀어쥐고 불구덩이로 몰아넣는 산업 궁전에서
단말마도 없이 스러지는 인간사(人間事)

그들도 정녕 이 땅의 사람이었나
화들짝 놀라, 한 번도 내 삶이 아니었던 그 자리 박차고 나와
거리에서 내뱉는 간절한 울부짖음
들리는가, 절망한 노동자가 울음 범벅으로 악쓰는 소리
사근거리는 어떤 놈의 알랑방귀도 아니고
돈짐이나 지워 주겠다는 그런 놈들 살살거리는 소리도 아니고
그래, 거대한 산업 궁전의 위용에는 하등 쓰잘데없는
쇠가 쇠를 갉아먹고 살이 살을 파먹는 듯한 생먹 따는 소리
그들이 사람이겠느냐

─「목숨, 환한 봄 목련 지듯」부분

이렇듯이 김이하의 민중적 시쓰기는 민중과 역사에 대한 염량세태(炎凉世態)와 거리를 둔 우리시대의 민중이 겪는 난경을 래디컬하게 응시한다. 그리고 민족문제도 결코 소홀히 여기지 않음을 알 수 있다. 가령, 일제 식민주의에 대한 무장투쟁을 벌인 항일의용군 대장 김원봉의 혁명적 삶을 격정적 어조로 써내려간 「피 끓는 의열단 전사, 폭렬만이 삶이었다」의 경우 반제국주의를 향한 폭력혁명이 지닌 역사적 정당성을 절규한다. 일제 식민주의에 대한 완전한 역사 청산과 민족의 자주독립을 향한 김원봉의 항일혁명의 의지는 시인의 반식민주의의 시정신으로 되살아난다. 그런가 하면, 「인민군 묘지 앞에서」의 경우 근대 전환기를 맞이하여 한반도를 비롯한 동아시아 식민주의 밀약을 맺은 미국과 일본에 대한 비판적 성찰과, 한국전쟁으로 야기된 민족분단의 상처와 고통을 치유하고자 하는 시인의 감응은 "수많은 무명 병사의 죽음 앞에서/삼가 가슴 억누르며/멀리 나는 새 떼를 보"며 "언제 이 사슬을 녹이고/맨가슴으로 안을 수 있"(「인민군 묘지 앞에서」)을 민족분단 극복의 시적 염원으로 충일돼 있다.

3.

여기서, 우리는 김이하의 민중적 시쓰기 안팎을 채우고 있는 그리움과 슬픔의 정서를 곰곰 음미해볼 필요가 있다. 그중 시인의 일상의 풍경을 그려내는 두 편의 시, 「그 날개 땅에 묻다」와 「물살을 뒤집어쓰다」는 인상적이다. 시의 부제목에서 알 수 있듯, 시의 화자는 시인이 살고 있는 서울의 홍제천변을 산책하고 있다.

작은 다리 하나 지나고
또 지나고, 햇살이 지지고 있는 자리
개울엔 아직 얼음덩이가 들러붙었는데

그 곁에 죽은 왜가리 한 마리
고요히 누웠다

그 수많은 무덤 곁을 지나왔는데도
몇 번의 임종을 지켜보았는데도
저 미동조차 할 수 없는 풍경은
언제나 살이 저린다

—「그 날개 땅에 묻다」 부분

오리 물갈퀴가 갈라놓은 물살은
다시 살을 오므리고 결을 잇는다

뒤집힌 물의 살에서 느껴지는
하얀 결기를 보노라면

세상의 그 어떤 침탈이라도
어림없다는 듯 쓸데없다는 듯

—「물살을 뒤집어쓰다」 부분

　시인은 홍제천변을 산책하다 두 풍경을 주목한다. 하나는 왜가리 한 마리가 죽어 있는 "저 미동조차 할 수 없는 풍경"(「그 날개 땅에 묻다」)이고, 다른 하나는 "오리 물갈퀴가 갈라놓은 물살" 그 "뒤집힌 물의 살에서 느껴지는/하얀 결기"(「물살을 뒤집어쓰다」)가 자아내는 풍경이다. 홍제천의 풍경은 시인에게 시체/생기, 죽음/삶, 정지[精]/움직임[動], 고요/소동 등이 교차하는 곳인데, 이곳이야말로 천변 존재들에게는 삶의 쟁투가 치열히 펼쳐지는 삶의 전장(戰場), 달리 말해 우주적 삶의 축소판인 셈이다. 바로 이곳에서 시인의 그리움과 슬픔의 정서도 실감을 갖는다.

> 한 생은 쫓기고
> 한 생은 쫓아가고
> 한 생은 느긋한
> 그런 곳이 있다
>
> 왜가리 날아든 개천
> 피라미는 숨다
> 부리는 쫓다
> 그래서 집게 같은 부리에 몸뚱이가 집히고야 마는,
> 잉어는 느긋한 그곳
>
> 월세방 문을 열고 나오며
> 소라게만도 못한 채신머리 어쩌지 못하고
> 부리에 집혀 바둥거리는 피라미를 보면서
> 자본의 아가리에서 버둥대는
> 못난 생을 보는 것이다
>
> —「돌아보다·1」 전문

쫓고 쫓기며 느긋한 생이 있는 시적 장소는 어디일까. 아마도 이곳은 홍제천일 공산이 크다. 우리는 이미 홍제천이 어떤 곳인지 알고 있으므로, 이곳에서 왜가리와 피라미와 잉어의 쫓고 쫓기는 숨가쁘고 느긋한 삶과 죽음이 교차하는 풍경이 함의한 시적 사유를 함께한 적이 있다. 「돌아보다·1」은 예의 풍경 속 생태계의 속성을 잘 아는 시의 화자의 현실이 고스란히 겹쳐지는, 그리하여 시인을 휘감고 있는 처연한 슬픔과 어떤 근원적

인 것을 향한 그리움을 낳도록 한 원인이 "자본의 아가리에서 버둥대는/
못난 생"에 대한 자기응시에 있음을 간과해서 곤란하다. 그렇다고 시인이
경제적 어려움에 버둥대는 자신의 모습에 대한 자조감의 열패에 투항한
속수무책의 삶을 사는 것은 아니다. 사진가이기도 한 김이하 시인은 세상
살이의 이모저모를 카메라에 기록하는 노동-예술에 진력하면서, 그를 엄
습해오는 삶의 질곡과 난경을 그만의 특유의 생의 낙천적 저력으로 이
모든 어려움을 살아낸다. 카메라로 기록하는 일에 몰두하다 기진맥진한
채 집으로 돌아왔으나 언제 그랬냐는 듯 그는 "아직은 또다시 먼길 떠나
도 되겠구나 안도하며/술 한 잔 따르며 다녀온 길 생각, 만난 벗들 생각하
니/길섶에 지나던 모든 풍경이 눅눅하게 박여 있는 것을/벗하고 나눈 말
도 그렁그렁 눈물방울로 스며 있는 것을" 되새김질하면서 "온전히 정신을
차리려 사진기 속 그림"(「정신머리라는 게」)의 사연에 귀기울인다. 아마도
그는 길 위 타자의 생의 찰나를 기록하면서 생의 그리움과 슬픔의 밑자리
에 자리하고 있는 자신의 어머니와 형제를 비롯한 가족과의 애닯은 정감
의 세계도 만났을 터이다(「감잣국 맛」, 「민들레 어머니」, 「삶이 엄마」, 「잃
어버린 봄」).

   4.

   이와 관련하여, 「어느 겨울밤」이 품고 있는 그리움의 풍경은 "다시 오
지 못한 옛 식구들"(「오래전 풍경」)과 소박한 삶을 누리면서 행복의 구체
적 실감이 어떤 것인지를 아름답게 노래한다.

   한파를 몰고 온 눈은 언제까지 내리려나, 뜻하지 않은 선물을 받은 양 가슴이
   부풀던 그 마음, 함박눈 펑펑 내리면 더욱 포근해지는 이불 속에서 군고구마
   껍질을 벗겨 김칫국물과 함께 먹거나 눈 속에 묻었던 무를 꺼내 달챙이로

긁어먹던 행복이 가슴 가득 차오르던 밤이었다

　밤새 눈은 세상의 길을 막고, 제아무리 도둑이라도 이런 밤에는 어디 아랫목에 발목을 묻고 마냥 고즈넉한 마을에 발자국 어지럽힐 맘도 다 묻어 버린 솜이불 같은 밤이었다

　달구장 가는 길도 토끼장 가는 길도 어디나 꽝꽝 막히고 나면 아무도 갈 수 없고 아무도 올 수 없는 빙야(氷野), 임처럼 얹힌 눈발에 제 가지를 부러뜨리는 감나무나 혼자 피리를 불어대는 문풍지나 아무도 외롭지 않고, 다만 포근한 이불에 안겨서 무슨 꿈을 꾸는지, 개도 삵도 소리 없는 밤이었다

　밤은 깊어, 깊어도 밤새 뭉텅뭉텅 눈덩이를 끌어 덮는 산도 들도 다만 하얗게 자지러지던, 밤똥이 마려워도 나가지 못하고 방귀만 이불 속에 뿜어 넣던 그런 겨울밤이었다
　　　　　　　　　　　　　　　　　　　―「어느 겨울밤」 전문

　겨울밤이 이토록 푸근하고 훈훈하며 따사로운 기운으로 그득 채워질 수 있을까. 집 밖은 한파가 몰고 온 함박눈이 내리는 하얀 세상이지만 밤이 깊어 색감의 구분은 무의미하고, 밤새 펑펑 내리는 눈 사위에 온 세상은 경계의 구분이 사라진 채 눈의 무게를 못 견딘 나뭇가지 부러지는 소리와 문틈 새로 불어대는 찬바람을 가까스로 막아대는 문풍지의 떨리는 소리가 밤의 적막과 기막힌 불협화음을 만들어내며, 시의 화자는 포근한 이불 속에서 군고구마와 김칫국물, 또는 눈 묻은 무를 소리내 씹는다. 이렇게 겨울밤이 속절없이 깊어가는 동안 미처 소화되지 않은 야참은 "밤똥이 마려워도" 집 밖에서 배설되지 못한 채 소화불량성 방귀를 이불 속으로 얄궂게 퍼뜨린다. 고백하건대, 비록 삶의 간난(艱難)의 사위에 놓여

있더라도 그것에 구속되지 않는 우리네 민중의 삶의 포근한 유년의 풍경을 오롯이 노래하는「어느 겨울밤」을 읊조리면서 이 시의 감칠맛에 나도 몇 번이나 방귀를 뀌었는지 모른다.

그렇다. 시인의 민중적 시쓰기의 바탕은 이런 겨울밤의 풍경을, 그의 영혼의 카메라에 담았기 때문이 아닐까. 이 겨울밤 풍경은 시인의 그리움과 슬픔의 정서를 감응하는 데 빼놓아서는 안 될 좋은 시로서 충분하다. 시인으로서 사진가로서 김이하의 노동-예술이 "김현식, 모차르트, 딥퍼플, 휘트니 휴스톤, 패트릭 쥬베, 변진섭, 차이콥스키, 헨델, 조지 윈스턴, 이미자, 스모키, 금과은, 비틀즈, 박인희, 블론디, 다이어 스트레이츠, 잉위 맘스턴, 수지 콰트로, 다섯 손가락, 김트리오, 앤 머레이, 데미스 루소스, 조용필……"(「비닐에서 소리를 꺼내다」)의 경계를 자유자재로 넘나드는 삶-예술의 길에서 파안대소의 표정을 짓기를 기대해 본다.

디스토피아의 묵시록적
현실을 마주하는

— 김보숙, 『절름발이 고양이 뛰뛰』

산문시의 시적 대응, 또 다른 희망을 찾아서

　누군가에게 삶과 현실은 지독한 고통과 상처로 이뤄진 채 그 어떤 희망도 허락되지 않은 지옥 자체다. 아무리 그에게 악무한의 현실을 견디다보면 언젠가 그를 에워싸고 있던 어둠의 틈새로 빛이 비쳐오고 그동안 견뎌낸 삶을 충분히 보상해줄 수 있는 그 어떤 선물이 주어진다고 용기와 힘을 북돋는다 하더라도 지금, 이곳 그를 켜켜이 누르고 있는 삶의 무게는 고통스러움의 한계치를 이미 벗어난 지 오래다. 그래서 혹자는 이 세상을 서슴없이 디스토피아로 부르리라.

　김보숙의 시를 읽으면서 디스토피아를 마주한다. 무엇보다 그의 이번 시집 『절름발이 고양이 뛰뛰』(리토피아, 2019) 전체를 관통하고 있는 산문시 계열은, 시인이 삶과 현실을 어떻게 인식하고 있는지를 여실히 보여주는 시적 대응이다. 김보숙 시인의 시적 대응은 기존 우리에게 낯익은 서정시의 내용형식을 통한 게 아니라 산문시를 의도적으로 선택하는 시적 전략을 구사하고 있다. 두루 알듯이 현실에 대한 산문적 대응은 서정성이 파괴된 세계에 대한 매우 직접적인 대응이다. 더 이상 자아와 세계의 관계에서 어떤 교감과 교응의 그 무엇을 찾아볼 수 없을 때 그래서 자아와 세계의 관계가 무참히 파괴·붕괴·소멸의 양상을 보일 때 이러한 악무한

의 현실에 대한 대응은 보다 직접적이면서 전투적 태도를 요구한다. 물론
이 전면적 투쟁의 과정에서 자아와 세계의 불협화음은 적나라하게 드러
날 뿐만 아니라 좀처럼 회복될 수 없는 치명적 상처를 입을 수도 있다.
하지만 그렇기 때문에 역설적이게도, 이 전면적 투쟁을 수행하는 산문적
대응 속에서 새로운 관계를 꿈꿀 수 있는 또 다른 희망을 품게 된다. 희망
을 찾아볼 수 없는 지옥과 같은 현실 속에서도 그러면 그럴수록 또 다른
희망을 결코 저버릴 수 없는 게 인간 존재의 숙명인지도 모른다.

디스토피아적 현실을 마주하는 시적 상상력

가령, 다음과 같은 시를 보자.

> 장미 여관 203호에는 덜 마른 빨래 냄새가 난다. 오래된 스킨은 뚜껑이
> 열려진 채 향기 아닌 냄새를 사방에 흘리고 침대를 향한 큰 거울은 일그러진
> 표정처럼 깨어져 있다. 한쪽 눈을 잃은 여관 아줌마는 작년에 이곳에서 사람이
> 죽어 나갔다며 혼자 들어오는 젊은 남자를 몇 번이나 심문하고 남자는 미지근
> 한 삶을 데우러 왔다며 낡은 플레이보이지 위에 타액을 전수한다. 빨간 카펫이
> 깔린 여관 복도에는 긴 토악질 자국이 선명한데 한쪽 눈을 잃은 여관 아줌마는
> 오늘도 혼자 들어오는 젊은 남자를 심문하느라 토악 자국을, 스킨 뚜껑을,
> 깨진 유리를, 방치하고 있다.

—「장미 여관 203호」 전문

위 시의 공간으로 그려지고 있는 '장미 여관'은 디스토피아를 이루는
현실의 풍경을 즉물적으로 보여준다. 한 젊은 남자가 "미지근한 삶을 데
우러" '장미 여관'을 찾는다. 그런데 이 여관은 어딘지 모르게 삶에 지친
여객들이 잠시 들러 피곤한 삶을 쉬는 쉼터이기보다 아예 삶을 종결짓는

죽음의 공간으로 그려지고 있다. "한쪽 눈을 잃은 여관 아줌마"로부터 풍
겨나는 음산한 태도(마치 죽음의 문턱을 지키는 수문장이 연상될 그런 기묘
한 태도)와 젊은 남자가 묵을 '장미 여관 203호'의 실내 풍경은 삶의 온기
라고는 도통 찾아볼 수 없는, 여관의 기능을 상실했다고 해도 과언이 아닐
정도로 곧 문을 닫아야 할 쓰러지는 여관이다. 바로 이곳을 젊은 남자가
잠시 쉬기 위해 찾아갔다는 것은 무엇을 말하는 것일까. 게다가 여관 주인
이 이런 남자를 자주 봤었다는 것을 쉽게 짐작해볼 수 있다. 결국 여관
주인에게 이런 남자는 싸늘한 주검으로 발견되었던 것이다. 혹시, 김보숙
시인은 우리시대를 '장미 여관 203호'와 겹쳐보고 있는 것은 아닐까.

　기실, 김보숙 시인의 세계에 대한 이러한 디스토피아적 인식은 이번
시집 곳곳에서 어렵지 않게 만날 수 있다. 「오아시스·1」과 「오아시스·
2」에서 보이는 재개발 지역에서 일어나고 있는 폭력의 양상들은 여러
사례들 중 하나다. 재개발 지역에 살고 있는 사람들을 쫓아내야 하는 용역
원들은 자신들에게 주어진 용역을 충실히 수행하기 위해 그곳에 살고 있
는 사람들을 겁박하고, 그곳의 오랜 삶의 터전을 부숴버려야 한다. 시인은
이들 용역원을 "오아시스 배달원"으로 풍자한다. 사막에서 꺼져가는 생명
을 살려내고 황량한 그곳을 건너갈 수 있도록 쉼터를 제공하는 오아시스
를, 시인은 용역원과 동일시하는 시적 풍자를 수행한다. 도시 재개발을
하기 위해 재개발 지역에 있는 모든 것을 파괴해야 하는 첫 업무를 수행하
는 용역원은 누구를, 그리고 무엇을 위한 오아시스일까. 재개발 지역의
삶의 터전을 부숴버리는 그들은 과연 어떤 오아시스일까. 그리고 그렇게
하여 개발된 그곳은 정녕 우리 시대의 생명을 살려내고 새로운 쉼터와
행복을 제공하는 오아시스의 몫을 정상적으로 담당할 수 있을까.

　이러한 기우는 우리 시대의 삶과 현실이 잔인할 정도로 비정해지고 있
는바, 어떻게 보면 인간의 존재를 버텨주고 있는 최소한 인간으로서 윤리
마저도 소멸해가고 있다는 시인의 묵시록적 증언을 통해 알 수 있다.

생일이 지났다. 생리대가 없을 땐 신문지를 오려 팬티에 깔곤 했는데 뒤에 피 묻었어 라는 말을 들은 뒤부터 뉴스를 믿지 않았다. 성기에서는 잉크 냄새가 났고 신문지에서는 생리 냄새가 났다. 피 묻은 체육복 냄새를 맡느라 큰아버지가 정신없을 때면 큰 어머니는 머리에 대야를 씌워 놓고 저녁밥을 지었다. 우리 아드님들 포크를 들고 뛰어다니다 넘어지면 다쳐요, 차례를 지키셔야죠, 누구의 포크인지도 모르고 찔렸다. 성기를 씻으면 나오는 구정물, 네 엄마를 닮아 예쁘구나, 미친 큰 아버지는 생일이면 좋다고 시를 지어서 낭송하였다.

—「사육사」전문

마치 한 편의 공포 스릴러 영화를 보는 듯 하다. 생리가 시작한 소녀는 무슨 영문인지 모르나 큰 아버지네 집에서 생활하고 있다. 소녀는 생리대가 없는지 "신문지를 오려 팬티에 깔곤" 한다. 소녀의 "성기에서는 잉크 냄새가 났고 신문지에서는 생리 냄새가 났다." 그런데 큰 아버지는 그 소녀의 "피 묻은 체육복 냄새를 맡"으면서, 소녀에게 "네 엄마를 닮아 예쁘구나"라는 성적 변태 욕망을 드러낸다. 여기서, 이 시의 제목이 '사육사'라는 점을 생각해보면, 소녀와 큰 아버지의 관계가 성적 착취와 억압의 관계임을 추정해볼 수 있다. 그런데 이들 관계에서 한층 무서운 것은 이러한 그들의 부도덕한 관계를 큰 어머니가 아주 잘 알고 있어, 결국 이 집에서 소녀는 큰 아버지의 변태 성욕을 채워주기 위한 성노예와 다를 바 없다. 이렇게 소녀는 큰 아버지네 집에서 사육당하고 있는 것이다. 이 집에서 누구도 소녀를 구원해줄 수 없다. 오히려 무슨 사연인지 모르나, 다시 말해 소녀는 이 집에서 큰 아버지의 성욕을 채워줌으로써 이 집의 안녕을 유지시켜 주는 성폭력의 대상으로 전락해 있다. 그렇다면, 이것이야말로 성노예로서 사육당하는 소녀의 끔찍한 존재 소멸이다. 여기에 인간 존재의 윤리 감각이 있는가. 오직 짐승의 탈을 쓴 인간의 야만스런 행태만이 남을 따름이다.

이처럼 스러져가는 인간 존재의 가치는 인간의 죽음을 의식화하는 장
례식장에서 새롭게 달라질 수도 있는 모습으로 나타난다.

　죽은 이를 위해 울어줄 사람을 대여해 주는 애곡꾼 대여점을 삼촌이 시작한
다고 하였을 때 치매에 걸린 할머니는 애곡꾼을 빌리는 값이 얼마냐고 먼저
물어보았다. 할머니가 온전하던 순간이었다. 얼마 전 돌아가신 할아버지 장례
식장에서 할머니는 틀니를 빼고 박장대소를 하며 웃었다. 그런 할머니를 바라
보다가 우리들도 그만 웃음이 터지고 말았는데 그 순간 죽은 이를 위해 울어
줄 사람이 집집마다 별로 없다는 것을 알게 된 삼촌은 죽은 이를 위해 울어
줄 애곡꾼 대여점을 열어서 돈을 벌겠다고 선언했다. 물론 나는 삼촌을 따라서
죽은 이를 위해 울어줄 의향이 있었다. 아무도 상처주지 않았는데 아무에게나
상처 받는 나에게는 주저앉아 울 공간이 필요했다.

―「애곡꾼 대여점」 부분

'애곡꾼 대여점'이 가까운 미래에 일상 속으로 파고들어올지 알 수 없
는 일이다. 자본주의 사회에서 아무리 돈이 되는 것이면 무엇이든지 거래
의 대상이 될 수 있다고 하지만, 장례식장에서 망자를 위해 울어줄 사람이
없어 돈을 주고 울어줄 사람을 사온다는 것을 어떻게 이해해야 할까. 아
니, 울어줄 사람이 있지만, 진심으로 슬퍼해 줄, 때로는 다소의 과장과
억지스러운 측면이 있더라도 장례식에 걸맞는, 말 그대로 '곡(哭)소리'를
제대로 내는 '애곡꾼'을 대여점에서 빌려온다는 것을 어떻게 이해해야 할
까. 이것은 전통 장례 풍속에서 '상여소리'를 전문적으로 내는 사람을 부
른다는 것과 사정이 전혀 다르지 않은가. 살았을 적 망자와 연루된 사람들
이 곡소리를 낼 수 없어, 곡소리를 내는 대여점에서 빌려오는 현실이 도래
할 수 있다는 시인의 환멸적 상상력은 디스토피아의 세계가 곧 닥쳐올
수 있음을 들려준다.

관계의 재발견, 디스토피아에 대한 저항

그렇다면, 이러한 디스토피아의 묵시록적 현실을 우두망찰 지켜볼 수밖에 없을까. 김보숙 시인의 산문시가 보이는 이와 같은 시적 대응은, 다시 강조하건대, 우리가 살고 있는 현실을 기존 서정시로는 노래하기 힘들고 고통스럽다는 시인의 진솔한 시적 표현임을 주목해야 한다. 서로의 관계가 파탄이 난 채 각자의 실존적 고통과 상처를 타자와의 관계로부터 치유받지 못할 때 엄습하는 고독과 소외는, 뒤집어 생각해 보면, 그만큼 관계의 복원뿐만 아니라 망실하고 있던 관계의 소중한 가치를 새롭게 발견하고자 하는 진실에 닿아있다고 해도 과언이 아니다. 그래서일까. 다음 시편들에서 보이는 관계의 재발견을 향한 시적 욕망은, 그래도 우리가 살고 있는 세계가 디스토피아의 묵시록만으로 채워지지 않고 있다는 것을 마주하도록 한다.

지금 내가 살고 있는 집으로 가끔씩 전에 살던 오해숙이라는 여자의 우편물이 도착하곤 해. 작년 크리스마스에는 미혼모 쉼터 공간이라는 곳에서 후원 감사 카드가 왔어. 어제는 여성인력센터 미용부에서 2학기 교재를 구입하라는 고지서가 왔지. 그녀의 친구가 보낸 청첩장에는 보랏빛의 도라지꽃이 그려져 있었고, 백화점 세일 쿠폰에는 토파즈향이 풍기는 화장품 샘플도 들어 있었어. 세상은 내가 살고 있는 이곳에서 그녀의 안부를 묻곤 해. 내 안에서 그녀의 안부들이 점점 쌓여가고 있어. 그녀의 소식을 기다리는 이들에게는 아무런 소식이 들리지 않는 이곳이 빈 집일 테지. 바람처럼 흩어졌다가 다시 돌아오는 시간처럼 그녀가 돌아와서 내게 물을 것만 같아. 나는 잘 지내고 있나요?

—「나는 잘 지내고 있나요」 전문

은혜미용실 앞에서 밤을 굽는 할아버지 이야기하시네. 저 미용실 젊은이 11시간 째 서서 일하고 있네. 은혜미용실 안에서 일하고 있는 젊은이 이야기하네. 저 밤 굽는 할아버지 11시간째 앉아서 밤을 굽고 계시네. 젊은이와 할아버지는 서로의 시계이네. 서로의 움직임을 보고 시간을 알아내네. 은혜미용실 앞에 있는 벚나무가 이야기하네. 저 미용실 안에 있는 봄 화분 11시간 째 앉아서 새싹을 움트고 있네. 은혜미용실 안에 있는 봄 화분이 이야기하네. 저 벚나무 11시간 째 서서 꽃 봉우리에 힘을 주고 있네. 봄 화분과 벚나무는 서로의 사계四季이네.

—「시계 혹은 사계(四季)」 전문

　그동안 잊고 있었던 누군가로부터 우편물이 도착하곤 할 때가 간혹 있다. 때로는 나와 아무런 관계도 없는 상업판촉물이 보내질 때도 있고, 이러저러한 곳들로부터 각종 후원과 관심을 가져달라는 내용의 우편물도 있다. 그중 나와 소중한 관계를 맺은 우편물은 많지 않다. 귀찮은 적이 한두 번이 아닐 것이다. 하지만 "세상은 내가 살고 있는 이곳에서 그녀의 안부를 묻곤" 한다. 그래서 "내 안에서 그녀의 안부들이 점점 쌓여가고 있"다는 것을 잘 안다. 그럴 때마다 "나는 잘 지내고 있나요?"라는 물음을 내 자신에게 던지곤 한다. 아무리 작은 관계일지언정 모든 관계로부터 나를 절연시킬 수 없다. 왜냐하면 숱한 관계들 속에서 정작 내 자신의 안녕과 나의 존재가치를 확인받고 싶기 때문이다(「나는 잘 지내고 있나요」).
　이러한 관계를, 「시계 혹은 사계」는 흥미롭게 노래한다. 은혜미용실 안팎으로 나뉜 두 공간은 마치 자신의 공간에서 다른 공간의 모습을 통해 결국 자신의 세계를 성찰한다. 서로의 공간은 서로를 비추고, 그렇게 서로의 세계는 서로를 통해 자신의 세계를 성찰한다. 미용실 안/밖, 미용사 젊은이/밤 굽는 할아버지, 봄 화분/벚나무 등 서로 마주하는 대상과 공간이 공유하면서 새롭게 발견하고 있는 것은 '11시간'이란 물리적 시간의 흐름 속에서 각각 성장하고 있는 생명의 극적 순간들이다. 이렇게 미용실 안팎의 세계는, "봄 화분과 벚나무는 서로의 사계"란, 신비한 관계를 형성한다.

세계고(世界苦)를 견디는 시쓰기

김보숙 시인은 악무한의 현실을, 관계의 재발견을 통해 극복하고자 한다. 여기서 쉽게 간과하지 말아야 할 것은 김보숙 시인의 시쓰기에 대한 열정이다. 세계의 고통과 상처를 응시할 수 있는 것은, 그리하여 그것을 산문시의 내용형식으로 시적 대응을 펼칠 수 있는 것은 시를 쓰고 싶어하는 치열한 욕망이 김보숙 시인의 심연에서 솟구치고 있기 때문이다. 이것은 또한 자연인 김보숙과 시인 김보숙의 참모습을 발견하고자 하는 자기인식을 향한 탐구와 밀접한 연관을 맺는다(「김보숙 찾기」). 그리고 이것은 폐병으로 목숨을 잃은 시적 화자인 아버지의 삶에 대한 이해와 소통의 물꼬를 트는 일이기도 하다(「흉곽, 경계인」, 「만두」, 「파래지다」).

김보숙 시인이 첫 시집을 세상에 내놓기까지 혼자 앓았던 세계고(世界苦)가 시집 곳곳에서 자리하고 있다. 무엇보다 그의 시들이 디스토피아의 묵시록적 맥락에서 음미되는 것은 이번 시집이 거둔 성취가 아닐 수 없다. 세계에 대한 장밋빛 청사진에 눈이 멀 게 아니라 엄혹한 현실 속에서 자리하고 있는 지옥도(地獄圖)에 대한 냉철한 시적 인식은 그래서 요긴하다. 김보숙 시인의 냉철한 현실인식과 그에 대한 시적 대응이 기대된다. 다만 산문시의 특장(特長)을 잘못 이해함으로써 자칫 산문시로 위장한 시적 일탈의 유혹에 빠지지 않았으면 한다.

시적
수행의
힘

제3부

'마추픽추'의 끌림:

자유와 평화를 향한 생명의 전율

─ 강우식의 연작시 「마추픽추」, 그 사랑의 대서사시

1.

안데스의 고대 잉카 문명의 상징인 '마추픽추(Machu Picchu)'는 온통 돌투성이다. 언제 그랬냐는 듯, '마추픽추'를 휘감았던 그토록 화려한 산정(山頂)의 도시의 독특한 아우라는 감쪽같이 소멸한 지 오래다. 페루어로 '늙은 봉우리'라는 뜻을 지닌 평탄한 정상인 '마추픽추'에는 좀처럼 믿기 힘든 정교하게 계획 설계된 고대 도시의 자태만이 고즈넉이 숨쉴 뿐이다. 이곳이 정녕 '황금의 도시', '태양신의 도시'인가 할 정도로 지금은 침묵이 을씨년스레 배회하는 '돌의 도시'일 따름이다. 이따금 안데스의 목초지대를 떠도는 라마 무리들의 순박한 큰 눈과 안데스의 바람결에 맞춰 유영하고 있는 콘돌의 날갯짓이 '마추픽추'가 신과 인간과 자연이 함께 공존했던 잉카 제국의 도시였다는 것을 말해준다.

그렇다. '마추픽추'가 잉카 문명의 소멸을 피해갈 수는 없었지만, 안데스와 라틴아메리카는 한 순간도 '마추픽추'를 망각한 적이 없다. '마추픽추'는 안데스와 라틴아메리카 그 자체다. 우리는 알고 있다. 파블로 네루다(1904~1973)와 체 게바라(1928~1967)는 그들의 파란만장한 삶의 도정에서 중요한 국면을 맞이하여 '마추픽추'를 찾았고, 이곳에서 험난한 라틴아메리카의 역사와 그 질곡 속에서 꿋꿋하게 삶의 위엄을 지키며 살아온 민중의 존재로부터 깊은 감명을 받는다. 네루다는 그의 회고록에서 "돌들의 배꼽, 자부심에 가득 차 높이 치솟은 세계, 알지 못하는 사이에 나도 소속되어 있는 그 버림받은 세계의 한가운데 서서 나는 자신이 무한히 작다는 것을 느꼈다. 나는 내 손이 오래전 어느 시간에 그곳에서 고랑을 파고 돌을 닦으며 일한 것처럼 느껴졌다. 나는 칠레인이자 페루인, 아메리카인임을 느꼈다. 그 험난한 고원에서, 그 거룩한 흩어진 폐허에서 나는 새 시를 계속할 수 있게 하는 믿음의 원리를 찾았다."고 그의 시 「마추픽추 산정」(1943)이 쓰여진 사연을 고백한다. 이것을 계기로 네루다는 라틴아메리카의 민중적 정서에 기반한 시를 왕성히 발표한다.

그런가 하면, 우리들의 영원한 리얼리스트인 체 게바라는 혁명가의 삶을 살기 이전 의대생으로서 라틴아메리카를 여행하는 도중 쓴 일기에서 "잉카의 폐허 위에 세워진 교회에서 스페인 제국의 식민지화가 잉카 문명을 얼마나 잔인하게 말살하려고 했는지를 보았다."는 데서 그의 심경을 피력한바, '마추픽추'의 유적지를 둘러보면서 서구의 폭력적 근대에 속수무책으로 식민지로 전락할 수밖에 없었던 라틴아메리카의 슬픈 역사에 대한 모종의 깨우침을 얻는다. 16세기, 불과 170여 명의 스페인 병력에 의해 무려 1,200여만 명에 이르는 잉카 제국은 너무나 어이 없게 무너진다. 이로부터 라틴아메리카를 향한 서구의 본격적 식민지 경영은 시작되었고, 라틴아메리카는 이후 유럽과 미국의 식민지로서 고통스런 삶을 감내하게 된다. 이렇듯이 체 게바라의 라틴아메리카의 역사에 대한 자각은 '마추픽추'를 대면하는 것을 정점으로 더욱 예각화한다.

그런데, 우리는 네루다와 체 게바라로부터 쉽게 간과해서 안 될 것은 그들의 라틴아메리카에 대한 역사적 성찰의 심연에는 '마추픽추'를 향한, 곧 라틴아메리카를 향한 무한한 사랑이 감돌고 있다는 사실이다. 그들의 시와 삶에서 보이는 혁명은 정치적이고 윤리적이되 그것에 구속되지 않고 그것을 활달히 넘어서는 자유와 평화를 향한 영원한 혁명과 다르지 않다. 이것은 달리 말해 그들의 정치적 혁명은 시와 포개지고, 그들의 시와 시적 혁명은 정치적 혁명과 포개짐을 뜻한다. 이와 관련하여, 체코계 미국 작가인 안드레 블첵이 그의 「시와 라틴아메리카 혁명」에서 "어떻게 우리가 입술에 시를 담지 않고, 가슴속에 사랑하는 사람을 품지 않고, 다만 우리가 지키고 다시 세우고자 하는 나라에 대한 전적인 헌신만으로, 투쟁 속에 뛰어들 수 있었겠는가?"에 깃든 물음은 의미심장하다.

2.

여기서, 시인 강우식의 연작시 「마추픽추」를 주목해야 할 또 다른 이유가 있다. "풍물시에서 벗어난 여행시를 쓰고 싶다는" 데서부터 연유된 강우식의 연작시 「마추픽추」는 그가 언급했듯이 "마추와 픽추의 슬픈 사랑에 초점을 맞추고 써간 사랑 시"로서, "황홀한 사랑의 극점을 살아가려한 자유인을 노래"한 말 그대로 '사랑의 대서사시'다. 필자의 과문인지 모르겠으나, 그동안 '마추픽추'를 노래한 시로서 라틴아메리카 밖의 시인으로서 이처럼 긴 호흡을 갖고 연작시 형태로 노래한 것은 (조심스레 말하지만) 모르긴 모르되, 강우식의 「마추픽추」가 전 세계에서 손가락 안에 꼽히지 않을까, 하고 생각해 봄직하다. 대체, 무엇이 한국의 시인을 '마추픽추'에 홀리게 하였을까. 무엇보다 태곳적 라틴아메리카의 시원(始原)을 향한 상상의 나래를 펼치도록 한 것은 어떤 끌림에 의해서였을까. 다시 묻자. 도대체 무엇이 극동 아시아의 반도에 있는 시인을 광대한 태평양 너머에 있는 안데스의 '마추픽추'로 데리고 간 것일까.

강우식은 그의 연작시 「마추픽추」를 통해 잃어버린 도시, 망각된 도시, 스러진 도시, 폐허의 도시에 새 생명을 입히고 있다. 그의 「마추픽추」는 고대 잉카 제국의 숭고성을 비의적으로 노래하는 이른바 문명 예찬의 시가 결코 아니다. 그렇다고 스페인의 침략을 겪은 라틴아메리카의 뼈아픈 역사를 재조명하면서 라틴아메리카의 역사적 진실을 추구하는 시도 아니다. 하물며 이러한 것을 염두에 둔 라틴아메리카 민중의 핍진한 삶에 초점을 맞춘 시도 아니다. 하지만 그렇다고 그의 시가 예의 주제들과 전혀 무관하다고 여긴다면 그것 역시 그의 시에 대한 피상적 이해에 그치기 십상이다. 강우식의 「마추픽추」는 분명 '사랑의 대서사시'이되, 이것은 라틴아메리카의 태곳적 시원에 젖줄을 대면서 서구의 폭력적 근대에 의해 맥없이 스러진 잉카에 새로운 생명을 불어넣음으로써 좁게는 페루 및 라틴아메리카의 자유와 평화, 넓게는 인류의 완전한 탈식민의 세계에서 궁극의 자유와 평화를 추구하는 시적 유토피아를 염원한다. 이것이야말로 네루다가 노래하고, 체 게바라가 자신을 추스린 '마추픽추'와 그 근본에서 만나는 높은 차원의 정치적 혁명을 담고 있는 시적 소통의 진정성이다. 이러한 맥락을 소홀히 여기지 않을 때, 우리는 "태양의 황금인 돌의 역사가 시작되었다./마추픽추의 산처럼 쌓인 돌들은/오랜 바람의 시간과 눈보라의 공간 속에서/피의 얼룩들을 다 씻고 닦아낸/구도자의 뼈처럼 정화되어/다시 시작하는 사역의 역사였다."(연작시 〈2〉의 부분)에서 '사역의 역사'에 깃든 시인의 신생의 욕망과 의지를 온전히 이해할 수 있다. 하여, 강우식의 「마추픽추」에서 공중의 도시를 이루고 있는 돌들은 한갓 광물질이 아니라 잉카의 흥륭성쇠(興隆盛衰)를 침묵으로 명징히 보여주는 활물성(活物性)을 띤다. 말하자면, 소멸된 제국의 폐허에 놓인 '마추픽추'의 돌들은 역사적 죽음으로서 그 생명을 소진한 게 아니라 시인의 신생의 욕망에 의해 또 다시 생명을 부여받는다.

　　신 앞에 매인 몸들인 잉카의 꿈.
　　돌들은 한자리 박혀 오래 살기보다는
　　우루밤바 강에 춤추며 떨어지는 꿈을 꿨다.
　　꿈꾸는 돌들은 자유를 희망했다.

하늘의 별들이 우박처럼 떨어지는

낙하는 비상의 다른 의미다.

누가 하늘 높이 자기의 꿈을 싸서 돌로 던진 것일까.

그 안데스 산맥 위로 잉카의 꿈이 날았다.

돌이 새가 되었다. 자유를 사랑하는 새가 되었다.

유성 같은 새가 하늘로 솟구쳤다.

유유히 안데스를 지배하듯 나는 콘도르였다.

하늘을 날 수 있는 돌은 콘도르뿐이었다.

콘도르가 없는 잉카를 어찌 노래할 수 있으랴.

돌이 떨어지거나 솟구치거나 하는 것 같은 새.

콘도르는 안데스의 하늘이고 돌의 날개다.

어찌 콘도르가 하늘을 그냥 날겠는가.

털끝만치 미세한 바람의 흐름도 다 감지하고

그 느낌대로 호흡하며 기류를 타는

콘도르를 사랑한다는 것은 페루를 사랑하는 것이다.

하늘로 나는 콘도르의 심장을 사랑하는 것이다.

피리와 노래의 숨결을 사랑하는 것이다.

신 앞에 자유로웠던 콘도르의 심장 잉카의 꿈.

— 연작시 〈2〉 부분

아마존의 어머니로서 잉카의 성스러운 계곡인 우르밤바로 돌들이 낙하한다. 그런데, 강우식 시인에게 낙하하는 잉카의 돌들은 동시에 "유성 같은 새가 하늘로 솟구"치는 것과 동일성을 이루는 '비상(飛翔)'으로 전도된다. 달리 말해 잉카의 돌은 커다란 날갯짓으로 안데스를 유영하는 콘돌로 그 심상이 전이된다. 그리하여 "콘도르는 안데스의 하늘이고 돌의 날개다." 이제 날개를 단 잉카의 돌들은 더 이상 돌이 아니라 '마추픽추'의 창공을 자유롭게 훨훨 나는 명실공히 안데스의 주인 콘돌의 생명으로 거듭난 것이다. 때문에 "콘도르를 사랑한다는 것은 페루를 사랑하는 것"과 상통하고, 이는 잉카와 라틴아메리카를 사랑하는 것과 다를 바 없다. 이렇게 안데스의 돌들은 영원불멸의 활물성을 띤 채 소멸한 공중의 도시 '마추픽추'의 창공을 의연히 내려다보는 콘돌의 비상으로 새 생명을 부여받고 있다.

이렇게 시인의 시적 상상력에 의해 새 생명을 부여받은 잉카의 돌들은 신성의 공간성을 획득하고, '마추'와 '픽추'의 아름다운 사랑의 대파노라마를 연출할 마당을 제공한다. 여기서, 다시 한번 상기해두고 싶은 게 있다. 시인의 이러한 신성의 공간성 추구와 '마추'와 '픽추'의 사랑에는 "반복되었던 살육의 역사"로 점철된 "폐허의 도시를 활기찬 도시로 바꾸"(연작시 〈3〉)고 싶어하는, 그래서 새로운 생명을 불어넣음으로써 '마추픽추'로 표상되는 잉카와 라틴아메리카의 도저한 문명의 활력을 새롭게 발견하고자 하는 시인의 웅혼한 의지를 결코 과소평가할 수 없다. 분명, 강우식은 한국문학의 영토 안에서 한국문학을 풍요롭게 살찌운 시작(詩作) 활동을 펼쳐온 한국의 시인이지만, 이번 연작시 「마추픽추」를 통해 그의 시 경계는 한국문학의 영토를 훌쩍 넘어 세계문학의 당당한 문학 실체로서 그 존재의 가치를 득의(得意)하고 있다. 이것은 그의 「마추픽추」가 소재의 차원을 넘어 인류의 위대한 문명적 자산에 대한 그 특유의 시적 상상력의 불길을 뜨겁게 지펴, 종래 유럽중심주의(혹은 서구의 근대)로 함몰된 자유시의 경계를 넘어서는 형상적 사유를 통해 보증되고 있다.

태양문을 지나며 들른 무당의 집에서는
늘 굿거리장단과 주술소리로 가득 차 있다.
둥둥 두둥둥 무녀가 북을 친다.
안데스의 하늘의 새벽살결이 떨리듯

마추픽추의 정상에서 태양신을 맞이하는
신성한 하루의 북소리다.
사람의 살갗을 벗겨 만든 그 소리는
마추픽추의 잉카들의 나날의 삶을 점지해 주는
하늘의 울림이다. 어느 땐가는
신에게 바쳐질 운명으로 태어난
공동체 속의 마추와 픽추의 노동도
그 소리의 흐름 따라 시작된다.

— 연작시 〈3〉 부분

시인의 가상적 인물인 마추와 픽추의 삶은 "늘 굿거리장단과 주술소리
로 가득 차 있다." 흥미로운 대목이 아닐 수 없다. 안데스의 주술적 아우라
는 기실 우리에게 익숙한 한국의 주술적 아우라와 포개진다. 시적 상상력
의 도약이며 횡단이고 경계 넘기다. 이렇게 안데스와 잉카는 물리적 거리
를 무화시킨 채 성속일여(聖俗一如)의 어떤 것을 공유하고 있는 한국 시인
강우식의 뮤즈와 내밀한 소통을 이룬다. 이쯤 되면, 한국 시인이냐, 페루
시인이냐, 라틴아메리카의 시인이냐, 하는 근대의 국민문학의 경계로 구
획되는 문학 논의는 불필요하고 소모적이다. 이것보다 중요한 것은 지구
적 관심사를 갖고, 세계의 문명에 대한 보다 높고 근원적 차원의 상상력에
토대를 둔, 말 그대로 지구적 보편의 심상을 다룬 형상 사유가 긴요하다.

3.

강우식의 「마추픽추」는 이처럼 지구적 보편의 심상을 치열히 궁리하
고 있는, 그래서 한국시의 새로운 지평을 심화·확산시키는 데 주요한 몫
을 다 하고 있다. 여기에는 그의 전위적 상상력 속에서 뜨겁게 지펴지고

있는 '마추'와 '픽추'의 사랑의 대파노라마가 연출되고 있다.

사랑에는 아픔과 상처가 있어야 했다.
그 상처는 상처에 다시 상처를 내는 잔인한 상처였다.
사랑은 상처의 느낌이었다.
태양처럼 붉고 둥근 완벽한 상처여야 했다.
피는 늘 끓어 넘치는 샘이고 분수였다.
태양이 사라진 밤이면
태양 대신에 작은 심장을 태우며
사랑을 해야 했다. 사랑 중에 가장 미치는,
근친의, 죄 많은, 잔인한
아픈 희열로 처절히 울부짖어야 했다.

— 연작시 〈6〉 부분

밤이면 축제가 벌어졌다.
심장을 꺼내어 북을 만들고
페루드란스의 널름대는 혓바닥. 횃불을 밝히고
소리를 듣고 맛을 보고 살의 향기와 촉감을 느끼려고
페루드란스처럼 뒤에서 독을 쏘듯이 박았다.
구멍은 적도 밀림 속 깊은 동굴이었다.
동굴 하나로 모든 게 가능했다.
동굴에 드는 데는 앞과 뒤, 상과 하가 없었다.
달빛 아래서의 섹스는 춤이었다.
바람의 향기가 흐르는 론도의 물결이다.
오줌주머니 터지듯 달빛은 주룩주룩 흐르고
오줌주머니 터지듯 달빛은 가득 차 주룩주룩 흐르고

우우우 괴성이 저절로 터지는 밤이었다.

하늘을 향해 울부짖는 괴물이 탄생하는 밤이었다.

모든 짐승들이 새끼를 낳는 진통과 기쁨의 밤이었다.

마추와 픽추의 사랑도 밤낮으로 이어졌다.

　　　　　　　　　　　　　　　　── 연작시 〈7〉 부분

뱀들이 끊임없이 꿈틀거린다.

동면하던 봄이 깬다. 안데스 계곡을 흐르는 물줄기도

꿈틀꿈틀 흐르고 모든 사물들을 몸을 부풀러

초록잎 같은 사랑을 틔우려 몸살을 한다.

깨어난 사랑이 벌거숭이로 덩실덩실 탈춤을 춘다.

율동이다. 잉카의 남자들은 페루드란스였다.

뒤에서 소리 소문 없이 다가와

여자를 밀착시키고 돌기둥을 박았다.

마주보는 충돌이 아니라

일직선으로 같이 흘러가는 물결이었다.

짐승 같은 원시본능이 춤이 됐다.

사랑하는데 얼굴을 모르면 어떠냐.

얼굴은 보면서부터 죄가 생긴다.

(중략)

끝내는 탈을 쓰지 않고도 탈을 쓴 것 같은

사랑에 무지한 밤이 시작되었구나.

　　　　　　　　　　　　　　　　── 연작시 〈11〉 부분

　'마추'와 '픽추'의 사랑은 근친의 사랑인 만큼 "광기와 샤먼의 바람"(연작시 〈5〉) 속에서 "반역의 사디즘이고 마조히즘"(연작시 〈6〉)으로 그들의 영육을 미치도록 휩싸고 돈다. 그들의 사랑은 "언제나 육의 헌신이었다./ 늘 태양같이 뜨거운 심장을 바쳐야 하는,/육을 헌신하는 육화(肉化)된 사랑 이었다." 안데스의 들판과 협곡을 가득 채우고 넘쳐 흐르는 사랑의 정념 으로 잉카는 다시 생명을 부여받는다. 강우식에 의해 연출되는 '마추'와 '픽추'의 이 사랑의 대파노라마는 태곳적 우주창생의 신화의 또 다른 재현 이 아니고 무엇인가. 가식의 껍데기를 훌훌 벗어던진, 종교의 관념적 신성 의 문화이데올로기를 전복시키는 성속일여로서 사랑의 대서사시는 연작 시 「마추픽추」의 진경(眞境)을 드러낸다.

이와 같은 '마추'와 '픽추'의 순연한 사랑을 통해 우리는 소멸해간 잉카 의 뭇 생명의 싱그러움뿐만 아니라 산정의 도시 '마추픽추'의 존재가치가 지닌 고대 문명의 어떤 그 무엇을 새롭게 발견하게 된다. 그것은 성과 속, 그리고 미와 추를 초월한, 달리 말해 세상의 참된 진리를 가로 막고 있는 온갖 분별의 논리로서 도저히 포착할 수 없는 인간과 우주의 본연의 생명의 존귀함의 경지에 육박하는 것이다. 이것을 서구의 근대 합리적 이성의 힘으로 온전히 파악할 수 없다는 것은 자명하다. 도리어 서구의 근대적 폭력이 합리적 이성의 미명 아래 잉카 제국을 순식간에 소멸시키 지 않았던가.

날이 갈수록 전지구적 자본주의 세계체제 아래 우리의 일상은 기실 초 국적 자본에 의해 통제받고 있으며, 새로운 형식의 식민주의는 일상을 정교히 식민화시키고 있다. 살아 있되, 삶의 생기가 소진된 현실을 살고 있는 우리들에게 절실히 요구되는 것은 생의 싱그러움이 아닐까. 이 싱그 러움이 기반하고 있는 살아 있는 것들의 신성성의 복원이 아닐까. 물론, 그렇다고 우리가 역사 이전의 고대 신화의 세계로 돌아가 살 수는 없다. 중요한 것은 점차 망실해가고 있는 성스러움의 가치에 대한 전면적인 반 성적 성찰이다. 강우식의 연작시 「마추픽추」는 비록 안데스의 소멸해 간 공중의 도시 '마추픽추'를 노래한 데 불과하지만, 시의 곳곳에 보석처럼 박혀 있는 안데스의 구체적 풍물과 풍광, 그리고 사람들의 삶은 이 산정의 도시가 우리와 거리를 둔, 그래서 일종의 오리엔탈리즘적 시선으로 인식되는 그런 유적의 폐허가 아니라 "모두 사랑의 전사고 순교자"(연작시 〈15〉)인 '마추'와 '픽추'의 후예들이 여전히 사랑을 하며 살고 있는 영원한 자유와 평화의 성소(聖所)라는 시적 진실이다.

4.

강우식의 이번 연작시 「마추픽추」는 역작이다. 그의 시를 음미하고 있노라면, 절로 잉카의 말 없는 돌이 되고, 이어서 콘돌이 되고, 그래서 안데스의 산정과 협곡을 자유롭게 유영하고, 근대로 획정된 시공간의 개념을 무화시킨 채 태곳적 시원의 성속일여의 자유와 평화의 삶을 만끽하게 된다. 그래서일까. 「마추픽추」를 음미하는 동안 우리는 비로소 지구적 보편주의를 이루는 세계문명을 향한 온전한 이해의 경계로 성큼 들어선다. 이제 '마추픽추'는 네루다와 체 게바라는 물론, 강우식의 역작 「마추픽추」에 의해 또 다른 비의성의 전모가 드러난 셈이다. 그것은 지금도 쉼 없이 온갖 근대의 억압에 구속돼 있는 우리에게 타전하고 있는, 안데스와 라틴아메리카의 자유와 평화를 향한 삶의 혁명의 에너지의 솟구침이며, 유영이며, 울림이다. 이렇게 강우식의 「마추픽추」는 그 문명적 소통과 연대를 통해 자유와 평화를 향한 생명의 전율로 우리를 매혹한다.

사랑은 아름답고 아름다운 꽃이다.
꽃잎 한 잎 하르르 떨어지면
그 꽃잎 하나에 천지가 무너지듯
마추와 픽추도 죽음으로써
세상의 모든 것은 끝나버렸다. 사랑이란 그런 것이다.

모든 사라지는 것은 노을처럼 장엄하고 신비하다.

그 신비를 터득하고자 사람들은

오늘도 가슴에 마추픽추 산山 하나를 가진다.

콘도르 날개 짓 같은 안데스 바람이여

마추와 픽추의 혼령이여 울어라.

태양의 땅 밤의 마추픽추는 잠들어도 잠 깨어도

신비한 돌의 침묵 속에 우뚝하리라.

— 연작시 〈16〉 부분

도종환의 '사랑의 정치학':
사랑의 서정, 자기성찰, 시의 품격

정치적 알레고리로서 '사랑의 서정'

갈수록 부박한 현실의 사위에 갇혀 있는 우리의 삶을 위무해줄 수 있는 것은 무엇일까. 악다구니 치는 삶의 현장에서 온갖 이해관계로 만신창이가 된 채 상처투성이로 사는 우리의 몸과 마음을 치유해줄 수 있는 것은 무엇일까. '나'의 행복도 중요하지만 '우리'의 행복을 모두 아우르는 욕망과 선의지(善意志)를 품는 일은 요원한 것일까.

시인 도종환의 시세계를 관류하고 있는 시적 물음은 바로 이와 같은 것과 결코 무관하지 않다. 시집 『접시꽃 당신』(1986)으로 대중의 폭발적 사랑을 받은 그의 시는 한국시문학사의 대하(大河)의 한 흐름인 '사랑의 정치학'을 창발적으로 계승하고 있다. 그것은 사랑의 서정을 노래하되 그 서정은 근대적 주체의 자기세계를 정립하는 데 초점이 맞춰지는 게 아니라 타자와 상호주관적 관계 속에서 주체와 타자의 상생과 공존의 세계를 모색한다. 따라서 도종환의 시세계를 이해할 때 이와 같은 점을 쉽게 지나쳐서는 곤란하다. 가령, 「접시꽃 당신」과 「어떤 연인들」이란 시를 음미해보자.

그러나 당신과 내가 함께 받아들여야 할
남은 하루하루의 하늘은

끝없이 밀려오는 가득한 먹장구름입니다

(중략)

우리가 버리지 못했던

보잘것없는 눈높음과 영욕까지도

이제는 스스럼없이 버리고

내 마음의 모두를 더욱 아리고 슬픈 사람에게

줄 수 있는 날들이 짧아진 것을 아파해야 합니다

(중략)

이 어둠이 다하고 새로운 새벽이 오는 순간까지

나는 당신의 손을 잡고 당신 곁에 영원히 있습니다

—「접시꽃 당신」부분

(『접시꽃 당신』, 1986)

스물 여섯 일곱쯤 되었을까

남자의 뽀얀 의수가 느리게 흔들리고

손가락 몇 개가 달아나고 없는 다른 손등으로

불꽃 자국 별처럼 깔린 얼굴 위

안경테를 추스르고 있었다

뭉그러진 남자의 가운뎃손가락에 오래도록 꽂히는

낯선 내 시선을 끊으며

여자의 고운 손이 남자의 손을 말없이 감싸 덮었다

굴을 벗어난 차창 밖으로 풀리는 강물이 소리치며 쫓아오고

열차는 목행을 향해 달려가고 있었다

여자의 머리칼을 쓰다듬는 남자의 손가락 두 개

여자는 남자의 허리에 머릴 기대어 있었고

남자의 푸른 심줄이 강물처럼 살아서 흘러내리고 있었다

—「어떤 연인들」 부분
(『접시꽃 당신』, 1986)

위 두 편의 시들을 얼핏보면 사랑하는 이들의 애틋한 연정을 노래하고 있는 것처럼 보인다. 두루 알듯이 「접시꽃 당신」에서 도종환 시인은 암투병을 해온 아내와 뼛속 깊은 사랑의 절창을 들려주고, 「어떤 연인들」에서는 어떤 사연이 있는지 모르지만 의수(義手)를 한 남자와 그 상처를 보듬어 감싸주는 여인이 서로 말없이 기차 굴 속을 통과하는 모습을 보여준다. 이 시들이 수록된 시집 『접시꽃 당신』이 베스트셀러가 된 데에는 위 두 편의 시에서 단적으로 드러나듯, 우리의 일상에서 가장 가까운 곳에 있었기 때문에 애써 외면했거나 아예 무관심했거나 그저 대수롭지 않게 지나쳐온 존재의 가치를 새로 발견함으로써 그것이 얼마나 고귀하고 사랑스러운 것인가의 울림을 가져왔기 때문이다.

그런데, 우리는 도종환의 이러한 사랑의 서정을 휩싸고 도는 또 다른 시적 맥락을 숙고하지 않을 수 없다. 그는 무크지 『분단시대』(1984년 창간)에 「고두미 마을에서」를 발표하면서 본격적으로 시를 쓰기 시작한 이래 1980년대의 시대적 질곡을 그 나름대로의 시작(詩作)으로 대응해왔다. 비록 그의 시가 동시대의 민족민중문학 계열에서 '운동'으로서 전위에 서 있는 시적 대응을 예각화한 것은 아니지만, 그의 시를 관류하는 '사랑의 서정'에는 1980년대를 온몸으로 살아내야 하는, 그리하여 시대의 폭압 속에서 스러져서는 안 될 생명의 영원성을 향한 정치적 욕망이 스며들어 있다. 말하자면 그의 '접시꽃 당신' 계열의 시는 1980년대의 엄혹한 시대의 고통과 상처 속에서 심지어 죽음으로 불모화되는 현실을 살아가는 치열한 삶에 대한 정치적 알레고리로 읽을 수 있다. 이것은 도종환의 시가 함의한 '사랑의 정치학'이다. '접시꽃 당신' 계열의 시가 꾸준히 독자의 사랑을 듬뿍 받고 있는 데에는 도종환의 시의 감동의 지점이 서로 다름에도 불구하고 독자가 살고 있는 구체적 삶의 현실에서 '사랑의 정치학'을 그들 스스로의 것으로 체화하기 때문이다.

이러한 그의 시적 매혹은 1980년대에만 국한되지 않고, 1990년대와 2000년대에 이르는 그의 시세계에서 한층 농익어간다.

> 저것은 벽
> 어쩔 수 없는 벽이라고 우리가 느낄 때
> 그때
> 담쟁이는 말없이 그 벽을 오른다
> 물 한 방울 없고 씨앗 한 톨 살아남을 수 없는
> 저것은 절망의 벽이라고 말할 때
> 담쟁이는 서두르지 않고 앞으로 나아간다
> 한 뼘이라도 꼭 여럿이 함께 손을 잡고 올라간다
> 푸르게 절망을 다 덮을 때까지
> 바로 그 절망을 잡고 놓지 않는다
> 저것은 넘을 수 없는 벽이라고 고개를 떨구고 있을 때
> 담쟁이잎 하나는 담쟁이잎 수천 개를 이끌고
> 결국 그 벽을 넘는다.

—「담쟁이」 전문
(『당신은 누구십니까』, 1993)

1980년대의 시대고(時代苦)를 견뎌낸 1990년대에 문민정부가 들어서면서 형식적 민주주의가 도래했으나 우리 사회가 추구해야 할 민주주의를 향한 대장정은 새로운 과제를 제기하였다. 90년대 사회는 80년대처럼 "최

루탄 쏘는 소리에 더욱 어두워지는 하늘 아래에서/길을 찾으며 우는 낯모르는 아이를 안고 막힌 길을 달"(「아가, 너희는 최루탄 없는 세상에서 살아라」, 『내가 사랑하는 당신은』, 1988)리지 않아도 되는, 바꿔 말해 싸워야 할 뚜렷한 적(이른바 3反인 反민주·反민족·反민중)이 현상적으로 사라져 절실히 사랑해야 할 대상마저 잘 보이지 않는 "절망의 벽"을 앞에 두고 있다. 이 벽 앞에서 시인은 "담쟁이잎 수천 개를 이끌고" 보란듯이 벽을 기어올라 넘는다. 여기서 민족민중문학 계열의 시들이 90년대 초 그 특유의 '운동성'을 현저히 잃고 지난 시대에 그토록 힘들게 쟁취한 민중성을 급속도록 휘발시키고 있었음을 환기해볼 때 도종환의 이 도저한 시적 행동, 즉 민중의 포월(匍越)을 주목할 필요가 있다. 1980년대에 쟁취한 민중성이 얼마나 값진 것인지 그 가치를 결코 폄하할 수는 없다. 하지만 폭압적 현실을 넘어서기 위한 각종 운동으로서 기획한 민족민중문학 계열의 시작(詩作)이 성급히 구체적 현실에 착근하지 못한 채 부정한 현실을 '초월'하려는 조급성 속에서 누적된 한계를 눈감을 수 없는 것이다. 때문에 도종환의 '담쟁이'가 지닌 메타포, 즉 '기어넘어가는-포월'의 민중성은 1980년대와 단속(斷續)되는 1990년대 초 그리고 그 이후에도 성찰해야 할 과제를 제시해준다. 그의 이러한 민중성은 수천년 전 전쟁에 패해 바빌론에 끌려와 노예로 전락한 히브리 민중들이 자유를 갈구하면서 강과 비탈과 언덕을 건너 고향을 애타게 그리워하는 노래를 시인이 듣는 대목에서(「히브리 노예들의 합창을 들으며」, 『세시에서 다섯 시 사이』, 2011), 2000년대 이후 시인이 발견하고 갈무리해나갈 '포월'의 민중성을 거듭 확인하게 된다.

약소자(弱小者)들과 함께 있는 '자기성찰'

도종환의 시세계를 이해할 때 시인 자신에 대한 부단한 '자기성찰'을 소홀히 여길 수 없다. 매섭고도 준열한 자기성찰의 노력 없는 '사랑의 정치학'은 진실을 결여할 수밖에 없다. 그런데 여기서 오해해서는 곤란하다. 도종환의 자기성찰은 다시 한번 강조하지만 근대적 주체의 자기세계를 정립하기 위한 데 초점이 맞춰져 있지 않다.

> 유월 이십 구일 나는 지금 죄수복을 입고 감옥에 앉아 있다
> (중략)
> 두 해 동안 정말 바쁘게 살았다.
> 그들이 약속한 민주적인 삶을 위하여
> 내가 발 디디고 선 교단의 민주를 위하여
> 따뜻한 밥 한 그릇 식구들과 나누어 먹지 못하고
> 푸근하고 넉넉한 잠을 자 보지 못했다.
> 내가 하는 일에 조금도 삿된 마음을 먹지 않았었다.
> 취침나팔 소리에 모포를 끌어 얼굴을 덮으며 생각해 본다.
> 그런데 지금 나는 어디에 와 있는가
>
> ―「유월 이십 구일」 부분
> (『지금 비록 너희 곁을 떠나지만』, 1989)

도종환 시인은 학교의 민주화를 위한 실천 도중 감옥에 갇힌다. 그곳에서 그는 끔찍한 범죄를 저질러 감옥에 갇힌 그의 학생과 죄수의 처지로 만나 "끝까지 책임지지 않는 자의 허울뿐인 사랑의 끝을/이토록 뼈저린 만남으로 알게 하는구나"(「잘 가라, 준아」, 『지금 비록 너희 곁을 떠나지만』)란, 반성적 성찰에 이른다. 비록 그 자신이 고백하듯이, "내가 하는 일에 조금도 삿된 마음을 먹지 않았"지만, 그래서 1980년대의 저 폭압의 시대와 맞서는 가운데 영어(囹圄)의 처지에 놓였지만, 시인은 "그런데 지금 나는 어디에 와 있는가"고 캄캄한 감옥의 허방 저편을 응시한다. 도종환 시인의 시적 매혹이 보기에 따라서는 지극히 미시적인 개인의 삶의

편린에 감응하는 것으로부터 형성되는 것 같지만, 이 역시 그것의 경계를
훌쩍 넘어 시대의 환부를 심하게 앓고 있는 우리 시대의 표상과 겹쳐진다.
그래서 시인의 자기성찰은 1980년대의 끄트머리에 서 있는 우리에게 "그
런데 지금 우리는 어디에 와 있는가"로 바뀌어도 무방하지 않았을까.

이 같은 자기성찰은 온몸을 걸고 있는, 급기야 생명을 소진시키는 단식
의 절박함으로 다가온다.

> 아름다운 세상을 꿈꾸는 일은 이토록 어려운가
> 단식농성장에서 병원으로 실려오는 차 안에서
> 주르르 눈물이 흐른다, 나이 사십에
>
> 아름다운 세상 아, 형벌 같은 아름다운 세상
>
> —「단식」 전문
> (『사람의 마을에 꽃이 진다』, 1994)

자신의 생명을 서서히 소진시키는 것은 "아름다운 세상을 꿈꾸는 일"을
위해서다. 이 일을 위해 누군가의 생명은 꺼지고 있다. 단식은 생의 엄숙한
자기결단이 서지 않고서는 수행하기 어려운 일이다. 하물며 아름다운 세상
을 꿈꾸기 위해 곡기를 끊고 자신의 결연한 의지를 보이는 것 자체가 아름
다운 세상을 향한 구도(求道)의 수행과 다를 바 없다. 이러한 단식의 도정에
서 시적 주체는 더 이상 단식을 진행하지 못한 채 병원으로 실려가다가
눈물을 흘린다. 흐르는 눈물과 함께 참으로 많은 것들이 주체할 수 없을
정도로 흐른다. 이것을 어찌 시인의 언어로 다 포착할 수 있으리오. 그
눈물에는 식민지 역사의 오랜 상처가 숱한 시간의 흐름 속에서 씻겨지지
않은 채 더욱 "살 깊은 곳 찌르고 간 식민지의 낙인 하나"(「조센 데이신타
이」, 『고두미 마을에서』, 1985)로 선명히 남아있고, 온갖 상처와 고통을

치유해 주고 절망보다 희망을 품도록 하는 "누군가에게 저 별처럼 있고
싶"(「별 하나」, 『세 시에서 다섯 시 사이』)은 간절함이 있는가 하면, 세상의
약소자(弱小者)와 함께 있는 것을 기뻐하고 그들에게 "이름이 없는 꽃"(「꽃
다지」, 『내가 사랑하는 당신은』)으로 존재하는 것에 대한 연대감이 흐른다.
    그리하여 시인의 자기성찰은 자기세계의 정립을 넘어 고통받는 약소
자들과 함께 가는 자기를 향한 부단한 반성적 성찰이면서 언제 끝날지
모르는 그 길 위에서 자기윤리를 실천하는 셈이다.

> 내가 가지 않을 수 있는 길은 없었다
> 그 어떤 쓰라린 길도
> 내게 물어오지 않고 같이 온 길은 없었다
> 그 길이 내 앞에 운명처럼 파여 있는 길이라면
> 더욱 가슴 아리고 그것이 내 발길이 데려온 것이라면
> 발등을 찍고 싶을 때 있지만
> 내 앞에 있던 모든 길들이 나를 지나
> 지금 내 속에서 나를 이루고 있는 것이다
> 오늘 아침엔 안개 무더기로 내려 길을 뭉텅 자르더니
> 저녁엔 헤쳐온 길 가득 나를 혼자 버려둔다
> 오늘 또 가지 않을 수 없던 길
> 오늘 또 가지 않을 수 없던 길

—「가지 않을 수 없던 길」 부분
(『부드러운 직선』, 1998)

시의 품격으로서 통합의 세계로 이르는

이처럼 도종환 시인에게 길은 늘 새롭고 낯선 것으로, "낯설고 절박한

세계에 닿아서 길인 것이다"(「처음 가는 길」,『해인으로 가는 길』, 2006)는
시적 진실과 마주한다.『분단시대』(1984) 동인으로서 시를 쓰기 시작한
이후 어언 30여 년의 시력(詩歷)이 말해주듯, 그는 '사랑의 정치학'을 온
몸으로 밀고나간 시인 중 하나다. 그의 시세계는 아직도 '처음 가는 길'을
걷듯이 부단히 길 위에서 쓰여지고 있다. 그 도정에서 우리가 문득 마주한
그의 시 품격을 주목하지 않을 수 없다.

> 높은 구름이 지나가는 쪽빛 하늘 아래
> 사뿐히 추켜세운 추녀를 보라 한다
> 뒷산의 너그러운 능선과 조화를 이룬
> 지붕의 부드러운 선을 보라 한다
> (중략)
> 그러나 저 유려한 곡선의 집 한 채가
> 곧게 다듬은 나무들로 이루어진 것을 본다
> 휘어지지 않는 정신들이
> 있어야 할 곳마다 자리잡아
> 지붕을 받치고 있는 걸 본다
> 사철 푸른 홍송숲에 묻혀 모나지 않게
> 담백하게 뒷산 품에 들어 있는 절집이
> 굽은 나무로 지어져 있지 않음을 본다
> 한 생애를 곧게 산 나무의 직선이 모여
> 가장 부드러운 자태로 앉아 있는
>
> ―「부드러운 직선」 부분
> (『부드러운 직선』, 1998)

언덕 위에 줄지어 선 나무들이 아름다운 건

나무 뒤에서 말없이

나무들이 받아안고 있는 여백 때문이다

나뭇가지들이 살아온 길과 세세한 잔가지

하나하나의 흔들림까지 다 보여주는

넉넉한 허공 때문이다

빽빽한 숲에서는 보이지 않는

나뭇가지들끼리의 균형

가장 자연스럽게 뻗어 있는 생명의 손가락을

일일이 쓰다듬어주고 있는 빈 하늘 때문이다

여백이 없는 풍경은 아름답지 않다

비어 있는 곳이 없는 사람은 아름답지 않다

여백을 가장 든든한 배경으로 삼을 줄 모르는 사람은

—「여백」 전문

(『슬픔의 뿌리』, 2002)

위 두 편의 시는 함께 음미해야만 시의 맛과 멋을 제대로 감지할 수 있다. 말 그대로 곧은 나무기둥으로 떠받쳐 있는 지붕의 유려한 곡선은 "뒷산의 너그러운 능선과 조화를 이룬"다. 그 절집의 둘레 "언덕 위에 줄 지어 선 나무들" 틈새로 "넉넉한 허공"이 사위를 감싼다. 수직으로 떠받쳐 있는 기둥과 그 위에 놓인 곡선의 지붕을 시인은 분리하지 않고, 하나의 덩어리, 즉 '부드러운 직선'으로 감응한다. 모순형용의 세계를 통합의 세계로 감응하는 시인의 품격이 어느날 갑자기 획득된 게 아니라는 사실은 그의 '사랑의 정치학'의 도정 곳곳에서 살펴볼 수 있다. 뿐만 아니라 우리 가 눈여겨보아야 할 것은 이 통합의 세계를 감싸고 있는 미의 진경의 실체 다. '넉넉한 허공'으로 불리우는 '여백'의 아름다움이 그것이다. 이와 관련 하여 동양 산수화의 '여백'의 미를 떠올리기 십상인데, 산수화의 '여백'이

그 자체로 자족적인 미의 어떤 완숙한 세계를 표상한다면, 도종환의 그것
은 위 시에서 읽을 수 있듯 여백의 자족성에 초점을 두기보다 여백과 어우
러져 있는 존재들과의 친밀한 관계로서 통합의 세계인 셈이다. 물론 이때
의 통합은 존재하는 것들 사이의 위계를 통해 어느 특정한 것의 위상으로
쏠린 통합이 아니라 저마다 존재하는 것들의 존재적 가치를 동등하게 간
주하는 대등한 위상의 차원에서 저마다의 본성을 넘어선 또 다른 세계의
본성을 보인다. 다시 말해 도종환의 길 위에서 시적 실천은 '여백'을 동반
하고 있는 '부드러운 직선'의 시의 품격을 벼리고 있다.

　이러한 그의 시의 품격은 비록 젊은 날처럼 아름다운 세상을 향한 꿈을
위해 뜨거운 열정의 불길을 계속하여 지필 수는 없되, '사랑의 정치학'
자체를 결코 포기할 수 없는 또 다른 시작을 그로 하여금 앙가슴에 품도록
한다.

　열정이 식은 뒤에도
　사랑해야 하는 날들은 있다
　벅찬 감동 사라진 뒤에도
　부둥켜안고 가야 할 사람이 있다

　(중략)

　이정표 잃은 뒤에도
　찾아가야 할 땅이 있다
　뜨겁던 날들은 다시 오지 않겠지만
　거기서부터 또 시작해야 할 사랑이 있다

　　　　　　　　　　　　　　　　　　　　　—「저녁 무렵」 부분
　　　　　　　　　　　　　　　　　　　　　(『슬픔의 뿌리』, 2002)

그렇다. 도종환은 욕심이 없다. 그는 "뜨겁던 날들은 다시 오지 않"으리라는 것을 잘 알고 있다. 그의 젊은 시절을 뜨겁게 달구던 벅찬 감동을 애오라지 재현하지 않는다. 다만 그는 열정이 식은 바로 "거기서부터 또 시작해야 할 사랑"을 할 뿐이다. 어떻게? 은은하게……

2015년은 도종환 시인에게 시력(詩歷) 30여 년뿐만 아니라 1954년에 출생한 지 60여 년을 통과하는 전환점이다. 이 짧은 지면에서 그의 삶과 시를 온전히 살펴보는 것은 어불성설일 수밖에 없다. 그럼에도 불구하고 '사랑의 정치학'은 그의 시세계를 관류하고 있으며, 그가 득의(得意)한 시의 품격은 부박한 세태를 살아가는 우리의 옷매무새를 매만지도록 한다. 이후 그가 어떠한 시의 길을 걸어갈지 '은은함'의 시의 품격에 감응해 본다. '은은함' 속에서 모든 부정한 것들이 순한 얼굴의 통합의 세계로 돌아오기를……

은은한 것들 아래서는 짐승도 순한 얼굴로 돌아온다
봄에 피는 꽃 중에는 은은한 꽃들이 많다
은은함의 강물이 되어 흘러가는 꽃길을 따라
우리의 남은 생도 그런 빛깔로 흘러갈 수 있다면
사랑하는 이의 손 잡고 은은하게 물들어갈 수 있다면

—「은은함에 대하여」부분
(『세시에서 다섯 시 사이』, 2011)

[보유]

"푸르게 다시 살아가는 것, 그것이 큰 복수다"
— 도종환,『정오에서 가장 먼 시간』

1.

시집을 음미하는 내내 눈에 밟히고 입속에서 웅얼거려지는 시어와 시구, 그리고 이것들이 어우러져 자아내는 심상이 있다. 이것은 어떤 음식을 맛볼 때 그 음식 고유의 풍미를 이루는 것들과 흡사하듯, 도종환의 시집『정오에서 가장 먼 시간』(창비, 2024)의 경우 시간, 고요, 바람, 나무, 별 등이 함의한 심상과 간절한 기원과 겸양의 아우라로 이뤄진 시적 표현이 공명하는 감응력이 여기에 해당한다.

도종환의 이번 시집이 그의 다른 시집과 달리 다가오는 데에는, 2012년부터 3선의 국회의원으로서 정치 활동에 진력해온 것과 무관하지 않다. 그러니까 그는 십여 년 동안 폭설과 밤바람과 깊은 밤과 태풍으로 비유되는 세상 속에서 "박수와 경멸과 영광과 치욕과 환희와 고통"(「바깥」)을 살아온 바, 이 시집은 정치인으로서 시인의 성찰적 고뇌뿐만 아니라 시인으로서 정치인의 비판적 실천궁행(實踐躬行)이 곳곳에 스며들어 있다. '좋은 시'가 어떤 것인지를 새삼 생각하도록 하며, 우리는 '좋은 시'를 곁에 두고 찬찬히 음미할 시간이 필요하다.

2.

시인들은 저마다 시적 매혹이 있다. 도종환 시인의 시편들은 정치윤리적 서정의 감응력을 벼리는 가운데 시적 주체로 하여금 반성적 성찰이 지닌 시적 진실의 힘에 이르도록 한다. 그리하여 이러한 시작(詩作)의 도

정과 그 산물은 흡사 경전의 '말씀(혹은 진리)'에 포개진다. 가령, 다음의
시를 보자.

> 썩어가는 것들과 맞서면서
> 여전히 하얗게 반짝일 수는 없다
> 부패하는 살들 속에서
> 부패를 끌어안고 버티는 동안
> 날카로운 흰빛은 퇴색하고
> 비린내는 내 몸을 덮었다
>
> 그걸 보고 사람들은 저게 무슨 소금이야 한다
>
> 내가 해야 할 일을 경전은 거룩하게 기록했으나
> 이승에서 내가 맡은 역할은
> 비린내 나는 세상을 끌어안고 버티는 일
> 버티다 녹아 없어지는 일
> 오늘도 몸은 녹아내려
> 옛 모습 지워지는데
>
> 그걸 보고 사람들은 저게 무슨 소금이야 한다
>
> ─「소금」 전문

흔히들 '빛과 소금'처럼 소중한 존재가 되기를 기대하는데, '빛과 소금'
중 시인이 주목한 것은 '소금'이다. 시인이 주목하는 것은 소금이 "썩어가
는 것들과 맞서"는 역할이다. 무엇보다 부패한 것을 욕보이고 내팽개치는
공격이 아니라 도리어 그것들을 "끌어안고 버티"면서 심지어 그 비린내가
'나'를 덮어버려 '나'가 "녹아 없어지는 일"을 맞더라도 이 모든 것을 감내

하는 역할이 바로 '소금'의 존재 가치임을 주시한다. 비록 사람들은 '자기
-희생'의 숭고성을 궁행(躬行)하는 '소금'의 존재 가치를 모르지만, 시인
은 '소금'이 온몸으로 수행하는 이 '자기-희생'의 기록이야말로 '경전'과
다를 바 없음을 전한다. 그런데 이것은 그리 쉬운 일이 아니다. 무릇 진실
한 모든 수행이 그렇듯이 수행은 지고지순한 어떤 탈속의 경지에서 절차
탁마하는 그런 도정이긴 커녕 우리의 전 생애가 태풍이 끊일 날 없는 항해
를 준비하듯, 낯선 곳을 향한 항해의 여정에서 조우할 온갖 역경과의 부딪
침이 바로 수행이 아닌가.

> 또 태풍이 몰려오는 항해가 반복될 것이다
> 낯선 섬들을 만나고 오래된 도시들을 지나갈 것이다
> 이방인처럼 보이는 이들과 만나며
> 익숙지 않은 관습과
> 경계하는 시선들을 접하게 될 것이다
> 의심하는 이도 있고 미워하는 이도 많을 것이다
> 적국의 병사와 악수를 할 때도 있고
> 이교도들의 기도를 들어야 하는 날도 있을 것이다
> 그러나 그 길고 긴 여정의 충돌 속에서 지혜로워지고
> 생경한 경험들이 생을 더 풍요롭게 해주길 기원한다
> 무엇보다 낮엔 뜨겁고 밤엔 시린 바람 속에서
> 고양되는 어떤 것들이 정신의 일부가 되어주길 바란다
> 뱃전에서 미끄러지면서 한순간에 죽음의 늪으로 떨어지듯
> 모든 시간이 목숨을 걸어야 하는 순간의 연속이지만
> 다시 또 생애를 걸고 떠나는 이 항해가
> 치열하고 절박한 생의 시간으로 축적되길 바란다
>
> ─「출항」부분

기실, 이러한 '삶의 여정=항해'는 우리의 전 생애를 관통하는 그것이다. 다만, 누군가는 이 여정의 가치를 몰각하든지 폄훼함으로써 삶의 내공을 벼리지 않는 미숙한 처지에 자족할 터이다. 그래서 우리는 다음과 같은 시편에서 성찰하고 벼려야 할 삶의 경전에 새겨지고 있는 시적 표현을 곱씹어본다.

높은 산에서는 연꽃이 피지 않는다
연꽃은 낮은 곳에서 핀다

우리 너무 높은 곳에 있으면서
속으로는 연꽃 같기를 바라는 건 아닐까

흙물 튈까봐 조심조심 걸으면서
상식의 영역으로 많이 넘어와 있으면서

썩는 냄새도 물벌레도 불편해하면서
향기만 취하려는 건 아닐까

—「연꽃」 전문

황홀하게 물든 잎들 허공에 날려 보낼 때나
폭설이 몰아쳐 온몸 오그라드는 날에도
세상을 있는 그대로 볼 줄 아는 게 실력이라고
폭우 쏟아질 때부터 눈발 날릴 때까지
하루하루를 견딜 줄 아는 힘이 실력이라고
그걸 감당할 수 있어야
큰 나무 되는 거라고

겨울나무는 침묵의 장엄한 언어로 말을 건넨다

—「겨울나무」 부분

아직도 할 일이 있다는 것
어려울 때마다 상의할 사람이 있다는 것

아직도 마음이 뜨겁다는 것
간절할 때마다 달려갈 곳 있다는 것

아직도 별을 우러러본다는 것
외로울 때마다 바라볼 곳 있는 것

—「고마운 일 2」 전문

불가의 도를 상징하는 연꽃은 결코 높은 데서 피지 않는다. 진흙탕과 물벌레와 함께 연꽃의 아름다움은 그 절정에 도달하며 이 모든 도정이 예사로운 미의 경계를 훌쩍 넘듯(「연꽃」), 폭염과 폭우와 폭설을 묵묵히 받아내고 견뎌낸 겨울나무가 건네는 "침묵의 장엄한 언어"의 비의성을 득의(得意)할 때(「겨울나무」), 비로소 우리는 그동안 범박하게 눈여겨보지 않았던 것들 모두에게 눈길이 가고, 그것들 하나하나가 지닌 개별적 존재 자체와 그 이어짐 속에서 일어나는 일들이 결코 예사롭지 않은 고마움에 감응한다(「고마운 일 2」).

3.

이렇듯이 도종환의 시는 우리에게 그만의 시적 경전을 접하게 하는 경이로움을 만끽하도록 한다. 갈수록 정치윤리적 서정의 감응력이 탈근대

의 시작(詩作)과 맞물리며 시(인)의 경계 안쪽으로만 협애화되고 있음을
상기할 때 도종환의 예의 시들은 정치윤리적 서정을 어떻게 버리고 성숙
시켜야 할 것인가에 대한 물음을 다시 제기한다. 그럴 때, 「그의 시」가
타전하는 시적 전언은 좁게는 시문학을, 넓게는 문화예술 일반에 대한
성찰로 번진다.

> 그의 시는 비단처럼 화사하지 않다
> 그의 시는 달변이지 않고
> 세련된 기교로 탄성을 불러일으키지도 않는다
> 그의 시는 연필로 쓴 시라서
> 읽다가 조금 고쳐도 될 것 같다
> 다소 어눌한 데가 있고 투박한 것은
> 고향 언저리를 맴돌며 살고 있기 때문이다
> (중략)
> 사는 건 고달프고
> 많이들 외로워한다는 걸 그는 안다
> 그 자신이 그렇게 살았기 때문이다
> 그의 시를 읽는 동안 남을 용서하게 되는 것도 좋다
> 그의 시는 깃발처럼 휘날리지 않고
> 나팔 소리가 되어 전선으로 몰려가게 하지도 않는데
> 어떤 때는 명치끝을 뜨겁게 하고
> 주먹을 쥐게 한다
> 그의 눈빛이 맑기 때문이다
> 맑은 눈으로 차분하게
> 먼 노을을 응시하곤 하기 때문이다
>
> ─「그의 시」 부분

시인이 그리워하고 욕망하는 시의 진면목을 짐작해볼 수 있다. 돌이켜
보면, 「그의 시」에서 욕망하는 이런 시들이 부재하기 때문이었고, 그러므
로 시인은 '그의 시'와 같은 예의 시들을 곁에 두기를 욕망한다. 이것은
또한 도종환 시인이 정치인의 삶을 살면서 정치로서 시의 어떤 모습, 즉
정치와 시가 상호침투하는, 그리하여 한층 더욱 웅숭깊어져야 할 가장
정치적인 것이 시이고, 가장 시적인 것이 정치인, 그런 시적 실천궁행의
삶을 모색하는 일과 무관하지 않(았)음을 말한다. 그래서일까. 다음 시구
의 공명이 좀처럼 가시지 않는다.

고통을 고통으로 되돌려주려 하지 말자
극단을 극단으로 되돌려주려 하지 말자
여전히 푸르게 다시 살아가는 것
그것이 가장 큰 복수다

—「흐린 날」 부분

그렇다. "가장 큰 복수"는, "여전히 푸르게 다시 살아가"도록 하는, '보
다 높은' 차원의 정치윤리적 서정의 감응력을 북돋우는 일이다.

귀거래(歸去來),
심화(心花)와 활화(活花)를
피워내는

— 유용주, 『어머이도 저렇게 울었을 것이다』

1.

무슨 일이 있었던 것일까. 유용주의 이번 시집 『어머이도 저렇게 울었을 것이다』(걷는사람, 2019)에 수록된 「자화상」을 보는 순간 마치 블랙홀로 빨려들어가듯 사위가 캄캄하였다. 시인에게 대체 어떤 일이 있었기에 시쳇말로 정신을 놓아버린 말과 행동을 했던 것일까. 잦은 외출과 몹시 심한 건망증, 제 몸을 자유자재로 할 수 없어 벌어지는 난처한 일들, 그러다보니 대상을 인지하는 능력이 현저히 떨어진 채 감정의 기복은 심해 다른 사람과 더불어 일상을 사는 것보다 혼자 사는 게 편할 정도라니……. 모르긴 해도 시인 유용주가 이 시를 쓸 무렵 자신을 응시한 모습은 삶의 활력은 도통 찾을 수 없고 가까스로 생을 이어가고 있는 존재일 따름이다. 그렇다고 이번 시집이 「자화상」을 근간으로 한 시편으로 이뤄졌다고 간주하면 큰 오산이다. 시인은 「자화상」에서 냉정히 마주했듯, 생의 기운이 소멸해간 자신을 억지로 회복시키는 게 아니라 있는 그대로 그 모습을 응시하고, 자신의 부박한 삶을 웅숭깊게 보듬어 안아줄 고향에서 잃었던 생의 기운을 북돋운다.

산에는 나무가 있어 좋다

산에는 온갖 풀이 우거져있어 좋다

산에는 많은 새들이 지저귀고 있어 좋다

산에는 넝쿨열매와 나무뿌리를 주식으로 하는 짐승들이 있어 좋다

산에는 서늘한 공기와 그늘이 있어 좋다

산에는 맑은 물이 있어 좋다

산을 쥐어짜면 즙이 나온다고 한다

산에 오르면 하늘과 가까워 좋다

산에 오르면 바람의 고향이 어디인지 알 수 있어 좋다

산에는 벌레들이 있어 좋다

산은 하느님 아들 같다

산에는 사람이 없어 좋다

—「산에는」 전문

　얼핏보면, 산을 예찬하는 것처럼 들린다. 그래도 좋다. 시인에게 산은 나무, 풀, 새, 넝쿨열매, 나무뿌리, 짐승, 서늘한 공기, 맑은 물, 하늘, 바람, 벌레 등이 있어 하염없이 '좋은' 존재다. 말 그대로 "산은 하느님 아들"로서 이 세상에 존재하는 모든 것들을 창조하고 그것들을 무한히 사랑한다. 그런데 이러한 산의 존재가 시인에게 "좋다"고 간주되는데 "산에는 사람이 없어 좋다"는 마지막 행에 집약돼 있는 시적 진실을 예사롭게 지나쳐서 곤란하다. 이것을 뒤집어 곰곰 헤아려보면, 만일 산에 사람이 있다면, 산에 있는 모든 것들이 '좋지 않은' 대상으로 바뀐다는 것을 말한다. 이것은 사람은 산과 더불어 산에 있는 존재들에게 '좋지 않은' 것을 끼치기 때문일 터이다. 바꿔 말해, 사람이 있는 한 존재가 지닌 본래의 아름다움이 왜곡된다든지 아예 그것이 몰각될 수 있기 때문이다.

　모든 것이 얼어붙었다

인간 없는 세상이 이렇게 아름답다니

—「폭설」전문

아주 간명하다. 폭설이 내린 후 어느 정도의 시간이 흘렀을까. 동일 제목의 또 다른 「폭설」을 슬쩍 포개보면, 폭설은 "자동차 소리", "개 짖는 소리", "적막의 바다"를 삼키고 "오직 "바람만 남"긴 채 "모든 것이 얼어붙"게 한다. 폭설이 내리기 전 제각기의 존재를 드러내던 세상은 언제 그랬냐는 듯 새하얀 광목에 뒤덮인 채 자못 겸허히 제 모습을 낮춘다. 이를 바라보던 시인은 절로 "인간 없는 세상이 이렇게 아름답다니"란 묵언의 깨우침을 얻는다.

2.

이러한 아름다움에 대한 발견은 이번 시집 곳곳에서 만날 수 있다. 가령, 다음 두 편의 시를 음미해보자.

정사각형 푸른 논 위에

왜가리 한 마리 물음표 물고 떠다닌다

바람이, 통통 알 밴 벼 옆구리를 건드리자

갓 부화한 치어새끼들

하얀 꼬리를 떼어내고

하늘호수로 박차고 날아오른다

파편처럼 흩어지는 위대한 말씀들

　　　　　　　　　　　　　　　　　　　　　　─「위대한 문장」 전문

별은 하늘에 떠있는 섬이고

섬은 바다에 떠있는 별이다

서로 외롭고 쓸쓸해

서로의 심장 깊숙한 곳에

상처를 내며 잠들어 있다

　　　　　　　　　　　　　　　　　　　　　　─「사랑」 전문

위 두 편의 시는 표면상, 「위대한 문장」이 움직이는 영상이라면, 「사랑」은 정지된 영상으로 보인다. 그리고 두 시 모두 사람과 연관된 지배적 심상이 없다. 시인은 논 위에서 왜가리 한 마리가 치어새끼들을 잡아먹는 장면을 상세히 관찰하고 있으며(「위대한 문장」), 별과 섬을 또한 찬찬히 바라보고 있다(「사랑」). 그런데 이때 눈여겨보아야 할 것은 왜가리가 치어새끼를 잡아먹기 위해서는 바람의 역할이 매우 중요하다. 바람이 불어 "통통 알 밴 벼 옆구리를 건드"리는 바로 그 순간 "하늘호수로 박차고 날아오"르는 치어새끼들을 왜가리는 낚아챌 수 있다. 왜가리의 사냥에는 이렇게 바람의 몫이 한 자리를 차지하고, 논의 수면 위로 일제히 흩어져 떨어지는 치어새끼들은 생태계의 엄연한 순리가 지닌 생의 숭고한 아름다움의 전언을 전해준다(「위대한 문장」). 이 숭고한 아름다움은 하늘과 바다에 "떠있는" 별과 섬에게서 만날 수 있는 '외롭고 쓸쓸함'의 정동(情動)을 지닌다(「사랑」). 우리는 이 정동을 마주할 때 시인 백석의 「남신의 주유동박시봉방」에서 높고 외롭게 쓸쓸히 서 있는 갈매나무 한 그루를 떠올려볼 수 있으리라. 감히 말하건대, 백석도 그렇듯이 시인 유용주에게도 '사랑'은 "서로 외롭고 쓸쓸해//서로의 심장 깊숙한 곳에//상처를 내며 잠들어 있"는 '별과 섬' 같은 존재를 휩싸고 도는 정동으로서 숭고한 아름다움을 지닌다.

그런데, 유용주의 이러한 시세계를 만나면서 혹자는 그렇다면 이번 시집에서 시인은 인간에 대한 극도의 혐오 때문에 인간의 존재를 배제한 채 자연과 연관된 심상에만 초점을 두고 있느냐고 물을 수 있다. 물론, 그렇지 않다. 유용주가 무턱대고 사람을 혐오하고 증오하는 것은 결코 아니다. 그가 경계하고 비판의 시선을 거두지 않는 사람은 우리 사회에 팽배해 있는 정글의 법칙 및 약육강식의 법칙을 맹신하면서 극단주의적 차별과 배제의 강제를 통해 야수와 다를 바 없는, 말 그대로 사람의 탈을 쓴 짐승 같은 존재들이다. 시인은 이것들의 세목을 「나치즘」에서 적나라하게 나열하고 있다. 돌이켜보면, 한국 사회뿐만 아니라 전 세계는 민족, 계급, 인종, 종교, 성, 언어, 문화, 문명 등 정치사회 및 경제 이데올로기적 헤게모니에 따라 얼마나 많은 사람들에게 폭력을 가하고 심지어 생목숨을 앗아갔던가. 시인에게 이 폭력의 가해자들은 '나치즘'이란 포괄적 명명으로 가차없는 비판의 대상이다. 기실, 「토끼사냥」에는 한국 현대사에서 이 같은 '나치즘'이 얼마나 많이 무고한 생명을 무참히 앗아갔는지를, 시인의 어린 시절 산토끼 사냥을 하던 추억을 전도시켜 드러낸다. 한국전쟁을 전후한 시기 전국 곳곳에서는 마치 토끼 사냥을 하듯, 맹목적 반공주의의 위협으로부터 목숨을 보전하기 위해 숨어들어간 굴속 민중들을 토끼 사냥감과 똑같이 취급하였다. 그런데 이러한 현대사의 비극은 한국전쟁 시기에만 해당되지 않은 채 서울 한복판에서 민주주의 가치를 부르짖는 민주시민들에 대한 정치적 폭력 및 탄압과 흡사하다는 것을 시인은 날카롭게 주시한다.

기실, 이와 관련하여 이 글의 맨 앞에서 우리는 시인의 모습을 그려낸 「자화상」이 암울하게 그려진 이유를 떠올려볼 수 있다. 쉽사리 예단할 수 없되, 아마도 시인은 「나치즘」과 「토끼사냥」에서 드러내듯이 시인을 에워싸고 있는 크고 작은 폭력과 구조적 차별 및 배제로부터 무관할 수 없는, 즉 '나쁜' 사람이 만들어낸 구조악(構造惡)과 행태악(行態惡)으로부터 감당하기 벅찬 상처를 입었기 때문이었을지 모른다. 그래서 그는 이러한 '나쁜' 사람들이 없는 그의 고향으로 돌아간다. 따라서 그의 귀거래(歸去來)는 상처 입은 자신을 치유하고 위무하는 성격을 갖는다. 이것은 현실도피가 아니다. 고향에서 마주하는 자연과 고향 사람들은 시인이 현실을 다시 어떻게 만나야 하는지, 그동안 망각하고 있던 생의 벅찬 감각과 그것들이 자아내는 우주와 생의 비의를 섭취하기 위한 성격의 귀거래임을 간과해서 안 된다.

3.

여기, 한 무리의 사람들이 있다.

수분리 가는 버스에 한 무리 아줌씨들이 탔다 꽃무늬 몸빼에 챙 넓은 모자, 비슷비슷한 차림이다 아침부터 사과농장에 알 솎아주러 가는 길인데 시엄씨, 남편, 며느리 흉보느라 오랜만에 차안이 야단법석이다 아침부터 시커먼 선글라스를 쓴 운전기사가 룸미러를 보면서 아따, 아주마이들 쪼까 조용들 하셔잉, 버스가 하늘로 날아 가겄어, 주장자도 없이 일순 침묵, 열어 논 차창 안으로 사과꽃 사태가 와글와글 몰려온다

— 「사과꽃」 전문

"아침부터 사과농장에 알 솎아주러 가는" "수분리 가는 버스에" 탄 "한

무리 아줌씨들이" 자신의 "시엄씨, 남편, 며느리 흉보느라" 시끌벅적하다.
무슨 그리 할 말이 많은지, 자신의 가족들을 흉보는 일이 부끄럽지도 않은
지, 동네 아주머니들은 누가 더 그럴싸하게 흉을 잘 보는지 마치 시합이라
도 하는 양 소란스럽다. 시인이 특별히 애정을 갖고 주목하는 사람들은
바로 이러한 사람들이다. 각자 집안의 흉을 마음껏 봐도 누가 크게 문제
삼지 않는 사람들, 고된 노동을 함께하러 가는 길에 듣는 각자 집안의
흉은 각양각색이지만 기실 엇비슷하다. 그러니까 누구의 흉이 더 큰 문제
가 될 리 만무하다. 오히려 그들은 서로의 흉을 들으면서 때로는 분노하고
때로는 함께 아파하고 때로는 서로 측은히 여기는 연민의 모습을 보이고,
때로는 왁자지껄 한바탕 웃음도 지을 것이다. 그러면서 그들은 하루하루
사과농장의 고된 노동을 서로 위무하면서 살아간다. 바로 이때 시인은
유용주만의 전매특허라고 말할 수 있는 익살맞은 한 컷을 슬쩍 들이민다.
이 모든 얘기를 그동안 잠잠 듣고만 있던 운전기사가 아주머니들에게 조
용히 하라고 일갈을 한다. 그 일갈에 순간 버스 안은 침묵에 휩싸인다.
그리 야단법석을 떨던 아주머니들의 수다는 어디로 간 것일까. 이 짧은
순간의 찰나. 달리는 버스 안이 온갖 세속적 일들의 말잔치 분위기였다가
버스 운전기사의 간섭으로 일제히 조용해지고 바로 그 여백의 틈새를 비
집고 "열어 논 차창 안으로 사과꽃 사태가 와글와글 몰려"든다. 흐드러지
게 피어있는 사과꽃이 마치 아주머니들의 차고 넘치는 수다인 양 그 수다
를 대신하여 조용한 버스 안을 사과꽃의 수다로 또 다른 야단법석을 피운
다. 이렇게 연상되는 장면에서 웃음이 절로 배시시 나올 수밖에 없다. 애
오라지 억지 웃음을 자아내지 않은 채 일상 속에서 이처럼 자연스레 빚어
내는 민중의 삶의 웃음을 단박에 잡아채는 것은 시인 유용주의 시적 매혹
이 아닐 수 없다. 물론, 이 시적 매혹은 유용주의 시적 정동(情動)이 지닌
감흥을 일으킨다. 그렇다면, 버스 안의 아주머니들과 그들의 수다, 그리고
사과꽃은 서로 다른 시적 대상이되, 그것은 표면상 그럴 뿐 '아줌씨들=수

다=사과꽃'은 버스 안을 가득 채우는 동일한 심상이고, 사과농장에 노동을 하러 가는 민중의 삶과 연결돼 있는 시적 감흥은 싱그럽다.

이러한 시적 감흥은 「무진장 버스」에서도 만날 수 있다. 「무진장 버스」가 한층 주목되는 것은 다른 시와 달리 직접 대화체로써 시 한 편이 씌어지면서 「사과꽃」에서 만났던 민중의 삶에 뿌리를 둔 시적 정동이 품은 시적 감흥을 만끽할 수 있다. 물론, 여기에도 민중의 웃음이 배어 있다. 이 시에는 두 노인이 나온다. "칠순을 훌쩍 넘긴 할아배"와 "이제 아기가 되어가는/저승꽃 만발한 할배"가 그들이다. 두 노인은 이야기를 나눈다. 이야기의 압권은 이렇다. 칠순을 넘은 노인은 백 세 무렵의 노인에게 "오래오래 사시면서 돈도 다 쓰고" "약주도 하셔야쥬"하고 말했더니, 백 세 무렵의 노인은 "큰 아들이 뭐 한다구 자꾸" 돈을 "빼가"고, 술은 아직까지 못배워서 술을 배워달라고 한다. 백 세 가량의 노인이 내뱉는 말은 여러 사연이 깃들어 있다. 언제 세상을 떠날지 모르는 아비의 얼마 남지 않는 경제력에 아직도 기대는 작금의 경제 현실, 그리고 그러한 경제력을 갖기 위해 술도 미처 배우지 못한 이 노인이 살아야 했던 숱한 삶의 신산스러움 등. 무진장 버스 안에서 나누는 두 노인의 대화 안팎으로 상기되는 이야기들은 대수로운 게 결코 아니다. 삶은, 이처럼 간단하지 않은 것이다. 그런데 이 얘기를 듣고 있었을까. 함께 탄 버스 안에서 "창밖 바라보던 라면머리 할매"들은 "먹는 건 죄 한 번씩 자시고 가야쥬"라는 칠순 넘은 노인의 말을 듣고 "무진장 무진장 미소"를 짓는다. 할머니들은 왜 미소를 지었을까. 아마도 할머니들은 두 남자 노인들끼리 주고받는 얘기 속에 슬그머니 자리한 성적 농담을 단박에 알아챘을 것이다. 노인이라고 성욕이 없겠는가. 아무렇지 않게 툭 던진 남자 노인의 말에는 성욕이 은근히 아니 노골적으로 반영돼 있다고 해도 무방하다. 그 성욕이 깃든 말을 들은 할머니들도 순간 심드렁히 간주해온 성욕에 대한 반응을 보인다. 그것은 "무진장 무진장 미소"가 번지는 것으로, 여기서도 유용주의 시적 매혹인 삶의 웃음은 특유의 시적 감흥을 자아낸다. '무진장 버스' 안에서 노인들의 싱그러운 삶과 싱그러운 웃음은 쉽게 잊혀지지 않고 이명으로 남는다.

이렇게 유용주의 귀거래는 고향 사람들의 삶을 만나는 것과 긴밀히 연결돼 있다. 뿐만 아니라 시인의 유소년 시절과 만나는 일이기도 하다.

> 똥구녕이 찢어지게 가난한 살림에도 아부지 외상에 누나와 작은 형이 넌덜 머리를 내고 떨어져 나가면 막둥이인 나까지 주전자를 들었다 그려 방죽 닮은 이 마법물만 들어가면 일본 가요도 시조도 사막도 파도도 한없이 깊어 느려 터지고 스며들어 기분이 좋아지것다 주막 다녀오다 진택이네 논배미 너럭바위에 누웠다 웃다리골에서 내려오는 봇도랑을 한 모금, 두 모금 마셨다 시큼털털했다 야가 술심부름을 시켰는디 죽었다냐 살았다냐 어디 간 겨 다저녁때 보냈는디 깨어봉께 은하수가 사금파리처럼 흘러갔다 어머이, 누나, 작은 형, 동네사람들이 내 이름을 부르고 횃불을 쳐들고 그런 난리가 없었는디 평소 무서워서 말도 못 붙였던 아부지가 픽 웃는 것이었다 어디가나 피는 못 속여

—「술꾼」 전문

시적 화자 '나'는 막둥이로서 아버지의 술심부름을 하다가 그만 야금야금 술을 마신 끝에 동네 어느 구석에서 술에 취해 자빠져 있었던지 '나'를 찾느라고 가족과 동네사람들이 한바탕 야단이 난 적이 있었다. 그러나 '나'의 아버지는 "어디가나 피는 못 속"인다고 "픽 웃"을 뿐, 장차 두주불사(斗酒不辭)가 될 '나'의 삶을 내다보고 있었다. "아부지 외상술을 자주 받아왔"고, "아부지 일본 노래 가사 속에서 자랐"고, "아부지 대신 편지 대필자였"던 '나'는 비록 "아부지 임종을 지키지 못했"지만, 아버지와 연루된 기억을 지우지 않는다(「벌레」). 어디 아버지뿐인가. 바느질 솜씨가 뛰어난 동네 형 어머니의 작품을 볼 때 바느질 솜씨 좋은 '나'의 어머니와

연루된 기억도 되살아나며(「바느질」), "40여 년 전/열네 살 셋째아들 중
국집 보이로 보낸 다음" 울었을 어머니도 눈앞에 또렷이 나타난다(「성대
결절」). '나'의 유년 시절 경제환경은 빈곤했으나 부모님과 가족의 존재는
'나'를 성장시킨 아름다운 것들이다.

4.

그런데, 시인의 분신인 '나'의 유년 시절은 마냥 아름다운 것들로 채워
진 것은 아니었다. 게다가 이후의 삶마저 시쳇말로 꽃처럼 아름다운 것과
는 거리를 두었다고 시인은 되돌아본다.

아이가 말했다
아빠 시에는 꽃이 없어

나는 그동안
꽃 같은 과거를 산 적이 없는
돌로 만든 집에서 살았지
　　　　　　　　　　　　　　—「아빠 시에는 꽃이 없어」 부분

"아빠 시에는 꽃이 없어"라는 자식의 말은 섬뜩하다. 아름다움을 새롭
게 발견해야 할 소명이 있는 시인에게 그 누구도 아닌 제 자식으로부터
꽃이 없다는 진단을 받을 때처럼 무서운 비판이 없을 터이다. 시인은 냉철
히 성찰한다. "꽃 같은 과거를 산 적이 없는/돌로 만든 집에서 살"았기
때문이라고. 하지만, 이제 시인은 이와 같은 시적 진술을 거둬들이지 않을
까. 경제적 어려움으로 어린 시절 고향을 떠나 타지에서 온갖 신산고초를
겪으면서 살아간 시인에게 고향은 떠나야만 했던 곳이고, 예전에는 그리

살갑게 다가오지 않았던 곳이지만, 타지에서 입은 상처투성이의 자기를
온전히 회복시켜줄 수 있는 삶의 활력이 있는 곳이고, "20대의 혈기방장
이 한없이 부끄러워 자다가도 벌떡 일어나 빨갛게 달아오른 귓부리를 새
벽 찬물로 거듭거듭 씻어"(「부끄러움에 대하여」)내는 자기를 추스를 수
있는 곳에서, 시인은 꽃을 살갑게 대하고 있기 때문이다. 어디 이것뿐인
가. 시인은 여러 과실수와 꽃나무를 시골집 주위에 직접 스스로 심는다.

> 태어나서 처음으로
> 시골집 주위에 나무를 심었다
> (중략)
> 그동안 진 빚을 갚으려면
> 아직, 멀었구나
> 내가 죽으면 남은 빚은 딸아……
>
> —「채무 일부 상환」 부분

딸에게 아빠 시에는 꽃이 없다고 들었던 책망을 더 이상 듣지 않아도
될 것이다. 시인은 시골집 주위에 나무를 심어 정성스레 가꿀 것이다. 꽃
은 피고 열매는 맺을 것이며, 그동안 시인이 빚을 진 모든 이들에게 나무
와 꽃의 아름다움을 나눠주며 삶의 빚을 갚으며 살 것이다. 시인의 소박한
삶의 미덕에 가슴속 저 깊은 곳에서 뜨거움이 번져 나온다. 그렇다. 시인
은 귀거래(歸去來)의 도정에서 심화(心花)를 피워내고 있었고, 그것은 시
인의 또 다른 싱그러운 삶을 이어줄 활화(活花)를 피워내고 있었다.

어둠을 살아내는 장애인의 '통합적 감각–통각(統覺)'

— 손병걸, 『나는 열 개의 눈동자를 가졌다』

1.

우리는 일상을 살면서 몹시 힘들고 어려운 한계 상황을 만나 해법을 도저히 찾을 수 없을 때 '눈앞이 캄캄하다'는 말을 내뱉곤한다. 아무것도 보이지 않아 절망의 사위로 에워쌓인 암담한 상황을 빗대는 말이다. 그만큼 우리에게 '본다/볼 수 있다'와 연관된 시각은 신체의 감각 기관 중 하나인 눈으로써 대상을 감각한다는 것 이상, 즉 인간의 인지와 실천에 직접 연동돼 있다. 물론, 인간의 인지와 실천에 연동돼 있는 감각이 시각만 있는 것은 결코 아니다. 청각, 후각, 촉각, 미각 등 심지어 이들 감각 너머에 있는 어떤 초월적 감각 역시 인간의 삶과 분리해서 곤란한 것은 자명하다. 그런데, 널리 알듯이 근대로 접어들면서 이들 감각 중 시각이 광학 기술의 급속한 발달과 함께 다른 감각들보다 우월한 위상을 점유하게 되더니, 심지어 시각을 특권화하고 맹목화하면서 다른 감각을 시각에 복속시키는, 이른바 감각들 내에 위계 질서를 세우기 시작하였다. 여기에는 '감히 알도록 하라'는 근대 계몽이성의 의지가 바탕을 이루는바, 어둠을 몰아내고 밝은 빛을 비춤으로써 어둠의 미몽에서 벗어날 수 있다는 근대 계몽이성의 이분법적 폭력의 논리가 관철되고 있음을 직시해야 한다.

그렇다. 우리가 분명히 해둘 점은 시각을 맹목화하는 근대 계몽이성의 이분법적 폭력의 논리이지, 시각과 근대 계몽이성을 막무가내로 부정하고 비판하는 것은 아니다. 세계를 보다 넓고 깊은 시야로 응시하고 성찰함으로써 야만과 혼돈의 아수라를 부정·극복·해결하려는 욕망과 의지를 갖는 것은 아무리 강조해도 지나치지 않기 때문이다. 여기서, 시인 손병걸의 시집 『나는 열 개의 눈동자를 가졌다』(애지, 2011)를 주목하는 이유가 있다. 그는 시각 장애인이다. 스물아홉 살에 '베체트씨병'을 진단받고 발병 일 년 만에 시력을 잃었다. 시력을 잃기 전 그는 신체 건강한 비장애인으로서 결혼을 하여 딸 아이를 낳아 행복한 가정 생활을 하고 있었다. 그에게 '베체트씨병'은 청천벽력이었고 시력을 잃은 후 그의 삶은 그의 시편 곳곳에서 만날 수 있듯 시각 장애인 이전의 삶과 전혀 다른 새로운 삶을 살아야 하는 고투의 치열한 현장이다. 그것은 시각 장애인으로서 비장애인과 다른 감각으로 자신의 삶을 살아야 하는 것일 뿐만 아니라 시각 장애 시인으로서 비장애 시인과 다른 문학의 언어를 스스로 가다듬어야 한다는 것이다. 그 과정에서 장애인 문학이 만나는 세계의 진실은 비장애인 문학의 그것과 때로는 포개지기도 할 것이고, 때로는 전혀 다른 차원에서 특이성이 드러나기도 할 것이다.

2.

가령, 손병걸 시인의 이 시집 표제작을 곰곰 음미해보자.

직접 보지 않으면
믿지 않고 살아왔다

시력을 잃어버린 순간까지
두 눈동자를 굴렸다

눈동자는 쪼그라들어 가고
부딪히고 넘어질 때마다
두 손으로
바닥을 더듬었는데

짓무른 손가락 끝에서
뜬금없이 열리는 눈동자

그즈음 나는
확인하지 않아도 믿는
여유를 배웠다

스치기만 하여도 환해지는
열 개의 눈동자를 떴다

―「나는 열 개의 눈동자를 가졌다」 전문

   시력을 잃기 전까지 시인도 그렇듯 "직접 보지 않으면/믿지 않고 살아왔"
단다. 우리 눈으로 본다는 것이 갖는 시각의 절대성은 근대 과학문명이
지닌 증명의 권위와 맞물리면서 눈으로 보이지 않는 것은 진실 혹은 진리와
무관한 영역으로 치부되고 있는 게 엄연한 현실이다. 시인도 예외가 아니었
다. 그렇다면 눈을 통한 시각이 작동하지 않으면 우리는 진리에 닿을 수
없을까. 손병걸 시인은 바로 이 지점에서 눈이 매개된 시각의 절대성으로부
터 해방된, 그리하여 눈 없이도 세상을 살아갈 수 있다고 "믿는/여유를
배웠다"고 한다. 그것은 눈으로 볼 때와 다른 "두 손으로/바닥을 더듬"는
"짓무른 손가락 끝에서/뜬금없이" 눈동자가 열렸고, 이제는 어떤 대상을
"스치기만 하여도 환해지는/열 개의 눈동자를" 지닌 것이다. 물론, 시인이

이 '열 개의 눈동자'를 어느 날 갑자기 갖게 된, 시쳇말로 득도(得道)한 것은 아니다. 시각 장애인으로서 시인은 일상 속에서 눈으로 보는 것 이외의 다른 감각의 생명력을 한층 발견함으로써 비장애인의 시각에서 소홀히 간주된 생의 진리를 통각(統覺)하는 환희를 만끽한다.

> 가던 걸음 멈추고
> 몸을 낮추니
> 이름 모를 풀잎들 날갯짓 소리
> 출근길 와글와글 풀벌레 소리
> 시퍼렇게 살아 있다
>
> 더는 흐를 수 없는 물일지라도
> 아래로 아래로 뿌리를 내리고
> 끝내는 푸른 몸으로 일어나는 것이어서
> 제아무리 하찮은 목숨일지라도
> 그만큼의 소리를 지니고 있었구나!
>
> 내 몸을 관통한 소리 따라
> 스르르 일어서는 바람,
> 캄캄한 길 뒤틀린 관절
> 유쾌한 소리로 일어설 수 있으려니
> 어둠 속 풀 한 포기라도 괜찮겠다
>
> ─「소리를 보다」 부분

아마도, 시력을 잃기 전에는 세상 소리에 이렇게 귀를 귀울이지 않았을 터이다. 설령 귀를 기울였다 하더라도 가청 범주 안에 있는 소리 정도를 들었을 뿐이지, 그 범주 밖 소리는 아예 들을 수 없었을 터이다. 하지만, 시각 장애인이 된 후 시인은 이 모든 소리를 놓치지 않고 듣는다. 이 능력은 어떻게 생겨났을까. 감히 말하건대, 이것이 바로 비장애인 문학과 구분되는 장애인 문학에서 벼리된 이른바 '장애 감수성'의 문학 형상화가 아닐까. 그것은 장애인의 여러 감각 기관들이 각기 분리된 채 그 역할을 담당하는 게 아니라 장애인의 온몸 자체가 감각 기관들 사이의 경계를 횡단하는 하나의 '통합적 감각-통각'을 형성하기 때문이다. 그리하여 분리된 감각으로는 세계의 진실을 온전히 포착할 수 없을 뿐만 아니라 세계의 비의성을 발견하는 데 한계가 있지만, 이 '통합적 감각-통각'을 통해 이러한 한계를 거뜬히 넘어서고 있음을 알 수 있다. 그것은 시각 장애 시인의 "몸을 관통한 소리 따라/스르르 일어서는 바람"이 지닌 '통각'이 "제아무리 하찮은 목숨일지라도/그만큼의 소리를 지니고 있었구나!"란 세계의 비의성을 자연스레 드러낸다. 그렇기 때문에 시인은 "어둠 속 풀 한 포기라도 괜찮겠다"는, 근대 계몽이성의 이분법(어둠/밝음, 미개/문명, 거짓/진실)에서 맹목적으로 부정된 '어둠'과 '어둠 속 존재'에 대한 상투화된 시야로부터 해방된다. 시각 장애인 시인에게 '어둠'과 '어둠 속 존재'는 문학적 메타포로서 기능을 하는 게 아니라 그의 삶의 실재로서, 그는 이 '어둠'과 애오라지 삶을 살아야 하기 때문이다. '어둠'이 그의 삶의 바탕이자 현실이며 현장이기 때문이다("얼떨결에 뻗은 손/손가락 끝에 닿는/가느다란 꽃대 끝 꽃 한 송이,/어둠을 움켜쥔/뿌리의 힘!", 「검은 꽃」).

3.

이렇듯이 손병걸 시인은 비장애인이 지닌 두 개의 눈동자보다 많은 열개의 눈동자를 갖고 어둠의 감옥 속에 갇힌 수인(囚人)이기보다 그 어둠을 무화시키고 어둠을 넘어서는 통각의 힘을 통해 장애인의 실존을 살고

있다. 그의 시들은 장애인뿐만 아니라 비장애인 모두에게 근대 계몽이성
의 편견과 맹목으로 왜곡되고 은폐된 뭇 존재들의 진리와 진실, 그리고
그것들이 자연스레 지닌 아름다움의 가치를 성찰하도록 한다. 손병걸 시
의 힘은 바로 여기에 있다.

때론 주체할 수 없는 눈물
때론 환한 웃음 짓는 것
숭덩숭덩 뚫린 몸이 아니면
불가능한 일이겠지

그래 파이고 뚫리지 않고서야
어찌 애달픈 곡조가 흘러나오겠어
그래 바람 찾지 않는 계곡에
어찌 아름다운 노래가 있겠어

아무렴 살아 있으니
멈출 수 없는 노래지

—「하모니카 소리」 부분

아마 그럴지도 몰라
한세상 산다는 건
썩지 않을 아픔 하나씩
가슴 속에 꼬옥 끌어안고
아무렇지 않은 듯 발걸음을 내딛는 거

—「새벽비는 그치고」 부분

'속 울음'의 깊이가
미치는 감응력

— 박노식, 『가슴이 먼저 울어버릴 때』

1.

박노식 시인의 시집 『가슴이 먼저 울어버릴 때』(삶창, 2024)의 표제작이 열쇳말로 작용하여 그 시집에 자리한 각 시들과 시편들이 어우러져 형성하는 시세계를 음미하는 일은 매혹이 아닐 수 없다. 그만큼 표제작이 수행하는 역할이 중요하다.

> 눈 그친 후의 햇살은 마른 나뭇가지를 분질러놓는다
> 때로 눈부심은 상처를 남기고
> 산새는 그 나뭇가지에 앉아 지저귀거나 종종거리지만
> 시린 몸이 노래가 될 때까지 겨울나무는 견딘다
> 하지만 그가 눈물을 보이지 않는 것은 가슴이 먼저 울어버리기 때문이다

—「가슴이 먼저 울어버릴 때」 전문

「가슴이 먼저 울어버릴 때」는 이번 시집의 표제작이다. 전체적으로 상처와 눈물과 울음이 함께하는 슬픔의 정서가 짙게 깔려 있다. 그런데 이 정서의 연원을 헤아리기 위해 심미적 이성이 요구된다. 시의 맥락을 따라

가보면, "눈 그친 후의 햇살" 나뭇가지에 앉은 산새의 울음과 움직임은
시적 화자에게 산새의 노래로 들리지 않아 슬프지만 "가슴이 먼저 울어버
리기 때문"에 "눈물을 보이지 않는"다고 한다. 그런데 여기서 주시해야
할 게 있다. 분명, 산새는 "지저귀거나 종종거"림의 울음과 작은 움직임이
한데 어우러진 '새소리'를 냈으며, 이것은 흔히들 새의 노래로 간주하기
십상이다. 하지만 무슨 이유인지 시적 화자는 이 '새소리'를 '노래'가 돼가
는 과정으로만 받아들인 채 이것에 배여든 슬픔의 정서를 가슴으로 먼저
울어버린다. 이것은 이 시뿐만 아니라 박노식 시인의 시세계를 헤아리는
데 매우 흥미로운 대목이다. 시적 화자가 주목하는 것은 산새의 '노래'
자체가 아니라 '노래'가 만들어지는 도정이기 때문이다.

    산새는 "눈 그친 후의 햇살"의 "눈부심"이 분질러진 "마른 나뭇가지"의
상처를 잘 알고 있다. 겨울 내내 눈이 내리고 세상은 눈에 덮혀 있고, 아직
겨울은 채 가시지 않았지만, 겨울의 틈새로 햇살은 내비치는데 틈새로
쏟아지는 햇살의 강도 그 눈부심은 "상처를 남기고", 아직 따사롭지 않은
세상의 나들이에서 산새는 자신의 시린 몸에 온기가 돌기까지 그리하여
'새소리'가 '노래'로 들릴 때까지 지저귀고 종종거릴 수밖에 없다. 시적
화자는 겨울을 견디는 이들의 모습을 응시하면서 가슴으로 운다. 기실,
시적 화자의 이 속 울음은 산새의 '새소리'가 '노래'로 이행되는 것일 뿐만
아니라 이것을 묵묵히 견디는 겨울나무가 함의하는 시적 모럴을 함의한
다. 말하자면, 시적 화자의 가슴 속 울음은 겨울 틈새의 햇살과 그 눈부심
의 상처와 아직 겨울로부터 자유롭지 못한 산새의 '새소리(지저귐과 종종
거림)'가 '노래'가 되기를 기다리는 겨울나무 등속이 만들어내는 생명의
율동에 대한 시적 감응력이다. 따라서 표제작 「가슴이 먼저 울어버릴 때」
는 박노식 시인의 이번 시집을 가로지르는 시작(詩作)의 시적 재현으로
주목해야 한다.

2.

그렇다면, 이 가슴 속 울음의 심상을 좀 더 음미해보자.

  그날 밤도 그랬어, 나의 모든 것이 어두우니까 눈빛이 날 밖으로 인도한
거야

  하늘은 바다보다 더 깊어, 그래서 내 눈도 깊어진 건데 그만큼 눈물이 많아

  그러니까 그 별은 바다 위의 별이지만 실은 나의 눈물 자국이야

—「고흐의 아주 사소한 독백 하나」 부분

저 강이 고요한 것은
속으로 울기 때문이야
공포와 불안의 눈물이야
적막을 배우려거든
저물녘 저 강가에서 모로 누우면 돼
그래서 귀를 빼앗기고
온전히 자기를 잃는 순간
강물의 탄식과 통곡, 그리고
그 너머의 눈망울들을 만날 수 있어
울고 싶으면
섬진강으로 가서 울어
소리는 내지 말고

—「섬진강」 전문

시적 화자는 고흐의 그림 '별이 빛나는 밤'과 '섬진강'을 노래하는데, 시각과 청각이 자연스레 교응한다. 그러면서 두 시가 공유하고 있는 것은 '침묵의 울음'이다. 다른 점이 있다면, 그 시적 대상이 하나는 고흐의 그림 속 '하늘과 별'이고, 다른 하나는 '섬진강'이다. 그래서 '침묵의 울음'은 '하늘과 별'과 '섬진강'에 흐른다. 물론, 이 흐름에서 눈여겨볼 것은 '깊이'의 속성을 갖는다는 점이다. 시적 화자는 고흐의 '별이 빛나는 밤'을 보면서 "하늘은 바다보다 더 깊어" 하늘을 떠다니는 별의 물리적 속성은 자연스레 깊이를 얻듯, 그 별을 "나의 눈물 자국"과 동일시함으로써 시적 화자의 눈물도 '깊이'의 속성을 띤다. 따라서 시적 화자의 '침묵의 울음'은 속 '깊은 울음'인데, 이것의 구체적 심상은 고요한 '섬진강'이 속으로 울고 있는 "공포와 불안" 그리고 "탄식과 통곡"에 따른 세계-내적-존재의 자기상실과 연관돼 있다.

그런데, 이 자기상실과 관련하여 주의할 게 있다. 박노식 시인에게 자기상실은 타자로부터 상해를 입는 피동성을 띠는 게 아니라 앞서 톺아봤듯이, 가슴으로 먼저 우는, 즉 속 울음의 깊이가 동반하는 자기성찰의 능동성을 수행한다. 이것은 이번 시집 곳곳에서 마주할 수 있는 외로움과 그리움의 시적 재현으로 나타난다.

> 고립이 나를 키울 때
> 나는 입술을 오므리고 착한 까마귀 울음소리를 배운다
>
> ―「폭설의 하루」부분

> 외로운 집,
> 처마 지붕의 기왓장 서너 개가 떨어져 횅하니 비고, 잠시 내 머릿속도 그만큼 비워졌지만 그 집 담장 밖으로 노란 생강나무꽃들이 쓸쓸히 넘어와서 나와

마주치니 나의 눈도 부끄러이 피어나 거기 오래 머물렀지요
　서둘러 집으로 돌아가지 못하고
　적막한 안마당을 기웃거리며,
　손잡이가 떨어져 나간 대문 연꽃무늬 함석판을 손바닥으로 한참 다독여주었
답니다

―「외로운 집」 부분

　　새는 밖의 어둠 속에서 혼자이고
　　나는 안의 어둠 속에서 혼자이다
　　새나 나나, 차라리
　　마음속에 슬픈 종 하나씩 숨어 있어서
　　때 되어 울어준다면
　　더는 슬픈 일도 없을 텐데

―「처연한 것은 팔짱을 끼게 하고」 부분

　시적 화자에게 고립은 애오라지 피해야 할 부정한 것이 결코 아니다. 따라서 박노식 시인에게 고립이 수반하는 외로움과 그리움의 정서와 그 본연의 무엇은 우리 삶의 실재에서 외면해야 할 대상이 아니다. 도리어 고립은 자아를 키워내고 그 키움의 과정에서 자아는 '까마귀 울음소리'로 표상되듯 세계-내적-존재로서 '존재되기'를 보증한다(「폭설의 하루」). 그리하여 지금까지 심드렁히 지나쳐왔던 폐가와 다를 바 없는 것으로 확고히 인식되었던, 부재하는 대상에게 '외로움'의 정서를 발견하더니 "담장 밖으로 노란 생강나무꽃들이 쓸쓸히 넘어와" 있는 데 눈길을 주고 아무도 없는 고요한 안마당과 손잡이가 떨어져 나간 대문 함석판을 매만지면서 그 집의 외로움을 깊이 들여다본다(「외로운 집」). 그래서 고립 속에서 '존재되기'의 성장을 거친 시적 화자 '나'가 외로움의 깊이를 매만지며 폐가를

'외로운 집'으로 전도시키는 시적 경이로움은 배가된다. 여기에는 "밖의 어둠 속" 새와 "안의 어둠 속" '나'가 안팎으로 구별되는 존재의 속성을 드러냄에도 불구하고 "마음속에 슬픈 종 하나씩 숨어 있어서/때 되어 울어 준다면/더는 슬플 일도 없을 텐데"라는(「처연한 것은 팔짱을 끼게 하고」), 외로움의 깊이를 파고들어 외로운 존재들의 상처를 보듬는 연민과 치유의 순정이 바탕을 이루고 있다는 것을 강조해두고 싶다.

3.

이와 관련하여, 자꾸만 눈길이 가는 삶들이 있다. 시인의 이러한 시적 모럴은 40여 년 시간의 흐름 속에서 힘들고 강퍅한 어촌 일을 억척스레 견뎌내며 삶을 살아온 여성의 눈망울에 "그믐달 같은 세찬 파도가 남아 있"는 것으로(「그물」), "전남대학교 농과대학 건물 두 동(棟)을 오가며 쓸고 밀고 닦고 비워내는 데 삼십여 년을 보냈고 홀로 사 남매를 키웠"던 "미화원의 뒷모습이 비칠 때 당신의 입술이 그믐달처럼 무겁게 패인 것"으로(「밀걸레」), "빈 박스와 구겨진 깡통과 고철이 가득"한 "그 버거운 수레를 이끌고 입술 가득 힘을 주면서 간신히 나를 비켜 갔으나 걸음걸이는 반듯"한 당신의 모습으로(「손수레」), 그리고 평생 밭농사를 지으면서 "손등과 볼과 이마와 관자놀이와 귓바퀴에도 검버섯이 자"라고 있는(「검버섯」) 민중의 삶 속 깊이 자리한 존재론적 외로움과 슬픔을 위무한다. 이 시적 모럴에서 예의주시할 것은 인간을 대상으로 한 것을 넘어 뭇 존재의 고독과 슬픔을 헤아리고 그 상처마저 치유하는 시적 행동이 뒷받침되고 있다는 점이다.

　반듯한 햇빛이 머무는 풀숲 속에 너는 가로누워 있었다, 꼬리만 밖으로 내
민 채

그때서야 너의 예지를 알게 되었다
네가 왜 옛 주인을 떠나 나에게 왔는지
네가 왜 새끼들을 데리고 나에게 왔는지
늦게 깨달았지만 서글펐다
뜰 한편을 파서
널 그곳에 내리고
그 위에 꽃잎을 쌓고
그 위에 새잎을 뿌리고
그 위에 잔돌로 봉분을 만들고

—「고양이의 무덤」 부분

　어느 날 부잣집에 살고 있던 고양이가 제 새끼들을 데리고 보잘것없이 남루하게 혼자 살고 있는 '나'의 집에 들어오더니 며칠 집을 비운 새 무슨 일이 있었던지 어미 고양이는 죽어 있었다. 잠시나마 '나'의 외로움의 여백은 고양이들로 채워져 있었으나, 또 다시 '나'에게 슬픔의 외로움이 찾아든다. 하지만 어미 고양이의 죽음 이후 찾아든 외로움은 이전과 성격이 전혀 다른 일종의 자기성찰적 깨우침이 배여든 외로움이다. 비록 어미 고양이는 죽었지만, 어미 고양이는 혹 자기가 없더라도 새끼들의 안전을 지키기 위해 '나'를 찾은 것이다. 어미 고양이에게 부잣집은 존재론적 위협의 장소이므로 이를 피해 '나'의 집을 찾은바, '나'의 집은 고양이에게 인간뿐만 아니라 뭇 존재를 포괄하여 '나'만의 존재를 위한 절대적 고립무원의 장소가 아님을 단박에 알아챘던 것이다. 왜냐하면 외롭고 상처투성이의 처연한 슬픔을 지닌 존재들은 인간과 비인간의 경계를 넘어 서로를 연민하고 위무하는 초월적 관계로 이어지고 있기 때문이다. 그래서인지, 죽은 고양이의 무덤을 소박하지만 정갈하게 준비하는 과정이야말로 바로 예의 초월적 관계를 보여주는 더 없이 숭고한 장례식이 아닐 수 없다.

그런데, 이러한 성찰적 외로움의 시쓰기에서, 시(인)에 대한 고뇌를 만나게 된다. 가령, "자학은 나의 새로운 벗, 발견하지 못한 잊힌 애인"(「너의 편지와 이른 저녁의 눈」)이란, 다소 치기 어린 목소리에서 알 수 있듯, 이번 시집에는 궁핍한 시(인)에 대한 자학으로서 괴로움이 전면화돼 있다. 「누가 너더러 시 쓰래?」, 「어떤 독백」, 「티 없는 하늘은 설움을 준다」는 등은 그 사례들이다. 「누가 너더러 시 쓰래?」와 「어떤 독백」의 경우 시가 처한 경제적 곤궁을 바탕으로 하듯, 자본주의적 근대가 돈의 교환가치로서 모든 유무형의 가치를 평가하고 심지어 존재의 정치사회적 위상마저 쉽게 재단하고 있음을 직시한다. 경제지상주의 현실 속에서 시(인)의 예술적 가치는 푸대접 받고 있는 것이다. 하지만 국밥 한 그릇의 가격으로 치환되는 시집 한 권을 내기까지 얼마나 깊은 속 울음을 남몰래 울어야 했는지, 국밥 집에서 "소주 열 병을 비우"는 사이 "그렇게 시 열 편을 외우는 동안" 시쓰기에 대한 자학적 물음은 표면상 시(인)의 자조(自嘲)처럼 들리지만 이들 반복의 물음은 역설적으로 시(인)의 본연적 가치를 숙고하도록 한다(「누가 너더러 시쓰래?」). 뿐만 아니라 친구 화가의 그림이 교환가치를 가짐으로써 그 "아들 녀석 전세금 해줬"다는 데 대한 질투심을 유발하고 '나'의 아내가 경제적 가치와 거리를 두는 시에 대해 타박한다고 하지만, 무명시인으로서 '나'의 시가 교환가치를 갖는 대신 "매표소 근무"를 하는 '나'의 신성한 노동의 대가로 "아들 원룸비 대"줄 수 있는 자긍심을 갖는 데서 자본주의적 근대를 넘는 시(인)의 존재적 가치는 한층 빛난다(「어떤 독백」). 시인은 그러므로 "시의 애인은/푸른 하늘이 내게 준 한 방울 꿈같은 것/그래서 푸른 하늘은 시의 눈물바다/아침에 느끼고 저녁에 옮겨 적는다"(「티 없는 하늘은 설움을 준다」)고 하여, 시쓰기의 경이로움은 무엇과도 바꿀 수 없다.

4.

그렇다면, 박노식 시인이 이르고 싶은 시쓰기의 아름다움은 어떤 것일까. 물론, 지금까지 톺아본 그의 시쓰기 면모들이 이것과 연관이 있다. 고백하건대, 이번 시집에 수록된 시편들은 어느 하나 가릴 것 없이 시인이 벼려내고 있는 시작(詩作)의 내공이 고루 스며들어 있다. 가령, 시적 화자는 운주사의 석조불감을 완상하는데, 두 손을 가슴에 모은 불상의 모습을 보며 "겨울 화분에 싹이 올라오는 순간처럼" 겨울철에도 불구하고 생의 강렬한 에너지가 솟구칠 수밖에 없는 "설움 속에서 우리의 고백은 진실"하고, 그것은 불상의 수행이 지닌 주술적 언어──"손을 모아봐/손을 모아봐"로 노래되고 있다(「손을 모아봐」). 이렇게 두 손을 모으는 수행의 주술적 언어가 시인의 시쓰기로 육화되기를 욕망하는 것은 어쩌면 자연스러운 일인지 모른다. 그래서 시집의 맨 처음에 자리한 「괜찮아」의 맨 마지막 시구절 "괜찮아"가 예사롭지 않게 다가오는 이유를 알 듯 하다.

앓고 나서 세상은 밤,

나의 눈은 더 깊어져서 고되고 벅차다

돌아가는 길은 늘 침묵이 지배하니까 나의 푸른 잎은 여전할 뿐,

그늘 안에서 착한 맘은 노래를 부르지

괜찮아, 괜찮아

 ──「괜찮아」 부분

박노식 시인에게 '좋은 시'란, "그늘 안에서 착한 맘"으로 노래를 부르는 것이며, 이것은 무엇을 혹독히 앓고 나서 득의(得意)하는, 달리 말해 심안(心眼)이 "더 깊어져서 고되고 벅차" 뭇 존재의 외로움과 상처를 달래주고 치유해줄 수 있어야 한다. 따라서 "괜찮아, 괜찮아"는 예의 시적 내공을 벼린 시인의 시적 주술의 언어인 셈이다. 기실, 이처럼 '좋은 시'를 노래하고 싶은 욕망은 모든 시인들이 간직하고 있을 터이다. 이번 시집을 음미하는 내내 박노식 시인의 시적 매혹은 예의 시세계에 바탕을 두는바, 대중가수 김광석의 음악에 대한 경외를 나타내는 다음과 같은 시적 재현은 박노식이 성취하고자 하는 시적 감응력의 비의성이리라.

　　빛이 댓잎에 닿아 부서질 때 대숲에 깃든 새들은 목청을 비운 채 떠나버린다
　그 자리에 지상의 숨은 별들이 노래가 되어주고 아픔 없이 걸어온 길이 없듯
　그늘 속에서 까마귀는 홀로 울부짖다 사라진다
　　오선지의 음표는 그의 별들이 남긴 족적이므로 쓰라린 선율이 흐를 때마다
　그의 옆얼굴은 작은 경련을 일으키며 번득인다
―「김광석의 옆얼굴」 전문

시(인)의 순정을
득의하는 시적 수행

— 정창준, 『수어로 하는 귓속말』

시집에 수록된 시편들을 통독한 후 시인의 생물학적 나이가 궁금하곤 할 때가 간혹 있다. 정창준의 시집 『수어로 하는 귓속말』(파란, 2023)이 여기에 해당한다. 시집의 맨 처음에 실린 「내가 묻은 세계」의 마지막 연의 시구절, "아무도 부르지 않는/검고 아득한 어둠을 향해/수어로 하는 귓속 말을 투명하게 들려주면서"의 시적 감응력은 정창준 시인의 삶과 시의 내력과 그 적공이 응축돼 있듯, 1974년생 지천명(知天命)을 맞은 시인의 시세계를 톺아보도록 한다.

그러면, 에돌아갈 필요 없이 시집의 제목에서 인상적으로 다가오는 '수어로 하는 귓속말'이 함의한 시집의 열쇳말을 음미해보자.

홀로된 말은 부지런히 이어지는 춤
점자를 더듬듯
당신의 얼굴을 만지다 잠들고 싶었다

휘젓는 손의 동선들을 따라
공기 중에 찍히던 방점과 따옴표들
음악이 없는 세계를 나는 살고 있어요
내 표정을 보세요

웃음과 울음의 입 모양은 다르지 않은 것을

나의 말은 늘 무릎을 꿇고 있고
아무도 다치게 할 수 없어서
당신은 웃으며 하현달 같은 표정으로
아무것도 들리지 않았다고만 했다

—「수어로 하는 혼잣말」 부분

청각 장애인은 비장애인보다 소리를 감각할 수 있는 가청 강도와 범주가 현저히 약하고 좁다. 심지어 어떤 소리도 감각할 수 없다고 한다. 소리의 결여와 부재를 살고 있다. 그런데 그들은 수어(手語)를 통해 자신의 생각과 느낌을 표현하고 의사소통을 한다. 비유컨대, 그들의 수어 행위는 "휘젓는 손의 동선들을 따라/공기 중에 찍히던 방점과 따옴표들"로서 흡사 음악 지휘자가 아름다운 음악을 조율하는 지휘 행위처럼 보인다. 하지만 장애인의 수어 행위는 "음악이 없는 세계" 속에서 "웃음과 울음의 입 모양이 다르지 않은" 표정으로 "홀로된 말은 부지런히 이어지는 춤"의 동작이다. 그러니까 이 춤의 동작은 수어로서 "나의 말"이며, '나'의 '당신'을 향한 소통의 움직임은 '당신'이 '나'의 '춤=수어'에 적극 교응을 하지 않는 한 "당신은 웃으며 하현달 같은 표정으로/아무것도 들리지 않았다고만" 할 따름이다. 이에 대해 '나'는 '당신'을 향해 불만과 역정을 낼수 없다. '나'의 '춤=수어'는 "아무도 다치게 할 수 없"다. '나'의 '춤=수어'는 '혼잣말'로서 '나'와 '또 다른 나' 사이를 연결해 주는 자기 언어의 순정(純晶)을 지닌다. 이것은 지천명을 맞은 정창준 시인이 득의(得意)한 시적 성취로 주목되듯, 그에게 시는 예의 '춤=수어'가 함의하는 시 본연의 속성을 벼리는 수행이라 해도 지나치지 않다.

여기서 거듭 강조하고 싶은 것은 타자에게 그 어떤 상처도 주지 않으면

서 자기인식과 자기성찰과 자기언어의 순정을 벼리는 뜨겁고도 차가운
시적 수행의 도정이다.

> *나의 말과 눈빛은 위험했지만 누구도 다치게 하고 싶지 않았다 그것은 나를*
> *지키기 위한 시늉 나는 단지 안간힘으로 과묵한 내 몸을 지키고 싶을 뿐*

> 어디를 잘라도 겉과 속이 동일했다 숟가락으로 어디를 파내도 물기가 묻어
> 나왔다 제 몸에 스며드는 것들을 거부하지 않되 자신을 바꾸지 않는다 제
> 몸을 갈아 넣어야 원하는 삶이 가능한 걸까. 그래도 끝까지 비명을 지르지
> 않는 두부를 자른다 두부의 상처에 간장을 뿌린다 저녁이 아닌 것을 위해
> 두부를 삼킨다

> ―「두부를 자른다」 부분

두부를 자르는 시적 화자 '나'에게 두부는 시인의 시적 수행과 포개진
다. 어느 부위를 잘라도 겉과 속이 다르지 않는 두부는 "제 몸에 스며드는
것들을 거부하지 않"으면서 도리어 "제 몸을 갈아 넣어야 원하는 삶이
가능한", 말하자면 자기를 엄습하는 파괴의 위력에도 불구하고 그것을 기
꺼이 받아 안으면서 또 다른 자기로 거듭나 다른 존재의 생을 위한 소임을
다 한다. 앞서 '수어'로서 시적인 것이 타자에게 상처를 가하지 않는다고
한 시적 통찰은 '두부'의 이 같은 심상에서 보다 구체적 재현으로 나타난
다. 시적 수행은 그래서 두부를 자르는 과정에서 두부의 자기 파괴와 자기
고통을 보다 높은 차원의 자기로 단련하고자 하는 숭고를 거느린다. 기실,
이러한 시인의 시적 수행은 동시대의 시(인)에 대한 쓸쓸한 안타까움과
냉소를 동반한 비판적 목소리의 산문시 「시음(詩飮)」을 곁에 두고 읽을
때 한층 실감할 수 있다. 시적 화자는 시가 티백으로 판매되고 있는 마트
에서 시인들과 고객들이 저마다 마트에서 유통되고 있는 다종다양한 시

에 대한 품평회와 시음을 하는 장면의 꿈을 꾼다. 그런데 꿈속 누구도 품평과 시음만 할 뿐 시를 구매하지 않고 떠나버린다. 이 꿈은 마치 진정한 혹은 진실된 시는 어떤 시적 감응의 비의성을 갖고 있어야 하느냐, 하는 근본적인 문제를 제기하는 듯하다. 비유컨대, 마트의 시음용 시들이 저마다 자랑할 만한 맛──가령, 전통 서정시 계열의 새로운 서정시들은 물론 모더니즘과 포스트모더니즘 계열의 시들을 망라한 것 등을 지니고 있지만, 고객들 누구도 시음만 할 뿐 누구도 구매하지 않고 외면하듯, 지금-여기의 시에 대한 대중적 소외는 '좋은 시'가 품고 있어야 할 그 어떤 절실한 풍미가 부재하다. 어쩌면, 시인이 간구하는 '좋은 시'의 맛은 비어 있는 시음용 종이컵에 입을 댄 시적 화자에게 떠오른, "몹시 추웠던 날 혼자 놀다 운동장 구석의 얼어붙은 철봉에 혀를 대었을 때 나던 그 맛" (「시음」)의 시적 감응력이 요구될 터이다. 그래서인지, 이번 시집에서는 '소년'의 시적 주체의 삶과 연관된 시편들이 눈에 띈다. "엇비슷한 슬픔을 들려주는 놀이에 열중했고"(「사춘기」), "여전히 이별의 기억은 나를 자주 기소"(「약속은 감자를 닮는다」)하고, "울고 싶은 날에는 목욕탕엘 갔"고 (「멀리 다녀온 꿈」), "즐거운 일은 좀처럼 없었지만/싫지는 않은 것을 향해 나서야 하는 시간"(「파과」)과 연루된 유무형의 것이야말로 시인이 '좋은 시'로서 벼려나갔던 시적 수행의 잠재력의 실재다.

그리하여 아무리 우리의 세계가 지옥도와 다를 바 없는 묵시록 같아서 아이들이 "미친 할머니를 죽이는 게임에 골몰"(「I Killed My Granny」)하는 사위에 갇혀있고, "존재하지만 의식하기 싫은 것, 의식하면 불편한 것, 그러나 늘 거기 있는 것. 역사 교과서 사진 속 이름 없는 의병처럼, 미얀마의 총성처럼, 재개발지구의 세입자처럼, 홍콩의 우산처럼, 망월동의 무연고 묘역처럼, 아프가니스탄의 기도처럼."(「화이트 노이즈」) 악무한의 세계에 대해 지극히 무기력하고 비현실적인 존재로 살고 있지만, 정창준 시인은 그만의 창조적 사랑, 즉 '음성학적 연애'의 경이로움에 열중이다.

　　공기를 머금을 때 나는 소리는 없죠,

　　당신의 이름을 부르기 전

　　내가 삼켜야 했던 사납고 어두운 냉기들,

　　두려운 내 옆구리로 감겨 오던

　　당신의 젖은 손이 만들어 내던 떨림,

　　그때마다 바람에 흐트러지던

　　머리카락같이 어지러운 기억들,

　　성난 것들은 왜 모조리 마찰음을 낼까요,

　　나를, 나와의 시간을,

　　내가 폐부에서 길어 올리던

　　긴 울음처럼 긁어내던 후음들을,

　　나와의 간격을 더는 견딜 수 없던

　　당신이 만들어 내던 늦여름의 태풍으로

　　덜컥거리는 간판 같던, 격렬한 마찰음, 컥컥컥,

　　　　　　　　　　　　　　　　　　　—「음성학적 연애」 부분

　　"사납고 어두운 냉기들"의 건조하고 차가운 감각과 "젖은 손이 만들어 내던 떨림"의 축축하고 뜨거운 감각이 서로 배여들면서 팽배해진 사랑의 정동은 언제 터질지 알 수 없는 극적 긴장감을 고조한다. 시인은 이 사랑의 정동을 격정적 성난 것들의 마찰음과 깊은 그리움의 정한이 섞인 후음의 배합으로 나타낸다. 이외에도 시인은 파찰음과 반설음 등 음성학에서 다뤄지는 소리를 통해 시인만의 에로스적 시의 감응력을 표현한다. 이 시적 재현은 시의 중요한 물질성인 소리 자체가 사랑의 정동의 실재를 이룬다. 이것은 '수어'로서 시적 수행과 상보적 역할을 담당한다는 차원에서 주시해야 한다. 왜냐하면 마찰음, 파열음, 파찰음, 후음, 반설음 등이 동반하는 사랑의 정동은 '수어'가 함의한 시의 언어의 순정과 다른 차원이 결코 아니기 때문이다. 사랑의 정동을 인간의 소리로 실현한, 그리하여 이 소리들은 의미의 군더기가 소거되는 것처럼 흡사 염전에서 조수(潮水) 간만의 차이의 시간을 보내면서 "염부가 오래 기다렸을 결정(結晶)"(「영종도」)의 소금과 동일성을 지닌 시의 언어의 순정을 얻는 것과 다를 바 없다. '음성학적 연애'는 따라서 '수어'와 상보적 관계를 이루는 시적 수행이다.

  날로 부박해지는 세계에서, 이번 시집이 그뿐만 아니라 동시대 시(인)의 순정을 득의하는 시적 수행을 실현하고 있는 데 다시 주목해본다.

'겨우' 옆으로 밀어놓는
시적 수행의 힘

— 박일환, 『귀를 접다』

1.

흔히들 시집 맨앞에 자리한 '시인의 말'을 대수롭지 않게 심드렁히 여기고는 곧바로 시집의 시편들을 읽지만, 어떤 시집을 읽다보면 '시인의 말'에 자꾸만 시선이 붙잡힐 때가 간혹 있다. 내 경우 박일환의 시집 『귀를 접다』(청색종이, 2023)가 여기에 속한다.

젊어서는 커다란 바윗덩어리를 굴리려고 했다
할 수 있을 것 같았고, 해야 한다고 생각했다
돌아보니
겨우 옆으로 살짝 밀어놨을 뿐이다

— 「시인의 말」 중에서

'시인의 말'이 한 편의 시라 해도 손색이 없다. 무엇보다 이 말이 딱히 시인에게만 해당되는 게 아니라 지금-여기를 살고 있는 우리들에게도 그것이 지닌 삶의 성찰로 다가온다. 각자 자신의 인생 길에서 자신이 깜냥 감당할 수 있을 만큼 "바윗덩어리를 굴리려고" 안간힘을 쏟아부었으나 "돌아보니/겨우 옆으로 살짝 밀어놨을 뿐" 바윗덩어리의 위치는 크게 변하지 않았다. 하지만 바로 그렇기 때문에 시인의 시적 성찰은 쉼 없이 벼려지고 있는 게 아닐까. 이 무모한 행위를 시인은, 아니 우리는 무엇 때문에 하고 있는 것인지, '겨우'라는 부사가 최근 이토록 시리게 저며들어온 적이 없다.

2.

『귀를 접다』의 첫 시는 매우 강렬한 심상을 보인다.

> 지금, 피 묻은 칼날을 자기 혀로 핥고 있는 늑대는 누굴까? 피 묻은 칼을 꽂아두고 간 자는 언제나 보이지 않고, 피의 향내가 주는 유혹은 강렬해서 자기도 모르게 긴 혓바닥을 내밀곤 하지 탐욕스러운 혓바닥부터 뽑아버려야 하는데 그럴 수 있어? 낄낄거리며 조롱하는 소리 환청처럼 들려오는 동안에도 칼날 곁을 떠나지 못하는 혓바닥의 저 성실한 노동이라니!

> ―「늑대와 칼」 부분

에스키모의 늑대 사냥법을 시인은 비관주의적 풍자로 성찰한다. 에스키모는 늑대를 사냥하기 위해 피 묻은 칼을 거꾸로 땅에 꽂아놓는다고 한다. 그러면 피 냄새를 맡은 늑대는 그 칼을 자신의 혀로 핥는다. 이제 칼날에 묻은 피는 더욱 검붉은 점액질의 싱싱한 피로 변하듯, 슴벅슴벅 베인 늑대의 혓바닥에서 흘러내리는 자신의 피맛에 취한 채 늑대의 생목숨은 서서히 꺼져들어갈 터이다. 그 강렬하고 황홀한 피의 향내와 맛에 중독된 채 늑대의 삶은 죽음으로 이행한다. 시인은 이 늑대의 죽음을 "칼날 곁을 떠나지 못하는 혓바닥의 저 성실한 노동"으로 인식한다. 기실, 이것은 우리의 삶과 다를 바 없다. 자본주의적 근대의 악무한의 삶은 어쩌면 늑대의 이러한 자기소멸의 운명일지도 모른다. 비유컨대, 자본주의적 근대가 맹신하는 경제지상주의의 칼에 우리의 혀는 속절없이 베이고 또 베이는 그 악순환의 과정을 '성실한 노동'으로 자위하는 동안 살아 있으나 죽은 것과 다를 바 없는 '산죽음'이란 모순형용적 존재의 삶을 우리는 '겨우' 살고 있다. 따라서 시인에게 에스키모의 늑대 사냥은 흡사 우리의 '산죽음'의 적나라한 모습에 대한 비관주의적 풍자다. 그러면 우리는 언제까지 '산죽음'의 "저 성실한 노동"을 지속해야 하는가.

여기서, 시인의 비관주의적 풍자가 비판적 성찰을 수행하는 것임을 강조해두고 싶다.

　이대로 살 순 없지 않습니까?

　조선소 하청노동자의 항변은
　공중을 선회하는 경찰 헬리콥터 소리에 묻혔다

　자본과 국가의 포위망을 뚫지 못하고 파업을 푼 뒤
　동료들이 철장 속 사내를 꺼내주었다

　뒤이어 470억 원의 손해배상 청구가 날아드는 걸
　다른 철장 안에 갇힌 노란봉투법이 보고 있었다

　혼자 힘으로는 걸어 나올 수 없는
　노란봉투법은 누가 꺼내줄 것인가?
　　　　　　　　　　　　　—「이대로 살 순 없지 않습니까?」 부분

21세기의 노동현실은 신자유주의 정치경제 논리를 기반으로 한 고용

시장의 노동의 유연성에 따라 중간착취의 지옥도가 버젓이 자행되고 있다. 그 대표적 사례가 바로 하청 노동이다. 위 시에서 주목해야 할 것은 하청 노동자의 항변이 어처구니없게도 "470억 원의 손해배상 청구"의 경제적 억압으로 돌아왔다는 것이다. 조선소의 중각착취의 지옥도를 견디지 못하고 그것의 구조악(構造惡)과 행태악(行態惡)에 맞서 저항한 노동자의 진실에 귀를 기울임으로써 그것의 합리적 해결책을 강구하기는커녕 그 하청 노동자가 사측의 생산 활동에 방해가 되었으므로 이에 대한 손해배상을 청구한 것이다. 과연, 이 막가파식 언어도단의 노동현장의 모순을 없애기 위한 노란봉투법은 법적 실효성을 이룰 수 있을까. 따라서 하청 노동자의 "이대로 살 순 없지 않습니까?"의 절규는 시인의 비관주의적 풍자가 수행하는 비판적 성찰의 목소리다. 이 목소리가 갖는 수행성은 한진중공업 용접공으로서 해고된 노동자 김진숙이 37년 간의 복직투쟁을 하면서 마침내 명예 복직과 퇴직에 이르는 가운데 그가 "가장 좋아하는 구호처럼/웃으면서 걷는 하루/끝까지 걷는 하루/함께 걷는 하루"(「하루」)의 실천적 힘이다.

3.

물론, 우리는 알고 있다. 그토록 염원하던 김진숙의 명예 복직과 퇴직을 목도하였음에도 불구하고 노동현장의 예의 문제점들은 되풀이되고 있다. 그렇다고 아무런 변화가 없는 것은 결코 아니다. 노동현실의 제반 문제점들에 대한 제도적 해결책을 강구할 뿐만 아니라 무엇보다 각종 노동의 현안에 대한 체념과 방관과 침묵으로부터 벗어나 적극적 관심을 갖고 서로의 상처와 희망을 공유하는 삶을 살고 있다. 풀의 생태가 주는 시적 깨우침을 주목하는 이유다.

세상의 모든 싸움은
이기기 위해서가 아니라
지지 않기 위해서일 수도 있다는 걸
바람을 대하는 풀들의 태도를 보면 알 수 있다

풀 내음은 비릿하면서도 싱그럽다
비애와 불굴의 의지가 섞여 있어 그렇다는 걸
당신도 언젠가는 알게 될 날이 오리라 믿는다

―「풀밭이 장엄한 이유」 부분

시적 깨우침은 그리 거창한 게 아니라 아주 사소하면서 통념적인 것을 보란 듯이 뒤집어버리는 데 있다. 흔히들 싸움의 속성을 이기고 지는 양가성에서 찾는다. 이기지 않으면 지는 것이기 때문이다. 그런데 시인은 싸움의 양가성에서 비껴나 있는바, "지지 않기 위해서" 싸운다는 것이다. 얼핏 볼 때 싸우는 일이 지지 않기 위해서, 그래서 이기는 것을 최상의 목적으로 간주하기 십상이지만, 시적 진실의 차원에서는 이기는 것보다 지지 않기 위한 것이야말로 싸움의 진정한 묘미가 아닐 수 없다. 이것을 두고 우리는 버티어 대든다는 사전적 의미의 '길항(拮抗)'에 근접한 것으로 이해할 수도 있겠고, 이길 수 없는 대상에 대해 온힘을 내 맞서 '저항'한다는 것으로도 이해할 수 있다. 중요한 것은 속절없이 패배하는 게 아니라 최선을 다해 싸우는 내적 실천의 힘을 지닌 시적 주체의 수행성 그 시적 진실이다. 그리하여 시인에게 책장의 귀를 접는 행위는 독서 습관 중 하나의 행태를 넘어 "삶은 읽으면서 동시에 쓰는 거라는 걸/앞서간 이들로부터 진작 배우긴 했으나/책을 읽다 귀를 접는 건/읽는 힘이 쓰는 힘을 불러오기 때문"(「귀를 접다」)이라는, 즉 '읽기-쓰기'의 수행성을 실천하도록 한다.

4.

이처럼 박일환 시인이 득의(得意)한 시적 수행성으로서의 시적 진실은 「설화」의 절창을 낳는다. 한겨울 깊고 먼 곳으로부터 천천히 내리는 눈이 애절한 그리움의 감응력을 미치는 가운데 어디로부터 무슨 곡절인지 심신에 상처가 깊게 패인 손님이 찾아오더니 그 손님은 또 다른 상처 입은 자들을 기꺼이 마주하면서 그들을 신묘하게도 어루만진다. 그런데 이 한밤의 한겨울 눈 속 치유의 이야기는 지상의 아침을 맞아 더욱 경이로운 시적 수행의 노래로 우리의 삶 속 시나브로 번져간다. 우리의 상처받은 삶의 치유도 이 시적 수행으로 치유되길…….

눈은 먼 데서 온다

천천히, 천천히 온다

그래서 반가운 것이다

내가 지금 여기서 출발한다면

너에게 언제 당도할지 모르는 일

기다림의 시간을 생각하는 동안

저기 저 너머에서

먼저 채비를 마친 발걸음 있었을 것이다

손님은 먼 데서, 천천히 온다

고단한 몸으로 찾아온 손님이

고단한 사람을 어루만져줄 줄 안다

얼비친 눈송이 하나

뒤이어 두세두세 따라오는 발걸음들

예까지 찾아오느라 애썼구나 싶어

가만히 손 내밀어보는 지상의 아침이다

―「설화」 전문

낮춤과 구도(求道)의 길

— 김윤현, 『발에 차이는 돌도 경전이다』

　　김윤현의 시집 『발에 차이는 돌도 경전이다』(푸른사상, 2017)를 음미하고 있으면, 좋은 시가 절로 품고 있는 어떤 구도(求道)의 모습을 만날 수 있다. 이 모습은 결코 작위성을 보이지 않는다. 도(道)에 결핍되거나 결여된 것을 애써 드러냄으로써 그것을 반드시 추구해야 한다거나 꽉 채워야 한다는 욕심에 사로 잡혀있지 않다. 또한 시쳇말로 도가연(道家然)척 하지도 않는다. 김윤현의 시에서 만날 수 있는 구도는 대상이 품고 있는 자연스러움 자체로부터 생성되는 것이지 자연스러움을 일부러 비틀거나 낯설게 하는 어떤 왜상(歪像)으로부터 촉발된 심상과 거리를 둔다. 가령, 탑에 대한 시적 사유를 살펴보자.

　　모였다가 흩어지는 것이 세상일이듯
　　탑 꼭대기에는 아무것도 없으므로
　　돌아오는 것 또한 기대하지 않았다

　　돌 하나 더 얹어놓는 일
　　또한 마음속 돌 하나 덜어내는 것이리라 여기니
　　발에 차이는 돌도 죄다 경전이다 싶다

　　　　　　　　　　　　　　　　　　　　　—「돌탑 1」 부분

탑리오층석탑은
부처의 말씀인 대웅전을 버린 지 오래다

솜털구름은 솜털 같은 말씀으로
푸른 소나무는 푸른 말씀으로
지혜로운 사람은 지혜로운 말씀으로

이미 할 말 다했으니
무슨 말씀이 더 필요 있겠나 싶었겠지

　　　　　　　　　　　　　　　　—「탑리오층석탑 2」 부분

　　흔히들 탑은 위로 쌓아 이뤄진다. 분명한 사실은 쌓아지는 높이가 한정
돼 있다. 아무리 높이 쌓고 싶은 인간의 욕망이 있다 하더라도 무한천공의
하늘 끝까지 탑은 닿을 수 없다. 높이 쌓으면 쌓을수록 마주하게 되는
것은 광대무변하게 펼쳐진 허공뿐이다. 말하자면, "탑 꼭대기에는 아무것
도 없"다. 오히려 무엇인가 있다면, 그것은 텅 비어 있는 '태허(太虛)'가
있다. 생각해보면, 이 무슨 모순이며 아이러니인가. 아무것도 없는 것, 바
로 그것이 있는 것이라니……. 이것이야말로 시인이 마주하는 존재의 자
연스러운 진리가 아니고 무엇인가. 그래서일까. 시인은 "돌 하나 더 얹어
놓는 일"은 곧 "마음속 돌 하나 덜어내는 것"과 다를 바 없다는, 바꿔 말해
돌탑을 한 층 쌓는 일은, 분명 돌 하나가 빈 공간을 차지하는 것인데도
불구하고 또 다른 '비어 있음'을 다시 확인하게 되는, 그래서 '텅 빈 공간'
의 연속이 '있다'는 깨우침에 이른다. 따라서 이러한 깨우침의 계기를 준
그 흔한 돌이 "죄다 경전이다 싶"은 것은 너무나 자연스럽다. 그렇다면,
이러한 돌로 만들어진 탑리오층석탑이 절로 함의한 부처의 도는 어떤 것
일까. "부처의 말씀인 대웅전을 버린 지 오래다"에 응축돼 있듯, 탑리오층

석탑이 표상하는 부처의 도는 반드시 불가(佛家)와 관련한 것만이 아니라 도리어 불가로부터 해방된 유무형의 대상 본래가 지닌 존재로부터 그것을 구한다. 즉 "말씀이 없어도 말씀이 되고 있"(「탑리오층석탑 2」)는 모순과 역설을 넘어선 어떤 지경(至境)에서 부처의 도를 구하고 있다.

　여기서, 김윤현의 이와 같은 구도적 모습은 스스로를 낮추든지, 또는 시적 대상을 겸허히 낮추는 시쓰기에서 만날 수 있다.

　　논은 몸을 낮추어 생각해 보는 거다
　　싱싱했던 풀이 썩어
　　자신을 더 빛나게 해 주었던 거
　　보이지 않는 공기와 더불어
　　가장 평범한 것이 가장 소중하다는 것에 대하여
　　아아, 세상에 무관한 것 하나 없다는 거
　　제 스스로는 아무리 기름지다 해도
　　혼자서는 벼 한 포기도 기를 수 없다는 것에 대하여
　　가을이 되면 논은 다 나눠준 다음
　　겨울 들판에서 다시 묵상 중이다, 논은
　　　　　　　　　　　　　　　　　　　　　─「겨울 논에 대하여」 부분

　　좋은 자리 차지하려 한 적 없이

　　위로 거슬러 오르려 한 적이 없이

　　목마른 생명들을 사랑하여

　　낮은 곳으로 내려가려 생애, 낮고 길다

　　더 넓고 더 깊은 세상을 위하여

바다에 이르면 또 자신을 슬쩍 감춘다

처음부터 끝까지 행위가 맑다

— 「낙동강」 전문

　풍성한 가을 수확을 거둔 논은 자신의 풍요로움을 자랑스레 내세울 수 있다. 하지만, "논은 몸을 낮추어 생각해 보는" 가운데 가을 수확의 풍성함과 풍요로움에 대한 소중한 깨우침을 안겨준다. 그것은 논농사와 관련한 모든 것들이 서로 겸허히 제자리를 지키면서 제 몫을 충실히 다 하는 "가장 평범한 것"의 조화를 이뤘기 때문이다. 즉 논은 "세상에 무관한 것 하나 없다는" 진리를 자연스레 깨우친다. 물론, 논이 오만하지 않고 몸을 낮췄으므로 이와 같은 소중한 진리를 얻게 된 것이다. 이러한 낮춤의 모럴은 "낮은 곳으로 내려가" "낮고 길"게 그러면서 "더 넓고 더 깊은 세상을 위하여" "처음부터 끝까지 행위가 맑"게 흐르는 낙동강으로 구체화한다.

　김윤현의 이러한 시적 깨우침에서 "진리보다 순리를 앞세운 걸까"(「노루귀와 감나무」)와 같은 물음은 자못 의미심장하다. 이 시구에는 '진리≤순리'와 같은 다소 단순한 부등식이 성립한다. 억지스럽지 않고 자연스레 흘러가듯이 가는 도정에서 발견하고 성찰하는 '순리(順理)'를 통념적 '진리'보다 중시 여기는 시인의 시적 입장을 소홀히 간주할 수 없기 때문이다.

　가만히 있지 못하겠다 가만히 있는 것이 죄라도 된다는 말인가 발이 없어야 더 잘 달릴 수 있다고 다짐한다 다들 내리막을 두려워하지만 몸과 마음은 내리막에서 맑아지는 법, 오르막은 누구를 누르고 올라야 하는 독이 있다 구르는지 흐르는지는 중요하지 않다 내 것으로 붙잡을 손도 없어 내리막이 오히려 체질에 맞다는 걸까 내려가는 끝에는 하나가 되는 합환合歡이 도사리고 있음을 아는지 삶을 얻으려 산속으로 가듯 뜻을 모으려 산을 내려간다 밋밋한 경사에서의 흐름에서부터 제 키에 수천 배 되는 언덕도 뛰어내리는

활강까지 수련을 거치면 나무를 타고 역류할 수 있겠다 하늘에도 오를 수
있겠다 아직은 내려가야 할 때다, 류流!

— 「류流」 전문

　지상에서 존재하는 모든 것들은 낮은 곳으로 흘러가기 마련이다. 따라
서 내리막이를 겁낼 필요가 없다. 간혹 오르막이도 있고 평탄한 길도 있지
만, 결국 모든 길들은 내리막이를 거부할 수 없다. 그렇게 낮은 곳으로
속도와 방향의 차이가 있을 뿐 모든 것들은 내려가 흐른다[流]. 이것은
'진리'다. 동시에 이것은 '순리'다. 정리하면, '순리'로서 '진리'다. 김윤현
의 이번 시집을 관류하고 있는 이 문제의식은 중요하다. 그가 추구하는
시적 진리는 '순리'를 어기면서 모색하는 그러한 것이 아니다. 그런데, 이
것을 자칫 세계에 속수무책으로 순응하는 것으로 이해해서는 곤란하다.
'순응'하는 것과 '순리'를 추구하는 것은 엄연히 서로 다른 맥락에 있다.
가령, 다음과 같은 시를 보자.

들꽃은 겨울을 어떻게 보내야 할지 묻지 않는다
언어가 없고 입도 없으니 대답하지도 못한다
겨울을 지낼 방법이 딱히 없다
추위와 북풍 속에서 서 있을 뿐이다

겨울에 얼어 죽은 나무 보지 못했다
봄을 또 어떻게 맞이해야 하는지
들꽃은 질문하지 않을 것이다
질문하지 않으니 대답 또한 없을 것이다

하고 싶은 말보다 듣고 싶어 하는 말을

꽃으로 피워 볼 뿐이다
들판이 참 조용하다 지식은 없다
올봄엔 들꽃들 또 아름답게 피겠다

—「들꽃들」 전문

엄동설한 속에서 들꽃은 "질문하지 않"고 "대답 또한 없"는 채 "서 있을 뿐"이다. "봄을 또 어떻게 맞이해야 하는지" 질문도 하지 않는다. 겉으로 볼 때, 들꽃의 이러한 태도는 한겨울에 순응하는 것으로 비쳐진다. 하지만 들꽃은 제 자리에서 몸을 최대한 낮춰 조용하게 겨울나기를 하고 있다. 그리고는 겨울 들판의 자양분을 섭취하면서 "올봄엔 들꽃들 또 아름답게 피"올 채비를 단단히 하고 있다. 이것이 한겨울을 나는 들꽃의 '순리'다. 봄에 들꽃이 꽃망울을 터뜨리기 위해서는 한겨울에 역행하지 않고 한겨울을 잘 나야 하는 것이다. 이것은 지구의 자전축이 23.5도 기울어진 물리 조건을 아주 자연스레 '순리'로 받아들임으로써 지구의 자연환경이 품은 진리에 역행하지 않는 것과 다를 바 없다. 더욱이 지구의 이 자전축 기울기 때문에 지구 자연환경의 파괴와 혼돈이 없는 안전한 세상에서 인간은 삶을 누리고 있지 않는가.

누군가의 밑변 같은 생애가 있어
다른 누군가 올라앉는 높이가 보장되는 것도
그 사이에 보이지 않는 기울기가 있어 가능할 것이다
다들 도덕 같이 똑바로 살라 하지만
높이만이 선이라는 듯
다들 수직 상승을 노리지만
수직 하강을 걱정하지 않는 사이에도
세상은 기울기가 있어 온전해지는 것이다

모든 유효함은 기울기에서 나오는 것이리라
스스로 기울기가 되는 사람이 많아
지구는 안방처럼 안전한 것이다

—「기울기」 부분

여기서, '순리'가 지닌 진리의 측면을 주목하는 시인에게 간과할 수 없
는 것은 치열한 자기인식의 고투 속에서 보이는 '성찰'의 면모다. 시적
주체뿐만 아니라 시적 대상을 겸허히 낮추고 '순리'에 역행하지 않는 시인
의 구도에는 일상의 삶에 조금이라도 안주하지 않으려는 존재의 긴장이
자리하고 있음을 알 수 있다.

기차를 타면
지나온 궤적이 고정되어서
낡은 보수주의자가 되는 건 아닐까
이탈은 없을 것이라고
변화는 무서운 결과를 초래한다고
커피나 마시며 달리는 동안
가만히 있기만 하면
원하는 곳에 이를 거라고
살아가는 길에
순방향 역방향이 있기는 해도
누구에게나
동일한 속도로
동일한 보폭을 요구하는 철로가
일상까지 동일하게 실어 나를 것 같아
기차를 타면

철 지난 보수주의자가 되는 것이 아닌가 하여
마음이 쇳덩이처럼 무거워 질 때가 있다

―「기차를 타면」 전문

　일정한 속도로 목적지를 향해 철로 위를 달리는 기차 안에서 시적 주체
는 "낡은 보수주의자가 되는 건 아닐까" 자문하면서, "가만히 있기만 하면
/원하는 곳에 이를 거라고" 자기를 위안하지만, 이러한 모습 속에서 "철
지난 보수주의자가 되는 것이 아닌가"하고 자기를 매섭게 성찰한다. 그렇
다. 김윤현 시인의 구도는 이처럼 철저한 자기인식과 자기성찰의 과정에
서 자연스레 수행되는 것이지 관념과 추상의 차원에서 추구되는 게 아니
다. 그럴 때 "무난하게 살아서라기보다//더 새로워지지 못해서//남 보듯
나를 보기보다//나 보듯 남을 보지 못해서"(「두려운 인생」)의 행간에 배
여든, 조금이라도 현실에 안주하지 않고 게으르지 않으며, 낡고 구태의연
한 보수주의자로 전락하지 않으려는 시인의 준열한 시적 태도의 진정성을
헤아릴 수 있다.
　이와 관련하여, 시인의 냉철한 현실 비판은 일상의 관성에 매몰된 우리
를 반성의 길로 인도한다.

숲은 아름답기만 한 줄 알았네
저희들끼리 모여 옹기종기 동반하는
언제나 푸른 말씀인 줄 알았네
바람이 불면 같이 흔들리면서
각다분한 세월 견디는
비가 오면 같이 빗물을 머금으며
목마른 세월 함께 건너는 줄 알았네
아름다운 새소리 불러 모으며

제 몸 내주면서 풀벌레 키워주는

늘 성인으로 사는 줄 알았네

그러나 숲 속에 들어가 보니

타래난초에게 가야할 햇빛도 가로채고

싸리나무 뿌리가 뻗어야 할 땅도 다 차지하여

거대한 숲을 이루었지만 속이 텅텅 비어있는

마치 우리나라 정치집단 같아

숲을 보면 마음이 편하지 않은 때가 있네

—「숲을 보면」 전문

숱한 타자들의 이해관계로 이뤄진 우리의 일상이 아무리 복잡하고 위태롭다 하더라도 일상의 구조 자체에 큰 변화가 없는 한 우리는 평범한 일상을 유지하며 살아간다. 각자의 자리에서 각자에게 부여된 사회적 역할을 충실히 수행하면서 일상을 가까스로 지탱시키고 있는 것이다. 시인은 이러한 우리의 일상을 숲에 비유한다. 갑작스런 천재지변이나 인위적 힘이 가해지지 않는 한 숲은 겉으로 볼 때 말 그대로 멀쩡히 아름다운 자태를 유지하고 있는 것처럼 보인다. 하지만, 시인이 비판하고 있듯, 숲속의 생태와 환경이 아름다움과 거리가 멀 듯, "우리나라 정치집단"도 생태와 환경이 파괴된 숲속과 다를 바 없는 것으로 질타한다. 여기에는 숲속 생태의 자연스러움이 존재하지 않기 때문인바, 인간 사회의 정치집단 내에서 공생 및 상생하는 정치와 거리가 먼 자기의 정치적 이해관계만을 관철시키려는 정치의 파행에 대한 시인의 준열한 비판의식이 자리하고 있다. 이것은 김윤현 시인이 추구하는 구도와 무관하지 않다.

그렇다면, 그가 가고 싶고 추구하고 싶은, 구도의 길로써 시인의 삶은 어떤 것일까. 그는 어떤 거대하거나 빼어난 삶의 길을 욕망하지 않는다. 그가 정작 바라는 삶은 "상식의 모범이 된 삶"(「석축」)으로, 바위의 속성을 지닌 "어딜 자리한대로 변함없는 표정"(「바위 3」)을 지닌 채 "여러 길을 품고 있는 사람 만나서//해가 떠서 달이 이슥토록 걷고 싶"(「길이 되는 사람」)은 삶이다. 물론, 이 길은 쉽지 않다. 하지만, 지금까지 그래왔듯이 김윤현 시인의 이러한 구도의 길은 중단되지 않은 채 묵묵히 겸허하고 낮은 자세로서 지속되리라.

꽃 피고 새가 노래하는 길이 있다 해도
내 작은 손길 닿을 수 없다면
나는 그 길을 택하지는 않겠다
평탄하여 오래 걸을 수 있다 해도
많은 사람들이 간다고 해도
나는 그 길을 고집하지는 않겠다
차라리 풀이 돋아나지 않고
나무가 자라지 않는 길이라 해도
허름한 발자국 하나 남길 수만 있다면
나는 그 길을 가겠다
빛이 희미하게 비친다 한들 어떠리
남보다 조금 더 걷는다 해도 괜찮다
달이 뜨고 별이 비치면 밤이라도 좋다
낮고 조용한 곳을 좋아하는 친구가 있어
시를 생각하고 인생을 나누다가
대금 한 가락에 한잔 술을 건넬 수 있으면
이제는 그 길을 가고 싶다

—「가고 싶은 길」 전문

이해웅 시의 '수행정진',
'시의 하얀뼈'를 득의하는

'수행정진'하는 시적 삶

시인 이해웅(1940~2015)은 그의 첫 시집 『벽』(1973)을 출간한 이후 열여섯 번째 시집 『반성 없는 시』(2009)에 이르기까지 자신의 시세계를 쉼 없이 절차탁마해왔다. 그의 삶 자체가 시적 삶이었다 해도 과언이 아닐 정도로 그는 시인으로서의 운명을 겸허히 수용한다.

도인(道人)이 가고 있다
헐거운 옷 한 벌 입고
길도 따라 함께 나선다

수행정진

길은 발끝에서 열리며
천 갈래 만 갈래로 나뉜다

선택은 옳았지만
내가 멈춰 서는 순간

다시 사방팔방으로 흩어지는 길
저마다 입을 벌리고
날 먹어치우려 든다

다시 일어서 길을 나선다
가다가 다시 주저앉는 길
오리무중

산고개 위에 지쳐 있을 때
저만치 나를 업고 가는
길이 보인다   —「길 위의 삶」전문
                                         (『반성 없는 시』, 2009)

    첫 시집『벽』이후 이해웅 시인의 시쓰기를 지탱시켜준 것은 바로 '수
행정진'에 집약돼 있다. 그렇다. 이해웅 시인에게 시를 쓴다는 것은 문학
예술의 한 장르를 선택하여 그 장르가 지닌 미적 특질을 최대한 고려한
심미적 체험을 표현하는 데 자족하는 게 아니라 시쓰기를 통해 시적 주체
가 세계-내적-존재로서 근원적으로 지닌 상처를 응시하면서 세계에 쉽
게 함몰되지 않은 채 세계와 팽팽한 긴장 관계를 형성하는 시적 주체를
벼리는 수행이다. 때문에 그의 시쓰기는 시를 통한 '수행정진'과 분리할
수 없다. 그것은 언제 어떻게 도달할지 도통 알 수 없는 '길 위의 삶'을
쉼 없이 마주하는 일임과 동시에 '길 위의 삶'을 직접 살아내야 하는 일이
다. 왜냐하면 길은 간혹 끊어진 것처럼 보일 때도 있지만, 영원히 끊긴
길은 존재하지 않고 또 다시 어떤 형태로든지 이어진 길이 눈 앞에 나타
나, 탈진한 "나를 업고 가는" 수행을 잇도록 하기 때문이다. 이 수행의
길 위에서 시인은 "세상의 구멍들" "구멍 속엔 항상 절망의 세기들이"(「구

멍의 심연」) 존재한다는 것을 잘 안다. 따라서 시인의 '수행정진'은 숱한
절망과 마주하는 길을 가는 것이며 그 절망의 심연을 응시하는 삶을 기꺼
이 선택한다. 이것은 시인이 시로 실천하는 종교적 구도의 삶과 전혀 다르
지 않다.

> 타고 있는 촛불의 심지를 뽑아 올려 보라
> 거기 피 흘리는 예수와 가부좌한 채 열반에 든
> 부처가 딸려 올라옴을 볼 것이다
> 왜 사람들은 촛불 앞에서 합장하고 기도하는가
> 왜 사람들은 촛불 앞에서 참회의 눈물을 흘리는가
> 거짓이란 거짓 모두 저 불꽃 앞에서
> 뜨거운 맹세로 바뀌나니
> 제 몸 살라 날을 밝히는 불이
> 어디 촛불뿐이겠냐 마는
> 불의 몸짓 중 춤사위 없는 불이
> 촛불 아니고 또 무엇 있겠는가
> 이 세상의 기도란 기도
> 이 세상의 엄숙이란 말이 가진 배후는
> 저 촛불의 곧은 자세에서 비롯되었나니
> 나는 이른 아침 촛불 앞에 경건한 마음으로
> 옷깃을 여민다
>
> ─「촛불」 전문

절망의 심연을 응시함으로써 우리는 절망을 잉태하는 부정한 것, 즉
'거짓'의 실체를 목도하게 된다. 그런데 이 '거짓'은 촛불에 타들어가면서
"뜨거운 맹세로 바뀌"는 존재 전이를 피할 수 없다. 인류의 원죄를 대신하

여 자기를 제단에 바친 "피 흘리는 예수"와, 인간의 생노병사의 한계로부
터 빚어진 극심한 고통의 사위 속에서 "가부좌한 채 열반에 든/부처"와
'촛불'은 동일시를 이루는바, 이해웅 시인은 촛불이 "제 몸 살라 날을 밝
히는 불"을 바로 예수와 부처의 종교적 구도와 다를 바 없는 것으로 인식
한다. 따라서 촛불 앞에서 행하는 엄숙한 기도는, "촛불의 곧은 자세"와
기도하는 자의 "경건한 마음"에서 절로 배어 나오는 촛불을 향한 공손히
낮춘 부드러운 자세가 어우러진 종교적 구도의 행위인 셈이다.

이와 관련하여, 우리는 또렷이 기억한다. 생생한 감각이 지닌 촛불의
정동(情動)이 아직도 채 가시지 않고 있음을……. 그동안 켜켜이 누적된
역사의 적폐를 청산하기 위해 전국 곳곳에서 비쳐진 촛불은 한국 사회의
절망을 낳게 한 모든 '거짓'에 대한 결별의 언어였다. 그리고 전국 곳곳에
서 어둠을 몰아낸 촛불은 민주주의를 향한 지극히 세속적 욕망의 표현이
되, 거짓과 위선을 몰아냄으로써 새로운 민주주의 삶을 힘차게 모색한다
는 점에서 신성의 욕망을 드러낸 제의적 언어다. 말하자면, 이해웅 시인의
촛불은 성속일여(聖俗一如)로서 시인뿐만 아니라 사회와의 관계 속에서
'수행정진'을 의미하는 또 다른 시적 형식이자 내용이다.

생의 비의성을 공명(共鳴)하는 시쓰기의 비의성

우리는 여기서 이해웅 시인의 시에 대한 사유를 음미해볼 필요가 있다.
「두엄」은 그 대표적 시로서 손색이 없다.

어차피 오래된 기억들은 하나하나
두엄더미 속으로 스며든다
똥오줌은 물론 눈과 비가 지나가고
둔탁한 아버지의 발길이 스친 다음

반딧불이들이 군데군데

추억의 등을 밝히고

밤마다 별빛이 내려와 뒤섞일 때

땅 속에서부터 신열이 일어나며

속이 치받쳐 오른다

겹겹이 쌓인 두엄더미 속 득시글거리는

왕성한 식욕의 구데기들이

오래된 기억의 문을 들락거리며

단물이란 단물 죄다 빨아먹고

대추씨만큼씩 자랄 무렵

밤하늘 비껴 가는 유성 한 줄기

드디어 깜깜한 어둠 속에 묻힌

시의 하얀 뼈가 보인다   —「두엄」 전문

(『곡선의 저녁』, 2004)

"시의 하얀 뼈"를 얻기 위한 과정이 선보이고 있다. 주목해야 할 것은
삶과 연루된 "오래된 기억들"이 삭히는 과정을 거치고 있다는 점이다. 그
과정에는 자연과 인간이 해야 할 제 나름대로의 몫이 수반되어 있다. 자연
과 인간이 공존하며, 잘 어우러지지 않을 때 오래된 기억들은 삭혀지지
않고 버석거린다. 삭히는 과정 속에서는 어느 것 하나 버릴 게 없다. "왕성
한 식욕의 구데기들"도 제 몫을 다 할 따름이다. 이렇게 잘 삭히는 과정을
거쳐야만 "드디어 깜깜한 어둠 속에 묻힌/시의 하얀 뼈"를 얻을 수 있으
며, 경계의 언어로 이루어진 '좋은 시'의 골격을 구축시킬 수 있다. 튼튼한
시의 골격이 제대로 서 있을 때, 그 골격에 시의 풍요로운 살점이 붙을
수 있기 때문이다.
　이처럼 「두엄」의 시를 통해 알 수 있듯, 이해웅 시인의 시쓰기에서 중

요한 것은, 다른 시인의 사유 혹은 화석화된 경전의 주해에 의존하는 게 아니라, 개별 시인마다 서 있는 시지평에서 푹 삭힌 두엄과 같은 시의 골격을 얻어내는 일이며, 그 골격에 시의 살점을 붙이는 일이다. 물론 이러한 일이 말처럼 쉬운 것은 아니다. 시의 정제된 골격을 얻어낸다는 것은 그만큼 시인이 창조의 극심한 고통과 열락(悅樂)을 견뎌내지 않으면 안 된다. 이 창조의 고통과 열락이야말로 "시의 하얀 뼈"를 얻어내는 과정인 셈이다.

그런데, 이 과정에서 눈여겨볼 게 있다. "오래된 기억의 문을 들락거리"는 어떤 반복적 행위가 수반하는 생의 비의성이다. 시인이 그토록 얻고 싶은 "시의 하얀 뼈"는 달리 말해 생의 비의성을 득의(得意)하는 것과 다를 바 없으며, 이를 위해 시인은 두 가지 심상의 매혹에 젖어든다.

한밤중
아버지는 세월을 사이에 두고
이쪽과 저쪽의 통나무 끝에다 못 하나씩을 박고
먹줄을 튕겼지
난 대패가 대팻밥을 토해내는 걸 신기하게 바라보고 있었지
아버지는 이따금 한 번씩 대패머리를 장도리로 탁탁 치며
아이 달래듯 하며 대패질을 하셨지

이 한밤 난 혼자 일어나 앉아 서툰 대패질을 한다
언어의 절벽은 깎을수록 위태롭기만 한데

(중략)

대패질이 만드는 결 고운 언어가 문장 속에서

사금처럼 빛날 때까지

만신창이의 시가 부목을 벗고 스스로 활보할 때까지

—「대패질」부분

고비사막 지평선 아득한 끝 벼랑으로

우박처럼 쏟아지는 상상의 파편들

천상과 지상을 아우르는 마두금 소리

서서히 황혼을 몰고 온다

초원이 치마끈 풀며 집 나간 말을 불러들이는 시간

바람 속을 살아온 혈관들은 구름 속 번개같이

산지사방으로 뿌리를 뻗어간다

황혼녘 철새 떼같이 이리저리 쏠리며

마두금 소리 허공을 수놓는데

말이 등에 달라붙은 사람을 떼어놓고

드넓은 허공으로 비상을 시작한다

—「마두금 소리」부분

한밤중 먹줄을 튕기며 목재를 갈아대는 아버지의 대패질과 고비사막에서 "천상과 지상을 아우르는 마두금 소리"는 생의 비의성을 공명해낸다. 유년 시절 목격한 아버지의 대패질은 거친 목재가 언제 그랬냐는 듯 "결 고운" 목재로 탈바꿈되는 마력을 지닌 신비한 그 무엇이다. 시인은 아버지의 대패질을 자신의 시쓰기 과정에 포개놓는다. 아니, 정확히 말한다면, 시인의 시쓰기는 아버지의 대패질을 흉내낸 것에 불과할 따름이다. 이렇게 시쓰기의 비의성은 아버지의 대패질, 곧 아버지의 삶의 일상으로부터 발견된다. 그런가 하면, 몽골 고비사막의 아득한 지평선으로 퍼지는 마두금 소리는 자연스레 "드넓은 허공으로 비상을 시작"하고 광막한 초원에서 생사고락을 함께하는 유목민과 가축은 말 그대로 신비한 소통을 통해 초원의 삶을 살아간다. 인간의 세속에서는 좀처럼 들을 수 없는 "애절한 선율"에 배여든 유목민과 가축의 생의 서사는 오랜 세월을 거쳐 이방인의 귓전을 울린다. 비록 마두금 소리는 고비사막과 몽골 초원에 제격인 소리이지만, 시인에게 이것은 천상과 지상 사이에서 마치 "우박처럼 쏟아지는 상상의 파편들"로 현현되듯, 아버지의 대패질과 또 다른 생의 비의성이자 시쓰기의 비의성이다.

　이러한 시쓰기를 추구하는 시인의 욕망은 보다 견결하고 섬세하면서도 단장된 시의 언어를 욕망한다.

　물소리 바람소리
　대안으로 흐르는
　사광(射光)마저 도주한
　여기
　노크하다 쓰러진
　절망의 주먹엔
　피가 흐르고
　침묵 속에 자람하는
　언어는 칼을 다스려
　오늘을 지킨다　　　　　　　　　　　　　　　　　　　—「벽」부분
　　　　　　　　　　　　　　　　　　　　　　　　　　　　(『벽』, 1973)

　흥미로운 것은, 이해웅 시인은 이미 자신이 득의할 시의 언어를 소유하고 있다. "침묵 속에 자람하는/언어"가 "칼을 다스려/오늘을 지킨다"에서 음미할 수 있듯, 첫 시집 이후 그가 시쓰기의 수행정진을 통해 생의 비의성과 시의 비의성을 벼리고 있기 때문이다.

공생과 평화를 추구하는 시의 정치적 상상력

그렇다면, 이해웅 시인이 다스린 언어의 칼로 지키고자 하는 세계는
어떤 것일까. 바꿔 말해 그가 단호히 베어내고 싶은 세계는 어떤 것일까.

1
여름밤 바닷가에서
무수히 난무하는 서슬이 퍼어런
칼날을 보았는가

돌자갈 많은 바닷가에서의 하룻밤
파도가 밀려갈 때마다
고막을 울려오는
바다의 칼 가는 소리를 들었는가

구름이 햇빛을 가리울 적마다
용틀임치는 바다의
저 부릅뜬 두 눈동자
앞에 체념한 바위가 되지 않을 것이면
너의 온갖 조형은 이제 끝장나리라

(중략)

4
바다는 밤마다
반란을 모의한다

그것도 해저의 은밀한 곳에서
-가장 비굴한 자를 위하여
-가장 불의한 자를 위하여

5
바다는 해변의 숲 그늘에서 잠들고 있다
타고르의 아이들과 뛰놀고 싶고
원시인의 창에 맞아
새빨간 피라도 흘리고 싶다

—「반란하는 바다」 부분
(『반란하는 바다』, 1977)

이해웅 시인에게 바다와 파도는 "서슬이 퍼어런/칼날"의 심상으로 선명히 부각된다. 따라서 "돌자갈 많은 바닷가에서" 들려오는 파도 소리가 "바다의 칼 가는 소리"로 들려오는 것은 낯설지 않다. 이렇듯이 "바다는 밤마다/반란을 모의한다"고 시인은 상상한다. 이 시가 수록된 시집이 1970년대 후반에 간행되었다는 사실을 상기해볼 때 이러한 시적 표현은 대담하다고 할 수 있다. '반란'이란 시어가 함의하는 것이 당시 시대적 정황 속에서 정치적 억압을 당할 것을 염두에 두지 않고서는 쉽게 활자화 될 수 없기 때문이다. 엄혹한 유신체제 아래 이 시는 "가장 비굴한 자를 위하여" "가장 불의한 자를 위하여" 냉철한 시적 비판의 의지를 드러낸 것임을 강조해둘 필요가 있다. 그러면서 시인은 유신체제를 살고 있는 사람들의 환멸과 절망과 분노만을 노래하지 않는다. 이 시가 발표될 무렵 아직 도래하지는 않았으나, 이 시의 마지막 연에서 시인은 시적 주체의 자기 희생을 기꺼이 감내하면서 평화로운 일상을 갈망하는 시적 염원을 간직하고 있다. 태곳적 "원시인의 창에 맞아/새빨간 피"를 흘리고 싶은 강렬한 제의적 욕망은 "타고르의 아이들과 뛰놀고 싶"은 재생의 욕망에 이른다. 아시아의 평화를 간절히 염원한 타고르와 그러한 타고르에게 자라난 아이들과 함께 뛰놀고 싶은 욕망은 유신체제의 폭압적 현실을 전복시킬 반란을 모의하는 상상의 나래를 시인으로 하여금 펼치게 한다.

여기서, 우리는 분쟁과 갈등이 아닌 공생과 평화를 추구하는 시인의 정치적 상상력을 주목하게 된다. 가령, 다음의 시를 보자.

> 교황은 용서를 말하고 갔다 그것도
> 일흔 일곱 번의 용서를 하는 자만이 화해에 이룰 수 있다고
> 미움이 산더미처럼 쌓여가는 한반도
> 고요한 아침의 나라는 여태 미몽 속을 헤매는데
> 오늘도 남과 북은 새로운 무기전시에 여념이 없고
> 시샘하는 꽃추위가 기승을 부리는데
> 위정자의 입에서 종북과 좌빨과 빨갱이가
> 이 시대의 선제타격의 우수한 무기가 되고
>
> —「선제타격의 무기」 부분

"미움이 산더미처럼 쌓여가는 한반도"에 어쩌면 미움은 과포화 상태를 이루는지 모를 일이다. 사회적 양극화가 모든 분야에 가속화되는 현실 속에서 사회적 대립·갈등·충돌이 빈번히 일어나고 있다. 어찌보면, 이와 같은 대립·갈등·충돌 자체를 매도할 수만은 없다. 한국 사회의 복잡성이 점증될수록 사회구성원 간의 마찰과 충돌의 빈도수와 강도는 점차 빈번해지고 높아질 것은 불을 보듯 뻔한 일이다. 그러니까 마찰과 충돌로 야기된 문제를 해결하기 위해서는 합리적 절차와 정당성을 갖춘 사회적 논쟁이 필요하다. 문제는 한국 사회에서 그동안 사회적 논쟁다운 논쟁은 실종된 지 오래고 조금이라도 반체제적 비판과 차이를 보이는 견해가 있다면,

그것을 모조리 "종북과 좌빨과 빨갱이"로 매도하면서 상대방에 대한 언어
폭력과 다를 바 없는 '선제타격'을 일삼는다는 사실이다. 시대 퇴행적 분
단이데올로기의 언어를 여전히 정치적 억압과 사회적 구속의 수단으로
활용하고 있는 데 대한 시인의 강렬한 비판은, 뒤집어 생각하면, 사회적
논쟁이 보증된 공생과 평화의 일상을 추구하고자 하는 시인의 정치적 상
상력의 시적 실천이다.
    이러한 이해웅 시인의 정치적 상상력은 세월호 참사에서 희생당한 희
생자의 원혼을 위무하는 해원시(解冤詩)에서도 나타난다.

    북을 내어라
    북채를 내어라
    두둥 두둥 두두둥 두둥
    두둥 뚝딱 두둥 뚝딱 두둥두둥 두두둥둥

    어린 영혼들 진도 앞바다 차디 찬
    물속에서 뛰쳐나와
    두둥실 날아올라라

    현세의 고통 깡그리 사라진 그곳
    혼령이여 거기 정토가 보이는가
    한 많은 이 세상 허물 벗듯
    홀러덩 벗어버리고
    무장무애 자유인 되어 다오

                                    —「해원시」 부분

    우리는 앞서 이해웅 시인이 '수행정진'하는 시적 삶을 살고 있다는 데

주목하였다. 이것은 유가적(儒家的) 삶, 즉 선비로서의 삶을 산다는 것을
강조하는 게 결코 아니다. 그보다 우리의 신산스러운 삶에 천착하여 인생
의 희노애락이 지닌 삶의 진실성에 육박해들어가는 것이야말로 시인이
'수행정진'하는 삶의 묘체다. 그래서 세월호 참사 희생자와 그 유가족을
위해 이해웅 시인이 할 수 있는 진정어린 최선과 최량의 방법은 해원시를
쓰는 일이다. 차가운 남도의 바닷속에서 길을 잃고 헤매는 어린 영혼들이
"무장무애 자유인"으로서 또 다른 갱생의 삶을 정토에서 살도록 희구하는
것이다. 그리고 닳고 닳은 타락한 어른들의 거짓말로 꽉 채워진 세상이
아니라 순정한 마음들이 흘러넘치는 세상에서 평화와 복락을 누리기를
시인은 욕망한다. 이 또한 이해웅 시세계에서 간과해서 안 될 정치적 상상
력이다.

시간의 에로스에서 탄생하는 시의 지경

이 글을 마무리 지으면서, 안타까운 현실은, 이제 이해웅 시인의 시쓰
기를 볼 수 없다는 사실이다. 물론, 그가 세상에 남긴 열여섯 권의 시집을
통해서 이해웅 시인을 언제라도 만날 수 있다. 그리하여 그동안 발견하지
못한 그의 시세계의 진면목을 주목함으로써 이해웅의 시뿐만 아니라 한
국시의 비의성을 해명할 수 있을 것이다. 이 글을 준비하는 과정에서 미처
시집으로 묶이지 않은 시편들 중 눈에 밟히는 시들이 있다.

앞엔 가슴 설레어 온 낭만의 파도
산정엔 마을 수호신을 모신 박씨당 김씨당
불교의 도량 고경사
왜적의 침략시 불을 놓던 아이봉수
조상들이 영면하는 공동묘지

어머니의 젖줄 같은 돌새미

우리의 삶의 터전 고리축항

(중략)

고리는 마을 이름에 불을 안았던 인연으로

오늘 여기 전력생산의 새 터전

원자력발전소가 섰네

그러나 이곳은 원래 고리주민의 터전

흐르는 세월 위에 우리는 늙어가도

우리의 영혼만은 이곳을 떠날 수 없으리

떠날 수 없으리

—「서시」 부분

이해웅 시인은 이 시를 쓸 당시 먼 훗날을 내다보았을까. 시인의 유년 시절의 기억의 곳간에 아름다운 것들이 모두 남아 있는 시인의 고향 고리는 1977년에 원자력발전소가 들어선 후 40년 만인 2017년에 원자력발전소가 영구적으로 정지되었다. 위 시에서도 읽을 수 있듯, 시인은 그 당시 원자력발전소가 들어와 고향의 원풍경(原風景)이 훼손되었을지라도 고향 곳곳에 남아 있는 "영혼만은 이곳을 떠날 수 없"다고 다짐하였고, 마침내 시인의 시적 염원은 현실화된 것이다. 비록 시인은 안타깝게도 2015년에 세상을 떠나 그의 고향을 다시 되찾은 기쁨을 만끽하지 못했지만 「서시」는 마치 시의 주문(呪文)과 같은 비의성을 발현함으로써 원자력발전소가 없는 평화롭고 아름다운 고향을 복원할 수 있게 된 것이다.

그런데, 이와 같은 시의 주문으로서 비의성은 결코 우연의 산물이 아니다. 이번에 각별히 주목하게 된 「할머니의 경전」과 「님아, 그 강 건너지 마오」가 지닌 시의 원초적 생명에 대해 성찰하지 않을 수 없다.

저 섧디 섧은 울음 혼자 남아
온 산천 다 울리며 못 떠나지 않나
원래 따로였던 둘이 만나 하나 되면서
그림자처럼 따르며 날밤 지새웠는데
오늘 반쪽이 무너져 다시 둘로 돌아가니
남은 하나 끝내 질긴 울음 되고 마네
님아, 님아, 제발 그 강 건너지 마오
—「님아, 그 강 건너지 마오」 부분

현재는 심심찮게 과거를 불러내었다
과거와 현재가 교접할 때 하혈하듯 피를 쏟으며
미래들을 뱉어놓는다
곰지락곰지락 미래들이 제 밥그릇 챙기며
일어서서 길을 나선다
할머니의 주문은 경전처럼 꿈에도 생시에도
저토록 낭랑히 울려 퍼진다
—「할머니의 경전」 부분

　한평생을 함께 해온 노부부 중 어느 한쪽이 먼저 세상을 떠난 후 남은 자는 "섧디 섧은 울음"을 우는데, 세월이 흐르면 반드시 죽음을 맞이하는 것이 세상사인줄 알면서도 남은 자가 이별의 순리를 받아들이는 일은 말처럼 쉽지 않다. 하지만 남은 자는 자신도 곧 그를 찾아 세상을 떠날 것이므로 이별의 순리를 받아들일 수밖에 없다. 이 어처구니없는 모순을 남은 자는 설운 울음의 형식으로 감내해야 한다. "님아, 님아, 제발 그 강 건너지 마오"는 생과 사를 휩싸고 도는 모순의 순리를 받아들이는, 생의 비의성을 함의하는 시적 표현으로서 시의 주문이라 해도 과언이 아니다(「님아, 그 강 건너지 마오」).

　여기에는 "과거와 현재가 교접할 때 하혈하듯 피를 쏟으며/미래들을 뱉어놓는다"란 시구에 녹아 있는 시간에 대한 시인의 사유를 곰곰 음미해 봐야 한다. 이것은 시의 제목이 말해주듯, 오랜 시간의 흐름 속에서 삶의 이치를 터득한 할머니의 주문 속에서 시인이 발견한 시간의 에로스에 관련한 진실의 힘에 있다. 시적 화자의 유년 시절 할머니는 시적 화자의 눈병을 고치기 위해 "제액 같은 주문을 외셨"는데, 그 주문은 "사물의 심연에 가 닿는" 할머니의 권능에 기인한다. 그것을 시인은 과거와 현재가 교접해서 미래를 낳는, 말하자면 시간들끼리의 에로스, 즉 시간의 에로스로 이해한다. 사실, 이 시간의 에로스는 할머니가 시적 화자의 눈병을 고치는 과정과 겹쳐진다. 할머니는 현재 눈병을 고치기 위해 과거 대대로 내려온 민간 치유법을 소환해내 치유 행위를 함으로써 곧 눈병이 고쳐질 미래를 생성해내고 있는 셈이다. 그렇다면, 할머니는 시간의 에로스를 관장하는 신이 아닌가. 때문에 할머니의 주문은 시인에게 신의 주문으로 이해되며, 신의 주문은 신의 경전과 다를 바 없는 것이므로, 결국 '할머니의 경전'으로 수렴되는 생의 비의성을 시인은 자연스레 발견한다.(「할머니의 경전」).

　어쩌면, 이해웅 시인이 성취하고 이르고 싶은 시의 지경(至境)이 있다면, 생의 비의성을 함의한 시세계가 아닐까. 비록 인간의 생애가 시간의 자연스러운 흐름 속에서 "토막을 낼 수 없는 인생의 마디들이/문장 하나에 엮여져 가고 있"(「폐선 위에서 읽는 추억」)는 것처럼 앙상한 형해만이 남아 있는 폐선으로 전락할지라도 폐선이 간직한 과거와 현재, 그리고 그것들의 격렬한 에로스로 생성될 미래가 있는 한 삶은 결코 남루하거나 영원히 소멸하지 않으리라.

'이방인-시인'의 운명,
세계의 어둠 속
신생의 '과정'을 거치는

— 조용환, 『목련 그늘』

1.

　전 세계를 엄습한 팬데믹의 충격과 두려움 속에서 사회적 거리두기를 비롯한 각종 방역 조치는 일상의 풍경과 리듬에 급격한 변화를 가져왔다. 지금까지 아무런 불편 없이 누려왔고 유지했던 낯익은 사회적 관계들에 심각한 균열과 파열음이 들리기 시작했다. 그리하여 새로운 사회적 형식의 관계들이 아주 빠른 속도로 기존 관계들을 보완하고, 심지어 대체하려는 움직임들마저 보이고 있다. 분명, 이번 팬데믹을 경계로 인간의 삶이 이전과 달라질 것이라는 점은 의심할 여지가 없는 듯하다. 그래서일까. 조용환의 이번 시집 『목련 그늘』(푸른사상, 2022)에서 주목해야 할 심상은 시적 주체 자신에 대한 도저한 부정을 바탕으로 한, 세계에 대한 전면적 쇄신을 향한 자기 존재의 기투(企投)로서 신생의 세계를 향한 시적 정동(情動)이다.

2.

모든 문은 굳게 닫혀 있었다
나는 그 길목들을 발자국 없이 지나왔다

문틈으로 울음소리가 요란했다

　　　　　　　　　　　　　　　　　—「나는 야만인이다」 전문

위 시는 시집 『목련 그늘』의 맨 앞에 배치된 '여는 시'의 역할을 맡고 있다. 3행으로 이뤄진 이 시는 여러 궁금증을 일으킨다. 시적 화자인 '나'가 지나온 길목은 어떻기에 "발자국 없이 지나왔"을까. 게다가 '나'가 지나온 길목의 "모든 문은 굳게 닫혀 있었"으며, 그 "문틈으로 울음소리가 요란했"는데, 대체 그 '울음소리'의 정체는 무엇일까. 그리고 '나'가 지나온 길목의 문들 '모두'가 "굳게 닫혀 있었"던 이유는 무엇일까. 여기서, 「나는 야만인이다」로부터 촉발된 일련의 물음들은, 가령 아래의 시와 만나면서 조용환 시인의 지배적 심상을 이해하도록 돕는다.

지금 나는 아무 것도 회고하고 싶지 않다네

기억할 만한 기억이 없다는 것은

모퉁이를 돌아온 자에게 주어진 은혜일지도 모를 일,

사소한 축복을 비웃을지 모르겠으나

자취 없는 삶만이 지평선에 닿는 거라고 믿는다네

그것만이 이방인에게 허락된 노래라네

이제 그만 주무시게나, 갈피를 벗어야 하는 맨발과

매듭진 손을 위해 기도할 시간이라네

　　　　　　　　　　　　　　　　　—「이방인의 노래」 부분

시적 화자 '나'는 "아무 것도 회고하고 싶지 않"다. 더욱이 "기억할 만한 기억이 없다"고 고백한다. 지나간 것에 대한 '나'의 이러한 반응은 예사롭지 않다. 우주의 뭇 존재가 시간과 공간으로부터 결코 자유롭지 않는 한, 하물며 시간과 공간의 유한적 존재로서 인간이 '그때-거기', 즉 과거

에 대한 전면 부정을 인간의 의지로 실행하는 일이 가당찮은 일이 아닌
한, '나'의 과거에 대한 이 도저한 부정은 '나'의 존재에 대한 부정과 맞닿
아 있다. 말하자면, '나'를 이뤘던 기존 '나'의 존재 자체에 대한 결별로서
부정과 다를 바 없다. 그래서 '나'는 과감히 그동안 지나쳐온 자기의 삶의
내력을 "자취 없는 삶"으로 인식한다. 그러면서 이러한 '나'의 존재가 '이
방인'이었음을 발견한다. '나'의 이 존재론적 인식은 조용환의 이번 시집
의 세계를 이해하는 데 핵심이다. 따라서 강조하건대, '나'가 '이방인'의
토포스(topos)로 자리바꿈을 한 게 아니라 애초 '나'의 토포스 자체가 '이
방인'이란 시적 진실을 간과해서 곤란하다. '나'는 그러므로 '이방인'이기
때문에 '나'가 그동안 살면서 지나쳐온 길목에서 '나'의 삶의 발자국을 남
길 정도의 자취 없이 또 다른 낯선 곳으로 옮겨가야 했고, '이방인'에게
선뜻 제 곁을 내주지 않는 타자들과의 거리를 감내하면서 그들이 자아내
는, '나' 같은 이방인에게는 굳게 닫힌 문 틈새로 들려오는 '울음소리',
곧 "이방인에게 허락된 노래"를 듣고 들려줘야 할 운명을 살아내야 한다.
    이 운명은 시인의 운명이다. 조용환 시인은 이 운명을 받아들이는 제의
를 치러내고 있는데, 눈여겨볼 것은 우리의 곡절 많은 삶의 사연이 맺힘과
풀림의 형식으로 삶의 상처를 위무해줌과 동시에 치유해주는 시적 연행
(詩的演行)의 신명을 한바탕 재연하고 있다는 점이다.

　이제 나는, 나를 제사(祭事)한다네
　진화한 뼈는 철강처럼 가련하고
　숙련된 뇌는 물방울로 가득하지만
　삶으로 점철된 지평선으로
　너무 많은 사랑을 떠나보냈으며
　너무 많은 슬픔으로 지구를 어지럽힌 죄로
　저 무변을 춤추는 그림자들과 날개들 함께

어느 역사에도 기록되지 않을 것이네

(중략)

마침내 내가 도달한 곳은 하늘자궁이었다네

—「옥상에서 나는, 내 이름을 불러주었다」 부분

길 가운데
전속력으로 버려진 옷 한 점,
갈기갈기 찢겨 너풀거리면서도
아리랑 아라리요

꽃밭이거나 쇼윈도거나 기찻길이거나
당산나무 그늘이거나
처음의 몸짓만은 남은 누더기일지라도
아리랑 아라리요

멈출 수 없는 손사래로 부르는
먼먼 외등과 처마와 샛별이
보일 듯이 보일 듯이
아리랑 아라리요

—「아라리요」 부분

이처럼 '나'를 대상으로 한 제사 행위는, '나'의 살아 있을 적 삶의 존재
에 대한 애도가 결코 아니다. 그보다 '나'의 현존에 대한 부정으로 '나'가
행한 삶의 행적을 지워냄으로써 하는 모종의 속죄와 반성으로서 "하늘자

궁"에 도달하고 싶은 존재의 갱신을 욕망한다. 이 존재의 자기구원을 향한 욕망으로서 시적 제의는 우리에게 가장 친밀한 춤 사위와 노래를 동반한 '아라리요'를 통해 구술연행되고 있다. 말하자면, 조용환 시인에게 시인의 운명은 「아라리요」가 함의하듯, 비록 남루하고 비루한 처지로 타방을 배회하지만, "길거리에 서서/밥을 먹어본 사람만이 알 수 있는 전망"(「길밥의 형식」)을 보고, "더 달콤하고 더 짜고 더 매운/천년 묵은 항아리를 맛보고 싶은"(「미뢰」) 존재의 비의적 가치에 대한 욕망을 품도록 한다. 때문에 '나=이방인'은 "어느 고장에서도 머물 수 없"(「별들의 노래」)는 시인의 운명을 '아라리요'처럼 살아내야 한다.

3.

그렇다면, '나'가 살고 있는 '지금-여기'는 어떤 세계인가. 이 질문에 에돌아갈 필요 없이, 우리는 마스크가 일상의 필수품임을 누구도 부인할 수 없는 세계에 살고 있다. 코와 입을 완벽히 가린 채 눈만 멀뚱거리는 마스크 쓴 얼굴로 가벼운 목례와 눈 인사를 하며, 그리고 서로 최대한 적의(敵意) 없이 친근한 척 주먹을 가볍게 터치하는 새로운 인사를 일상화하는 세계에 살고 있다(「다만 섣부른 봄」). 코로나19 바이러스의 전염이 무섭기 때문이다. 얼마나 무서운지 나뭇가지에 걸려 있는 마스크를 발견한 초등학교 학생은 나무도 사람처럼 감염병에 걸려 무섭지 않을까 하는 걱정을 하면서, 어린애의 순진무구한 낙천적 감정을 다음처럼 솔직히 드러낸다.

　나무는 자동차도 안 타고, 삼겹살도 안 먹고, 고함도 안 지르니까 괜찮을 거야!

　　　　　　　　　　　　　　　　　　　　　　　　　　　　　　―「마스크나무」 부분

시인은 어린애의 목소리를 빌려, 작금 팬데믹의 일상을 살고 있는 어른의 세계에 대해 정곡을 찌른 비판을 가한다. 말하자면, 위 시구절은 자동차를 타고, 삽겹살을 먹고, 고함을 지르는 인간에게 코로나19 바이러스는 일상에 극심한 동요를 일으킬 뿐만 아니라 심지어 일상의 풍경과 리듬을 파괴시켜버릴 정도의 치명적 공포를 동반하는 것임을 어린애 특유의 반어적 화법으로 표현한다. 다시 말해 우리는 마스크 없는 세상, 마스크 바깥의 세상은 상상할 수조차 없는 말 그대로 괴기스러운 세계를 살고 있다. 얼마나 괴기스러운지 "조문객이 없는 영안실은 불빛도 통제되"(「영안실에서」)고 있다. 사회적 거리두기의 방역 조치 속에서 집 바깥의 세계는 암전에 길들여진 채 조밀한 관계들의 틈새가 벌어지더니 스스로 저만치 거리를 띄운다. 이내 그 틈새로 어둠이 스멀스멀 채워지고 적막만이 감돈다.

하지만, 이 같은 칠흑의 적막에도 불구하고 사람들의 삶은 지속되고 그 열정은 좀처럼 식지 않는다.

이윽고,
이제 집으로 돌아가야겠다며 일어선 사내가 아쉬운 듯 당구공을 굴렸다 공은 모르스처럼 떠돌더니
딱! 부딪쳤고
텅! 울렸다
기항지의 선박들처럼 흔들거리더니 멈추었다
사내는 큐를 들었다 그리곤 예각을 향해 미궁을 헤치듯 캄캄한 스트로크를 날렸다
이내 사내들이 큐를 들고 다시 모여들었다 그들은 미증유를 증명하려는 듯 공을 쳐냈다
어둠의 항해는 계속되었다 공은 공을 맹렬히 쳐냈고 지평선을 치고 돌아왔고

다시 지평선을 향해 굴렀다

—「어둠 속의 당구」부분

 당구장도 예외가 아니듯 방역 조치로 인해 영업 시간이 끝났다. 당구장의 불빛은 모두 꺼진 암흑이다. 하지만 사람들은 당구장을 떠나지 않은 채 캄캄하여 사위가 보이지 않는데도 불구하고 당구공을 쳐낸다. "그들은 미증유를 증명하려는 듯 공을 쳐"낸다. 잠시, 이 장면을 상상해보면, 시인의 시적 상상력이 매우 흥미롭다. 무엇보다 팬데믹의 일상을 힘들게 견디면서 살고 있는 사람들의 생의 분투를, 어둠 속 당구장에서 큐를 들고 당구공을 쳐내기 위해 당구대 위 당구공의 보일 듯 말 듯 실루엣에 초인적 감각을 총동원하는 데 빗대는 시적 표현은 삶의 경이로움 그 자체를 배가시켜준다. 특히, 사내들 저마다 쳐낸 당구공이 당구대의 직사각 평면을 따라 구르다가 반대편 끝에 부딪쳐 반사돼 돌아오곤 하는 당구공의 움직임을 두고 인생의 "지평선을 향해 굴렀다"는 것에 대한 이 기막힌 시적 표현은, 팬데믹의 힘든 일상에도 불구하고 그것에 굴복당하지 않고 살아가는 삶의 힘이 얼마나 소중한지를 상기시킨다. 비록 "잘못 든 세상을 허둥거리는 눈발들"(「그해 겨울은 몹시도 추웠네」) 속에서, "우정을 빙자했고/지식을 도용했고/사랑을 탕진했다"(「거짓말로 평생을 살았다」)하더라도, 우리들 삶은 결코 포기할 수 없기 때문이다.

4.

 여기에는 아무리 강조해도 지나치지 않을 "무구한 애정", 즉 "사랑한다고, 영원토록 사랑한다고/넋이라도 있고 없을지라도!"(「애완」)의 시적 정념에 젖줄을 댄, 신생을 향한 시적 정동이 시인을 휘감아 돌고 있다는 것을 명심하자. 바꿔 말해, 갱신의 과정을 응시하고 그것을 함께 수행하는 시적 실천을 예의주시하자.

천지간에 하얀 꽃빛으로 놀러와
까맣게 저무는 것들을 탓하지 말라
목련꽃잎 까무룩 흩어지면서
뜨락을 지을 때
어린 너에게는 천만년의 목소리로
놀자고 같이 놀아달라고,
다 늙은 너에게는
천지간에 새끼를 치는 뻐꾸기처럼
피붙이를 부르는 호곡(好哭)일 테니,
저 하얀 꽃잎은 절명하는 게 아니다
귀를 대이면 강물이 치고
뒤란을 떠메고 갈 듯 우짖던 참새 떼며
소나기 치던 마을을
오래오래 밝혔던 등불이었으니
하늘 닮은 눈동자들을 피워 올렸다가
저무는 것들이 옹기종기 모여
첫울음으로 지는 때에
거기 적막이 더해져야
다시 눈부신 초록을 얻는 거다
푸르러지는 뒷동산에
내가 살고 있기 때문이다

—「목련 그늘」 전문

이번 시집의 표제작이기도 한 「목련 그늘」은 절창이다. 하얗게 핀 목련

꽃이 시들어가는 과정을 생명이 소멸해가는 절명의 슬픔 일변도로 노래
하지 않는다. 생의 빛나는 순간이 시나브로 꺼짐으로써 죽어가는 것이
지닌 생의 공허함에 초점을 맞추는 비장미를 환기시키지 않는다. 대신,
시인은 목련꽃이 피어있을 때 목련꽃과 관계를 맺었던 "강물", "참새 떼",
"소나기 치던 마을"에 존재하는 모든 것들과의 소중하고 아름다운 순간을
'목련 그늘'에서 감각한다. 그리고 무엇보다 "저무는 것들이 옹기종기 모
여/첫울음으로 지는 때에/거기 적막이 더해져야/다시 눈부신 초록을 얻
는 거"란 시적 통찰에서 헤아릴 수 있듯, 지는 목련꽃이 우주적 소멸의
과정을 거쳐야만 다시 신생의 환희의 순간을 맞이할 수 있고, 그래서 '초
록'으로 표상되는 새 생명을 만끽할 수 있다는, 뭇 존재가 지닌 생의 비의
적 아름다움을 온몸으로 감지한다. 그러므로 조용환 시인에게 중요한 것
은 신생과 갱신 그 자체가 아니라, 신생과 갱신에 이르는 매 순간의 경이
로운 '과정'의 신비다.

> 첫,
> 그 이후에 나는 무엇을 꿈꾸었던 걸까
> 우연히 지나쳐 온 것들에게
> 처음은 아직 시작되지 않았다고
> 기적과도 같은 이 순간의 장엄을 위해
> 아직 나는 태어나는 중이라고 말해도 될까
> 그래도 된다면 간직할 처음을 위해
> 울음을 다시 배워야 할까
> 첫, 이후로
> 나를 따라온 발자국들과
> 다시 시작된 나중은
> 나를 어디로 데려갈까

다시 태어나는 것도 서툴러서
평생이 걸리겠지만

―「첫,」 부분

위 시에서, 거듭 강조하고 싶은 시구절은 "나는 태어나는 중이라고 말해도 될까"가 함의하고 있는 신생의 '과정'이 지닌 단속성(斷續性)이다. 달리 말해, 신생은 일회성으로 그치는 게 아니라 끊어질 듯 이어지고, 다시 끊어질 듯 다시 이어지는, 단속성을 지닌 '경이로운 현실'이다. 그래서 조용환 시인에게 '첫,'은 이처럼 명사형 단어로서 종결태가 아니라, 맨 처음이란 뜻을 지닌 관형사 '첫' 다음에 쉼표가 연결됨으로써 어떤 것의 시초로서 또 다른 시초를 절대 부인하는 의미로 국한되지 않고, 맨 처음의 시초와 휴지를 지닌, 또 다른 시초가 얼마든지 연거푸 생겨날 수 있는 잠재태의 의미를 띤다.

이처럼 「첫,」이 한국어의 음상(音相)과 문장부호의 가역반응을 통해 신생의 '과정'에 대한 시적 통찰을 보인다면, 「겹꽃」은 꽃(잎)과 꽃(잎)이 서로 크기가 다른 채 겹으로 포개지는 것을 형상화함으로써 신생의 '과정'에 대한 형상적 사유를 나타낸다.

너를 끌어안고
꽃이 꽃에게 주는
꽃, 그 곁자리
나란히 살다보면 영원일 거 같아서
가만히 들어가 깃들고 싶은
품 안의 품,

―「겹꽃」 부분

신생의 '과정'은 어떻게 보면, 「겹꽃」에서 음미할 수 있듯, 타자와 사랑
의 관계를 맺는 것일지 모른다. 타자를 끌어안고 자기의 곁 자리를 내주는
것이야말로 사랑이 아니고 무엇인가. 그래서 "품 안의 품"을 만들어내는
일은 신생의 '과정'에서 자연스레 마주하는 사랑에도 연결된다.

5.

이와 관련하여, 시집의 맨 끝에 '초록'의 심상을 지닌 두 편의 시 「초록
아가」와 「초록서시」를 배치한 시인의 의도는 뚜렷하다. "천만 년의 너와
나/피와 뼈로/기도하는 숨결로/하늘 닿는 미소로/초록이 등불을 밝히는/
거기,"(「초록서시」)를 희구하는 시인에게 신생의 '과정'은 이번 시집의 세
계에서 성취하고 싶은 시의 득의(得意)라 해도 과언이 아니다. 이것은 신
생으로서 궁극의 가치를 지닌 '초록아가'의 존재를 예찬하고, 그 탄생을
절실히 기원하는 「초록아가」에서 노래되고 있다.

> 아가를 기다리는 어둠의 별과 아침의 창문과
> 한낮의 발소리들을 위해 기도한다
> 배회하는 축복을 위해 미소를 띄운다
> 무구한 숨결과 태양으로 잉태한
> 젖니 붉은 아가기 찾아오는 동안
> 손도 발도 가슴마저 내어놓고
> 새들의 공중에게도 젖을 물리고
> 길이 끝나지 않은 바퀴에게도 젖을 먹여야 한다
> 아가가 곧 태어날 거라고
> 강물의 노래를 품은 아가를
> 초원의 무지개를 가진 아가를

천지현황(天地玄黃)의 너를 기다린다, 나는

—「초록아가」 부분

인도의 시성(詩聖) 타고르는 그의 시집 『기탄잘리』에서 '어린 아기'의 심상과 대자연을 연계하면서 제1차 세계대전을 야기한 유럽의 근대세계가 지닌 폭력성에 대한 문명적 비판을 감행하였다. 조용환의 「초록아가」를 음미하는 도중 타고르의 『기탄잘리』에서 노래하고 있는 대자연의 녹색으로 표상된 어린애가 겹쳐지는 것은, 「초록아가」가 그만큼 시적 사유와 형상화 면에서, 쇠락해가는 근대세계에 대한 문명적 비판의 세계성을 성취하고 있다고 나는 생각한다.

시와
존재의
교응

제4부

'뒷모습'의
아름다움을 발견하는

— 이시영의 『하동』과 박성우의 『웃는 연습』

교차하는 '뒷모습'의 아름다움

이시영의 『하동』(창비, 2017)과 박성우의 『웃는 연습』(창비, 2017)을 음미하다가 우연일지 모르나 서로 교차하고 있는 심상이 눈에 밟힌다. 이시영의 "저물녘 길을 나서는 이의 뒷모습은 아름답다"(「박성우」)와 박성우의 "사람은 뒷모습이 아름다워야 한다고 생각했다"(「또 하루」)의 시행이 포개진다. 물론, 이들 시행이 자아내는 시적 아우라와 시적 사유를 기반으로 하고 있는 심상은 서로 다르다. 그런데, 한편으로는 전혀 다른 것만은 아니다. 「박성우」란 제목에서 단적으로 알 수 있듯 만약 이시영이 '시인 박성우'를 시적 대상으로 하였다면, 이 시는 시인 박성우에 대한 이시영의 시적 진실을 함의하고 있는바, 시인 박성우의 '뒷모습'의 아름다움을 주목하고 있는 것이다. 그렇다면, 박성우의 '뒷모습'의 아름다움의 실체는 무엇일까. 기실 박성우 시인은 『웃는 연습』에서 뒷모습이 아름다운 사람에 대한 시적 진실에 천착하고 있는 만큼 박성우가 주목하고 있는 '뒷모습'의 아름다움에 대한 형상화는 자연스레 이시영이 박성우를 매개로 하여 발견하고 있는 그것에 이어진다고 볼 수 있다.

여기서, 이시영의 『하동』과 박성우의 『웃는 연습』이 '뒷모습'의 아름다움을 교차하고 있다는 것은 두 시인 당사자의 시세계뿐만 아니라 지금,

이곳 시인들의 시세계에 대한 어떤 성찰의 생각거리를 제공한다.

'그곳'에 도달하기 위하여 ― 이시영의 『하동』

『하동』의 맨 앞에 자리하고 있는 시 「귀래사를 그리며」에는 "세상과 등을 지고 나와 대면하"고 싶은 그래서 "이제 그만 그곳에 닿고 싶다."는 시인의 간절한 희구가 짙게 배어들어 있다. 고희를 앞두고 있는 시인의 이와 같은 심정을 상투적인 것으로 쉽게 치부해서는 곤란하다. 그보다 시적 화자가 돌아가고 싶은 '그곳'에서 무엇을 그리고 어떻게 성찰할 것인가 하는 문제가 요긴하다. 흔히들 '그곳'을 시인의 고향과 직접 연관시키기 십상이다. 물론, 『하동』에는 시인의 고향 전남 구례(혹은 지리산)와 관련한 과거의 에피소드가 사금파리처럼 곳곳에 박혀 있다. 그런데 중요한 것은 이시영 시인은 자신의 유소년 시절과 과거의 어떤 것들을 낭만적으로 미화 한다든지 신비한 대상으로 추상화함으로써 자신의 '그곳'을 물화의 대상으 로 박제화하는 것을 냉철히 경계한다는 점이다. 『하동』에는 이 같은 시적 인식을 보여주는 여러 시편들이 있다. 그중 「1972년 겨울」은 시인이 그토록 닿고 싶어한 '그곳'과 연루된 시적 진실을 성찰하도록 한다.

붉고 흰 바탕의 만장을 앞세우고 꽃상여는 드디어 마당을 나섰지만 요령을 든 선소리꾼의 선창으로 "어허 노 어허 노" 다섯걸음 가면 세걸음 뒤로 돌아왔 다. 삼베 굴건제복에 대지팡이를 짚은 손이 시려왔지만 나는 상여 뒤에 바짝 붙은 채 오가기만을 반복했다. 상여가 마을회관에 도착하여 노제를 지낸 시각 은 이미 오후 네시경. 이장이 나와 재배를 하고 마을 일에 얽힌 고사(故事)를 얘기하자 이번엔 또 거기가 상청이었다.

해가 한뼘쯤 남아서야 상두꾼들의 재촉으로 선산을 향해 상여는 떠났는데 여기서도 "어허 노 어허 노. 이제 가면 언제 오나!" 하며 다섯걸음 가면 세걸음

뒤로였다. 날이 완전히 저물어서야 비탈을 오르고 계곡을 건나 장지에 도착했
다. 만장을 줄느런히 세우고 마지막 고별 의식이 치러진 뒤 아버지 관은 아래
로 내려가 비로소 자신의 거처에 닿았다. 무엇이 딸깍하고 닫히는 소리가
저 밑에서 들리는 듯 했다. 지상엔 바람 불고 눈발 다시 날렸다.

—「1972년 겨울」 부분

　　시적 화자의 아버지의 전통 장례식을 치르는 풍경이 그려지고 있다.
현재 좀처럼 보기 힘든 전통 장례식 장면이다. "만장을 줄느런히 세우고
마지막 고별 의식"을 치르는 모습은 산문시의 형식을 취하고 있는데, 삶
과 죽음의 경계를 넘는 형식이 결단코 쉽거나 단조롭지 않다는 것을 자연
스런 시적 호흡으로 형상화하고 있는 것을 주목해야 한다. 선소리꾼의
선창이 있은 후 "다섯걸음 가면 세걸음 뒤로"하는 이 규칙적이고 반복적
인 느림의 상여 보폭이야말로 이승과 저승의 경계를 넘을 때 육화된 민중
제의적 삶의 리듬이다. 어디 이뿐인가. 이 느린 상여 행렬은 망자가 살아
있을 적 인연이 닿았던 '그곳'을 마치 순례하듯 두루두루 거친다. 이때
'그곳'은 일상의 삶터이되 상여 행렬이 닿는 순간 일상이 잠시 정지된 죽
음의 경계의 문턱을 넘어서는 통과의례의 성소(聖所)로 공간적 속성이 바
뀐다. '그곳'에서 망자는 그와 연루된 모든 것들과 이별하고, 산 자는 망자
와의 마지막 인연을 떠올리며 망자와의 이별을 애오라지 준비한다. 이렇
듯, 삶과 죽음의 경계 넘기는 일상의 공간 속에서 제의적 공간을 창출하
고, '그곳'을 거치는 망자와 산 자는 삶과 죽음 그리고 또 다른 삶(사후의
저승)을 낮고 겸허히 응시한다. 그래서일까. 이 상여 행렬에 동참하는 사
람들은 앞 사람의 '뒷모습'을 물끄러미 보면서 무엇을 생각하고 어떻게
느끼고 있을까.
　　물론, 「1972년 겨울」이 『하동』을 관류하는 시세계를 온전히 대리할

수 없는 것은 마땅하다. 하지만, '그곳'에 대한 갑남을녀의 삶과 죽음 그리고 저승과 연관된 민중 제의적 삶의 리듬은 망자뿐만 아니라 산 자들의 상여 행렬에서 삶의 뒤편, 즉 삶의 '뒷모습'을 성찰하도록 한다. 이러한 삶의 '뒷모습'을 응시하는 일은 말처럼 쉽지 않다. 가령, 「우면산행」에서 목도되는 세태 풍경, 새벽 무렵 우면산을 오르는 팔순에 가까운 노인들이 100세 시대를 건강히 준비하기 위해 안간힘을 쓰는 모습 속에서 엿볼 수 있듯, 우리 시대의 사람들은 삶의 '뒷모습'보다 아직 도래하지 않은 '앞모습'에 앞 다투어 누가 더 빨리 적응하느냐가 관건이다. 더욱이 '앞모습'에 맹목이 될 때 "몽돌밭에 낮은 파도 몰려와 쓸리는 소리"(「보길도」)가 들릴 리 없고, "겨울 속의 목련나무에 꽃망울이 맺"힌 "작은 기쁨"(「무제」)이 결코 작지 않다는 것을 알 리 없고, "목동의 피리 소리"가 "양들의 착한 귀를 움직"(「음악」)이는 그 정동(情動)의 경이로움을 대수롭게 간주하고, "형의 어깨 뒤에 기대어 저무는 아우 능선의 모습"(「능선」)이 아름다운 연유를 도통 헤아릴 수 없다. 하물며 "개구리 한마리가 번쩍 눈을 뜨니/무논의 벼꽃들이 활짝 피어난다"(「벼꽃」)는 천지감응(天地感應)의 이치를 동감하는 것은 상상도 할 수 없는 일이다.

  따라서, 엉뚱한 생각일지 모르지만, 이와 관련하여, 『하동』에서 시인이 닿고 싶어하는 '그곳'에 대한 상상력을 극대화할 때, '그곳'은 시인의 고향 '구례'가 아니라 '구례'의 '뒷모습'을 성찰하는 데 적합한 '하동'을 선택하는 것은 어쩌면 자연스러운 일이다.

  그래, 코앞의 바다 앞에서 솔바람 소리도 듣고 복사꽃 매화꽃도 싣고 이젠 죽으러 가는 일만 남은 물의 고요 숙연한 흐름. 하동으로 갈 거야. 죽은 어머니 손목을 꼬옥 붙잡고 천천히, 되도록 천천히. 대숲에서 후다닥 날아오른 참새들이 두 눈 글썽이며 내려앉는 작은 마당으로.

                                               ―「하동」 부분

도회적 근대의 모럴에 분투하는―박성우의『웃는 연습』

박성우의『웃는 연습』의 시편들을 읽으면서 나도 모르는 새 입가에 웃음이 배시시 번져나갔다. 한 번에 터지는 파안대소가 아니라 배꼽 아래서부터 스멀스멀 기어올라와 마침내 절로 입가로 번져나가는 그런 웃음에 속수무책이다.『웃는 연습』에 수록된 대부분의 시편들이 시골에서 일어나는 일상을 다루고 있는데 그곳에서 만난 사람들의 삶의 틈새에서 비집고 나온 웃음이 예사롭지 않다. 가령,「고마운 무단침입」에서는 "허리 삐긋해 입원했던 노모를/한달여 만에 모시고 시골집" 갔는데, 그동안 동네 아주머니들이 "시골집 마당 텃밭에 콩을 심어 키워"둔 것이다. "아무나 무단으로 대문 밀고 들어와/누구는 콩을 심고 가고 누구는 풀을 매고 가"는 등 시골집 마당 텃밭을 자신의 텃밭처럼 여기고 정성스레 농사를 지었다. 심지어 "길 건너 참깨밭"에 "하얀 참깨꽃이 주렁주렁 매달리게" 할 정도로 깨 농사도 잘 지었다. 아무리 시골에서 볼 수 있는 삶의 풍경이라고 하지만, 사유재산인 농토를 주인의 허락 없이 이용한 것은 괘씸한 일이다. 하지만 "노모와 동네 엄니들은/도란도란 반갑게 얘기"한다. 그런 일이 자연스러운 것인 양 노모는 동네 아주머니의 행태를 꾸짖기는커녕 웃으면서 감사의 마음을 전한다. 노모가 시골집을 비운 사이 마당 텃밭과 참깨밭을 놀리지 않고 농토의 구실을 지속하도록 한 동네 아주머니들의 농사짓기는 노모에게 범법 행위가 결코 아니기 때문이다.

여기서, 이들의 살가운 관계를 시 속에서 살펴볼 수 있는데, 이들 관계에 익숙하지 않은 시적 화자의 당혹스러운 표정이 겹치는 틈새에서 피어나는 웃음이야말로 박성우 시의 모럴 감각을 뒷받침해준다. 말하자면, 이 틈새에서 순간 번지는 웃음은 그동안 시골집의 이러한 삶의 풍경에 익숙하지 않은 도회적 근대의 모럴에 대한 성찰적 웃음이다. 그리하여 사적 재산을 함부로 침범해서는 안 될 뿐만 아니라 투명한 계약 관계 없이 어떤 것을 분배 및 공유할 수 없다는, 도회적 근대의 모럴을 가차없이 해체시켜 버린다. 노모가 살고 있는 시골집 동네 사람들은 스스럼 없이 마치 자신의 사유 재산인 양 농사를 짓는다. 이것이 바로 오래전부터 시골의 공동체를 지탱시켜온 모럴이다.

이러한 시골 공동체의 모럴은 "나를 항상 '동상'이라 살갑게 부르는/바우양반"(「어떤 대접」)과 이른 아침에 급전을 빌리러 "생전 안 오시던 종기 양반"(「잠」)과, "뭐라도 자셔감서 일허라고/과일 보자기 두고 가"는 "양 서운 부녀회장님과/권영희 총무님"(「어떤 방문」), 그리고 뽕나무 밭에서 "하나같이 머리에 수건을 두른 할매들"(「오디」) 모두에게 두루 퍼져 있는 삶의 실감이다.

사실, 이러한 시골 공동체의 모럴은 매사 신용카드의 관계로 일사분란 하게 처리되는 도회적 근대의 일상에서는 상상도 할 수 없다(「카드 카 드」). '넥타이'로 표상되는 자본주의적 샐러리맨의 일상 속에서 삶의 모럴 은 "회의시간에 업무 보고를 할 때도 경쟁 업체를 물리치고 계약을 성사 시킬 때도" "아무런 관심도 없"(「넥타이」)는 무미건조한 도회적 근대의 삶의 파편을 이룰 뿐이다. 그들에게 "파도 발자국을 만져보는 거"(「중요 한 일」)의 중요성은 도회적 근대의 모럴 감각 바깥에 이물스럽게 존재하 는 외계의 일이다. 이와 같은 도회적 근대의 모럴 세계가 지배하는 곳에서 는 시골 공동체의 사람들로부터 풍겨지는 삶의 '뒷모습'의 아름다움을 발 견하기 힘들다. 그래서일까. 시인이 시골집으로 내려가 시골의 일상에 천 착하고 그만의 시적 상상력을 벼리는 것은 도회적 근대의 모럴 감각으로 훼손되고 있는 세계에 맞서는 시적 분투라 해도 과언이 아니다. 이 분투 속에서, 시인은 삶의 '뒷모습'이 지닌 아름다움을 결코 포기할 수 없기 때문이다.

여기서, 시인의 이러한 시적 분투를 지켜보며, 『웃는 연습』에서 선명한 정동으로 상기되는 시편이 있다. 풀의 도저한 전진의 이미지를 앞세운

「풀이 풀을 끌고」는 흡사 시인과 동일시되는 풀의 정동을 떠올린다. 도회
가 아닌 시골에서 "풀숲을 헤매다가" "풀숲을 헤집으며" "강줄기를 따라
풀이 풀을 끌고 달려나"가는 풀의 역동성은 시인 김수영의 도회적 근대의
모럴 감각에 기반한 풀의 심상과 달리 '풀숲'이 함의하는, 시골 공동체가
생성해내는 '또 다른 근대'의 모럴 세계를 힘차게 추구하는 시인의 용맹정
진을 보여주기에 부족함이 없다. 이 시적 분투 속에서 시인의 고독한 절규
는 시인의 '뒷모습'과 어우러져 전진하는 풀의 움직임으로 더욱 역동적으
로 다가온다.

강물이 휘고 산자락이 흔들리게 풀이 달려나간다
사랑을 잃은 사내처럼 귀 먹먹해지도록 울며
풀이 풀을 끌고 달려나간다

—「풀이 풀을 끌고」 부분

비밀의 입에서 나는
소리를 들으며

— 김수복, 『슬픔이 환해지다』

1.

근대를 맞이하면서 인간의 감각을 이루는 것 중 시각은 다른 감각들에 비해 상대적으로 비교가치 우위를 확보한다. 세계에 대한 과학적 태도와 실증을 기반으로 한 진실의 탐구는 눈으로 보는 것을 통해 얻어진 것을 다른 감각들로부터 획득된 것보다 비중 있게 다루고 신뢰가 높은 것으로 간주하곤 하였다. 하지만 그와 동시에 시각은 주체의 욕망과 의지의 작동에 따른 시선에 따라 세계에 대한 객관적 탐구와 거리가 멀 뿐만 아니라 타자에 대한 편협한 태도와 심지어 폭력을 수반하는 억압적 감각으로서 기능을 하기도 한다. 그래서일까. 시각 중심을 지양하면서 다른 감각이 지닌 진실의 탐구를 주목하고, 그 도정에서 성찰해야 할 미의식을 새롭게 발견하고 있는 시적 노력은 예사롭지 않다.

김수복의 시집 『슬픔이 환해지다』(모악, 2018)의 곳곳에는 소리들이 자리하고 있다.

비밀의 입들이
여기저기 웅성거리는
소문의 광장이 있는지

하늘이 잔뜩 찌푸리고 있다

—「흐린 가을날」전문

　잔뜩 찌푸린 하늘이 어떤 상태인지 상상하는 것은 쉽다. 그 상상은 추상이며 관념이다. 그동안 우리가 눈으로 보았던, 말 그대로 '잔뜩 흐린 하늘'과 연관된, 자칫 진부하기 짝이 없는 어떤 공통의 시각적 심상을 머릿속에 그리기 십상이다. 시적 자극을 촉발시키는 새로움이 없다. 하지만 "비밀의 입들이/여기저기 웅성거리는/소문의 광장"과 연관된다면 양상은 사뭇 달라진다. 어떤 비밀인지 모르나 비밀의 속성상 궁금증을 자아내며, 그 비밀은 영원히 봉인되지 않은 채 비밀과 직간접 관련한 것들로 인해 "여기저기 웅성거리는/소문의 광장"으로 우리를 안내한다. 그리고 마침내 기다렸던 듯 잔뜩 찌푸린 하늘은 천둥과 번개를 동반하며 지금껏 한데 응축시켜온 온갖 소리들을 천상과 지상으로 단숨에 퍼뜨린다. 김수복 시인에게 이 과정은 '시의 운명'과 다를 바 없는 것으로 여겨진다. "심장이 쿵쾅거리고 /얼굴이 확 달아올라서/천둥을 치게 하고/번개를 쏟아내는"(「시라는 운명」) 가운데 시인은 우주의 비밀을 엿들음과 동시에 시인의 언어로써 그 비밀의 베일을 벗겨낸다.

　그런데, 시인이 엿듣는 비밀의 소리는 좀처럼 드러내서는 안 될 깊숙한 곳에 똬리를 틀고 감춰진 어떤 음험한 것이 결코 아니다. 그보다 우리가 너무 잘 알고 있는 소리다. 아이로니컬하지만, 너무나 자연스레 우리 곁에서 접촉했던 소리들이므로 그것들이 내밀히 품고 있던 비밀의 정체를 애오라지 알려고 하지 않았고 관성적으로 그 가치를 무시해왔다. 가령, 「천둥소리」에서는 몹시 허기질 때 뱃속에서 나는 생리적 소리를 들은 엄마와 자식이 '대포소리'와 '소총소리'를 연상하면서 저녁을 함께 먹는다. 여기서, "밥그릇 다 비었다"란 마지막 시행을 주목할 필요가 있다. 비록 「천둥소리」에서 구체적으로 형상화되고 있지 않으나, 시 행간에 자리하고 있는 밥그릇을 깨끗이 비우는 수저 소리의 배음(背音)과 한데 어울린, 그래서 배고픔의 소리와 포개지는 전쟁 무기의 소리에도 불구하고 한 그릇의 밥을 비우는 생존의 절실함과 포만감이 안겨준 생명의 비밀을 시인은 엿듣고 있다. 이렇듯이 김수복 시인에게 비밀은 우리의 삶 속에 자리하고 있으며 그것에 자연스레 귀를 기울이는 삶의 겸허로부터 그 진의(眞義)가 들리는 것이다.

> 길들이 순탄치 않구나
> 곡진한 슬픔도
> 다 아롱거리는 뜨거운 골목들이었구나
> 미안하다 모두에게 미안하다
> 꼭꼭 채워진 걸어온 골목들이여
> 인생이 불어터져도 동지, 동맹들이여
> 비 오는 날이면 순한 소 내장이다
> 이곳저곳에서 흘러들어온 소문을 듣고
> 냇물들은 서로 소란스러울 때가 있는 법
> 이 소문의 종점을 한 시간 쯤 터벅터벅 내려와서
> 순대국을 먹는 저녁이 왔다
>
> —「순대국을 먹으며」 전문

> 고랭지 배추밭에서 풀을 매는 할머니들
> 비탈밭 옆길 끓는 냄비에
> 수제비 구름 떠 넣어 새참을 먹고 있다
>
> —「비탈길」 전문

골목 "소문의 종점"을 빠져나와 국밥집을 찾아 순대국을 먹는 풍경과 고랭지 배추밭 비탈밭 옆길에서 수제비를 끓여먹는 풍경이 그려지면서도 위 시편에서 예의주시해야 할 것은 단연 소리들이다. 어떤 곡절들이 있는지 모르지만, 국밥집을 찾는 사람들은 "미안하다 모두에게 미안하다"란 '미안'의 윤리감정을 간직한다. 국밥집으로 모여드는 "이곳저곳에서 흘러들어온 소문"은 "서로 소란스러울" 냇물들이 그런 것처럼 빗속에서 "곡진한 슬픔"으로 "꼭꼭 채워진 걸어온 골목"의 온갖 소리들의 사위를 뒤로 한 채 한 그릇 순대국으로 잠잠해진다. 우리의 삶이 "뜨거운 골목들"을 거느리고 그곳을 통과해오듯, 부화뇌동하면서 지나쳐온 삶을, 순대국을 먹으며 성찰한다. 여기서, 순대국의 뜨거움과 국밥집을 채우는 소리들은 "고랭지 배추밭에서 풀을 매는 할머니들"이 "수제비 구름 떠 넣어 새참을" 준비하는 과정과 오묘하게 겹쳐진다. 수제비 "끓는 냄비" 소리, 수제비가 익어가는 막간 삼아 서로 누가 먼저 할 것 없이 고달픈 삶의 곡절을 이어가는 할머니들의 수다 소리 등속은 이야기하는 자신의 삶을 향한 미안함의 표출이면서 자신의 삶과 연루된 타자들을 향한 미안함을 고백하는 성찰의 윤리의식을 드러낸 것이라 해도 과언이 아니다.

이처럼 순대국과 수제비에 담겨 있는 비밀 같은 소리들은 지극히 일상적인 부분을 이루는 것이면서 시인에게 포착된 소리는 일상을 비루한 것으로 전락시키지 않는 일상 속에서 존재의 자기연민과 타자를 향한 미안함에 대한 비밀스런 성찰적 윤리를 새롭게 발견하도록 한다.

2.

그런데 이러한 성찰적 윤리에 대한 새로운 발견에서 아무리 강조해도 지나치지 않는 것은 서로의 관계에 대한 시인의 웅숭깊은 시적 인식에 달려 있다.

지금 막 피어나는 꽃의 얼굴이여,

당신과 나 사이에 흐르는 눈빛의 찰나여,

멀리 멀리서

다시 피어나서

다시 웃어다오

멀리 가서 울어다오

—「관계」 전문

"지금 막 피어난 꽃"에 대한 시적 화자의 심경은 겉으로 파악할 때 냉정하다. 흔히들 꽃의 피어남과 관련한 대부분의 시들이 개화(開花)의 순간과 경이로움에 환희로서 주목하고 있는 것을 상기해볼 때 이 시에서 보이는 시적 화자의 태도는 다소 생뚱맞다. 시적 화자는 피어난 꽃을 향해 매몰찬 주문을 하기 때문이다. 이미 핀 꽃에 대해 "멀리 멀리서/다시 피어나서/다시 웃어다오"에서 짐작할 수 있듯, 시적 화자 가까운 곳에서 핀 꽃을 달가워하지 않는다. 그래서 시적 화자는 "멀리 가서/울어다오"라는 시적 대상과 거리두기의 욕망을 서슴없이 드러낸다. 시적 화자는 선뜻 대상과 타자를 향한 밀착된 관계를 주저한다. 앞서 살펴보았듯이, 김수복 시인은 우리의 삶 속에서 겸허한 시적 태도로써 세계의 비밀에 귀를 기울인바, 이것은 대상과의 관계에서도 또한 예외가 아니다.

간 밤 노숙의 꿈들이 죽고 떠나니

햇살을 들치고

오래 서 있던 나무 그림자가 가서 앉아본다

아직 온기가 남아 있다고

—「빈 의자」 전문

길을 잃은 여행자들처럼

냇가 살얼음판에 엎드려

냇물 아래 새 세상을 보고

눈을 뜨고 살 것인지

눈을 감고 살 것인지

녹아 사라지는 제 눈도 모르고 악을 쓸 것인지

간밤에 내린 눈들이

흘러가는 제 눈들을 내려다보고 있겠지

─「첫눈들」 전문

「빈 의자」에서 노숙자와 나무 그림자 사이의 관계, 「첫눈들」에서 이미 내린 눈과 내리고 있는 눈 사이의 관계에는 모종의 시차(時差)가 존재함으로써 자연스레 거리감이 형성되고 있다. 그래서 시인은 노숙자가 떠난 빈 의자에 나무 그림자가 드리운 것으로부터 강퍅하고 추운 관계를 훌쩍 넘어선 온후하고 따뜻한 관계를 발견하는데, 노숙자가 지난 밤 몸을 누였던 빈 의자에는 그 몸을 눕힌 시간만큼 "아직 온기가 남아 있"었고, 그 온기가 남은 빈 의자에 "오래 서 있던 나무 그림자가 가서 앉"음으로써 그들은 빈 의자를 각자의 생존 양식에 걸맞도록 공유하는 관계를 맺은 셈이다(「빈 의자」). 그런가 하면, 냇가에 쌓이는 눈들은 그 쌓이는 시차 속에서 "눈을 뜨고 살 것인지/눈을 감고 살 것인지/녹아 사라지는 제 눈도 모르고 악을 쓸 것인지"를 고민하면서, "길을 잃은 여행자들처럼/냇가 살얼음판에 엎드려" 서로 다른 자기의 운명을 염려하는, 냇가의 살얼음판을 공유한다(「첫눈들」).

그렇다. 김수복 시인이 주목하는 관계는 지금껏 우리에게 낯익은 서로 다른 존재들 사이를 가깝게 잇는 역할에 충실한 매개로서의 그것과 속성이 다르다. 달리 말해 기존 낯익은 관계의 주된 속성이 서로 다른 것들을 매개하여 이어줌으로써 자의반타의반 애써 조금이라도 공통된 것을 발견하여 동일하거나 유사한 목적을 성취하는 데 비중을 두는 목적지향적 관계를 추구한다면, 김수복의 이번 시집에서 눈여겨보아야 할 관계는 서로 다른 것들이 지닌 그 자체의 개별적이고 독특한 속성을 있는 그대로 인정하면서 그것들의 본래 독립성을 유지하면서 순리와 조화를 이뤄나가는, 그래서 어떤 유사한 관계를 가급적 가져야 한다는 목적을 반드시 추구하지 않아도 되는 존재들 사이의 개방과 열림의 관계를 추구한다.

>구름은 하늘 갖고 놀고
>물결은 호수 갖고 놀고
>파도는 바다 갖고 놀고
>나무들은 바람 갖고 놀고

—「놀다」 전문

구름과 하늘, 물결과 호수, 파도와 바다, 나무와 바람 등은 나름대로 관계를 맺는다. 시인은 이들의 관계를 '놀다'의 동사로 맺고 있다. 그밖에 다른 어떤 관계도 존재하지 않는다. 그러니까 「놀다」는 모두 4행으로 이뤄진 시로서, 각 행의 주된 심상은 유희, 즉 노는 행위일 뿐이다. 그렇게 시인은 존재들 사이의 개방과 열림의 관계를 형성한다. 이것은 시의 각 행이 '놀고'란 각운을 맞춤으로써 한층 예의 관계가 눈에 띈다. 특히 '-고'란 양성모음의 연결어미를 반복적으로 각운에 배치함으로써 이들의 관계는 지속적으로 반복되고, 이 놀이의 지속 반복은 무한과 영원의 속성을 자연스레 득의하게 된다. 그러면서 우주의 모든 존재들은 이들의 관계처럼 특정한 그 무엇에 구속되지 않고 존재 자체의 개별적이고 독립적 자연스런 차이의 속성에 따라 있는 그대로 존중받고, 이러한 존재들 사이의 관계의 유희를 무한히 그리고 영원히 즐기는, 그래서 절로 이러한 관계조차 궁극적으로 해방시키는 관계를 추구하게 된다. 이것은 김수복 시인이 추구하는 관계에 대한 시적 진리이리라.

3.

그런데, 시인이 추구하는 이 시적 진리는 결코 추상이 아니다. 가령, 다음과 같은 시편에서 우리는 이러한 시적 진리가 시인이 발을 딛고 있는 구체적 현실과 연동돼 있다는 것을 읽을 수 있다.

> 한반도에도 한마음이 있어
> 그리운 비바람 구름 운기탱천 하여 함박눈 내리는 구나
> 대한민국 충청남도 천안시 안서호에서 풍덩풍덩 함박눈 내리니
> 조신인민공화국 함경북도 삼지연 고원에도
> 청천강 유역에도
> 백두산 드넓은 고원 평원 자작나무에도 함박눈 내리겠지
> 한반도여,
> 한라산 산간에도
> 삼남 방방곡곡 들판에도
> 종일 그리운 함박눈 퍼부었다네
> 얼싸안고 퍼부었다네
> 사각사각 덤벙덤벙 울컥울컥
> 만신창이 되어도 퍼부었다네
> 꿋꿋하게 당당하게 우뚝우뚝 서서
> 정이품 정삼품 느릅나무 느티나무 금강소나무 위세로
> 태평양 동아시아 대륙을 함박 적셨다네
> 그리운 한반도에 함박눈 내렸다네

하늘 보고 내렸다네

—「함박눈」전문

함박눈이 내린다. 분명, 시적 화자는 "대한민국 충청남도 천안시 안서호"에 내리는 함박눈을 보고 있되, 시적 화자의 상상 속에서 내리는 함박눈은 "조선인민공화국 함경북도 삼지연 고원에도/청천강 유역에도/백두산 드넓은 고원 평원 자작나무에도" "한라산 산간에도" "삼남 방방곡곡 들판에도" "종일" 내리고 있다. 그것만이 아니라 "태평양 동아시아 대륙"에도 함박눈이 퍼붓고 있다고 시적 화자는 상상한다. 시적 화자가 직접 목도한 것은 대한민국의 특정한 지역에 내리는 폭설이건만, 그 폭설은 시적 화자가 있는 곳뿐만 아니라 분단의 경계를 넘어 한반도의 정수리인 백두산과 근처 드넓은 평원 지대에도 내리고 있다고 시적 화자는 함박눈의 심상을 확장시킨다. 제2차 세계대전과 한국전쟁 이후 한반도에 드리운 냉전체제의 질곡은 한반도의 남과 북에 각기 서로 다른 근대의 국민국가가 들어서면서 대립과 갈등의 체제 경쟁을 벌이고 있으나, 함박눈은 인위적으로 구분된 이러한 분단에도 아랑곳하지 않고 한반도의 곳곳에 "풍덩풍덩" 퍼부음으로써 분단이란 예외적 상태에 우리가 얼마나 불행히도 억압적으로 구속돼 있는지 그 안타까운 서정을 환기시켜준다. 이와 관련하여, 한반도의 분단을 극복하려는 시적 노력이 섣부른 통일지상주의에 대한 낭만적 서정을 경계할 뿐만 아니라 통일에 대한 체념과 분단에 대한 현실추수적 태도를 보이는 것을 동시에 경계한다는 점에서, 김수복 시인의 시세계에서 보이는 남과 북의 존재에 대한 '따로 또 같이'의 시적 정동(情動)은 한국문학에 시사하는 바 적지 않다. 이것은 백두산의 삼지연 고원 대평원을 노래하는 「천지」에도 해당되는 것으로, 서로 다른 존재를 사유하는 시인 특유의 관계에 대한 시적 인식이 자리하고 있음을 강조해두고 싶다.

물론, 이러한 관계에 대한 시적 인식에서 쉽게 지나쳐서 안 될 시가
있다.

이 하늘에서
너와 내가
나와 네가
저 몸 안에서
해와 달이
달과 해가
서로 다투면서 끌어안고
팔을 벌리고 서서
하루를 보내는 일
해 지는 곳에서
달 뜨는 곳까지

해와 달이
죽어버리려다가
서로 사랑하게 되는 일

— 「만다라」 전문

"해와 달이/죽어버리려다가/서로 사랑하게 되는 일"은 어떤 것일까.
이것은 대체 가능한 것일까. 서로 상반되는 극성을 가진 것이라면, 그래서
서로의 존재를 절대적으로 부정하고 추방시키려고 한다면, 이러한 사랑
은 불가능하리라. 하지만, 만다라에서 보이듯, 표면상 서로 대립되는 극성
이 기실 한 뿌리에서 분화된 것이라면 사정은 달라진다. 그것은 "서로 다
투면서 끌어안고/팔을 벌리고 서서/하루를 보내는 일"을 충실히 수행하

는 가운데 화이부동(和而不同)과 존이구동(存異求同)의 윤리적 가치를 실
현한다. 그것은 만다라식 사랑이다. 여기서, 문득 시인의 이러한 만다라식
사랑의 시적 상상력을 남과 북에 대한 관계의 시적 사유와 연계시킬 수는
없을지 잠시 상념에 젖어본다.

4.

끝으로, 김수복 시인의 이번 시집을 통독하면서 흥미로운 점은 천진무
구한 심상이 짧은 시행 속에 동요풍으로 다가온다는 점이다. 어린애의
마음과 눈으로 보아야 세상의 비의성이 속속들이 잘 보인다고 했던가.
그래서 시인은 어른의 퇴락한 질서가 공고해지는 현실 속에서 동요풍의
심상을 시적 전략으로 삼은 것일까.

비를 잘 받아먹는 바다
어제부터 계속 받아먹어도
배가 부르지 않는가 보다
오늘도 싫다고 하지 않고
계속 살살 웃으며 받아먹는다
　　　　　　　　　　　　　　　　　　―「배」 전문

물푸레나무 어린 잎사귀 뒤에서
애벌레 두 마리 늦게 일어난다고
동녘의 해도 늦게 걸어오는 구나
　　　　　　　　　　　　　　　　　　―「늦잠」 전문

구름이 해의 눈을 가려서

슬프게 하나 봐요

눈을 감을 때마다

비가 내려요

나무들은 기뻐서

손뼉을 쳐요

—「비」 전문

버들강아지야,

내 새끼 같은 강아지야

한 나절 햇볕 다정해 보인다고

눈 뜨지 마

아직!

칼바람 강추위 물리친

봄바람 입맞춤 아니면

절대 눈 뜨지 마

—「아직!」 전문

위 시편들은 앞서 살펴본 시들의 정동과 심상 면에서 사뭇 다르다는 것을 쉽게 알 수 있다. 짧은 시행의 구성, 시적 대상에 대한 즉물적이면서 자연스러운 관찰, 그것으로부터 촉발된 구김살 없는 감성, 게다가 관찰한 것이 마냥 새롭다는 듯 느낌을 있는 그대로 진술하는 태도, 무엇보다 추상을 극도로 배제한 채 최대한 구체적 감각을 동원한 심상, 평이한 시어의 구사, 그리고 이러한 것들로부터 상기되는 천진무구한 동심의 세계 등은 이번 시집이 주는 또 다른 시적 매혹이 아닐 수 없다. 이 동요풍의 시들을 음미하고 있으면, 어른의 세계 속에서 망실했든지 미숙한 것으로 치부한 어린이의 세계가 지닌 순진무구한 아름다움의 가치를 만나게 된다.

따라서 이러한 동요풍의 시세계는 역설적으로 어떠한 세계가 성숙한 것인지, 어떠한 세계가 진실된 아름다움의 가치를 지닌 것인지를 우리에게 숙고하도록 한다. 어린이가 어른의 스승이라는 전언이 새삼 울림으로 다가온다.

그래, 이게 나라야
바람이 불어오면 같이 흔들리고
해가 떠오르면 함께 웃어주는
이 들판을 보라
그래,
그렇지

—「보리가 익어갈 때」 전문

보리가 익어가는 들판을 바라보는 시적 화자는 바람과 해와 들판이 한데 어우러진 모습 속에서 소박하지만 국가의 바른 됨됨이를 발견한다. 다시 강조하건대, 이 소중한 가치를 발견하고 드러내는 시어의 표현방식은 어떤 세련된 그것이 아니라 솔직 담박하다. "그래, 이게 나라야"로 시작하여, "그래,/그렇지"로 끝나는 시행의 배치와 시어의 표현방식에는 군더더기가 없다. 보리가 익는 들판의 자연스러운 정동에 대한 기대와 믿음이 뒷받침된 세계에 대한 긍정적 태도는 국가의 올바른 존재 양식과 직결되기 때문에 별다른 시적 분석과 수사학이 불필요하다. 달리 말해 국가는 그 구성원이 믿고 기댈 수 있는 긍정의 정치체(政治體)로서 자기존재가 보증되어야 마땅하다.

그런데 우리는 너무나 잘 알고 있다. 이처럼 국가에 대한 이해를 비롯하여 어른의 세계는 어린이의 세계보다 훨씬 복잡한 변수들로 이뤄져 있는 모순형용의 세계로서 동요풍의 시에서 볼 수 있는 솔직 담박한 시적 태도를 통해 시적 진실에 접근하는 것이 녹록치 않다. 그렇다고 해도 포기할 수 없는 일이다. 그 일이 어둡고 험한 고통의 길을 걷는 슬픔을 감내해야 함에도 불구하고 우리의 슬픔은 마냥 어둡고 음습한 곳을 언제까지나 배회할 수는 없기 때문이다.

내일의 길목에게
가시관을 걸어준다
암흑의 길목에도
일출의 길목에도
그림자의 길목에도
사랑의 가시관을 걸어준다
너는 더욱 슬퍼지고
슬픔은 더욱 환해지다

—「슬픔이 환해지다」 전문

어둠의 저편,
'불빛-불 비늘'의 욕망

— 김수목, 『막막함이 나를 살릴 것이다』

김수목의 이번 시집 『막막함이 나를 살릴 것이다』(걷는사람, 2024)를
통독한 이후 불현듯 그가 언제부터 시작(詩作) 활동을 펼쳤는지 궁금하였
다. 이 시집의 심연으로부터 스멀스멀 번져나가 시집 전반을 휘감는 모종
의 외로움과 연관된 정동(情動)의 시적 맥락을 이해하고 싶어서다. 김수목
의 시력(詩歷)에서 알 수 있듯, 그는 2000년 시단에 데뷔한 새로운 밀레니
엄의 시인이다. 물론, 어떤 시인의 데뷔 시기가 그의 시세계를 이해하는
데 아주 사소할 수 있다. 하지만, 공교롭게도, '2000년'이란 물리적 시간의
경계가 우리에게 던지는 역사문화적 실재를 대수롭게 흘려보낼 일은 아니
다. 밀레니엄의 전환기, 그것도 새로운 밀레니엄이 개시되는 그 첫 해에
시인으로서 존재론적 전이가 일어난 것은 자연인 김수목에게 '사건'이다.
이번 시집 곳곳에서 감응되는 외로움의 정동은 이 '사건'을 겪은 시인의
삶의 바탕에서 생성되는 시적 상상력의 안팎을 이룬다. 그래서인지, 시집
의 맨 앞에 배치된 「심야 버스」를 눈여겨보자.

먼 인가의 불빛처럼 반짝이는 무엇이 되고 싶었다
어둠이 밤새 일렁일 때마다 불 비늘이 되어
외로운 이의 창가를 밝히고 싶었다

— 「심야 버스」 부분

심야 버스에 몸을 실은 시적 화자의 내면을 곰곰이 들여다볼 필요가 있다. 우리는 곧잘 욕망의 대상에 관심을 쏟기 십상이어서, 시적 화자가 되고 싶은 '불빛-불 비늘'을 우선 주목한다. 그런데 예의주시할 것은 욕망의 대상도 중요하지만, 그 대상이 지닌 의미와 수행의 맥락이다. 시적 화자는 칠흑 같은 밤 속을 달리는 버스의 창 밖 "먼 인가의 불빛"을 보고 있는데, 버스를 타고 있는 화자와 인가의 거리는 버스가 이동하고 있는 만큼 유동적일 뿐만 아니라 (노면의 상태와 버스의 주행 속도를 감안한) 버스의 이동 상태에 따라 어둠 속을 비추는 전조등의 작동과 맞물리면서 시적 화자는 예의 불빛에 대한 상상력을 구체화한다. 그것은 "외로운 이의 창가를 밝히"는 속성을 띤다. 이때 간과해서 안 될 것은 이 모든 욕망이 어떤 이유에서인지 모르나 지난 시기 이뤄지지 않았다는, 과거에 좌절한 그래서 역설적이지만, 욕망의 본래적 속성이 그렇듯, 이후 이 욕망을 향한 간절함은 '불빛-불 비늘'과 함께 한밤을 관통한 '심야 버스-시적 화자'가 "닿는 곳이 내일이다"(「심야 버스」)는 상상력을 수행한다. 강조하건대, 그것은 "외로운 이의 창가를 밝히고 싶"은 시적 정동인바, 이에 대한 해석의 비약을 감행하면, 김수목 시인에게 2000년을 경계로 20세기를 통과하여 21세기로 접어든 삶 속에서 시적 주체를 휩싸고 있는 '외로움'의 시적 상상력은 그의 시핵이라 해도 과언이 아니다. 이것은 좁게는 2000년에 시단에 첫 발을 딛은 시인의 시쓰기의 근원적 정감과, 넓게는 시인의 21세기 새로운 시공간을 해석하는 메타포로서 이번 시집의 감응력을 미친다.

사진 한 장 남기지도 못했네
유적지는 사라지고 바자르도 사라지고
오직 너 하나 한 사람만 남았지
예약된 티켓을 한 손에 쥐고

너는 쿠차로,

나는 우루무치로,

카슈가르에서 한나절이 그렇게 다 지나간 거야

짧은 사랑은 여기서 끝났지

기억도 여기서 끝나야겠네

　　　　　　　　　　　　　　　　—「카슈가르에서 한나절」 부분

오래도록 유리창에 기대어 딱새를 보고 있으면

딱새는 벌레를 잡는 게 아니라

가슴속에 숨은 슬픔을 콕콕 쪼아내고 있다는 것

그러고는 언젠가 슬픔을 물고

어디론가 사라진다는 것

　　　　　　　　　　　　　　　　—「붉은가슴딱새」 부분

　　낯선 여행지에서 체감하는 외로움은 단독자로서 자의식을 강하게 상기시킨다. 서로 타자의 관계로 만난 우연을 두고, 우연을 가장한 필연을 우주의 섭리로 애써 해석하는가 하면, 이내 또 다시 각자의 길을 떠나야 하고, 새로운 타자와 또 다시 관계를 맺는 여행의 주술 같은 매혹을 벗어나지 못한다. 그래서 심지어 "사진 한 장 남기지도 못"하고 "오직 너 하나 한 사람만 남았"을 뿐인 바로 그 단독자로서 아우라만을 "짧은 사랑"의 지극히 낭만적 "기억"으로 소진할 운명으로 남긴다(「카슈가르에서 한나절」). 다만, 기억의 힘이 남아 있는 한, 그 필연을 가장한 우연의 순간들로 틈입해간 "가슴 속에 숨은 슬픔을 콕콕 쪼아내고 있다는" "그러고는 언젠가 슬픔을 물고/어디론가 사라진다는" '붉은가슴딱새'와 그들이 흡사하다는 간명한 시적 진실에 처연히 외로우리라(「붉은가슴딱새」). 때문에 김수목 시인이 각별히 주목하는 여행자들은 '붉은가슴딱새'와 포개지

듯, 자기 슬픔을 아프게 쪼아내는 지극히 외롭고 슬픈 자해가 자기 파괴
의 자멸로 귀결되는 존재가 아니라 단독자로서 인간의 존재론적 (불)가
해성을 온전히 삶으로 살아내는 존재다. 김수목의 이러한 시적 진실의
차원에서, 가령 알코올 중독이었던 여자가 갓난애를 버려두다시피 집을
떠났다가 세 살 무렵 찾아와 잠시 상봉한 후 이별을 앞둔 채 그녀를 엄습
해온 외로움 속에서 어린 자식과 이별하는 몸짓을 연습해야 하는 이 서글
프고 웃픈(?) 상황의 진정성을 헤아려볼 수 있다("외로움이 입술로 뿜어져
나온다/이별의 몸짓을 연습해야 한다/눈과, 발고, 손의 처리 방법을/종일 생
각했다",「인정하기 싫겠지만」).

　기실, 이번 시집에서 예의 외로움의 시적 상상력은 어둠과 죽음의 도저
한 시적 물음에 맞닿아 있다. 이 또한 김수목 시인이 착근하는 인간의
존재론적 (불)가해성의 삶과 결코 무관하지 않은바, "심해라는 말은 심장
속이라는 말과도 같다 (중략) 어디에 있든 너와 나는 심해라는 짐을 나누
어 살고 있구나"(「심해에서」)는 시구는 그 단적인 시적 표현이다. 빛이
거의 투과(하/되)지 못하는 심해는 '심장 속'이므로, 심장을 지닌 인간 존
재의 내면을 찬찬히 들여다볼수록 시인에게 인간을 이해하는 과업은 깊
고도 깊은 심해의 허방을 더듬고 헤매는 것과 다를 바 없다. 달리 말해
이것은 시인이 어둠에 친밀성을 띠는 도정인 셈이다. 그리하여 시인은
암연(黯然)을 밀쳐내기보다 그것에 더욱 밀착해 들어가야 한다. 역설적이
지만, 한층 두터운 어둠 속을 파고들어가는 시작(詩作)을 통해 자연스레
그 어둠의 저편 너머에 반짝이는 '불빛-불 비늘'이 될 수 있기에 그렇다.
다음 두 편의 시를 음미해보자.

　세상의 일을 기억하기 시작한 다섯 살의 나는 독 속에 웅크리고 울고 있다.
캄캄한 곳간 안의 더 캄캄한 홍시 독에 빠져 있다. 식구들 들일을 하러 나간
가을걷이의 한낮. 물큰한 홍시는 발뒤꿈치에서 으깨어져 있었지만 먹고 싶은

생각은 오히려 독 밖으로 달아나 버렸다.

옆집 경자가 죽어 독 속에 묻었어 아이들은 독 두 개를 마주보게 하여 묻는
대 외갓집 가는 학사동 솔밭 공동묘지에 독 깨진 것들이 붉은 흙 사이에
삐죽거렸어

밤마다 여우가 공동묘지에 와서 세 번씩 구르고 다닌다고 했어 독 속의
공기가 텅텅 대답하면 발톱 세운 앞발로 붉은 흙을 판다고 했어

독 속에 갇힌 나는 끝없이 가라앉아 독 바닥에 엎드린 두꺼비가 되어 갔다

―「어두움 너머」 전문

친구는 가기 전에 영정 사진을 골라 놓았다 했다
자신이 죽은 후에 살아 있는 사람들이 볼 사진을 고르며
제일 예쁜 것으로

장지는 외롭지 않게 붐비는 곳으로 택했다
너무 외로워서
죽어서라도,
모르는 사람들이라도,
자주 스치는 그런 곳으로 정해 달라고

―「아직 가만히 놓다」 부분

두 편의 시 모두 어둠의 이미지와 죽음에 대한 상상력을 공유하고 있
다. 그러면서 모두 어둠과 죽음의 사위에 갇혀 있지는 않다. 표면상 두
시의 분위기는 무겁고 음산하되, 정작 두 시를 지배하고 있는 시의 정동의
측면에서, 「어두움 너머」가 설화적 상상력에 바탕을 둔 어떤 정겨운 여운
이 감돈다면, 「아직 가만히 놓다」는 삶과 단절한 죽음의 기(氣)가 팽배한

대신, 죽음과 삶이 상호침투하는 모종의 생기(生氣)가 감지된다. "캄캄한 홍시 독에 빠"진 시적 화자는 캄캄한 독 안에서 엄습해오는 죽음의 두려움을, 하필 "옆집 경자가 죽어 독 속에 묻었"는데 "밤마다 여우가 공동묘지에 와서" "발톱 세운 앞발로 붉은 흙을 판다고"하는 얘기를 듣는다. 이렇게 구비전승되는 '독-죽음-여우'의 이야기에서 주목해야 할 것은 이 이야기가 캄캄한 독 속에서 한층 내밀해지는 죽음에 대한 상상력을 활성화시키고, 급기야 마지막 행에서 시적 화자가 '두꺼비'로 변신되었다는 설화적 상상력을 전유한 시의 경이로움에 청자는 사로잡힌다. 구비전승의 서사가 그렇듯이 여기에는 민중의 자연스러운 삶의 풍정(風情)이 녹아들어 있는 가운데 잘 익은 홍시를 맛있게 먹고 싶은 유년의 욕망과 아이들의 독 장례 풍속, 그리고 죽음의 경계를 넘어 우화적 존재로 갱신하는 또 다른 삶의 형식이 절묘히 어우러져 있다(「어두움 너머」). 이 같은 삶의 형식은 비록 죽음의 저편으로 떠나갔지만 "제일 예쁜" "영정 사진을 골라 놓았"고, "죽어서라도,/모르는 사람들이라도,/자주 스치는 그런 곳으로" "장지는 외롭지 않게 붐비는 곳으로 택"한 친구의 죽음-제의가 함의한, 자신의 죽음을 영속화 및 물화된 대상으로 전락시키는 게 아닌 그렇다고 삶과 혼효된 채 죽음의 미망에 갇혀 있는 게 아니라 또 다른 존재의 형식으로 삶과 '함께 있는' 그런 끝 아닌 끝을 욕망한다(「아직 가만히 놓다」).

그렇다면, 끝 아닌 끝은 대체 무엇이며 어떤 것일까. "모든 것의 끝은 시작부터 함께였다"(「끝은 없었다」)는 도저한 시구는 그래서 곱씹을수록 문제적이다.

내가 할 수 있는 일은 내가 있는 곳을 전혀 벗어나지 못했다는 거
벗어나도 결국 내가 있는 곳이었다는 거
내 의지는 내 몸을 벗어나지 못하고
내 몸은 문지방을 넘어서지 못하고

문을 열고 나가지 못하자 생각들은 창문 쪽으로만 달려갔다는 거

눈길만이 창문 위를 오가다 마주치는 건 적벽이었지
뾰족한 단절,
살아내는 모든 게 적벽이었네
하늘 끝에 걸려 있었네

—「적벽, 그 아래서」부분

시적 화자의 생각과 몸은 자신에게 낯익은 자신을 에워싸고 있는 경계를 벗어나고 싶다. 그것이 추상이든 구체이든 어떻게 해서든지 (비)가시적 경계를 넘어서고 싶다. 하지만 모든 노력은 도로아미타불이며, 이 모든 헛됨에도 불구하고 자명한 것은 "살아내는 모든 게 적벽", 즉 "뾰족한 단절,/하늘 끝에 걸려 있었"다는 간명한 진실이다. 그런데 시적 진실의 힘이 배가되는 것은 이토록 자명한 것 자체의 비중에 짓눌리는 게 아니라 자명한 것의 속성을 헤집고 들어감으로써 자명성을 탈구축하는 일이다. 그럴 때 '적벽'이 지닌 시적 진실을 오롯이 만날 수 있지 않을까.

이와 관련하여, 눈에 밟히는 시구가 "살아내는 모든 게 적벽"이듯, 이번 시집에서 주목되는 외로움, 어둠, 죽음 등과 연관된 시의 감응력이 '적벽'이 거느리는 '끝'의 심상과 자연스레 이어진다. 그러니까 시인이 '적벽'과 '끝'의 심상을 통해 정작 벼리고 있는 시적 진실은 존재의 종언으로 갈무리하는 게 결코 아니다. 달리 말해 "이것은 기억나지 않는 기억의 모둠이다"(「스물에서의 한밤」)는 시적 표현이 함축하듯, 어떤 유무형의 것이 가뭇없이 한순간 증발하여 세상에서 영원히 종적을 감추는 게 아니다. 대신, 뚜렷한 내용형식의 갖춤꼴보다 "퇴고하지 않은 말과/탈고되지 않은 생각 사이에서/글자들이 자꾸만 도망"(「생각은 끝났습니다」)가는 그런 모양새일 따름이다. 김수목 시인은 이러한 희부윰한 '기억의 모둠'을 「나의

70년대식」,「나의 80년대식」,「나의 90년대식」이란 일련의 연대기 형식
으로 시적 화자의 삶을 반추하며 재현한다. 이 '기억의 모둠'은 시적 화자
의 과거를 떠올리는 여정으로, 그의 시적 여정이 그렇듯이 "몇 번의 넘어
짐을 빼고는 밤새워 걷는"(「야간 산행」) 야행길이라는 시적 보행을 예의
주시할 필요가 있다. 여기서, 김수목 시인의 야행길을 숙고할 때 하늘 끝
에 걸려 있는 담벼락을 자기가 살아갈 세상 속 길인 양 더듬어가며 자신의
길을 내는 존재가 떠오른다.

> 마지막 남은 몸부림일 거다 담벼락에 따닥따닥 담쟁이넝쿨의 한세상이다
> 한세상을 만들어냈다 길이 아닌 곳에는 길을 내주고 내일이 아닌 곳은 오늘이
> 살게 한다
>
> ─「가을의 구도」 부분

담쟁이넝쿨의 도보가 시적 화자의 야행길과 겹쳐지는 데에는, 아무리
기억에 의지한 야행길이라 하더라도 정해지지 않은 새 길을 내는 게 또한
야행길의 순리이기 때문이다. 그렇게 야행길을 나선 자는 온몸의 감각
신경을 곤두세운 채 어둠을 벗하면서 어둠 속 길을 걷는다. 그것이 바로
'삶의 길'이다.

김수목 시인의 이번 시집은 '삶의 길'을 우리와 함께 걷는 보행의 속성
을 보인다. 이 길은, 외로움과 어둠, 그리고 죽음의 시적 감응력을 간직한
시적 진실의 힘을 갖는다. 그러면서, 이 길은 담쟁이넝쿨의 보행에서 세밀
히 감지할 수 있듯, 도상학적으로 얘기하자면, 직선을 주축으로 한 직진이
아니라 둥근 원을 바탕으로 한 길 내기를 하고 있다. 따라서 길 내기 과정
에서 면밀히 살펴봐야 할 것은 담쟁이넝쿨이 어떤 방식으로 길을 내고
있는지, 그 생장의 형식-리듬이다. 이것은 식물 생장의 비의성을 이해하
는 열쇠인바, 이와 관련하여 끝으로 이번 시집에서 주목할 시는 「식물학」

이다.

> 식물학은 사랑스러운 학문이라는 구절을 읽다
> 몸을 모로 말았다
> 식물의 씨앗처럼 둥글게 말았다
> 잔뜩 웅크린 자세이다
> 식물이 못 된다면 같은 종의 동물이라도 되겠지
> 꽃 속의 애벌레라도 되듯
> 나무둥치 속의 굼벵이라도 되어 보듯
>
> ―「식물학」부분

식물 씨앗의 형상은 "몸을 모로" 말아버린 "잔뜩 웅크린 자세"로, 이것은 원환(圓環)의 도상성을 띤다. 그리고 마치 생명 태초의 모습을 회복하려는 듯 씨앗이 지닌 원환의 도상성은 근원 회귀의 심상[還]을 거느린다. 말하자면, 식물의 생장은 생명의 신비의 힘을 지닌 작은 씨앗[圓環]으로부터 시작하고, 그것이 발아하여 생장하고 다시 재생을 위해 씨앗이 지닌 생명의 근원으로 회귀[還]하는 생장의 리듬을 보인다. 식물 생장의 비의성은 그러므로 씨앗의 두 심상―'둥근 원[圓環]'과 '돌아감[還]'을 바탕으로 하고 있듯, 시적 화자의 '식물-씨앗' 되기의 욕망이 "꽃 속의 애벌레"와 "나무둥치 속의 굼벵이" 되기의 욕망과 포개지는 것은 괴상한 일이 전혀 아니다. 애벌레와 굼벵이의 형상이 지닌 생장의 비의성도 우주적 생태의 시계(視界)에서는 '식물-씨앗'의 그것과 매한가지일 터이다. 따라서 김수목 시인은 21세기의 시인으로서 예의 '식물-씨앗' 되기의 욕망이 지닌 '삶의 길'을 담대히 창조하면서 어둠의 저편, '불빛-불 비늘'의 욕망을 실현하고 있지 않은가.

'시인-제사장'의 눈물,
그 시적 연행성의 상상력

— 장석원, 『유루 무루』

1.

한국 현대시를 하늘에 떠 있는 별 무리에 비유할 때, 모든 별이 깜냥껏 밝기를 지니고 있어 그것들이 어울려 자아내는 현묘한 빛의 교향악이 천궁(天宮)의 지극한 아름다움을 생성하듯, 한국 현대시들은 모어(母語)로써 지상에 있는 만유존재(萬有存在)의 비의성이 창조해내는 아름다움을 절묘히 포착한다. 여기서, 이 아름다움의 세계를 살필 때 남다르게 눈에 띄는 것이 있다. 어떤 별들과 어떤 시(인)들의 존재는 천궁과 지상의 아름다움의 바탕을 이루고 있다는 사실이다.

2.

관련하여, 비평의 특권 아닌 특권으로서 창조적 오독이 승인된다면, 장석원의 시집 『유루 무루』(파란, 2021)에 실린 시편들을 음미하는 내내 그리고 통독한 이후 이 시집의 신묘한 아름다움의 바탕에는 한국 현대시문학의 성좌 중 소월, 만해, 이상, 김수영 등이 포개져 있는 듯하다. 이들 시인의 면모에서 짐작할 수 있듯, 한국 현대시문학의 얼과 꼴은 바로 이 네 시인을 비껴갈 수 없다. 그렇다면, 장석원 외에도 한국의 다른 시인들

역시 이 네 시인의 시적 유산으로부터 자유롭지 않기 때문에 『유루 무루』의 고유성을 이해하는 데 그리 설득력이 없다고 반문할 수 있다. 하지만, 정작 중요한 것은 이들 네 시인의 시적 유산을 장석원만의 유일무이한 시세계로 어떠한 창조적 섭취를 보여주고 있는가 하는 점이다. 물론, 일반 독자들에게 이 점을 유의하면서 『유루 무루』를 감상할 것을 요구할 수는 없다. 그럼에도 불구하고 『유루 무루』를 음미하는 과정에서, 어딘지 모르게 몹시 친숙하면서도 정겹게, 동시에 대단히 낯설면서도 생경하게, 가령, 대중음악에 비유하면, 한 시대를 풍미했던 대중 인기 가요의 정서도 있는가 하면, 전혀 접해보지 않았던 전위 음악의 실험성이 공존하고 있는 것을 자연스레 감상할 수 있는데, 이것은 소월, 만해, 이상, 김수영 등의 시업 (詩業)을 장석원의 시적 도가니 안에서 녹여내 『유루 무루』의 신묘한 지경으로 구축하고 있음을 보증해준다. 가령, 다음의 시를 보자.

> 내 나이 묻지 마세요 무덤에 묻지 마세요 잔디 잔디 묻지 마세요 그 사람의 무덤가에 잔디 잔디 금잔디처럼 부활하는 드라큐라 혁명은 부질없는 것 왔다가 떠나는 전사들 구름일까 아니 고름일까 그냥 쉬었다 가요 몸이나 식히고 술이나 한잔하면서 모두 다 잊으십시다 그럴까 잊을 수 있을 까   잊혀   질까 양념 반 프라이드 반 반도 못먹었는데 반도는 동강 날 것 같은데 못 먹어도 고인데 배가 부르고 토막은 수북한데 남자와 여자가 섞여 떨어지지 않는 밤 은행나무 등에 지고 앉아 돈 떼인 듯 앙앙—불낙처럼 울었습니다 눈물은 왜 남자의 배 위에 떨어지고 분홍 립스틱은 왜 런닝구에 묻는가 아 · 부 · 지들은 왜 이—두 근 삼—두근 박자 잃은 발걸음으로 문을 박차고 뛰쳐나가는가 그 사람은 왜 날 버렸는가
>
> —「정군비어에서 아파치까지」 전문

전체적으로는 산문시의 외피를 두르고 있다. 그런데 이 산문시를 곰곰

음미하고 있으면, 소월의 「금잔디」(1922)의 시구절("잔디 잔디 금잔디")
이 거느리고 있는 사랑과 이별, 그 정념이 시나브로 번져가면서 시적 화자
가 놓여 있는 삶과 현실이 해학적이면서도 시니컬하게 시쳇말로 '웃픈'
언어가 거느리고 있는 모던한 심상들이 끊어질 듯 이어질 듯 물리고 물리
는 단속적(斷續的) 리듬으로 한 편의 대중 가요처럼 들린다. 그렇다. 이
시는 '보여지는 것'보다 '들린다'는 게 적확한 말일 터…… . 시적 화자를
휩싸고 있는 부조리한 풍경들에 대한 '웃픈' 언어의 모던한 심상(자조와
환멸)의 비조(鼻祖)로서 시인 이상의 현대문명에 대한 비판과, 이 문명
비판의 감각을 온몸으로 밀어붙이고 있는 김수영의 전위성은 서정의 형
식보다 악무한의 시대에 대한 만해의 산문시의 외피를 통해 장석원은 그
만의 역동적 리듬을 '들려준다'. 그래서 위 시를 온전히 감상하기 위해서
는 눈으로 더듬는 것보다 시어와 시행이 절로 만들어내는 리듬을 타면서
입으로 소리내 낭송해야 한다. 그러다 보면, 모어의 자음과 모음이 어우러
져 자아내는 소리의 공명은 물론, 들숨과 날숨이 띄어쓰기와 절묘히 접속
하면서 만들어내는 박자와 리듬을 감지하게 된다. 이 모든 것의 총체가
어쩌면 김수영의 '온몸의 시학' 안팎을 이루는 시의 현대성(혹은 전위성)
을 독자들이 자연스레 미적으로 경험하게 되는 셈이다. 『유루 무루』의 시
적 매혹의 원천은 바로 여기에 있지 않을까.

3.

사실, 이 짧은 지면에서 『유루 무루』의 미의식과 관련하여 이와 같은
점을 세밀히 논의하는 대신, 시집의 제목에 초점을 맞춘, 그리하여 '눈물
[淚]'의 있음과 없음, 눈물의 흐름과 멈춤이란, 형상적 사유를 톺아보자.

내가 발견한 황홀

그대가 울며 말하네

손잡고 눈물 흘려요
조금 더 견뎌요
상처를 내게 줘요

목소리 다가와서 나를 덥히네
사랑하는 사람의 가슴에 귀를 댄다
두근거림 나를 환하게 하네
핏방울 불빛 속에 돋아나네

영원한 용서
이별의 완성

한 번 더 버려져도
음악이
내가 절망에 무너져도
음악이
유일한 사랑이라는 것을……
붉은 목소리 나를 찌르네

—「살아야지」 전문

　　나는 앞서 『유루 무루』의 시적 매혹을 온전히 체감하기 위해 소리내
읽을 것을 적극 권장하였다. 물론, 『유루 무루』의 곳곳에는 시집 제목이
표상하는 심상들이 눈물의 점액성처럼 틈새로 새기도 하고("찢어진 몸에
서/새어 나오네",「분비」), 눈물 방울이 그렇듯이 표면 위에 흡사 볼록하게

불거져 맺혀 있기도 하고("凸/凸/돋는/핏빛/꽃잎", 「방혈」), 불꽃이 하늘
로 피어 흩어지기도 하는 등("火木의 재/묻은 구름/피네 나의 피네/피네 피
네 하늘에/불꽃", 「울어라 천둥」), 시각의 심상을 간과할 수 없다. 그럼으로
써 눈물이 함의한 애닯고 처연한 그리고 복창 터지는 극한의 슬픔 등속이
버무려진 정념과 정동의 리얼이 보증될 수 있다. 이것을 시인이 등한시
여기는 것은 결코 아니다. 하지만, 높은 차원의 삶예술의 지경에 근접한
시인들이 그렇듯 장석원 시인은 첨단의 현대시가 자칫 망실하고 있는 심
지어 낡고 오래된 것으로 치부하고 있는 시의 음악성을 시적 연행성(詩的
演行性, poetic performance)과 접목하고 있는 시도를 실행하고 있다는
것을 눈여겨봐야 한다. 그의 눈물 관련 심상에서 주목할 것은 바로 이러한
시적 연행성의 상상력이다.

4.

이처럼 눈물의 시적 연행성의 상상력은 『유루 무루』에서 때로는 삶과
죽음의 경계와, 때로는 죽음이 임박한 절체절명의 순간과, 때로는 죽음
이후 무간지옥(無間地獄)의 영원 속에서, 때로는 격렬한 사랑의 사위에서,
때로는 침묵 더께의 이별 등속이 배음(背音)을 이루는 가운데 흡사 요령
을 든 제사장의 제의적 퍼포먼스가 상기되는 시적 전율을 일으킨다. 시집
의 첫 시(「요령 소리」)와 맨 마지막 시(「이별 후의 이별」)는, 그러므로 장
석원 시인이 이번 시집을 예술적 제사장으로서 주관한 시적 연행의 절창
으로 손색이 없다.

그 사람
죽음 피하지 못하네

사랑할 때
발개진 얼굴 쟁강거리는 눈빛

오늘보다 아름다웠는데

(중략)

못 간다 못 간다
나를 두고 못 넘어간다
산령 높아 갈 수 없는데
그 봉우리 밟고 그예 사라지네

발 없는 구름
연짓빛 노을
해 진다 서산에
해 빠진다

—「요령 소리」 부분

부스러진 내 몸의 수취(獸臭). 그라인더를 향해 날아가는 나비. 열렸다 닫히
는 눈꺼풀. 단심(丹心), 으깨진다.

—「이별 후의 이별」 전문

"나부터 봉쇄 나부터 붕괴"(「염송(念誦)」)라는 단독 시행이 한 편의 시
를 이루듯, 그 자기파괴의 주술이 지닌 비의성은 이승에 대한 미망 속에서
죽음에 굴복한 채 생의 남루함으로 전락하는 것을 넘어선다. 비록 죽음
앞에서 온몸은 부서진 채 삶죽음의 비릿한 냄새를 풍기지만, 구름과 저녁

노을과 서산 너머 가뭇없이 해가 지고, 칠흑 속 밤을 지새우다보면, 온갖 생의 정동이 언제 그랬냐는 듯 활력을 되찾을 터이다. 그래서, 시인과 제사장은 이 피해갈 수 없는 자신의 운명을, 그만의 영험한 언어와 노래가 바탕이 된 눈물의 연행적 상상력을 수행하고 있다. 이것은 그동안 한국 현대시가 소홀히 지나쳐온 것으로, 나는 이것을 『유루 무루』가 성취한 '현대성'으로 이해한다.

"이토록 붐비는 사랑이라니
이토록 사무치는 인연이라니……"

— 장이지, 『편지의 시대』

1.

인터넷과 각종 첨단 미디어를 매개로 한 의사소통 없이 일상을 살기는 어렵다. 가뜩이나 'e-메일' 대신 '편지'라고 하면, 어딘지 모르게 오래되고 낡아 퇴색된 통신 수단으로 간주하기 십상이다. 통상 '편지' 쓰기는 필기 도구와 종이류를 이용해야 하는데, 이것은 전자 통신 기기를 매개로 하는 글쓰기의 방식 면과 매우 다르기 때문이다. 정녕, 21세기를 살고 있는 우리에게 '편지'와 연관된 문화는 퇴행적일 수밖에 없는 천덕꾸러기 신세로 전락할 운명인가.

2.

그래서일까. 장이지 시인의 시집 『편지의 시대』(창비, 2023)를 펼치기 전 생뚱맞고 의아스러웠다. 편지의 시대? 뒤통수를 얻어맞았다고 하는 표현이 솔직할지 모른다. 요즘 누가 편지를 쓰는가 말이다. 아날로그식 글쓰기보다 전자식 키보드판을 두들기고 심지어 음성 인식의 글쓰기가 대세를 이룬 지금-여기에서 편지가 아우르고 있는 글쓰기에 익숙한 사람이 드물지 않은가. '오래된 새로움'으로서 간혹 편지의 매혹에 빠져들기도

하지만, 어쨌든 편지의 시대가 뒤안길로 스러졌다는 것을 부인할 수 없으리라. 그런데 문득, 장이지 시인이 우리에게 편지를 쓰고 있다면…….

> 뉴런들 사이에서 떠도는 아직 쓰지 않은 편지, 수십억 은하의 실타래 위에 이미 있었네 암흑 속으로 팽창하는 우주에서 안드로메다처럼 당신은 내게 다가오고 있었네 우리가 하나였을 때 마음에 떠오르는 것은 모두 서로에게 전해졌네 당신이 느끼는 것을 나도 우주적으로 느꼈네 당신이 돌담을 넘어 숲 저편으로 사라진 뒤 구름이 쌓이고 눈이 대지를 휩쓸고 눈사람이 녹아 없어지고 천변만화의 구름이 뿔뿔이 흩어졌다가 뭉치고 비가 내리는 동안 나는 편지를 썼네 세월 가는 줄 모르고 썼네 당신에게선 아무 소식도 없고 하루는 비 내린 장독대에서 노랑할미새가 깃털을 고르고 있었네 마당귀 고인 물을 굽은 등으로 나도 들여다보고 들여다보고, 까마득한 우주에서는 엇갈리는 유성들
>
> —「우주적」 전문

시적 화자 '나'는 "세월 가는 줄 모르고" "암흑 속으로 팽창하는 우주에서" "우리가 하나였을 때" 달리 말해 "우주적으로" 존재하고 있을 때 편지를 이미 썼고 지금도 남몰래 쓰고 있다. '나'의 편지에 대해 누군가의 "아무 소식"이 없다고 하더라도 "까마득한 우주에서는 엇갈리는 유성들"이 흡사 "뉴런들 사이에서 떠도는 아직 쓰지 않은 편지"처럼 자기존재의 '있음'을 타전하면 되는 것이다. 이렇게 우리의 편지는 '우주적'으로 전해지고 존재하면 되는 것이다. 그렇다고, '우주적' 속성을 띠고 있는 편지를 인간의 세속성과 거리를 둔 것으로 이해해서는 곤란하다. 이 편지에는 삶과 죽음의 다양한 문양과 중층적 층위가 "천변만화"의 언어로 채워져 있으며, 이 모든 것의 심연에는 사랑의 감응력이 자리하고 있다는 것을 넌지시 들려준다. 그리고 이러한 편지쓰기는 장이지 시인에게 시쓰기와

다를 바 없는 것이다.

3.

> 당신에게 쓰는 시는 언제나 나를 다치게 하네 쓰면 쓸수록 나는 죽음에
> 다가가네 수많은 통점으로 뒤덮인 글쓰기, 편지, 당신에게 쓰는 시…… 나의
> 수많은 기절!
>
> (중략)
>
> 사랑의 폐광에서 내가 채굴한 당신의 이름, 날카로운 펜으로 새긴 문신
> 나의 첫 줄, 첫 줄이자 마지막 줄, 지워지지 않는 낙인을 검지로 문질러보네
> 아, 익숙해지지 않는 질감의 고통
>
> —「사랑의 폐광」 부분

"당신에게 쓰는 시……수많은 나의 기절!"이란 시구절에서, '나'가 쓰는 '편지=시'의 정체를 짐작해볼 수 있을까. 말줄임표가 동반하는 휴지와 침묵은 '나'의 '편지=시'의 언어가 '나'만의 "사랑의 폐광에서" "당신의 이름"을 채굴하기까지 겪은 내적 상처와 고통을 나타낸다. 흔히들 편지쓰기의 첫 줄에 누군가의 이름을 쓸 때, 지금까지 먼 곳에 있던 희부윰한 타자의 존재성은 아주 선명히 "날카로운 펜으로 새긴 문신"처럼 '나'에게 "익숙해지지 않는 질감의 고통"을 안겨온다. 타자를 엽서나 편지와 같은 종이류의 물질을 매개로 조우하는 일은 그 이름을 그저 표기하는 것 이상의 존재론적 질감으로 다가오기 때문이다. 타자의 이름을 쓰는 행위는 글자의 자음과 모음의 한 획을 쓰는 물리적 글쓰기 행위를 넘어 타자와 연루된 삶의 지평에서 매순간 죽음의 형식을 띤, 용도 폐기된 폐광의 곳곳

에서 흔적으로 남아 있는 사랑의 이름을 복원하는 데 혼신의 힘을 쏟는 존재론적 고통에 미친다.

이 존재론적 고통은 『편지의 시대』를 에워싸는 주요한 시적 정감의 세계이듯, 불에 타는 편지의 심상에 겹쳐지는 것은 흥미롭다.

한번도 편지를 불태워보지 않고 어른이 될 수는 없습니다 새까만 어둠으로 앉은 남자가 방금 몸살을 하며 빠져나온 추문(醜聞)의 소년을 가만히 내려다봅니다 자기의 허물을 몰래 불태우지 않고 어른이 될 수는 없습니다

—「허물」 전문

어떤 사랑도 기록할 수 없다면 사랑을 쓸 수 없다면 저는 살아도 산 것이 아니에요 우리가 각자 태워버린 편지는 되돌아올 수 없어도 우리 사이에 얼마만큼의 거리가 있는지 얼마만큼의 하늘이 있어서 전화해도 받을 수 없는지 쓰고 싶어요 (중략) 사랑이 지나갈 때 벚꽃처럼 보이는 재, 불타버린 편지가 어디까지 그뒤를 밟다가 부서져 흙이 되는지 흙이 되어 꽃이 되는지 쓰고 싶어요 사랑을 쓸 수 없다면 저는 살아도 산 것이 아니에요

—「불타버린 편지」 부분

편지를 태우기 전 거듭 읽는다 당신이 부탁한 대로 거듭 읽어 외운다 편지는 불타고 재와 연기가 난무한다 매캐한 위치에서 홀로 나는 당신을 이해해보려 하지만 당신은 내 곁이 아니라 내 안에 있다 오, 나의 당신, 귀 안에 느껴지는 당신의 필압(筆壓), 나는 당신의 편지를 거의 외우다시피 한다 타버린 편지는 난분분히 어두운 목소리 되어 창백한 해를 살라먹는다

—「외워버린 편지」 부분

타자의 삶과 연루된 '나'의 존재가 어른으로 성숙하기 위해 편지 불태우기는 통과제의로서 역할을 수행한다. 편지를 불태움으로써 "추문의 소년"은 추문으로부터 해방돼 비로소 어른이 될 수 있다. 이렇게 편지 불태우기 과정에 수반하는 성(聖)과 속(俗)의 상징의례를 겪는 데에는 사랑의 감응력이 북돋울 "살아도 산 것", 곧 존재로서 삶의 충일감 속에서 살고 싶기 때문이다. 이처럼 시적 화자인 '나'에게 편지를 불태운다는 것은 편지를 거듭 읽는 내내 절로 외워지는 것이고 이것은 이성과 감성의 차원을 넘어 '나'의 존재로 육박해온 "당신의 필압(筆壓)"이 함의하듯, 이쯤되면 편지는 '나'와 당신의 매개물로서 기능하는 게 아니라 당신의 전존재와 분리될 수 없는 육화된 물활(物活)적 존재로서 가치를 지닌다. 따라서 편지 불태우기의 통과제의로서 '어른 되기'가 갖는 존재론적 고통은 예사롭지 않음을 알 수 있다.

4.

장이지 시인의 『편지의 시대』를 음미하면서 생각해본다. "편지의 시대는 이미 끝났"(「슬픈 습관」)다고 섣부른 예단을 한다. 하지만, 시집에서 언급되는 숱한 영화 속 인물들이 저마다 삶의 미로에서 슬픔과 환희, 고통과 행복, 외로움과 위안, 소멸과 흔적 등의 난경을 살면서 그것들의 서사를 스크린에서 악전고투하며 재연(再演)하듯, 시적 화자 '나'는 존재론적 고통의 사위에서 바로 그 때문에 그토록-저토록-이토록 신비한 사랑의 감응력이 미치는 '편지의 시대'를 '러브레터=시'로 써내려갈 터이다.

(중략) 나는 얼마간 남자이고 얼마간 여자이다 얼마간 바람이고 흙이다 결코 한겹일 수 없는 미지(未知)이다 잠 못 드는 밤 나는 내 안의 먼 피를 떠도는 긴 사랑의 편지를 홀로 읽는다 이토록 붐비는 사랑이라니 이토록 사무치는

인연이라니……

—「롱 러브레터」 부분

그렇다. 우리가 살아야 할 이유는 "이토록 붐비는 사랑이라니 이토록 사무치는 인연이라니"에 이어지는 말줄임표 속 "결코 한겹일 수 없는 미지"의, 다중 차원에서 존재하는 누군가들 사이 "아직 오고 있는 편지"(「운메이(運迷)」)가 있기 때문이다.

'사이,'의 시학

— 최동일, 『햇빛 산책자』

최동일 시인에게

저는 그날을 뚜렷이 기억합니다. 여느 때처럼 그날도 우리는 선술집에서 저잣거리의 잡다한 일들과 문학 관련 사안을 안주 삼아 소줏잔을 기울였어요. 술의 묘미는 참으로 기막힌 게 술이 술술 들어갈수록 서로의 흉금을 털어놓게 되는 어떤 극적인 떨림의 순간이 있는데, 그날 당신은 그 떨림의 순간을 당신 특유의 방식인듯 태연스레 숨을 가다듬더니 가방에서 서류 봉투 하나를 꺼내고 제게 건넸어요. 당신이 2009년부터 시단에 발을 들여놓은 지 써온 시편들의 묶음이었습니다. 고백하건대, 그 서류 봉투를 손에 쥐는 순간 모종의 떨림을 당신에게 들키지 않으려고 제 딴에 태연한 척 시들을 잘 읽어보겠노라고 심드렁히 얘기했어요. 그리고 얼마나 계면쩍었는지 당신은 모를 거예요. 당신과 잦은 술자리를 가지면서, 그때까지만 하더라도 당신의 작품을 제대로 읽어본 적이 없었거든요. 그렇게 당신의 시편들을 이후 틈틈이 음미하면서 첫 시집으로 묶인다면, 외람되지만 제가 해설을 쓰고 싶었습니다.

1.

이번 시집 『햇빛 산책자』(파란, 2022)를 본격적으로 해설하기에 앞서 이런 군말로 시작하는 데에는, 시집 전반을 관통하고 있는 당신의 시세계의 중핵으로 톺아봐야 할 '사이의 시학'이 시뿐만 아니라 삶의 영역에까지 두루 미쳐있다는 생각을 지울 수 없기 때문입니다. 시집의 맨 앞에 놓인 「확산」은 이를 노래하는 대표작으로 손색이 없습니다.

> 꽃 핀 금목서와
> 꽃 피지 않은 은목서
> 사이,
> 없는 길로 걷는다
>
> 내 이름 부르며
> 날아온 새,
> 두 눈을 쫀다
>
> 핏물의 향기,
> 오른편과 왼편을 지운다
>
> ─「확산」 전문

　아주 평이한 시어로 이뤄져 있되, 이 시가 품고 있는 시적 전언과 비의성은 결코 간단히 넘겨볼 수 없어요. 이 시에서 주목해야 할 것은 시의 화자인 '나'와 '새'의 행위입니다. '나'는 "꽃 핀 금목서와/꽃 피지 않은 은목서/사이,/없는 길로 걷"고 있는데, 그 순간 새가 '나'의 두 눈을 쪼아 버립니다. 이내 두 눈에서는 "핏물의 향기,/오른편과 왼편을 지"워버리죠. 그렇다면 '새'는 왜 '나'의 눈을 쪼았을까요. 이 일련의 행위와 결과는 당신의 시작(詩作)의 비밀을 응축하고 있지 않는지요. 에둘러가지 않고 얘기해볼게요. 이 시에서 '새'는 시인으로서 당신이 태연한 척하지만 간절히 조우하고 싶은 '시'이며 '예술'이며 '미(美)'의 실재인데, 이 '새'에게 눈이 쪼이는 곳을 눈여겨봐야 합니다. 그곳은 우리에게 낯익은 길이 아니라 꽃이 핀 나무와 꽃이 피지 않은 나무 '사이[間]'의 "없는 길"입니다. 그런데, 바로 여기서 한층 예의주시해야 할 대목이 있습니다. 이 '사이'의 속성이 예사롭지 않습니다. 하마터면 놓칠 뻔 한 시적 표현으로, '사이' 다음에 바로 '쉼표[,]'가 붙어 있어요. 통상 쉼표가 없는 '사이'라는 단어만으로도 이 단어가 지닌 뜻이 어떤 것들끼리 시공간의 거리를 함의하듯, 애오라지 쉼표를 덧보탬으로써 어떤 시적 감응력이 배가될까요. 일반적으로 '사이'의 물리적 속성이 정태적 속성을 띤 것이라면, 당신의 시적 표현인 **사이,**에서 '쉼표'는 이 정태적 속성을 형식논리로 더욱 강조하는 그런 문장부호로 기능하는 것일까요. 물론, '쉼표'의 그런 정태적 속성 자체를 전면 부정할 수는 없어요. 하지만, 당신의 **사이,**에서 '쉼표'는 정태적 속성만으로 충족되지 않는, 정태적 속성을 순간 뒤흔들어 전복시켜버리는 우주적 힘을 온축하고 있습니다. 이것은 위 시에서 **"사이,"**가 독자적 한 행으로 이뤄지고 있는 것을 주목해야 할 이유입니다. 그것은 다음 행에 나오는 "없는 길"의 속성이 말 그대로 아무것도 없는, 어떤 것들의 움직임이 존재하지 않는 그래서 부재의 길처럼 보이지만, 바로 그 순간 '나'의 눈을 쪼는 '새'가 비행하며 가르는 허공의 길로 그 속성이 전도되거든요. 그래서 흐르는 눈의 핏물은 그 길 위를 가득 채운 금목서와 은목서의 향내를 머금은 바, '나'의 "오른편과 왼편을 지운다"의 메타포가 나타내듯이 '나'는 세속의 이러저러한 이해관계에 휘둘리지 않는 시(혹은 예술)의 지경에 이릅니다. **사이,**는 그러므로 당신의 시편들에 스며들어 시쓰기를 추동시키는 시학으로 자리하고 있습니다.

그래서 저는 당신의 시쓰기를 "**사이,**의 시학'으로 명명해봅니다. 여기서, 「확산」이 당신만의 독창적 **사이,**의 시적 표현으로 당신이 추구하는 시와 예술에 대한 메타포를 나타낸다면, 「빈 곳이 없다」는 구체적 심상으로 이에 대한 미의식을 드러내고 있어요. 「빈 곳이 없다」에서 시의 화자는 한겨울 상수리나무, 백양나무, 아카시아나무 숲을 지나며, 그 나무들 "사이로 드드드드 들리는 딱따구리 소리"를 들으며, "들길로 이어지"는 "오솔길에 들어서"며, "사뿐사뿐 들길 걸어 빈 들판으로 접어"들고는, "흰 꽃잎이 하늘 한가득 날려"오는 황홀경에 에워싸입니다. 저는 이 시에서도 **'사이,'**의 시적 감응력의 묘미를 눈여겨봅니다. '나'가 솔숲으로 들어가 나무들 사이를 지나갔지만, 기실 나무 껍질 속을 파고드는 '딱따구리'의 소리 '사이'로 지나갔다는 것과, 그렇기 때문에 솔숲 길을 지나 오솔길과 들길을 지나는 '나'의 "한없이 가벼운" "사뿐사뿐 들길"의 속성이 이내 '흰 꽃잎', 곧 '하얀 눈'의 심상으로 변환합니다. 그러니까 이 시에서 '딱따구리 소리'는 바로 '쉼표'의 역할을 수행한다고 해도 과언이 아니죠. 한겨울 솔숲과 오솔길과 들길 사이의 정태적 속성은 '딱따구리 소리'가 틈입되면서 그 사이의 길들은 이내 '흰 꽃잎-하얀 눈'으로 만발한 미의 세계로 현현됩니다. 그리하여 시의 화자는 세계의 '거리가 확보되지 않고[無間]' '경계가 구획되지 않는[無界]' 태허(太虛)의 경이로운 미적 체험을 하게 됩니다.

> 그 자리에 서서 온몸으로 흰 꽃잎을 맞는다
> 뒤돌아보니 산도 없고
> 올려다보니 하늘도 없고 둘러보니 들판도 없다
>
> —「빈 곳이 없다」부분

그렇습니다. 태허는 당신의 시적 사유에서 헤아릴 수 있듯, 아무것도 없는 텅 비어 있는 부재가 아니라 역설적으로, 온 세상이 빈 곳이 없을 만큼 '흰 꽃잎-흰 눈'으로 덮여 세상을 도통 분별할 수 없을 미의 경이로운 감응력으로 가득 채워진 게 아닐까요.

2.

　이와 관련하여, 당신의 시편에서 시의 리듬을 얘기해볼까 합니다. 좋은 시가 득의하는 미의 경이로운 감응력은 시의 리듬이 어떻게 구동되는지 중요하거든요. 그런데 당신의 시의 리듬은 다른 시인의 그것과 구별되는 점이 있어요. 흔히들 시 텍스트 구조의 형식미의 차원에서 시의 리듬이 구축된다면, 당신의 시의 리듬은 이것과 다른 시의 구연적(口演的) 상황-맥락의 차원에서 수행되고 있습니다. 이것은 "**사이,**'의 시학'을 뒷받침합니다.

　차고 넘치는 빗소리에

　휩쓸려

　새벽은 까마득히 떠내려가고

　빨래처럼 젖은 아침,

　잿빛 나비도 한 마리

　물방울처럼

　엉겅퀴 꽃에 앉아

　　　　　　　　　　　　　　　　—「숨」 전문

　「숨」을 온전히 음미하기 위해서는 시의 리듬을 절로 타야 하는데, 이를 위해 이 시의 상황-맥락 속으로 들어가보죠. 지난 밤 폭우 소리에 "새벽은 까마득히 떠내려가고//빨래처럼 젖은 아침,"이 왔습니다. 여기서도 여지없이 '아침' 다음에 '쉼표'가 따라오는군요. 바로 이어서 폭우가 언제 쏟아

졌냐는 듯, "잿빛 나비" "한 마리"가 "물방울처럼//엉겅퀴 꽃에 앉아" 아침을 맞이합니다. 잠시 상상의 나래를 펼쳐볼까요. 얼핏보면, 간밤 폭우가 지나간 아침 나비 한 마리가 꽃에 앉아 있는 장면을 포착한 소품처럼 보이지만, 예의 쉼표가 지닌 **'사이,'**의 시적 표현이 함의하는 시공간의 변환과, 비록 시어로서는 구체화되지 않았으나, 간밤 폭우를 피해있던 나비 한 마리가 작은 날갯짓을 힘겹게 하면서 축축한 자신의 몸을 아침 꽃에 얹어 놓기 위한 혼신의 유영을 짐작해볼 때 「숨」에는 우주의 에너지와 그 율동이 흐르고 있습니다. 나비의 유영과 착지는 거시적 우주의 시각에서 볼 때 아주 미약하고 보잘것없는 움직임에 불과하지만, 우주의 한 생명은 간밤 폭우의 에너지에 못지않은 자신의 생명의 에너지를 증명하듯, 허공을 부드럽게 유영하면서 활강하여 꽃에 착지하는 우주적 생명의 율동을 유감없이 선보입니다. 이것이야말로 「숨」의 시적 상황-맥락이 은연중 생성하는 시의 리듬이 아니고 무엇일지요.

　이러한 당신의 시의 창조적 리듬은 「혼자 추는 탱고」와 「눈보라」에서 확연히 감지됩니다. 두 시 모두 음악과 춤이 절로 어우러져 자아내는 구연적 상황-맥락의 시의 리듬을 주목할 수 있어요. 「눈보라」는 가야금의 명인 황병기의 가야금 연주를 노래한 것으로, 당신의 시를 묵독하고 있는 동안 관객으로서 가야금 연주 장면에 심취하는 것을 넘어 "쏟아지더니" "돌다가" "내려가다가" "몰려간다" "날아간다" "솟구친다" 등속의 가야금 연주에 빙의된 양 가야금을 직접 켠 듯 내 손가락 끝이 저려왔습니다. 이런 것이 시적 정동으로 수행된 시의 리듬이 아닐까요. 그런가 하면 「혼자 추는 탱고」의 경우 북극의 눈보라가 마치 "백만 이랑의 물결"처럼 휘몰아쳐 오는데, 이 거대한 북극 한파 사위에서 "솔개 한 마리"는 "휩쓸리지 않는 꽃잎처럼 느리게 맴을 그"리고, "아우우우우우" "저 멀리서 늑대가 떼로 몰려오는/설원의 하늘"과 북풍을 무대 삼아 "나는, 두 팔을 쭉 뻗고/한쪽 발끝으로만 거대한 땅을 딛고" 홀로 탱고를 춥니다(「혼자 추는

탱고」). 실로 기막힌 우주적 율동이며 이에 대한 시적 리듬의 감응력의
확산이 아닐 수 없어요. 북극 한파 사위의 창공에서 맴을 그리는 솔개와
떼로 몰려오는 늑대의 하울링, 그리고 이 모든 것을 파트너 삼아 홀로
땅을 딛고 추는 탱고……. 그렇다면, '나'도 탱고를 추고 있지만, 솔개와
늑대도 그들만의 방식으로 탱고를 추고 있는 것은 아닐지요. 우주적 탱고
를 말이예요. 이것은 다시 말하지만, 시 텍스트의 구조적 형식미의 차원으
로 도저히 포착할 수 없는 그것과 전혀 다른 차원으로 감지되어야 할 구연
적 상황–맥락으로서 시의 리듬입니다.

3.

최 시인, 당신은 이미 눈치를 챘을 겁니다. 지금까지 저는 첫 시집을
관통하고 있는 당신의 시학에 초점을 맞춤으로써 독자들이 당신의 시를
온전히 이해하는 데 도우미 역할을 충실히 했으면 합니다. 그래서 제가
주목하고 싶은 다음의 화제는 사랑과 미, 그리고 생의 시적 진실에 대한
당신의 시세계입니다. 관련한 여러 시편 중 그동안 시간의 저편에 둔 채
다시 돌아가 회복할 수 없다고 일찌감치 체념해버린 낭만적 사랑의 정념
에 홧홧해지도록 한 시를 만났어요. 「맨발」이 바로 그 시예요. 아마도 독
자들이 이 시를 접하면, 저마다 간직한 사랑과 이별, 그 낭만적 정념 때문
에 남에게 들키지 않을 정도의 미소가 입가에 살포시 번지지 않을까요.
시의 화자는 "연초록 잎 위에 소복이 쌓인 흰 꽃 무더기" 아래 "팔짝팔짝
뛰어다녔"던 누군가를 회상합니다. 그 장면이 '나'에게는 얼마나 그립고
아름다웠던지 이팝나무 꽃이 졌는데도 불구하고 '나'는 "언젠가 이 꽃,
다시 보러 오지 않겠니?"라고 그에게 묻지만 그는 '나'의 속마음을 헤아리
지 못해 "고개만 갸웃"할 뿐이예요. 사랑은 그래서 아무도 알 수 없는 신
비한 그 무엇인가 봐요.

이팝나무 곁에 서서 난

꽃 진 하늘만 올려다보다

잠시 손 놓듯이 돌아선다, 신발을 벗어 두고

내 귀에는 들리지 않게

네 이름을 부르며

—「맨발」부분

사연은 알 수 없되, '나'와 그는 이팝나무 흰 꽃 무더기 아래 다시 함께 자리하지는 못했어요. 시쳇말로 이별했을 공산이 커요. 하지만 '나'의 사랑은 비록 낭만적 정념에 사로잡혀 있지만, 한층 사랑스레 그것도 관능적 행위로 '나'만의 사랑을 하고 있어요. '나'는 지금은 부재하지만 그때 함께 밟았던 이팝나무 꽃 진 아래 "신발을 벗어 두고" 맨발로 서 있어요. 과거 그가 "팔짝팔짝 뛰어다녔"던 그의 생명적 아름다움의 율동이 지금도 땅에 그 에너지의 흔적으로 남아 있기라도 한 듯, '나'의 맨발은 그때 그의 생명적 율동을 감지하고자 합니다. "내 귀에 들리지 않게/네 이름을 부르"면서……. '나'의 이런 시적 행위는 흡사 사랑의 영원을 간직하고자 주문을 외우는 사랑의 주술사를 상기시킬 만큼 「맨발」의 사랑은 치명적으로 싱그럽고 아름답습니다. 그래서일까요. 당신의 시에서 목도하는 낭만적 사랑의 정념은 이별의 속성을 띤 가운데 영원한 이별의 저편으로 갈라서지 않는, 그렇다고 현재의 시공속에서 다시 뜨거운 열정의 사랑을 교호하는 게 아닌, 이 역시 **'사이,'**의 시적 진실을 내면화하고 이를 일상으로 수행하고 있습니다. 가령, 다음의 시에서는 예의 사랑이 '햇빛 산책자'의 심상으로 노래되고 있어요.

앞마당 가로지른 빨랫줄엔

흰 목수건 한 장

만년일광(萬年日光)을 시방(十方)으로 펄럭거린다
오래 사랑했어야 할 그 사람
새하얗게 잊힌
지난 여름날의 일력처럼

—「햇빛 산책자」 부분

"오래 사랑했어야 할 그 사람"에서 단적으로 알 수 있듯, 지금은 헤어져 있습니다. 하지만 그를 향한 사랑이 끝난 것은 아니예요. 숲길 암자 앞마당 빨랫줄에 걸린 "흰 목수건 한 장"은 이내 사랑의 표상으로 변환되며 '나'는 그 목수건이 "만년일광(萬年日光)을 시방으로 펄럭거"리는 영원한 사랑, 곧 태곳적부터 현재까지 낮과 밤 사이 비친 햇빛의 에너지를 머금은 그런 활력과 생기의 정동을 띤 아름다운 사랑을 품고 있으니까요.

4.

물론, 당신의 시에서 이런 사랑의 정념과 생의 노래만 있는 것은 아닙니다. 정 반대편에 있는 죽음 충동과 소멸에 관한 시적 진실 또한 당신은 치열히 궁리하고 있습니다. 이것과 관련하여 눈에 띄는 시편들이 있어요. 할머니가 등장하는 시들(「저녁 한 그릇」,「춘심」,「할머니를 바라보다」,「할머니 바다」)인데,「할머니 바다」를 제외하면 모두 죽음과 소멸의 심상이 지배적인 듯해요. 하지만, 기실 네 편 모두 죽음과 삶은 완전히 분리된 세계가 아니라 앞서 '**사이**,'의 시적 진실이 여기에도 미치듯이 죽음 속으로 삶이 파고드는가 하면, 삶 속으로 죽음이 파고드는, 그래서 이 양립할 수 없는 절대 불변의 세계는 '삶죽음' 또는 '죽음삶'이란 모순 형용어를 낳습니다. 당신의 시세계에서 이 점을 간과해서 곤란하다고 생각합니다.
    가령, 대밭에서 누군가가 사용했을 복(福) 자가 새겨진 사기그릇을 깨꽂이 닦은 뒤 그것을 머리에 쓴 채 따뜻하고 푸짐한 저녁을 기다리며 그것에 고봉밥 먹을 것을 기대한 손자에게 할머니는 그 사기그릇을 산 사람이 써서는 안 되고, "죽은 사람 것이니 밥을 담아도 산 사람이 먹어서는 안 된단다"는 일상의 준열한 가르침을 주고(「저녁 밥 한 그릇」), 할머니의 죽음을 대비하는 차원에서 마련한 수의가 좀먹지 않기 위해 담배 한 보루를 쟁여놓았는데 염장이가 "마지막 옷을 수습할 때 담배 한 개비"가 떨어진 것을 지켜본 손자는 담배를 곁에 두고 할머니의 삶과 죽음이 연접해 있는 '삶죽음-죽음삶'에 대해 성찰하고(「춘심(春心)」), 석류나무와 동백나무의 생의 고통과 환희를 지켜보면서 꽃상여를 보던 할머니가 꽃상여를 타고 저 세상으로 가듯, "겨울은 물러가고/봄은 더욱 가까이에 있는 아침 한나절/석류나무는 비어서/동백은 꽃이 져서" 어김없이 삶과 죽음은 연접해 있습니다(「할머니를 바라보다」). 게다가 동무들과 함께 고무신을 방파제 위에 벗고, 해산물을 신명나게 채취하던 바다를 회상하는 할머니는 알고 있습니다. 언제까지 항시 그 생명의 바다에서 죽음을 맞이할 자신이 해산물을 마냥 채취할 수 없다는 것을 말입니다(「할머니 바다」).

　그렇다면, 문득 궁금한 사항이 있습니다. 할머니처럼 타자가 아닌 시적 주체는 세계의 고통과 상처를 어떻게 아파하며 응시하고 있을까요. 첫 시집이 독자에게 흥미로운 것은 시인의 시적 퍼스나를 통해 이런 면들이 진솔히 드러난다는 점이예요. 이와 관련하여, 대단히 공포스럽고 안타까운 것은, 오른쪽 왼쪽 옆구리에 철사가 꽂혀 "꿈틀꿈틀 말라 가는 지렁이/뚝뚝 끊어지는 지렁이"(「독방」)와 동일시되는 시적 주체는 어둠 속에서 이 모습을 응시할 뿐이죠. 하지만 이것은 역설적으로, "스스로 갇힌 네 열망, 뜨겁고 웅크릴 데조차 없는 네 절망"(「12월 31일」)의 처지에서, "몸은 들끓고/그을음 같은 생각들, 마룻장에 켜켜이 내려앉는"(「물속의 거울」) 현실 속에서 자기치유와 자기구원을 향한 간절한 호소와 다를 바 없습니다. 이것은 그동안 "들끓는 내 몸을 못 견디고 나온 독(毒)"(「Gracias a la vida」)을 제거 및 해독하는 것이기도 합니다.

시집의 3부에 수록된 시편들은 당신의 인도 아대륙 생활을 보이는데, 이 시편들은 예의 자기치유와 자기구원의 시작(詩作)을 수행하고 있습니다. 인도 아대륙의 풍경과 삶은 가히 종교와 세속이 분리되지 않는 성속일여(聖俗一如)의 진실 그 자체입니다. 자본주의 이해관계의 삶으로 점철된 우리의 일상 속에서 악다구니치며 자신의 이익을 극대화함으로써 부의 축적이 모든 삶의 목적으로 수렴되는 악무한의 세계로부터 비껴난 그 겸허한 일상과 풍경을 당신은 고스란히 소박하게 노래하고 있어요(「품다」, 「허공에 드리운 집」, 「뼈가 뼈를 부르다」, 「하루」). 그중 「하루」는 인도 아대륙에 살고 있는 민중의 하루 온종일의 삶을 담담히 소개하고 있는바, 자신의 집 앞에 한 줌의 쌀로 기하학적 문양을 그림으로써 그 문양의 신화학적 상징은 뭇 존재와 겸허히 하루를 시작하는 것을 함의합니다. 하루의 시작은 이렇게 지극히 세속적이되 신화학적 문양을 그리는 종교적 삶과 자연스레 이어져 있습니다. 그리고는 자신과 동물들이 함께 먹을 것을 나눠먹는 공존과 공생의 삶의 기율을 실천합니다. 그러고 보니 이런 세상의 삶은 절로 자기치유와 자기구원을 수행하는 셈이예요.

5.

최 시인, 끝으로 자꾸만 눈에 밟히는 시가 있어요. 인도 아대륙의 가뭄이 해갈되는 풍경을 포착한 「비」는 신과 인간과 동물과 자연이 한데 어우러진 한바탕 신명난 축제의 장관을 재연(再演)하고 있습니다.

우물마저 바닥을 드러내 버린 삼백 일째 날
불모의 시간도 결국 바닥이 났는지
금빛 채찍들이 하늘에 번쩍이고

벌판 저 끝에서 신(神)의 코끼리 떼가 몰려온다

아득한 열기……

쓰러져 있던 마을 사람들도 개들도
하나둘 그늘 밖으로 달려 나와 춤추고
물소 떼와 염소 떼가 주인도 없이 공터를 몰려다닌다

코끼리 떼……
오랜 하늘과 땅의 울림……

눈물과 땀과 콧물로 범벅이 된 벌판에 바람이 분다
덩달아 숨 쉬는 것들이 모두 부산하다

아름다운 세상의 끝

—「비」 부분

  애타게 기다리던 비가 찾아왔어요. 이 비는 "신(神)의 코끼리 떼"로, 비가 내리는 것은 곧 신의 코끼리 떼가 방문하는 것이며, 신과의 한바탕 즐거운 놀이에 차별은 있을 수 없어요. "마을 사람들도 개들도" "물소 떼와 염소 떼"도 "하늘과 땅의 울림……"의 저 우주적 장단 속에서 "덩달아 숨 쉬는 것들이 모두 부산"합니다. 이 한바탕 어울림이야말로 실로 "아름다운 세상의 끝"이 구현된 세계가 아니고 무엇일까요. 아닙니다. 당신의 "'사이,'의 시학'을 염두에 두면, 이 끝은 어떤 새로운 시작과 '사이,'의 시적 진실을 함의하듯, 인도 아대륙의 특정 지역에만 국한되는 게 아니라 지구촌 다른 지역에도 번져나가는 한바탕 장엄한 우주적 축제로 수행될 것입니다. 최 시인의 시작(詩作)은 그러므로 우주적 축제를 한층 더 신명 나게 높은 차원으로 고양시킬 수 있을 터입니다.

시작(詩作):

소리의 풍경과 생의 율동

— 김선옥, 『바람 인형』

1.

감각은 유무형의 존재들과 만나 신체에 첫 반응으로 드러난다. 그 반응은 신체의 매우 민감한 센서 역할을 하듯, 인간의 감각은 사유와 긴밀히 관계를 맺으면서 감각의 주체 또는 세계와 소통의 길을 낸다. 시인의 감각도 크게 다르지 않다. 다만, 시인의 감각이 소통의 길을 내는 과정에서 개별 감각이 거느리는 경험과 그것의 경계를 넘어 상상력의 지평을 심화·확장시킨다는 점을 유념해야 한다. 우리가 시인의 감각을 주목하는 것은 바로 이러한 이유 때문이다.

그렇다면, 김선옥의 시세계에서 예의주시해야 할 감각은 어떤 것이며, 그의 시적 상상력의 지평은 어떤 시적 매혹으로 충만해 있을까.

2.

김선옥의 시집 『바람 인형』(지혜, 2022)을 곰곰 음미하면서 그의 시가 지닌 청각의 심상에 귀를 기울이는 것은 물론, 청각과 어우러지는 다른 감각의 배합 속에서 포착되는 시적 진실의 힘은 배가된다.

숲에서 막 일어난 새소리가
푸르름에 들던 내 귀를 풀고 눈을 묶는다

여린 부리에 매달려 간당거리는 소리
젖은 혀를 모아 목젖을 당기는 소리
한 생의 절박에다 부리를 벼리는 소리
새는 소리를 파고들어 숲을 키운다.

나무이파리 서로의 몸을 툭툭 치며 일어서는 고요 앞에
내 투박한 발자국이 숲의 고요를 할퀴는 순간

소리가 없다
푸른빛 출렁이는
고요의 깊은 곳으로 내 발걸음이 빠져드는 순간
한 소리의 풍경을 받쳐 오르다 나무 끝으로 사라졌다

한 계절 길 더듬던 우듬지들이 귀를 세우는 사이
새 소리와 내 발자국이 푸르름의 호숫가에 딱 마주치는 순간
얼마나 깊을까 궁금이 물결에 닿기도 전
물결이 귓가에 파동으로 사라지기 전

숲은 귀를 풀어 새들을 키운다

― 「숲은 귀를 풀어 새들을 키운다」 전문

시적 화자는 "숲에서 막 일어난 새소리"를 듣는다. 소리를 상상하건대, 그 새는 갓 태어난 작고 여린 생명으로서 생의 순간들을 숲 세계에서 살아

야 한다. 말하자면, 숲이 새의 생명을 키워낸다. 하지만 생의 양육은 이렇
듯이 일방통행이 아니다. 숲이 그의 품 안에서 숲속 생명을 키워내듯, 숲
속 생명들도 숲을 키워낸다. 시인은 이것을 소리로 포착한다. "나무이파
리 서로의 몸을 툭툭 치며 일어서는" 숲의 생장, 이 아주 작은 생명의 움직
임을 '툭툭 치며 일어서는'이란 생의 율동의 소리와 촉각으로 감지한다.
그러니까 숲과 숲의 생명은 서로를 키워내고 있는 생명의 감각들에 정직
하고 충실하다. 여기서 주목하고 싶은 시의 장면이 있다. 이 모든 것은
시적 화자가 고요한 숲에 발을 들여놓으면서 새롭게 감각한 것들인데,
"내 투박한 발자국이 숲의 고요를 할퀴는 순간" 숲속 예의 소리들이 사라
지고 만다. 이내 "소리의 풍경"도 사라진다. 그리고 "고요의 깊은 곳으로
내 발걸음이 빠져"들며, "푸르름의 호숫가에 딱 마주치는 순간" 호수의
"물결이 귓가에 파동으로" 감지되는 숲속 또 다른 경이로운 소리의 풍경
을 시적 화자는 보고 듣는다. 고요한 숲 깊은 곳에 오롯이 자리하면서
물결을 일으키고 있는 호수도 "푸른빛 출렁이"듯, 숲을 키워내고 있는 것
이다.

　이렇듯이 김선옥의 청각은 뭇 존재의 관계를 보증하는 구체적 생의 감
각으로 충만한 채 세계의 내밀한 생의 율동을 포착한다. 그것은 시인이
세계의 "파장을 읽느라 몰두하는 귀"(「거미의 독서법」)를 통해 상상력의
지평을 일궈나가는 것과 결코 무관하지 않다. 가령, 무슨 영문인지 모르나
짐작하건대, 댐수몰 지역을 고향으로 둔 시적 화자는 잃어버린 고향을
상상력의 지평에서 세밀히 복원해낸다.

　　하늘은 바람과 해와 귀 떨어진 낮달을 데리고 왔다
　　물속 달 뒤쪽에서
　　아이들 책 읽는 소리가 들린다

물결에 귀대고 들어보면 물고기 떼들이
아이들 웃음 속을 수없이 드나든다

동구 밖, 하늘로 발을 뻗은 느티나무는
간간이 찾는 꼬마물떼새와 동네 어르신들의 안부를 전한다
사랑방 할아버지
기침 소리, 고요의 물결 위에서 섬처럼 출렁인다

이곳 사람들은 밤늦도록 머리맡에서
젖은 책장 넘기는 소리를 들어야 했다
발과 손이 전부였던 아버지 어머니의 이야기를
두툼한 물결 속에서 찾아야 했다

―「경천댐」부분

시적 화자는 수몰된 고향의 이곳저곳에서 들려오는 소리를 통해 상실한 고향의 정겨운 풍경을 되살린다. 비록 "아이들 책읽는 소리"와 "아이들 웃음", "사랑방 할아버지/기침 소리", "젖은 책장 넘기는 소리", "아버지 어머니의 이야기" 등의 소리가 빚어내는 고향의 아우라는 소멸되었지만, 시인은 "두툼한 물결 속에서" 펼쳐지는 상상력의 힘으로 보란 듯이 고향의 존재를 청각의 심상으로 기억한다. 흔히들 근대 서정시의 주류적 감각으로 시각을 중시 여기면서, 근대 세계의 일상을 시각으로 형상화하는 데 주력하고 있다면, 김선옥 시인의 경우 예의 시들에서 살펴보았듯이 청각을 핵심적 감각으로 하는, 그래서 청각으로부터 심화되고 확산되는 상상력의 지평은 생을 서로 돌봐주고 키워내는 관계의 가치를 상기시킨다. 수몰 지역 바로 그 물 속에서 녹아 흐르고 있는 고향의 그리운 소리들을 듣는 시인의 청각의 비의성은 이를 뒷받침해준다.

3.

그런데, 시의 감각적 측면에서 청각과 관련하여 우리가 주목해야 할 것은 소리를 매개해주는 '바람'에 대한 시적 상상력이다. 이것은 「바람」이 이번 시집 맨 앞에 편집된 것에 대해 생각하도록 한다. 시적 화자의 유년 시절 바람이 들고 나는 "녹슨 대문"이 불러일으키는 "쿨럭거리던 할아버지 기침 소리와/내 어린 추억과/내통하는 자의 관계는 어떤 것인지"(「바람」) 모호하지만, 바로 그렇기 때문에 역설적으로, 그 바람과 연루된 사연들과 소리와 추억은 시인의 내밀한 상상력의 바탕을 형성하고 있다. 그중 상처와 고통을 겪고 있는 여자들을 휘감는 바람의 사연을 들어보자.

손끝이 야무지던 살림살이도 두 손 놓았다
누가 그녀를 바람 들게 했는지
엄마 곁에 누우니 멈출 줄 모르는 바람이 낯설다

(중략)

이 순간도
아산병원, 명동 한의원, 명약 처방을 끌어와
그녀의 바람을 잠재우고 싶다

— 「뇌졸중」 부분

가끔은 끊어질 듯 신음을 내고
무뚝뚝한 바람이 지나간 자리
손끝에서 튕겨 나간 기억들이 분주하다

화사한 웃음도 잠시

퇴색된
그녀의 웃음 곁에
몸이 빠져나간 헐렁한 몸짓
팽팽한 정적을 품고 늙어가던 시간들
바람은 그냥 두지 않는다

—「셋째 언니」부분

민간에서 '풍(風)' 맞고 쓰러졌다는 뜻으로 전해지는 병이 있는데 흔히들 현대의학에서는 '뇌졸중'으로 진단한다. 시적 화자의 고령의 어머니는 뇌졸중에 걸려 몸의 한쪽이 마비된 채 심지어 "정신줄 끊어진" 것이나 다를 바 없는 심약한 상태이다. "명약 처방을 끌어와/그녀의 바람을 잠재우고 싶"(「뇌졸중」)지만, 좀처럼 쉬운 일이 아니다. 이 고통이 시적 화자의 '셋째 언니'에게는 죽음으로 나타난다. 생의 고통은 "무뚝뚝한 바람이 지나간" "늙어가던 시간들" 속에서 "그냥 두지 않는"(「셋째 언니」) 바람의 사위에 놓일 따름이다. 그렇다면, 그들에게는 어떤 일들이 일어났으며, 어떤 생의 고통의 바람을 온몸으로 감당해야 했을까.
「바람 인형」은 이에 대한 생각거리를 준다.

알량한 관절을 꺾어야만,
길가는 사람들을 유혹해야만 하는 인형의 바람이
더욱 팽팽해지는 저녁
붉은 노을빛에
몸 두고 얼굴만 벌겋게 달아올랐다

몸뚱이가 온전히 서기까지 절정에 이르기까지
쓰러질 듯 주저앉을 듯

구겨진 마음의 관절을 접었다 펴는 데는
저만큼은 능숙해야지
말랑한 구름이 잘 익은 달을 낳지

생각하다가도 깨끗한 불빛이 서러운 여자

—「바람 인형」 부분

「바람 인형」의 시적 대상은 길거리에 상업 광고용으로 비치된 고무 인형으로, 바람을 넣어 팽팽한 인형은 바람의 세기에 민감히 반응을 하면서 마치 관절을 자유자재로 꺾을 수 있는 양 바람에 따라 움직이는 상업 광고용에 충실한 홍보 마케팅의 하나일 뿐이다. "세상의 바람만이 뼈임을 온몸으로 느끼는 여자"란 시구는 이 인형의 심층적 존재를 적실하게 표현해준다. 여기서, '바람 인형'의 시적 대상이 표면상 자본주의의 꼭두각시로 전락해가는 여성에 대한 시적 풍자와 비판으로 읽혀도 무방하다. 그런데 이보다 한층 시적 상상력의 지평을 넓힌다면, 그래서 앞서 살펴본 「뇌졸중」과 「셋째 언니」처럼 생의 고통의 바람을 온몸으로 감당해온 여성의 신산스러운 생의 이력을 포개놓을 경우 「바람 인형」의 시적 대상은 한국 사회를 힘겹게 살아내고 있는 뭇 여성의 삶에 대한 시적 풍자와 비판, 그리고 연민의 시선으로 넓혀 얼마든지 해석할 수 있다.

그런데, 시인의 이러한 시적 태도에서 눈여겨볼 것은 삶에 대한 자존감이 바탕을 이루는 내공이 튼실하다는 점이다. 이것은 남편과 아내 사이를 노래하고 있는 시편들에서 곧잘 헤아릴 수 있다. 부부는 나이가 들어감에 따라 젊었을 적 상대방에 대한 매력이 현저히 없어지면서 서로에게 점차 실망감이 늘어가 애정이 식어 존재론적 상처를 덧입히는 과정에서 아내의 실존적 소외와 외로움이 심해지는가 하면(「소파, 그 위의 남편」), 남편과의 심한 다툼과 갈등을 벌이며 심지어 이혼을 내뱉을 만큼 상대에게 정신적

으로 비수를 꽂는 치명적 상처를 입히기도 한다(「3월」). 급기야 아내의
상상력 속 남편을 "수백 번을 죽이는" 살욕(殺慾)을 품으면서(「새순」),
"남편과 머리 터지게 싸우는 날이면/늘 공터를 친구처럼 찾아가/먹구름
같은 속내를 걷어내"(「공터」)면서 자신을 위무하고 삶을 다시 추스른다.

　내가 남편인지 남편이 나인지 아무도 나도 모르도록 산다
　산다, 아침이면
　그 값이 얼마인지 모르고 묻지도 않고
　또 내가 산다. 거울의 때인지 얼룩인지
　내 얼굴 앞에 내가 모르는
　거울 속, 십 년 전에 죽은 얼굴 없는 내가 선명하게 산다
　자다가도 목덜미가 서늘한, 내가 산다
　아침 밝은 생이 깊어 비굴한 상처 같은 하루를 산다
　살아서 남편을, 서서 세상을 창밖에 툭툭 털어내고
　입에서 발끝까지 홀딱 뒤집어서
　또 방안으로 기어들어 와 반듯하게 산다
　　　　　　　　　　　　　　　　　　　　　—「산다」 부분

　시적 화자인 아내에게 '산다'는 것은 존재의 당위성이자 주체적 결단이
다. 그리하여 남편으로부터 받은 상처를 일상의 비루한 것들과 함께 일소
해버린 아내는, 남편의 존재와 함께했던 자신의 과거를 몽땅 지워버린
그녀는 "살아서 남편을, 서서 세상을 창밖에 툭툭 털어내고" 삶을 강단지
게 살아간다. 그렇다면, 그녀의 이 힘은 어디에서 생성하는 것일까. 그녀
의 이 강단진 삶의 내공은 이순(耳順)의 연령이 득의하는 삶의 성찰을 주
목해야 한다. 그래서 「지금이 참 좋다」는 또 다른 측면에서 시인의 시적
내공을 드러낸다. 시적 화자는 "새 구두가/걷는 내 발뒤꿈치를 물어뜯어

도/옆집 부부싸움 하는 소리가/장미 넝쿨 가시처럼 담을 넘어와도/오뉴
월 땡볕에도/남편 머리 위에 허드레 눈발이 흩날려도/현대미술관 피카소
의 걸작을 읽을 줄 몰라도/몸 구석구석/가을비 수차례 잦아들어도/파란
하늘이 뿌옇게 보여도/내 푸르던 시절이 붉게 익어도/이순의 뱃살이 출
렁거려도/일 년을 헐어놓아도 쓸 게 없는 나이가 됐어도//내 생의 귀퉁이
가 반듯한 정원에서/꽃들과 놀고 있는//지금이 참 좋다"(「지금이 참 좋
다」)는, 생의 달관의 경지에 이른다.

　　기실, 이 생의 달관을 득의하는 것은 지극히 평범하면서도 지극히 비범
한 시인의 능력이 아닐 수 없다. 그것은 시인이 생의 간난신고를 온몸으로
겪는 가운데 뭇 존재와의 관계 속에서 생의 비의성에 대한 감각적 통찰의
힘과 이것이 함의한 시적 진실을 표현해내는 시적 정동을 벼리고 있기
때문이다. 가령, 「환한 죽음」은 이를 살펴볼 수 있는 시로 손색이 없다.

　　냉기 가득한 방
　　노인은 구더기의 어미가 되어 몸을 내어준다
　　들러붙어 몸을 빠는 새끼들

　　배 불린 새끼들 허물을 벗고 날아가 버린 지 오래다
　　허물만 남은 방엔
　　액자 속 낯선 웃음만 환하게 걸려있다

　　(중략)

　　자식들처럼 달려와 준 벌레들로 외로움을 달랬을,
　　밤낮을 우글우글
　　상복을 걸친 새끼들의 윙윙거리는 곡소리
　　몸 삭힌 묵은 향에 주위가 붉다

두꺼운 외로움으로 쟁여진 방안이 들썩거린다

노인의 얼굴이 저리도 환하다

—「환한 죽음」부분

고독사(孤獨死)한 노인의 죽음은 분명 음울하고 외롭고 비극적 모습의 전형이다. 게다가 구더기가 들끓고 있는 노인의 주검이 놓인 "냉기 가득한 방"에 감도는 "몸 삭힌 묵은 향"은 그로테스크한 분위기마저 짙게 드리워져 있다. 그런데 시인은 "노인의 얼굴이 저리도 환하다"란 마지막 시행에서 이 죽음과 주검의 아우라를 반전시킨다. 비록 노인은 가족 없이 지극히 쓸쓸한 죽음을 맞이했고, 부패해들어가는 시신에 기생하는 벌레로 우글거렸으나, 그 벌레의 생명은 죽은 자를 먹잇감으로 하는 만찬의 향연에서 생명성을 얻은 셈이다. 그 만찬의 향연은 벌레들에게 얼마나 즐겁고 소란스러웠을까. 고독사한 노인의 주검을 덮고 있던 "두꺼운 외로움"은 도리어 벌레들이 채운 만찬의 소리……. 시인의 이 시적 정동의 표현으로 노인의 죽음은 암울하고 외롭지 않다. 정말 기이하고 기묘한 노인의 죽음 풍경이며, 뭇 존재의 관계에 대한 시적 통찰을 보여준다.

4.

이러한 시적 통찰은 김선옥 시인의 시작(詩作)을 주목하도록 한다. 석공이 비상(飛翔)을 하는 검독수리를 아주 세밀히 조각하는 "돌을 깨던 첫 망치질에서/마지막 완성의 시간이/검독수리의 일생이었음에/침묵하는" 것과(「돌 깎는 남자」), "꾹꾹 눌러 담은/무수히 많은 사물을 쏟아놓고/하나의 퍼즐과 또 하나의 퍼즐로 깊은 관계를 맺는"(「시, 탄생하다」) 것은 시인이 심혈을 기울여 시를 창작하는 일의 은유다. 이것은 또한 한 편의 그림을 완성하는 일이나 다름이 없다.

갈대꽃을 거꾸로 잡았다
붓이 되어
난잎이 아니어도 휘어진 그림을 그린다

블라우스 앞자락을 들추는 바람을 그리고
나뭇가지 휘어지는 새소리를 그리고
골목을 휘는 아이들 웃음소리를 그리고
두루미가 밟고 있는
굽이도는 강물을 그린다

붓 하나 잡고 먹구름을 찍었을 뿐인데
붓끝에서 세상이 다 휘어지는 그림이 된다

굽어지는 법을 모르던 남편 등이 휘고
풀들이 누우며 바람을 휘고
아카시아 나뭇가지에 얹힌
고음과 저음의 새소리가 휘어지며
그림이 된다

붓을 놓고 바라본 앞산에서
부엉이 소리가 휜다

— 「묵란도」 전문

　「묵란도」를 음미해본다. 붓을 들고 바람, 새소리, 웃음소리, 강물, 먹구름 등을 그렸을 뿐인데, "붓끝에서 세상이 다 휘어지는 그림"을 그린다고 한다. 이것이야말로 시인이 추구하는 시적 진실의 세계이며, 이를 표현하는 시적 정동의 핵심을 이룬다. 말하자면, 김선옥 시인은 세계를 자신의 감각으로 사유하여 이를 시적 표현으로 나타내되, 점(點)과 직(直)으로 이뤄진 직정(直情)의 세계는 절로 곡(曲)의 율동으로 이뤄지고 부드러운 환(環)의 세계가 갖는 시적 감응에 이른다. 그래서일까. 마지막 연에서 시적 화자는 그림을 그리지 않고 앞산을 볼 뿐인데 어디선가 부엉이 소리가 휘어져 들려오는 경이로운 심미적 전율을 체득한다. 앞산의 어느 한 곳을 응시하는 시적 화자의 행위는 전방(前方)의 한 지점을 보는 행위인데, 부엉이 소리가 '굽어 휘어져' 들려오는 미적 체험을 한다. 이것은 시인의 시작(詩作)이 갖는, 이후 좀 더 다듬고 궁리해야 할 시학(詩學)의 바탕을 이룬다는 점에서 아무리 강조해도 지나치지 않은 시적 교응이자 감응의 절정이다. 그림을 그리지 않는데도 불구하고, 달리 말해 시인이 시를 쓰지 않는데도 불구하고, 김선옥 시인이 추구하는 '좋은 시'는 현실과 시작(詩作)의 경계를 넘어 세계 자체가 시예술의 경지로 절로 드러나고 있다. 이쯤되면, 시와 현실의 경계가 무화되는 게 아닐까. 어쩌면, 김선옥 시인은 이미 예의 시작(詩作)에 정진하고 있는바, 다음 시집에서 자신의 시세계를 한층 완숙시킬 수 있으리라.

'슬픔'의 시의 정동,
'슬픈 힘'이 지닌 삶의 저력

— 손석호, 『나는 불타고 있다』

1.

손석호의 시집 『나는 불타고 있다』(파란, 2020)에 실린 시편들을 휩싸는 시의 정동은 '슬픔'이란 명사가 수반하는 생의 어떤 인지적 감각 또는 감각적 인지와 관련이 있다. 이것은 '슬프다'라는 형용사가 함의하는 그것과 다른 시의 정동을 드러낸다. 그런데, 얼핏 '슬픔/슬프다'는 동일한 의미, 즉 원통한 일을 겪거나 불쌍한 일을 보고 마음이 아프고 괴로운 심적 상태를 나타내는 단어로서 '명사/형용사'의 문법적 쓰임새의 차이를 제외하면, 서로 다른 시의 정동으로 이해할 만큼 구분되어야 할 단어인가, 하는 의문이 제기될 수 있다. 그렇다. 손석호의 『나는 불타고 있다』를 음미하는 내 비평적 촉수는 '슬픔/슬프다'가 지닌 서로 다른 시의 정동을 촉지하는 것 자체라 해도 과언이 아니다.

2.

희망이 버거울 때
느슨해지지 않게
절망을 조이고 있었다

공구의 금속 면에 삐뚤어지는 햇살
바로 세우려 잠깐 고개 돌릴 때
당도한 마지막 눈부심

지독한 슬픔은 예고 없던 열차 같아
눈물을 데리고 오지 못한다
그런 슬픔은 눈물이 금방 오지도 않아서
동공에 망치질을 한다
스크린 도어 깨지도록

　　　　　　　　　　　　　　—「승강장 9-4」 부분

　지하철 승강장의 스크린 도어를 정비하던 비정규직 청년 노동자는 승강장 9-4에서 죽음을 맞이한다. 그는 지하철을 이용하는 시민의 안전을 위해 설치한 스크린 도어에 문제점이 없도록 풀린 나사를 조이고, 도어 틈새 켜켜이 쌓인 먼지를 털어내고, 그래서 조금이라도 시민의 안전을 위협하는 기계적 결함이 없는지 등을 꼼꼼히 점검하면서 스크린 도어를 정비하고 있었으리라. 그러면서 그는 비정규직 노동자로서 이 눈물겨운 힘든 과정을 잘 견뎌나가면 조만간 정규직 노동자로서 삶을 살 수 있을 미래를 꿈꿨을 터이다. 하지만 그의 미래는 청년의 패기와 결기로만 견디는 데 한계를 초과한 중노동과 열악한 노동현장의 객관현실 속에서 소멸하고 말았다. 그의 죽음은 "예고 없던 열차"가 마치 죽음의 전령사를 태운 것인 양 청년 노동자의 모든 것을 한순간 앗아갔다. 시인에게 죽음의 이 '예고 없는 열차'는 "지독한 슬픔"으로, 눈물과 함께할 수 없는 정동이다. 아니, 눈물과 함께하되, 눈물이 터져 흐르지 않는, 눈물이 그렁그렁한 채 눈물을 눈가에 가득 머금고 있는 그런 정동이다. 그래서 이 정동은 청년 노동자의 죽음에 대한 애도와, 이 죽음을 낳게 한 노동의 객관현실에 대한 사회적 분노와,

비정규직 노동자에 대한 사회적 연대와, 그리고 이러한 현실에서 일상을 살고 있는 우리 자신에 대한 부끄러움 등속이 똬리를 틀고 있다.

3.

여기서, '슬픔/슬프다'가 지닌 시적 정동의 차이를 헤아려볼 수 있지 않을까. '슬픔'을 구성하는 'ㅅ'(마찰음)과 'ㄹ'(유음)이, 주체가 타자의 관계에서 마찰이 생겨 상처받아 아프고 괴로운 내면의 기(氣)가 온몸을 흐르는 상태를 표상한다면, 그 기가 흐르는 것으로 자족하지 않고 자연스레 터져나오는, 이것이 바로 'ㅍ'(파열음)의 표상인데, 이 기는 'ㅁ'(순음)의 연접으로 주체의 외부로 터져나오지 않고 주체의 내면을 가득 채워 공명한다. 이에 반해 '슬프다'는 모음이 연접되면서 예의 기가 주체의 바깥으로 자연스레 터져나온다. 말하자면, 눈물이 눈가로 흘러 넘쳐 흐르는 상태이다. 그래서 내게 손석호 시인은 후자보다 전자의 시적 정동—'지독한 슬픔'으로 다가온다. 다시 강조하건대, 이것은 『나는 불타고 있다』를 관통하는 시적 정동이다. 가령, 다음의 시편을 곰곰 음미해보자.

> 붉을 때마다 함께 걸어 주는
> 별
> 목을 젖혀야 볼 수 있을 만큼 높아서,
> 다행이다
> 목을 젖히면
> 누구와도 눈을 마주치지 않아도 돼서
> 눈물을 흘리지 않고, 그냥
> 말릴 수 있어서
>
> —「투잡 대리기사」 부분

감꽃 지던 마당에서
엄마 되는 게 꿈이던
오월의 아이는 청보리밭 두렁에서 파랗게 흔들렸다
소꿉놀이 밥상에 감꽃 밥을 차려 놓고
쓰러진 보리처럼 수상한 황변이 왔다
아파 보였지만 소리 내어 울지 않고
엄마처럼 눈빛으로 우는 걸 흉내 내고 있었다
늦은 봄비 소란스러운 밤
비 갠 마당에 찍힌 의문스러운 발자국에 빗물이 가득 고였고
감꽃이 흥건했다

—「견고한 낙화」 부분

눈물샘 마르도록
생이 말라가도
여전히 칼을 씻지 않는 슬픔

—「세검정」 부분

저녁이 오면 대리기사 일을 함으로써 가족의 생계를 꾸려야 하는 가장과(「투잡 대리기사」), 유년 시절 소꿉놀이를 하며 엄마가 되고 싶은 아이와(「견고한 낙화」), 피의 대가를 지불하면서 성공한 반정(反正)이 아무리 그 대의명분에 투철하다 하더라도 권력 쟁투를 에워싼 피의 기억을 일소할 수 없다는 것을 누구보다도 잘 아는 반정공신들을(「세검정」) 에워싼 슬픔은 시적 주체의 바깥으로 터져 나오는 그것이 아니라 그 모든 슬픔이 시적 주체의 안쪽에서 공명해내야 하는 시적 정동이다. "눈물을 흘리지 않고"(「투잡 대리기사」), "소리 내어 울지 않고"(「견고한 낙화」), "눈물샘 마르도록/생이 말라가"(「세검정」)는 '슬픔'이 그래서 한층 처연히 아름답다.

시인의 이러한 처연히 아름다운 슬픔은 아버지와 어머니가 경험한 생
의 간명한 진실을 오롯이 들려준다.

삼강 나루터에선
들 수 있는 돌의 크기로 품삯을 정했다고 한다
깍지 낀 손을 수없이 미끄러져 나갔을
크고 작은 돌들
저마다의 식솔을 악물고 들어 올린 채
허청거리던 허공을 얼마나 오래 버텼을까
살며 들어온 내 돌의 크기를 가늠하는 동안
병세 깊어진 아버지가 유심히 들돌을 바라본다
아직 들어 올릴 게 있는 걸까

—「들돌」 부분

난바다로 나간 아비가 돌아오지 않던 몇 해
새끼 고래처럼 매달리던 자식 때문에
리어카에서 삶은 고래 고깃덩이를 토막 내며 살았다는 그녀
언젠가 해체되던 어미 고래의 말간 눈을 본 뒤로
누군가가 떠올라 장사를 접었다며
낡은 닻줄같이 늘어진 팔을 휘젓는다

—「장생포」 부분

아버지는 자신과 가족의 삶을 위해 자신의 한계치를 넘는 무게의 들돌
을 들어올렸으리라. 들어올린 들돌이 무거워 자칫 자신의 무게중심을 잃
지 않기 위해 두 다리와 허리에 젖먹던 힘을 주면서 버텨왔다. 아버지가
들어올린 들돌의 무게는 그가 고스란히 감당해야 할 삶의 무게이며 그것

은 곧 '삶의 슬픔'이다(「들돌」). 또한 "난바다로 나간 아비가 돌아오지 않
던 몇 해" 장생포에서 고래 고기를 손질하여 장사를 해온 어미는 힘들고
외로운 삶을 살아간다. 그러던 그녀는 고래 고기로 "해체되던 어미 고래
의 말간 눈을 본 뒤로" 장사를 접는다. 어촌에서 아비 없는 가족의 삶이
얼마나 모질고 힘든지 누구보다도 잘 아는 그녀가 고래 고기 장사를 접은
것은 죽어가던 어미 고래의 눈으로부터 생을 마감하는 뭇 존재의 처연히
아름다운 슬픔을 응시했기 때문이 아닐까. 그리고 어쩌면 그녀는 고래의
눈을 응시하면서, 고래가 망망대해를 삶의 터전으로 삼고 생의 감각을
만끽하고 있었을 그 생의 찬란한 지경과 그녀의 삶의 흡사한 모습을 포개
놓은 것은 아닐까(「장생포」). 기실, 그녀의 이 같은 응시는 다시 돌이킬
수 없는 과거의 삶을 대상으로 하기 때문에 처연히 아름다운 삶의 슬픔을
지닌 시적 정동인 셈이다.

4.

그렇다면, 이러한 시적 정동을 '슬픔의 힘'으로 이해하는 것도 억지스
럽지 않다. 시집 곳곳에서 나름대로 저마다 생의 슬픔을 지니고 있는 존재
들이 버틸 수 있는 생의 저력은 바로 이 '슬픔의 힘'에 있기 때문이다.

삶을 벗어 놓고
빠져나가는 일이
꽃 피고 지는 일보다
아팠다는 것을
몇 령의 고독을 바꿔 입어야
덤덤해질 수 있었는지

—「우화(羽化)」 부분

　　'슬픔의 힘'이 지닌 삶의 저력을 자기화하기 위해 시인은 "몇 령의 고독을 바꿔 입어야/덤덤해질 수 있었는지"란, 시적 성찰에 이른다. 그것은 '고독'을 자기화하는 것이기도 하다. 타자와 어설프게 관계를 맺는 게 아니라, 도리어 관계의 깊이와 성숙도를 확보하기 위해 자신의 단독성을 맵짜게 성찰해야 한다. 이것은 개인의 자폐적 세계로 침잠하거나 타자와의 관계를 배제한다는 것과 거리를 둔다. 대신, 좁고 편협한 주체의 세계에 스스로 유폐되지 않고 주체 너머 뭇 존재의 세계와 상호침투적 관계를 맺기 위해 '고독'을 숙성시킴으로써 '슬픔의 힘'이 지닌 삶의 저력을 자기화할 필요가 있다. 손석호 시인의 시적 정동은 바로 여기에 맞닿아 있으며, 타워크레인은 "고독의 높이"에서 고독을 자기화한다.

　　홀로 서는 것의 안쪽은 먹구름 속 같아서
　　모서리마다 무심의 말뚝을 박고
　　먼 곳을 바라보는 눈에도 평형추를 매달아야 한다
　　눈이 높으면 고독의 높이도 높아
　　평정심도 풀거나 감아야 자리 잡을 수 있다

　　　　　　　　　　　　　　　　　　　　　　　　─「타워크레인」 부분

시와 고양이의
'치명적 떨림-정동'

— 김자흔, 『이를테면 아주 경쾌하게』

1.

어떤 대상을 향한 애정이 너무 지나치면 그것은 사랑이기보다 일방적
아집으로 비치기 십상이다. 그런가 하면, 그 애정이 진실되지 못한 채 어딘
지 모르게 가식적으로 보일 때 그것은 기만으로 간주되곤 한다. 그래서일
까. 근대의 삶 속에서 발견된 사랑은 유무형의 계약을 요구한다고 한다.
사랑이 자칫 아집과 기만으로 치명적 상처를 낼 수 있기에 존재들은 가급
적 그 위험 요소를 최대한 줄이기 위해 암묵적으로 혹은 명시적으로 서로
침범해서는 안 될 경계를 긋고는 서로의 안전을 지켜주는 딱 그 정도만
만족하는 사랑을 한다. 그런데, 사정이 이렇다면, 예의 계약이 바탕을 이루
는 사랑은, 엄밀히 말해, '서로의 사랑'보다 사랑을 하는 자신을 만족시키
는 '자기사랑'에 충실한 것 그 이상도 이하도 아니지 않을까.

이것은 김자흔의 이번 시집 『이를테면 아주 경쾌하게』(시인동네, 2015)
를 읽어가는 동안 피어오른 핵심적 문제의식이다. 시인 김자흔이 무엇보다
두려워하고 경계하고 있는 것은 바로 이러한 '자기사랑'이 사랑의 진정성
으로 왜곡된 채 우리의 삶 속으로 아주 자연스레 스며들어 있는 모습이다.
사랑의 형식에 구속된 채 서로를 구원하기는커녕 자신도 구원하지 못하는
사랑이 관성화되고 있는 데 대한 김자흔의 시적 성찰은 아집과 기만을

넘어설 뿐만 아니라 유무형의 계약에 바탕을 이루는 사랑과 거리를 둔, 그래서 사랑하는 자들 사이의 '치명적 떨림'을 동반하는 정동으로 나타난다. 고양이는 김자흔의 이러한 시적 성찰을 이해하는 근원적 심상이다.

2.

고양이는 김자흔 시인에게 이번 시집의 문제의식을 잉태시키고 그것의 시적 사유와 시적 상상력의 전반을 틀어쥐고 있는 시적 대상으로, 고양이와 시인의 관계는 '치명적 떨림'을 동반한 서로 사랑하는 사이다.

> 고양이 앞발은 한순간
> 달빛도 찢을 수 있는 날카로움이 있지
> 보름 달밤이면 접어둔 비수를 꺼내 날을 세우지
> 이건 어디까지나 무뎌진 날을 시험해 보기 위함일 뿐
> 그러니 조금도 두려워할 일은 아니지
> 이윽고 달이 기울고 조금씩 무료해져 오면
> 어둠을 향해 슬쩍 생채기를 내보이지
> 그러다 좀 더 시니컬해지면 새벽을 향해
> 힘껏 비수를 날려보는 거지
> 그것은 찰나, 만삭의 달을 잡아채서
> 주르륵 월경이 흘러내리게 하지
>
> 고양이는 죽음 앞에서도
> 무지개나리를 건너는 마법을 부리지
> 사람은 알 수 없는 비밀의 세계,
> 그 비밀은 달 항아리 속에 감춰져 있지

때가 된 고양이가 죽음의 마법을 부리면
또 다른 고양이가 달빛을 타고 내려오지
날카로운 비수 하나 감추고서
세상에서 가장 겸손한 앞발로 내려오시지

—「겸손한 비수」부분

시인은 고양이가 앞발을 갖고 하는 동작을 세밀히 관찰한다. 이때 찬찬히 살펴봐야 할 것은 고양이의 앞발 동작이 "보름 달밤" 시간의 흐름과 절묘히 어우러져 있다는 사실이다. 평소 발근육 사이에 숨겨놓았다가 만월(滿月)이 되었을 때 "달빛도 찢을 수 있는 날카로움"을 간직한 "접어둔 비수를 꺼내 날을 세우"고, 달이 서서히 기우는 시간과 맞춰 "어둠을 향해 슬쩍 생채기를 내보이"기도 하고, 달이 스러지는 새벽녘엔 그동안 달과 함께 놀았던 아쉬움을 달래기 위해서인지 안간힘을 쏟아 "힘껏 비수를 날려보"기도 한다. 우주의 섭리 중 생생력(生生力)이 가장 극에 도달했을 "보름 달밤"에 "만삭의 달"과 함께 발톱 놀이를 한 고양이의 존재는, 이제 자연의 개별 동물 중 하나가 아니라 자연의 개별적 가치를 훌쩍 넘어선 어떤 신성의 가치를 띤 것으로 바뀐다. 때문에 "고양이는 죽음 앞에서도/무지개다리를 건너는 마법을 부리"는 "사람은 알 수 없는 비밀의 세계"와 친연성을 지닌 존재다. 말하자면, 고양이는 삶과 죽음을 자유롭게 넘나드는 영험한 존재, 즉 영물(靈物)과 다르지 않다. 사실, "신성한 암고양이, 또는 남녀 양성의 신, 태양의 신인 동시에 달의 신, 혹은 이집트 신화의 바스트 여신, 때론 태양의 수호자"(「그녀와 고양이 모놀로그」)로서 고양이는 태곳적 문명으로부터 우주를 구성하는 양가의 세계(이를 테면 밤/낮, 밝음/어둠으로 표상되는 이중의 세계)를 동시에 지닌 신성한 숭고의 대상 자체였다.

김자흔 시인은 이처럼 신격(神格)을 지닌 고양이를 일상 속에서 새롭게 발견하고 삶과 세계의 비의성을 성찰한다.

우리 고양이 입은 비수 두 개로 받쳐져 있고요

그래서 함부로 남의 말을 내뱉지 않고요

비밀 따윈 절대 발설하지 않지요

어떤 이들은 침묵의 틈새로 새 나오는

우리의 언어를 들을 수 있다고 하는데요

귀 기울이면 어떤 비밀이

당신의 달팽이관으로 흘러들지도 모를 테지요

우리의 침묵이 두려움 때문이 아니라는 건

당신은 금방 눈치챌 수 있을 테고요

언어를 끄집어내는 비밀과 그 비밀을 숨기는 과정은

매일 밤 자라나는 흰 수염에 있다는 것도

금방 발견해낼 수 있을 테지요

어쩌다 애꾸눈을 만나기도 할 텐데요

그러면 그 애꾸눈 속에도 어떤 깊은

비밀이 숨겨져 있구나 보면 틀림없을 거예요

우리가 언제 무슨 해답을 구한 적이 있던가요

그건 무엇보다 당신들이 더 잘 알고 있을 테고요

무해한 말이 주는 오해는 이미 터득했으니

우린 다만 깊은 침묵으로 우리 고양이

언어의 그물망을 즐길 따름이지요

그래요 경청이나 하는 것이지요

—「침묵의 비밀」 전문

뭘 그리 애를 쓰지? 우리의 언어를 듣고 싶다면 녹색의 두 눈을 읽어봐. 우리의 눈은 죽음과 동시에 생명을 포함하고 있어. 악마적이면서 신적이지. 이런 우리를 인간들은 마녀의 친구라 적대시했어. 그래서 과거 한때는 화형대의 제물로 바쳐지기도 했지. 왜 언제 우리가 마녀로 태어난 적 있었나? 언제나 옳다는 노랑둥이와 아홉 개의 목숨을 사는 고양이가 있다는 것도 전부라곤 믿지 마. 그 무엇도 진실은 없어. 다만 우린 침묵의 동반자일 뿐, 우리의 자존감은 우리가 스스로 지켜나가. 모든 게 다 그렇게 되어 있기 때문이지. 정말 그렇다고 생각 안 해봤어?

―「우호적 숨긴 말」 부분

언어를 연금술사처럼 다뤄야 할 시인에게 절실한 것은 언어를 자유자재로 다루기 위해 언어의 암호와 비밀을 자신만의 방식으로 해독하는 것이다. 시인이 인내심을 갖고 고양이를 관찰하는 데에는 좀처럼 입을 열지 않는 "침묵의 틈새로 새 나오는" 고양이의 언어를 듣기 위해서다. 그 과정 속에서 혹시 "언어를 끄집어내는 비밀과 그 비밀을 숨기는 과정"을 발견할 수도 있기 때문이다. 혹시 그 과정 속에서 고양이의 "애꾸눈 속에" 그리고 "녹색의 두 눈" 속에 숨겨진 "악마적이며 신적"이고, "죽음과 동시에 생명을 포함"하는 고양이 언어의 비밀을 풀 수 있는 "무슨 해답을" 얻을 수도 있기 때문이다.

3.

시인의 이러한 관찰은 고양이를 휘감는 고요와 적막 속에서 고양이의 정적인 면을 주목하는 것인데, 이 숨죽이는 정적 상태는 전광석화처럼 매우 빠른 움직임, 가령 먹잇감을 포획하는 동적 상태와의 관계 속에서 시적 사유로 스며든다.

다시 기다린다

조심조심 조금만 더
가까이 가까이

눈조리개로 거리 조절하는
진지한 포복 자세

생쥐 한 마리 앞에 놓고
목덜미 움켜쥐며 발톱 세우던
그 만만함과는 완전 딴판인

됐다 앞발 들어 덮치는
부드러운 저 민첩성

딱 경지에 오른 교요함이랄까

—「그만큼의 교요」 부분

고양이가 먹잇감을 포획하는 장면이다. 먹이 사냥이 한 번에 성공하는
경우가 드문 만큼 인내심을 갖고 기다려야 한다. 최대한 몸을 낮추고 먹잇
감에 소리 없이 침묵을 치명적 무기로 가깝게 다가가 사냥감과 적정 거리
를 유지하며 사냥감에게 사냥 의도가 들키지 않으면서 전광석화와 같은
발톱 세우기의 포획 행위를 통해 사냥에 성공해야 한다. "부드러운 저 민
첩성", 말 그대로 "딱 경지에 오른 교요함"에 이르렀을 때 먹잇감은 수중
에 들어온다. 먹잇감과 포획 거리를 둔 채 숨죽일 듯 팽팽히 감도는 삶과
죽음의 우주적 기운, 그리고 그 팽팽한 균형을 순간 무너뜨리면서 한쪽은
죽음의 공허감에, 또 다른 한쪽은 삶의 충일감에 젖어든다. 하지만 언제
그랬냐는 듯 또 다시 삶과 죽음은 공존하고 우주는 팽팽한 균형감을 회복
한다. 그리고 우리는 또 다른 "딱 경지에 오른 교요함"을 기다릴 것이다.
사실, 고양이의 먹잇감 포획 과정에 대한 시적 형상화는 앞서 읽어본
고양이의 침묵 속에 생성되는 언어의 비밀을 시인이 해독하는 과정이라
해도 지나치지 않다. 그래서 시인이 "어쩌면 내가 전생에 고양이였을지

모른다"(「장난 묘 은별」)고 착각하면서도, 그가 그토록 갈구하는 삶과 세
계의 비의성에 대한 시작(詩作)이 "고양이 하녀", "고양이 엄마"(「고양이
하녀」)로서 고양이를 향한 시인의 '치명적 사랑'을 "순명으로 받아들일밖
에 도리가 없"(「순명」)는 것이다. 이럴 때, 시인은 시(인)의 경계에 이른
'떨림', 그 절정의 교응과 감응에 전율한다.

경계의 절정에 이르는
새빨간 혀의 떨림

강렬해서 아름답게 느껴지는
그러나 잠시 후에 밀려오는 알 수 없는
어떤 슬픔의 한계

내 떨림은 함정이야
일 그램도 안 되는 난해한 공식이지

존재한 적 없는 백과사전과 메마른 사각형의 문장과 수직으로 와닿는 어제
의 비문처럼

허방,
간극,
단애,

시의 연금술이라 믿는
찰나

경계의 절정에서 다시 떨려 나오는
새빨간 혀

하악

—「떨림, 새빨간」 전문

새빨간 혀가 떨리는 순간은 "경계의 절정에 이르"렀을 때다. 그때가 바로 "시의 연금술이라 믿는/찰나"이다. 그런데 그때 시인을 엄습한 어떤 정체 모를 "하악"은 우연일까. 이것은 아직 집고양이로 길들여지지 않고 집주인과 거리두기를 하는 경계의 몸짓으로부터 절로 생긴 고양이의 발성과 유사하지 않는가("너 집주인을 물로 보는 거야/기가 차서 하악 소리를 마주 내보이면", 「김 꽃비」). 이렇듯이, 시(인)의 언어의 비밀을 탐구하는 과정은, 다시 강조하건대, 고양이를 향한 치명적 사랑에 기인한다.

4.

그런데, 이 같은 김자흔 시인의 시편들은 시적 대상으로서 고양이를 숭배하기 위한 것이 결코 아니다. 밝은 곳보다 어두운 곳에서 그 진가를 드러내는 게 고양이의 존재이듯, 고양이가 지닌 숭고함은 인간 사회의 어두운 곳으로 숨어드는 반윤리적 타락한 것들의 전모를 꿰뚫어보고 그 위선과 위악을 용납해서는 안 된다는 도저한 시적 윤리의 맥락에 맞닿아 있다.

그러니 빤빤한 비밀을 꽁지깃에 숨긴 공작아
화려한 꽁지 펼쳐 들기 전에 부릅뜬 눈으로 네 날개를 감시하라
어리석은 눈물 내보이기 전에 진실의 깊이로 너를 밝혀내라

—「비밀공작」 부분

이제 됐다! 깨끗이 돌아서는 순간
부패 냄새가 목구멍으로 매달렸다

　　허연 젤리 같은 것이 목구멍에서
　　쉴 새 없이 딸려 나왔다
　　진을 다 빼고 나서야 구토는 멈췄다
　　별러서 담근 게장은 구더기로 변질됐고
　　위선 따윈 절대로 믿을 게 못 되었다

　　　　　　　　　　　　　　　　　　　　　　　—「위악」 부분

　화려한 꽁지깃 사이에 "빤빤한 비밀"을 숨긴 공작에게 절실한 것은 "진실의 깊이로" 자신의 내면을 들여다보는 일이다. 나르시시즘에 빠져 진실을 외면하는 게 아니라 자신을 객관적으로 응시할 수 있는 자기 성찰의 눈을 갈고 닦아야 한다. 그럴 때 온갖 부패한 것으로부터 생기는 악취에 둔감해지는 게 아니라 부패하는 원인을 주목하고 그것의 올바른 해결책을 단호히 강구하는 의지를 되새길 수 있다. 침묵과 어둠 속에서 대상의 정체를 한층 정확히 파악하는 고양이의 눈이 함의한 시적 윤리를, 시인이 대수롭게 간과하지 않는 것은 바로 이러한 이유 때문이다.
　시적 윤리와 관련하여, 흥미로운 시가 있다.

　　눈송이는 점점 몸집을 부풀렸다
　　눈이 혁명적으로 내리네

　　창밖으로 향해 있는 귀로 옆자리 시인 말이 뜬금처럼 들어왔다 체 게바라는 사내 이름과 게릴라라는 단어가 동시에 떠올랐다 혁명이란 표현보다는 게릴라라는 표현이 맞지 않을까 나름의 생각에 골몰 할 때

　　우리에겐 첫눈이 내리네 그네에겐 마지막 눈이 내리네
　　동행 시인의 웃음기 섞인 말이 더 날아왔다

경안 톨게이트로 들어서면서 차들은 엉거주춤이다 혁명적이거나 게릴라적
인 눈 탓인 줄 알았더니 하필 도로에 콜타르 작업 중이다 바닥의 콜타르 김이
풀풀 올라와 눈송이와 섞여 들었다 올 첫눈은 혁명적이거나 게릴라적인 게
맞겠구나 줄곧 한 생각을 뇌이면서 강동역에서 5호선 전동차로 갈아탔다

꽉 들어찬 광화문 지하 계단은 이백만 촛불 민심을
기다리던 5차 하야집회 광장으로 바짝 들어 올려 보냈다

—「혁명적이거나 게릴라적이거나」 전문

시인은 광화문을 중심으로 들불처럼 번져간 촛불 시위를 기억한다. 시
적 전개를 살펴보면, "5차 하야집회"에 참석하는 날 첫눈이 내린 모양이
다. 이 눈을 시인은 "혁명적으로 내리"는 것으로 포착한다. 그리고 시인은
"체 게바라는 사내 이름"을 떠올린다. 게릴라 투쟁을 통해 쿠바혁명을 이
끌어 성공시킨 체 게바라가 촛불 집회에 포개진다. 촛불 집회를 '촛불 혁
명'으로 이해하는 대다수가 프랑스 파리대혁명을 비롯하여 6·8혁명 등
서구에서 일어난 시민혁명을 상기했는 데 반해 김자흔 시인은 쿠바혁명
과 체 게바라를 호명함으로써 '촛불 혁명'을 비서구에서 일어난 혁명의
맥락으로 파악하고 있다. 따라서 시의 행간에 숨어 있는 시인의 정치의식
을 헤아려볼 수 있다. 물론, 김자흔 시인의 이러한 정치의식은 시의 표면
에 명시적으로 드러나고 있지는 않다. 하지만 그가 고양이와 치명적 사랑
을 하면서 고양이로부터 새롭게 발견하듯, 침묵의 틈새로부터 획득한 삶
과 세계의 비의성에는 세상의 부패한 것에 대한 매서운 부정 및 비판의식
과 분리할 수 없는 그의 정치의식이 함께 작동하고 있는 것이다. 말하자
면, 시인에게 '촛불 혁명'은 낡고 구태의연한 구습을 말끔히 청산하고 새
롭게 진전된 가치를 일궈내고자 하는 사회 혁명이되, 그것은 제도를 혁신

하는 차원에서만 그치는 게 아니라 그동안 한국 사회에 켜켜이 누적된 부패, 즉 적폐(積弊)를 발본적으로 청산하는 것으로 해석되고 있는 셈이다. 시의 온전한 정치의식이 시적 혁명과 무관하지 않듯, 위 시에서 형상화되는 첫눈과 촛불 민심은 결국 타락하고 무능한 박근혜 대통령을 '촛불혁명'으로 탄핵시키는 징후로 읽어도 손색이 없다.

5.

끝으로, 시집을 통독한 후 쉽게 가시지 않은 시구가 이명(耳鳴)으로 남아 있다.

특히 보름 달밤에는 죽창을 치켜들고
푸른 반역이라도 일으키고 싶은 거예요

—「당신은 거기서 나는 여기서」 부분

우주의 생생력이 절정에 이른 보름 달밤에 민중의 염원과 분노는 죽창을 치켜든 푸른 반역에의 욕망으로 들떠 있다. 김자흔의 시세계에서 결코 간과해서는 안 될 정동이다. 이를 억지스레 기존 민중봉기나 민중혁명에 연상되는 민중시의 상투적 표현으로 파악하지 말자. 그 대신, 보름 달밤에 고양이의 매서운 발톱이 할퀴는 심상을 이미 음미해보았듯이, 김자흔이 일으키고 싶은 시의 "푸른 반역"이 무척 설레고 기대된다. 어디선가 "하악"하는 김자흔의 고양이의 정동이 엄습하는 게 아닐까.

10인 시인의 경이로운
(불)협화음의 매혹 속으로

— 손택수 외 9인, 『시간은 두꺼운 베일 같아서 당신을 볼 수 없지만』

세계의 비의성을 탐색하는 시적 모험

경기문화재단에서 주관하는 경기예술지원 문학창작지원 사업에 선정된 10인의 앤솔러지 시집 『시간은 두꺼운 베일 같아서 당신을 볼 수 없지만』(교유서간, 2023)을 손택수의 「귀」를 여는 시로 음미해보자. 시의 화자는 기차 선로에 귀를 갖다대고 먼 곳에서 달려오는 기차 바퀴 소리를 들으며 점차 근접해진 기차가 소년을 지나쳐 어디로인가 먼 곳을 향해 떠나 보이지 않을 때까지 그것의 기적 소리가 가뭇없이 사라질 때까지 손을 흔들어주던 자신의 소년 시절을 떠올린다. 그런데 그 손짓은 정작 기차를 향한 게 아니라 소년에게 흔드는 손짓이란다. 시의 상상력은 바로 이 대목에서 우리를 멈칫하게 한다. 소년이 손짓을 한 대상은 기차가 분명하지만, 시의 화자는 '소년=기차', 즉 소년을 기차와 동일시함으로써 기차가 함의한 시적 진실로 우리를 안내한다.

소년에게 기차는 그의 예민한 청각을 바탕으로 한 온몸의 감각으로 전이되는 근대의 교통수단 그 이상의 무엇이다. 미지의 세계로부터 달려와 멀어져 가는 기차는 소년에게 낯설고 알 수 없는 세계를 만나게 할 뿐만 아니라 그 세계를 횡단하는 주체가 아닐까. 그 미지의 세계에 대한 소년의 호기심은 선로에 갖다댄 귀의 청각과 온몸으로 짜릿하게 퍼져나가는 감각의 통합이 모종의 상상력을 추동시켰듯이, 이내 근접해오는 육중하고 긴 꼬리가 달린 철덩어리의 기차가 눈앞을 빠른 속도로 지나 또 다른 미지의 세계로 달려가는 모습을 보면서 소년은 익숙한 자신의 세계를 벗어나 낯선 세계와 마주할 자아의 용기를 북돋우고, 그곳을 마주한 자신이 겪은(을) 온갖 상처에 대한 위무 등이 버무려진 심상을, 기차를 향한 손짓으로 나타낸다. 그런데 이 소년 시절의 추억이 지금-여기에 있는 '나'에게 소환된다. 이것은 무엇을 말하는 것일까. 손택수의 「귀」가 앤솔러지 시집의 여는 시로 주목하는 것은 앤솔러지 시집에 수록된 시인들의 개별 작품이 지닌 독창적 목소리의 심연에는 「귀」의 '소년=기차'가 함의하듯, 낯선 세계를 향한 모험적 만남과 그 세계의 비의성을 탐색하는 험난한 도정을 마다하지 않는 시인의 숙명이 자리하고 있기 때문이다. 시인이 시의 대지로 뿌리를 뻗는 순간 시적 상상력의 마술은 「귀」의 마지막 연에서 재현되는 지금-여기의 '나'가 추억의 '소년'을 소환함으로써 부단히 벼려야 할 시쓰기를 성찰하도록 한다.

> 나는 그 자세 그대로 가슴팍에 귀를 대고 멈춰버린 심장 박동 소리를 들었다
> 그 옛날 산 너머 강 너머의 먼 바퀴 소리를 당겨 듣던 소년처럼
>
> — 손택수의 「귀」 부분

세계의 안과 밖의 관계에 대한 시적 감응력

세계의 안과 밖을 구분하는 것은 뫼비우스 띠가 증명하듯, 식상할 뿐만 아니라 물리학적 진리 탐구의 차원에서도 과학적이지도 않고 자명하지도 않다. 그렇다고 일상의 구체적 삶의 실재에서 안팎의 구분과 경계에 대한 시적 상상력이 결코 무용한 것은 아니다. 추상적 담론과 자연과학에서의

진리 탐구를 충분히 존중하되, 그것의 구체적 현상태로 현현된 삶의 실재에서 안과 밖의 관계에 대한 시적 상상력은 그것대로 객관세계의 진리 탐구로서 충족되지 않는 모종의 진실을 시적 감응력으로 드러낸다. 우선, 권민경의 「독」과 김개미의 「엄마의 종교는 소금물」을 살펴본다.

권민경의 「독」과 김개미의 「엄마의 종교는 소금물」이 서로 포개지는 것은 시적 대상을 감싸고 있는 간절한 마음인바, 땅속에 오랜 시간 묻혀 있던 항아리 형태의 옹관묘 안에는 죽은 자의 유품인 뱀 모양의 은팔찌가 있는데, 시의 화자가 주목한 것은 그 은팔찌를 보면서 그것을 품고 있던 항아리가 들려주는 "해치지 않는 노래/무독한 노래/엄마가 어린애한테 불러주고 애인이 씻는 동안 부르는 노래/밤/밤 밤 노래"(「독」)를 시의 화자가 흡사 주술에 걸린 양 중얼거리고 있는 대목이다. 그리고 어디가 어떻게 아픈지 정확한 병명을 도통 알 수 없는 엄마의 병명을 알고 치유하기 위해 "나는 엄마 대신/엄마 신을 찾아가/물을 떠놓고/밥을 퍼놓고/옥수수를 갖다놓았지만" 허사일 뿐, "그래도 우리 집 소금독에는/언제나 굵고 하얀 소금이 가득"해서 "소금물에 손을 담그고/소금물을 등에 끼었고/소금물에 몸을 씻"(「엄마의 종교는 소금물」)는 엄마의 소금물 민간 대증(對症)치유에 지장이 없다는 대목이 흥미롭다.

이 두 시는 시적 대상의 안쪽으로 우리의 시선을 붙잡아둔다. 「독」의 경우 땅속 깊이 묻혀 있는 옹관묘와 그 옹관묘 속 매장품 은팔찌의 객관세계는 겹으로 이뤄진 안쪽을 가리킨다. 분명, 이 겹의 안쪽 세계(땅속과 옹관묘 속)는 우리가 볼 수 있는 세계다. 여기서 우리가 볼 수 없는 안쪽 세계가 있는데, 시의 화자가 듣는 옹관묘의 노래는 옹관묘와 죽은 자가 연루된 어떤 깊은 사연의 연원에 닿아 있는 불가시의 안쪽 세계임을 주시해야 한다. 그런데 예의 (불)가시의 안쪽 다중 세계는 영원히 어둠 속에 봉인돼 있는, 사악하고 치명적 독(毒)을 품은 노래가 아니라 "오래 독을 빼고 있던"(「독」) 노래가 바깥 세계와 공명하는 역할을 한다. 「엄마의 종교는 소금물」에서도 안과 밖이 공명하는 시적 감응력을 만날 수 있다. 시의 화자가 얼마나 간절했으면 엄마를 대신하여 엄마의 신을 찾아가 제물을 바치는 민간 제의를 치렀을까. 현대의학에서 이렇다 할 해법을 찾지 못한 시의 화자가 애타게 찾은 것은 엄마의 신이었고, 그 신의 존재에 매달려 엄마의 치유를 갈구하고 싶은 애닲은 심정이야말로 불완전한 인간 존재의 심연에서 실낱 같은 희망을 붙잡으려는 비장한 삶의 모습이다. 그런데 이 비장함은 집에 있는 소금독에 소금이 가득하여 엄마의 민간 대증 요법에 지장이 없다는 웃음으로 전도된다. 그리고 화자의 내적 정동은 순간 엄마의 이러한 삶의 실재와 조우하면서, 시쳇말로 '웃픈'의 시적 감응력을 자아낸다. 왜냐하면 엄마의 소금물 민간 대증 요법이 현대의학의 실효성 여부를 떠나 마음껏 소금물 치유를 할 수 있다는 데서 누구보다 안도할 엄마와 이 모습을 지켜보는 딸의 기쁜(?) 마음 저편에는, 어쩔 수 없이 이러한 민간 대증 요법을 종교처럼 기댈 수밖에 없는 서글픈 심정도 함께 있기 때문이다.

이처럼 세계의 안과 밖의 관계에 대한 시적 감응력이 노국희의 「근린공원, 5 am」에서는 여성 노숙자의 삶의 풍경 속 단면에서 순간 포착되고 있다. 한 여성 노숙자가 근린공원에서 아침을 맞기 전 간밤의 잠자리를 정리하는 도중 "그녀의 한 손에/들린 기내용 트렁크가 벌어"(「근린공원, 5 am」)지면서 물건이 쏟아져 나온다. 트렁크 안에서 쏟아져 나온 물건의 구체적 세목(細目)은 알 수 없다. 하지만 그 물건들은 '그녀'의 삶과 깊숙이 연루된 것이므로 간난한 노숙자의 현실에도 불구하고 '그녀'의 세계로부터 축출할 수 없다. 노숙자로서 '그녀'의 삶과 현실이 마냥 지속될 수 없을 것이라는 낙관적 전망을 저버리지 않는다면, 트렁크 안의 물건들이 존재해야 할 이유는 물론이고, '그녀'의 삶과 분리할 수 없는 그 물건들의 가치를 비하할 이유도 없다. 트렁크 안과 밖의 모든 존재는 노숙자가 힘겹게 살아가야 할 존재 이유들이며, 노숙자의 삶을 지탱해주는 가치이기 때문이다.

인간 존재의 현존과 성찰의 대상으로서 혼적

흔적 없이 완전히 소멸하는 게 가능할까. 지워지는 게 아니라 허공으로 깨끗이 증발함으로써 그 어떤 잔존과 잉여를 송두리째 비워버리는 게 가능할까. 그리하여 '완전한 무'인 뭇 존재의 시원으로서 창조의 영점(零點)으로 회귀하는 게 가능할까.

잘못은 어느 날 발생되었다

(중략)

너나 나나 사람인 것은 마찬가지고
쏟고 어지르고 부서지고
망가트리는 기적을 창출했으니

잘못은 더 큰 잘못으로 진화하였다
— 임지은의 「발생설」 부분

심장에 상처가 새겨진 듯도 하다 가끔 아프고 가끔 무너져 내리는 것 같고 그러나 희미해지고 아물고 지워지면 그러니까 해변의 발자국이 파도에 쓸려가면 새벽별이 아침 햇살에 녹아버리면 봉분 올린 무덤이 폭우에 가라앉으면 내게 남아 있는 상흔이 남아 있지 않게 된다면 나는 잠깐 부풀어 올랐던 거품이었다
— 윤의섭의 「기억혼적」 부분

흔히들 잘못이 일어나면 잘못을 감추거나 아예 없애버리고 싶기 마련이다. 실수든 의도적인 것이든 잘못은 그것을 일으킨 당사자의 윤리에 잘못 만큼의 자국을 남길 뿐만 아니라 그 타자와의 관계에 상처를 남긴다. 그런데 아이로니컬한 것은 인간이 발생한 잘못을 매만질수록 잘못이 낸 자국과 상처는 "더 큰 잘못으로 진화하"듯, 잘못의 생리는 그것에 대한 기억과 판단과 실천의 도정 속에서 소멸하기는커녕 성찰의 대상으로 진화한다(「발생설」).

이처럼 성찰의 대상으로서 흔적은 인간 존재의 '있음'을 자기확인하는 결정(結晶)이다. 따라서 흔적은 인간 존재의 본원적인 것 외의 군더더기 또는 그것의 희부윰한 이미지가 아니다. 심장 건강에 이상이 없더라도 간혹 통증을 동반한다는 것은 평소 인지하지 못했던 생명으로서 '나'의 존재의 '있음'을 확인하게 되는바, 해변의 파도에 '나'의 발자국이 쓸려가고 새벽별이 아침 햇살에 사라지고 폭우에 봉분 올린 무덤이 삽시간에 가라앉는다는 것은 '나'의 존재가 흡사 "잠깐 부풀어 올랐던 거품"에 지나지 않는 소멸과 다를 바 없는 두려움에 사로잡힐 것이므로 흔적은 인간 존재의 또 다른 본원적인 것이다(「기억흔적」).

흔적에 대한 이러한 시적 성찰은 이유운의 「사라지고 없는」에서 '현존과 상실'에 대한 시적 재현으로 나타난다. 시의 화자 '나'의 출현과 마을에 이르는 길에서 퍼진 기이한 소문들, 특히 '나=신의 아들=신=여자'라는 소문은 '나'의 본원적 자아를 에워싼 흔적들이듯, 시의 화자는 '나'의 현존과 소문(흔적)의 상실이 맞닿아 있는 시적 전언을 타전한다. 그렇게 인간 존재는 현존하는 것이다.

수면 아래에서 햇빛을 보고 있다. 두꺼운 물을 사이에 두고 있으므로 눈이 멀지 않는다. 물에서 나온다. 이때 내가 아무것도 입지 않았다는 소문이다. 마을까지 걸어오는 동안 젖은 몸이 마르지 않았다는 소문이다. 그렇게 걷고도

한 번도 처형당하지 않았다는 소문이다. 내가 지나쳐 간 마을의 모든 가장자리마다 팥과 소금을 쌓아두었다는 소문이다. 그렇게 하고도 마을의 아이들은 가위를 눌렸다는 소문이다. 내가 신의 아들이라는 소문이다. 내가 신이라는 소문이다. 내가 여자라는 소문이다. 현존과 상실. 맞닿아 있다. 더듬을 수 있을 정도로.

어느 순간 이 소문들이 기록된다는 소문이다.

— 이유운의 「사라지고 없는」 전문

조종(弔鐘)의 노래와 신생/재생의 노래, 그 경이로움

이재훈의 「사이비」는 가짜들이 남발하는, 그래서 무엇이 진짜이고 가짜인지 좀처럼 구분하기 힘든 삶의 현장에 대한 날 선 비판을 수행한다. 무엇보다 이 시에서 눈여겨볼 것은 시인이 주목하는 우리 사회의 사람들을 열거하는 데 쉼표로 연결하지 않고, 마침표로 분리된 채 마치 악보의 스타카토를 연상하듯 그들을 병렬하고 있다는 점이다. "기타를 치고 나팔을 부는 형제들과 자매들. (중략) 번영하는 거리와 성난 사람들. 매일 액땜으로 버티는 사무원들. 난파선의 선원 같은 노동자들."(「사이비」)에서 목도할 수 있듯, 시인이 호명하는 사람들 사이에는 어떤 (불)연속을 함의하는 휴지(休止)도 없어 어떤 관련성 자체가 부재하는 그렇게 개별화되고 사회적 관계가 철저히 차단된 채 각자 자신들의 입장과 이해관계에만 충실하고 있음을 겨냥한다. 여기서 주시하고 싶은 것은 시인의 이러한 광장의 풍경을 "제단에 바칠 꽃을 들고 어리숙한 광대의 노래를" 들으면서 비판적 냉소의 시선으로 응시하고 있다는 점이다. 시인에게 "자기 말에 취한 말들과 취객의 말들이 뒤섞"이는 "느낌표만 있는 문장."이 떠도는 광장은 시적 상상력의 제의(祭儀)로써 조종(弔鐘)의 노래를 들려주고 싶은 곳이다. 달리 말해 시인에게 이 광장은 신의 복음과 진실의 언어와 숭고의 노래 대신 이것들을 가장한 사이비의 언어와 노래가 소음으로 그득한 불순한 것 투성이의 현장이다.

그래서일까. 김안의 「만물」에서는 이 암울하고 불순하고 퇴락한 것에 대한 은유로서 지난 밤의 폭우가 마을 곳곳을 할퀴고 간 공포스런 수마(水魔)의 상해들이 전경화(前景化)돼 있다. 하지만 시의 화자는 수재의 현장에 주저앉거나 낙심하지 않는다. 간밤 폭우에 마을의 피해는 극심하여 시의 화자의 시각을 압도해버릴 만큼 수마에 대한 두려움을 쉽게 떨쳐낼 수는 없으나 신생의 기운을 후각으로 감지한다.

응달 속에서 풀잎 냄새가 올라와.
때론 시간은 두꺼운 베일 같아서 당신을 볼 수 없지만,
나는 그 너머에서 풍기는 당신의 손목 냄새도 맡을 수 있지.
봐, 푸른 풀잎 위에 가만히 누우면
나는 아주 잠시 당신의 손목을 움켜잡을 수도 있어.

— 김안의 「만물」 부분

수재의 풍경들 사이에서 신생의 푸른 기운은 "풀잎 냄새"로 풍겨와 생명은 다시 이어지고, 세계는 살아 있는 존재들이 재생하고자 하는 신생의 욕망을 꺾을 수 없다. 이와 관련하여, 재생이 함의하는 '다시'에는, 어떤 것이 되풀이로서 속성도 띠지만 이때 속성은 이전 것과 똑 같은 게 아니라 변화한 세계에 대해 창조적으로 적용하면서 이전의 존재보다 한층 성숙하고 진전된 새로움을 지닌, 말하자면 '차이 속의 반복' 그 경이로운 속성을 지니고 있음을 상기하고 싶다.

이 경이로움은 전영관의 「어죽」에서, "뒤끝 없이 칼칼한 어죽 맛으로 살자 했다"는 어죽 특유의 미각과 연루된 삶의 성찰로 다가온다. 그리하

여 시의 화자에게 '희망'과 '화려한 날들'과 '봄날의 감정'은 이와 연관된
삶의 숱한 사연들과 필요 이상의 '감정과잉'이 수반되는 것과 거리를 둔,
"누군가의 호의 같은 것"이며, "자꾸만 반복해보는 후렴구"이고, "지난겨
울의 거짓말들이 환생한 것"이고, 어쩌면 이런 것들과 전혀 무관할 수도
있는 "냉장고 문을 열면 발등으로 흐르는 서늘함 같은" 그런 자연스러운
일상의 순간이 전이하는 시적 감각일 따름인지 모를 일이다. 이것이야말
로 일상의 둔감한 상태로 지나쳐버리곤 했던 삶의 경이로움이 아닐까.
그래서 "멀고도 가까운" 일상의 삶이 저물어가는 저녁의 서녘 노을을 어
죽에 빗대는 시인의 노래는 어죽 특유의 풍미를 자아낸다.

부족할 걸 알았는지
저 위의 누가 벌건 국물을 서녘에 부어놓았다
노을이라는 추가 서비스

— 전영관의 「어죽」 부분

제주
시문학의
감응

제5부

바닷속 슬픔의
뼈를 지닌 해녀들

— 허영선, 『해녀들』

　　제주 사람들에게 바다는 어떤 단일한 목적과 대상으로 결코 환원시킬 수 없는 존재가치를 지닌다. 무엇보다 제주 바다의 존재가치는 바다 물질을 생업으로 하는 해녀와 함께할 때 그 진가가 드러난다. 이것은 해녀의 삶에 따라 제주 바다의 삶도 해녀와 공유해야 할 어떤 운명을 지니고 있다는 것을 말한다. 허영선 시인의 시집 『해녀들』(문학동네, 2017)은 제주 바다와 해녀가 한데 어우러져 부둥켜안고 살아가는 삶의 리듬과 문양(紋樣)으로 채워져 있다. 고백하건대, 『해녀들』에 수록된 시편들 중 어느 것 하나 고를 것 없이 모든 시들이 절창이 아닐 수 없다.

　　오랜만에 시집을 읽으면서 시적 전율에 온몸이 파르르 떨렸다. 그것은 해녀의 삶이 제주 바다와 함께 출렁거리면서 우리의 온몸을 휘감는 가운데 삽시간에 퍼지는 시적 감동으로 다가온다. 허영선 시인이 시집에서 호명하고 있는 해녀들의 이름——김옥련, 고차동, 정병춘, 덕화, 권연, 양금녀, 양의현, 홍석낭, 문경수, 강안자, 김순덕, 현덕선, 말선이, 박옥랑, 고인오, 김태매, 고태연, 매옥이, 장분다, 김승자, 오순아 등은 각 이름이 그 무엇과도 바꿀 수 없고 대체될 수 없는 유일무이한 삶의 실재인데, 이들 이름 하나하나를 소리내 불러보면, 각 이름마다 지닌 사연들이 꼬리에 꼬리를 자연스레 물면서 비슷한 듯하면서도 다르고, 다른 듯하면서도 서로의 삶에 중첩되고 스며드는 삶의 리듬에 온몸이 절로 움씰거린다.

그녀들 모두 "바다는 자본 없는 땅, 물질해야 먹고 산다"(「해녀 현덕선」)
는 간명한 진실을 너무나 잘 알고 있으므로 혼신의 힘을 다 쏟으면서 살아
간다.

<blockquote>

깊은 바다 그것이 미욱거릴 적

물결따라 스러져 너울거릴 적

우린 맹렬하게 구애를 했지

몸이 베이는지

몸이 베이는지

믐 삽서

믐 삽서

밀어닥친 흉년에도 우린 몸으로 믐을 했네

숨을 곳 없던 시절에도

아무런 밥 없던 시절에도

우린 몸을 산처럼 했네

믐 삽서

믐 삽서

우린 믐을 팔았네

미음과 미음 사이 바다를 놓고

동네마다 몸 사라고

외치고 다녔네

내 몸과 네 몸이 하나가 되어

중국집 골목길 빙빙 돌고 돌며 한껏 목청 높였네

믐 삽서

믐 삽서

—「우린 몸을 산처럼 했네」 전문

</blockquote>

 제주 사람들은 몸을 잘 안다. 바다 해초 중 모자반인 몸은 "돼지뼈 접착
뼈/한번 질펀하게 우려내 국물을 내고/그 말갛게 싱싱한" 몸국의 주재료
로써 "배설까지 베지근 보오얀 홀림"의 절묘한 맛을 자아낸다(「몸국 한
사발」). 이 몸을 채취하기 위해 해녀는 차가운 바닷속을 헤치면서 말 그대
로 몸[體/身]이 차가운 바다 물살에 베이는 것을 견뎌낸다. 바다 밖이 흉년
이던 시절에도 그렇고 역사의 험난한 격랑 속에서도 그렇고 해녀는 몸을
채취하여 내다판다. 시인에게 해녀의 이 몸과 관련한 생업 활동은 "미음과
미음 사이 바다를 놓고" "내 몸과 네 몸이 하나가 되어"란 싯구에서 보이
듯, 제주 바다와 해녀 사이의 독특한 관계뿐만 아니라 어떤 보편적 관계를
향한 시적 상상력으로 순간 번져간다. 이것은 제주어 '몸'에 대한 시인의
시적 인식의 산물이다. 말하자면, 시인에게 '몸'은 바다 해조류인 모자반
으로서 해녀의 생업 노동을 통해 채취되는 수산 자원의 기능을 넘어 '몸'을
에워싼 존재들의 신묘한 관계에 대한 사유의 지평으로 존재가치가 바뀌는
것이다. 그것은 '몸'의 초성과 종성에 자리한 미음[m]의 음가인 비음이
우주의 뭇 존재들과 공명해내는 공명음인바, 이들 미음이 각기 서로 다른
우주의 차원에서 존재들과 공명하고 있는 것에 주목할 때 이들 공명음을
자연스레 연결해주는 역할을 '아래 아[ㆍ]'가 맡음으로써, 이제 '몸'이란
한 음절은 바다 해초의 존재를 훌쩍 넘어 우주 만유의 존재를 표상하는
경외스러운 그 무엇으로 바뀐다. 우리는 익히 알고 있지 않은가. '아래
아[ㆍ]'는 한글 모음 중 '하늘[天]'을 의미하는 중요한 기축 모음인바, 그
렇다면 '몸'은 그 자체가 서로 다른 개별 우주가 연결된 또 다른 대우주를
표상한다고 해도 지나치지 않다. 이 '몸'이 제주 사람들의 일상 속에서
사용되고 있으며, 그것을 제주의 해녀가 생업 노동으로 떠받치고 있다는
것은 결코 소홀히 넘겨버릴 수 없는 사안이다. 따라서 허영선 시인의 시적
상상력 속에서 솟구치는 시적 전율과 시적 감동은 '몸'이란 제주어가 지닌
우주적 관계의 비의성을 절묘히 포착하고 있음을 주시해야 하리라.

그런데, 이러한 허영선 시인의 시적 상상력은 그가 제주 사람이기 때문에 태생적으로 지닌 시적 감각의 전유물로 생각해서는 안 된다. 기왕 말이 나왔으니 하는 얘기지만, 제주 태생이라고 모두 이 같은 시적 성찰과 빼어난 시적 상상력을 소유하는 것은 아니다. 해녀의 삶을 시인으로서 진정성을 갖고 살지 않는 한, 게다가 관찰자의 입장에서 해녀의 삶을 대상으로만 살피는 한, 해녀의 삶과 현실을 노래한 그의 시편들은 그동안 숱하게 씌어진 해녀 관련 시편들과 다를 바 없는 처지로 전락할 것은 불을 보듯 뻔한 일이다. 그래서 해녀의 삶을 시인으로서 살아낸다는 것은 말처럼 쉬운 일이 결코 아니다. 가령, 제주 바다를 혼신의 힘을 쏟으면서 건너며 부르는 노동요 '해녀노래(혹은 이어도 노래)'에 깃든 신산고초를 조금이라도 헤아리지 못한다면 해녀의 삶을 산다는 것은 거짓일 수밖에 없을 터이기 때문이다.

그리 약한 소리로 어떻게 파도를 넘느냐
그리 여린 소리로 어떻게 이 산을 넘느냐
이어싸나 이어싸 처라 처

그만한 힘으로는 어림없지
그만한 목청으론 어림없지

이 바다
저 고개를 넘을 땐 좀더 네 가슴속 잔해를 끌어모아라

검은 바위에 벼락치던 그 물살처럼
절도 산도 바닥까지 처라

네가 이기나 내가 이기나

잠든 파도까지 쳐라

네 눈먼 사랑도 그렇게 쳐라

네 더러운 기억도 그리움도 쳐라

얼음꽃 핀 시린 가슴
애간장 뭉개진 가슴 끝까지
끌어올려 내리쳐라

제주해협을 건널 땐
아주 못된 소리를 내야지
어떤 미련도 미움도 내려두고 가야지

서성이는 마음은 절벽 언덕에 버리고 가라
종잡을 수 없는 아린 곡조도
팽팽하게 부풀 대로 부푼 욕망도
아예 저 바다에 두고 가라

독하게
단 한 번에

쳐라!

　　　　　　　　　　　　　　—「잠든 파도까지 쳐라!」 전문

제주의 해녀는 제주 바다에서만 물질을 하지 않았다. 제주해협을 건너 한반도의 동서 및 남해안은 물론, 서해 바다 건너 중국과, 동해 연안을 따라 러시아 블라디보스톡과, 현해탄을 건너 일본 열도에 이르기까지 물질을 비롯한 바다 노동을 하였다. 고향을 떠난 낯선 바다에서 잠영(潛泳)을 하고, 해산물을 채취하는 등 힘든 삶을 견뎌야 했다. 그러면서 이들 출가해녀(出嫁海女)는 험한 제주 바다를 건너기 위해 '해녀노래'를 힘차게 부른다. "이어싸나 이어싸 쳐라 쳐"란 여흥구에 깃든 출가해녀의 당찬 삶의 의지는 고향에 두고 온 가족을 잠시 잊고 먼 바다를 향해 떠나는 그들의 삶의 비장미와 온갖 역경을 극복하고 말겠다는 삶의 낙천성이 버무려져 있다. 그런데, 이 시를 눈으로 보고 있노라면, 해녀노래의 환청이 들려오면서, 절로 입술이 오물거려진다. 근대 자유시의 맥락 속에서 소홀히 간주했던 구술의 생동감과 현장감이 되살아나는 시적 체험의 길로 우리를 안내한다. 심지어 해녀노래를 부를 때 동반되는 노를 젓는 동작마저 연상하게 되고 몸이 움찔해진다. 즉 구술적 연행(口述的演行, oral performance)을 자연스레 연출하게 된다. 말하자면, 일반적으로 눈으로 읽고 시의 심상을 만끽하는 것을 넘어 시가 근원적으로 바탕하고 있는 구술적 연행을 자연스레 수행하게 되는 시적 체험을 하게 된다. 게다가 출가해녀에 대한 시적 상상력이 스멀스멀 피어오르는 경이적 체험과 만난다.

이처럼 허영선 시인이 출가해녀를 노래한 시의 매력은 근대 자유시가 어느 순간 잃어가고 있는 시의 구술적 연행을 억지스럽지 않게 절묘히 포착하고 있는 데 기인한다. 이 역시 출가해녀의 삶을 시인이 육화하고 있다는 것을 입증한다. 이와 관련하여, 이번 시집에서 특히 주목하고 싶은 것은 재일조선인의 삶을 살고 있는 해녀들에 대한 시편이다. 출가해녀로서 그들의 삶이 더욱 애달프고 가슴 먹먹한 데에는 일제 식민지 시절 제국의 지배권력에 의해 징용 물질로 일본 열도에 갔다가 해방 후 고향으로 돌아가지 못한 채 그 낯선 바다에서 평생 물질을 하며 살고 있는 강퍅한 현실이다.

내 몸엔 물의 비늘이 달려 있어
내 몸엔 사라진 길이 있어
찾아봐 가재바위처럼 웅크린 몸

눈 뜨니 시즈오카
갓 스물 제주해협 건넌 징용 물질
팡팡 공습의 오사카 복판에서 초례 치르고
그 바다 외딴 물 찰락찰락 퍼대며 살았지

눈치 없이 달아오른 달빛의 밤에도
다 자라지 못한 바다풀이 날 끌어주더라

알았다
내 맨발은 모래투성이
깊은 울음은 깊은 어둠에 잠겨서야
평안해진다는 것
떠밀려온 어둠의 밀물은 나의 것

이 어둠에 밀려가선 안 되지
이리 오너라
내 삶의 고리 위로 달려오너라

예측 없이 당도한 길
이제 닳을 대로 닳아졌어
나의 살거죽의 지문은
마지막 범종이 울릴 때
내 고향 금릉 바다 갈매기떼 머리 위를 꾸룩이더니

먼바다 천만 개의 꽃잎으로 퍼덕이더니
꿈속에서도 눈보라처럼 흩어진다, 고향의 짚풀 지붕
치바현 앞마당 왕상거리던 파도가
낯선 항구를 적실 때
무르팍에선 삐걱이는 쇳소리 들리지

알았다
삶은 바다에서 건져올려지는 것
내 생은
바다 산 뒤에 숨은 폭풍 같은 것

견딘다고 견뎌야지, 어쩌겠나
늙은 무르팍에 일본제 파스 한 장 붙이고
뼈와 뼈끼리 악을 쓴다 해도
물속 흐린 날만큼이야 하겠나

뱃고동 손짓해도 아득하고 숨 바빠
동갑 할망 전복 하나에 숨 끊어지는 동안
한번 수장된 사랑은
다시 돌아오지 않지

함께 묻어줘
"오란디야"도 없는 어머니 무덤가에
나의 한 소절
함께 폭풍처럼 묻고 왔던 그날을

—「해녀 홍석낭 2」 전문

위 시를 물끄러미 보고 있노라면, 일본 치바현에서 살고 있는 한 노인이 풀어내는 인생사를 듣는 것 같다. 그 노인은 제주도 애월 금릉이 고향으로, 스무 살에 일본으로 징용 물질을 갔다가 오사카에서 결혼을 하여 치바현에 정착해 살고 있다. 낯선 곳에서 얼마나 어둡고 무서웠을까. 그 낯설고 무서운 곳에서 살아남기 위해 얼마나 큰 슬픔과 상처를 참고 견뎠을까. 그때마다 비록 낯선 바다이지만, 바다의 물살은 그를 삶의 기운으로 북돋았다. "한사코 바다 탯줄 끊지 못한/섬의 여인들"(「해녀 김옥련 2」)의 숙명대로 그는 일본 열도의 낯선 바다에서도 삶과 죽음을 넘나들면서 모진 세월을 견뎌내야 했다. 그에게 일본 제국의 식민통치는 종식된 것이 아닌 채 그의 젊은 삶에 각인된 채 그 맺힌 한을 바닷속에서 물질을 하면서 풀어내고 있었던 것이다. 허영선 시인은 재일조선인의 삶을 살고 있는 제주 태생의 해녀의 곡절 많은 사연의 삶을 듣고 그것을 시의 형식으로 전달한다. 그동안 소설을 통해 재일조선인의 삶과 현실이 다양한 서사로써 그려졌다는 것을 환기해볼 때 허영선 시인이 『해녀들』에서 주목하고 있는 재일조선인 해녀의 삶과 현실은 이후 한국문학의 시적 상상력을 웅숭깊게 벼리는 데 주요한 몫을 감당하리라.

이제, 『해녀들』에 수록된 모든 시편들을 음미하면서, 각 시편에 등장하는 해녀들 모두가 사실상 '상군 해녀'나 다를 바 없다는, 허영선 시인이 들려주는 모종의 시적 진실을 곱씹어볼 수 있겠다.

힘차게 난바다 밀어가던
대군의 노래를 오늘도 부르신다면,
어머니, 당신은 지금 젊은 상군이어요
젖은 발 아직도 물 밖 길을 걷는 나는
애기 상군일밖에요

(중략)

등 푸른 물고기의 거침없는 대열이어요
이미 죽은 줄 알았던
신경세포 하나하나 살아나
밤마다 물소리 듣는다면 어머니,
당신은 아직도 푸른 상군이어요

물위의 뭇별 안쓰럽다
지켜보는 어머니
난민처럼 붉은 잔해로 남은 저녁 바다에서
포기할 수 없는 분홍 한 점
망사리에 쓸어 담고 있다면
몰래 어느 돌 틈에 파종해둔 희망의 깊이까지
들고 계시다면
당신은 아무도 깊이 모를
푸른 상군이어요

　　　　　　　　　　—「어머니, 당신은 아직도 푸른 상군이어요」 부분

사랑의 사상:

그리움과 존재의 이유

— 김승립, 『벌레 한 마리의 시』

1.

김승립의 시집 『벌레 한 마리의 시』(삶창, 2021)를 손에 쥐고 각 편의 시를 톺아보았다. 일반적으로, 시인이 아무리 숙고를 거듭한 끝에 한 권의 시집으로 묶일 시편을 엄선했다고 하더라도 편차가 있기 마련인데, 『벌레 한 마리의 시』에 수록된 시편들의 편차가 쉽게 눈에 띄지 않을 만큼 60여 편의 시들은 서정시로서 손색이 없는 '좋은 시'로서 품격을 지니고 있다. 이번 시집을 통독하면서 사랑의 사상에 연루된 그리움과 사랑 그리고 존재의 이유에 대한 김승립 시인의 웅숭깊은 시적 사유로부터 상투적 일상에 대한 반성적 성찰의 시간을 가져본다.

2.

다음의 시를 음미해보자.

> 그리움 하나로 눈뜨는 숲이 있다
> 차운 눈발조차도 부드러이 잎새들에 스며들고
> 눈 비비며 깨어나는 멧새들의 날개 치는

소리에 아침 하늘 환하게 열리는

정정한 도끼날에도 순은의 햇살은 빛나고
우리 옛적 저고리에 밴 땀방울도
오직 사랑으로 일구어가는
청솔 그루터기마다 눈매 고운
웃음들이 넉넉히 자리하여
사람과 사람, 나무와 새 새끼들이 적의와 굴욕 없이도
한세상 푸짐하게 껴안는

그리움 하나로 빛나는 숲이 있다
빈 들판에서 가축들 느리게 돌아오고
손길 주지 않아도 산나리들 무더기로 피어나
따로 희망의 약속 부질없는

저녁연기 속으로 지친 그림자들
안개처럼 녹아들고 억센 근육으로
새큼새큼 건강한 성(性) 피워내는

그리움 하나로 눈뜨는 숲이 있다
꾸미지 않아도 시가 항아리로 익어가고
생명이 생명으로만 타오르는 곳
그대여, 우리 그 숲으로 가자
그리하여 우리 태초에 지닌 맨살로
껴안고 살 부비며 덩실덩실 춤이나 추자
산 같은 그리움으로 한세상

맛있게 맛있게 꽃을 피우자

—「가자, 우리 그리운 숲으로」전문

　『벌레 한 마리의 시』의 밑자리에 흐르고 있는 '그리움'의 심상을 만나는 일은 어렵지 않다. 비록 생의 뜨거운 정열적 여름이 지나가 조락(凋落)의 가을을 맞이하더라도 "외려 가슴에 은은히 타오르는/그리움의 잉걸불이 오래 멀리/따스함을 나"누고(「가을볕」), 내리는 "비는 비끼리 몸을 섞지 못 하지만/그러나 오랜 그리움으로/풀잎을 적시고 마른 나무들을/적시고 온 세상의 목마름을 채우"듯이(「비」), 뭇 존재들에게 영원한 이별은 존재하지 않는다. 대신, 존재들 사이에 시나브로 때로는 촘촘히 때로는 성글게 생성된 관계로부터 "영문 모를 그리움"(「대설주의보 2」)이 '존재의 이유'일 뿐이다. 이 '존재의 이유'는 우리로 하여금 '그리운 숲'을 그리워하도록 한다. 그 숲에는 사람들 사이, 사람과 자연 사이, 그리고 뭇 존재들 사이에 "적의와 굴욕 없이도/한세상 푸짐하게 껴안는", 그래서 "생명이 생명으로만 타오르는 곳"으로, "우리 태초에 지닌 맨살로/껴안고 살 부비며 덩실덩실 춤"을 출 수 있는 곳이다.

　여기서, 김승립의 이 '그리운 숲'에서 펼쳐지는 도저한 시적 난장은 예사롭지 않다. 이것은 작금의 현실에 대한 비판적 성찰을 겨냥하고 있다. 김승립에게 '그리움'의 심상은 최근 각종 문화산업에서 붐을 일으키고 있는 '레트로' 감성과 거리를 둔다. 그의 '그리움'의 시편들은 '옛것'에 대한 복고취향에 젖어들게 함으로써 복잡한 현실에 대한 도피적 성격과 무비판적 문화 감성을 문화상품으로 소비하는 데 있지 않다. 그의 '그리움'의 심상을 거느리는 시에는 존재들 사이의 사랑을 응시할 뿐만 아니라 사랑의 상처를 함께 아파하는 시의 존재 이유가 자리하기 때문이다.

　벼락처럼 사랑이 왔다 해도

무모한 정념이 쏟아낸

다스려지지 않은 그 많은 말과 행위들

그것들은 네게 얼마나 무거운 짐이었으며

역겨운 소음이었을까

—「풋것의 사랑」 부분

세상의 쓸쓸한 벽마다

네 생의 남루를 걸어둘 수 있게끔

네 슬픔의 무게를 오롯이 견디는

대못으로 박혀 있고자 했다

그러나

어쩌다가 나는

외려 너의 가슴에 깊숙이 박혀

네 영혼의 피를 철철 흘리게 하는

대못이 되었단 말인가

—「어떤 사랑」 부분

사랑처럼 아름답고 고귀하고 순결한 그 무엇이 있을까. 그래서인지, 인간의 그 어떤 미사여구로도 사랑의 진실에 다가가는 일은 난망한 일이다. 위 시구를 곰곰 음미하는 동안 새삼 '사랑을 한다는 것', '사랑에 대해 사유한다는 것', '사랑을 예술적으로 표현하는 것' 등속이 "얼마나 무거운 짐이었으며" 누군가의 "영혼의 피를 철철 흘리게 하는/대못"과 흡사한 것인가를 뼛속 깊이 새기게 된다. 돌이켜보면, 시의 영역에 국한시킬 때, 많은 시인들이 사랑에 관한 시를 노래한 가운데 절창으로 손꼽는 것들은 상처 어린 사랑이 아니던가. 서로를 향한 애틋한 사랑으로 열려 있었으나, 그것은 도리어 타자를 주체의 사랑의 정동 안에 옴쭉달싹할 수 없게 가둬

두는 것이었고, 타자를 향한 온후한 언어가 갑작스레 서로의 존재에게
위협을 가하는 날카로운 비수의 언어로 둔갑했다는 것을 뒤늦게 알아채지
않았던가. 설령 그것이 우리가 마주하고 싶지 않은 사랑의 끔찍한 모습이
지만, 우리는 바로 이러한 사랑의 상처를 자신과 타자에게 남기고 있었다.

3.

그래서일까. 김승립 시인의 눈에 밟히는 남다른 사랑이 있다.

> 오래전 식민지 열혈청년과 제국의 무적자(無籍者) 여인이 한데 얼려
> 제국 대법정에서 당당하게 맞짱 뜬 불꽃 눈빛을 응시하니
> 외려 사랑이 강철이고 사상은 밤비처럼 스미는구나
>
> 왜 일찍이 깨닫지 못했을까
> 얼음 속에 피어 있는 꽃도 있을 테고
> 수억 년 바위에 새겨진 나뭇잎 화석도 있을 터
> 때로는 날아오르는 새의 여리디여린 날갯짓이
> 허공을 두 쪽으로 가르는 일도 없다 할 수 없을 터이다
>
> 지금 나는 사랑의 사상에 중독된다
>
> ─「사랑의 사상」 부분

　　1923년 일본의 간토 대지진이 일어났을 때 일본 정부는 조선인 아나키
스트 박열과 일본인 가네코 후미코를 일왕을 폭사한다는 혐의로 체포한
다. 식민 종주국인 일본 여성과 피식민지 조선 남성은 반제국주의로서
아나키즘을 공유하고 있는 연인이다. 그들도 사람이기 때문에 서로에게

숱한 상처를 남기지만, 그들에게 사랑이 먼저인지 이념이 먼저인지를 묻는 것은 어리석은 일이 아닐 수 없다. 가네코 후미코가 법정에서 박열의 "모든 과실과 모든 결점을 넘어 나는 그를 사랑"하며, "부디 우리를 함께 단두대에 세워달라, 박열과 함께 죽는다면 나는 만족스러울 것이다"고 하듯, 사랑과 이념을 구분할 수 없는 "외려 사랑이 강철이고 사상은 밤비처럼 스"며든 그들 존재의 이유는 "사랑의 사상"에 기인한다.

이러한 '사랑의 사상'에 중독된 시인에게 4·3무장대 사령관 이덕구의 주검이 패배한 혁명이 아니라 미완의 혁명을 넘어 도래할 혁명의 가치를 지닌 제주의 붉은 동백꽃으로 현현되는 것은 자연스럽다.

> 조롱받은 나사렛 청년의
> 가시면류관처럼 빛나지는 않으나
> 마지막 그의 숟가락은 낮달처럼 하늘에 걸려
> 지지 않는 혁명을 떠올리게 하네
>
> (중략)
>
> 이 땅 어디선가는
> 그의 살아생전 형형한 눈빛 닮은
> 또 다른 동백꽃들 피어나
> 한세상 붉게 붉게 물들이고 있겠지
>
> —「이덕구의 숟가락」 부분

김달삼 사령관이 부재한 자리에 이덕구는 제주의 장두처럼 그 역할을 떠맡는다. 토벌대에 비해 현저히 열세에 놓인 무장대를 이끌며 이덕구는 "금수저 흙수저 가릴 것 없이 압제 없는 세상을 꿈꾸"면서, "삼삼오오 모여 앉아 따숩게 숟가락의 정 나누는/그런 밥상의 삶을 이루고자 했을 뿐"
이다(「이덕구의 숟가락」). 이러한 세상을 향한 꿈이 이덕구의 혁명 안팎을
휩싸는 '사랑의 사상'이다. 기실, 시인에게 박열, 가네코 후미코, 이덕구,
제주의 민중, 그리고 뭇 존재들은 '사랑의 사상'을 지닌 존재로서 동토의
땅 틈새로 비집고 나와 "지구를 온통 파랗게 뒤흔들어놓는/무모한, 썩지
않는 사랑"(「벌레 한 마리의 시」)의 기운을 가져다주는 '벌레 한 마리'와
같은 경이로운 존재다.

4.

시집을 덮으면서 다시 펼친 시가 있다. 그리움의 심상과 사랑의 상처를
응시하면서 시인은 치유를 수행한다. 그의 치유가 주목되는 것은, 치유의
대상을 세상에서 아예 없애버리는 데 초점이 맞춰져 있지 않고 그것과
함께 한바탕 어울려 놀면서 상처 스스로 훼손시키는 대상에 대한 적대적
관계로부터 놓여나는 길을 선택하도록 한다. 그렇다. 이러한 치유는 아무
나 할 수 있는 치유책이 아니라 고수(高手)가 행할 수 있는 치유책이다.
상처가 절로 아무는 것은 상처 스스로 상처로부터 해방되어야 한다는 고
수의 치유책이야말로 우리가 귀 기울여야 할 삶의 성찰이리라.

> 이 지루한 상처
> 그냥 커다란 바윗돌로 눌러 덮고 잠가버릴까
> 상처도 숨구멍이 있는데 그건 너무 잔인하다
> 불길 사막에다 뉘어놓고 그냥 말려버릴까
> 아으 상처의 살 썩는 냄새는 더욱 기막히다
>
> 차라리 상처를 데불고 놀아보자

상처에 바퀴 달아주고 굴려보기
꽃단장하고 강강술래
혹은 서로 푸하푸하 물 먹이기

뜻밖에 상처가 깔깔대며 웃는다
아하, 상처란 놈도 지가 지루해서
여태껏 날 지루하게 했나 보다

—「지루한 상처」부분

'중도'의 성찰적 깨우침,
오영호의 시학

— 오영호, 『농막일기』

'깨어 있음'의 시조쓰기

오영호 시인은 그의 시집 『등신아 까불지 마라』(고요아침, 2017)의 말미에 덧보탠 자전적 시론에서 "나를 만난다는 것은 깨어 있기 위함이다."고 하여, '깨어 있기 위한 시조쓰기'에 부단히 정진하고 싶은 욕망을 고백한 바 있다. 기실, 그의 '깨어 있음'은 말처럼 그리 단순한 문제가 아니다. 그것도 현대시조를 쓰는 시인으로서 '깨어 있음'이 함의하듯, (탈)근대세계의 세계-내적-존재로서 실존적 주체의 자기인식을 바탕으로 한 근대의 미의식을 부단히 추구하는 도정에서 자유시와 다른 차원의 서정이 일으키는 시적 감응을 중시해야 하기 때문이다. 이것은 역사적 장르로서 고전시가(詩歌)에 대한 오영호의 현대시조가 진력하는 창조적 갱신을 가리키는데, 여기서 가볍게 넘겨볼 수 없는 것은 오영호의 시조쓰기가 구현되고 있는 삶의 실재다. 무엇보다 오영호는 그의 고향 제주에서의 삶을 그만의 '깨어 있음'의 시조의 시학으로 구체화하고 있다.

농심의 너른 품, 생태윤리의 깨우침

가령, 이번 시집 『농막일기』(동학사, 2023) 1부에 수록된 시편들에서 과수 농사를 짓는 일상의 풍정(風情)을 음미해보자.

> 물외 냉국으로 더위를 식혀보지만
> 잎이 타들어 가는 감나무 우는 소리에
> 하늘도 목마름을 아는지 먹장구름 부르고
> 쏟아지는 소낙비에 춤추는 풀 나무들
> 오그린 발을 뻗고 늘어진 어깨 펴면
> 똬리 튼 집착도 생채기도 떨어져 나가는 것을
>
> 대숲을 흔들어대는 서늘한 가을바람에
> 하나둘 물들어가는 감나무 푸른 잎 사이
> 그대는 시월의 연정 낯 붉히는 단감이라
>
> 눈보라 몰아쳐도 농심農心은 살아 있어
> 해와 달 별빛 실은 느린 배를 타고
> 이어도, 이어도사나 노 젓는 그대여
>
> ─「농막 일기」 부분

시적 화자는 "한라산 정기 내린 금월길 69번지/두 칸의 연담별서 돌벽
의 창고 하나"(「농막 일기」) 농막을 짓고 자연의 변화무쌍한 순환 속에서
저마다 생장의 리듬에 따라 살고 있는 과수와 채소를 살뜰히 살핀다. 하지
만 마음먹은 대로 농사일이 순탄하지 않다. 그런데 바로 이 대목에서 시적
화자 그 특유의 '깨어 있음'의 시적 감응이 제주의 삶 속으로 절로 스며든
다. 과수 밭농사를 짓는 시적 화자의 농심(農心)이 별안간 "해와 달 별빛
실은 느린 배를 타고/이어도, 이어도사나 노 젓는" 제주 해녀의 삶과 조우
한다. 땅 위 과수 밭농사와 바다에서의 '바당농사'──제주에서는 바다를

육지의 밭과 다른 차원의 밭으로 삼아 바닷일도 농사짓는 것과 다를 바
없어 세칭 표준어로 '바다농사'라고 한다.──는 그 장소와 농사짓기가 크
게 다름에도 불구하고 시적 화자는 이 두 농사를 서로 겹쳐놓는다. 비록
시적 화자는 과수 밭농사에 비중을 두고 있지만, 예로부터 제주의 농촌과
해촌의 삶의 실재인 밭농사와 바다농사를 전혀 다른 배타적인 것으로 나
누지 않고 두 농사가 잘 되기를 바라는 마음이, 특히 바다농사의 순정성과
함께 어우러지고 있는 점은 농막에서 농사를 짓는 시적 화자가 품은 농심
의 너른 품을 헤아려본다. 이 같은 농심은 과수 농사의 생산을 늘려 수익
을 증대하는 데 초점을 맞추는 농사가 아니라 과일 나무의 열매를 쪼아먹
으면서 생을 유지하는 새의 무리와 공존하며 살아가야 한다는 깨우침의
생태윤리와도 맞닿아 있다.

> 허수아빌 세워놓을까 독수릴 걸어놓을까
> 중얼대며 떠나자마자 또다시 날아들며
> 주인장, 뭘 그 짓까지
> 쫀쫀하게 살지 마소
>
> ──「쫀쫀하게 살지 마소」 부분

　애써 키우고 있는 과수의 열매를 쪼아먹는 새 무리를 쫓아내기 위해
위협적 존재의 허수아비를 준비하고자 하는 시적 화자는 "쫀쫀하게 살지
마소"란, 내적 깨우침의 소리를 듣는다. 시적 문맥상 이 소리는 새 무리가
시의 화자를 풍자하는 게 분명하지만, 이 소리가 들린다는 것은 인간 외의
타자, 즉 뭇 존재에게 사심(邪心) 없는 순정의 관계 맺기에 대한 열림의
시적 감응을 벼리고 있음을 말한다. 이것은 뒤집어 생각하면, 타자의 소리
의 형식을 빈 시적 주체의 내면의 목소리라고 해도 과언이 아니다. 바꿔
말해, "쫀쫀하게 살지 마소"는 그러므로 시인 오영호가 뭇 존재와 어떻게

관계를 맺어야 하는지, 그래서 어떤 열림의 정동(情動)으로 충만돼 있는
지를 풍자적 언어로 나타낸다.

열림의 정동(情動), 제주의 삶과 역사의 풍정(風情)

그런데 이 열림의 정동은 예사롭지 않다. 서로 다른 존재들 사이에 어
떤 연관을 맺는 일은 추상적인 그 무엇이 결코 아니다. 대신, 그들의 삶은
서로 연관돼 있고, 이것은 그들의 생이 결코 작거나 비루하지 않은 채
이를 넘어 또 다른 생의 지평을 열어젖히도록 한다.

> 어릴 때
> 솎아 먹고
> 봄동으로 꺾어 먹고도
>
> 살아남은 몇 포기
> 노란 배추꽃에
>
> 착륙한
> 배추흰나비
> 노를 저어 어딜 가나
>
> ──「배추흰나비」 전문

인간의 다양한 식재료로 사용되고 겨우 "살아남은 몇 포기/노란 배추
꽃에" '배추흰나비'가 날아든다. 시인의 관찰과 상상력은 '배추흰나비'에
집중돼 있다. 이 가냘픈 나비는 배추꽃으로부터 자양분을 섭취한 후 또
다시 힘찬 날갯짓을 하며 어디로인가 유영할 것이다. 문득, 김기림의 시

「바다와 나비」(1939)가 떠오른다. 「바다와 나비」에서 나비는 깊이를 알수 없는 푸른 바다를 유영하다가 잠시 쉬기 위해 청무우밭인 줄 알고 내렸다가 물결에 날개가 젖은 채 크게 상심한 나머지 끝내 바다를 건너지 못하고 고향으로 돌아가고 만다. 이처럼 김기림의 나비는 1930년대 말 엄혹한일제 식민주의 지배의 폭압적 이데올로기가 보여주듯, 더 나은 세계를향한 유영을 위해 휴식의 자양분을 얻는 것도 허락되지 않는다. 김기림의나비에게 세계의 열림의 정동은 상실된다. 하지만, 오영호의 나비는 "노를 저어 어딜 가나"에서 행복한 상상력을 펼쳐볼 수 있듯, '노란 배추꽃'으로부터 생명의 에너지를 얻고 또 다른 열린 세계를 향해 유영할 운명이다. 그런데 이 열림의 정동은 김기림의 나비에게 가한 치명적 상처, 즉일제 식민주의 근대가 우리 고유의 전통을 송두리째 폐기처분한 역사 지워내기와 달리, 오영호의 「벌초」에서는 제주 고유의 벌초 풍속에서 제주인의 삶의 역사와 매우 긴밀한 시적 상상력으로 활기를 얻는 나비의 유영으로 나타난다.

> 향긋한 풀 향기에 촉촉이 젖은 상석床石
> 술 부어 잔 올리고 엎드려 절을 하면
> 돌비에 새긴 이름들 나비 되어 날아가는
>
> —「벌초」 부분

이렇듯이, 오영호의 시에서 주목해야 할 것은 제주의 삶의 역사와 풍정에 대한 시의 감응력이다. 그중 「입춘굿」을 살펴보자.

> 새해
> 새철 드는 날
> 관덕정 앞마당에

낭쉐 한 마리와 돌하르방 눈 부릅뜨고
자청비
언제 오실까
기다리며 서 있다

(중략)

뛰는 놈도 나는 놈도 다 거기서 거기주만
좌로 갔다 우로 갔다 싸움질하다 넘어져 코 박아버린 골통들이나 죄지어
쥐구멍도 못 찾는 연놈들 걱정 많고 서러운 사람들도 대청으로 들어왕 앞으로
쭈욱 초례초례 앉읍서 잘 생긴 이 아지방은 어떵허영 와집디꽈? 몸도 마음도
하간디가 아판 왔수다 게난 젊은 시절엔 놀만이 놀았구나 양? 아무튼
여기서 푸다시 허영 모든 걸 다 털엉갑서

(중략)

소주를 입 안 가득 머금은 수심방이 홍포 휘두르며 객을 향해 푸우, 푸우
뿜어대자 온갖 액운이 빠져나와 관덕정 마당에서 바르르 떨다 동사하지 다
같이 손잡고 부르는 노래
탐라국
삼백예순날
어화둥둥 좋을시고……

—「입춘굿」부분

제주에서 전래해온 입춘굿 한바탕이 "관덕정 앞마당에"서 펼쳐지고 있
다. 일제 식민주의 시절 중단되었다가 복원된 입춘굿은 제주 공동체가

봄을 맞이하는 제의(祭儀)다. 시인은 평시조와 사설시조를 절묘히 배합함
으로써 입춘굿에 대한 구연적(口演的) 상상력의 시의 감응력을 배가시키
고 있다. 본래 입춘굿의 제의적 역할이 그렇듯이 시인은 "밭농사 바당농
사 풍년이 잘 들도록"(「입춘굿」) 간절히 기구(祈求)할 뿐만 아니라 간난
신고(艱難辛苦)한 삶을 사는 제주 민중의 맺히고 어혈진 상처와 고통을
말끔히 털어내고 풀어내는 굿거리 신명을 시적으로 재연(再演)한다. 특
히, "아지방은 어떵허영 와집디꽈? 몸도 마음도 하간디가 아판 왔수다 게
난 젊은 시절엔 놀만이 놀았구나 양? 아무튼/여기서 푸다시 허영 모든
걸 다 털엉갑서"란, 제주 심방의 제주어 굿거리 사설에 대한 시인의 시적
재연은 사설시조의 양식적 개방성을 근간으로 한 '말부림'이 시조의 갱신
의 현재화(顯在化)로 나타나고 있는 것이다. 그러므로 위 시의 마지막 시
구절에서 "다 같이 손잡고 부르는 노래/탐라국/삼백예순날/어화둥둥 좋
을시고……"에 깃든 제주 민중의 신명이 한층 더욱 웅숭깊은 시의 감응력
을 득의(得意)한다. 다시 강조하건대, 시조의 갱신의 차원에서 「입춘굿」
은 실로 절창이 아닐 수 없다.

개발 자본주의의 세계악(世界惡)

「입춘굿」에서 쏟는 시인의 제주의 역사와 풍정에 대한 시조쓰기는 "제
로센/낡은 격납고엔/녹슨 철사 비행기"(「격납고」)가 강하게 환기하는 일
제 식민주의 지배와, "떠도는 스물 원혼 휘이휘이 불러내는/선지피 토하
며 우는/동박새"(「도틀굴 앞에서」)의 울음과, "억새밭/뚫고 나온/여린 고
사리들//고개를/들지 못하고/묵념만 하고 있"(「4월의 평화공원」)는 무자
년(1948) 4·3의 기억의 갈피를 들춘다.

그런데 제주의 상처와 고통이 더해지고 있는데, 그것은 개발의 미명
아래 제주의 도처를 헤집고 들어오는 세계악(世界惡)이다.

언제부턴가 개발이란 깃발 꽂고

산야든 목장이든 포크레인 머문 곳마다

흥건한 검붉은 피가 스며들기 시작했다

끝내 '음용 불가' 박힌 푯말 앞에

목마른 등산객이 말없이 돌아가고

노루도 머뭇거리다 줄행랑을 치고 마는

—「절물」 부분

물론, 위 세계악의 현실이 '절물'에게만 해당되지 않는다. 제주의 명승지뿐만 아니라 해변가와 중산간을 살필 때마다 종래 관광산업 외에 각종 첨단의 에너지 및 생태바이오 산업은 그럴듯한 미사여구 아래 본질은 개발 자본주의 그 이상도 이하도 아닌 "검붉은 피"를 제주에 침투시키고 있는 형국이다. 그러는 동안 제주의 생명은 가뭇없이 매우 빠른 속도로 꺼져가고 있다. 비록 코로나19가 전 지구적으로 창궐하는 동안 사회적 '거리두기'로 사회 모든 활동이 주춤하고 느림을 회복하고 있지만, 어찌된 일인지 제주 섬 전체에 미치고 있는 천태만상의 개발 자본주의의 열기는 좀처럼 식을 줄 모른다. '마스크'와 '주먹 인사'와 '거리두기'로 재현되는 팬데믹의 풍속도에서 제주도 예외는 아니지만(「풍속도」, 「밖으로 나왔더니」), 팬데믹 기간과 그 사회적 종료 후 제주는 쉼 없이 지속적인 개발 자본주의의 미혹에 길을 잃고 있다. 때문에 다음과 같은 편지를 쓰는 아버지와 이것을 읽을 아들이 직면한 사회적 현안은 우리의 절실한 문제가 아닐 수 없다.

1.

서울의 인왕산엔 무슨 바람이 불고 있니?

여기는 벌써 몇 년째 흙바람이 불고 있다. 팽팽한 여론 줄다리기에 몸과 맘이 진창이지만 욱의 삼촌만 보면 힘이 솟는다. 90인데도 날마다 『제2공항 결사반대』 머리띠 두르고, 대대로 물려받은 황무지를 평생 손과 발이 다 닳도록 가꾼 귤밭을 절대 내놓을 수 없다며 죽는 날까지 싸우겠다고 지팡이 들고 앞장선다.

5월의
감귤꽃 향기
한 광주리 보낸다.

2.
이젠 말도 안 하는 7촌 길의 삼촌은

성산의 발전은 곧 제주의 발전이며 나아가 국가의 발전이다. 국책사업이니 절대로 막아서는 안 된다며 무엇보다도 보상금을 잘 받는 게 중요하다고 어깨에 힘을 주고 동으로 번쩍 서로 번쩍 온종일 날아다니며

돈이면
다 되는 것처럼
내 속을 긁고 있다.

—「아들에게 보낸 편지」 부분

제2공항 문제로 해당 지역과 제주의 전 지역 주민들은 심각한 대립 갈등을 벌이고 있다. 시에서도 단적으로 드러나고 있듯, '욱의 삼촌'(반대)/'길의 삼촌'(찬성)의 모습에서 "고향은/시한폭탄처럼/언제 터질지 두렵"(「아들에게 보낸 편지」)다. 제주가 현대사의 역사적 광풍 속에서 철저

히 붕괴되고 해체된 것을 상기해볼 때 개발 자본주의의 광풍으로 또 다시
그러지 않으리란 법도 없음을 심각히 고려해보면, 시인의 예의 시적 고발
은 제주 공동체가 어떤 삶의 현재와 미래를 궁리할 지에 대한 '깨어 있음'
의 문제제기와 그에 대한 최선의 실천을 강구할 것을 요구한다고 해도
과언이 아니다. 그럴 때 우리는 아래의 시적 대상인 김 할머니의 뼈마디의
쑤심과 연관된 제주의 삶과 역사의 풍정을 온전히 헤아릴 수 있지 않을까.

섬을 물어뜯는 세찬 비바람에

노점상 김 할머니 하늘만 쳐다보다

쪽문을 닫아걸더니 두문불출 중이다

골백번 쓰러졌다 골백번 일어서는

바닷가 들풀처럼 살아온 터전 위에

쉰다고 쉬는 것이 아니지

뼈마디가 더 쑤시는

　　　　　　　　　　　—「쉰다고 쉬는 것이 아니지」 전문

"노점상 김 할머니"는 "섬을 물어뜯는 세찬 비바람"과 함께 살았을 터이
다. "골백번 쓰러졌다 골백번 일어서는//바닷가 들풀처럼 살아온 터전"은
곧 제주의 현대사를 이루는 미시사(微視史)이며 거시사(巨視史)이듯, 노점
상이 표상하는 제주의 개발 자본주의의 미시사/거시사의 사회적 환부와

통증이야말로 갈수록 김 할머니의 "뼈마디가 더 쑤시는" 이유다.

'중도'의 성찰적 깨우침

우리는 이번 시집을 이해하는 열쇳말 중 하나로 오영호 시인의 '깨어 있음'에 바탕을 둔 그의 시조쓰기의 실재를 살펴보았다. 그의 '깨어 있음'의 시조쓰기는 죽비로 내려치는 일갈의 단호함의 정동을 동반하는 그런 것이 아니다. 가령, 과수 재배를 하는 농막의 풍정에서 대수롭지 않게 만날 수 있는 것들 중 하나, 상품성 없는 귤을 따서 버렸는데 그중 하나를 아무 기대없이 먹었더니 그런대로 먹을만한 터, 이때 그 버려진 귤이 "멋대로/데껴불지 맙써/그래그래 미안혀"(「미안혀」)로부터 우리는 주체와 뭇 존재들 사이의 자연스러움의 관계가 생성되고 있으며, 그 생성의 도정에서 '깨어 있음'의 깨우침은 근대의 합리적 계몽적 깨우침과 다른 차원의 정치윤리적 깨우침의 경이로운 진실에 이르고 있음을 성찰한다. 이것은 오영호 시인의 '중도'의 성찰적 시조쓰기로 보증된다.

깃발이 흔들리는 것은 바람일까 깃발일까?

바람이지요. 아니 깃발이요. 다툼이 끝없자 스승을 찾아갔네

'바람도 깃발도 아닌 자네들 마음이네'

—「중도」 전문

극락전 잔디밭을 걷고 있던 스님 '둥기 둥' 거문고 소리에 걸음을 멈추자 큰 스님 저 소리는 무슨 소리입니까? 거문고 소리다 조율이 참 잘 됐구나 조율이란 무엇입니까? 줄을 너무 조이면 줄이 끊어지고 너무 느슨하면 소리가

나지 않으니라 딱 맞아야 최고의 소리를 낼 수 있느니라 동자도

―「중도 3」 부분

좌우를 거느리고
순리의 길을 따라

천둥 벼락 쳐도
유유히 흐르는 강물처럼

자유의 깃발을 들고
멈춤 없이 가는 것

―「중도 5」 전문

'중도'와 관련하여 아주 평이한 시어와 단출한 형식의 시조로 오영호 시인은 성찰적 깨우침을 조곤조곤 읊조린다. 그렇다. 중도의 성찰적 깨우침은 오영호의 이번 시집에서 우리가 곰곰 숙고해보아야 할 그의 시조쓰기가 정진해온 비의적 진실이라 해도 손색이 없으리라. 여기서, 시조의 창조적 갱신은 오영호 시인에게 '중도'의 성찰적 깨우침과 자연스레 이어진다. 변화무쌍한 객관세계와 조우하는 근대적 주체의 자기정립을 게을리하지 않되(「중도」), 뭇 존재와의 관계 속에서 조율하는 생성의 진실에 겸허하면서(「중도 3」), 불편부당하지 않는 담대한 순리의 길 위에서 자유를 쉼 없이 추구하는 것(「중도 5」)은, 시조 고유의 정형율격에 강박되지 않으면서 자유시의 해체적 율격에 풀어버리지 않는, 그래서 시조의 율격을 조율하여 자연스레 공명하는 시조의 창조적 갱신으로서 서정을 벼리는 시조쓰기를 말한다. 말하자면, 오영호 시인은 그동안 축적한 시조쓰기

의 적공을 '중도'의 성찰적 깨우침, 그 시조쓰기의 시학으로 갈무리한다.

그래서일까. 새벽 갠지스강 돌계단을 찾은 시적 화자의 내면을 휩싸고 도는 혼돈은 갠지스강을 찾은 사람들의 종교적 일상의 수행과 함께 예의 '중도'의 성찰적 깨우침을 노래하고 있는 시적 감응력으로 정화되고 있다.

무엇을 더 보태고 무엇을 더 빼랴만

마시고 목욕하며 죄 씻는 사람들

삶에는
정답이 없듯
갠지스는 흐를 뿐

—「갠지스강 가트에 앉아」 부분

나기철의 시학,
'조용히'의 삶철학과 시의 비의성

— 나기철, 『담록빛 물방울』

나기철의 짧은 시, 최량(最良)의 시적 표현을 득의(得意)하는

나기철 시인의 시는 비교적 짧다. 이것은 시 장르의 특성상 다른 글쓰기보다 최량(最良)의 시적 표현을 득의(得意)하기 위한 시 본연의 속성에 충실해서이기도 하지만, 나기철 시인이 1987년부터 본격적으로 시를 쓰기 시작한 이후 자신만의 시세계를 구축하는 도정에서 그 적공(積功)의 시력(詩歷)의 산물임을 주목해야 한다. 그래서 그의 짧은 시의 시적 표현이 자아내는 시적 감응력은 '좋은' 서정시로서 서정적 미의식을 바탕으로 하되 그만의 독창적 개성의 미의식을 잘 벼리고 있다. 물론, 이러한 시세계는 세계의 어떤 거창한 문제의식 속에서 만들어지는 게 아니라 아주 사소한 일상 속에서 형성되듯, 바로 그렇기 때문에 쉽게 지나칠 수 있는 일상의 그 작은 것들 사이를 눈여겨보고 듣는 그의 시적 태도를 중시해야 한다.

자본주의 가치를 넘는 '조용히'의 삶철학

"형, 나는 이제까지
꽃 한 송이,
한라산과 제주 앞 바다만

가슴에 품고 살아왔어요"

저녁
동문시장 모퉁이

—「눈동자」 부분

망해도 괜찮다는 생각

지금도 같다

얼마든지 망할 수 있다

근데 잘 망하고 싶다

조용히

—「독립서점-주인의 말」 전문

위 서로 다른 두 편의 시를 곰곰 음미하고 있으면, 시인이 벼리고 있는 나기철 시학(詩學)의 어떤 면이 살포시 드러난다. "영세민 아파트/혼자 사는/룸펜 같은/일찍 몰락한 집의"(「눈동자」) 동네 아우는 "꽃 한 송이,/한라산과 제주 앞 바다만/가슴에 품고 살아왔"으므로, 자신의 삶을 결코 비루하게 인식하지 않는다. 그런데 여기서 대수롭게 넘겨서 안될 것은 이런 그의 말을 하는 때와 장소, 즉 "저녁/동문시장 모퉁이"다. 나기철의 시적 감응력을 온전히 이해하기 위해서는 짧은 시적 표현이 함의하는 그 시적 맥락, 달리 말해 시인의 시적 표현의 안과 밖으로 휩싸고 맴돌이치는 일상의 풍경들──흔히들 이 곡절 많은 일상의 사연들을 역사의 미시사(微視史)로 이해한다.──을 각자 자신의 방식으로 이해하고, 그와 연관된 자

신의 경험 혹은 추체험을 그 시적 표현에 포개놓아야 한다. 그럴 때 시인
의 짧은 시가 지닌 시의 감응력은 한층 배가된다.

　이와 관련하여, 「눈동자」의 장소로서 '동문시장'은 21세기에는 관광객
에게 시쳇말로 제주의 핫플레이스(hot place) 중 하나로 개발된 현대식
전통시장이다. 그런데 시의 맥락에서 보이는 동문시장은 룸펜의 대화에
서 표면상 짐작할 수 있듯, 시장의 역할에 충실하여 물품과 돈이 활발히
거래되는 경제적 부를 표상하는 장소의 속성을 지님으로써 룸펜에게 이
러한 경제적 삶을 살도록 추동시키기보다 오히려 시장 자본주의와 전혀
무관한 무형의 가치(꽃 한 송이, 한라산, 제주 앞 바다)를 추구한 것에 자족
하는 장소일 뿐이다. 게다가 재래식 시장의 활력이 스러지는 파시(罷市)
무렵 '저녁'이면서 '모퉁이'다. 「눈동자」의 시적 매혹과 그 감응력은 이러
한 모든 것을 종합할 때 스미고 번진다. 시장 자본주의로부터 벗어난 가치
를 추구하는 룸펜의 도저한 삶의 충만감은, 아이로니컬하게도 재래식 시
장 자본주의가 활성화하는 낮의 시간이 아닌 파시를 맞이하는 '저녁 모퉁
이'에서 그 삶의 실재가 더욱 충일하다. 그만큼 그는 자본주의 삶에서는
룸펜에 불과하지만, 그가 앙가슴에 소중히 품고 살아온 제주의 가치에
대해서는 그 누구보다 떳떳하다. 이러한 삶에 대한 자기충족과 자기충일
을 미주알고주알 늘어놓지 않는 것이야말로 나기철 시인의 시적 매혹이
아닐 수 없다.

　이 매혹이 「독립서점」에서는 어떨까. 이 시에서도 귀 기울여야 할 것은
「눈동자」에서도 룸펜의 말에 주목했듯이 서점 주인의 말을 곰곰 음미해야
한다. '독립서점'의 속성상 주인은 매출액의 크고 작음에 희비(喜悲)가 엇
갈리는 데 개의치 않는다. 오히려 "망해도 괜찮다는 생각", "얼마든지 망할
수 있다", "근데 잘 망하고 싶다"는 매우 엉뚱한 생각을 갖고 있다. 그러니
까 이 정도면, 주인은 독립서점을 자본축적의 수단으로 조금도 생각하고
있지 않다는 것을 분명히 하고 있는 셈이다. 그러면 주인은 무엇을 추구하

기 위해 독립서점을 운영하고 있는 것일까. 다양한 생각과 상상력을 펼칠 수 있겠다. 그런데 바로 이 대목에서, 나기철 시인의 그 특유의 짧은 시의 매혹이 마지막 연을 이루는 한 개의 시어 "조용히"에서 드러난다. 이것은 시적 화자인 주인이 독립서점을 운영하는 전반의 경영철학이고, 또한 인생의 삶철학을 집약적으로 나타낸 시적 재현의 언어로 손색이 없다.

독립서점이라면, 흔히들 대형서점처럼 다양한 분야의 도서 및 관련 팬시 상품들을 팔기 위한 그런 곳이 아니라, 주인의 평소 관심도가 주류 분야를 이루는 도서 중심으로 꾸며진 소규모의 서점이기 십상이다. 그러므로 서점의 외향이나 전시 및 판매 도서로 이뤄진 내부의 모습이 자연스러울 터이다. 중요한 것은 서점과 책 본연의 속성에 대한 자존감과 충족감을 높이기 위해 불필요한 관계를 최소화하는 '조용히'가 지닌 삶철학을 시적 화자인 주인이 실천하고 있다는 점이다. 그래서 "잘 망하고 싶다"는 말이 예사롭지 않게 들린다. 이것은 달리 말해, 나기철 시인이 평소 정립하고자 부단히 정진하는 시쓰기와 연결된다. 독립서점과 그 주인은 바로 나기철 시인의 시쓰기과 유비 관계를 이루기 때문이다.

시적 상상력의 힘, 심오한 비의적 미의 생성

이처럼 나기철 시인은 그의 짧은 시가 지닌 시적 매혹과 시의 감응력을 배가하는 그만의 시학에 정진한다. 가령, 다음의 시를 찬찬히 톺아보자.

거기 너를 두고

바이칼에 와
절벽 위에서
구름 가려진

피안을 본다

입에 악기를 문
여인이 왔다 가고
바다 새
돌다가 갔다

문득
물을 가르며
작은 배
지나간 곳

수 많은
오선지 결들이
소리를 내며
한참 있다가
사라졌다

—「천해天海」 전문

이 시는 나기철의 다른 시보다 상대적으로 긴 편이지만, 다른 짧은 시 편에게서 두루 발견되는 시쓰기의 특장(特長)이 있다. 감히 말하건대, 이 시에서는 시뿐만 아니라 절차탁마한 창조적 예술이 일궈내야 할 예술의 비의성에 이르는 도정과 그 심오한 미적 성취가 간결히 현재화(顯在化)돼 있다. 그 대상이 어떤지 우리는 구체적으로 알 길이 없으나, 시적 화자는 "거기 너를 두고//바이칼에 와/절벽 위에서/구름 가려진/피안을" 보고 있다. 시의 맥락을 볼 때, '거기'란 심리적 물리적 거리를 가리킨 부사가 말해주듯, 시적 화자는 아마도 '너'를 '거기', 곧 '피안'에 두고 왔을 공산이 크다. 다시 말해 시적 화자는 죽은 '너'와 이별한 후 북방의 바이칼호 절벽 위에서 드넓은 흡사 바다와 다를 바 없는 바이칼호 저 먼 곳을 우두망찰 응시하고 있다. 여기서 잠깐, 분명 바이칼호는 땅 위 자연스레 형성된 호수다. 하지만 이 호수는 얼마나 광대하고 신비스러운지 바다와 구별이 없는가 하면, 저 멀리 보이는 호수의 수평선은 하늘과 경계 구분이 모호하여 호수는 심지어 하늘로 자연스레 이어지는 듯 보인다. 바이칼호는 그러므로 호수와 바다와 하늘과 경계 구분이 모호한, 아니 경계가 가뭇없이 스러져버린 말 그대로 '하늘 바다[天海]'의 환상계로 착시한다. 그러면 "구름 가려진/피안" 역시 이 '하늘 바다'와 이어진 것임을 예의주시할 때, 이제 바이칼호의 예의 환상계는 차안(이승)/피안(저승)의 경계도 무화시켜버리는, 궁극의 세계로 그 속성이 바뀐다. 이것을 이해했을 때, "입에 악기를 문/여인이 왔다 가고"의 시적 표현은 이 궁극의 세계의 심오한 비의적 미를 연주하는 것이고, "바다 새/돌다가 갔다"는 새의 유영은 이 연주에 마치 화답하는 양 우주적 춤을 춘 것이나 마찬가지다. 그런데 이 궁극의 세계의 아름다움은 여기서 끝나지 않는다. 바이칼호 위 "물을 가르며/작은 배/지나간 곳"에서 일어난 하얀 물살을 시적 화자는 "수 많은/오선지 결들이/소리를 내며/한참 있다가/사라졌다"고 하여, 여인의 연주를 새의 유영과 배의 물살과 절묘히 조화를 이뤄낸다. 이렇게 바이칼호를 찾은 시인은 '하늘 바다'가 지닌 마성적 궁극의 세계의 아름다움을 그의 시적 재현으로 노래한다. 여기서, 잠시 호흡을 가다듬자. 차안/피안의 경계를 무화시켜버린 이 궁극의 세계에서, 그렇다면 '거기'에 두고 온 '너'는 "입에 악기를 문/여인"이 아닐까. 죽음의 형식을 통해 이별한 '너'는 시인의 예의 비의적 시쓰기-시적 상상력의 힘을 빌어 궁극의 세계에서 미의 메신저로 갱신한 셈이다.

　시인의 이러한 시쓰기는 이번 시집 『담록빛 물방울』(서정시학, 2023)에서 득의한 소중한 시적 성취임을 강조하고 싶다. 이것은 「천해」에만 해당되는 특별한 사례가 결코 아니다.

　　파는 구슬 묵주 알
　　보다
　　더 푸른

　　아낙의 눈

　　깎아 달라니
　　잠시 짓는
　　미소

　　비둘기 솟는다
　　　　　　　　　　　　　　　　　　　—「비둘기 골짜기 옆」 전문

　시적 전언은 매우 평이하다. 가판대에서 여러 종류의 "구슬 묵주 알/보다" "아낙의 눈"이 신비스러울 정도 더 푸르고 아름답다. 그것은 가격을 흥정하는 가운데 "잠시 짓는/미소"가 "비둘기 솟는"듯, 비둘기의 힘찬 비상(飛翔)과 포개지면서 절로 형성되는 '아낙'을 에워싼 미의 아우라 때문이다. 앞서 「천해」가 성취한 미의식과 그 생성의 비의성을 음미해보았듯이, 「비둘기 골짜기 옆」의 경우 일상의 작은 풍경 속에서 시인은 서로 관계를 맺고 있는 시적 대상들, 가령 '구슬 묵주 알-아낙의 눈-아낙의 미소-비둘기의 비상'이 서로 연접해 있으면서 그 속성들이 서로에게 자연스레 스미고 번져들어감으로써 일상의 작은 풍경은 결코 심드렁할 수 없는 심오한 비의적 미를 생성해낸다. 그리고 시인은 이것을 '조용히' 시적 재현으로 포착한다.

서정시의 감응력과 시적 서사

이러한 나기철 시인의 시적 재현은 오랫동안 짧은 시를 벼리는 가운데 서정시가 지닌 시적 감응력을 어떻게 극대화할 것인가에 관한 시적 고투의 산물이다. 여기에는 시적 대상을 에워싼 일상의 풍경들 사이로 때로는 강렬하게 때로는 희부윰하게 자리하고 있는 시적 서사를 중시하고 있기 때문이다.

모두 안에만 있는지
늘 멈춰 있는

가는 봄날
한 남자
나무 아래
벤치에 앉아
노래한다

"오동추야 달이 밝아..."

들썩인다

—「평화양로원 2」 전문

제주 사람들은 50년대 가요 송민도의 '서귀포 사랑'을 잘 모르데. 어릴 때 여기로 흘러들어온 나는 이 노래가 너무 좋은데. 거긴 아마 육이오 피난살이 서울의 한숨이 묻어 있어설까. 아버지도 어머니도 이젠 여기 없는.

—「그 노래」 전문

노래처럼 곡절 많은 사연을 자연스레 풀어낼 수 있는 예술도 흔치 않을 것이다. 더욱이 대중의 희노애락과 애환을 대중의 일상 속 리듬과 한데 어우러져 불린 대중가요의 존재는 그 역할을 아무리 강조해도 지나치지 않다. 「평화양로원 2」와 「그 노래」에서는 1950년대 중반 무렵 대중의 사랑을 받은 '오동동 타령'(1956)과 '서귀포 사랑'(1957)에 연관된 시적 서사가 당시 노랫말과 리듬에 얹혀 들린다. 이들 노래를 부르고 들은 사람들이 노래와 연관하여 자신들에게 상기되는 감성이 천차만별이듯, 중요한 것은 양로원의 봄 끝자리 벤치에 앉아 "오동추야 달이 밝아…"라는 '오동동 타령'에 온몸을 들썩이는 노인은 그의 살아생전 어떤 신명이 난 일상에 취해 있을까(「평화양로원 2」). "들썩인다"는 시적 표현에서 짐작해보건대, 비록 지금은 양로원의 보호를 받고 있는 신세지만, 그는 젊은 소싯적에 삶의 신명을 체감해보았을 뿐만 아니라 지금도 그 삶의 신명을 포기한 적이 없을 터이다.

이처럼 노래와 연관한 시적 서사는 나기철 시인의 퍼스나로서 시적 화자 '나'가 유소년 시절 제주에 들어와 듣곤 하던 "50년대 가요 송민도의 '서귀포 사랑'"에 배여든 "육이오 피난살이 서울의 한숨"을 상기시킨다 (「그 노래」). 한국전쟁 시절 제주를 구사일생 찾아든 피난민들의 탈향(脫鄕)과 귀향(歸鄕)의 감성이 짙게 묻어있는 대중가요 '서귀포 사랑'은 "아버지도 어머니도 이젠 여기 없는" 시적 화자에게 무엇을 그리고 어떠한 시적 서사의 배음(背音)으로 들릴까.

대중가요 '서귀포 사랑'과 그 시적 서사의 배음은 "입도 2대/외아들 나"(「입도入島」)의 곡진한 어머니 사랑과 그리움의 시편에서 만날 수 있다. 1953년 서울에서 출생한 나기철 시인은 12살 무렵 제주에 입도하여 살고 있는데, 그에게 어머니는 낯선 타지에서 꿋꿋하게 생을 버티며 살아갈 수 있는 삶의 의지와 용기를 북돋아줬던 세계 그 자체였다. 그래서 "섬에 와/어머니/일찍 돌아가셨다/생각하면/캄캄하다"(「환한 날」)의 밑

자리에 똬리를 틀고 있는 세계에 대한 두려움과 막막함은 통상 '어머니 부재'가 함의한 자기존재의 상처와 고통으로 수렴되지 않는다. 나기철 시인의 어머니는 38도선 이북 태생으로 한국전쟁 당시 38도선 이남으로 피난을 왔다가 제주에서 터전을 잡은 전쟁 디아스포라의 삶을 살았다. 이러한 전쟁 디아스포라로서 삶의 이력을 지닌 시인의 어머니가 그의 가족을 위해 얼마나 큰 고통을 겪었어야 했을지 숱한 디아스포라 전재민(戰災民)의 삶을 통해 알 수 있다.

그리하여 시인의 어머니에 대한 사랑과 그리움은 시적 화자의 일상 곳곳에 자리한다. "서울 병원에 검사 결과 보러/공항 가는 첫 버스 타고 가며/신문,"에서 소설가 김주영이 가장 사랑하는 우리말이 '엄마'라고 한 기사를 시적 화자는 "읽으며/운다//오랜만에 또 운다"고 하는가 하면(「엄마」), 시적 화자는 서귀포 가는 버스 안에서 목도한 창가에 앉은 여자가 간혹 울먹이는 모습을 보며 돌아가신 어머니를 떠올리는바, "북쪽 향해 있는/해상 풍력발전기/날개들"의 풍력에 올라타 죽은 어머니가 자유롭게 휴전선 넘어 고향으로 날아가길 기원한다(「일주동로—走東路」).

어머니의 경이로운 삶

기실, 이번 시집에 수록된 시편들을 읽으며 어머니의 시적 재현이 좀처럼 떠나질 않는다. 이것은 시인과 시적 화자의 어머니와 그 어머니 부재에 대한 시의 감응력이 미치는 파장이 쉽게 가시질 않기 때문이다.

초겨울 밤
시청 앞 건널목
가로등 옆
늙지 않은 여자

검정 비닐에 싼
밀감, 바나나 네 묶음
앞에 앉아
몰래 울고 있다

밀감, 만 원 내미니
오천 원이라며
바꿔오겠다고
일어서려 한다

쑥부쟁이 하나
피었다

—「어머니」 전문

"초겨울 밤/시청 앞 건널목/가로등 옆/늙지 않은 여자"가 난전에서 과일을 팔며 "몰래 울"고 있다. 삶의 강팍함을 어찌 쉽게 위무해줄 수 있는지 도통 알 수 없지만, 시적 화자가 밀감을 사기 위해 "만 원 내미니/오천 원이라며" 거스름돈을 "바꿔오겠다고/일어서려" 한다. 시적 화자는 이 단출한 경험의 한 자락에서 자신의 어머니의 삶의 편린이 겹쳤을 것이다. 제주에서 전재민의 디아스포라로서 시인의 어머니는 간난신고(艱難辛苦)의 삶을 살았지만, 정직하고 강인한 삶을 살았으리라. 국화과의 여러해살이풀 들꽃 "쑥부쟁이 하나/피었다"처럼, 나기철 시인은 격동의 험난한 시대를 겪었던 우리 시대의 어머니들이 저마다의 사연 속에서 '쑥부쟁이'로 피워낸 삶의 경이로움을 기억하고, 그 특유의 짧은 시의 독창적 개성으로 나기철의 시학을 정립하고 있다.

염량세태(炎凉世態)에서 망실한
'젖어있는 안쪽'의 언어

— 김광렬, 『모래마을에서』

　시인의 언어가 뭇 사람들 사이에서 절로 흐르고 그 흐름에 절로 맞춰 삶의 자연스러운 리듬을 형성하기를 꿈꾸는 것은 한갓 공상에 불과한 것일까. 시적 상상력이 예술의 경계에 구속되지 않고 삶과 예술을 회통(會通)시켜줌으로써 우리의 일상의 결들 속에 예술이 스며들어 있고, 예술의 영역 속으로 일상이 지닌 비의성이 배어들어 있다는 것을 절로 성찰하는 일은 힘든 것일까.

　김광렬의 시집 『모래마을에서』(푸른사상, 2016)의 시편들을 음미하면서 새삼 시인의 언어에 대해 곰곰 생각하지 않을 수 없다. 이것은 김광렬의 시적 상상력을 통해 지금, 이곳에서 살고 있는 우리의 삶뿐만 아니라 향후 모색할 우리의 어떤 삶에 대한 시적 통찰의 욕망과 무관하지 않기 때문이다. 그래서인지, 그의 "세상은 까만 수렁이다"(「시가 연꽃이다」)와 같은 암울한 세계인식의 은유로부터 말문을 열어보자.

　와서, 내 속을 뜯어 발겨다오 독수리야

　안에 어떤 흉측한 삶이 살고 있는지

　왜 자신은 용서하면서 남은 용서하지 않는지

왜 자신의 잘못으로부터 도피하는지

제 속 검은 줄 모르고 남만 검다 하는지

내 속 찢어발겨다오 독수리야

오늘 수술을 받아야할 존재는 나이니

너는 메스 같은 그 날카로운 발톱으로

내 안을 찢어 새 살로 돋아나게 해다오

—「독수리에게」 전문

　　시적 화자의 자신을 향한 냉엄하고 준열한 자기성찰은 매우 아픈 고통
을 동반하고 있다. 독수리의 날카로운 발톱은 메스이며, 시적 화자는 이
메스로 자신의 살점을 찢고 파고들어 "안에 어떤 흉측한 삶"의 뿌리를
도려내는 외과수술을 기꺼이 감내하고자 한다. 자신의 부정과 잘못에 대
해서는 그동안 이렇다 할 발본적 비판 없이 타자의 그것에 대해서만 비판
의 태도를 보인 자신의 부끄러운 자화상을 전면적으로 통렬하게 공박한
다. 사실 이순(耳順)을 넘긴 시인의 이러한 투철한 자기성찰은 날로 부박
해지는 염량세태(炎涼世態)의 현실에 속수무책으로 포획돼 살아가는 무
기력한 자신과, 이러한 삶을 마주하여 한층 날카롭고 웅숭깊게 벼려야
할 시인으로서 윤리감에 대한 부단한 자기정진을 실천한다는 점에서, 우
리는 그 진정성을 주목해야 한다. 그리하여 시인은 이 외과수술을 통해
'까만 수렁' 속 세상에 생명의 빛을 투과시키고 싶다. 물론, 이 일은 그리
간단한 시적 실천이 결코 아니다. 여기에는 시인의 명민한 세계인식의
태도가 요구된다. 가령,

봄이 왔다고 다 봄은 아니라고

꽃 속에 독(毒)이 묻어있다고

아름다움의 배후는 늘 수상하다고

포장된 향기 속에는 음모가 숨어있다고

소리하며 가는 새, 이 봄이 위험하다

봄에 죽음냄새가 더 짙은 것은 무엇 때문일까

—「새 소리」 부분

을 관통하는 시인의 세계인식을 주목하지 않을 수 없다. 시인은 봄의 현상
에 일희일비(一喜一悲)하지 않는다. 엄동설한을 견딘 후 찾아든 봄이 얼
마나 반가울 것인가. 하지만 시인은 순간의 설렘과 반가움을 드러내지
않고 그 환희의 감정을 극도로 절제하면서 이른 봄, 곧 해빙기에 채 가시
지 않은 겨울의 냉한(冷寒)이 마지막 뿜어대는 냉독(冷毒)을 경계한다.
"포장된 향기"와 "아름다움의 배후"를 간과하지 않고 "봄에 죽음냄새가
더 짙은 것은 무엇 때문"인지 그 원인을 탐구한다. 여기서, 우리가 짐작해
볼 수 있는 것은 시인에게 완연한 봄은 아직 찾아오지 않았다는 사실이다.
달리 말해 우리 시대의 삶과 현실에서 훈풍이 부는 완연한 봄은 도래하지
않았다. 국내의 민주주의는 진전되기는커녕 뒷걸음질 치고 있는바, 정치
뿐만 아니라 경제 부문에서도 우리의 삶은 행복과 거리가 점차 멀어지고
있다. '헬조선'이란 말 속에 총체적으로 집약돼 있듯, 정치경제적 기득권
자들과 위정자들에게는 '포장된 향기'와 '위장된 아름다움'의 가치만이
역겹게 넘실댈 뿐이다. 그들만을 위한 봄의 위악적 훈풍이 시인에게는

묵시록적 '죽음냄새'로 다가온다. 그래서 시인에게는 이럴수록 "캄캄한 어둠 속 떨다가/툭, 툭 맨살 터트리며/불거져 나오는 것"(「씨앗」)과 같은 "뿔, 자신을 드러내는 간절한 언어"(「뿔」)가 절실하다.

그렇다면, 이 간절한 언어의 속성은 어떤 것일까.

봄볕 화사한 날 한 사내가 공원 벤치 밑을 청소하고 있다 색 바랜 나뭇잎들이 켜켜이 쌓여있다 쇠스랑 들고 살짝 건조한 표면을 자극하자 숨어있던 눅눅한 감성들이 봇물 터지듯 쏟아져 나온다 그래, 살다보니 메마른 것들이 젖은 것들을 짓눌러왔다 들어내면 들어낼수록 더 뜨거워지는 축축한 눈물의 뼈들, 그동안 생의 슬프고 아픈 것들이 저 안에서 남몰래 웅성거리고 있었던 것이다 그렇게 살아가는 일은 늘 안이 젖어있는 것이라는 생각을 지워버리지 못하는 이 아침, 저 젖어있는 안쪽에게 우리는 얼마나 따뜻한 눈길 주며 살아왔을까

—「젖어있는 아침」 전문

외로움을 지우기 위해서가 아니라
더 외로워지기 위해서
바이칼로 가자
외로움은
얼음장 밑으로 가만히 흐르는
서늘한 물살 같은 것
내 안에서 그것을 느낄 때
나는 비로소 살아있는 것이니

—「내 안에서 그것을 느낄 때」 부분

메마르고 건조한 것들에 덮여 있어 좀처럼 그 실재를 보이지 않는 "축

축한 눈물의 뼈"로 이뤄진 "젖어있는 안쪽"은, 태곳적 시원(始原)의 근원
적 슬픔과 외로움을 얼음장 밑에 가라앉힌 바이칼과 다를 바 없다. "생의
슬프고 아픈 것들이" "남몰래 웅성거리고 있었던" "젖어있는 안쪽"이야말
로 도저히 지울 수 없는 그럴수록 더 깊은 외로움으로 침잠해들어가는
"서늘한 물살 같은" 언어가 조용히 흐르는 곳이다. 그렇다. 언제부터인가,
우리네 삶과 현실에서 지독한 외로움과 상처의 언어가 휘발되면서, 우리
스스로 근원적 자아를 만나는 것 자체를 회피하고, 심지어 자기탐구를
근대의 저 편협하고 과잉된 주체의 동일자(同一者)로 수렴하는 것과 착종
시키더니 자아성찰의 건강성에 대한 심각한 왜곡을 낳고 있음을 고려해
볼 때, 김광렬 시인이 발견하고 있는 축축하고 서늘한 이 도저한 내적
공간이야말로 시인이 간구하는 절실함의 언어가 생성되는 신성한 곳이다.

> 상처가 깊을수록
> 머무는 자리도 깊다
>
> ―「마음이 머무는 자리」 부분

> 겨울과 싸운다, 싸워 이겨낸 것들은
> 봄을 향해 뿌드득 등뼈를 편다
>
> ―「북촌(北村)·4」 부분

> 곰삭아 농염한 여인네 같은 자리젓을
> 따뜻한 한술 밥에 척 얹어놓고 먹으면
> 비릿한 바다냄새가 온종일 입안에서 살았다
> 어떤 친구는 그 냄새가 역겨워
> 가까이 오는 것을 꺼리지만
> 일찍이 질박한 맛에 절여진 사람은
> 애인에게 안부전화라도 하듯

먼 곳에서 그리운 소식 물어오기도 했다

— 「자리젓」 전문

이곳은 민주주의를 위한 쟁투의 공간이며, 아름다운 것을 향한 그리움의 공간이고, 행복을 향한 치유의 공간을 다원적으로 함의하고 있다. 뿐만 아니라 이곳은 관념과 허구로 구축된 게 아니라 시인이 나고 자라난 제주의 참담한 역사의 고통("죽음보다 기억이 두렵다는 사람들", 「증언」)과 식민주의 상처를 망각할 수 없는 역사의 아픔을 공명하고 있다.

또한, 제국주의의 위안부

그들은 모두 노예

인간 이하의 밑바닥 생활을 견뎌내면서

이겨내지 못했을 때 그 방편은

맹목적 순종,

아니면 죽음?

그들은 나와는 아주 다르다고

그저 사과 씨 툭 내뱉듯 말할 수 있을까

— 「영화, 노예 12년」 부분

시인은 명징하게 인식한다. 우리는 이것을, 항간에 학문의 자유와 표현의 자유라는 미명 아래 역사적 진실과 실재를 훼손하는 식민지 근대론자의 망언에 대한 시적 비판으로 이해해도 무방할 것이다. 그리하여 시인은 일본 제국의 군대에서 위안부로 전락한 정신대 할머니의 절망스러운 삶을 제국의 식민정책에 자포자기로 협력한 것 또는 제국의 가부장 질서에 대한 맹목적 순종으로 인식하는 저 천박한 식민지 근대론자의 언어의 가증스러움을 목도한다. 이 같은 식민지 근대론자의 언어에는 시인이 주목한 '젖어있는 안쪽'을 이루고 있는 '축축한 눈물의 등뼈'의 언어가 없다. 그래서 시인은 제국의 위안부로 전락할 수밖에 없었던 할머니의 한평생 삶이 제국의 검은 그림자의 억압에 구속된 채 식민주의 시스템을 구축한 식민주의 동조자였다고 미화하는 것에 대해 비판한다. 말하자면, 식민지 근대론자의 언어는 메마르고 건조한 합리주의로 분식(粉飾)한 가운데 피식민지의 상처와 고통에 공감하지 못하는 제국의 지배자의 폭력적 언어를 재현하고 있는 셈이다.

여기서, 우리는 다시 한번 시인의 언어가 지닌 매우 소중한 속성을 환기할 필요가 있다. 사회적 약소자(弱小者)의 아픔과 고통뿐만 아니라 그의 현존에서 피어나는 아름다움의 가치에 주목하는 언어야말로 제국의 지배자의 폭력적 언어가 얼마나 공포와 환멸에 기반하고 있는 것인지를 뚜렷이 드러내준다. 기실, 우리는 잘 알고 있다. 이 공포와 환멸의 언어가 상생과 공존, 그리고 이 모든 것을 아우르는 평화의 가치를 생성하는 언어와 너무나 거리가 멀다는 것을……

알몸의 등허리에 기계 채찍을 가하자
꾸역꾸역 피 번져난다
먼 옛날 노예들이 저렇게,
캄캄하게 생살이 찢어졌을 것이다
제발 너희들에겐
슬픈 역사가 되풀이되지 않기를
허나 오류는 시작되었다
사람들은 거기
보이지 않은 분노의 장작개비를
차곡차곡 쌓아갔다
불을 지르면

거대한 불길이 솟구칠 것이다
먼 훗날,
역사서에는 무엇이라 기록될까

― 「강정바닷가에서」 전문

　강정바닷가 "알몸의 등허리에" 가하고 있는 저 무자비한 "기계 채찍"의 "슬픈 역사"와 예의 제국의 지배자의 폭력이 포개진다. 엄연한 역사의 "오류는 시작되었다". 강정바닷가에는 머지않아 서로 다른 "분노의 장작개비"가 쌓여갈 것이고, 여차하면 공포와 환멸을 불러일으킬 4·3으로 환기되는 제주도 전체를 아비규환으로 몰아넣은 '화마(火魔)'가 재현될지 모를 일이다. 어쩌면, 해군기지가 세워질 강정바닷가에서 이후 제주와 동아시아 그리고 세계의 평화를 위협하는 전쟁의 씨앗이 싹틀지 모를 일이다.
　그렇다고 시인이 삶의 터전을 버리고 떠날 수 없다. 자칫 생의 절멸이란 절대공포와 두려움이 엄습해올지 모르지만, 시인은 저 심오하고 깊은 생의 힘을 저버릴 수 없다.

밖에 나와 서성거릴 때
바위틈에 오종종 핀 풀꽃들이
보였다

그렇다
뜨거운 햇살,
사나운 비바람에 꺾이지 않는
저 풀꽃들이

이 고단한 세상을

이겨내 온

검질긴 힘이다

—「풀꽃」 부분

모래는 콧구멍, 입 뚫고

핏줄기를 타고 온몸 구석구석

서걱서걱 휘파람 불며

휘젓고 다니는 기분이다

도대체 그 모래마을에서

어떻게 살아가나,

그래도 사람들은 살아간다

모래를 헤집고

모래 속으로 파고들며

사생결단을 내고야 말겠다는 듯

집요하게 뿌리를 내린다

—「모래마을에서」 부분

시인의 고백은 직정적(直情的)이고 순백하다. 이토록 험한 세상을 구원할 묘책을 쉽게 찾을 수 없으나 뜻밖에 그 묘책은 시인이 자주 접하는 삶과 현실에 있는 것이다. 답답한 세상 일을 궁리하다 잠시 바깥을 나와 거닐 때 마주한 바위 틈새의 풀꽃으로부터 "고단한 세상을/이겨내 온/검질긴 힘"을 발견하고, 모래바람에 휩싸여 사위가 갇힌 모래마을이지만 사람들은 "사생결단을 내고야 말겠다는 듯" "모래를 헤집고/모래 속으로 파고들며" 생의 욕망을 향한 뿌리를 집요하게 뻗친다. 생을 향한 이 숭고한 의지와 욕망을 무엇이 꺾을 수 있겠는가. 생을 위협하는 어떠한 불모의 환경이라 하더라도 조금이나마 생을 버팅길 수 있는 틈새가 있다면, 그곳에 가차없이 뿌리를 내리고 생의 존재를 증명해 보이려는 저 불가항력적

생의 신비에 대한 발견은 결코 상투적이지 않다. 비루한 일상 속에서 반복
되고 재생산되는 생의 식상한 메커니즘을 있는 그대로 받아들이고, 그
식상함 속에서 조금이라도 식상하게 보이지 않는 생의 도저한 힘에 대한
감동이 시인의 언어가 존재해야 하는 이유다. 이 존재 이유를 헤아릴 때,
우리는 한겨울 속 차디찬 눈을 덮어 쓴 나뭇가지에서 새로 움트는 푸른
잎의 경이로움에 감응한다.

> 한발 한발 설경 속으로 들어서면
> 시린 눈 뒤집어 쓰고
> 참선하는 나무들이 보인다
> 무아지경이다
> 오직 열애, 또 열애
> 저 놀라운 집중
> 저 대단한 몰입
> 저 풍경이 아름다운 것은
> 그 내면에
> 새로 돋아날 푸른 잎들을
> 겨우내
> 온힘으로
> 밀어내고 있기 때문이다
>
> —「대단한 몰입」 전문

　　엄동설한 속에서 푸른 잎을 "온힘으로/밀어내고 있"는 나무를 시인은
경외스러운 태도로 들여다본다. 나무의 열애에서 발견하고 있는 "놀라운
집중"과 "대단한 몰입"은 시인이 욕망하는 시적 태도와 시작(詩作)의 맥
락과 이어진다. 이순을 넘긴 시인이 욕망하는 '대단한 몰입'이야말로 시인

이 결코 포기할 수 없는 시의 순정이다. 시를 구성하는 한 음절, 한 단어, 한 어절, 한 시행, 한 연, 그리고 하나의 부호 등속이 모두 시인에게는 시를 위한 무아지경의 결정체(結晶體)라 해도 과언이 아니다. 그래서 시인은 "사람들이여/울고 웃고 다시 울다/한 줄의 글이 되어라"(「한 줄의 글로」)고 당당히 주문한다. 그것은 곧 시적 상상력의 길 속에서 시의 궁극에 이르기를 욕망하는 것과 상통하는 게 아닐까. 물론, 김광렬 시인이 꿈꾸는 시의 궁극은 어떤 거창한 게 아니라 '젖어있는 안쪽'에 오롯이 놓인 뭇 존재들을 향한 치열한 그리움과 사랑의 언어이며, 그것은 자기구원을 향한 부단한 시의 정진이리라.

> 시를 안 쓰면 누군가에게 버림받을 것 같아서
> 시를 안 쓰면 사랑이 떠나버릴 것 같아서
> 시를 안 쓰면 눈물이 메말라버릴 것 같아서
> 시를 안 쓰면 나를 잃어버릴 것 같아서
> 누가 뭐라 해도 쓴다, 나는
> 먼 길 달려와 곤두박질치는 폭포처럼
> 아득한 곳에서 불어오는 눈보라처럼
> 발길에 차이는 돌멩이처럼
> 잎사귀에 속삭이는 바람처럼
> 눈빛 불타는 까마귀처럼
> 혹은 순한 양처럼
> 어둠처럼
> 빛처럼
>
> ─「쓴다, 나는」 전문

자연스러움을 넘는
자연스런 삶의 비의

— 김영미, 『물들다』

1.

자기를 그윽하고 내밀하게 성찰하는 글쓰기로서 시만큼 안성맞춤인 것은 없다. 김영미의 시집 『물들다』(리토피아, 2016)를 통독하면서 새삼 시를 에워싼 근원적 물음들과 마주한다. 자기의 민낯을 대할 뿐만 아니라 알몸을 응시해야 하는 저 뻔뻔함과 두려움, 그리고 자신도 모르는 새 탐닉하게 되는 나르시시즘 속에서 시는 특유의 존재가치를 얻는다. 그렇다고 주관의 세계에 매몰되어서는 곤란하다. 주관과 객관의 세계에 대한 팽팽한 긴장을 놓지 않은 채 시인의 언어는 어떤 리듬을 타고 어떤 곡조를 생성하면서 시적 진실의 경이로움을 만날 채비를 해야 한다.

숨을 쉬는 것들에게는
극한의 고통이 하나씩 있어
혼자임을 잊게 할
극진한
나의 내가 있어야 했다
신도
외로움에 지쳐 자신을 닮은

사람을 만들었다지 않은가
사람이었기에
외로울 수밖에 없는 천형
혼자서는 견딜 수 없는
지상의 모든 별들에게

—「그림자·1」 부분

캄캄한 밤,
가로등 불빛 홀로 남겨 놓고 내가 간다
나의 등 뒤에서 쉬엄쉬엄 오던 네가
내 발걸음이 걱정스러웠는지 앞으로 나섰다
나보다 먼저 네가 길을 간다
점점 야위어지는 모습으로 네가 간다
터벅터벅 조심스레 네가 간다
내 삶을 짊어지고 나를 닮은 네가 간다
우쭐우쭐 겅충거리며 네가 간다
내 지난 일을 살풀이하듯 움씰움씰 네가 간다
살금살금 소리 없이 네가 간다
내 어설픈 고독을 나무라며 네가 간다
내 보잘것없는 미래를 바라보며 네가 간다
어제도 너였고
오늘도 너이고 그리고 또 너일 것이다

—「그림자·2」 부분

　　김영미 시인에게 '그림자'는 김영미 특유의 시적 진실을 만나게 하는
시적 퍼스나의 역할을 수행한다. 지상에 존재하는 "숨을 쉬는 것들"의 "극
한의 고통"이 있는데, 그것은 세상에서 "혼자임을 잊게 할/극진한 나의

내가" 존재하는, 즉 '그림자'다. 흔히들 '그림자'는 실체가 아닌 이미지로 간주됨으로써 객관세계의 진실을 호도하고 심지어 거짓을 진짜로 둔갑시 키도록 하는 착란과 착종을 일으키는 것으로 인식되곤 한다. 플라톤의 동굴우상이 이것을 가리키고 있다는 것은 새삼스러운 일이 아니다. 그런 데, 김영미 시에서는 이러한 '그림자'에 대한 해묵은 인식이 전복되고 있 다. 김영미 시인에게 '그림자'는 시적 화자인 '나' 안에 존재하는 자기이면 서 동시에 '나' 바깥에 현현되는 자기, 달리 말해 '나'의 또 다른 '나'인 셈이다. 비록 '그림자'는 여러 형상으로 자신의 모습을 드러내면서 어느 것이 진짜 자신의 모습인지 확연히 보여주지 않지만 시인에게 그 다양한 형상은 진짜를 현혹하고 위협하고 조롱하는 위험한 타자가 아니라 가로등 불빛을 뒤에 둔 채 나와 함께 밤길을 가는 '나'의 또 다른 '나'이다. 그 밤길을 걸으며 '나'의 '그림자'는 '나'의 과거와 현재 그리고 미래를 바라 보며 함께 간다. 때문에 시인은 "터벅거리는 발걸음마다 울먹였던 검은 정적/나를 가장 사랑한 네가 거기 있다"(「그림자·2」)는 기쁨에 전율한다.

2.

이렇게 자기의 세계에 대한 새로운 발견은 타자를 향한 연민과 사랑을 지닌 열림의 태도로 이어진다.

바람이 몹시 부는 날, 오늘은

아기 아일란 쿠르디의 어린 몸이

시커먼 겨울바다의 드높은 파도에 떠밀리는 것을

분노에 찬 바람이 품고 왔다는 소식이 들려왔다.

세상의 모든 나무가 몸서리를 치며 울어댔다.

차마 그 소리를 들을 수 없었다. 인간은 만물의 영장이었으므로

—「바람이 몹시 불어오는 날」 부분

우리는 세계 외신들에 의해 타전된 한 장의 충격적 사진을 잊을 수 없다. 시리아 내전에서 목숨을 건 탈출을 하여 지중해를 건너다가 터키 해변가에 엎드린 채 시신으로 발견된 세 살 남짓한 어린애 아일란 쿠르디의 사진을 보면서 전쟁의 상처와 고통을 상기해본다. 전쟁의 아비규환을 피해 목숨을 건 탈출 속에서 아일란 쿠르디를 보호하고 보살펴줄 사람은 없었을까. 대체 무슨 일이 있었기에 이 어린애는 해변가에서 싸늘한 주검으로 발견된 것일까. 시인은 허탈하고 슬프고 분노한다. 전쟁이 무엇인지도 모른 채 아직 세상에 대해 이렇다할 인식도 정립되지 않은 순진무구한 어린애의 죽음에는 만물의 영장인 인간의 폭력이 원인으로 작동하고 있기 때문이다. "비겁이 난무하는 오늘날에는"(「귀가 가렵다」) 폭력이 세계 도처에 자리하고 있다. "나와 다른 것들에 관한 두려움의 보고서"(「귀가 가렵다」)는 '다른 것'을 축출하고 제거해야 하는 폭력의 명분을 양산할 뿐이다. 그렇게 우리들의 세상은 서서히 죽음의 기운으로 팽배해진다.

하지만, 시인은 죽음의 기운이 팽배해질수록 이것에 응전하는 시적 저항을 멈추지 않는다. 그것은 김영미의 시적 퍼포먼스에 초점이 맞춰진다.

나른한 현기증이 몸속을 파고들어

울렁이는 봄날

죽은 자의 반듯한 이마 위에서

하늘하늘한 빛을 온몸에 받아들고

끊길 듯 끊기지 않는 춤사위로

다시 생명을 피워 올리는

그대는

살아야했음으로 죄가 필요했던

지상의 모든 어리석은 삶들을 위해

—「산자고」 전문

시인은 "지상의 모든 어리석은 삶들을 위해" "다시 생명을 피워 올리
는" '춤'을 춘다. 물론, 이 춤은 죽은 자를 재생시키는, 즉 부활의 제의식의
성격을 띤 춤사위다. 시를 쓰는 이유는 바로 여기에 있다. 현상적으로 스러
지고 소멸해간 것들을 영원한 죽음으로 내모는 게 아니라 그 죽음에 깃든
부정한 것을 일소하고 소생의 기운을 불어넣는 제의적 행위야말로 시작
(詩作)에서 결코 과소평가할 수 없는 시의 존재가치다. 그렇다면, 이 춤사
위는 어떠한 것일까.

삶이란 이름을 받아 눈을 떴지만
때론 이름의 무게를 버릴 용기도 있어야 했어
수많은 날들을 다 버리진 못해도
비어있는 행간 하나쯤은 마련했어야 했어
빡빡하고 깨알같이 박혀 시큰거리는
낡은 자서 위에서, 생의

가장 낯설었던 몸짓을 발끝에 모으고
달빛이 자신의 몸을 다 지울 때까지
춤을 추자

—「춤을 추자, 삶이 미워질 때」 부분

갑자기 그리스인 조르바가 떠오른다. 조르바의 춤은 그와 그의 시대를
억누른 일체의 것으로부터 자유롭게 풀려있고자 했던 해방을 갈구하는
신생의 춤이다. 살아가는 순간 그토록 무겁게 짓누르는 생의 무게를 잠시
덜어두고 빽빽한 생의 간극을 애오라지 넓혀두는 그 여유는 "생의/가장
낯설었던 몸짓을 발끝에 모으고" 온몸으로 추는 춤사위라고 해도 과언이
아니다. 김영미 시인의 이 제의적 춤사위는 아버지 산소에서 벌초를 하면
서 돌아가신 아버지를 대상으로 한 목말타기 놀이를 하는 환(幻)으로 구
체화되고 있다.

황소 같던 어깨를 내리고 누운 자리에
고단한 수염처럼 돋아 오른 풀을 베어내다
아버지 몸 위에
터억 주저앉았다.
뜨겁다, 아버지의 목 언저리가 뜨겁다
아버지 나이가 된 내가
두 다리를 쭉 뻗고 앉아
아버지의 머리를 움켜잡았다.
손가락 사이로 잡히는 아버지의
헛헛한 웃음소리
적막한 묘지마을 속으로 스며들어
들리는 듯 마는 듯

두 눈에 담긴 먼 하늘은
자꾸만 흐려져 가물거리는데

—「목말을 타다」부분

이 시를 음미하고 있으면 웃음이 절로 배어나온다. 아버지 산소에 돋아
오른 풀을 움켜잡는 행위는 아버지의 머리를 움켜잡는 행위로 이어지고,
이내 시적 화자는 유년기로 돌아가 아버지의 목말을 탄다. 아버지의 산소
에서 시적 화자는 아버지의 목말을 타는 몽상에 사로잡히는데, 이 목말타
기 놀이는 유년기로 퇴행하는 성격을 띤 게 아니라 "아버지 나이가 된
내가" 그동안 숨가쁘게 살아온 삶에 잠시 호흡을 가다듬는 성찰의 계기를
통해 소생하는 삶, 즉 자신으로 하여금 신생의 기운을 북돋우도록 하는
현실적이고 미래지향적 제의적 성격을 띤다. 다시 말해 이 목말타기는
제의적 춤사위로 보아도 무방하다.

3.

이렇게 신생의 삶을 추구하는 시인의 시적 퍼포먼스는 세상에 존재하
는 모든 것들에 대한 생명의 엄숙한 가치를 자연스레 주목하도록 한다.
물론, 시적 퍼포먼스의 구체적 행위가 동반되고 있으므로 시인이 주목하
는 생명의 외경스러운 가치는 '자연스러움'을 지닌다. 결코 유별나지 않다.
어떻게 보면 이것에 대한 시인의 태도는 심드렁하기조차 하다. 가령, 한라
산 둘레 깊은 곳에 핀 푸른 산수국을 보고 있는 시적 화자는 "사는 게
다 그렇지/어찌 다 보여주며 살아졌던가/부서지고 멍든 가슴은/헛꽃 몇
장 밑에 숨겨두고/헤살헤살 아무렇지 않은 듯/잔바람에도 파르르 떨리는/
헛꽃이 되어/푸른 심장이 되어"(「산수국」)라고 노래하는바, 산수국이 지
닌 생의 저 고달픔과 애처로움을 담담히 전해준다. 이는 달리 말해 시인이

생의 상처를 견디는 내공을 쉼 없이 벼리고 있었다는 것을 말해준다.

> 헤어짐이
> 생각보다 많이 아팠다
> 별들이 떨어져
> 송곳처럼 돋아난 거리를
> 천년을 걸을 것처럼
> 맨발로 걸었다
> 거리엔 내가 뿌린
> 붉은 별들이
> 새벽이 오도록
> 잠들지 못했고
> 나는
> 두오모성당 찬 계단에
> 무릎을 꿇고
> 기도했다
>
> —「이별 후에」 부분

이별의 상처와 아픔은 '나'로 하여금 이별의 거리를 맨발로 걷게 한다. 이별한 날 밤, 별들은 지상으로 무수히 떨어졌고 그렇게 떨어진 "송곳처럼 돋아난 거리를" '나'는 새벽까지 걷는다. 그 송곳을 밟으며 맨발에서는 피가 흘렀을 것이고 '나'가 밟고 지나간 거리는 발바닥의 혈흔으로 이별의 상처와 아픔을 현시한다. 그리고 '나'는 성당의 차가운 계단에 "무릎을 꿇고/기도"를 한다. 이별의 상처와 아픔을 앓고 있는 '나'와 타자를 치유하는 기도를…….

시인의 이 간절한 치유와 구원의 기도는 지상의 비루한 세계와 맞섰던 뭇 존재들의 영원한 안식을 위한 것이며(「사월의 기도」, 「사내의 이름」),

우리시대의 타락하고 부정한 것들에 대한 단죄와 심판을 위한 것이며(「도륙
되는 시간들」), 수억만 년의 우주의 시간을 농락하는 인간의 어리석음에
대한 준열한 꾸짖음과 그에 대한 반성이다(「사랑하는 것은 너무 멀리 있다」).
  여기서, 우리는 이 모든 것들의 밑자리에 김영미 시인 특유의 사랑이 물들
어 있다는 것을 눈여겨보아야 한다.

  햇빛이 나무를 품어 나무는 한 쪽이 환해졌다

  나무는 그늘을 품어 그늘 한 쪽이 서늘해졌다

  그늘은 나를 품어 나의 몸엔 그들의 문신이 새겨졌다

  나는 의자에 나를 새겨 의자가 내 모습으로 얼룩졌다

  제 몸을 다 내주며 기울어져가다

  이윽고 자신을 다 지우고 하나가 되며

  낮은 곳을 흥건히 적셔가는 부드러운 동질감

  사랑한다는 것은

  나의 모든 것을 내어주고 너의 모든 것을 품어가는 일

                                        —「물들다」 부분

  "나의 모든 것을 내어주고 너의 모든 것을 품어가는 일"은 결코 쉽지
않다. 여기에는 존재들과의 자연스러운 '이어짐'과 '채워짐'의 연속, 바꿔
말해 서로에게 자신의 빈 틈을 채워줄 수 있는 것을 허락해주는 관용과

공허의 윤리미가 요구된다. 그래야 "낮은 곳을 흥건히 적셔가는 부드러운 동질감"을 서로 나눠갖게 된다. 이 동질감은 주체가 타자를 강제로 동일화하는 것도 아니고, 주체와 타자가 막무가내로 서로 뒤섞이는 착종도 아닌, 서로 다른 존재가치를 존중하고 자연스레 조화를 이뤄가면서 아름다움의 감동을 생성하는 것이리라.

4.

그래서인지, 김영미 시의 감응은 서로 다른 존재들 사이 어우러지는 과정의 순간 밀려든다.

> 돼지의 뼈와 살을 푹 삶고 삶아 고아낸
> 뽀얀 국수국물처럼
> 제 가슴 고아가며 사는 게
> 세상의 일이다. 라는 말을
> 목울대 뒤로 꾹 눌러 삼키곤
> 나오지도 않는 빈 가슴 내밀어
> 젖 물리듯이
> 아이 앞으로 국수그릇만 자꾸 밀어 넣었다
>
> 시험이 아니었다면 꿀맛 같았을 음식을
> 아이는 제 마음 보여주듯
> 젓가락으로 휘젓기만 하고 있다
> 뽀얀 국물 속에서 국수발은 퉁퉁 불어가고
> 벙어리가 되어버린 입 대신
> 한숨을 꾹 눌러 삭힌 가슴이 말을 한다

어서 먹어봐, 이놈아.

—「새벽에 고기국수를 만들어서」 부분

"니 요전에 물메역 먹고 싶덴 허지 안 해시냐."

"⋯⋯."

"메역이 막 좋아라게."

"게난 또 바당에 가납디가?"

"게민 어떵말이니?"

"에휴, 알아수다.

(중략)

"바당 아래선 나도 그냥 메역이 되분다. 게난 아맹도 안허여. 이레저레 흔들
리당 보민 호루해가 꿈쩍 조무라불곡 또 경 살당보난 이젠 그 한 시상 몬딱
살아져시녜. 경 사는 거여. 사람 사는 게 다 경허주. 무싱거 이신줄 알암시냐?"

—「미역이 있는 저녁 풍경」 부분

위 두 시는 시적 진술의 힘보다 시를 에워싸고 풍겨나는 시적 정황의
힘이 돋보인다. 기말시험 결과가 좋지 않아 침울한 채 새벽 독서실에서
돌아온 아들에게 어미는 고기국수를 만들어 아들의 야참으로 내놓는다.
어미는 아들을 위로해주고 싶은 말이 있으나 일부러 말을 하지 않는다.
대신 "아이 앞으로 국수그릇만 자꾸 밀어 넣"을 뿐이다. 어미는 침묵으로
"어서 먹어봐, 이놈아."고 말을 건넨다. 그렇게 어미는 아들의 존재 심연
으로 물들어 "돼지의 뼈와 살을 푹 삶아 고아낸/뽀얀 국수국물처럼/제
가슴 고아가며 사는 게/세상의 일이다."라는 평범한 진실을 깨우치기를
기대한다. 지금 당장은 아니지만, 어미의 침묵과 고기국수, 고기국수를

젓가락으로 휘젓는 아들의 행위 사이에는 삶의 진실이 채워질 터이다. 왜냐하면, 아들은 언젠가 시간이 흘러 어미의 나이가 됐을 때 어미의 침묵과 고기국수에 물들어 있는 진실을 헤아리게 될 것이기 때문이다. 이것은 「미역이 있는 저녁 풍경」과 겹쳐진다. 팔십을 넘은 노모는 딸이 우연히 내뱉은 말("물미역을 먹고 싶다")을 잊지 않은 채 바다 물질을 하여 미역을 캐 왔다. 바다 물질을 할 때는 절로 미역이 돼 버리고, 그렇게 삶과 죽음을 넘나드는 물질을 하면서 사는 게 해녀로서 자연스러운 삶일 뿐 삶이 무슨 특별한 것이 아니라는 노모의 평범한 말은 그 자체가 생의 비의적 진실이다. 무엇보다 이런 진실이 노모의 생의 리듬에 얹혀 제주어로 자연스레 표현되는 것 자체가 바로 시와 다를 바 없다. 노모와 바다, 물질, 딸 등속이 서로 어우러지고 그것들 사이에서 피어나는 아름다움의 감동은 존재의 희열감으로 잠시 정신을 아뜩하게 한다.

여기서, 김영미 시인이 그리는 시적 풍경은 "심심한 풍경"(「막걸리가 간절한 날」)처럼 보이지만, 시인은 "근데, 사는 게 뭡니까?"(「그러므로 말하지 않아도」)와 같은 도저한 질문을 회피하지 않고, "온몸을 가시로 빼곡히 채운 가시나무"(「머귀나무」) 존재 자체가 함의하는 답변으로 담대히 응대한다. 우리는 "가난한 땅 위에 마음을 심는"(「겨울 애상·2」), 그의 지속될 시적 응전을 기대해본다. 이 도정에서 김영미 시인은 그만의 시적 옹이를 만들어갈 것이다.

너에게 있어 가장 단단한 심장이고 싶었다

절대로 부서지지 않는 가장 맑은 한 점

너에게로 향하던 고집스런 마음의 결

—「옹이」 전문

'옛것'의 경이로움,
회복의 노래

— 김병택, 『벌목장에서』

희부윰한 길, '길=삶의 도정'에 대한 예의

　어떤 길을 확신을 갖고 거닐 수 있으면 얼마나 좋을까. 어떤 길이 어디로 나 있는지 그 길의 형세를 낱낱이 파악할 수 있으면 얼마나 좋을까. 어떤 길이 내 삶의 은총과 행복을 가져다준다면 얼마나 좋을까. 어떤 길이 내 지난 어두운 치부를 덮어버리고, 현재의 상처와 고통을 견디게 하며, 미래의 광명한 세계로 인도해 준다면 얼마나 좋을까.

　하지만, 길은 그리 호락호락하지 않으며, 도리어 우리의 기대를 냉철하게 배반한다. 게다가 이 모든 기대가 얼마나 헛된 것인지를 준열히 깨우친다.

　　내가 걸어가야 할 길은
　　산을 오르는 길도
　　바다로 가는 길도 아니다

　　일 년에도 수십 차례
　　생채기 난 다리를 끌며
　　우왕좌왕 골목을 헤매며

마땅히 걸어가야 할 길을
동반자 없이 걸어왔는데

밀려오는 추위, 더위에도
굴하지 않고 걸어왔는데

숲속의 희미한 불빛을
유일한 길잡이로 삼아

조금도 망설이지 않고
여기까지 걸어왔는데

끝까지 걸어가야 할 길은
여전히 잘 보이지 않는다

—「보이지 않는 길」 전문

위 시는 김병택의 시집 『벌목장에서』(새미, 2021) 맨 앞에 놓여 있는 것으로, 우리는 이 시를 음미하면서 그동안 힙겹게 지나쳐온 삶의 도정을 떠올려본다. 저마다 "숲속의 희미한 불빛을/유일한 길잡이로 삼아" 온갖 유혹과 고통, 그리고 두려움을 견뎌내며 생의 숲속을 헤쳐왔으나, 그 길의 끝은 보이지 않은 채 "끝까지 걸어가야 할 길은/여전히 잘 보이지 않"을 따름이다. 길의 속성은 이렇듯이 매정하다. 그렇다고 삶의 도정을 중단할 수 없지 않은가. 매정한 길일수록 각자의 방식대로 그 길을 가는 것이 길에 대한 예의, 곧 삶의 도정에 대한 예의가 아닌가. 이와 관련하여, 김병택 시인은 "옛날을 이야기하듯 노래한다"(「마이웨이」)고 하는, 자신만의 방식으로서 '길=삶의 도정'에 대한 예의를 수행하고 있다.

'옛것'의 시의 정동, 생의 비의성

그래서일까. 이번 시집을 관통하고 있는 시인의 정동은 '옛것'의 존재와 친밀성을 바탕으로, '옛것'이 현재의 시공간의 틈새로 미끄러지면서, '옛것'으로 정형화된 어떤 사물적 인식에 붙들리는 게 아니라 '옛것'이 함의한 존재의 비의성과 마주한다. 그 마주침 자체가 바로 '길=삶의 도정'이 매순간 존재의 경이로움으로 가득 차있다는 것에 대한 시의 감응이다.

> 사그라지지 않는 어둠을
> 잘게 깨뜨리며
> 시간의 항로에 맞추어
> 임무를 다하듯 찾아온다
>
> (중략)
>
> 아득한 지난 밤에
> 슬며시 찾아왔던 옛날을
> 다치지 않도록 기억한다
>
> ──「바라보는 아침」 부분

'옛것'과의 마주침은 인간의 권능 중 기억의 힘을 빌린다. 그런데 기억의 힘이 가장 효과를 발휘하는 순간이 있다. 칠흑 같은 적막의 어둠을 "잘게 깨뜨리며/시간의 항로에 맞추어/임무를 다하듯 찾아온", 그래서 숨죽이며 잠들어 있던 존재들이 기지개를 펴고 잠시 주춤했던 생의 감각을 회복하려는 아침 무렵, "지난 밤에/슬며시 찾아왔던 옛날"이 화들짝 놀라 금세 달아나기 전 그것이 "다치지 않도록 기억"의 회로를 작동시켜야 한다. 여기서 주목할 것은 "아득한 지난 밤에/슬며시 찾아왔던 옛날"이 정

형화된 '옛것'의 사물적 인식의 상투성에 불과한 채 날이 밝자 언제 그랬
냐는 듯 밝은 세계 속으로 가뭇없이 증발하는 게 아니라 이 사물적 인식을
넘어 생의 비의성을 간직한 것으로 변환시키는 '기억의 힘'을 불어넣어야
한다. 이것이 바로 '옛것'을 기억하는 시의 정동이다.

시인의 고향 조천 포구의 풍경을 노래하는 다음의 시에서 예의 시의
정동을 접할 수 있다.

연북정을 휘돌고 온 바람이
바다 위를 빠르게 달려간다
바위들 틈에 움츠린 미물들이
햇살이 머무는 시간에 맞추어
어젯밤의 흔적들을 지우고
만선의 꿈을 이룬 어선 따라
부두를 향해 온 힘으로 질주하는
물결은 늘 녹색으로 빛난다
수평선을 무대로 오래 나누던
어린 시절의 철없는 대화들이
이젠, 낯선 모습으로 다가온다
한바다 쪽으로 돌을 던지면
옛 선비가 한결같이 사모하던
마음의 조각들이 흩어진다
거기에는, 관절을 일으키며
그물을 손질하는 어부들의
소망도 함께 둥둥 떠 있다

—「내 앞의 바다 1」 전문

시적 화자는 조천 포구의 풍경을 섬세히 더듬는데, 이 풍경은 서로 대

비되는 모습으로 비쳐진다. "어린 시절의 철없는 대화들이" 오고가던 유
년 시절의 풍경에는 "만선의 꿈을 이룬 어선 따라/부두를 향해 온 힘으로
질주하는/물결은 늘 녹색으로 빛"나고, 임금을 사모하는 마음이 담긴 연
북정(戀北亭)을 "휘돌고 온 바람이/바다 위를 빠르게 달려"가는 어떤 역
동적 활력이 감돌았는데 비해, 현재 조천 포구의 풍경은 문화유적의 형식
으로 세월의 흐름 속에 옛 정자가 그 자리를 지킨 채 "옛 선비가 한결같이
사모하던/마음의 조각들이 흩어진" 현실을 적나라하게 보여주며, 어촌의
활력이 현저히 떨어진 것인 양 "관절을 일으키며/그물을 손질하는 어부들
의/소망"이 포구 근해에 "둥둥 떠 있"는 모습으로 현상되고 있다. 여기서,
예의주시할 부분은 이 대비되는 풍경의 경계 지대에 "어린 시절의 철없는
대화들이" 놓여 있다는 점이다. 그러니까, 분명, 시적 화자는 현재의 시간
대에서 조천 포구의 풍경을 완상(玩賞)하고 있는데, '연북정-바닷바람-
바다-포구의 바위-햇살-포구-어선-수평선'으로 자연스레 연결되는 심
상은 유년 시절 이러한 것에 연관된 순박한 대화들을 기억의 힘으로 회복
할 때 생동감을 얻을 수 있는 것이지, 이 기억의 힘이 약화된 가운데 유년
시절의 "철없는 대화들이/이젠, 낯선 모습으로 다가온" 순간, 조천 포구
의 그 생동감은 스러져버릴 운명과 현실에 속절없이 놓여 있는 셈이다.

　이것이 어디 조천 포구만의 일인가. 이호 해변이 급작스레 관광지로
변모해가는 풍경, 가령 "콘크리트 방파제를 걷는/중국 관광객들은 쉼 없
이/뜻 모를 탄성을 질렀다"는 데서 단적으로 알 수 있듯, 이제 시적 화자
는 "아직도 간직하고 있는/옛날의 남루한 추억을//단호하게 버"릴 현실
에 직면해 있다(「내 앞의 바다 2」). 이렇듯이 시적 화자가 '옛것'과 연관된
시의 정동을 벼리는 것은 지금, 이곳에서 스러져가고 있는 생의 활력을
방관자적 태도로 묵인하려는 것과 거리를 둔다. 그보다 시적 화자가 간절
히 욕망하는 것은 '옛것'의 시의 정동이 지닌 "회복의 노래"(「해가 진 뒤
3」)로서 정치사회적 및 문명적 역할이다.

'옛것'으로서 역사적 사건, 시의 정치사회적 비판

여기서, 우리는 김병택의 시에서 수행하는 한국 현대사의 과오에 대한 비판적 성찰을 눈여겨봐야 한다. 그의 시의 정동은 생의 활력을 회복할 뿐만 아니라 그것의 비의성을 재발견하는 것을 게을리하지 않기 때문이다.

> 하늘을 날아다니는 새들조차
> 이곳에 일부러 들러,
> 직사각 모양의 길고 긴 울음을
> 오랫동안 토해내곤 했다
>
> 산 자의 땅에서는
> 눈을 깊게 감으면
> 먼 곳에 사는 증오의 대상들이
> 필름처럼 나타났다
>
> 머릿속에 한꺼번에 묻어두거나
> 종이에 기록하는 것만으로는
> 도저히 잠을 이룰 수 없었다
>
> ―「가족의 일원이 되어」 부분

영아 오빠는 열여덟 살이었다 영아 오빠는 어느 날 친한 친구인 영호 오빠네 집에 가서 놀다 온다고 나간 뒤 저녁 9시가 되어도 돌아오지 않았다 밤 아홉 시가 넘어 길을 다니는 사람은 무조건 총살하던 때였다 사돈인 영호 오빠네는 영아 오빠에게 저녁을 먹여 보내려고 했고, 그래서 영아 오빠는 통행금지 시간을 넘겨버린 것이었다 이 일로, 영아 오빠에게는 "산에 연락하러 갔다 왔다"는 죄가 씌워졌다

"오늘은 총살이 있을 것 같다"는 소문이 돌았다 동네 어른들이 수군수군하는 걸 들으며 멀구슬나무에 올라갔다 한림국민학교 운동장에는 사람들이 일렬로 쭉 늘어서 있었다 영아 오빠 얼굴은 알아볼 수 없었지만, 거기에는 분명 영아 오빠도 있었을 것이다 갑자기 '팡! 팡! 팡'하는 총소리가 들렸고 운동장에 서 있던 사람들이 우르르 쓰러졌다 나는 어머니에게 영아 오빠가 총에 맞아 숨졌다는 말은 차마 하지 못했다 한림지서로 끌려갔던 영아 오빠는 그렇게 한림국민학교 마당에서 죽었다

　아버지와 외삼촌이 함께 가 영아 오빠 시신을 삼태기에 메고 왔다. 시신은 여드랑밭에 묻혔다 언젠가 벌초를 하러 가보니, 큰바람에 무너진 밭담이 밭 옆에 만들어 놓은 오빠 무덤을 덮치고 있었다 결국 무덤까지 잃어버린 셈이었다

―「완벽한 상실 5」 부분

　베트남의 꽝응아이성과 제주는 동아시아의 질곡의 역사를 공유한다. 베트남전쟁에 참전한 대한민국의 군인은 베트남의 어느 마을에서 무고한 베트남 양민을 학살하였고, 제주에서 일어난 4·3항쟁 당시 대한민국의 군경도 무고한 제주 민중을 무참히 학살하였다. 서로 다른 시기, 서로 다른 국가의 지역에서 일어난 학살의 주체는 공교롭게도 대한민국의 국가권력을 수행하는 군인이다. 시인은 국군에 의해 자행된 이 전대미문의 민간인 학살이, "머릿속에 한꺼번에 묻어두거나/종이에 기록하는 것만으로는/도저히 잠을 이룰 수 없었"으므로, "직사각 모양의 길고 긴 울음을/오랫동안 토해"낼 수 있는 '증오비'로 베트남의 꽝응아이성 주민에게 또렷이 기억되고 있음을 주목한다(「가족의 일원이 되어」). 그리고 4·3학살에 비운의 죽음을 맞은 한 가족이 그 시신을 거둬 가매장을 했지만 야속하게도 "큰바람에 무너진 밭담이 밭 옆에 만들어 놓은 오빠 무덤을 덮"쳐 "결국 무덤까지 잃어버린" 채 말 그대로 '완벽한 상실'의 충격을 겪은 증언을 듣는다(「완벽

한 상실 5」). 시인은 베트남전쟁과 4·3항쟁 도중 자행된 한국 군인의 무자
비한 폭력을 서로 관련 없는 개별 국민국가의 역사로 인식하지 않는다.
분명, 이 두 역사는 한국 현대사에서 망각되어서는 안 될 '옛것'으로서
역사적 사건인데, 시인은 이것을 사물화시킴으로써 역사에 등재되는 기록
으로 자족하는 것을 넘어 '증오비'를 직접 참배하고, '증언'을 경청하고,
이 경험을 바탕으로 한 시적 상상력을 적극화함으로써 자연스레 예의 민간
인 학살에 대한 시의 정치사회적 비판의 몫을 실천하고 있다.

'옛것'의 진실의 경험, '언어-기계'에 대한 비판

이와 관련하여, 흥미로운 것은 '증오비'와 '증언'이 모두 '옛것'의 진실
을 언어로 표현하고 있다는 사실이다. 이 언어는 거짓과 위악을 있는 그대
로 드러내는 진실을 궁리한다. 그리하여 이 진실의 언어는 기억의 피와
뼈를 이뤄내고, 이 언어/말에 대한 시인의 비판적 성찰은 주목할 만하다.

태초에 있었던 '말씀'을 자신의 방식으로 풀이하는 그는 오래전부터 말이
많다. 말 없는 사람은 '없는 말'로 살고, 말 많은 사람은 '많은 말'로 산다.
말 없는 사람에게는 기억해야 할 말이 없지만, 말 많은 사람에게는 기억해야
할 말들이 많다. 말 많은 그는, 지금도 쏟아낸 말들을 주워 담지 못해 힘든
나날을 보낸다
말 많은 그의 입에서 나온 말들이 넓디넓은 허공을 부유하다가 마지막에는
그 자신에게 돌아왔다. 그는 자신의 말에 자신이 해를 입고 있는 사실을 깨닫
지 못했다. 언젠가 그가 자신에게 돌아온 말들을 향해 화를 내며 소리쳤을
때 그에게 동조하는 사람은 아무도 없었다. 그가 지금도 많은 말로 많은 집을
짓는 일을 멈추지 못하는 것은 차라리 운명이다
—「말 많은 사람」 전문

태초의 말과는 달랐다
말은 소통의 수단이었지만
사람을 무시로 해치는
커다란 무기가 되기도 했다

말로써 말이 많았으므로
우리는, 일단 말을
집에 가두어 두려 했지만
말은 날씨에 아랑곳없이
계속 공중을 날아다녔다

—「말은 계속 공중을 날아다녔다」 부분

　　언어적 존재인 인간에게 말은 '존재의 우주'이듯, 말과 유리된 인간이 우주와 소통하고 관계를 맺는 데 난관에 봉착할 수 있다. 비록 지구상에 다양한 언어가 존재하여 그것들 사이에 자연스러운 관계 맺기가 수월하지 않은 것은 사실이지만, 언어의 상징 및 기호론적 속성을 중시할 때 우주와 관계 맺는 일이 난공불락이 결코 아닌 것도 사실이다. 그래서 "태초에 있었던 '말씀'"의 존재가치를 아무리 강조해도 지나치지 않을 터이다. 하지만 이 "태초의 말"이 주체와 타자 간의 원활한 평화로운 관계 맺기가 아니라 "사람을 무시로 해치는/커다란 무기"로 작동하고, 심지어 "자신의 말에 자신이 해를 입고 있는 사실을 깨닫지 못"할 정도로 우주의 뭇 존재와 관계 맺는 데 파국을 초래한다면, 이 말을 소유하고 행사하는 사람은 한편으로는 두렵고 영악한 존재이고, 다른 한편으로는 우습고 무능력한 존재다. 정작 말을 자유자재로 부린다고 자신의 언어 능력을 과신할 뿐 말의 권능에 종속된 채 언어의 상징기호를 남발하는, 한갓 말을 만들어내는 '언어-기계'로서 자족할 따름이다. 때문에 시인은 이러한 '언어-기계'로 전락한 우스꽝스러운 정치인의 작태에 대한 냉소적 풍자를 「우스운 선전」
에서 보인다. 다른 정치가의 치부를 신랄히 비판하면서 기성 정치를 대신
할 수 있는 대안의 정치 세력이 제3자인 것처럼 객관화하더니, 그 제3자가
바로 자신임을 자기선전하는 꼴이야말로 지금, 이곳 한국 정치의 언어가
예의 '언어-기계' 그 이상도 이하도 아니라는 사실을 시인은 매섭게 비판
한다. 이것은 현실 정치계의 언어가 지닌 천박성과 낮은 차원의 정치와
무관하지 않는바, 무엇보다 말의 진정성이 부재한 것이며, 말의 감동이
결여되었기 때문이다. "말의 감동은 체험적 목소리를/통해서만 일어나는
것"(「어떤 저명인사」)이듯, 이 체험적 목소리는 김병택 시인의 시집에서
소중히 발견하고 있는 '옛것'과 관련한 생의 비의성에 대한 진실의 경험의
산물이다. 비록 "세상을 이기는 방법"(「벌목장에서」)을 찾기 위해 "다른
세계를 찾아 나서는 것은/도무지 마음이 내키지 않는 일이었다"(「어떤 파
산자」)고 하지만, "시골길을 한참 걷다가/황급히 몸을 굽혀/꿈을 줍는 내
그림자를 보았"(「연(鳶)」)던 것처럼 "나는 분명 지금도 어디를 향해 가고
있을"(「가정(假定)」) 진실의 경험을 두려워하지 않는다.

'옛것'이 지닌 '대안의 근대'를 찾아

끝으로, 김병택 시인의 비판적 성찰을 바탕으로 한 시의 정동이 근대세
계에서 밀쳐놓았던 '옛것'이 지닌 '대안의 근대'와 내밀한 접속을 시도하
고 있음을 주시할 필요가 있다.

할아버지는 당신의 나이 서른다섯이었을 때, 뒤뜰의 옥토에다 귤나무, 배나
무, 벚나무, 앵두나무, 복숭아나무, 사과나무, 동백나무 등 나무 일곱 그루를
심었다 나무를 가꾸는 할아버지의 정성에 답하듯, 나비들은 해마다 찾아와
꽃들이 뿜어내는 향기를 맡으며 무리를 지어 군무를 추었다 하지만 오래 머물지

는 않았다

　할아버지가 만든 세계는 신선들이 사는 별천지가 아니라 친한 벗들과 함께 담소를 나누는 지극히 인간적인 세계였다 할아버지와 할아버지의 벗들은 해마다 나무로 둘러싸인 평상에서 술을 마시며 뒤뜰 일곱 나무로부터 얻는 기쁨을 이야기하곤 했다

　고향 집에 갈 때마다 뒤뜰에서는 지금도 할아버지와 할아버지의 벗들이 이야기하는 우렁우렁한 목소리들이 튀어나오곤 한다

—「할아버지의 뒤뜰」 전문

　표면상 할아버지의 농경문화를 예찬하는 듯 보이지만, 시를 찬찬히 더 듣어보면, 할아버지가 정성스레 심어 가꾼 나무와 한데 어울려 생의 환희를 만끽하는 나비떼와 할아버지의 친구들이 평화롭게 술을 마시는 일상의 풍경에 대한 동경과 그리움을 노래하고 있는 시편이다. 특히 우리가 눈여겨봐야 할 대목은 이 세계가 "신선들이 사는 별천지가 아니라 친한 벗들과 함께 담소를 나누는 지극히 인간적인 세계였다"는 시적 진실이다. 물론, 할아버지가 만든 이 세계에 대해 논쟁의 여지는 많다. 얼핏 근대세계의 모더니티와 분리된 현실이 비현실적 및 퇴행적 세계를 추구하는 것이라고 몰아세울 수 있다. 그렇다고 우리가 관성적으로 누리고 있는 근대세계가 인간적 세계라고 누구도 강변할 수 없다. '인간적 세계'가 늘 유동적이고 가변적인 역사적 성격을 지니는 것을 전면 부인할 수 없다면, 우리가 안주하고 있는 이 근대세계에 대한 반성적 성찰을 게을리해서 안 되며, 그리하여 '인간적 세계'를 향한 '대안의 근대'를 쉼 없이 모색해야 한다. 이런 측면에서, 할아버지가 만들었던 세계-'옛것'이 지닌 문명적 감각을 재발견하는 것은 비현실적이고 퇴행적인 그런 게 결코 아니다.

　이 문명적 감각의 재발견은 시인으로 하여금 러시아의 남시베리아에 위치한 바이칼호의 원주민 부랴트족의 제의적 연행(演行)을 목도하면서,

문득 그 원주민의 얼굴과 한국인의 얼굴이 닮았다는 경이로움을 체감한다. 그 경이로움의 감각은 얼굴이 서로 흡사하다고 소리쳤을 순간 바이칼호에 일어나는 흰 물결을 바이칼호의 웃음으로 의인화하는 시적 상상력으로 절묘히 포착된다. 골상학 및 해부학을 비롯한 민족유전학 등 근대 과학의 경계를 훌쩍 넘어 남시베리아 원주민과 한국인이 얼굴이 닮았다는 직관, 이것을 격발시킨 인간의 소리, 그리고 이 인간의 소리에 교감한 바이칼호……. 태곳적 바이칼호와 한반도를 잇는 어떤 문명적 감각을 시인이 재발견하고 있듯, 시인에게 '옛것-부랴트족의 제의적 연행'은 근대 세계를 포괄하고 넘어서는 모종의 '대안의 근대'를 창안해낼 시의 정동과 교응하리라.

> 마침내 소망이 실현될
> 기미가 보였다
> 부랴트족(族)이
> 조상신을 이야기하며
> 민속춤을 추었을 때
> 일행 중의 누군가가
> 부랴트족의 얼굴과
> 한국인의 얼굴이 정말
> 닮았다고 소리쳤을 때
> 바이칼호의 입술에서는
> 흰 물결이 하얗게 일렁였다
> 바이칼호의 웃음이었다
>
> ─「바이칼호의 웃음」 부분

삶의 진실을 이루는
삶의 생동감

— 김순선, 『백비가 일어서는 날』

'백비'를 세우기 위한 4·3의 정명(正名)

에돌아갈 필요 없이, 김순선의 시집 제목을 보고 순간 멈칫하였다. 4·3
의 역사를 조금이라도 알고 있는 사람이라면 '백비(白碑)'의 존재가 무엇
을 가리키는지, 절로 몸과 마음이 숙연해질 수밖에 없다. 2018년은 4·3
70주년을 맞이하는 해로서 범국민 차원으로 4·3의 역사적 진실을 널리
확산할 뿐만 아니라 4·3의 완전한 해결을 위해 정부도 적극 나설 것을
대통령이 4·3의 영령 앞에서 힘주어 강조한 터라 김순선 시인의 시집
『백비가 일어서는 날』(들꽃, 2018)의 제목이 함의하는 시적 울림이 한층
명료하게 그리고 강렬하게 다가온다.

> 심연에 얼어붙은 기억들이 깨어나고
> 관덕정 광장에 울려 퍼지던
> 그날의 함성으로
> 누워 있던 백비들이
> 일어서리
>
> —「백비가 일어서는 날」 부분

4·3평화공원에 누워있는 '백비'를 세우기 위해 해결할 과제 중 가장

큰 것은 4·3에 대한 정명(正名)이다. 4·3의 역사적 진실은 결국 4·3에
대한 올바른 이름을 명명하는 것임을 우리는 너무나 잘 알고 있다. 그것은
"심연에 얼어붙은 기억들이 깨어나"는 것으로부터 겸손히 시작되어야 한
다. 그래서 "관덕정 광장에 울려 퍼지던/그날의 함성" 속에서 솟구치던
제주 민중의 염원을 진솔히 만나야 한다. 그동안 "믿을 수 없는 이야기가/
꽃으로 피어나는 섬"(「믿을 수 없는 이야기」)에서 "지울 수 없는 어두운
상처/노을 지는 슬픔 위로/까마귀들만/까악까악"(「돌아갈 수 없는」), 하
는 저주받은 울음에 기댄 채 제주를 휘몰아친 4·3의 대참상을 환기시키는
것으로 자족할 게 아니라 4·3의 정명을 향한 고통스런 기억투쟁은 지속
되어야 한다. 이와 관련하여, 다음의 시편에서 우리가 탐구해야 할 4·3의
과제가 자꾸만 눈에 밟힌다.

부슬부슬 비 오는 그믐밤에
소년은 가파른 오름을 오른다
바람에 떠밀리듯
대숲 궤(바위굴)에서 신음하는 삼촌을 생각하며
두 손 불끈 쥐고
무엇에 홀린 듯
오름을 오른다
                                            —「봉홧불」부분

옛날, 우리 집
통시로 가는 모퉁이에
분꽃나무 하나 있어
어둑한 저녁이면
가지가 미어지게 피어
통시길 훤하였다

(중략)

분꽃같이 어우러져
잘사는 사람도 없고 못사는 사람도 없는
돌담위로 음식 나누어 먹으며
척박한 땅이라도 함께 수눌며
다 같이 잘 살아보고 싶었던 삼촌들

—「분꽃 같은 삼촌들」 부분

　소년이 "무엇에 홀린 듯" "가파른 오름을" 오른 이유는 무엇일까. 시의 맥락으로 볼 때, 소년은 "대숲 궤(바위굴)에서 신음하는 삼촌을 생각하며/ 두 손 불끈 쥐고" 숨이 턱에 찬 채 오름을 올랐다. 삼촌과 소년 사이에는 이루 다 말할 수 없는 사연이 있을 것이다. 그런데 중요한 사실은 소년이 오름을 오르는 이유는 봉홧불을 지피기 위해서이며, 봉홧불은 오름마다 타올라 삼촌들이 맞서 싸우는 역사적 소명을 제주의 민중에게 알린다. 말하자면, 이 봉홧불은 제주 공동체의 절멸에 대한 정당한 역사적 항거이면서 제주 공동체가 아름답게 지켜온 제주의 생활감각과 정치윤리가 훼손당하는 것을 용납할 수 없는 투쟁의 표현이다. 「분꽃 같은 삼촌들」에서 시인은 주목한다. 통시길을 훤하게 비춰주는 분꽃의 무리에서, 시인은 "잘사는 사람도 없고 못사는 사람도 없는/돌담위로 음식 나누어 먹으며/척박한 땅이라도 함께 수눌며/다 같이 잘 살아보고 싶었던 삼촌들"의 일상으로부터 오랫동안 제주 공동체를 평화롭게 지탱해온 생활감각과 정치윤리를 상기한다. 이러한 삼촌들이 어찌된 영문인지 제 집과 마을을 떠나, 제주 공동체의 평화로운 삶과 유리된 채 제주의 평화로운 일상을 위협하는 세력들에 맞서 투쟁하고 있는 것이다. 삼촌들의 이 같은 모습은 4·3의 정명을 위해 가볍게 넘겨볼 수 없는 것으로, 4·3무장대에 대한 문학적 탐구를 하는 데 새로운 성찰의 길로 우리를 안내한다. 4·3의 정명은 관념과 추상

을 넘은 제주 민중과 제주 공동체의 삶의 현실로부터 겸허히 시작되어야
한다는 것은 아무리 강조해도 지나치지 않기 때문이다.

　이와 함께 시인이 주목하고 있는 4·3의 또 다른 역사적 풍경을 살펴보자.

　바람 앞에 촛불
　신촌리 사람들은 다 폭도다!
　기관총 앞에서 사시나무 떨 듯
　한마디 변명도 꿀꺽 삼켜버린
　초긴장 속에서

　두 팔 벌려
　기관총 앞에 딱 막아선 육지사람
　나부터 죽여 놓고 이 사람들 죽이게
　총을 든 순경들도 무장대에게 대항 못했는데
　어찌 집에서 잠자던 주민들이 그 사람들을 대항할 수 있겠는가
　통 사정하는
　서북청년으로 왔다가 순경이 된
　지미둥이 순경　　　　　　　　　　　　　—「한 알의 밀알」 부분

　4·3의 진실을 탐구하는 과정에서, 이 장면 또한 엄연히 외면할 수 없는
역사의 한 풍경이다. 물론, 국가권력을 참칭하여 맹목적 반공주의로 무장된
서북청년단이 제주 공동체를 파괴하고 유린했던 것은 도저히 용서할 수
없는 역사의 범죄다. 그런데, 시인은 이 같은 서북청년단의 만행을 재현하지
않고 신촌리 사람들을 살린 '지미둥이 순경'의 선행을 드러낸다. 물론, 이
'지미둥이 순경'의 선행이 서북청년단의 폭력과 언어절(言語絶)의 악행
자체에 조금이라도 면죄부를 줄 수는 없다. 그럼에도 불구하고 '지미둥이

순경'과 같은 서북청년단의 선행 자체를 시인이 주목한 이유는 무엇일까. 서북청년단 안에도 예외적으로 선한 존재들이 있다는 것을 보여주고 싶었을까. 그보다 시인이 주목하고 싶은 것은 지극히 상식적인 입장에서 "죽을 각오로 목숨을 내려놓을 때/한 알 밀알"로서 절체절명의 순간에 놓인 신촌리 사람들을 살려낸 '지미둥이 순경'의 생명을 향한 숭고한 용기가 아닐까. '지미둥이 순경'의 상식적 판단에서는, 잠을 자고 있는 무고한 양민들이 무장대에 저항하는 일은 결코 쉽지 않다. 하물며 "총을 든 순경들도 무장대에게 대항 못"하지 않았는가 말이다. 따라서 이것 또한 4·3의 정명을 향한 도정에서 우리가 고민해야 할 과제가 아닐 수 없다. 기존 무장대와 토벌대 사이의 대립과 갈등의 정치적 구도 속에서 4·3의 진실을 추구하는 것만으로는 자칫 간과할 수 있는, 가령 '지미둥이 순경'과 신촌리 사람들 사이에 있던 삶의 진실을 새롭게 주목할 필요가 있다.

'삶의 진실'과 시인의 품성

이렇듯이 4·3을 노래한 김순선 시인의 시편들을 곰곰 음미하고 있노라면, 새삼 '삶의 진실'처럼 소중하고 긴요한 시적 주제가 달리 있을까. 결국 4·3의 정명도 '삶의 진실'을 넘어설 수 없다면, '삶의 진실'을 소박하면서도 집요하게 탐문하는 것만큼 새롭게 정진해야 할 시작(詩作)도 없을 터이다. 「물허벅」을 음미해보자.

어머니의 삶과 함께 생사고락을 같이 했던
생명의 젖줄 같은
그 많은 식구들 먹이고 입히고 씻기려고
어머니의 등짐으로
수없이 물을 길어 나르셨네

언니가 시집가던 날엔
물허벅이 장구되어
허벅 장단에 동네 삼촌들 어깨
들썩들썩 절로 흥을 돋우었다네

사돈님 부고 소식엔
제일 먼저 팥죽을 쒀 허벅에 담고
한걸음에 달려가셨네

—「물허벅」부분

　제주 공동체의 삶과 분리할 수 없는 물허벅은 시에서 노래하듯, "어머니의 삶과 함께 생사고락을 같이 했던/생명의 젖줄"이다. 가족의 삶을 위해 어머니는 십중팔구 먼 거리도 마다하지 않고 물허벅을 등에 지고 "수없이 물을 길어 나르셨"다. 물을 길어 나르실 때마다 어머니의 허리는 세월의 흐름 속에서 삶의 신산고초를 견디며 점점 굽어졌을 것이고, 물허벅에 가득 찬 물을 길어 나르면서 가족의 행복을 기원했으리라. 이 물허벅은 가족의 생존에만 쓰임새 있는 효용가치로서 기능을 하는 것뿐만 아니라 때로는 생활 악기로서 손색이 없는 기능을 맡기도 하고, 때로는 삶과 이별하는 자리에 걸맞는 용기로서 기능을 맡기도 한다. 전자의 경우 위 시에서 재현되고 있듯, 언니의 혼례를 치르는 날 물허벅은 타악기 장구로 변신하여 "허벅 장단에 동네 삼촌들 어깨/들썩들썩 절로 흥을 돋우"는 노릇을 한다. 훌륭한 타악기가 아닐 수 없다. 제주 공동체의 삶의 리듬은 물허벅 장단이 절로 자아내는 제주 민중의 저 깊은 곳에 자리하고 있는 흥을 끄집어내고 동네 삼촌들은 물허벅 장단이 순간 만들어놓는 축제의 놀이 한바탕에 온몸을 맡긴다. 이 순간, 혼례의 형식을 빈 놀이 한바탕에서 제주 민중의 삶의 고통은 사라진다. 그런가 하면, "사돈님 부고 소식"을 받자 어머니는 "제일 먼저 팥죽을 쒀 허벅에 담고" 문상길을 재촉한다. 생의

감각을 붇돋우는 데 삶의 악기로서 기능을'맡은 물허벅은 한 생명의 소멸
을 맞이한 순간 언제 그랬냐는 듯, 문상을 위한 운반 도구로서 그 역할이
바뀐다. 말하자면, 삶의 기능에서 죽음의 기능으로 변환한 셈이다. 이것이
야말로 시인이 전해주고 싶은 물허벅의 내력이며, 기실 이것은 특정한
개별 사례가 아니라 제주 공동체의 '삶의 진실'과 깊숙이 연루된 제주의
삶의 내력이다.

시인이 웅숭깊게 이해하고 있는 제주의 삶의 내력은 자연스레 제주가
지닌 아름다움의 진경으로 우리를 안내한다.

> 하가리 연못 연꽃들
> 먹 감고 놀던 자리에 슬며시
> 야자수나무 물구나무서고
> 꿈꾸던 가로등도 풍덩
> 물위에 상현달로 떠오르고
> 고즈넉한 육각정도 하늘 딛고
> 집을 지었다
>
> 연꽃이 되고 싶은 풍경들
> 하나 둘
> 하가리 연못 위로
> 달뜬다
>
> —「하가리 연못」 부분
>
> 멀리서부터 발길 재촉하는
> 물미역 냄새
> 언제나 반갑게 맞아주던
> 둥굴둥굴 모나지 않은 성격

포효하며 달려오는 너의 기상

자글자글
변함없는 다독거림에
허물어져 가는 빈농가 같은 쓸쓸한 가슴이
열리는 곳

바다의 속살 매끄러운 몽돌
그리운
알작지
　　　　　　　　　　　　　　　—「그리운 몽돌 바다」 부분

「하가리 연못」은 제주 애월 중산간 마을에 있는 연못을 대상으로 한
것이고, 「그리운 몽돌 바다」는 제주시 내도동 주변에 산재한 몽돌해안가,
속칭 알작지왓을 대상으로 씌어진 시편이다. 시인은 제주의 아름다운 진
경을 드러내기 위해 중산간 마을의 연못과 바닷가의 몽돌해안가를 포착
한다. 중산간 하가리 마을 연못 안에는 야자수나무, 가로등, 상현달, 육각
정 등이 한데 어우러져 "연꽃이 되고 싶은 풍경들"을 연출한다. 연못의
으뜸이 연꽃이라는 것을 아는 듯, 연못 주변에서 연꽃의 들러리로서 존재
하던 것들이 밤이 되자 연꽃의 자리를 탐낸다. 이 모든 모습들에 하나하나
담담히 애정 어린 시선을 두고 있는 시인의 아름다움을 향한 자연스러운
태도가 잔잔히 번져온다. 대상을 향한 시인의 시적 태도는 이렇게 아주
자연스레 소박하게 다가온다. 이러한 시적 태도는 알작지를 사랑하는 시
인의 미의식과 이것의 안팎을 이루는 시인의 품성을 짐작하도록 한다.
알작지에 놓여 있는 크고 작은 몽돌들이 갖고 있는 "둥글둥글 모나지 않
은 성격" 그렇지만 물러터진 게 아니라 "포효하며 달려오는 너의 기상"을
두루 겸비하고 있는 몽돌은, 감히 말하건대 김순선 시인과 동일성을 갖는

다고 볼 수 있다. 왜냐하면 이러한 몽돌해안가를 시인이 미치도록 좋아하
는 데에는, "자글자글/변함없는 다독거림에/허물어져 가는 빈농가 같은
쓸쓸한 가슴이/열리는 곳"이 바로 이곳 알작지왓이기 때문이다. 시인은
알작지에서 몽돌이 건네는 그 온몸의 대화를 들으며, 몽돌이 혹시 건네고
있을지 모르는 '삶의 진실'을 겸허히 수용한다.

　　고만고만한 무리 속에서
　　고만고만 살아가는 것이
　　행운이란 걸
　　　　　　　　　　　　　　　　　　　　　　—「행운」부분

　"고만고만 살아가는 것", 결코 만만한 일이 아니다. 더욱이 "고만고만
한 무리 속에서" 사는 것도 결단코 쉽지 않다. 삶의 욕망을 모두 내려놓은
것, 자포자기이면 모를까, 아니면, 시쳇말로 도인처럼 삶의 욕망을 초월하
면 모를까. 지극히 평범한 사람이 삶의 욕망을 제껴놓은 채 "고만고만"
삶을 사는 것처럼 어려운 일도 없을 것이다. 분명한 사실은, 앞서 제주의
미의식을 새롭게 발견하고 그것 속에서 시인의 품성과 연관된 '삶의 진실'
을 탐문하고 있듯, 시인이 '고만고만 살고 싶은 것'은 삶의 욕망에 대한
자포자기도 아니고, 삶의 욕망을 초월한 것도 아닌, 적절한 만큼 삶의 욕
망에 만족하는 삶을 살겠다는 시인의 '삶철학'에 대한 간결한 시적 표현이
다. 여기에는 시인이 득의한 '삶의 진실'이 오롯이 녹아 있다. 즉 삶이란
부산스레 호들갑을 떨었다고 살아있다는 것을 증명하는 게 아니라 '있는
그대로'가 함의한 삶의 내밀한 충일감이 곧 '삶의 진실'을 이루는 바탕이
다. 그래서 가령,

　　축제는 끝났지만
　　벚꽃 안주삼아

자꾸만 소주잔을 돌리며
불콰하게 벚꽃처럼 물들고 있다

벚꽃식당 축제는
지금부터다
                                              —「벚꽃식당」 부분

에서처럼 화려한 벚꽃축제는 끝났지만, 또 다른 "벚꽃식당 축제는/지금부
터"라는, 시적 인식의 전회가 생긴다. '벚꽃축제'가 끝나고 '벚꽃식당 축
제'가 시작되었다는 시적 인식의 전회는 시인의 '삶철학'을 말해준다. '벚
꽃축제'가 펼쳐지는 동안 벚꽃식당은 축제를 즐기는 상춘객들의 놀이 마
당이었다. 왁자지껄한 상춘객들의 한바탕 축제가 끝난 후 고요가 찾아든
벚꽃식당은 지금부터 또 다른 축제의 한바탕을 연출한다. 상춘객이 빠져
나간 그 텅 빈 공허한 식당 안은 아직 남아 있는 축제의 기운으로 식당
안 축제의 에너지를 소멸시킨다. 상춘객이 없다고 축제가 종결된 것이
아니기 때문이다. 상춘객이 떠나간 벚꽃식당 안은 상춘객의 축제 한바탕
으로 뿜어낸 축제의 생생한 삶의 생동감으로 또 다른 축제가 펼쳐진다.

삶의 생동감과 시적 정동

여기서, 김순선 시인의 이번 시집을 통독하면서 '삶의 생동감'은 곳곳
에서 번뜩인다. 이것 역시 '삶의 진실'을 탐구하는 도정에서 눈여겨 보아
야 할 시인의 시적 정동이다.

눈 감으면
둥근 보름달 두둥실 떠오르고
늦은 저녁 먹은 아이들이

골목에서 하나 둘

올래 동산에 모여든다

대낮보다 더 밝은 달빛아래

술래잡기 하고 방칠락 하고

시간가는 줄 모르게 뛰어 놀던

순옥이, 영자, 영주, 옥선이……

재잘재잘 새소리와 함께 말을 걸어온다

나무 사이사이 그림자처럼 숨어 있던

솔방울 같은 친구들

친구야! 이름 부르며 뛰어나올 것 같다

─「달맞이 길」부분

　　유년 시절처럼 삶의 생동감을 생생히 간직한 시절이 있을까. 이것은
시인의 유년 시절을 향한 노스탤지어 감정의 표백으로만 읽히지 않는다.
이 시를 접하면서, 문득 우리들 유년 시절의 아름다운 풍경들이 파노라마
로 스쳐지나간다. 지금 그때, 그곳을 뛰놀던 "순옥이, 영자, 영주, 옥선
이……"처럼 우리의 유년 시절 친구들은 무엇을 하고 있을까. "술래잡기
하고 방칠락 하고/시간가는 줄 모르게 뛰어 놀던""솔방울 같은 친구들"
의 애꿎은 모습이 눈에 선하다. 어쩌면, 우리들은 유년 시절의 이토록 아
름다운 기억들을 현실의 차가운 일들에 애오라지 망실하고 있는 것은 아
닐까. 지금, 이곳에 충실한 삶을 살아야 한다는 명분을 자기합리화하면서,
우리의 영혼을 키워낸 유년 시절의 소중한 그 무엇을 한갓 과거의 쓰잘데
없는 기억의 풍경으로만 여기는 것은 아닐까. 그래서, 아무리 현실이 "외
출도, 가출도 아닌/버려진 존재"(「버려진 인형」)들 투성이로 우리의 미래
가 암울하게 전개될지 모르더라도, 우리의 삶을 추스를 수 있는 원동력으
로서 유년 시절의 삶의 생동감을 쉽게 폐기처분해서 곤란하다.

물론, 그렇다고 김순선 시인이 유년 시절의 삶의 생동감에만 편중된 것은 아니다. 그는 제주에서 활동하고 있는 강요배 화가로부터 예술과 삶의 생동감을 새롭게 발견한다. 예술과 삶의 흥취를 만끽하면서 자유를 구가하되, 이 모든 것의 바탕을 이루고 있는 그의 예술적 품격은 방종과 거리가 멀다. 모든 구속에서 자유롭게 풀려나 무한 자유를 추구하되, 그것은 시인에게 자기를 무작정 해체시켜버리는 탈자아(脫自我)가 아니라 제주의 자연에 겸손히 대하면서 모든 대상을 배려하는 도정에서 참자아를 절로 만나고 싶어하는 예술가로서 다가온다. 물론, 강요배 화가로부터 시인은 소년의 정동을 눈여겨본다. 민중 화가로서 거목인 그로부터 시인은 소년의 눈을 훔쳐본 것이다. 그렇다면, 조심스레 추정해볼 수 있으리라. 김순선 시인이 추구하는 '삶의 진실'과 그것을 이루는 '삶의 생동감'은, 그가 존경하고 있는 강요배 화가의 그것을 감히 넘어서고 싶은 시적 욕망이 작동하고 있는 것은 아닐까. 기대해봄직하다. 김순선 시인의 다음 시집이 무척 기대된다.

> 내가 만난 사람은
> 흥을 아는 진정한 자유인이다
> 막걸리 한잔에
> 덩실덩실 춤사위가 이어지고
> 절제된 몸짓 뒤로
> 삶의 파장이 따라온다
> 애기동백 가락에 흠뻑 취해
> 제주의 얼을 곡선으로 풀어낸다
>
> —「거목」 부분

'병실/유년 시절'의
시적 치유의 힘

— 김순선, 『사람 냄새 그리워』

1.

전 지구적으로 확산된 대감염병의 시대를 맞아 일상의 위협을 받고 있다. '팬데믹'이란 낯선 용어가 일상의 중심부를 꿰차고 들어오면서, 코와 입이 마스크로 가려진 채 서로의 눈만 빼꼼히 드러낸 얼굴로 인사를 하고, 조금만 빨리 발걸음을 옮기면 이내 숨이 차오르는 삶을 살고 있다. 이렇듯이 우리는 예전보다 좀 늦춰지거나 아예 달라진 삶의 리듬 속에서 황당한 일들과 마주한다. 그 단적인 사례로, "떠나는 사람과/보내는 사람이/마지막 손잡음으로/온기도 나누지 못한 채" "코로나가 무엇인지/이것저것/가로막아" "가슴 아픈 이별의 순간"(「너, 코로나19」)마저 허락되지 않는 참으로 기이하고도 기막힌 일상의 풍경을 목도하고 있지 않은가.

김순선의 시집 『사람 냄새 그리워』(한그루, 2023)는 팬데믹이 일상의 리듬을 조율하고 있는 사회적 거리두기 아래 고통과 상처를 입은 사람들의 삶을 응시하면서 그 삶의 결들에 배어든 존재의 비의성을 매만진다. 그래서인지, 시집의 맨 앞에 놓인 시에 자꾸만 눈이 간다.

남편 앞에만 서면
세상에서 가장 슬프고

가장 아프고
가장 외로운 소녀 같은 음성으로
어젯밤에 일어났던 시시콜콜한 일들을
쫑알쫑알 일러바친다
엄마 앞에서 응석 부리듯
가여운 얼굴로
엄살 같은 신음한다

—「거울을 보는 여자」 부분

참고로, 이 시의 화자는 "60대 여자/주렁주렁 링거 줄 달고"(「거울을 보는 여자」) 있다. 이 시는 시집을 여는 시로서 시집 전체를 감싸는 매혹을 보여준다. 우선, 중년 여성 화자가 아파 병실에 있다보니 그곳에 있는 환자들과 연루된 숱한 사연들을 접할 수밖에 없을 것이다. 그런데 이 사연들을 남편에게 얘기하는 태도와 방식이 예사롭지 않다. "가장 슬프고/가장 아프고/가장 외로운 소녀 같은 음성으로/어젯밤에 일어났던 시시콜콜한 일들을" "엄마 앞에서 응석 부리듯" "쫑알쫑알" 얘기한다. 말하자면, 이 여성 화자는 표면상 중년의 생물학적 연령을 지닐 뿐, 그 내면에는 유년기를 미처 벗어나지 못한 '소녀'가 자리하고 있다. 그것도 최상급 '가장'이란 부사어의 수식을 받는 '슬픔-아픔-외로움'의 신열(身熱)을 앓고 있는 '소녀'다. 우리는 이 여는 시를 접하면서, 시인의 퍼스나인 이 시적 화자가 지금-여기를 어떻게 응시하면서 노래하고 있는지 절로 귀가 솔깃해진다.

2.

이번 시집에서 주목되는 공간은 병실이다. 시적 화자는 병실에서 다양한 부류의 사람들을 응시하듯, 환자들 모두 나름대로 삶의 곡절을 지니고 있다. 가령, 다음의 몇 사례를 음미해보자.

　　퇴근하고 돌아오면
　　냉장고 문을 열고
　　소주부터 마시는 여자
　　그때가 가장 행복하다는 여자
　　젊었을 때는 술에 취하면
　　정신은 말짱한데
　　몸이 비틀거렸는데
　　지금은 걸음걸이는 멀쩡한데
　　정신이 흔들린다는 여자
　　　　　　　　　　　　　　　―「소주를 좋아하는 여자」 부분

　　그녀의 뇌리에 각인된 이름
　　자기 이름보다 더 소중한
　　이름

　　명순이를 향한
　　못다 한 말
　　허공에 꾹꾹 눌러쓴다
　　　　　　　　　　　　　　　―「허공에 쓰는 편지」 부분

　　각시는 어디를 갔기에
　　저토록 애타게 부를까
　　그리움 같은
　　참회의 목소리로

　　각시야~

각시야~
간절한 기도 소리 같은
남자의 절규

—「에밀레종 소리」 부분

분명, 남모를 사연이 있을 터이다. "간호사 몰래 소주 마시다/병원에서 쫓겨난 경력이 있"을 정도로 "얼마나 소주를 좋아하는지/고백하는 여자" (「소주를 좋아하는 여자」)에게는 알코올 중독이 된 어떤 곡절이 있을 것이다. 치매에 걸린 할머니가 "가슴 깊이 숨겨둔/못다 한 말/뭉뚝한 손으로/헛손질"(「허공에 쓰는 편지」)하면서 절규하며 부르는 '명순'이와 서로 얽혀 아직도 풀지 못한 정한(情恨)이 있을 것이다. 그리고 얼마나 아내에게 몹쓸 잘못을 저질렀으면 한밤중 아내가 부재한 사이에 "각시야~/각시야~/간절한 기도 소리 같은" "그리움 같은/참회의 목소리"가 마치 "에밀레종 소리"처럼 병실을 울릴까.

시적 화자는 병실의 위 풍경을 찬찬히 들여다본다. 아픈 자들의 상태가 비록 어떤 삶의 경계를 넘는 충동을 보이기도 하지만, 그래서 그런 모습들이 때로는 이해하기 힘들기도 하지만, 시적 화자는 병실에서 보여지는 예의 풍경 속 아픈 자의 내면에 깊이 자리한 존재의 상처를 겸허히 응시한다. 왜냐하면 그들의 상처가 아픈 그들에게만 한정된 특별한 게 결코 아니라 이 상처를 응시하는 시적 화자는 물론, 병실 바깥에 있는 존재들에게도 두루 해당되는 삶의 상처는 그것과 연관된 사연을 지니고 있기 때문이다. 흔히들 심신이 아플 때 그 아픔과 조금이라도 연관된 삶을 되돌아보면서 아픔을 치유한다고 하는데, 시적 화자가 병실에서 마주하는 풍경의 사위에서 개별 사연들을 주목하는 것은 곡절 많은 삶 속에서 상처 입은 존재들을 위한 시적 치유를 시인이 수행하고 있다 해도 과언이 아니다.

3.

이러한 시적 치유는 병실에서 환자를 간호하는 관계 속에서 한층 구체
적으로 나타난다.

> 잠시도 쉬지 않고 흥얼흥얼 노래 부른다
> 반응 없는 엄마와의 대화법이다
> 씻기고 먹이고 기저귀 갈아주면서
> 엄마에게 받았던 사랑을
> 딸이 엄마에게 드리는 중이다
>
> ―「영자 씨」 부분

> 면회가 금지된 병원
> 80세 노인과 딸의 대화
> 하루 세 번
> 안부 전화와
> 잔소리와
> 다짐이 반복된다
>
> 전국을 돌아다니다
> 중동까지
> 건설현장을 누비던
> 노장의 근육맨
> 다듬어지지 않은 거칠고
> 화통 같은 목소리가
> 화난 사람 같아
> 병실 사람들이 깜짝깜짝 놀란다
>
> ―「아버지와 딸」 부분

위 두 시에서 서로 다른 환자를 간호하고 있는 딸들은 자신의 부모와
소통하는 방식이 전혀 다르다. 「영자 씨」에서 딸은 "흥얼흥얼 노래"를 부
르면서 그것에 엄마가 반응을 보이는지 관계없이 엄마를 간호하는 중이
고, 「아버지와 딸」에서 딸은 면회가 금지된 채 "하루 세 번/안부 전화와/
잔소리와/다짐이/반복"되는 가운데 "병실 사람들이 깜짝깜짝 놀"랄 만큼
"화난 사람 같"은 아버지와 소통한다. 그래서 「영자 씨」가 살가운 방식이
라면, 「아버지와 딸」은 쌀쌀한 방식의 소통의 형식을 취한다. 그런데 이
두 가지 소통의 풍경에서 배면에 가려져 있는 음화(陰畵)를 눈여겨볼 필요
가 있다. 「영자 씨」에서 보이는 살가운 소통 풍경에는 그 어떤 "반응 없는"
엄마의 "얼마 남지 않은 시간 여행/후회 없는 이별을 위한/추억 쌓기"의
아픔이 채색되고 있다면, 「아버지와 딸」에서 보이는 싸늘한 풍경에는 가
족을 위해 국내외 "건설현장을 누비던/노장의 근육맨"이 병실 신세에도
불구하고 아직 건재하다는 것을 애써 알리고자 하는 "애교맨"의 색조가
드러난다. 그러니까 이 두 음화의 경우 하나는 머지않아 죽음을 조우해야
하는 그래서 차갑디차가운 생의 종언이 배면에 그려지고 있다면(「영자
씨」), 다른 하나는 아직도 사그라들지 않는 삶의 활력이 뜨겁디뜨거운 생
의 기운으로 배면에 그려지고 있다(「아버지와 딸」). 이렇듯이 서로 다른
두 병실의 풍경의 배면을 이루는 음화는 존재의 형식이 지닌 생의 위엄이
바탕을 이루고 있음을 보여준다. 여기에는 "씻어도/씻어도/지워지지 않
는/부끄러움"(「참회의 시간」)이 환자와 간호자 모두를 감싸고 있어, 시인
은 두 병실의 풍경을 통해 웅숭깊은 시적 치유를 수행하고 있다.

4.

이처럼 병실의 공간은 그동안 둔감했거나 망실하고 있던 존재의 윤리
적 성찰을 위한 틈새를 낸다. 그리고 우리는 그 틈새로부터 타자의 존재성

을 비로소 실감한다.

두 눈을 살짝 감고
마음으로 두 손을 모으려는데
노인이 말을 걸어온다
어디서 와서?
난, 저 고산 윗동네라
어머니 간병 와서
할아버지는요?
나도 우리 집사람이 아파서
이 병원 저 병원 다 돌아다녀 보고
육지도 가 봐서

소용 어서
근육을 키워야 한다는데
그럼 재활병원에 가시지요
나이도 있고
그러저럭 시간만 보냄주
그래도 여긴 교통이 좋아서

머리가 허연 백발노인
수정 같은 눈
고개만 숙여도 떨어질 것 같은
유리구슬에서 슬픔이
또르르
내 발등으로

―「내 발등으로 슬픔이」 부분

병원에서 만난 할아버지는 자신의 아내의 병 수발을 들고 있다. "이 병원 저 병원 다 돌아다녀 보고/육지도 가"보았지만, 아내의 병에 도움이 되지 않았다고 한다. 그나마 실오라기 같은 희망이 "근육을 키워야 한다"면서 "재활병원에 가"야 함에도 불구하고 그 엄두를 내기는커녕 "그럭저럭 시간만 보"낼 뿐, 그래서 "머리가 허연 백발노인"의 눈에서는 차마 말 못할 "슬픔이/또르르/내 발등으로" 흐른다. 노인은 비로소 그 아내의 존재를 향한 반성적 성찰과 회한의 그 무엇이 자아내는 '슬픔'의 정념에 휩싸인다. 그렇다면 아내의 힘없이 위축돼가는 근육과 움츠러들며 작아지는 병든 몸뚱이를 지켜보는 노인의 내면은 어떤 모습일까.

아무도 대신 아파줄 수 없는
채울 수 없는
근원적인
고독
건널 수 없는 강이 흐른다

—「금식」부분

병마에 손쉽게 굴복하지 않기 위해 병마에 버티고 있는 아픈 자는 역설적이지만, 아픈 자를 대신해줄 수 없는 그 어떤 것으로도 "채울 수 없는/근원적인/고독/건널 수 없는 강"의 존재 때문에 병마와 치열히 싸우면서 심지어 공존한다. 김순선의 시집 곳곳에서 보이는 아픈 자와 간호자들에게는 바로 이 '근원적 고독'이 도도히 흐르고 있음을 주시해야 한다. 이것은 아픈 자의 존재가치를 추락시키거나 퇴락시키지 않을 뿐만 아니라 아픈 자를 간호하는 존재의 위엄마저 훼손시키지 않도록 하는 삶의 비의적 실재다. 그만큼 '근원적 고독'은 아픈 자와 연루된 이들을 온전히 이해하는 데 핵심적인 삶의 실재다. 가령, 생명을 앗아갈 정도로 신체 주요 장기

에 치명적 손상을 입힐 수 있다 하더라도 개별적 존재의 절실한 삶의 문제
와 결부될 경우 제어가 불가능한 흡연 욕망을 부정적인 것으로 속단할
수 없는 것은 그 단적인 사례이리라.

> 그때
> 간호사가 들어왔다
> 병실에서 담배를 피우면 쫓겨납니다
> 폐가 흐물흐물하다는
> 담당과장님의 설명을 듣고도
> 아,
> 딱 한 모금이
> 뭐라고
>
> —「한 모금만」 부분

시적 화자에게 담배 한 모금은 무엇과도 바꿀 수 없는 생의 가장 귀한
대상이다. 건강을 해치는 흡연의 심각성이 얼마나 컸으면, "폐가 흐물흐
물하다는" 의료 진단을 받았을까. 말하자면, 폐의 정상적 기능이 어려울
지경에 이르렀음에도 불구하고 시적 화자는 "딱 한 모금"의 흡연을 애타
게 갈구한다. 대체, "딱 한 모금이/뭐라고", 시적 화자는 폐가 죽어가는
것을 아랑곳하지 않고 '근원적 고독'의 자유를 만끽하기 위해 흡연의 절대
유혹을 버리지 못하고 있을까. 이것이 인간을 휩싸고 도는 삶의 실재인바,
시인은 이것을 흡연과 연관된 건강학 또는 위생학과 다른 차원의 시적
진실의 차원으로 접근하고 있음을 간과해서 곤란하다. 다시 강조하지만,
이 시적 진실은 인간의 '근원적 고독'을 상기시키는 존재론적 성찰의 문제
로서, 이것은 이번 시집의 경우 병실의 공간에서 치열히 탐구되는 시적
문제의식 중 하나다.

5.

물론, 이번 시집이 병실 공간만을 대상으로 하는 것은 아니다. 병실 공간을 응시하면서, 아픈 자와 간호자들 사이의 관계로부터 잉태된 삶의 상처와 고통에 대한 시적 치유를 수행하고 있다면, 병실 공간 밖에서 시인 은 시적 화자의 유년 시절의 기억을 떠올리면서 또 다른 시적 치유를 수행 하려고 한다. 하지만 이 일이 생각만큼 쉽지 않다.

마당에 멍석 깔고 누우면
수없이 쏟아져 내리던
그 많던 별들
밤이 새도록 별을 다 세지 못하고
잠이 들던 아이들 모두
떠나버린
텅 빈 하늘

꿈을 꾸지 않는 늙은
창가에
별은 사라지고
가로등 불빛에
하루살이만 붐빈다

—「별은 사라져」부분

어느덧 "꿈을 꾸지 않는 늙은" 시적 화자의 "창가에/별은 사라지고/가 로등 불빛에/하루살이만 붐"비듯, "그 많던 별들"이 "떠나버린/텅 빈 하 늘"을 머리에 이고 있을 뿐이다. 따라서 시적 화자에게 유년 시절을 회상

하는 낭만적 상상력을 회복하기 위해서는 잃어버렸고 떠나버렸던 별들을
다시 만나는 데서부터 시작되어야 한다.

베란다 한쪽 끝에
회전의자 놓고
여기가 물고기자리라 칭하고
날마다 빙글빙글
밤하늘 유영한다

저 어둠 너머
머어언
어딘가에서 불 밝히고 있을
나의 별자리를 찾아

—「별자리 찾아」 부분

그렇다. "나의 별자리를 찾아" 나선 길은 시적 화자의 유년 시절을 찾아나서
는 길이고, 이것은 병실 세계와 다른 세계에서 낭만적 상상력이 지닌 시적
진실의 힘으로 시적 치유를 수행하는 길이기도 하다. 이 길에서 시적 화자가
조우하고 있는 것들 중 스러지지 않는 아름다운 장면이 있다.

마당 가득
북적북적
어느 바닷가에서 밀려온
멸치 떼같이

툭툭
어깨 스치며

'멜 들었저' 귀띔해주던
잠자리 떼

―「멜잠자리」부분

"노을 지는 저녁/유년의 어깨 위를 날아다니던/잠자리 떼"(「멜잠자리」)를 이처럼 아름답게 노래할 수 있을까. 이 잠자리 떼의 유영이 아름다운 장면은 어디에서 기인한 것일까. 그것은 "마당 가득" 저녁 하늘을 유영하는 잠자리 떼가 "어느 바닷가에서 밀려온/멸치 떼"의 장관과 절묘히 포개지기 때문인데, 우리가 주시할 것은 시적 화자의 저녁 무렵 마당이 이 순간 멸치 떼가 가득 든 바다의 푸른빛과 멸치 떼의 은빛이 한데 어우러지면서 연출되는 장관의 바다처럼 보인다는 것이다. 이 몽환적 장관이 한층 아름다운 것은 멸치 떼가 "툭툭/어깨 스치"는 촉각과, "'멜 들었저' 귀띔해주던" 시청각이 공감각의 정동으로 재현되고 있다는 점이다. 이렇게 시적 화자의 유년 시절의 마당 가득 유영하던 잠자리 떼는 제주의 생태 지역성을 바탕으로 하늘과 바다가 절로 융화되면서, 시적 화자에게만 고유한 유년 시절의 아름다운 풍경과 추억으로 남아 있다. 시집의 마지막 장을 덮고 난 후 다시 들춰보고 싶은 수작(秀作)이 아닐 수 없다.

「멜잠자리」가 시인의 공감각적 시적 재현을 통해 유년 시절의 아름다움을 재발견하고 있다면, "덜 익은 떨떠름한 맛에/퉤퉤거리며/조밤을 주워 먹었"고(「조밤나무」), "동백나무 열매가 땡볕에/빤질빤질/초콜릿 빛으로/침샘을 자극하며/익어가고 있"던 유년 시절을 떠올리고(「동백 열매」), "옥수수, 쌀, 떡, 누룽지 뭐든지/펑펑 부풀려준" "뻥튀기"를 "쌀쌀한 겨울바람에/콩 볶듯이 내리던 싸락눈/한 움큼 집어 먹"(「싸락눈을 녹이며」)던 유년 시절의 아름다움이 미각으로 생생히 다시 살아나곤 한다. 이 추억의 미각은 제주의 해안도로 둘레길을 거닐다가 "한치 물회 대신/제주한치빵을 먹고" "그저 걸을 수 있으매/감사할 뿐"(「추억의 한치빵」)이라는, 소박하고 아름다운 마음을 갖도록 한다. 추억의 미각은 그러므로 시적 **화자**로 하여금 유년 시절의 아름다움을 재발견하는 데 만족하지 않고, 지금-여기를 살고 있는 시적 화자에게 삶의 근원적 성찰의 힘마저 **북돋우고 있다**. 그리하여 이 힘은 「조개송편 같은 친구」에서는 시적 화자로 하여금 **한라산**을 경계로 산다는 것을 핑계 삼아 오랫동안 소원했던, 고**향으로 귀환한** 유년 시절의 정든 친구를 만나는 결심에 이르도록 한다. 이 **결심**을 추동시킨 것은 바로 "고구마 소를 넣어/달콤해서 더 맛있던" "**조개송편**"의 맛이 지닌 미각과 연루된 소중한 우정이다. 그러니까 시적 화자는 유년 시절 '조개송편'의 미각이 되살아나면서 그동안 고향으로 귀환한 친구에게 무심했던 자신에 대한 반성적 성찰을 하고 있듯, 김순선 시인이 유년 시절의 아름답고 소중한 기억을 떠올리면서 삶의 근원적 성찰의 힘을 회복하고 있는 것은 이번 시집이 거두고 있는 값진 시적 성취로서 손색이 없다.

> 조만간
> 한라산을 넘어야겠다
> 조개송편 같은 친구
> 만나러
>
> ─「조개송편 같은 친구」부분

시집의 마지막 장을 덮으며, 우리도 "조만간" 각자 유년 시절의 맛난 음식의 기억 속에서 그동안 소원했던 정든 친구를 만나기 위해 서로의 삶의 경계를 휘이휘이 넘어야겠다.

시의 '대화적 상상력',
'시린 아름다움'의 감응력

— 김순선, 『어느 토요일 오후』

시인이 펼치는 '대화적 상상력'

어쩌다 보니 김순선 시인의 시집을 연거푸 읽게 되었다. 참으로 기이한 문학적 인연이 아닐 수 없다. 4·3의 역사적 상처를 웅숭깊게 응시하는 시집(『백비가 일어서는 날』)을 만나면서, 무엇보다 시집 제목에서 뚜렷이 드러나듯, '4·3백비(白碑)'에 당당히 새겨질 4·3에 대한 정명(正名)을 향한 시인의 시적 결기가 생생하기만 하다. 그런가 하면, 일상의 사소한 풍경들 사이에 틈입한 온갖 삶의 고통과 상처에 대한 시적 치유의 힘을 벼리고 있는 시집(『사람 냄새 그리워』)은 시(인)과 일상의 관계를 냉철하면서도 뜨겁게 성찰하도록 한다. 이처럼 두 권의 시집을 통해 나는 역사와 일상에 대한 김순선 시인의 시세계와 소중한 문학적 인연을 맺었다.

그런데 이번 시집 『어느 토요일 오후』(한그루, 2024)의 경우 표면상 역사와 일상이 전경화(前景化)돼 있지는 않다. 수록된 시들의 부제목에서 알 수 있듯이, 시인은 문학의 인접 장르들──가령, 미술, 사진, 연극, 영화 등에 대한 관람과 감상을 비롯하여, 제주를 중심으로 한 역사문화 나들이 경험에 대한 시적 재현에 비중을 둠으로써 시적 대상이 지닌 비의적인 어떤 것을 탐구하고 있다. 우리는 김순선의 이러한 시쓰기를 '대화적 상상력'의 측면에서 톺아볼 수 있다. 그러니까 시인 김순선은 이번 시집에서 시적 화자로 하여금 문학 외의 다양한 예술 장르의 감상과 역사문화 답사의 경험 속에서 그 시적 대상들이 지닌 미적 가치와 문제의식과 전언과의 '대화적 상상력'을 감행한다. 이것이 바로 내가 접했던 김순선 시인의 두 권의 시집과 이번 시집이 구분되는 이유다.

여기서, 주목해야 할 것은 이들 시적 대상을 찬찬히 응시하는 시인의 겸허한 시적 관조(觀照)를 바탕으로 한 시적 진실의 면모다. 여기에는 20여 년의 시력(詩歷)을 지닌 70대의 원숙한 김순선 시인이 삶을 보다 넓고 깊게 헤아리기 위해 진력하는 시쓰기의 진정성이 뒷받침되고 있음을 강조하고 싶다. 그래서 이번 시집을 흐르고 있는 '대화적 상상력'은 시인과 함께 다양한 예술 장르를 감상할 뿐만 아니라 역사문화 탐방을 경험한 것에 대한 시적 진술을 넘어선, 우리들 삶과 뭇 존재를 아우르는 모든 것에 대한 겸허한 시적 성찰의 교응과 감응을 미친다.

시와 전시회의 대화적 상상력(1) ─ '시린 아름다움'을 응시하는

김순선 시인이 접한 다양한 예술 장르와 그 개별 작품은 서로 다른 예술적 완성도와 미적 성취를 자아낸다. 따라서 이것들과 조우하는 그의 시적 상상력은 그만큼 독특한 시적 개성을 드러낼 뿐만 아니라 시적 진실 면에서도 다양한 층위를 나타낸다. 그중 각별히 눈에 띄는 게 있는데, 김성준의 사진전 〈빛은 흐르고〉를 본 후 쓴 시가 그것이다.

사막을 건너온
낙타의 등 같은
조랑말의 능선
초원을 달리던 오름을 닮아가는 곡선 위에
빛이 흐른다

어둠을 밀어내며
따뜻한 봄을 기다리는
바람 따라 가지를 뻗듯
고개 숙인 그의 꿈이
꿈틀거린다

듬성듬성 늘어진 갈기 뒤로
오름을 닮아가는 그의 등허리가
시리도록 아름답다

—「아름다운 능선」 전문

이 시는 이번 시집을 이루고 있는 시들 중 절창이라 해도 손색이 없을
만큼 시집 전체를 꿰뚫고 있는 흡사 고양이의 눈과 같은 시안(詩眼)의 역
할을 맡고 있다. 시적 화자는 '빛은 흐르고'의 주제를 내건 사진전을 감상
하다가, 짐작하건대, '아름다운 능선'을 찍은 사진의 매혹에 몰입해 있다.
따라서 위 시는 몰입하는 시의 감응력을 보여주듯, 우리에게 중요한 것은
이 사진이 지닌 풍경에 대한 리얼한 재현의 여부가 아니라 이것의 빼어난
미적 성취를 시인이 얼마나 시적 재현의 언어로 잘 표현하는가 하는 점이
다. 그럴 때 우선 주목되는 것은 각 연의 서술어로 자리한 "빛이 흐른다"
와 "꿈틀거린다"와 "시리도록 아름답다"가 거느리는 지배적 심상이다. 이
들 서술어로부터 시간과 공간은 물론 이것에 교응하는 시적 화자의 내면
풍경에 대한 시의 감응력이 배가하고 있다.
    사진의 실물을 보지 않고 이 시의 상상력을 따라가보자. 칠흑의 적요
(寂寥)에 휩싸여 있던 제주의 오름에는 빛이 비친다. 그것의 형상은 "사
막을 건너온/낙타의 등 같은/조랑말의 능선/초원을 달리던 오름을 닮아
가는 곡선"으로, 이 빛은 제주의 오름이란 공간에만 국한된 게 아니라 저

먼 대륙의 광막한 사막과 초원을 자유롭게 횡단하여 굽이쳐 흐르는 속성
을 지닌다. 어디 이뿐인가. 이 빛은 "어둠을 밀어내며/따뜻한 봄을 기다리
는/바람 따라 가지를 뻗듯" 힘찬 생명력으로 약동하는 속성도 지닌다. 그
러므로 제주의 오름 능선을 비추는 빛은 광활한 대지를 막힘없이 자유롭
게 흐르며, 대지를 집어 삼킨 어둠과 한겨울 추위를 밀어내버리는 생명력
의 약동을 동시에 지닌 부드러우면서도 힘찬 속성을 갖고 있다. 그런데
시인은 이 같은 오름의 내면 풍경을 "시리도록 아름답다"고 응시한다. 참
으로 절묘한 시적 표현이다. 김성준의 사진전과 나누는 대화적 상상력의
비밀은 바로 이와 같은 내면 풍경을 시인이 시적 재현으로 포착하고 있다
는 점이다. 달리 말해, 이것은 김순선 시인의 내면 풍경을 나타내는 것이
기도 하다. 그러니까 시인의 내면 풍경은 제주 오름에 비친 빛의 형상의
속성과 그것의 내면 풍경에 교응하는바, 부드럽게 막힘없이 자유롭게 흐
르며 힘차게 약동하는 생명력을 지니되, 그것의 내면은 제주가 겪은 사회
문화 및 역사생태가 말해주듯 험난한 세계 속에서 벼려온 '시린 아름다움'
의 미적 가치를 품는다. 이것은 홍진숙의 〈용천수의 꿈〉이란 그림 전시회
를 보며 "깨끗하고 정의로운 삶을 꿈꾸는/제주의 아들딸들에게/생명의
젖줄을 건네고 있다"(「토산 노단샘」)는 시구에서 보다 구체적으로 드러
난다. 기실, 김순선 시인을 비롯하여 제주에서 살고 있는 사람들은 "햇빛
과 비와/바람의 사랑으로/인내의 시간을 견딜 수 있었으리라"(「나무로
살아가기」)에서 알 수 있듯, '시린 아름다움'이 함의한 삶의 숭고한 가치
를 일상에서 살고 있기 때문이다.

시와 영화의 대화적 상상력(2) ― '오랜 기다림'과 '자기해방'

여기, '시린 아름다움'을 함께 공유할 수 있는 시 「단팥 인생」을 음미해
보자. 이 시는 일본 영화 〈앙〉과의 대화적 상상력을 펼치고 있다. 시인은

대략 두 시간 상영된 이 영화를 한 편의 시로 훌륭히 소화해낸다. 영화를 보지 않은 독자들은 이 시를 음미하는 것만으로도 영화가 간직한 문제의식과 삶에 대한 웅숭깊은 성찰적 지혜를 충분히 감응할 수 있다. 영화도 그렇듯이 시에서도 두 인물이 등장한다. 생업을 갖고 있다는 것만으로 자족하는, 그렇다고 자신의 생업인 단팥 빵을 만드는 일에 그리 정성을 쏟는 것도 아닌 채 반복적이고 지루한 일상에 구속된 것으로 자신의 무의미한 삶을 이어나가는 남자 주인은 어느 날 한 노파를 아르바이트 생으로 채용한다. 노파는 단팥 빵 재료를 정성스레 준비하며 주인이 만들었던 것과는 비교할 수 없는 풍미의 단팥 빵을 만든다. 영화는 이 과정을 심드렁한 일상처럼 느리고 완만하게 때로는 지겨움을 느낄 정도로 이 두 인물의 세밀한 관계에 초점을 맞춘다. 김순선의 「단팥 인생」은 이 영화와의 대화적 상상력을 통한 시적 재현의 언어로 '시린 아름다움'이 어떤 것인지를 보여준다.

팥과 물엿이 처음 만나는 순간
서로를 알아가며 스며드는 시간이 필요하듯
우리의 만남도
기다림이 필요하다
팥의 소리에 귀를 기울이며
마음을 다하여 정성으로 팥을 대할 때
팥의 소리를 들을 수 있다
팥의 소리가 들릴 때 비로소
맛있는 단팥 앙금을 얻을 수 있다
오랜 기다림으로 마음을 다할 때
달빛의 소리도
새의 마음도

들을 수 있나니

—「단팥 인생」부분

노파가 만든 단팥 빵이 풍미를 얻는 비밀은 엄청난 데 있지 않다. "바람과 비와 눈과 햇빛이/수많은 수고로움과 정성으로 당도했으니/한 알 한 알 팥을 골라내"(「단팥 인생」)는 일이 무엇보다 선행되어야 하며 가장 기초적인 일이다. 그 다음 서로 다른 속성을 지닌 팥과 물엿이 "서로를 알아가며 스며드는 시간이 필요하듯" 온정성을 다하여 이들이 서로에게 스며들고 배어드는 시간을 기다릴 수 있어야 한다. 이 시간이야말로 "팥의 소리"와 "달빛의 소리"와 "새의 마음"에 귀 기울여야 할 성속일여(聖俗一如)가 현재화(顯在化)되는 경이로운 시간이기 때문이다. 그러므로 주인이 만든 단팥 빵이 맛이 없었던 것은 이 "오랜 기다림"이 동반하는 '시린 아름다움'에 무심했든지, 아니면 그도 알고 있었지만 강퍅한 삶의 현실에서 이것을 망각했거나 둔감해졌을지 모른다. 말하자면 주인이 '시린 아름다움'을 느끼고, 그것을 생성시킬 삶의 욕망과 의지가 스러졌던 것이다. 이에 대해 시인은 나지막이 노래하고 있지 않은가. 결코 늦지 않았다고. 존재의 관계가 갖는 '시린 아름다움'을 외면하지 않고 그것이 우리에게 다가오는 경이로운 시간을 인내심 갖고 기다린다면 우리 모두 영화 속 단팥 빵의 깊은 풍미를 체득할 수 있는 것이다.

이렇듯이 김순선이 영화와 나누는 대화적 상상력은 그의 시적 재현에서 한층 깊은 시적 진실의 감응력을 보인다. 이와 관련하여, 영화 '그리스인 조르바'에 대한 「조르바, 너는 지금 뭐하니」의 시적 진실을 눈여겨볼 필요가 있다.

지금 이 순간
눈앞에 있는 것에 최선을 다할 수 있다면

내게도 놀람과 감탄으로 환희를 느끼며
꽃의 말을 들을 수 있는 열린 귀가 있다면
소유에 대한 무거운 집착을 훌훌 벗어던지고
나의 감옥에서 용감하게 탈출하여
자유를 누릴 수 있다면
우리 함께 춤을 출 수 있겠지
조르바, 너는 지금 뭐하니?
(키스해)
(그럼 딴생각하지 말고 키스하는 데만 집중해)
산토르 악기 소리가 강물같이 밀려온다
사업의 실패 앞에서도
갈탄광을 다 말아먹고도
하늘 보고 땅을 보며 덩실덩실 춤을 추며
새처럼 날아오른다

　　　　　　　　　　—「조르바, 너는 지금 뭐하니」 부분

　　세계문학의 고전에 나오는 작중인물 중 조르바처럼 매력적 인물을 만나기 힘들 것이다. 작가 니코스 카잔차키스의 원작 『그리스인 조르바』를 영화로 만들었고, 이를 본 시인은 조르바의 풍찬노숙의 인생을 시로 노래한다. 영화에서도 매우 인상적이듯, 위 시에서도 시인은 조르바가 "소유에 대한 무거운 집착을 훌훌 벗어던지고/나의 감옥에서 용감하게 탈출하여/자유를 누"리는, 가장 조르바다운 자유의 춤을 함께 추고 싶다. 그래서 우리가 예의주시할 것은 시인도 그렇듯이 자신을 옭아매고 있던 유무형의 감옥으로부터 스스로를 놓여나도록 하는 '자기해방'을 추동시키는 '자유'의 존재다. 우리는 알고 있다. 조르바가 욕망하는 그리하여 조르바의 춤에서 발산되는 자유의 춤사위가 '자기해방'을 겨냥하고 있기 때문에 그

무엇과도 비교할 수 없는 숭고한 가치를 지니고 있다. 이 또한 삶의 대지
에서 얼마나 처절한 외로움을 견뎌야 하는지, 존재들과의 관계에서 숱한
상처와 고통을 겪어야 하는지를 조르바의 춤사위는 역설적으로 보여준다.
왜냐하면 조르바의 춤은 시인이 이번 시집에서 궁리하는 '시린 아름다움'
이 지닌 시적 진실의 가치와 그 성찰적 전언과 결코 무관하지 않기 때문이
다. 그래서일까. 황금만능주의에 탐닉하는 세태와(「수레바퀴」), 경제적
빈곤의 나락 속에서 죽음마저 희화화되는 현실과(「관」), 장애복지 사각지
대를 양산하는 제도적 복지의 부조리 실태(「그림의 떡」) 등에 대한 시인의
매서운 사회적 증언·고발·비판은 '시린 아름다움'의 시적 진실을 다시
한번 주목하도록 한다.

시와 역사문화 탐방의 대화적 상상력(3) — 제주의 살아 있는 공붓길

이제, 이번 시집에서 비중을 두는 대화적 상상력의 또 다른 측면을 음
미해보자. 김순선 시인은 '제주문화역사 나들이'란 부제목의 여러 시들을
비롯하여 역사문화 현장을 탐방한 경험의 시들을 내보인다. 그는 제주의
사회문화와 역사생태의 숨결이 깃든 곳곳을 순례하듯 보고 듣고 매만지
면서, 새롭게 발견하고 깨우치고 성찰한다. 그에게 이 현장 답사의 길은
제주 태생 시인의 존재론적 바탕뿐만 아니라 우리의 삶을 어떻게 하면
튼실히 살아가야 할지에 대한 공붓길을 안내하는 시적 실천을 수행한다
는 점에서 자꾸만 눈에 가는 시편들이다.

두린아기들만 보면 쏩지돈 쥐어주던
좀좀하루방 이야기
폭낭 아래서 빈둥거리는 어룬이나
놀고 있는 두린 아기를 보면

욕하고 다울리던 혹혹 하루방 이야기

욕먹던 비석 이야기

가슴속에 줌자던 숨은 이야기

먼먼 슬픈 사연 속으로 데려다준다

—「불림모살길 따라」 부분

돌에도 길이 있어

아무리 힘이 센 장사라도

집채만 한 덩어리 비석 돌 채취할 때는

힘으로만은 얻을 수 없어

돌의 길을 볼 수 있는 돌챙이 눈이 필요해요

실금 같은 결을 바라보며

돌의 길 찾아가듯

길 없는 길 위에서

삶의 길 찾아가요

—「돌에도 길이 있어」 부분

너희들이 토종 씨앗 생명이라 생각하니

고맙고 신기했다

몇 세대를 거치면서 오늘까지 잘도 버티었구나

이웃 밭 넘보지 않고 작고 볼품없어도

파치면 파치대로

귀한 전통과 토종의 맥이 흐르는

생명의 탯줄 이어왔구나

—「토종 씨앗 지킴이」 부분

시적 화자는 평대리에서 마을 해설사를 만난다. 그는 당근 농사를 짓는 농부이자 카페 사장이며 "옛말 들려주는/삼거리 폭낭 달마"(「불림모살길 따라」)다. 그는 평대리 마을 관련 숨은 이야기를 재밌게 들려주는 이야기꾼인 셈이다. 우리는 상상할 수 있다. 시적 화자는 이 이야기꾼 마을 해설사를 만나 얼마나 행복했을까. 그동안 무심결 지나쳤던 평대리에 이토록 많은 숨은 이야기들이 생명력을 유지하고 있기에 평대리는 제주의 지리상 존재하는 행정구역상 한 지역을 넘어 오랫동안 숨결을 지녀온 자족적 생명체로 다가왔을 터이다. 그런데 이것은 평대리에만 국한되지는 않을 것이다. 시인이 밟은 제주의 곳곳은 이러한 숨은 이야기들이 누군가에 의해 구술연행(口述演行)되고 있을 것이다. 그래서 제주의 길을 따라 걷는 것은 시인에게 공붓길이다. 화산 토양의 거칠고 울퉁불퉁한 돌투성이 제주의 길을 걷는 것은 제주 사람들에게 "길 없는 길 위에서/삶의 길 찾아가"는 것과 다르지 않은 "돌의 길을 볼 수 있는 돌챙이 눈"을 갖고 "돌의 길 찾아가"야 하기 때문이다(「돌에도 길이 있어」). 그 길 위에서 시적 화자는 "토종 씨앗 생명"의 강인한 생명력을 새롭게 발견하며, 그 "작고 볼품 없어도/파치면 파치대로/귀한 전통과 토종의 맥이 흐르는/생명의 탯줄 이어왔"다는(「토종 씨앗 지킴이」), 즉 제주의 뭇 존재들이 벼려온 '시린 아름다움'의 가치에 감명한다.

제주의 이러한 '시린 아름다움'은 제주 사람들과 제주의 풍정(風情)이 어우러져 만들어내고 있는 제주의 귀중한 미적 가치가 아닐 수 없다. 그런데 날이 갈수록 제주의 "위태로운 운명 앞에 침묵으로 저항하는/산담에 피어난 고독한 하얀 이끼들"(「위태로운 산담」)이 눈에 밟히는 이유는 무엇일까. 시집 맨 마지막에 있는 「버스를 기다리며」에서 노인이 행인을 향해 던지는 분노가 그 자신과 사회를 향한 어깃장으로서 불평불만으로 이해되지 않고 제주의 뭇 존재가 감당해야 할 여러 문제들에 대한 꾸짖음과 비판으로 다가온다. 그러므로 노인의 분노를 주목하는 김순선 시인의

시적 진실이 각별한 것은 제주에서 살고 있는 개별 존재는 물론 그 모든
관계의 총체가 가야 할 길에 우리가 무심할 수 없음을 상기한다. 이에
대한 시적 비유로서 우리 모두는 종점이 어디인지 알 수 없는 제주의 또는
삶의 버스를 기다리고 있다.

우리가 타야 할 버스는 언제 올 것인지
종점은 아직 멀었는지
나는 언제 내려야 할 것인지
아무도 알 수 없는
버스를 기다리고 있다

—「버스를 기다리며」 부분

수록 지면

제1부 시의 정치적 감응력

제2부 세계악에 대한 응전

「민중적 시쓰기의 바탕: 낮고 외롭고 서글픈 슬픔의 정념」, 김이하, 『목을 꺾어 슬픔을 죽이다』, 푸른사상, 2023.

「디스토피아의 묵시록적 현실을 마주하는」, 김보숙, 『절름발이 고양이 퇴퇴』, 리토피아, 2019.

제3부 시적 수행의 힘

「'마추픽추'의 끌림: 자유와 평화를 향한 생명의 전율-강우식의 연작시 「마추픽추」, 그 사랑의 대서사시」, 계간 『리토피아』, 2014년 봄호.

「도종환의 '사랑의 정치학': 사랑의 서정, 자기성찰, 시의 품격」, 계간 『미네르바』, 2015년 여름호.

「귀거래(歸去來), 심화(心花)와 활화(活花)를 피워내는」, 유용주, 『어머이도 저렇게 울었을 것이다』, 걷는사람, 2019.

「어둠을 살아내는 장애인의 '통합적 감각-통각(統覺)'」, 인터넷 신문 『제주의 소리』, 2020.2.3.

「'속 울음'의 깊이가 미치는 감응력」, 박노식, 『가슴이 먼저 울어버릴 때』, 삶창, 2024.

「시(인)의 순정을 득의하는 시적 수행」, 계간 『파란』, 2023년 겨울호.

「'겨우' 옆으로 밀어놓는 시적 수행의 힘-박일환」, 인터넷 신문 『제주의 소리』, 2023.8.21.

「낮춤과 구도(求道)의 길」, 김윤현, 『발에 차이는 돌도 경전이다』, 푸른사상, 2017.

「이해웅 시의 '수행정진', '시의 하얀뼈'를 득의하는」, 계간 『신생』, 2017년 가을호.

「'이방인-시인'의 운명, 세계의 어둠 속 신생의 '과정'을 거치는」, 조용환, 『목련 그늘』, 푸른사상, 2022.

제4부 시와 존재의 교응

「'뒷모습'의 아름다움을 발견하는」, 계간 『시작』, 2017년 겨울호.

「비밀의 입에서 나는 소리를 들으며」, 김수복, 『슬픔이 환해지다』, 모악, 2018.

「어둠의 저편, '불빛-불 비늘'의 욕망」, 김수목, 『막막함이 나를 살릴 것이다』, 걷는사람, 2024.

「'시인-제사장'의 눈물, 그 시적 연행성의 상상력」, 인터넷 신문 『제주의 소리』, 2021.9.6.

「"이토록 봄비는 사랑이라니 이토록 사무치는 인연이라니……"」, 인터넷 신문 『제주의 소리』,

2024.1.8.

「'사이,'의 시학」, 최동일, 『햇빛 산책자』, 파란, 2022.

「시작(詩作): 소리의 풍경과 생의 율동」, 김선옥, 『바람 인형』, 지혜, 2022.

「'슬픔'의 시의 정동, '슬픈 힘'이 지닌 삶의 저력」, 계간 『파란』, 2021년 여름호.

「시와 고양이의 '치명적 떨림-정동'」, 김자흔, 『이를테면 아주 경쾌하게』, 시인동네, 2017.

「10인 시인의 경이로운 (불)협화음의 매혹 속으로」, 『시간은 두꺼운 베일 같아서 당신을 볼
수 없지만』, 교유서가, 2023.

제5부 제주 시문학의 감응

「바닷속 슬픔의 뼈를 지닌 해녀들」, 계간 『제주작가』, 2017년 겨울호.

「사랑의 사상: 그리움과 존재의 이유」, 인터넷 신문 『제주의 소리』, 2021.12.6.

「'중도'의 성찰적 깨우침, 오영호의 시학」, 오영호, 『농막일기』, 고요아침, 2023.

「나기철의 시학, '조용히'의 삶철학과 시의 비의성」, 나기철, 『담록빛 물방울』, 서정시학, 2023.

「염량세태(炎凉世態)에서 망실한 '젖어있는 안쪽'의 언어」, 김광렬, 『모래 마을에서』, 푸른사
상, 2016.

「자연스러움을 넘는 자연스런 삶의 비의」, 김영미, 『물들다』, 리토피아, 2016.

「'옛것'의 경이로움, 회복의 노래」, 김병택, 『벌목장에서』, 새미, 2021.

「삶의 진실을 이루는 삶의 생동감」, 김순선, 『백비가 일어서는 날』, 들꽃, 2018.

「'병실/유년시절'의 시적 치유의 힘」, 김순선, 『사람 냄새 그리워』, 한그루, 2023.

「시의 '대화적 상상력', '시린 아름다움'의 감응력」, 김순선, 『어느 토요일 오후』, 한그루, 2024.

찾아보기

고명철高明徹

1970년 제주에서 태어나, 성균관대 국어국문학과 및 같은 대학원에서 「1970년대 민족문학론의 쟁점연구」로 박사학위를 받았다. 1998년 『월간문학』 신인상에 「변방에서 타오르는 민족문학의 불꽃-현기영의 소설세계」가 당선되면서 문학평론 활동을 시작했다. 저서로는 『세계문학, 그 너머』, 『문학의 중력』, 『흔들리는 대지의 서사』, 『리얼리즘이 희망이다』, 『문학, 전위적 저항의 정치성』, 『잠 못 이루는 리얼리스트』, 『뼈꽃이 피다』, 『지독한 사랑』, 『칼날 위에 서다』, 『순간, 시마에 들리다』, 『논쟁, 비평의 응전』, 『비평의 잉걸불』, 『'쓰다'의 정치학』, 『1970년대의 유신체제를 넘는 민족문학론』 등이 있고, 편저로는 『격정시대』, 『김남주 선집』, 『천승세 선집』, 『채광석 선집』, 『한하운 시선』, 『장준하 수필선집』 등이 있다. 이외에 다수의 공저와 공동 편저가 있다. 문예지 『실천문학』, 『비평과전망』, 『리얼리스트』, 『리토피아』, 『바리마』 편집위원을 역임하였으며, 젊은평론가상, 고석규비평문학상, 성균문학상을 수상하였다. 인도 델리대학교 동아시아학부의 방문교수와 중국 단둥에 있는 요동학원 한조(韓朝)대학에서 초빙교수를 지냈고, 현재 구미중심주의 문학을 넘어서기 위해 아프리카, 아시아, 라틴아메리카 문학 및 문화를 공부하며, 광운대학교 국어국문학과 교수이다.

트리콘 세계문학 총서 09

감응과 교응

'또-다른 세계'를 향한 시적 응전

2025년 1월 24일 초판 1쇄 펴냄

지은이 고명철
펴낸이 김흥국
펴낸곳 보고사

책임편집 김태희
표지디자인 김규범

등록 1990년 12월 13일 제6-0429호
주소 경기도 파주시 회동길 337-15 보고사
전화 031-955-9797
팩스 02-922-6990
메일 bogosabooks@naver.com
홈페이지 http://www.bogosabooks.co.kr

ISBN 979-11-6587-781-1 94810
     979-11-5516-700-7

ⓒ 고명철, 2025

정가 28,000원